J.R. Ward vit dans le sud des États-Unis avec son mari. Diplômée de droit, elle a travaillé dans le milieu de la santé à Boston et a été chef de service dans un des plus grands centres médicaux du pays. Elle a toujours été passionnée d'écriture et son idée du paradis ressemble à une journée passée devant son ordinateur en compagnie de son chien avec une cafetière pleine toujours à portée de main. Sa série ***La Confrérie de la dague noire*** connaît un succès phénoménal dans le monde entier.

Du même auteur,
chez Milady, en poche :

La Confrérie
de la dague noire :
1. *L'Amant ténébreux*
2. *L'Amant éternel*
3. *L'Amant furieux*
4. *L'Amant révélé*
5. *L'Amant délivré*
6. *L'Amant consacré*
7. *L'Amant vengeur*
8. *L'Amant réincarné*
9. *L'Amant déchaîné*
10. *L'Amant ressuscité*
11. *L'Amant désiré*
12. *L'Amant souverain*
13. *L'Amant des ombres*
14. *L'Amant sauvage*

L'Héritage de la dague noire :
1. *Baiser de sang*
2. *Pacte de sang*

Anges déchus :
1. *Convoitise*
2. *Addiction*
3. *Jalousie*
4. *Extase*
5. *Possession*
6. *Immortalité*

Aux éditions Bragelonne,
en grand format :

La Confrérie
de la dague noire :
Le Guide de la Confrérie de la dague noire
7. *L'Amant vengeur*
8. *L'Amant réincarné*
9. *L'Amant déchaîné*
10. *L'Amant ressuscité*
11. *L'Amant désiré*
12. *L'Amant souverain*
13. *L'Amant des ombres*
14. *L'Amant sauvage*

Ce livre est également disponible
au format numérique

www.milady.fr

J.R. Ward

Pacte de sang

L'Héritage de la dague noire – 2

Traduit de l'anglais (États-Unis) par Éléonore Kempler

Milady

Milady est un label des éditions Bragelonne

Titre original : *Blood Vow*

ISBN : 978-2-8112-2813-2

Bragelonne – Milady
60-62, rue d'Hauteville – 75010 Paris

E-mail : info@milady.fr
Site Internet : www.milady.fr

Dédié à mon fils tatoué, Dee.
Avec tout mon amour, bisous, maman

Chapitre premier

Les Clés, Caldwell, État de New York

Les masques faisaient partie intégrante de la vie d'Axe. Que le terme s'emploie au sens propre, pour désigner un objet réel lui recouvrant le visage, ou au sens figuré, à savoir des apparences trompeuses lui permettant de préserver son âme, il était passé maître dans l'art de la dissimulation. Après tout, la connaissance ne valait que si elle vous renseignait sur le compte de votre ennemi. Si l'inverse se produisait, il préférerait encore se trancher la gorge.

Et il considérait tout le monde comme un ennemi potentiel.

Alors qu'il se tenait au milieu de plus d'une centaine d'humains, tous au comble de l'excitation sexuelle, il se sentait prêt à libérer ses plus bas instincts, c'est-à-dire à balancer un peu de chair fraîche par-dessus le grillage emprisonnant sa libido et observer à distance pendant qu'elle consommait ce repas, qui ne satisferait que brièvement sa faim dévorante.

Elle n'était jamais rassasiée. Mais c'était pour cette raison qu'il avait rejoint ce club BDSM.

Les Clés étaient un club privé réservé à ses seuls membres, qui n'imposait que deux règles : pas de mineurs et consentement obligatoire.

Une fois ces conditions remplies, on pouvait assouvir le péché de chair de son choix : le voyeurisme, le *gang bang* ou la partouze. Il y avait des pièces spéciales pour les fétichistes, des fosses à baise et tous les liens, chaînes et suspensoirs dont on pouvait rêver.

Surtout là, dans la Cathédrale.

De toutes les salles du vaste complexe qui s'étendait sur plusieurs pâtés de maisons, c'était la plus grande et la plus haute : envahie de volutes de fumée blanche transpercées par des lasers violets et bleus, dépourvue de mobilier et d'accessoires, hormis l'autel au centre, seul le noyau dur des membres les plus extrêmes du club était autorisé à y pénétrer.

Et l'on s'y rendait toujours masqué, y compris durant les soirées où le reste du club ne l'exigeait pas.

À travers les trous percés au niveau des yeux de son faux crâne ajusté, Axe regarda en l'air, très haut, en direction de l'autel.

On aurait dit une scène tout droit sortie du film *Le Silence des agneaux :* un corps humain était suspendu loin au-dessus du sol, les bras en croix, la tête penchée sur le côté, tandis que de larges pans de tissu se déployaient comme des ailes autour du torse. Mais la comparaison cinématographique s'arrêtait là. Ce n'était pas un homme, mais une femme. Elle n'était pas habillée, mais nue. Ce n'était pas du vrai sang qui ruisselait sur sa chair, mais un liquide visqueux qui tombait en pluie du plafond sur ses seins, avant de dégouliner sur son ventre et le long de ses cuisses, si bien qu'elle scintillait dans la faible lueur ambiante.

Elle n'était pas morte, mais bien vivante.

— Est-ce que tu en as envie ? lui demanda une voix derrière lui.

Axe sourit sans se soucier de dévoiler ses crocs.

Aucun des autres participants ne savait qu'il était un vrai vampire. Et pas à la façon de ces pseudo-Dracula néovictoriens aux canines chirurgicalement modifiées, portant bottes à talons et teinture noire pour accentuer la teinte de leurs cheveux naturels.

Lui était un « vrai de vrai ». Avec un ADN différent. Des traditions et une langue particulières. Des impératifs biologiques spéciaux qui, oui, impliquaient de boire le sang d'un vampire du sexe opposé.

Et avec des pulsions sexuelles singulières.

— Oui, je la prendrai en premier, annonça-t-il.

Lorsque l'un des employés du personnel poussa un sifflement retentissant et leva la main pour faire avancer l'échafaudage roulant, un frisson parcourut la foule, l'imminence du premier spectacle portant l'excitation à son sommet. Et pendant une fraction de seconde Axe envisagea de se dématérialiser là-haut rien que pour leur foutre les jetons, parce qu'il le pouvait et qu'il adorait provoquer le chaos.

Au lieu de quoi, il escalada la structure métallique avec l'agilité d'une araignée se déplaçant sur sa toile.

Dès qu'il eut atteint le niveau de la femme, elle réagit à sa présence en se cambrant avec un empressement obscène, la tête renversée en arrière, la bouche entrouverte et le regard suppliant. Elle n'était pas droguée. Elle était douloureusement consciente, et l'odeur de son sexe explosa dans l'air, tandis que sa chair exigeait l'orgasme.

Elle avait déjà eu envie d'Axe. Parmi les nombreuses personnes qui se tenaient en bas, elle avait déjà eu envie de lui en particulier.

— Prends-moi, dit-elle. Prends…

Il tendit sa main gantée et lui ferma la bouche du bout des doigts. Puis il découvrit ses crocs et se pencha vers sa gorge. Mais il ne la mordit pas. Il se contenta de faire courir la pointe d'une canine le long de sa jugulaire.

Tressaillant contre les chaînes qu'elle avait elle-même réclamées, elle jouit pour lui là, sur-le-champ, l'émoi suscité par l'exhibition publique, le danger qu'Axe incarnait et l'anticipation du sexe brutal dont elle avait besoin se mêlant en un orgasme qui lui mit le feu aux joues et la fit gémir en se tortillant.

Le plaisir qu'elle éprouva se propagea comme une vague à travers les corps amassés au pied de l'autel.

Et Axe fut excité, oui. Mais pas comme eux. Ni comme elle.

Il ne l'était jamais comme l'un d'entre eux.

Néanmoins, la voix qui hurlait dans sa tête qu'il n'était qu'une merde fut étouffée par le désir. Le feu de sa rage contre lui-même s'éteignit sous l'effet de cette distraction. La masse de récriminations sous son vrai crâne fut, momentanément, supplantée par sa libido.

Donc, oui, le sexe comme exutoire fonctionnait pour tout le monde.

Levant la main vers sa propre gorge, il dénoua le cordon de sa cape et laissa tomber le lourd tissu de ses épaules. Il portait un pantalon de cuir noir et rien d'autre, hormis ses tatouages et ses piercings.

Puis Axe entreprit d'explorer le corps de la femme de ses mains et de sa bouche, partout.

Et la tempête, qu'il déchaîna délibérément à l'intérieur de lui-même, balaya le paysage décimé de son âme, occultant au passage l'épave brisée et désolée qu'il était au fond de lui.

La femme allait obtenir ce qu'elle demandait, et lui aussi.

Une bonne chose, car il devait retourner au centre d'entraînement de la Confrérie de la dague noire d'ici à une heure, en état mental de poursuivre sa formation. Devenir un soldat dans la lutte contre la Société des éradiqueurs ? Marcher sur la frontière entre la vie et la mort ?

Il était sur le point d'obtenir enfin ce qu'il recherchait.

La paix intérieure grâce à des actes de guerre : parce qu'il devait s'accrocher à cette croyance que, tant qu'on affrontait les non-morts, on était sans doute trop occupé à essayer de rester en vie pour se soucier d'autre chose.

C'était parfait, putain !

Université d'État de New York, campus de Caldwell

Elise, fille de sang du *princeps* Felixe le Jeune, sourit au mâle humain assis en face d'elle dans la bibliothèque.

— Bien sûr que je vais rester plus tard. Je ne vais pas te laisser gérer tout ça tout seul.

« Tout ça » désignait une montagne de devoirs de fin de semestre, assez grande pour recouvrir chaque centimètre carré de la surface de la table, hormis cinquante centimètres devant elle et autant devant le professeur Troy Becke. Les dissertations pour l'UV de psychologie 342 avaient beau avoir été envoyées par voie électronique, Troy croyait à la nécessité de les imprimer avant toute évaluation, et, après avoir corrigé les examens de mi-semestre avec lui, Elise ne pouvait qu'être d'accord sur ce point. Tenir le travail entre ses mains et noter ses observations sur papier était très différent de le lire et de l'évaluer sur un écran.

C'était sûrement en rapport avec une certaine lenteur que l'informatique n'encourageait pas, avait-elle décidé.

Il était trop facile de lire en diagonale lorsqu'on le faisait par écran interposé, et elle tapait vraiment vite sur un clavier ; devoir écrire à la main lui donnait le temps de bien réfléchir à ses annotations.

Troy se renversa dans son siège et s'étira.

— Eh bien, vu qu'il est 22 heures et que nous sommes à seulement quelques jours de Noël, je dirai que c'est une bonne action de ta part.

Comme il lui souriait, elle l'évalua du regard. Il était grand pour un humain et avait des yeux bleu vif dans un visage si ouvert et amical que cela pouvait vous faire oublier qu'on était une étrangère jouant un rôle en terre inconnue, une simple touriste venue en visite qui était restée parce qu'elle avait été captivée par la liberté dont jouissaient les autochtones.

— Bon, c'était mon dernier.

Elle posa l'imprimé sur la pile d'essais notés à gauche et se contorsionna sur son siège pour faire craquer sa colonne vertébrale, et soulager ainsi un peu la tension dans ses reins.

— Tu sais, c'était un excellent groupe d'étudiants. Ils ont vraiment…

— Je suis désolé, l'interrompit-il.

Elise sourcilla.

— Pourquoi ? Je suis ta chargée de TD. C'est mon travail. En outre, j'en apprends davantage aujourd'hui…

Elle n'acheva pas sa phrase parce qu'elle était presque certaine que Troy n'avait pas écouté un mot de ce qu'elle disait. Il observait d'un regard flou les piles de feuilles qui les entouraient telle une alcôve.

En tant que vampire évoluant au milieu des humains, Elise était toujours un peu nerveuse, et elle se mit à passer les lieux en revue, jetant un coup d'œil autour d'elle au cas où Troy aurait senti quelque chose qui lui aurait échappé.

La bibliothèque Foster-Newmann était un endroit où les étudiants venaient pour travailler même si l'impression papier avait disparu, qu'on prenait désormais ses notes sur ordinateur portable et que la craie avait disparu depuis longtemps des salles de classe. Haut de quatre étages et tapissé d'étagères de livres, avec des espaces de lecture aménagés çà et là qui venaient en briser l'uniformité, le bâtiment était un lieu où elle s'était toujours sentie en sécurité, et dans lequel elle réussissait à ne songer qu'à ses études et à ses ambitions.

C'était à la maison, chez son père, qu'elle se retrouvait traquée. Poursuivie. Menacée.

Même si ce n'était que de façon figurée.

N'ayant rien remarqué d'anormal, elle se frotta les yeux, car la certitude de devoir regagner la grande et vieille demeure familiale lui donnait mal au crâne.

Après sept ans d'études, elle approchait de son but. Grâce à sa maîtrise de psychologie, elle avait pu s'inscrire en doctorat de psychologie clinique sans diplôme de master. Son but était de devenir psychologue pour l'espèce quand elle en aurait enfin fini, avec une spécialisation en stress post-traumatique.

Après les attaques survenues deux ans plus tôt, de nombreux vampires souffraient d'angoisses chroniques, et il existait bien peu d'endroits pour rencontrer une assistante sociale ou un psy.

Bien entendu, ces raids l'avaient elle aussi ralentie dans son projet, car son père avait insisté pour qu'elle arrête ses études et décampe avec sa tante, son oncle et sa cousine pour gagner un refuge loin de Caldwell. Mais, dès leur retour, elle s'était remise sur les rails, même si une nouvelle et récente tragédie lui avait rendu les choses bien plus difficiles.

Elle avait horreur de mentir à son géniteur chaque soir. Elle avait horreur d'user d'un subterfuge pour le tromper sur le lieu où elle se rendait et avec qui elle se trouvait. Mais quel autre choix lui restait-il, quand l'étroite fenêtre de liberté qu'on lui avait accordée s'était brutalement refermée.

Après que sa cousine avait été tabassée à mort quatre semaines plus tôt.

Elise n'arrivait toujours pas à croire au décès d'Allishon, et son père, son oncle et sa tante étaient, eux aussi, plongés dans un nouvel état de choc, ou du moins le supposait-elle. Personne ne parlait jamais du chagrin, de la tristesse ou de la colère qu'ils ressentaient. Mais chacun y réagissait à sa façon, bien entendu. Le père d'Elise était si tendu et si rigide qu'on aurait dit qu'il allait craquer à tout moment. Sa tante restait enfermée dans sa chambre depuis un mois. Et son oncle errait dans la demeure comme un fantôme, sans projeter aucune ombre, ni laisser entendre aucun bruit de pas.

Pendant ce temps-là, Elise quittait la maison en douce pour se rendre à l'université. Mais, allons, elle avait étudié de trop nombreuses années déjà pour ne pas abandonner si près du but, et la façon dont sa famille avait réagi à la mort d'Allishon était exactement la raison pour laquelle l'espèce avait besoin de bons psychologues bien formés.

Balayer les émotions négatives sous le tapis était la garantie d'un désastre relationnel.

— Je suis simplement fatigué, s'excusa Troy.

S'arrachant à son introspection, elle observa l'humain. Sa première pensée fut qu'il cachait quelque chose. La seconde, qu'elle devait savoir de quoi il s'agissait.

— Puis-je t'aider sur quelque chose ?

Il secoua la tête.

— Non, c'est un problème personnel.

Comme il s'efforçait de sourire, elle saisit un effluve dans l'air. Quelque chose…

— Je crois que tu ferais mieux d'y aller. (Il se pencha pour attraper le sac dans lequel il avait transporté les copies et se mit à y ranger les piles de papier.) Les routes vont devenir dangereuses à cause de la neige.

— Troy, est-ce que tu pourrais me parler, s'il te plaît.

Il se leva et remit les pans de son ample chemise dans son pantalon kaki.

— Tout va bien. Et je suppose que je ne te reverrai pas avant le nouvel an.

Elise fronça les sourcils.

— Je croyais que tu voulais que je prépare avec toi le programme pour l'UV de psychologie 401-228 et le séminaire numéro deux sur la bipolarité ? Je suis libre demain soir…

— Je ne pense pas que ce soit une bonne idée, Elise.

Qu'est-ce que c'était que cette odeur…

Oh ! Waouh !

Elle rougit en comprenant de quoi il s'agissait. Surtout quand il détourna les yeux. Il était excité. À cause d'elle.

Il était sérieusement, sexuellement excité. Et il semblait mécontent de cela.

— Troy.

Son professeur leva la main.

— Écoute, tu n'as rien à te reprocher. Tu n'y es pour rien, promis.

Lorsqu'il s'arrêta là, elle se surprit à souhaiter qu'il lui déballe tout. Non parce qu'il l'attirait irrésistiblement, mais parce qu'elle avait horreur de toute forme de dissimulation que ce soit. Elle en avait eu plus que son content avec l'éternelle retenue qu'affichait sa famille face aux inévitables tracas de la vie.

En outre, ce n'était pas comme s'il ne lui plaisait pas du tout. Il était séduisant sans être menaçant. Intelligent, drôle et la coqueluche de ses étudiantes, c'était certain. Le ciel savait le nombre de ses élèves humains qu'elle avait surpris à le contempler comme s'il était un dieu.

Et peut-être avait-elle même parfois songé à ce que cela ferait d'être avec lui. Aux caresses. Aux baisers. Et à tout le reste.

Elle n'avait actuellement aucun soupirant et cela ne risquait pas de changer de sitôt. Surtout compte tenu du fait qu'elle était désormais souillée aux yeux de la *glymera*.

Non que quelqu'un soit au courant, puisque le mâle avec lequel elle avait couché cette unique fois avait été tué lors des attaques.

— Je suis majeure, s'entendit-elle répondre.

Il se tourna vers elle.

— Quoi ?

— Je ne suis pas jeune. Trop jeune, je veux dire. Pour ce à quoi tu penses.

Troy écarquilla les yeux comme si c'était la dernière chose qu'il s'attendait à l'entendre dire. Puis son regard s'attarda sur ses lèvres.

Oui, se dit-elle. Il était sans danger, cet humain. Il ne lui ferait jamais de mal, ne la forcerait jamais à rien, vu que ce genre d'agressivité n'était pas dans sa nature, et, même si cela s'avérait le cas, elle aurait aisément le dessus sur lui. En outre, elle savait qu'elle ne s'unirait jamais, ne vivrait jamais tout à fait hors du contrôle de son père, ne connaîtrait pas grand-chose d'autre de l'existence que les pans de vie distillés dans ses livres de cours.

— Elise ? (Il se passa la main sur le visage.) Oh ! mon Dieu…

— Quoi ? Et, non, je ne vais pas faire comme si je ne savais pas de quoi nous parlions.

— Il y a des règles. Entre professeurs et élèves.

— Tu ne donnes aucun des cours auxquels j'assiste.

— Tu es ma chargée de TD.

— Je prends mes propres décisions, personne ne le fait à ma place.

Du moins était-ce vrai ici, dans cette tranche de vie qu'elle s'était fabriquée au sein du monde humain. Et mince ! qu'elle soit damnée si quelque règle que ce soit d'une société qui n'était pas la sienne l'empêchait d'obtenir ce qu'elle désirait. Elle avait déjà bien assez à faire avec celles de sa propre espèce.

Troy éclata d'un rire dur.

— Je n'arrive pas à croire que nous ayons cette discussion. Enfin, je l'ai eue des milliers de fois dans ma tête. Je ne pensais simplement pas qu'elle aurait réellement lieu un jour.

— Eh bien, je me fiche de ce que pensent les gens. (Et c'était vrai. Lorsqu'il s'agissait des humains.) Je n'ai pas peur.

— Je ne peux pas en dire autant. Je veux dire, je n'ai jamais fait cela. Je sais que c'est un cliché, une liaison professeur-étudiante. Mais je n'ai jamais franchi la ligne. Je pensais que j'étais, tu sais, plus fort que cela. Mais tu es différente, et c'est pour cela que… tu me fais me comporter différemment aujourd'hui.

Il émanait de lui une étrange impuissance lorsqu'il la dévisagea de nouveau, comme s'il avait lutté et perdu le combat.

À son tour, elle regarda ses lèvres.

Quand elle le fit, l'odeur de Troy enfla de nouveau et elle vit sa poitrine se gonfler…

— Professeur Becke ? bonsoir !

L'humaine qui s'avançait vers lui était menue et bien faite, et elle portait du parfum. Avec son maquillage et ses cheveux blonds ondulant autour de ses épaules, elle semblait tout droit sortie d'une affiche publicitaire vantant le caractère plaisant et séduisant de l'université.

— Je suis votre cours d'introduction à la psychologie, ou plutôt suivais, ainsi que ma coloc – elle est là, elle aussi. Eh, Amber ! regarde qui est là ! Bref, c'est moi qui ai dû rentrer chez moi parce que mes parents divorçaient et vous m'avez laissée passer l'examen plus tard. Enfin, je…

Alors qu'une logorrhée sortait de la bouche de la fille, Amber, la coloc, la rejoignit d'un bond comme un chiot. Pendant ce temps-là, Troy paraissait déboussolé, comme si l'intimité qu'ils avaient partagée juste avant cette soudaine interruption était un lieu d'où il peinait à revenir aussi précipitamment.

Ramassant son manteau et son sac à dos, Elise repoussa sa chaise contre la table et lui dit au revoir d'un geste de la main. Lorsqu'il lui répondit d'un hochement de tête, elle vit une trace de désespoir dans ses prunelles, comme si un présent qu'il avait longtemps espéré venait de lui glisser des mains et était tombé dans un ravin.

Elise lui fit signe qu'ils se téléphonent plus tard, puis se dirigea vers le hall d'accueil. L'homme âgé qui tenait la réception le soir à la bibliothèque semblait prêt à partir. Il était penché sur son ordinateur comme s'il était en train de se déconnecter, et sa parka bleue et son bonnet de laine déjà posés sur le bureau à côté d'une Thermos qu'elle supposait vide.

— Bonne soirée, lui lança-t-elle en arrivant à hauteur des portes vitrées.

Il grogna. Ce qui était le mieux qu'on puisse obtenir de lui.

Dehors, le vent était aussi fort et glacial qu'une gifle, et elle passa une lanière de son sac à dos sur une épaule afin de pouvoir remonter la fermeture Éclair de son manteau. Le trottoir était éclairé par des réverbères et, ainsi qu'on pouvait s'y attendre, des flocons délicats voletaient dans la lumière et en dehors comme s'ils voulaient danser ensemble mais se sentaient trop intimidés encore pour le faire.

L'espace d'un instant, Elise jeta un coup d'œil autour d'elle en songeant qu'Allishon ne profiterait plus jamais d'une soirée paisible comme celle-ci, à marcher au milieu de la neige tourbillonnante, avec une sensation agréable de chaleur sous son manteau contrastant avec le froid sur ses joues. Et Elise regretta de ne pas avoir passé plus de temps avec la femelle. Toutes deux étaient très différentes, à l'opposé même l'une de l'autre, le rat de bibliothèque et la sauvageonne, mais, si elles s'étaient davantage fréquentées, peut-être aurait-il pu y avoir une chance de changer l'issue fatale. De modifier le destin. D'appuyer sur l'interrupteur pour empêcher Allishon d'être arrachée à la vie.

Mais cela n'aurait pas lieu.

Elise s'engagea sur l'herbe brune et s'éloigna de la lumière, du parking, ainsi que du bâtiment des salles de cours qui se trouvait à proximité de l'autre côté.

Une fois totalement absorbée par les ombres nocturnes, elle se dématérialisa, voyageant sous la forme d'un nuage de molécules jusqu'à l'immense demeure de style géorgien de son père, qui se trouvait à plusieurs kilomètres du campus. Troy occupait ses pensées, sans qu'elle parvienne à trancher si c'était un simple dérivatif ou s'il avait réellement éveillé sa curiosité. Sans doute un peu les deux. Heureusement, le trajet ne nécessitait guère plus qu'un clignement d'œil et un soupçon de volonté.

Quand elle reprit forme sur la pelouse de son père, la mort d'Allishon se superposa au souvenir de Troy la dévisageant depuis l'autre côté de la table couverte de devoirs, le regard brûlant, tandis que son corps émettait cette odeur si caractéristique d'excitation sexuelle. La vie pouvait s'arrêter en un instant, cela ne voulait-il pas dire qu'il valait mieux profiter de chaque nuit et de chaque jour qui vous étaient accordés, peu importe leur nombre ?

Le temps n'était pas tant relatif qu'illusoire. Si elle avait su que sa cousine allait mourir, elle aurait elle-même fait des choix différents. D'après cette théorie, si elle savait qu'il ne lui restait qu'une semaine, ou éventuellement un mois seulement à vivre, ne devrait-elle pas voir jusqu'où allaient les choses avec un mâle, même si ce n'était qu'un humain ?

Troy avait son numéro. Et elle avait le sien. Et, s'ils s'envoyaient des messages à l'occasion, c'était uniquement pour planifier quelque chose.

Mais un rendez-vous c'était « quelque chose » à planifier, non ?

Alors qu'elle entrait par la porte principale, elle commença à imaginer des discussions dans sa tête, testant différentes façons d'entamer et de poursuivre la conversation…

— Où étais-tu !

Elise se figea. Et se rendit compte, en apercevant une horloge comtoise et une volée de marches tout droit sortie de Buckingham Palace, qu'elle s'était sérieusement plantée : elle avait emprunté l'entrée d'honneur et venait juste de passer devant la porte ouverte du bureau de son père.

Avec son manteau sur le dos, des flocons de neige dans les cheveux et son sac à dos sur l'épaule.

— Elise !

Dans l'autre pièce, son père se leva de son bureau sculpté, avec une mine scandalisée et horrifiée qui aurait été plus appropriée si un conducteur s'était écrasé avec son 4x4 contre sa demeure.

Et en réalité son visage blême, ses yeux écarquillés et sa veste habillée un peu froissée auraient pu être drôles. Dans d'autres circonstances.

Avec un juron, Elise ferma les paupières et se prépara à l'engueulade.

Chapitre 2

Demeure de la Confrérie de la dague noire

— Alors, qu'est-ce que c'est ?

Quand la fille de Rhage l'interrogea, il se figea, son arme à mi-chemin de son holster. Pendant une fraction de seconde, il décida de faire semblant de n'avoir pas entendu la question, tout en sachant parfaitement que cela ne le mènerait nulle part. Depuis deux mois et quelques qu'ils avaient la garde de Bitty, Mary et lui avaient appris qu'elle était vive comme l'éclair et aussi tenace que de la colle.

D'ordinaire, il appréciait ces deux traits de caractère. Mais, lorsqu'il était question de décrire les aspects techniques d'un .40 mortel à sa gamine de treize ans, il passait son tour. Il aurait préféré qu'elle ait le crâne vide et un trouble de l'attention.

— Euh…

Il jeta un coup d'œil dans le miroir au-dessus de la commode, en espérant malgré tout qu'elle soit passée à autre chose, n'importe quoi. *Niet.* Bitty était assise sur le nouveau lit conjugal, celui de la suite du deuxième étage que Trez avait gracieusement quittée pour que tous trois bénéficient de chambres contiguës. La fillette était vraiment petite, avec des bras et des jambes si maigres que cela donnait envie au mâle de déménager sous les tropiques au lieu de vivre dans le nord de l'État de New Froid Glacial. Mince! même couverte d'épaisses polaires, elle paraissait fragile.

Mais sa délicatesse s'arrêtait là. Son regard brun était aussi franc que celui d'un adulte, aussi inébranlable qu'une chaîne de montagnes et aussi acéré que celui d'un aigle. Ses cheveux noirs, épais et brillants, qui lui tombaient sous les épaules, étaient exactement de la même teinte que ceux de Mary. Et son aura… bref, sa force vitale, son esprit, son âme… était aussi tangible que sa forme physique paraissait éthérée.

Et il était fier du fait que, depuis qu'elle vivait avec eux, elle s'épanouissait de jour en jour. Et pas comme une fleur.

Mais comme un putain de chêne.

Cependant, cela ne signifiait pas qu'il voulait discuter avec elle dans le détail de son boulot de tueur d'éradiqueurs.

Et, non, il n'était pas non plus intéressé par la fameuse discussion sur les oiseaux et les abeilles. Ils avaient au moins encore une douzaine d'années pour s'y préparer.

— Père ? insista-t-elle.

Rhage ferma les yeux. D'accord, chaque fois qu'elle l'appelait ainsi, son cœur devenait trop gros pour sa poitrine, et ce sentiment de bonheur incroyable d'avoir décroché le gros lot se diffusait partout en lui. Cela le renvoyait au moment juste après son union avec Mary, lorsqu'il l'avait appelée *shellane* pour la première fois.

Un souvenir absolument génial à tous points de vue.

— Qu'est-ce que c'est ? le relança Bitty.

Le joyeux filtre rose bonbon s'estompa alors qu'il glissait le pistolet en place dans son holster et attachait la lanière en travers de la crosse.

— C'est une arme à feu.

— Je sais, c'est un revolver. Mais de quelle sorte ?

— Un Smith et Wesson 40.

— Combien de balles y a-t-il à l'intérieur ?

— Suffisamment. (Il prit sa veste en cuir et sourit.) Dis, tu serais partante pour une soirée ciné à mon retour ?

— Pourquoi refuses-tu de me parler de ton arme ?

Parce que, si je te réponds, je ne pourrai pas séparer ce que j'en fais d'une discussion sur ses spécificités.

— Ce n'est pas si intéressant que ça.

— Mais c'est ce qui te garde en vie, non ? (La fillette ne quittait pas des yeux les dagues noires sanglées sur la poitrine du frère, poignées en bas.) Tout comme tes couteaux.

— Entre autres choses.

— Alors c'est intéressant. Au moins pour moi.

— Écoute, et si on en parlait lorsque ta mère et moi serons là tous les deux ? Tu sais, genre, plus tard ce soir.

— Comment puis-je être sûre que tu rentreras sain et sauf à la maison ?

Rhage cilla.

— Il est hors de question que je ne revienne pas auprès de Mary et toi.

— Mais… et si tu meurs ?

Sa première pensée fut :

Mary !

Sa Mary, une psychologue diplômée – qui avait réussi à débarrasser Zadiste de tous ses démons, bon sang de bonsoir ! – était bien mieux à même de gérer cette situation qu'un guerrier buté dans son genre. Mais sa *shellane* travaillait actuellement au Refuge, et il ne lui semblait pas correct de l'appeler, et éventuellement de la déranger, pour autre chose qu'une hémorragie artérielle ou un incendie à la maison. Une apocalypse zombie. Une bombe H lâchée derrière le complexe.

Et, bon, peut-être également s'ils étaient à court de cheese-cake.

Sauf qu'il devait se reprendre. Que se passait-il en ce moment ? C'était un Problème Paternel, et non seulement il avait signé pour exactement ce genre de discussions difficiles quand Mary et lui avaient lancé la procédure d'adoption, mais il n'avait vraiment pas envie d'avouer aussi tôt qu'il n'était pas à la hauteur.

OK, note à soi-même : trouver un cours en ligne sur l'art d'être père. Il existait sans doute un programme d'enseignement pour ce genre de chose.

— Je suis juste inquiète, reprit-elle. C'est effrayant pour moi, tu vois ?

Seigneur ! c'était effrayant pour lui aussi. Il avait tellement plus à perdre maintenant qu'elle était entrée dans sa vie.

Rhage s'approcha et s'agenouilla devant elle. Bitty avait enroulé ses bras autour d'elle et le dévisageait d'un regard ferme, comme pour bien lui montrer qu'elle ne s'en laisserait pas conter.

Ouvrant la bouche, il…

La referma. Et se demanda ce qu'il lui fallait pour faire démarrer son cerveau. Peut-être devrait-il se taper la tête contre un mur ?

— Tu connais ma voiture ? s'entendit-il dire.

Comme Bitty hochait la tête, il se vit imiter Puskar Nepal jusqu'à tomber dans les pommes à force de se frapper la tête avec les pieds : de toutes les choses que son inconscient, ou le truc qui faisait fonctionner son programme mental, pouvait cracher, il sortait sa GTO ?

— Bon, tu te souviens quand je t'ai appris à conduire ?

Oui, Bibi, juste avant que ces gamins attaquent Mary et que tu découvres que j'ai un alter ego *dragon ? Ah, ah, les chouettes souvenirs, les chouettes souvenirs !*

Mon Dieu ! il avait envie de gerber.

Alors qu'elle opinait de nouveau du chef, il poursuivit :

— Tu te souviens quand tu as appris le fonctionnement des vitesses, du volant et des freins ? En faisant des allers et retours jusqu'à ce que tu comprennes ?

— Oui.

— Tu sais comment, moi, je conduis cette voiture ?

— Oh, oui !

Voilà qu'elle souriait à présent.

— Vite. Très vite et de façon amusante. On dirait une fusée.

— Eh bien, un jour tu la conduiras aussi bien que moi. Tu sauras la position des vitesses au toucher, et tu manieras le levier et l'accélérateur sans réfléchir. Et si quelqu'un te fait une queue-de-poisson, tu réagiras si vite et avec tellement d'assurance que tu n'auras même pas conscience d'y avoir réfléchi. Si quelqu'un écrase la pédale de frein devant toi, tu changeras instinctivement de file. Tu sentiras les pneus manquer d'adhérence sur l'autoroute en cas de pluie et tu sauras lever le pied, sans pour autant freiner. Et tout cela arrivera parce que tu vas t'entraîner, encore et encore, sur une voiture très bien entretenue.

— Je vais m'entraîner. Pour mieux conduire.

— Exactement. Même si les gens autour de toi conduisent dangereusement, tu seras attentive, concentrée et exercée à réagir à tout imprévu. (Il plaqua sa paume au-dessus de ses dagues, sur son cœur.) Cela fait un siècle que je me bats, Bitty. Et tout ce qui m'accompagne sur le champ de bataille – les armes, le matériel, le soutien de mes frères –, tout cela est conçu pour me protéger. Le système est-il parfait ? Non. Mais c'est le meilleur qui soit, je te le promets.

Bitty déroula les bras et baissa les yeux. Le bracelet rose et vert à son poignet était constitué de perles facettées qui brillaient comme de vraies gemmes. Tout en faisant tourner le bijou, elle prit une profonde inspiration.

— Est-ce que tu es… doué ? Je veux dire, au combat ?

Seigneur ! il regretta un instant de ne pas être comptable. Vraiment. Parce que, s'il avait été un simple employé de bureau équipé d'un protège-poche, il ne serait pas forcé de dire à une innocente qu'il excellait à tuer des éradiqueurs.

— Alors ? le relança-t-elle.

— Je suis très doué dans l'art de nous protéger mes frères et moi. Je suis même si doué dans ce domaine qu'ils m'ont demandé d'enseigner aux plus jeunes comment le faire.

Elle hocha encore une fois la tête.

— C'est ce qu'ils disaient. Au Dernier Repas, l'autre soir. J'ai entendu des gens dire que les frères et toi donniez des cours.

— C'est à l'un de ses cours que je me rends ce soir. Pendant que tu seras ici avec Bella et Nalla, je vais retrouver la classe de recrues à Caldwell pour leur apprendre comment se protéger.

Bitty renversa la tête en arrière, ce qui fit cascader ses cheveux bruns sur ses épaules. Et il la laissa le dévisager tout son soûl. Si cela le mettait un peu en retard au travail, quelle importance.

— Tu dois être vraiment doué pour être professeur.

— Je le suis. Je te le jure, Bitty. Je suis efficace et je ne prends pas plus de risques qu'il n'est absolument nécessaire pour faire mon boulot.

— Et la bête te protégera, pas vrai.

Rhage opina.

— Tu peux compter là-dessus. Tu l'as vu. Tu sais à quoi elle ressemble.

Elle sourit, et la joie remplaça l'inquiétude sur son visage.

— Elle m'aime bien.

— Elle t'adore. Mais elle n'aime pas les gens qui se montrent agressifs envers moi.

— Je me sens beaucoup mieux en sachant cela.

— Tant mieux.

Il leva une paume et, alors qu'elle lui tapait dedans, il reprit :

— Tu ne seras plus jamais seule, Bitty, je te le promets.

À cet instant, tandis qu'il cherchait à effacer toute trace d'anxiété chez l'enfant – et chez lui aussi, par la même occasion –, il faillit révéler l'unique chose que Bitty ignorait encore au sujet de ses parents adoptifs. Oui, son nouveau vieux avait un dragon sous la peau, mais sa nouvelle maman avait un secret encore plus marrant.

Mary était une immortelle unique en son genre. Grâce à la Vierge scribe – et ce bienfait demeurait valable même si la *mahmen* de V. n'était plus aux commandes –, Mary ne vieillissait pas et pourrait choisir le moment où elle rejoindrait l'Estompe. C'était là un don incommensurable, qui préservait sa famille comme aucune autre ne l'était sur Terre.

Sauf que Rhage tint sa langue sur ce point. Même si cette révélation aurait pu aider Bitty sur le moment, il avait vraiment le sentiment que c'était à Mary de lui en faire part et non à lui.

— Tu ne seras plus jamais seule, Bitty, répéta-t-il. Je te le promets.

Au Refuge, Mary posa son sac et ôta sa parka, avant de s'asseoir derrière son bureau. Tendant le bras pour rajuster son col roulé, elle sourit à la vue du bracelet rose et vert qui scintillait à son poignet.

Bitty et elle en avaient fabriqué deux identiques la nuit précédente, dans la cuisine de Fritz. Assises à la grande table, elles avaient étalé l'immense assortiment de boîtes en plastique d'un kit de création de bijoux contenant un arc-en-ciel de perles iridescentes. Elles avaient discuté de tout et de rien, salué chaque personne qui entrait et partagé un paquet de chips et un soda. Elles avaient aussi fabriqué un collier pour Rhage, un troisième bracelet avec des couleurs différentes pour Lassiter, ainsi qu'une tresse avec laquelle Nalla pourrait jouer. Même Bouh était venu et s'était roulé en boule sur la table pour les observer de ces yeux verts de chat inquisiteur.

Dans une demeure pourtant pleine d'objets hors de prix, ce moment passé ensemble était devenu la chose la plus précieuse et irremplaçable au monde.

Mary tendit la main vers un coin du bureau et prit une photographie de l'enfant datant de deux semaines, lorsque celle-ci s'était amusée à faire des selfies avec le téléphone de Rhage. Bibi faisait une grimace, et, avec ses cheveux noirs coiffés en arrière, semblait tout droit sortie d'un groupe de *glam metal* des années 1980.

Et, en fait, on distinguait également Lassiter sur la gauche, imitant de son mieux Nikki Sixx.

Des larmes inattendues se mirent à picoter les yeux de Mary. Elle n'aurait jamais cru devenir une femme qui exposerait sur son bureau des photos de sa fille. Nan, cette étrangère fantasmée et bénie, cette femelle chanceuse qui avait un mari et une famille, de joyeuses vacances en perspective et des bijoux faits maison à son poignet ? Cela avait toujours été une autre qu'elle, une étrangère dont on regardait la réalité à la télé, qu'on voyait dans les pubs ou dont on surprenait une discussion à la table voisine au restaurant.

Pendant qu'on mangeait seule.

Mary Luce était l'infirmière d'une mère malade décédée prématurément de façon horrible. Mary Luce était une survivante du cancer, devenue stérile après la chimio. Mary Luce était le fantôme à la marge, l'ombre qui traversait une pièce sans se faire remarquer, une allégorie de ce qu'on ne voulait pas devenir.

Sauf que la vie était partie en vrille de la meilleure façon possible. Désormais, elle était exactement là où elle n'avait même jamais osé rêver se retrouver un jour.

Et, oui, ce destin surprenant s'accompagnait d'une dose de stress post-traumatique pas si minime que cela. Mince ! parfois, lorsqu'elle se réveillait au côté de son magnifique vampire de mari, et surtout à présent, quand elle se rendait sur la pointe des pieds dans la chambre voisine pour s'assurer que Bitty allait bien à la tombée de la nuit, elle s'attendait à se réveiller, pour se retrouver dans le cauchemar d'une vie réelle.

Mais non, se dit-elle en reposant la photographie. C'était la réalité. Ici et maintenant, c'était l'histoire qu'elle vivait.

Et celle-ci était incroyable. Si pleine d'amour, de famille et de bonheur qu'elle avait l'impression que le soleil avait emménagé au centre de sa poitrine.

Ils étaient tous des survivants, chacun à leur façon, Rhage, Bitty et elle. Elle, de sa maladie. Rhage, de la malédiction avec laquelle il devait vivre. Bitty, des violences inimaginables que sa *mahmen* et elle avaient endurées des mains de son géniteur. Leurs trois existences avaient commencé à se croiser ici, au Refuge, lorsque Bitty et sa *mahmen* étaient venues s'y abriter. Puis la mère de Bitty était morte, la laissant orpheline.

L'occasion d'accueillir la fillette chez eux avait semblé trop belle pour être vraie. Elle le pensait encore parfois.

S'ils pouvaient seulement arriver au terme de cette période de préavis transitoire de six mois, l'adoption serait définitive et Mary pourrait enfin respirer profondément. Au moins, aucun parent ne s'était présenté. Même si, au début, Bitty avait parlé d'un oncle, sa mère n'avait jamais mentionné l'existence d'un frère, et encore moins celle de cousins proches ou éloignés, ni lors de leur admission au Refuge, ni après, durant ses séances de psychothérapie. Des annonces publiées au sein de groupes fermés sur Facebook et sur Yahoo n'avaient rien donné jusque-là.

Si Dieu le voulait, il en demeurerait ainsi.

Sur cette pensée, Mary connecta son ordinateur au réseau, et aussitôt son cœur se mit à cogner dans sa cage thoracique, tandis qu'une bouffée de chaleur maladive lui traversait le corps. En tant qu'utilisatrice des réseaux sociaux, elle n'atteignait même pas le niveau amateur, elle était l'anti-Kardashian, et pourtant chaque nuit, une fois seulement, elle faisait un tour sur Facebook.

Et priait pour ne rien trouver.

Le groupe sur lequel elle se branchait était spécialement dédié aux vampires, avec une liste de participants restreinte aux seuls membres de l'espèce. Créé par V. après les attaques, et modéré par le personnel de Fritz, ce centre d'information était l'occasion pour les gens de se contacter sur n'importe quel sujet, allant de l'adresse d'un refuge – toujours donnée en langage codé – à l'agenda des brocantes.

Après avoir passé en revue les publications des dernières vingt-quatre heures, elle souffla un grand coup. Rien du tout.

Le soulagement lui donna momentanément le tournis, du moins jusqu'à ce qu'elle aille jeter un coup d'œil au groupe sur Yahoo. Des recettes de cuisine. Une réunion du club de tricot, une souffleuse à neige à vendre, une question pour savoir où faire réparer un ordinateur…

Rien ici non plus.

— Merci, mon Dieu, murmura-t-elle en traçant une nouvelle petite croix sur son calendrier mural.

On était presque à la fin décembre, ce qui signifiait qu'ils avaient déjà passé le cap des deux mois. D'ici à mai, ils pouvaient aller de l'avant.

Alors que son cœur se remettait doucement de sa crise de tachycardie, elle se demanda comment diable elle allait relever le défi virtuel encore cent trente et quelques fois. Mais elle n'avait pas d'autre choix. La bonne nouvelle, c'était qu'elle parvenait à s'en tenir à cette unique vérification par nuit. Sans quoi, elle consulterait son téléphone toutes les quinze minutes.

Mais elle se devait d'être juste envers quiconque pouvait se manifester. Mettre fin aux droits parentaux entre relations de sang était une affaire grave et sans précédent moderne en matière légale au sein de l'espèce vampire. Voilà pourquoi, elle-même, Marissa, la directrice du Refuge, Kolher, le roi aveugle, et Saxton, le principal avoué du roi, avaient dû élaborer une procédure prévoyant une période convenable de préavis avant l'adoption définitive.

Toutefois, les émotions ne connaissaient pas les périodes d'attente, et les pères et les mères qui aimaient leurs enfants ne pouvaient modérer la vitesse de leurs cœurs.

Comme si Marissa lisait dans ses pensées, la femelle passa la tête par la porte entrouverte.

— Tu as trouvé quelque chose ?

Mary sourit à sa chef et amie chère.

— Rien. Je te jure : je n'ai jamais été aussi impatiente que mai arrive.

— J'ai un bon pressentiment, tu sais.

— Je ne veux pas nous porter la poisse, alors je me tais. (Mary concentra de nouveau son attention sur le calendrier.) Dis, je ne serai pas là demain soir. Bitty doit passer son examen médical.

— Oh ! c'est bon. Bonne chance… et c'est dommage que tu sois obligée d'aller jusque chez Havers.

— Doc Jane dit qu'elle ne possède tout simplement pas les connaissances de base. La pédiatrie vampirique a ses spécificités, visiblement.

Marissa esquissa un sourire aimable.

— Eh bien, mon frère est peut-être une source de désagréments pour moi à titre personnel, mais je n'ai jamais remis en question sa capacité à bien soigner ses patients. Bitty ne pourrait pas être entre de meilleures mains.

— Je préférerais vraiment qu'elle soit suivie avec nous à la clinique du centre d'entraînement. Mais au final, tout ce qui nous intéresse, c'est ce qu'il y a de mieux pour elle.

— Voilà ce qui s'appelle agir en bon parent.

Mary contempla son bracelet.

— Amen.

Chapitre 3

— Elise ! ne me dis pas que tu étais à l'université !

En sortant de son bureau au pas de charge, son père eut l'air d'un taureau furieux, du moins autant qu'un aristocrate mince comme un fil et fort distingué comme lui le puisse. En réalité, il n'avait pas du tout l'air d'un taureau, mais plutôt celui d'un prince européen tentant de héler son majordome. Felixe le Jeune avait néanmoins le visage d'une rougeur inhabituelle, et il n'avait pas boutonné sa veste de smoking avant de se précipiter sur sa fille.

S'il avait été un roturier, il aurait balancé les meubles en jurant grossièrement.

Et lorsqu'elle se retrouva nez à nez avec lui une réplique de *M*A*S*H* s'imposa à son esprit, sans qu'elle sache comment : « Les Winchesters ne suent pas, ils transpirent. Et les Winchester ne transpirent pas. »

Ou quelque chose dans ce goût-là. On ne pouvait qu'adorer Charles Emerson Winchester III.

— Explique-toi !

Il y avait plusieurs façons de gérer la situation, se dit-elle. Tout nier en bloc, encore et encore, mais avec son sac à dos sur l'épaule, ces fichus flocons de neige partout sur elle, et le fait qu'elle lui avait dit plus tôt qu'elle resterait lire à la maison, ce serait difficile à avaler, pour commencer ; en outre, elle avait horreur des mensonges. Une autre option consistait à planter son père là comme si de rien n'était, mais c'était totalement impossible : elle avait reçu une éducation convenable, et cela signifiait qu'elle ne pouvait pas se montrer impolie envers ses aînés.

Tout cela ne lui laissait que la porte de sortie numéro trois.

Dire la vérité.

— J'ai recommencé la fac. (Comme son père fronçait les sourcils et se penchait un peu, elle augmenta le volume de sa voix et ralentit son débit.) Oui, j'ai recommencé la fac.

Son père se tut, sous le choc, et elle l'observa comme elle le ferait d'un étranger. Il avait un visage de patricien, aux traits réguliers distillés par une bonne lignée, au point qu'on avait conscience de sa masculinité, même si cette appartenance sexuelle sonnait plus comme un chuchotis que comme un cri. Il avait des cheveux bruns, alors que ceux d'Elise étaient parsemés de mèches blondes, et des yeux gris pâle, et non bleus comme ceux de sa fille. Mais leur diction était identique, de même que leur posture convenable, leur attitude posée et leur sens des valeurs.

Donc, oui, elle avait l'impression d'avoir fait quelque chose de mal. Même si elle avait passé la transition, était, sans doute possible, majeure, surtout au regard des standards humains, et n'avait rien fait de plus téméraire que de passer trois heures dans une paisible bibliothèque à corriger des devoirs.

— Es-tu… As-tu… Comment peux-tu… (Il fallut un moment à son père pour sortir une phrase complète.) Je t'ai interdit d'y retourner ! Après les attaques, je t'ai explicitement dit que c'était dangereux et que tu n'avais pas l'autorisation de te rendre là-bas ! Et c'était avant…

Elise ferma les yeux. Il n'acheva pas sa dernière phrase parce que c'était LE sujet tabou par excellence.

Le prénom d'Allishon n'avait plus été prononcé depuis la nuit où la maisonnée avait appris son décès. Ils n'avaient même pas organisé de cérémonie de l'Estompe pour elle.

— Eh bien ! tonna-t-il, qu'as-tu à dire pour ta défense !

— Je suis désolée, père, mais je…

— Comment as-tu pu te montrer aussi irréfléchie ! Si ta *mahmen* était encore en vie, elle en ferait une crise d'apoplexie ! Depuis combien de temps cela dure-t-il ?

— Un an.

— Un an !

À cet instant, le majordome arriva en hâte de l'arrière de la maison, comme s'il avait entendu le vacarme qu'ils faisaient et craignait qu'un fou ne soit entré par effraction dans la demeure dont il était responsable. Une fois que le *doggen* eut jeté un coup d'œil à son père, il détala aussi vite qu'une souris devant un chat.

— Cela fait un an que tu y vas ? articula son père d'une voix tremblante. Comment as-tu… Tu m'as menti ? Pendant tout ce temps-là ?

Elise fit glisser son sac à dos de son épaule et le déposa entre ses pieds.

— Père, qu'étais-je censée faire d'autre ?

— Rester ici ! Caldwell est dangereuse !

— Mais les attaques sont terminées. Et même lorsqu'elles se sont produites les tueurs ont frappé des cibles vampires, et non humaines. C'est une université humaine…

— Les humains sont des sauvages ! Tu sais exactement quels dommages ils s'infligent les uns aux autres ! Tu le vois bien aux informations : les armes, la violence ! Même s'ils ne te visaient pas toi en tant qu'espèce différente, tu pourrais te retrouver prise entre deux feux !

Comme Elise levait les yeux vers le haut plafond, elle chercha la bonne combinaison de mots pour mettre fin à cette dispute.

— Nous n'allons pas discuter de cela ici.

Son père baissa d'un ton.

— Dans mon bureau. Tout de suite.

Quand il désigna du doigt la porte ouverte, elle ramassa son sac à dos et s'avança dans cette direction. Derrière elle, son géniteur lui emboîta aussitôt le pas, et elle ne fut pas surprise lorsque le battant sculpté se referma en claquant, les isolant à l'intérieur.

La pièce était charmante : un feu crépitait dans l'âtre, ses joyeuses lueurs dansant sur les fauteuils en cuir, des premières éditions étaient rangées dans la bibliothèque en acajou, et les peintures à l'huile représentaient des chiens de chasse que son père possédait autrefois dans l'Ancienne Contrée.

— Assieds-toi, ordonna-t-il, sans crier pour autant.

Elle savait exactement où il voulait qu'elle s'installe et elle se dirigea vers le siège en face du bureau, dans les courbes anciennes duquel elle se laissa glisser, en s'assurant de garder son sac avec elle. La dernière chose qu'elle souhaitait, c'était qu'il le lui confisque.

Dans cette confrontation, l'objet représentait sa liberté.

Felixe prit place derrière son bureau et croisa les doigts comme s'il essayait de se contrôler.

— Tu sais exactement ce qui arrive quand une femelle sort de chez elle sans chaperon.

Elise regarda de nouveau le plafond et veilla à conserver un ton calme.

— Je ne suis pas comme Allishon.

— Tu fréquentes le monde humain. Tout comme elle.

— Je sais où elle allait. Ce n'était pas à l'université, père.

— Je ne vais pas discuter des détails, et toi non plus. Ce que tu vas faire, c'est me jurer, ici et maintenant, que tu ne trahiras plus ma confiance. Que tu resteras ici et…

Elise bondit de son siège avant même d'en avoir conscience.

— Je refuse de gâcher ma vie à rester assise ici, nuit après nuit, en n'allant jamais nulle part et sans autre activité que le point de croix. Je veux obtenir mon doctorat, je veux terminer ce que j'ai commencé ! Je veux une vie !

Son père eut un mouvement de recul, et parut aussi surpris qu'elle de cette tirade. Et, pour désamorcer son insubordination, la femelle se laissa retomber dans son siège.

— Je suis désolée, père. Je n'avais pas l'intention de parler étourdiment, c'est juste que… pourquoi ne pouvez-vous comprendre que je veuille être libre de vivre ma vie ?

— C'est incompatible avec ton rang, et tu le sais bien. J'ai été plus que conciliant avec toi, mais cette époque est révolue. Je vais recevoir des mâles convenables en vue d'une union.

Elise laissa retomber sa tête.

— Je veux davantage, père.

— Ta cousine est morte. Alors que ses parents avaient déjà perdu leur fils dans les attaques ! Tu es témoin de leur souffrance toutes les nuits dans cette maison ! Est-ce ce que tu désires pour moi ? Tiens-tu si peu à moi que tu souhaites que je pleure ma fille unique après avoir déjà perdu ma *shellane* ?

Elise ravala un grognement de frustration, et concentra son attention sur le bureau. Les objets posés dessus – les photographies de sa mère et d'elle dans des cadres en argent, les stylos dans leur plumier, le cendrier dans lequel reposait une des pipes de son père – lui étaient aussi familiers que le dos de ses propres mains ; c'était des choses qu'elle avait toujours connues. Ils faisaient aussi partie du confort de la maison, et représentaient des symboles de la sécurité qu'elle avait autrefois appréciée mais qu'elle voulait désormais fuir.

— Eh bien ? reprit son père. Est-ce cela que tu souhaites pour moi ?

— Ce que je veux, c'est parler d'elle. (Elise se redressa dans son fauteuil.) Personne ne parle jamais d'Allishon. Je ne sais même pas comment elle est morte. Peyton est venu ici, vous a parlé à tous trois derrière des portes closes… et, juste après, sa chambre a été verrouillée, ma tante s'est alitée et mon oncle s'est mis à ressembler à un zombie. Personne ne m'a rien dit. Il n'y a pas eu de cérémonie de l'Estompe, ni période de deuil, rien que le vide et le silence au milieu de la souffrance de tout le monde. Pourquoi nous est-il impossible d'exprimer nos émotions et d'être honnêtes…

— Cette affaire n'a rien à voir avec ta cousine.

— Elle s'appelait Allishon. Pourquoi ne pouvez-vous pas prononcer son nom ?

Les lèvres déjà minces de son père s'amincirent encore.

— N'essaie pas de me détourner du vrai problème. Celui où tu me mens et où tu te mets en danger. Ce qui est arrivé à ta cousine appartient au passé. Il n'y a pas là matière à discussion.

Elise secoua la tête.

— Vous vous trompez là-dessus. Et si vous essayez de vous servir de la tragédie qui lui est arrivée pour me convaincre, vous feriez mieux de me révéler ce qui s'est vraiment passé.

— Je n'ai rien à t'expliquer. (Le mâle frappa du poing sur son bureau, faisant sauter l'un des cadres photo.) Tu es ma fille. Cet argument se suffit à lui-même.

— Pourquoi avez-vous aussi peur de parler d'elle ?

— Cette discussion est terminée…

— Est-ce parce que vous estimez qu'elle n'a eu que ce qu'elle méritait ? (Elle eut conscience que son corps se mettait à trembler alors qu'elle énonçait enfin ce qu'elle avait à l'esprit depuis des semaines.) Est-ce que tout le monde dans la maison se tait parce que tous désapprouvaient sa conduite, et que le fait qu'elle en soit morte ne vous attriste pas, mais vous met plutôt en colère ? En colère parce que vous craignez de possibles retombées sociales pour notre lignée ?

— Elise ! tu n'as pas été éduquée pour…

— Allishon sortait le soir. Elle avait des aventures avec des mâles qui n'étaient pas de notre rang et fréquentait des humains…

— Tais-toi !

— … et aujourd'hui elle est morte. Dites-moi, honnêtement, avez-vous vraiment peur qu'il m'arrive quelque chose de mal, ou craignez-vous plutôt la gêne potentielle qu'un tel événement engendrerait pour vous et notre lignée ? On peut à la rigueur pardonner une fin tragique à une femelle non conformiste, mais à deux ? Jamais. Est-ce là votre vérité, père ? Car si c'est le cas cela me semble bien plus laid que le fait que je veuille obtenir un diplôme.

Axe quitta *Les Clés* encore tout imprégné de l'odeur de l'humaine. Lorsqu'il sortit de l'immense série de bâtiments imbriqués, il inspira l'air pur et glacé, et sentit son corps surchauffé fumer sous son manteau. Des flocons tombaient d'une épaisse couche nuageuse, et, tout autour de lui, la ville bruissait de vie : des sirènes retentissaient dans le lointain, la musique du club tambourinait sourdement, et le trafic sur l'autoroute du Nord émettait une rumeur continue.

Il aurait préféré rentrer chez lui et se doucher, pour se nettoyer de l'odeur de sexe répugnante et obscène qui le recouvrait, mais il n'avait pas le temps.

Après avoir déniché un coin d'ombre, il arracha le nouveau masque de squelette qu'il s'était confectionné et le fit disparaître dans son manteau. Puis il ôta le lourd pardessus de ses épaules, tira un tee-shirt noir d'une autre poche intérieure et l'enfila. Ses armes étaient dissimulées dans la doublure et il les retira, ainsi que leurs holsters, de leur système d'attache Velcro. Après s'être réarmé, il replia les volumineux pans du manteau de façon que le vêtement ne semble pas plus long qu'une veste trois quarts.

Un instant plus tard, il se dématérialisa et reprit forme dans une ruelle onze pâtés de maisons plus loin, dans le pire coin de Caldwell.

Il ne fut pas le premier des recrues à arriver. Peyton et Boone étaient déjà là, sous un escalier de secours. Ils étaient vêtus de noir et aussi lourdement armés qu'Axe mais, contrairement à lui, ils n'empestaient pas le sexe.

Et Peyton ne sentait ni l'herbe ni l'alcool. Un putain de miracle.

Le mâle sourit.

— T'étais occupé ?

— Pas du tout.

Axe fit claquer sa paume contre la sienne, et salua Boone de la même façon.

— Où sont les autres ?

Peyton sourit, dévoilant ses crocs. Ce type semblait tout droit sorti du *Manuel des gens bien nés*, et était exactement le genre d'enfoiré qu'Axe détestait par principe. Riche, blond, avec des ongles polis et une garde-robe digne de Zoolander, Pey-pey était un emmerdeur. La seule chose qui le sauvait est qu'il était un sacré tireur, mais trop arrogant, ou trop stupide, pour connaître ses propres limites : à l'entraînement, il se battait avec autant d'acharnement que tous les autres, prenait bien trop de risques pour sa sécurité, et se montrait si souvent incontrôlable qu'il faisait irrésistiblement songer à Axe à une Lamborghini qui aurait perdu la moitié de ses roues, l'essentiel de son châssis et tous ses freins.

Et foncerait droit dans un mur.

Donc, ouais, Peyton, fils aîné de sang de Peythone, était l'exception qui confirmait la règle que les aristocrates ne devraient jamais se rendre sur un champ de bataille.

Cependant, Axe n'était pas si pote que cela avec ce fils de pute.

Non qu'il le soit vraiment avec quiconque.

Boone, d'un autre côté, était l'anti-Pey-pey. Silencieux, immense et doté d'une force physique incroyable, il était le tigre aux aguets du groupe, le rôdeur dans l'ombre, celui qui avait le plus de chances de vous frapper dans le dos et de vous trancher la gorge avec un couteau que vous n'aviez même pas remarqué dans sa main. Axe était quasiment certain que ce type avait été sacrément foutu en l'air par quelque chose ou quelqu'un dans sa vie d'avant. En dépit de son calme apparent, Boone n'était jamais complètement détendu, ni serein. Qu'il soit occupé à lire sur son iPhone, à écouter de la musique dans le bus ou à attendre les ordres des frères, on avait toujours l'impression qu'il savait où chacun se trouvait dans un espace donné.

Comme s'il s'attendait à subir une attaque, et qu'il était hors de question qu'il laisse qui que ce soit avoir le dessus sur lui.

Se méfier de l'eau qui dort, se disait toujours Axe. Avant que cet enfoiré se transforme en Grande Faucheuse contre vous.

Craeg et Paradis arrivèrent ensuite, tous deux vêtus de noir et couverts d'armes. Le couple était aussi complice que s'il était uni, mais s'abstenait de toute démonstration d'affection en cours, ou en dehors. Le ciel soit loué de cela.

Après tout, Axe détestait vomir, et s'il y avait bien une chose qui garantissait que son estomac déclenche le système d'évacuation, c'était la vue de deux personnes gazouillant en se faisant les yeux doux. Trois ans plus tôt, quand il consommait de l'héroïne en permanence, il avait vécu un cauchemar quand il avait dû s'avaler une rétrospective télé des films de Sandra Bullock parce qu'il était trop défoncé pour changer de chaîne.

Même s'il avait bien aimé *The Blind Side*.

Axe salua les nouveaux venus et recula pour les laisser échanger des politesses avec les deux autres. Puis il y eut une pause dans la conversation, pendant laquelle il s'amusa à observer les efforts de Peyton pour ne pas contempler Paradis. C'était la même chose chaque nuit : la manifestation de cet amour à sens unique pour une femelle que le mâle ne pourrait jamais avoir, et c'était agréable de voir ce beau garçon, qui avait sans nul doute toujours obtenu tout ce qu'il désirait, se faire ainsi entuber par le destin.

C'était tellement pathétique.

Mince ! voilà une leçon que sa mère avait enseignée à Axe. Ne jamais donner à une femelle de pouvoir sur soi. L'amour vous castrait plus vite qu'une paire de ciseaux chirurgicaux.

Merde ! il n'y avait qu'à voir ce qui était arrivé à son vieux après le départ de sa mère. Des décennies entières de deuil. Une vie gâchée sur l'autel de l'« amour ». Un bon mâle mis à genoux et maintenu dans cet état à cause d'une femelle vénale qui l'avait abandonné uniquement parce qu'elle s'était dégotté un autre mâle plus riche pour lui acheter ce qu'elle voulait.

Alors qu'une vieille douleur familière réapparaissait derrière son sternum, Axe se déroba à la sensation même si son corps ne bougea pas. Reportant son attention sur le triangle amoureux Paradis-Peyton-Craeg, totalement invisible aux yeux de Craeg-adis, il se surprit à sourire. Oui, le fait que le gamin pauvre ait gagné la fille le rendait heureux. Craeg était un alpha entre les alpha, et le meneur *de facto* des recrues, mais il venait de nulle part, tout comme Axe. À l'inverse, Paradis était la fille du Premier conseiller du roi. On ne trouvait pas meilleur pedigree que le sien.

Mais elle avait choisi le mendiant plutôt que Gatsby le Magnifique.

Bravo, ma grande ! Une raison de plus de l'apprécier. En plus de ses talents de chasseresse.

La dernière recrue à arriver était le genre de femelle qui aurait attiré l'attention d'Axe en toutes circonstances. Et, oui, alors qu'elle était couverte de cuir noir de la tête aux pieds, il saisit l'occasion d'admirer ses formes, à distance respectable. Elle était le cobra du groupe, une créature musclée, puissamment dangereuse et belle, avec des yeux turquoise, des réflexes plus rapides qu'une explosion de C4 et un esprit subversif qu'il comprenait totalement.

Mais il ne se la taperait jamais.

Elle était ultrabandante, mais plusieurs raisons expliquaient la réserve si peu caractéristique du mâle en la matière, la principale étant qu'on ne chiait pas là où on mangeait. Même si Craeg et Paradis avaient en quelque sorte décroché le gros lot du destin en réussissant à former un couple, sans finir par perdre leur mordant ni se détester, ce n'était pas le genre de jeu de hasard auquel Axe avait envie de jouer. Oh ! et, P.-S., il était à peu près aussi branché relation de couple qu'il appréciait les aristos.

Comme Novo s'adossait au bâtiment en briques près de lui, il la salua d'un signe de tête.

— La nuit est froide, dit Peyton à personne en particulier.

— On est en décembre, marmonna Novo. Tu voudrais qu'il fasse vingt-cinq degrés ?

— Oui, tout à fait.

Novo marmonna quelques noms d'oiseaux de choix à destination du mâle, y compris « arrogant » et « enfoiré », mais nul n'y prêta attention. Tous deux étaient devenus des tireurs d'élite de la conversation, mais seulement l'un envers l'autre et, bon, regarder le spectacle avec du pop-corn et un Coca faisait passer le temps.

Une rafale de vent s'engouffra dans la ruelle comme si elle fuyait un ennemi invisible et Axe dilata les narines, afin de humer l'air à la recherche d'odeur de frères, d'humains, ou de leur ennemi, la Société des éradiqueurs.

Nada. Et il en conçut une certaine déception.

Après sept semaines de formation intense, durant lesquelles toutes sortes de compétences avaient été abordées de façon complète, depuis le combat à mains nues jusqu'au maniement des armes à feux et l'usage des poisons en passant par celui des bombes sans oublier les techniques de filature, Axe n'était pas le seul à penser qu'ils étaient prêts pour autre chose que se battre entre eux dans le gymnase et étudier des situations d'affrontements théoriques. Chacun d'entre eux avait ses propres raisons de vouloir prendre part à la guerre, mais leur dénominateur commun était qu'ils rongeaient tous leur frein.

Et, allons, ils fréquentaient le centre d'entraînement caché de la Confrérie de la dague noire six nuits par semaine, durant six à huit, et parfois dix heures d'affilée.

Et il ne s'agissait pas de quelques travaux dirigés en classe et d'un devoir tapé à l'ordinateur. Ils avaient dû fournir un travail rude et épuisant, et aucun d'entre eux n'avait échoué, ce qui prouvait que les sévères épreuves de sélection, qui avaient réduit le groupe de postulants d'une soixantaine à eux six, avaient été efficaces pour choisir la demi-douzaine de candidats susceptibles de terminer le programme.

Axe analysa de nouveau l'air. Toujours rien. Il s'était senti tout excité quand, pour la première fois, on leur avait ordonné de se retrouver non pas à l'un des endroits où le bus venait les chercher pour les emmener au centre d'entraînement, mais ici, sur le champ de bataille.

Peut-être leur accordait-on enfin une chance de se battre pour de vrai.

Dix minutes plus tard, ils commencèrent à consulter leurs montres, d'abord avec décontraction, puis avec un sentiment d'agacement croissant.

Axe ne prit pas la peine de regarder la sienne. Ils étaient au bon endroit et à l'heure prévue. Les frères se pointeraient quand ils seraient fin prêts.

Mais, putain de merde ! cette foutue attente le rendait nerveux.

Il observa la ruelle entourée d'immeubles à l'abandon. La neige commençait à tomber sérieusement de la couverture nuageuse, mais le vent qui soufflait en bourrasques aux sommets de ces cages à humains vides de quatre ou cinq étages serrées les unes contre les autres empêchait qu'aucun flocon ne pénètre dans le dédale de ruelles. L'écho lointain des sirènes n'en finissait pas de se répercuter d'un bout de la ville à l'autre, comme si les ambulanciers et les flics jouaient à cache-cache les yeux bandés. Aucun humain ne déambulait dans la zone, et il n'y avait rien à chercher ici, pas même une fumerie de crack.

Celles-ci se trouvaient un peu plus à l'ouest. À environ trois rues de là.

Il le savait parce qu'il les avait fréquentées…

Les détonations éclatèrent de partout.

En haut. Devant, en bas. Derrière.

Axe plongea à terre pour éviter les balles qui sifflèrent près de ses oreilles et de ses fesses, et regretta instantanément de ne pas avoir songé à sortir ses armes. On le leur avait pourtant appris. Bon sang de bonsoir !

Pendant qu'il effectuait une roulade sur le trottoir défoncé, il tenta maladroitement de saisir ses calibres, mais ce fut comme essayer d'attraper des balles de tennis tout en tombant dans une crevasse : les pans de son manteau voletèrent autour de lui, s'entortillant autour de ses bras pour finir par lui claquer au visage, ce qui aggrava son manque de coordination tandis qu'il s'efforçait de ne pas se faire tuer.

Malgré tout, il réussit à atteindre l'abri d'une étroite embrasure de porte dans un mur, dégaina ses flingues puis chercha à évaluer si les tirs étaient un test ou provenaient bel et bien de l'ennemi. Impossible à dire. Il ne voyait rien et ne sentait pas grand-chose. Les autres recrues couraient partout. Les balles pleuvaient toujours. Il ignorait totalement qui viser, ne savait que faire, et se demandait ce qui pouvait bien se passer, bordel !

Il ne s'attendait pas à ce chaos. Suivant la dichotomie « arrêt d'urgence et enclenchement de la vitesse-lumière », son cerveau semblait incapable de décider si la scène se déroulait au ralenti ou à toute allure…

Puis une balle frôla son visage de si près qu'il ressentit une brûlure au bout du nez.

Et puis merde ! se dit-il en pivotant sur lui-même.

D'une violente poussée, Axe écrasa son épaule contre la porte, faisant voler en éclats le bois pourri du battant. Juste au moment où il tomba à l'intérieur du bâtiment, Novo passa derrière lui comme une flèche, et il l'attrapa par le bras pour l'entraîner à couvert avec lui. Ils atterrirent de concert sur du béton, tout aussi accueillant qu'une table d'autopsie dans une morgue, bras et jambes emmêlés, et restèrent figés par la surprise une fraction de seconde.

Immédiatement après, ils se redressèrent à la verticale et, exactement comme on le leur avait appris, se positionnèrent dos à dos, leurs armes brandies afin de former la meilleure unité défensive possible. Les yeux d'Axe le picotèrent quand il essaya de distinguer quelque chose, n'importe quoi, mais l'obscurité était trop dense pour être percée. Alors il concentra son ouïe sur le vide sensoriel, isolant et dissociant le bruit des balles et des déplacements dans la ruelle pour écouter attentivement ce nouvel environnement.

Un liquide tombait goutte à goutte sur la gauche. Novo haletait autant que lui. Et il entendait les battements de son propre cœur.

L'endroit où ils se trouvaient sentait le renfermé et une douzaine de moisissures différentes, suggérant qu'on n'avait pas ouvert depuis…

— Clic, vous êtes morts.

Alors qu'on prononçait ces mots à voix basse, un canon de pistolet entra en contact avec sa tempe. Et, vu la façon dont Novo hoqueta de surprise, il fut quasi certain qu'elle avait elle aussi un .40 pressé contre son crâne.

— Enfoiré, marmonna Axe.

— Oui, répondit le frère Rhage sans le reprendre. Aucun d'entre vous ne descendra au Premier Repas demain matin. Vous avez échoué à votre premier essai sur le terrain.

Chapitre 4

Parfois, s'éloigner était la meilleure des solutions.

Non qu'Elise se sente forcément mieux après cet affrontement avec son père. Mais au moins, alors qu'elle était assise dans sa chambre à contempler son reflet dans le miroir de sa coiffeuse, elle se consolait en se disant que la relation entre eux n'était pas pire qu'avant.

Ce qui, considérant les vérités qu'elle lui avait assenées…

Et après ? Elle allait foutre le feu à la maison ?

Mais elle avait pensé chacun des mots qu'elle avait prononcés. Rien n'avait été énoncé pour le plaisir de faire une scène ou pour détourner l'attention de son géniteur. Et peut-être que, s'ils avaient eu une relation différente, les dures vérités qu'elle avait abordées les auraient rapprochés l'un de l'autre, ouvrant la porte au pardon et à un deuil commun.

Au lieu de quoi, c'était la colère qu'ils avaient partagée, chacun de leur côté, et, à présent, son père allait déposer une requête auprès du roi pour la transformer en femelle *rehcluse*. Et elle qui avait cru avoir des problèmes auparavant ? En supposant que la requête soit accordée – et vu le statut de Felixe au sein de la *glymera* pourquoi en irait-il autrement –, elle n'aurait plus aucun droit. Elle deviendrait un simple bien meuble de son père, au même titre qu'une lampe ou qu'une voiture. Ou qu'un grille-pain.

Ou qu'un fichu divan.

Concernant son père, le sujet était clos. Elle ne retournerait pas à l'université et elle accepterait le châtiment de son mensonge sous la forme de cette tutelle. Problème résolu.

Dans ce contexte, l'ameublement de sa chambre ressortit soudain de façon criante aux yeux de la femelle : les rideaux en brocart de soie, le lit à baldaquin, les antiquités françaises et le papier, peint à la main, semblaient tout droit sortis du décor d'un film historique de Merchant Ivory.

Vous savez, un truc dans lequel jouerait Keira Knightley, avec corset et perruque longue.

Rien de tout cela ne correspondait au style d'Elise. Mince ! elle ignorait même quelles étaient ses préférences en la matière.

Lorsque son portable sonna, elle le sortit du manteau qu'elle n'avait toujours pas pris la peine de retirer et regarda qui l'appelait.

— Dieu soit loué ! dit-elle en posant la tête dans sa main. J'ai besoin de toi.

— Salut, je suis en plein entraînement. Est-ce que ça va ?

La voix de Peyton paraissait un peu étouffée, comme si son cousin avait placé une main en coupe autour de sa bouche.

— Non, ça ne va pas.

— Écoute, je ne peux vraiment pas te parler pour l'instant. Je joue au mort dans une ruelle.

— Quoi ? (Elle savait le mâle branché par les trucs pervers, mais là, vraiment ?) Où es-tu ?

— Je te l'ai dit, dans une ruelle, murmura-t-il. Je viens de me faire tuer lors d'un exercice sur le terrain et j'attends ma punition. Retrouvons-nous dans une heure.

Comme il lui communiquait une adresse dans le centre-ville, elle secoua la tête bien qu'il ne puisse pas la voir.

— Non, tu ne comprends pas. Pendant que tu joues au mort, je suis assignée à résidence. Je suis coincée ici.

— Quoi ?

Il fallait croire qu'ils pouvaient tous les deux jouer à « Surprise, surprise ! ».

— C'est une longue histoire. Je ne peux pas m'échapper pour te voir…

— Bien sûr que si. Entrouvre une fenêtre et dématérialise-toi. Je te retrouve là-bas dans une heure.

La communication fut coupée, et Elise écarta l'appareil de son oreille comme si elle pouvait obliger mentalement son cousin à la rappeler.

C'était Peyton qui était venu annoncer à leur famille la mort d'Allishon. Et, bien qu'Elise ait reçu l'interdiction d'entrer dans la pièce ou d'apprendre le moindre détail de la tragédie, il lui avait rendu visite plus tard et lui avait affirmé que, si elle avait besoin de quoi que ce soit, elle pourrait toujours compter sur lui.

Il avait sans doute dit cela par rapport au décès d'Allishon, mais elle n'avait personne d'autre vers qui se tourner.

Quand son téléphone sonna de nouveau, elle décrocha immédiatement.

— Je suis sérieuse, je ne peux pas sortir.

— Je te demande pardon ? s'enquit une voix masculine.

— Troy ! Oh, mince ! Je… euh… j'attendais un autre appel.

— Je voulais seulement savoir… (Son professeur se racla la gorge.) Tu sais… si tu étais bien rentrée. Et je… je suis désolé qu'on ait été interrompus tout à l'heure.

— Eh bien, tu es un garçon populaire.

Elise prit une profonde inspiration et regretta sincèrement de ne pouvoir remonter le temps de quelques heures à peine, lorsqu'elle se souciait encore d'une chose aussi simple que savoir quand ils allaient sortir ensemble.

— Tu es forcément abordé par des étudiants à la bibliothèque.

— Dis, est-ce que ça va ? Tu as l'air mal à l'aise. Est-ce à cause de…

— Soucis familiaux. Ça n'a rien à voir avec toi.

— Tu sais, tu n'as jamais parlé de ta famille. Je veux dire, je sais que tu n'es pas mariée… mais en dehors de cela…

Il avait une jolie voix, se dit-elle. Et son accent humain était exotique à ses oreilles. Mais il lui était difficile de se détourner du gros problème auquel elle était actuellement confrontée avec son père pour s'intéresser à quelque chose d'aussi frivole qu'une invitation à dîner.

Ce qui était très nettement la direction que Troy prenait.

— Je ne sais même pas d'où tu viens, la relança ce dernier lorsqu'elle ne répondit pas. Je n'ai jamais réussi à définir ton accent. Tu viens d'Europe, je pense, mais…

Il se tut de nouveau, espérant visiblement qu'elle comblerait les trous, aussi répondit-elle :

— Non, c'est vrai, je ne suis pas américaine.

— Quand es-tu arrivée ici ?

Oh ! je suis née à Caldwell. Simplement au sein d'une tout autre espèce.

— Est-ce que je me montre trop indiscret ? reprit-il. Je suis désolé.

— Non. C'est seulement que… mon père a découvert que j'allais à la fac et il est très en colère contre moi. Je suis sortie en douce derrière son dos, et à mon retour ce soir je me suis fait surprendre.

— Il n'a pas envie que tu sois diplômée ?

— Non, pas vraiment. Il est très… (Elle tenta de trouver le bon terme humain.) Il est très traditionnel. Vieux jeu, tu sais. La seule raison pour laquelle j'ai pu commencer mes études, c'est parce que ma mère l'a convaincu de me laisser m'inscrire, mais elle est décédée au cours de ma première année, et voilà.

—Toutes mes condoléances.

Elise se mit à frotter ses tempes douloureuses.

—Merci beaucoup. Écoute, Troy, je ne veux pas être impolie, mais…

—C'est une culture totalement différente pour toi, alors.

—Tu n'imagines même pas, marmonna-t-elle en montrant ses crocs au miroir. Complètement différente.

—Alors que vas-tu faire ? Je veux dire, est-ce que tu vas revenir ? Je ne demande pas cela uniquement parce que tu es ma chargée de TD. Puis-je faire quelque chose pour t'aider ? Je peux éventuellement lui parler…

—Non, non. Honnêtement, ce serait… (Si son père apprenait qu'elle fréquentait un humain, et songeait éventuellement à sortir avec lui, elle serait enchaînée au sous-sol.) Je ne sais pas. Pour l'instant, ça ne se présente pas bien pour moi.

Le problème de mourir pour de faux au milieu d'un exercice, c'est qu'à la fin de la séance on avait l'impression d'être réellement mort.

Ou, du moins, d'être aussi proche que possible de cet état, tout en ayant toujours un pouls.

Au milieu d'un bâtiment abandonné, étendu sur le dos par terre, les jambes en extension à quinze centimètres du sol, Axe poussa un grognement de douleur. À côté de lui, Novo maintenait la même position, le dos collé contre le béton froid, les jambes tendues en l'air, et les paumes à plat sur le sol au niveau des hanches. Chacun de leurs muscles tremblait, au point qu'Axe claquait des dents et que la sueur lui dégoulinait sur le visage.

Au moins, ils n'étaient pas les seuls à se faire discipliner.

Tout le monde s'était fait « tuer », y compris Craeg.

Le frère Rhage décala le faisceau de sa lampe torche d'Axe et Novo vers l'endroit où Paradis et Peyton effectuaient des pompes, à la façon des marines, avant de le braquer plus loin sur Boone et Craeg, qui, eux, faisaient des abdos.

Dans ce genre de situation, la règle était qu'on devait continuer jusqu'à épuisement, et personne du groupe ne voulait crier grâce le premier. Pendant que le corps d'Axe était aux prises avec la douleur, il libéra son esprit, qui le ramena aux *Clés*, sur l'échafaudage, avec cette humaine et le public en bas. Il avait chaque détail gravé dans sa mémoire : la sensation du corps de la femme sous ses mains, le goût de sa bouche, les va-et-vient dans son sexe. Ce souvenir n'avait rien d'émotionnel ; si sa dernière expérience avant de venir en cours avait été de changer les pneus d'une voiture, il aurait songé clé à molette, carcasse radiale et enjoliveurs.

Il se remémora tout ce qu'il pouvait et…

La lumière aveuglante de la torche de Rhage se déversa sur le visage d'Axe comme de l'acide.

— Bkdw nbh, koy dwn skfg.

Axe tenta d'articuler un « Quoi ? » mais ce fut comme forcer un bus à passer à travers un trou de serrure.

Le frère se pencha et parla plus lentement.

— Tu peux t'arrêter, mon gars. Tu as fini. Tous les autres ont abandonné.

Ce fut comme relâcher un élastique après l'avoir étiré au maximum. Son corps s'effondra dans un claquement sonore quand tous ses membres retombèrent par terre, y compris l'arrière de son crâne. Comme l'intense lueur rouge de la douleur envahissait tout son cerveau, il n'eut pas la force d'ordonner à ses poumons de se mettre au boulot. Soit ils allaient le faire, soit non, et l'issue ne l'intéressait pas plus que cela.

Il songea vaguement que cette indifférence n'était pas normale. Pas saine. Pas bonne.

Mais ce n'était pas la première fois qu'il adoptait une attitude aussi blasée vis-à-vis de sa vie et de sa mort.

Une conversation commença au-dessus de lui : Viszs et Rhage s'adressaient au reste de la classe, mais Axe était trop occupé à se réoxygéner pour écouter ce qu'ils racontaient.

Quand il finit par s'asseoir, il se rendit compte que seules les recrues se trouvaient encore dans le bâtiment. Les frères étaient partis.

La flamme orange d'un briquet éclaira un instant le visage de Peyton lorsqu'il alluma une cigarette.

— Il est 1 heure. Il faut qu'on mange et qu'on boive. C'était un vrai merdier ce soir.

Quelques murmures d'approbation, accompagnés de jurons, répondirent à ce triste constat. Puis Craeg tendit la main à Axe pour l'aider à se relever.

— Tu viens avec nous ? demanda-t-il.

— Ouais, s'entendit-il répondre. Et puis merde !

Il était fatigué, il avait faim et il était pauvre, et, chaque fois qu'ils sortaient en groupe, Peyton insistait pour régler la note avec son AmEx. C'était une équation suffisante pour Axe, d'autant plus que, de cette façon, il n'avait pas à avouer à quiconque qu'il se nourrissait de nouilles instantanées quand il ne mangeait pas à la cafétéria du centre d'entraînement.

— Allons, dit Craeg. Il y aura toujours demain soir pour nous rattraper.

— Je voudrais me battre tout de suite, marmonna Axe.

— Putain ! oui. C'était à chier.

« Clic, vous êtes morts. »

À ce rythme-là, la Confrérie ne les laisserait pas affronter l'ennemi avant des mois. Peut-être même des années.

Dans la ruelle, personne ne parla beaucoup, parce que chacun se remémorait clairement ce petit refrain, *« clic, vous êtes morts »*, dans sa tête. Au moins l'air froid faisait du bien et, merde ! la neige commençait à tomber pour de bon, si bien que les flocons atteignaient désormais le sol, même dans les petites rues.

Pendant qu'ils se dirigeaient vers Commerce Street, Axe se repassa en boucle tout le merdier : il se visualisa avec ses flingues dégainés, mieux préparé à l'embuscade et davantage prêt à se battre. Puis il se rendit compte que le repaire post-entraînement favori de Peyton s'était matérialisé devant lui, comme par enchantement.

Le bar à cigares était aussi prétentieux qu'il en avait l'air, avec son décor rustique anglais, qui comprenait toutes sortes de fauteuils en cuir, beaucoup de lourdes tables basses et des tabourets en bois foncé. Il n'y avait toutefois pas d'écrans de télé diffusant du sport humain dans les recoins, et la bouffe était bonne, du moins par rapport à ses nouilles instantanées. Le principal point négatif ? Les clients humains étaient de vrais enfoirés arrogants, avec leurs Mercedes et leurs Range Rover garées par le voiturier et leurs copines trophées, mais au moins ces connards étaient si égocentriques qu'ils se foutaient des vampires qui se mêlaient à eux.

Même si Paradis et Novo attiraient toujours beaucoup l'attention.

Et, oui, cela donnait aux mâles qui s'entraînaient avec elles l'envie de dégainer leurs armes.

Le maître d'hôtel se précipita vers Peyton et commença à lui jouer son numéro d'accueil. Leur salon habituel avait été réservé, et Axe bouda la séance de cirage de pompes. Il s'éloigna du groupe pour gagner le fond de la salle, où se situait l'issue de secours.

Novo le suivit et s'assit avec lui, puis il commanda deux scotchs, un pour chacun, tandis que les autres entraient à la file et s'installaient confortablement dans les fauteuils rembourrés. Il y avait une table basse au milieu sur laquelle trônait une boîte à cigares en compagnie de plusieurs cendriers et, bientôt, divers cocktails et assiettes de tapas recouvrirent le plateau.

— … stand de tir demain.

Axe se passa la main sur le visage.

— Quoi ?

— J'ai dit que tu devrais peut-être lever le pied avec ce club BDSM juste avant les séances, répéta Novo. Tu es à côté de tes pompes et tu n'as pas envie de faire mauvaise figure au stand de tir demain.

— Ce qui me tourneboule, c'est ma performance de merde ce soir. (Il fit tournoyer l'alcool dans son verre, recouvrant les glaçons d'une vague de whisky.) Mince ! j'aurais peut-être mieux réagi si j'étais resté plus longtemps aux *Clés*.

— Tu m'y emmèneras un jour ? (Elle but une gorgée et se renfonça dans son siège.) J'ai envie de voir de quoi il est vraiment question.

Il la détailla de la tête aux pieds.

— Ouais, je crois que tu pourras encaisser la découverte. Je ne dirais pas ça de la plupart des femelles.

— Ta remarque est sexiste, non ?

— Les femelles ont des exigences plus élevées que les mâles. Mais tu es des nôtres.

Novo renversa la tête en arrière et éclata de rire.

— Je n'arrive pas à décider si je dois me sentir offensée ou pas.

— Si je te commande un autre scotch, est-ce que cela t'aidera à…

Ce fut comme un accident de voiture dans sa tête. Une seconde il roulait sur une autoroute déserte dans son état normal de pute rongée par la culpabilité, obsédée par le sexe et l'automortification, et la suivante toutes ses pensées, chaque once de son savoir, même au niveau de son inconscient, s'écrasait violemment contre une femelle blonde d'un mètre soixante-dix-sept aux yeux d'ange, dotée d'un corps divin et d'un visage présentant un mélange étonnant d'effroi et de détermination.

Axe se redressa dans son siège comme si on avait soudain raccordé son cul à la batterie d'une Chevrolet, et la salle autour de lui se mua en un tunnel obscur à l'extrémité duquel la seule lumière visible était cette femelle que le mâle, sous le coup de l'émotion, imaginait entourée d'un halo…

Peyton se mit soudain en travers de son chemin.

Ce misérable enfoiré eut le culot colossal de se lever et d'accueillir l'inconnue d'une étreinte. Puis il se mit à lui parler, et son corps musculeux boucha la vue de la femelle à Axe, qui songea aussitôt que l'arrière de la tête du bellâtre offrirait une excellente cible pour une balle, un marteau, voire un piano en chute libre.

— Pour info, lui tirer dessus ne fera pas arriver mon deuxième whisky plus vite, dit doucement Novo. Parce que le serveur va appeler la police pour t'arrêter avant de m'apporter mon verre.

— De quoi parles-tu, bordel ? gronda Axe.

Sauf qu'alors il baissa les yeux et – oh ! salut, monsieur Brillant – il avait son flingue à la main et était prêt à tirer.

Contrairement à la désinvolture dont il avait fait preuve dans la ruelle.

Génial, c'était seulement maintenant que son cerveau décidait de se remettre à niveau en matière de protocole de combat.

Marmonnant dans sa barbe, Axe rengaina son arme et finit son verre. Puis il tenta ostensiblement d'attirer l'attention du serveur, alors qu'il essayait en réalité de contourner la vue de Peyton et son numéro « Je suis davantage une porte qu'une fenêtre ».

Le problème fut enfin résolu quand ce fils de pute s'écarta et commença les présentations.

Mais alors la situation empira.

— Voici ma cousine, Elise, annonça-t-il à la cantonade.

Chapitre 5

Du point de vue d'Elise, puisqu'elle s'était déjà fait surprendre à avoir quitté la maison dans le dos de son père, elle ne risquait pas davantage de problèmes en sortant une dernière fois sans permission, avant que le marteau de la *rehclusion* tombe et qu'elle se retrouve enfermée. En outre, Peyton serait en compagnie des autres recrues. Qu'est-ce qui pourrait être plus sûr que de le rejoindre ?

Au bout du compte, il était la seule personne vers laquelle elle pouvait se tourner. Il existait peut-être une issue, un moyen de... Elle ne savait pas.

—Laisse-moi te présenter, dit son cousin en désignant les gens assis dans de lourds fauteuils disposés en cercle.

Elise aurait préféré le voir en tête à tête, mais elle n'allait pas rater cette occasion. En outre, ils pourraient toujours se retirer dans un coin plus tard pour discuter en toute discrétion.

—Voici Craeg, et tu connais Paradis.

Elise leva la main en direction de la femelle.

—Salut... euh... bonjour.

Paradis était la fille du Premier conseiller du roi, la descendante d'une des familles fondatrices, mais elle était toutefois parvenue à s'extirper du rôle traditionnel auquel sa haute naissance la condamnait et avait rejoint le programme d'entraînement de la Confrérie. En tant que soldat. Ou plutôt en tant que guerrière.

Elle pourrait peut-être lui donner des conseils?

—Voici Boone, Novo… et Axe.

Elise salua de la tête chaque recrue, jusqu'à ce qu'elle arrive au dernier mâle. Elle ne sut pas trop ce qu'elle fit alors.

Peut-être fut-elle victime d'une attaque cérébrale? ou d'une commotion spontanée? Parce que, ce fut certain, elle oublia tout et tout le monde à l'instant où elle croisa son regard. Le bar à cigares, les humains autour d'eux et même la raison de sa venue en ce lieu disparurent comme si quelqu'un avait passé l'univers à l'effaceur.

Il lui parut extraordinaire.

Ou plutôt… extraordinairement dangereux.

Quelle que soit la façon dont elle aurait pu définir l'impression qu'il lui fit, elle eut l'intuition qu'il allait changer sa vie.

Le mâle était assis un peu à l'écart de la lumière tamisée qui tombait du plafond, et les ombres qui le recouvraient semblaient le protéger comme s'il était l'une des leurs. Il avait des cheveux foncés, noirs, épais et coiffés en épis, et un immense corps prêt à bondir à l'assaut en un clin d'œil. Les tatouages qui s'étendaient de façon visible sur la moitié de son cou et les piercings qui ornaient son oreille et son sourcil gauches le rendaient encore plus effrayant. Et puis il y avait ses vêtements noirs, qui le couvraient d'une manière qui suggérait que des armes pouvaient se trouver cachées dessous.

Le menton incliné vers la poitrine, il la dévisageait entre ses cils, et elle crut voir ses yeux jaune pâle se mettre à luire lorsqu'ils s'arrêtèrent sur elle, et elle seule.

Sa première idée cohérente fut que c'était un prédateur.

La seconde: qu'elle voulait qu'il l'attrape.

—Elise?

Comme Peyton prononçait son nom et se plaçait entre eux, elle se secoua.

—Je te demande pardon, quoi ?

La mine renfrognée de son cousin suggérait qu'il avait remarqué le lien qui s'était établi entre eux et que – sans surprise – il le désapprouvait. Mais bon, vu la façon dont le mâle dans le coin la regardait, nul besoin d'être un parent de sang possessif pour refuser qu'une femelle se trouve à proximité de ce type.

—Assieds-toi là, près de Paradis, lui proposa Peyton. Et discutons.

Mince ! il faisait chaud ici, se dit-elle en déboutonnant son manteau.

—Elise ? Ohé ?

Se reprenant, elle se força à sourire.

—Je suis désolée. Qu'y a-t-il ?

—Prends un siège, murmura son cousin en désignant du doigt un pouf rembourré qu'il avait approché.

—Certes. Oui, bien sûr.

Alors qu'elle tentait de remettre son cerveau sur les rails, Elise s'installa et jeta un coup d'œil à Paradis, dont le sourire était ouvert et aussi beau que le reste de sa personne. Ce qui était plutôt surprenant. La plupart des femelles de sa condition qu'elle fréquentait étaient de vraies pestes.

—Peyton m'a raconté ce qui se passait pendant qu'on se rendait ici. (Paradis replia ses jambes sous elle et s'appuya sur son accoudoir.) Et je n'en parlerai à personne, c'est promis. Mais je comprends ton problème. Je le comprends même parfaitement.

Elise secoua la tête et commença à trier les informations qu'elle était prête à communiquer et celles qu'elle souhaitait garder pour elle. Parler de la névrose familiale concernant Allishon ? Hors de question.

— Mon père n'est pas un méchant mâle, vraiment pas.

— Seigneur ! bien sûr que non. C'est juste un mâle traditionnel, qui s'inquiète pour sa fille dans ce monde troublé. Ce n'est pas un problème de bien et de mal. Il est ici question de ton droit à vivre ta vie en dépit du strict rôle social auquel ta famille veut te cantonner.

Elise poussa un soupir.

— Comment as-tu fait pour réussir à intégrer le programme d'entraînement ? Je veux dire, je sais bien qu'ils acceptaient les femelles, mais…

Pendant qu'elle parlait, une espèce de dédoublement de la personnalité s'opéra en elle : la moitié de son attention était concentrée sur sa conversation avec Paradis, tandis que l'autre moitié se tournait vers ce mâle et analysait son corps, sa présence, sa puissance.

L'effet qu'il provoquait chez elle était totalement différent de celui que lui faisait Troy, se fit-elle la réflexion. Lors de sa dernière rencontre avec l'humain dans la bibliothèque, elle avait eu l'impression de se trouver devant un feu couvert, où l'on se dirait : « Hem, je vais peut-être m'asseoir ici et tendre les mains pour ressentir la chaleur. Ou alors je vais rester à ma place et admirer le spectacle des flammes. Ou… et puis zut, laissez-moi prendre un livre et lire un peu. »

Beaucoup de réflexions agréables, rassurantes même, mais sans réel intérêt.

Mais quand elle songeait à ce mâle assis dans l'ombre là-bas, elle se sentait plutôt comme si elle était glacée jusqu'à la moelle et affamée après s'être égarée au milieu d'une tempête de décembre et que, dix-sept jours plus tard, elle trébucherait toujours dans les congères, sur le point de s'effondrer, les poumons en feu à cause du manque d'oxygène, la tête qui lui tournerait et tout le corps endolori, lorsque soudain à l'horizon elle découvrirait un incendie allumé par la foudre, qui dévorerait la forêt sur plusieurs hectares, en émettant une fournaise accablante, terrifiante et mortelle…

Mais qui néanmoins constituerait l'unique source de chaleur auprès de laquelle elle pourrait ranimer son corps meurtri, et à moitié mort de froid.

Oh ! et pour faire bonne mesure, ajoutez un buffet garni de tous ses mets favoris, dressé juste devant cet immense brasier.

Avec, en bonus, deux cents kilos de chocolat Lindt.

Et des pâtes. Et du champagne.

Oui, ce mâle n'était source d'aucune rêverie agréable. Elle ne le considérait pas vraiment comme un choix plus excitant que Troy, mais plutôt comme une obligation compulsive à rejoindre le signal qu'il émettait.

Et au diable les conséquences.

— … parler à ton père.

Elise se botta les fesses et retourna son attention vers Paradis.

— Excuse-moi ?

— Ton père, reprit la femelle. Mon père lui parlerait volontiers.

— Parler à qui ? Mon géniteur.

— Quelle meilleure façon d'essayer de le faire changer d'avis ? Mon père s'inquiète pour moi, et lui aussi est de la vieille école, mais sa façon de réfléchir a évolué. Si quelqu'un peut ramener ton père à la raison, c'est lui.

— Oh ! mon Dieu… ce serait formidable. (Des larmes lui mouillèrent les yeux.) Pourquoi ferais-tu…

Paradis lui prit la main.

— Parce que je sais à quel point c'est difficile.

Cette empathie inattendue lui coupa le souffle, et Elise demeura un moment abasourdie par l'aimable proposition de la femelle. C'était si dur de tenir tête seule à la *glymera* et à ses restrictions imposées aux femelles, et presque impossible de contester des normes qu'elle n'avait pas demandées et auxquelles elle ne croyait pas, mais qui dirigeaient néanmoins sa vie. Et ce ne fut pas avant cet instant que la femelle se rendit compte qu'elle avait abandonné avant même d'avoir commencé à se battre parce qu'elle n'avait aucun espoir, sauf en s'enfuyant, de modifier l'autorité légale et sociale de son père sur elle.

— Mais il va me faire déclarer *rehcluse*, reprit Elise. S'il le fait, je suis finie. Le combat sera terminé avant d'avoir commencé.

— Quand doit-il déposer sa requête ?

— En ce moment même, je pense. Il s'est rendu sur-le-champ à la maison d'audience... C'est la seule raison pour laquelle j'ai pu m'esquiver pour venir ici.

Paradis sortit son téléphone et se leva.

— Accorde-moi une minute.

Tandis que la femelle allait chercher un endroit plus calme pour passer son appel, Elise s'essuya les yeux. Et, après avoir pris une profonde inspiration, elle se redressa sur son siège, et regarda vers...

Le mâle l'observait toujours, son corps massif bien carré dans son fauteuil, les genoux largement écartés, son verre dans une main et l'autre calée sous son menton, ses longs doigts posés sur sa bouche.

Peut-être, dans son esprit, était-il en train de l'embrasser.

Elise sentit soudain une onde de chaleur la parcourir ; l'explosion irradia à travers ses veines en réponse à ce regard, cette façon érotique de se prélasser, cette intensité dévorante avec laquelle il l'étudiait comme si elle était sous le feu d'un projecteur. Mais étrangement, en dépit de son regard appuyé et de la tension érotique palpable qu'il dégageait, il n'esquissa pas un geste pour venir lui parler.

Même si elle était presque certaine qu'il les imaginait tous deux en train de faire l'amour…

— Tout va s'arranger, dit Peyton en se glissant dans le siège abandonné par Paradis. Tout ira bien.

Changeant – difficilement – de direction, Elise croisa le regard de son cousin.

— Euh… je l'espère. Et merci pour ton aide. Je ne savais pas à qui d'autre m'adresser.

— Je te l'ai dit. Tu peux compter sur moi quand tu veux, où tu veux.

Peyton tira sur son cigare, recrachant des volutes de fumée grise qui se dissipèrent au-dessus de sa tête. Comme il faisait signe au serveur puis désignait d'un geste circulaire les verres vides sur la table basse, elle eut la nette impression qu'il venait ici régulièrement. Mais bon, il était peut-être seulement extraordinairement à l'aise et confiant en public.

Une assurance qu'elle espérait pouvoir ressentir un jour, elle aussi.

Tandis qu'il plaisantait avec le mâle qui tenait la main de Paradis plus tôt, puis riait d'une réplique de ce dernier, Elise ne put s'empêcher d'examiner le visage de son cousin. Peyton était aussi beau que possible, le genre de mâle que tout le monde regardait et désirait connaître, mais il n'avait jamais été heureux, du moins pas d'après ce qu'elle avait pu en voir. Et il ne l'était assurément pas à l'heure actuelle. Derrière l'esprit sarcastique et la séduction affectée, elle sentait comme un décalage chez lui, un détachement essentiel, qui le séparait du reste du monde.

Il souffrait en silence. Portait le deuil seul. Agonisait mais en faisant semblant que tout allait bien pour lui.

Quels liens avait-il entretenus avec Allishon ? De toutes les personnes qui auraient pu annoncer sa mort à la famille, pourquoi s'en était-il chargé ?

L'avait-il découverte ou quelque chose du genre ?

— Comment vas-tu ? lui demanda-t-elle à voix basse. Tu sais, après Allishon…

— Je pète le feu, tu plaisantes ? (Il se pencha en avant et tapota la cendre de son cigare au-dessus d'un cendrier.) Je suis dans une forme éblouissante.

Il avait le regard vide, mais il lui sourit et, soudain, elle eut envie de se remettre à pleurer. Mais s'il pouvait se montrer fort, elle aussi en était capable.

Paradis revint alors et s'assit sur les genoux de la recrue dont elle avait tenu la main.

— Mon père va lui parler tout de suite.

Elise ferma les yeux, soulagée.

— Oh ! merci, merci infiniment… J'espère vraiment qu'il pourra m'aider.

— Mon père a vraiment le don d'apaiser les gens. (Paradis contempla son mâle, de l'amour plein les yeux, et sourit.) Et, si traditionnel soit-il, il sait que cela ne fait pas tout.

Non, ordonna Axe à sa libido. *Non, certainement pas. Tu n'auras pas cette femelle.*

Oublie-la. Lâche l'affaire. Dégage.

Putain de merde ! c'était comme parler à un chien récalcitrant.

Mais bordel ! Non seulement ce n'était pas du tout son genre de fille, mais elle incarnait aussi tout ce qu'il méprisait dans la *glymera*. Il ne supportait pas les blondes, pour commencer. Et, ouais, d'accord, elle portait un maquillage discret et n'était pas vêtue de trucs moches et chers censés être « à la mode », quoi que cela veuille dire. Mais son accent ? Allons, il était si patricien qu'en comparaison il donnait l'impression que la reine d'Angleterre humaine parlait comme une buveuse de bière de téléréalité.

Et la structure osseuse de son visage était bien pire. Elle possédait des traits si purs et parfaits, qu'il était certain qu'elle pouvait faire remonter sa lignée aux origines du monde. Quant à ses yeux ? Ils ressemblaient à deux saphirs. Ses lèvres ? On aurait dit des rubis. Sa peau, quant à elle, paraissait aussi douce et lisse qu'une perle.

On aurait dit un bijou de beauté. Mais, merde ! il était trop facile de deviner chaque détail de sa vie future ; elle habiterait un hôtel particulier dans le quartier le plus chic de la ville ; sa chambre serait décorée façon « Barbie au musée du Louvre » ; son père la presserait de s'unir à un mâle convenable issu d'une Très Bonne Famille. Mais, ce soir, sa plus grande inquiétude devait être de choisir quelle parure de diamants elle porterait au Dernier Repas.

C'était une bonne chose qu'il lui reste encore quatre heures avant de se décider.

Pfiou. Quel putain de soulagement.

Elle était exactement ce que sa mère avait espéré devenir. Quand elle l'avait laissé orphelin et avait fait de son père un mâle fini.

Donc, non. Il n'avait rien à faire avec cette machine à se reproduire aristocratique, coincée et du genre à se faire donner le bon Dieu sans confession. *Niet.* Ça n'arriverait…

Quel goût peut-elle bien avoir ? murmura une petite voix à l'intérieur de lui.

— Arrête, marmonna-t-il. Ferme-la.

Comment réagirait-elle, nue sous lui, les jambes largement écartées et le sexe offert pour qu'il le prenne ?

Gémirait-elle son nom ? ou le prononcerait-elle dans un halètement…

— Tu sais, tu pourrais te faciliter les choses, murmura Novo.

— De quoi parles-tu ? Et, pitié, ne réponds pas si tu n'en sais rien.

— Pourquoi ne vas-tu pas la voir pour lui parler ?

Axe envisagea un instant de jouer les abrutis, mais bon.

— Mauvaise idée. Elle se retrouverait nue dans la minute suivante, et alors je devrais massacrer toute personne dotée d'une queue qui l'aurait vue ainsi.

— T'es un putain d'animal, s'esclaffa Novo. Mais ça me plaît chez un mâle. Et je crois que c'est aussi le cas de cette femelle.

— Quelle femelle ? (Bon sang ! était-il déjà soûl ?) Je crois que tu t'imagines des trucs.

— Si ton excitation sexuelle augmentait encore d'un cran, elle te conduirait à commettre des actes qui te feraient arrêter dans un endroit pareil.

— Raison pour laquelle j'apprécie *Les Clés*.

— Sérieusement, il faut que tu m'y emmènes.

— Quand tu veux.

Puis il se tut parce que la cousine de Peyton se levait et étreignait le mâle comme si elle s'en allait.

Regarde-moi, lui ordonna Axe dans sa tête. *Allez, regarde-moi.*

La femelle était manifestement bien élevée et elle prit le temps de saluer tous ceux auxquels elle avait été présentée, y compris, enfin, lui.

Elle jeta un rapide coup d'œil dans sa direction, puis elle esquissa un bref adieu de la main, et disparut.

Elle marchait comme quelque chose qu'il aurait voulu monter par-derrière.

Sans avoir eu conscience de bouger, Axe fit mine de se lever, mais Peyton lui lança un regard noir, un bon gros « N'essaie même pas » assorti d'un « N'y pense même pas » et de tout un tas de « Même pas en rêve, connard » qui le cloua sur son siège. Mais alors, une arrivée imprévue offrit une diversion inespérée au mâle brun.

Sous la forme d'un double bonnet E et dans une minijupe si courte qu'elle avait plus l'air d'être une petite culotte sans entrejambe. Et l'humaine était blonde, ce qui avait les préférences de Peyton.

Toute l'amertume et la frustration causées par l'épreuve manquée, ajoutées au bourbon que le mâle avait bu, conspirèrent contre les instincts protecteurs casse-couilles de ce bon vieux Pey-pey, et, juste après son apparition sur la scène, le bonnet E vint se poser sur les genoux du jeune homme et lui caressa les cheveux à la base de la nuque de ses doigts ornés de faux ongles.

Ce fut le signal du départ pour Axe.

Il fila du bar plus vite qu'un tireur d'élite pouvait recharger son arme.

Le mâle traversa la salle plongée dans la pénombre comme un laser au milieu d'une foule, et se fora un passage jusqu'à l'entrée principale et le froid extérieur.

Instinctivement, il sut qu'elle avait tourné à gauche.

Et, tout aussi instinctivement, elle s'arrêta sur le trottoir à la seconde où il émergea du bar.

Lorsqu'elle se tourna vers lui, une rafale de vent lui dégagea les cheveux du visage. Avec les gros flocons qui tombaient en tourbillonnant et son manteau qui isolait son corps du froid hivernal, elle semblait à la fois réelle et irréelle, comme sortie d'un rêve fiévreux.

Axe la rejoignit en quelques enjambées, conscient qu'il avait plus l'air d'un puceau affamé d'amour que du drogué au sexe qu'il était devenu depuis qu'il avait décroché de l'héroïne.

Elle évita de le regarder en face, comme s'il l'intimidait, et, lorsqu'elle glissa les mains dans ses poches, il devina que ce n'était pas à cause du froid, mais pour se donner une contenance.

Axe savait cela parce qu'il saisit son odeur : cette femelle, si nerveuse soit-elle, était loin d'être indifférente à son charme.

— Je savais que tu me suivrais, dit-elle d'une voix rauque.

— Et je savais que tu m'attendrais.

Elle leva le menton.

— Je ne t'attendais pas.

— Si je ne m'étais pas rué dehors, tu l'aurais fait.

Il aima la façon dont elle carra la mâchoire, comme s'il l'exaspérait. Mais alors elle sourit.

— Si tu savais que j'allais t'attendre, alors pourquoi te presser ?

— Tu le vaux bien.

Elle ouvrit la bouche comme si elle s'était attendue à ce qu'il lui dise autre chose et avait préparé sa réplique. Secouant la tête, elle sourit en détournant les yeux.

— N'est-ce pas un slogan pour une marque de shampoing ?

— Aucune idée.

— Tu n'es pas branché magazines féminins ?

— Je ne suis pas branché femmes. Ni femelles.

— Alors, que crois-tu que je sois ?

Axe ne voyait pas en quoi il était utile de souligner qu'il pouvait être attiré sexuellement par des gens dont ils se foutaient par ailleurs complètement.

— Comment puis-je te revoir ? demanda-t-il en grondant. Dis-moi où et quand et je serai là.

— Et si je ne suis pas intéressée, rétorqua-t-elle d'une voix traînante en descendant sur la chaussée.

Il demeura collé à ses talons tandis qu'elle traversait la rue. Une bonne chose qu'aucune voiture n'arrive, car, sinon, il aurait risqué de balancer les véhicules hors de son chemin.

— Si tu prétends que tu n'es pas intéressée, moi je dis que tu racontes des conneries. Et pourquoi me faire perdre ainsi mon temps, dans ce cas-là ?

Parvenue de l'autre côté de la rue, elle pivota sur elle-même, les mains posées sur les hanches.

— Es-tu toujours aussi arrogant ?

Il se pencha vers elle et, inspirant à pleins poumons, se délecta du parfum de son excitation.

Lui murmurant à l'oreille, il répondit :

— Crois-tu vraiment qu'une chose aussi fragile qu'un faux déni va me tenir éloigné de toi ?

À cet instant, la porte du bar à cigares s'ouvrit à la volée et Peyton bondit dans la rue, comme le superprotecteur indigné qu'il était redevenu.

— Je ne nie rien du tout, répondit-elle sèchement. Mais mon cousin nous tiendra sans aucun doute éloignés l'un de l'autre.

— Seulement si tu le laisses faire.

— Elise, s'exclama Peyton sur le trottoir d'en face, rentre chez toi.

— Et c'est le même mâle qui va m'aider à me libérer de mon père, marmonna-t-elle.

— Elise !

Comme quelques voitures qui passaient empêchaient son cousin de traverser, elle se détourna.

— Amuse-toi bien avec lui.

Et, « pouf ! », elle disparut, se dématérialisant dans la nuit de décembre.

— Bon sang de bonsoir ! murmura Axe.

Pendant ce temps-là, Peyton évita de justesse un camion, avant de piquer un sprint pour le rejoindre.

— Bordel de merde ! lui hurla Axe. Je ne l'ai pas touchée…

« Paf ! »

Un crochet du droit lui fit cracher du sang.

— N'y pense même pas, putain ! articula Peyton, les dents serrées. Elle n'est pas ton genre de fille.

— Attends, parce que je ne suis pas un aristocrate comme toi, enfoiré ?

Ils se défièrent du regard, les crocs sortis, alors qu'on risquait de les voir, et s'empoignèrent par leurs vestes respectives.

Craeg fut le suivant à sortir du club, Paradis sur ses talons.

— C'est une femelle de valeur ! (Peyton se prépara à assener un autre coup de poing.) Elle n'est pas comme ces ordures que tu baises…

Axe saisit l'avant-bras du mâle et l'écarta d'une torsion.

— Oh ! et cette pétasse humaine sur tes genoux là-bas était une sorte de sainte…

— Sa cousine est morte, d'accord ! C'est Allishon qu'Anslam a assassinée le mois dernier, et j'ai dû aller chez Elise pour leur apprendre ce qui s'était passé ! Alors, non, tu ne peux pas la baiser puis l'abandonner avec sa réputation détruite, comme tu comptes le faire. Il y a déjà eu assez de douleur sous son toit et elle mérite mieux que ça ! Mieux que toi !

Craeg traversa la rue au pas de course et, sans attendre, saisit Peyton par les épaules et le tira en arrière.

— Pas ici, dit-il sèchement. Vous êtes en train de faire une scène sur la voie publique, bande de cons.

Axe poussa un juron et s'éloigna un peu du groupe. Tandis qu'il marchait sur le trottoir, il remarqua que ses bottes laissaient des empreintes noires dans la fine couche de neige fraîchement tombée. Il s'arrêta pour cracher encore du sang et tenta d'oublier avec quelle intensité ses poings le démangeaient de prendre leur revanche.

Mais, bon Dieu ! ils avaient tous entendu parler du meurtre. Anslam, l'assassin, avait été l'une des recrues, l'un des rares à avoir surmonté l'épreuve de la nuit d'intégration et à être accepté au sein du programme de la Confrérie.

Nul ne savait, ou aurait pu même deviner, que ce salaud d'aristocrate brutalisait des femelles et prenait en plus des photos de ses sordides exploits.

Peyton était parti à la recherche de sa cousine après avoir tenté en vain de la joindre, et, d'après ce qu'Axe avait entendu dire, le mâle avait découvert un bain de sang. Mais pas de corps. Elle était morte à la clinique de Havers, mais sans avoir été identifiée alors.

C'était Paradis qui avait fait le rapprochement, et Anslam avait failli la tuer quand elle avait fini par comprendre.

Ce salopard sadique avait fini mort au milieu du hall d'entrée de la femelle.

Quel bordel.

— Pas Elise, répéta Peyton d'une voix enrouée. Je ne vais pas te laisser la perdre. Et ne fais pas comme si cela n'arrivera pas. À moins que tu demandes à son père l'autorisation de t'unir convenablement à elle, tiens-toi à distance.

Ouais, comme si ça allait arriver. Et d'une, parce qu'Axe ne demanderait jamais un truc pareil au père de quelqu'un. Et de deux, comme si un géniteur de haut lignage comme celui qu'elle avait laisserait une loque comme lui simplement franchir sa porte d'entrée, et encore moins avec l'idée d'une demande d'union.

Mince ! Axe n'était même pas assez bon pour aspirer les tapis de sol de la Rolls-Royce du type.

Mais quelle importance, se dit-il en détournant la tête. Ce n'était pas comme s'il allait la revoir.

C'était quoi l'expression consacrée ? Une rencontre sans lendemain.

Ils étaient deux vaisseaux se croisant dans la nuit, sans jamais se retrouver.

— Très bien, murmura-t-il. Je la laisserai tranquille.

Chapitre 6

Le soir suivant, au crépuscule, Mary était assise au pied du lit de Bitty, tandis que la fillette se demandait quel manteau porter. L'un était une très épaisse parka rouge et noir, un cadeau du roi, qui, d'après Mary, revenait à envelopper l'enfant dans du papier bulle. Rhage avait même plaisanté en disant que c'était l'équivalent en Gore-Tex d'une de ces boules à hamster géantes dans lesquelles les humains se glissaient pour dégringoler des pentes. L'autre choix était un sage caban bleu marine, à l'ancienne, avec des boutons de marin et un col qu'on pouvait remonter comme celui de Dracula.

Une partie du cœur de Mary se serra à l'idée que c'était la première fois de sa vie que Bitty avait à prendre ce genre de décision. Auparavant, issue d'un milieu pauvre, elle avait eu de la chance de posséder même un seul manteau, et l'idée que la fillette ait passé tant d'hivers à souffrir du froid suffisait à donner la nausée à l'humaine.

— Je ne vois pas pourquoi je dois aller à la clinique, dit l'enfant en rangeant la parka dans son placard.

Mary savait depuis le début qu'elle choisirait le manteau en laine. C'était Rhage qui l'avait offert à la petite, et Kolher, fils de Kolher, père de Kolher, était peut-être le roi de toute l'espèce, personne n'arrivait à la cheville du père de Bitty.

Et cette soirée menaçait d'être assez effrayante.

— Penses-tu que quelque chose cloche chez moi ? interrogea la fillette en revenant du placard.

— Non. Je ne le pense pas. Mais il vaut mieux en être certains que simplement espérer que ce soit le cas.

— Mais je n'ai mal nulle part.

Bitty se dirigea vers la coiffeuse et s'assit devant le miroir à trois faces.

— Et tous les pretrans sont petits.

— Je suis d'accord.

Bon sang ! Mary avait horreur d'évoquer les maltraitances dont Bitty avaient été victime.

— Mais, en réalité, ton corps a subi beaucoup de choses. Cela ne veut pas dire que tu ne passeras pas la transition pour devenir grande et forte. Mais et s'il y avait quelque chose que nous pouvions faire aujourd'hui pour nous assurer que cela arrivera bien ?

— Est-ce à cause des fractures ?

— Oui.

Bitty se tut et, bien qu'elle se soit déjà coiffée, prit la brosse pour la passer dans ses longues mèches brunes qui lui tombaient sous les épaules. Et Mary lui accorda un peu de temps pour accepter l'idée d'aller chez Havers, pendant qu'elle-même contemplait la chambre en se demandant ce qu'ils pourraient faire pour rendre le décor assez guindé plus conforme aux goûts d'une jeune fille de treize ans. Même si Bitty ne demandait rien et paraissait même satisfaite.

Ils avaient effectué beaucoup d'achats ces derniers temps, et il était difficile de ne pas tout donner à l'enfant.

Difficile, aussi, d'empêcher ces satanés frères de la gâter. Bitty était arrivée à la demeure de la Confrérie avec deux vieilles valises, une tête de poupée et son vieux tigre en peluche, Mastimon, et, en l'espace de quelques nuits, l'équivalent d'une équipe de foot d'emmerdeurs protecteurs, rebaptisés les GOAL (grands oncles agressifs et lunatiques), avaient pris l'habitude de déposer des choses devant sa porte comme des offrandes sur un autel.

En réalité, Lassiter surnommait l'équipe d'oncles « les Gogols » ou « les Gorilles », ce qui déclenchait souvent des bagarres. Mais bon…

Oh ! et l'ange déchu était le pire de tous dès qu'il était question de cadeaux. Rien que ce soir-là, lors du Premier Repas, il lui avait donné un nouvel exemplaire du DVD de *Deadpool* ainsi qu'un sweat-shirt orné d'un dessin rouge et noir de Dory avec un message « Où est Francis ? » imprimé sur le devant.

— Je n'ai vraiment pas envie d'aller à la clinique de Havers, dit Bitty en se regardant dans le miroir. J'ai peur.

Mary ferma les yeux, se rappelant que la petite avait été soignée là-bas à cause de ce que son père biologique lui avait infligé.

— Rhage et moi serons tout le temps avec toi. On ne te quittera pas.

— Doc Jane ne peut pas faire les tests nécessaires à sa clinique ?

— Je suis désolée, mais non.

— Est-ce qu'elle peut venir avec nous ?

— Non, ma chérie, elle a du travail ici. Mais elle s'entretiendra avec Havers dès qu'on aura les résultats des examens. Le docteur Manello discutera également avec Havers et V. le fera peut-être lui aussi.

Bitty reposa sa brosse et se passa une main sur les cheveux.

— D'accord.

Seigneur ! elle était si petite assise là, et Mary aurait donné n'importe quoi pour être celle qu'on examinerait sous toutes les coutures, celle qui passerait à la radio et à l'IRM. L'enfant avait enduré tant d'épreuves : son pauvre petit corps avait absorbé des coups et un stress que la plupart des adultes auraient du mal à surmonter. Et ces expériences avaient été plus que difficiles. L'idée qu'elle doive encore en affronter les conséquences paraissait très injuste.

— Je pense qu'après Rhage prendra sa nuit de repos et restera avec nous, reprit Mary en se levant.

— Il m'a dit qu'on pourrait manger une glace et regarder un film si j'ai envie.

— C'est d'accord. (Alors que Bitty restait assise, Mary la rejoignit.) Je ne vais pas te quitter.

— C'est promis ? chuchota-t-elle. J'ai peur.

L'humaine posa la main sur l'épaule de l'enfant.

— Je te jure que je ne te quitterai jamais.

Merci, Vierge scribe. Et merci, Rhage. Quand ils avaient décidé de lancer la procédure d'adoption, Rhage et elle avaient décidé que, s'il mourait le premier, elle resterait avec Bitty. Bien entendu, ils n'en avaient pas parlé à la fillette. L'occasion ne s'était pas encore présentée.

Bitty prit une profonde inspiration.

— D'accord, allons…

Elle fut interrompue par un coup frappé à la porte, suivi de la voix grave et étouffée de Rhage :

— Comment vont mes femelles là-dedans ? Vous êtes prêtes ?

— Oui.

— Bien.

Rhage ouvrit le battant et apparut sur le seuil. Il était grand et beau, ses larges épaules emplissaient l'encadrement de la porte, et sa perfection physique surnaturelle poussait parfois Mary à y regarder à deux fois de temps à autre. Avec ses cheveux blonds épais et ondulés, ses yeux couleur de l'océan Pacifique et ses dents si blanches qu'on aurait dit le carrelage d'une salle de bains – bien qu'il ne les ait jamais fait blanchir –, il était une légende pour les femelles de l'espèce, et à juste titre.

Il lui était aussi totalement et absolument dévoué, à elle et à elle seule.

Il avait fallu du temps à Mary pour s'habituer à cette idée et même y croire. Après tout, il aurait pu obtenir tout ce qu'il désirait chez une compagne en choisissant une femelle grande, blonde et aussi sublime que lui. Au lieu de quoi, il n'avait d'yeux que pour elle, une brune avec un visage plutôt agréable, et un corps rendu stérile par la chimiothérapie.

Rhage estimait toutefois qu'elle était une reine de beauté et, bizarrement, quand elle était en sa présence et qu'il la contemplait de cette façon, elle se sentait exactement comme telle.

Bitty bondit de sa chaise et se précipita vers lui, et il s'agenouilla pour être à sa hauteur. Quand il lui prit les mains, ses grandes paumes engloutirent complètement les petites menottes de la fillette.

— Tu es prête à en finir avec tout ça pour qu'on puisse regarder encore une fois *Deadpool*?

Mary secoua la tête.

— Vous êtes vraiment accro à ce film.

— « Alors qu'est-ce que ce sera ? cita Bitty. Un long silence boudeur ou une réplique méchante ? »

— « Tu m'as démasquée », rétorqua aussitôt Rhage.

— Oui, oui, oui, oui…

Bitty serra les poings et les leva vers le ciel tandis qu'elle effectuait un petit tour sur elle-même.

— Promettez-moi encore que vous ne regardez pas les parties pour adultes, les interrompit Mary.

Bitty et Rhage se couvrirent les yeux tandis qu'il répondait :

— Non. On se met en position et on attend que les moments moches soient passés.

Choisis tes batailles, se rappela Mary. *Il faut choisir ses batailles.*

Comme tous trois sortaient de la suite en groupe, elle reprit :

— Vous savez, vous pourriez essayer de regarder autre chose. Il y a de merveilleux documentaires sur les problèmes sociaux qui…

Elle s'interrompit quand les deux autres se retournèrent et la dévisagèrent comme si elle venait de suggérer de taguer des obscénités partout dans le vestibule. Ou de renvoyer Fritz. Ou de revendre la GTO de Rhage sur eBay au poids du métal.

— Comment se fait-il que vous ne soyez pas liés par le sang, marmonna-t-elle. Mais toi au moins tu pourras peut-être évoluer, Bitty.

La fillette se rapprocha d'elle et lui donna l'une de ses étreintes fortes et brèves dont elle était coutumière.

— Peut-être.

Tandis qu'ils gagnaient le premier étage, Rhage demanda :

— Bibi, tu sais qu'on ne va pas t'abandonner là-bas à la clinique, hein ? Il ne sera pas convenable que je reste avec toi tout le temps, mais Mary sera là, et je serai dans la salle d'attente ou dans le couloir…

Quand ils émergèrent de l'escalier, ils s'arrêtèrent net.

Juste devant le bureau du roi, un groupe les attendait : Doc Jane en tenue de bloc, Manny en blouse blanche, V. en tenue de combat et Zadiste en survêtement Adidas, mais couvert d'armes.

Oh ! et Lassiter.

Ce dernier portait un masque de hockey et des épaulières de football américain.

— Voilà un sympathique comité d'adieu, dit Rhage en allant taper les paumes de ses frères.

— On ne s'est pas rassemblés là pour vous dire au revoir. (Lassiter frappa ses protections.) On forme votre entourage.

Mary cilla.

— Pardon ?

Jane sourit et regarda Bitty.

— Nous venons avec vous.

— Non que les parents ne soient pas à la hauteur, précisa Lassiter derrière son masque. Mais soyons réalistes, je travaille mon plaquage défensif, et ce sera un bon entraînement. Si ce médecin à cou de poulet se montre trop entreprenant, je l'éparpille façon puzzle.

Viszs se frotta le visage des deux mains. Comme si, dans son esprit, il cassait la gueule de l'ange, parce qu'il savait qu'il ne pouvait pas faire réellement couler le sang devant la fillette, mais que cette retenue le tuait.

— Tu peux rester à la maison, marmonna-t-il. Tu peux vraiment rester dans cette fichue maison, espèce de sale empêcheur de tourner en rond.

Lassiter plaqua les mains sur son plastron et fit mine de se pâmer comme Julie Andrews.

— Vous ne trouvez pas ça mignon quand il ne peut pas jurer ? Ça me réchauffe la coque : c'est comme regarder un ivrogne sur des rollers essayer d'esquiver un obstacle dans le noir…

Zadiste, qui parlait rarement, interrompit la métaphore filée.

— On ne veut pas que vous y alliez seuls. Alors on vous accompagne. Il y a des choses qu'on a besoin de faire en famille.

Rhage se racla la gorge comme s'il était submergé par ses émotions, et Mary répondit d'une voix enrouée :

— Merci beaucoup. Je… Nous vous en sommes très reconnaissants.

Z. s'avança vers Bibi et, si l'on ne se fiait qu'aux apparences, n'importe quel parent aurait voulu que le frère demeure aussi loin que possible de leur enfant. Avec ses bandes d'esclave tatouées, son visage couturé et son énorme carcasse de guerrier bardé d'armes, il ressemblait davantage à un kidnappeur qu'à un oncle aimant.

Sans dire un mot, il tendit la main.

Et, sans perdre un instant, la petite survivante prit la paume du grand survivant.

Bitty et Z. avaient toujours eu un lien particulier. Mais bon, quand on avait été forcé d'endurer la cruauté d'autrui pendant des années, il existait toujours une séparation entre soi et le monde, peu importe le temps écoulé ou le nombre de choses agréables qui vous arrivaient ensuite.

Cette base commune les réunissait. Et, même si Mary aurait préféré qu'autre chose les rapproche, elle était toujours heureuse – surtout par une nuit pareille – que Bitty puisse compter sur Zadiste dans sa vie.

Tous deux commencèrent à descendre le grand escalier, et ce fut comme si la sonnerie de départ d'une course de chevaux venait de retentir et que le portillon s'était ouvert : l'assemblée tout entière leur emboîta le pas et les suivit en bas, jusqu'à l'endroit où Fritz attendait dehors dans sa Mercedes noire.

Le truc génial avec une famille, songea Mary, c'était que ses membres n'hésitaient jamais à se manifester et à s'impliquer.

Quand c'était vraiment important, votre famille, qu'elle soit de sang ou d'adoption, était toujours là où vous aviez besoin d'elle, même si ses membres avaient des vies très occupées, des boulots et des enfants.

—Au fait, est-ce que l'un d'entre vous accepterait de frapper le palet avec moi pour passer le temps ? demanda Lassiter en les guidant à travers le hall.

—Non, répliquèrent-ils à l'unisson, y compris Bitty.

—Mais je peux frapper quelque chose d'autre, punaise ! marmonna V. dans sa barbe.

—J'adore quand tu me dis des cochonneries. Fais-moi un gros câlin. Allez, tu sais que tu en as en…

L'incertitude la rongeait.

Elise ne savait absolument pas à quoi s'en tenir sur sa situation personnelle : elle ignorait si elle pourrait continuer à aller en cours, ou si elle était désormais coincée dans une sorte de prison, ou, même, si elle avait encore un toit au-dessus de la tête.

Après son rendez-vous avec Peyton au bar à cigares, et sa rencontre choc avec cette recrue au moment de partir, elle était rentrée chez elle pour attendre le retour de son père. Assise sur la dernière marche de l'escalier sculpté juste en face de la porte principale. Comme une enfant perdue.

Trois heures plus tard, il était revenu, la tête basse, les épaules affaissées, et l'air aussi abattu qu'un ballon de baudruche dégonflé.

Il ne lui avait même pas accordé un regard, ni même semblé avoir conscience de sa présence dans le vestibule.

Il s'était simplement rendu directement dans son bureau et s'y était enfermé.

Eh bien, merci de cette chouette discussion, papa, songea-t-elle ironiquement. *Voilà qui change de nos habitudes.*

Mais, vraiment, comment avait-elle pu attendre autre chose de la part du mâle ?

Après avoir débattu intérieurement si elle devait ou non le déranger pour savoir s'il avait engagé une procédure contre elle, elle était montée dans sa chambre et s'était mise au lit. Elle n'avait pas dormi de la journée, mais pas seulement à cause de son père et de son éventuelle requête de *rehclusion*.

Elle n'avait pas cessé de songer à ce mâle : à ses tatouages et ses piercings, à la façon dont il l'avait regardée, à ce qu'il lui avait dit. Elle avait passé beaucoup de temps à se rejouer la scène sur le trottoir. Dans sa tête, ils se tenaient toujours là-bas, en train de se disputer sous la neige, et la tension sexuelle entre eux était si palpable qu'elle aurait pu tirer dessus comme sur une corde.

C'était une surprise, compte tenu des problèmes très concrets qu'elle affrontait actuellement dans sa vie, qu'elle éprouve le moindre intérêt pour un mâle qui risquait de lui compliquer davantage l'existence. Mais elle regrettait de ne pas lui avoir donné son numéro. En même temps, elle était heureuse de ne pas l'avoir fait, car, s'il l'avait appelée, elle l'aurait revu, et cela aurait été la catastrophe assurée.

Pas besoin de connaître les détails sur un mâle comme celui-ci pour avoir parfaitement conscience qu'il était une chanson de Taylor Swift en puissance.

Voire pire…

—Assez, dit-elle en se redressant dans son lit. Arrête de ruminer.

Son père devait encore se trouver en bas dans son bureau. Il était donc temps d'affronter les conséquences, comme disait autrefois sa mère, et de discuter avec lui.

Quand elle sortit de sa chambre, Elise s'arrêta net. Son père venait juste d'émerger de sa suite au bout du couloir, et il s'immobilisa en la voyant.

S'éclaircissant la voix, elle dit :

— Père, je…

Il se détourna sans un mot et lui fit le geste « stop », une paume levée au niveau de l'épaule.

— Pas maintenant.

— Alors quand ? demanda-t-elle.

Il ne répondit pas et se contenta de poursuivre son chemin, remontant le couloir jusqu'à l'escalier d'apparat, puis disparaissant à sa vue.

À moins de se jeter devant lui, elle ignorait comment le forcer à engager la discussion avec elle. Et, même alors, il risquait fort de simplement la contourner sans s'arrêter.

— Fils de pute ! cracha-t-elle.

Il était peut-être temps pour elle de déménager. Mais, à n'en pas douter, il lui couperait aussitôt les vivres, alors comment paierait-elle un loyer, et le reste ?

La seule raison pour laquelle elle avait pu fréquenter l'université, c'était parce qu'elle y avait décroché une bourse. Et celle-ci ne couvrait pas les frais de logement et de nourriture.

Une brusque envie de balancer quelque chose par terre lui fit tourner la tête vers un guéridon ancien où était posé un bouquet de roses importées. Leur vase conviendrait parfaitement à ce projet, avec son col étroit aisément saisissable, sans compter le poids de l'eau et des fleurs, mais, si ce geste suffirait à lui faire sentir qu'elle pouvait provoquer des dégâts, il ne parviendrait pas à enrayer la froideur qui s'était installée entre son père et elle.

Tournant les yeux de l'autre côté du couloir, elle contempla la porte fermée de la suite où résidaient son oncle et sa tante.

Son oncle en sortirait bientôt, mais sa tante dormait certainement encore. D'ordinaire, la femelle restait au lit bien après le départ d'Elise pour la fac, et ne se levait que le temps de se coiffer et se maquiller avant de regagner ses oreillers de satin. Ce n'était pas une façon de vivre, mais après ce qui était arrivé à sa fille ? et la mort de son fils ?

Elise poussa un juron et se surprit à remonter le couloir.

L'instant d'après, elle se retrouva devant la porte de la chambre de sa cousine décédée. Comme si elle assistait à la scène de loin, elle regarda sa main approcher la poignée, la serrer et la tourner. Quand elle poussa le battant, elle saisit une trace du parfum qu'Allishon portait toujours. Poison, de Dior : un classique, certes, mais cela allait tellement bien à la femelle.

Elise avait toujours estimé que, si la couleur violette avait une odeur, ce serait cette fragrance.

Sans un bruit, elle referma et appuya sur l'interrupteur.

La lumière se répandit dans la pièce à partir du lustre en cristal au centre du haut plafond. Le lit se trouvait en face de l'entrée ; il était recouvert de draps bleu pâle soulignés de liserés blanc et doré, et d'assez d'oreillers pour faire de l'ombre à la décoration d'une vitrine de grand magasin. Les murs étaient couverts d'un papier peint à la main luxueux, qui représentait une scène dans le goût français du XVIIIe siècle : on y voyait des oiseaux jaunes et orangés folâtrant au milieu d'arbres fruitiers et cela ressemblait beaucoup à ce que l'on pouvait observer en bas, dans les jardins, durant la belle saison. Au sol, la moquette était si épaisse et d'un crème si clair qu'elle paraissait presque blanche, et les rideaux encadrant les fenêtres avaient la teinte bleu pastel d'une robe d'été, et étaient tout aussi diaphanes.

C'était le décor parfait pour une jeune femelle de valeur.

Pourtant, les possessions d'Allishon détonnaient dans la pièce : une robe noire mi-soutane, mi-succube, un crâne de cristal posé sur le manteau de la cheminée, des livres aux reliures de cuir noir et rouge sang dispersés dans un recoin, près d'un matelas recouvert d'une tapisserie. Il y avait aussi d'imposantes cuissardes noires, un escarpin esseulé avec un talon en forme de revolver et des sacs noirs remplis de Dieu seul savait quoi d'autre.

Il était difficile de ne pas voir les preuves de l'autre vie de sa cousine comme des nids-de-poule sur une route par ailleurs parfaitement goudronnée. Mais quel jugement à l'emporte-pièce.

— Ce n'est pas une bonne façon de penser, grommela-t-elle tout en frottant sa nuque raide.

Mais la réalité était que le chemin d'Allishon avait croisé celui du mal alors qu'elle se cherchait en prenant des risques. Et c'était bien ce qu'avait sous-entendu Felixe, n'est-ce pas ?

Elise sourcilla en repensant à cette recrue aux tatouages. Il était tout ce que son père redoutait qu'elle rencontre. Sauf qu'elle ne l'avait pas croisé à l'université, et c'était là un point essentiel pour elle.

— Ce n'est pas plus mal, murmura-t-elle dans la pièce vide. Je ne le reverrai pas.

Chapitre 7

Le centre d'entraînement de la Confrérie était un bunker dernier cri de neuf mille mètres carrés bourré d'équipements et d'installations qui criaient : « Nom de Dieu ! nous sommes encore mieux que ceux du gouvernement. » Souterrain, et gardé par un système de portails dont le niveau de sécurité augmentait au fur et à mesure qu'on s'approchait, l'endroit était interdit d'accès aux vampires, aux humains et aux éradiqueurs.

Sauf aux recrues qui, techniquement, étaient autorisées à s'y trouver.

Quand le « car scolaire » ralentit à un nouveau point de contrôle, Axe sut, grâce au dénivelé, qu'ils approchaient de l'entrée. Les vitres teintées à côté de lui n'offraient guère de visibilité, mais il s'imaginait que les dernières barrières devaient ressembler aux portes de Jurassic Park : des murs de béton aussi hauts qu'un barrage hydroélectrique, surmontés de kilomètres de barbelés.

Durant ces derniers mois, les recrues s'étaient retrouvées à différents points de rendez-vous situés dans Caldwell et sa périphérie, pour monter dans ce tank qui n'avait absolument rien du traditionnel car scolaire jaune, doté d'un blindage pare-balles, de vitres aussi épaisses qu'un bras et de profonds sièges baquets.

Bon, certes, Fritz, le vieux *doggen* au volant, aurait pu travailler pour l'administration scolaire de Caldwell. Mais les comparaisons s'arrêtaient là.

Et, sans surprise, le trajet ce soir-là, au départ d'une usine abandonnée dans l'ancienne zone industrielle de la ville, avait duré vingt-cinq minutes pendant lesquelles le regard noir de Peyton avait dû finir par faire un trou dans le crâne d'Axe.

Quels chouettes moments ils partageaient !

Tous les autres avaient vaqué à leurs occupations, chacun de son côté. Novo avait encore son casque Beats sur les oreilles. Boone lisait toujours *Ou bien… ou bien* de Kierkegaard, quoi que soit ce foutu bouquin. Paradis et Craeg s'étaient passé à tour de rôle un iPhone comme s'ils cherchaient des PokéStops en chemin et avaient rencontré des problèmes de réseau.

Quant à Peyton ? Il n'avait visiblement rien eu de mieux à faire que de fumer comme une merde de chien sur de la neige fraîche.

Axe s'était toutefois montré sacrément doué pour ignorer ses regards noirs, et il avait bien l'intention de garder ce mur d'indifférence érigé autour de lui durant le reste de la nuit…

— Je le pense vraiment, cracha soudain Peyton.

Alors qu'Axe laissait retomber son crâne contre le repose-tête, il sut qu'il aurait dû s'installer plus au fond, quand M. Limites s'était assis de l'autre côté de l'allée centrale au même niveau que lui. Bien évidemment, cela aurait signifié qu'il aurait dû voyager à cheval sur le pare-chocs arrière.

— Tu m'as déjà donné ton point de vue hier soir, marmonna-t-il. Et je suis tombé d'accord avec toi, si tu te souviens bien.

— T'as rien dit, ducon.

— Va te faire foutre, et je vais le répéter tout de suite. (Il tourna la tête avec indolence en direction du mâle.) Je ne la toucherai pas.

— Alors, pourquoi l'avoir suivie de cette façon ?

— Pour m'aérer, mon pote. J'en avais besoin…

— Je suis sérieux, putain…

— Dis, j'ai une idée. Si on cessait de rejouer l'affrontement entre Emilio Estevez et Judd Nelson au lycée Maine North.

— De quoi tu parles, bordel ?

Un rang devant Axe, Boone intervint sans lever les yeux de son livre.

— Du film *Breakfast Club*. Généralement considéré comme le meilleur film sur la vie au lycée. Tourné au lycée Maine North de Des Plaines, dans l'Illinois, en 1984. Judd Nelson interprétait le rôle stéréotypé du « rebelle »…

— Pour info, l'interrompit Axe, c'est mon rôle. Toi, tu es le sportif, Pey-pey. L'enfoiré qui juge tout le monde sans arrêt et cherche toujours à faire plaisir à son papa.

Peyton haussa un sourcil.

— Lui (il désigna Boone), je m'attendais à ce qu'il connaisse ce film. Mais toi ?

— Je n'ai pas été accro au sexe toute ma vie, tu sais. Avant cela, j'étais un drogué passé maître dans l'art de hocher la tête devant la télé. Et rends-nous service à tous les deux, lâche l'affaire. Je ne vais pas me taper ta cousine pure comme la neige qui vient de tomber. Ce n'est pas mon genre de fille.

Bon, d'accord. Il avait peut-être passé toute la journée à contempler le plafond en revivant en boucle la façon dont elle s'était tournée vers lui sur le trottoir. L'avait regardé. Lui avait parlé.

Et, oui, cette rêverie solitaire avait peut-être entraîné une action de sa main droite. Mais c'était soit s'occuper de son érection permanente, soit débarquer en classe avec une batte de base-ball dans le pantalon.

Mais cela n'avait rien à voir avec elle. Nan. C'était seulement le signe qu'il devait passer plus de temps aux *Clés*.

Le bus s'arrêta, et le vieux majordome replia la cloison qui le séparait du reste des passagers, tout en ouvrant la porte face au siège conducteur.

— Nous sommes arrivés ! Passez une agréable soirée !

Le *doggen* répétait la même chose sur le même ton joyeux chaque nuit et, tandis qu'Axe se levait et parcourait l'allée centrale afin de descendre le premier, il se rendit compte que c'était devenu comme une sorte de rituel pour lui. L'équivalent verbal d'une patte de lapin qu'on frotterait pour attirer la chance.

Le parking abritait un certain nombre de véhicules, dont une fourgonnette qui était en réalité une unité chirurgicale mobile, un nouveau Hummer en cours de blindage, deux pick-up qui étincelaient comme s'ils sortaient tout juste de chez un concessionnaire Ford, et une pelleteuse CAT. Une rampe donnait accès à d'autres niveaux d'asphalte plus haut, mais Axe ne s'en était jamais préoccupé.

Même si on l'avait autorisé à venir en voiture jusqu'ici, ce n'était pas comme s'il avait possédé un véhicule ou même la perspective d'en acquérir un.

Non, pas de caisse pour lui. Dans son univers, il n'y avait pas d'argent pour autre chose que les fringues sur son dos et les taxes foncières de la petite maison que son père avait construite pour une femelle qui ne s'était jamais souciée de lui. Oh ! et les nouilles instantanées. On lui avait encore coupé l'électricité et, cette fois-ci, il ne prendrait pas la peine de payer la facture. Il pouvait vivre dans le noir ;

c'était mieux que pioncer au centre d'entraînement comme un SDF humain. En outre, le gaz et l'eau relevaient de la municipalité, il avait donc de l'eau chaude, et la cheminée suffisait pour lui tenir chaud.

Il survivrait.

Tandis qu'il approchait d'une porte en acier renforcé, il n'eut pas besoin d'attendre. On l'ouvrit de l'intérieur et le Dhestructeur sortit dans le parking en poussant le lourd battant comme s'il ne pesait guère plus qu'une feuille de papier.

— Bonsoir, le salua le frère Butch. On est dans la première salle.

Axe hocha la tête et remonta le long couloir, dépassant les salles d'interrogatoire et les autres espaces d'enseignement, puis le nouveau labo où ils faisaient littéralement exploser des trucs.

La salle de classe qu'ils utilisaient était disposée de façon classique, du moins d'après ce qu'il en avait vu à la télé durant sa période héroïnomane. Elle présentait deux rangées de longues tables doubles et leurs chaises, tournées vers un tableau noir à l'ancienne. Il y avait des néons au plafond et du linoléum tacheté au sol.

Sauf qu'ici on n'enseignait ni la lecture, ni l'écriture, ni le calcul.

Mais plutôt la théorie du combat à mains nues, la stratégie militaire, les premiers secours et la dynamique de groupe.

Axe s'assit au dernier rang et – merci, mon Dieu – Peyton se posa devant. Les autres s'installèrent, prêts pour la nuit.

Le frère Butch referma la porte et prit place au bureau sur le côté. Il portait une casquette des Red Sox, un tee-shirt orné du portrait du joueur David Ortiz, un pantalon de sport Adidas noir et était chaussé de baskets Brooks rose et rouge fluo.

— Ce soir, nous allons analyser les causes des mauvaises performances de chacun d'entre vous lors de cette fausse attaque. Ce qui devrait nous prendre huit à douze heures. Puis, s'il reste du temps, on poursuivra le cours sur les poisons, en se concentrant sur les aérosols et les toxiques de contact. Mais, d'abord, j'ai une offre d'emploi pour l'un ou l'une d'entre vous.

Axe sourcilla.

De l'argent, ce serait pas mal, se dit-il.

— Le boulot requiert la plus grande discrétion et beaucoup de tact. (Le frère parcourut l'assemblée d'un regard mortellement sérieux.) Ainsi qu'une connaissance parfaite de la protection rapprochée.

Rhage avait une sainte horreur de la clinique de Havers. Ouais, bien entendu, l'installation souterraine était sûre, et, même s'il n'appréciait pas le mâle, on ne pouvait pas critiquer sa façon de soigner ses patients. Mais alors qu'il attendait assis dans le couloir, devant la salle d'examen où Bitty et Mary étaient enfermées depuis, quoi, cent cinquante ans, tout ou presque lui tapait sur les nerfs.

Pour commencer, il détestait l'odeur synthétique de « propre » ; la puanteur de faux citron du désinfectant imprégnait ses sinus jusqu'à saturation. Merde ! c'était tellement atroce qu'il ne cessait d'imaginer plein de petits sous-fifres jaunes équipés de pics à glace et de spray remplis de cette horreur s'activant avec une attention particulière sur ses narines.

Deuzio, la rumeur assourdie de l'activité hospitalière, comme le martèlement des pas étouffés par des semelles de crêpe, les chuchotements, ou le léger crissement des chariots de fournitures médicales et d'équipements qui passaient dans le couloir, tout cela le rendait complètement dingue, même si ce calme relatif était probablement une bonne chose.

Mais le pire de tout ? Il ne supportait vraiment pas l'attention spéciale dont il faisait l'objet.

Non que les infirmières défassent leurs corsages et se frottent contre ses parties intimes mais, merde ! il n'avait pas besoin de tous ces regards appuyés sur sa personne, ni de tous ces multiples et inutiles passages devant lui, qui s'accompagnaient toujours de murmures et de gloussements.

Il avait subi ce type de comportement toute sa vie ; du moins depuis la fraction de seconde où il avait franchi la transition. Et, avant Mary, il avait tiré parti de l'intérêt sexuel qu'il suscitait, au point qu'il n'avait pas tant laissé une réputation qu'un culte de roi de la baise dans son sillage. Mais, après Mary, il n'avait plus éprouvé d'intérêt pour les autres femelles. En réalité, il s'était mis à considérer son visage et son corps comme une belle caisse que conduirait son cerveau. Pour lui, son essence, son âme, son cœur n'avaient plus aucun rapport avec son apparence.

Et c'était là que se situait le problème.

Quand votre fille se trouvait de l'autre côté d'une mince porte, vêtue d'une frêle blouse d'hôpital, les yeux écarquillés par la peur due aux souvenirs de traumatismes anciens, alors qu'elle devait se soumettre à un examen médical approfondi par un presque inconnu, la dernière chose qu'on souhaitait, c'était que des gens vous tombent dessus parce qu'ils croyaient que vous étiez l'enfant naturel de Channing Tatum et Chris Hemsworth.

Il devrait peut-être se mettre un sac en papier sur la tête…

Lorsqu'une main se posa sur son épaule, il sursauta, et fut tout aussi surpris de découvrir Zadiste assis à côté de lui sur le sol dur du couloir.

De l'autre côté, en face d'eux, V. et Lassiter s'engueulaient comme d'habitude. Devant M. Masque de hockey, le frère portait parfois machinalement une roulée à sa bouche, avant de l'ôter comme s'il se souvenait soudain qu'il n'avait pas le droit de s'en griller une, et l'ange, qui parlait sans discontinuer, semblait avoir pris l'avantage dans la dispute.

Rhage manquait d'énergie et d'envie pour leur accorder la moindre attention.

Il ne pouvait songer qu'à…

— C'est juste qu'elle a déjà bien assez souffert, s'entendit-il dire. Seigneur… depuis combien de temps sont-elles là-dedans ?

En croisant le regard de son frère, il se rendit compte que les prunelles de Z., habituellement jaunes, étaient devenues noir de jais.

Mais, ouais, il se montrait assez chiant en ce moment. Il râlait sur le même sujet depuis trop longtemps. Pas étonnant que son frère s'agace.

— Désolé. (Hollywood se passa une main sur le visage.) Il faut que je la boucle. J'avais pas l'intention de t'emmerder.

Z. le dévisagea comme si une corne lui était poussée au milieu du front.

— Tu n'es pas en cause. J'ai juste envie de déterrer son géniteur et de le tuer une nouvelle fois. Et si Nalla subissait des sévices pareils, et se retrouvait avec plein d'anciennes fractures ?

Le frère se tut alors. Ce ne fut pas plus mal, car Rhage avait de nouveau envie de vomir.

— Quand il s'agit de ta gosse, c'est encore pire.

Rhage se mit à se taper la tête contre le mur, puis cessa par crainte de déranger Bitty et les médecins.

— Tu sais, je n'étais pas préparé à ça. Je veux dire, je pensais que le plus difficile dans la paternité ce serait les disputes, comme quand elle ramènera un attardé à la maison en espérant que je ne lui coupe pas les parties avant de les planter dans le jardin. Mais ça ? Je préférerais endurer ces examens à sa place. C'est injuste.

Z. soutint son regard, solide comme un roc, désormais aussi éloigné de la psychose qu'il avait autrefois plongé jusqu'au cou dans la folie.

— Tu es un père remarquable, tu le sais. Tu es au top.

Rhage détourna vivement les yeux, puis se racla la gorge.

— J'ai l'impression de l'avoir trahie.

— Tu es avec elle au moment où elle en a le plus besoin.

— Non, c'est moi qui devrais être sur cette table d'examen. C'est moi qui devrais avoir mon corps là-dedans plutôt que le sien.

— C'est impossible, et tu le sais bien.

Z. poussa un juron dans sa barbe.

— Le plus difficile, dans la paternité, c'est d'être incapable de faire en sorte que tout aille bien pour eux. Parfois, le mieux qu'on puisse faire, c'est simplement être là.

— On doit forcément pouvoir faire davantage.

— Si c'est le cas et que tu trouves quoi, tiens-moi au courant.

— Ah ! tu es le meilleur père de ma connaissance.

— Je vais te dire un truc : je t'appellerai la prochaine fois que j'ai une insomnie parce que je me demande comment j'aurais pu faire encore plus merder les choses avec ma fille.

— Mais c'est différent pour toi.

— Pourquoi ?

Quand Rhage ne répondit pas, Z. refusa de laisser le non-dit s'installer entre eux.

— Pourquoi, parce que Nalla est ma fille biologique ? Allez, dis-le. Parce que, quand tu entendras cette connerie sortir de ta bouche, tu comprendras à quel point c'est stupide.

— C'est juste que... je me demande si je ne me débrouillerais pas mieux si... tu sais, j'étais vraiment son géniteur.

— Oh ! comme son père biologique, tu veux dire ? Comme l'enfoiré qui l'a envoyée sur cette table d'examen ? Tu voudrais être comme lui ? Ouais, ce serait une grande amélioration en comparaison du mec qui est ici dans le couloir avec l'air d'être en train de subir une opération à cœur ouvert sans anesthésie parce que sa petite fille passe un mauvais moment.

Rhage se frotta le cuir chevelu si fort qu'il ne sentait plus ses doigts quand il s'arrêta.

— Tu ne peux pas comprendre. Tu ne seras jamais à ma place.

— Mais c'est là où je veux en venir. Que tu aies tenu un rôle dans leur naissance ou volontairement choisi de les adopter, on est tous dans le même bateau.

Rhage observa la porte fermée devant lui.

— J'ai la trouille, Z. Je suis... J'ai les jetons, putain ! Et si les séquelles de ses maltraitances étaient irréversibles ? C'est ce que redoute Doc Jane, tu sais. Elle craint que la transition de Bitty sollicite trop les os déjà fragilisés de ses bras et de ses jambes, au point qu'ils soient forcés de l'amputer.

L'image de la fillette dansant dans le vestibule lui fit monter les larmes aux yeux. Elle était si vive actuellement ;

il n'arrivait pas à l'imaginer dans un fauteuil roulant qu'elle activerait en soufflant dans un tube. Cela le tuerait.

— De quoi… de quoi est-ce que tu parles, putain ? s'enquit Z.

— D'un problème lié aux poussées de croissance. Certaines fractures ont eu lieu juste au moment… (il désigna ses cuisses, ses avant-bras, ses mollets) tu sais, des poussées de croissance de Bitty et se sont mal ressoudées. Alors, quand elle subira le changement, ces cassures risquent de se rouvrir et d'être irréparables.

— Merde !

— Mary n'est pas au courant. (Rhage recommença à essayer de se scalper.) Oui, j'aurais dû le lui dire avant, mais je ne savais pas comment. J'avais promis à Doc Jane que je le ferais. Mais je suis un putain de lâche quand il est question d'elles deux. J'espérais… une bonne nouvelle, je suppose, mais plus elles restent là-dedans, plus je pense…

De l'autre côté du couloir, la porte de la salle d'examen s'ouvrit à la volée, et Doc Jane en sortit.

Un simple coup d'œil à son visage, et il comprit que le pire était à craindre.

— À quel point est-ce grave ? articula-t-il en bondissant sur ses pieds. Et est-ce qu'on peut faire quelque chose ?

Chapitre 8

Un col roulé.

Plusieurs heures plus tard, assis en silence au fond du « car scolaire », Axe se demandait où diable il pourrait bien trouver un col roulé.

Posant la main sur sa gorge, il massa le côté qu'il avait fait tatouer et se demanda s'il en dénicherait un dans les affaires de son père. Et, soudain, cette idée lui donna une furieuse envie de boire un truc corsé, voire de s'injecter une seringue pleine d'oubli.

Il n'avait plus approché la chambre de son père depuis sa mort.

— Merde ! lança-t-il à la vitre fumée.

Pour se changer les idées, il se détourna de son reflet, et devinez quoi ? Pey-pey s'était lassé de son numéro d'« On ne touche pas à ma cousine » et était revenu à sa routine ordinaire consistant à mater Paradis assise à côté de son mâle.

Personne n'avait passé un bon moment ce soir-là, non que l'entraînement soit jamais une partie de plaisir. Mais, ouais, se voir confronter directement à ses échecs était douloureux. En revanche, c'était amusant de voir Peyton castré, de l'autre côté de l'allée centrale qui le séparait de la femelle de son cœur, espérant s'insinuer dans ses pensées et l'aider, afin de devenir le sauveur dont il croyait qu'elle avait besoin. On pouvait presque lire ses réflexions dans des bulles flottant autour de lui.

Désolé, champion. Elle a déjà tout le nécessaire à son bonheur.

Novo se leva et rejoignit Axe, qu'elle poussa pour pouvoir s'installer à son côté.

— J'ai rendez-vous à 2 heures. Quand a lieu ton entretien ?

— Dans une demi-heure. (Il frotta ses tatouages, songeant qu'ils joueraient probablement en sa défaveur.) Il faut que je m'active.

— Bonne chance.

Lorsque la femelle lui tendit la main, il la serra.

— À toi aussi.

— Je suppose qu'il n'y a que nous deux que ce boulot intéresse. (Sa voix se durcit légèrement.) Peyton a déjà bien assez de fric et, de toute façon, je ne le vois pas prendre un emploi rémunéré qui interférerait avec ses habitudes de fumette. Boone n'a pas non plus besoin d'argent. Quant à Paradis et Craeg, ils assurent déjà un renfort de sécurité à la maison d'audience lors de leurs nuits de repos.

Merde ! Axe n'était pas ravi d'être en compétition avec Novo. Il aurait largement préféré affronter un autre mâle et, ouais, il fallait croire que cela faisait de lui un sexiste. Mais bon, cette petite plaisanterie se retournerait sans doute contre lui. Elle était aussi douée au combat et au tir que lui, presque aussi forte, physiquement parlant, et certainement plus intelligente. En outre, elle n'avait pas une tête de tueur en série.

Mais, allez, il retirerait ses piercings. « Bam ». Il serait presque normal.

Il était aussi dépourvu d'aptitudes relationnelles. Elle pouvait très bien le battre lors de l'entretien.

— Tu veux faire un pari amical ? proposa Novo d'une voix traînante.

— Sur quoi ?

— Qui l'emporte de nous deux ? Le perdant offre un dîner au gagnant.

Il n'était même pas en capacité de lui acheter un KitKat.

— Et si c'était le gagnant qui offrait le dîner ?

— Marché conclu.

Vingt minutes plus tard, le bus s'arrêta et tout le monde descendit. La nuit était d'un froid mordant, et nul ne s'attarda à discuter. Quand Axe se dématérialisa jusqu'au cottage de son père, il se dit qu'il était bizarre qu'il n'ait jamais pensé à l'endroit comme appartenant à ses parents, mais bon, il n'y avait pas eu de « parents » impliqués dans l'affaire. La maison avait été bâtie pour sa mère, et avait échoué à remplir sa fonction de la conserver dans la famille.

Aussi le toit et les quatre murs ne constituaient-ils à ses yeux rien d'autre qu'un monument célébrant la faiblesse de son père pour une femelle.

En entrant à l'intérieur, il fut heureux de ne plus avoir l'électricité, et, donc, pas de lumière à allumer. Il ne supportait plus la vue de la cuisine et traversa l'étroit espace à toute vitesse. Les marches menant à l'étage étaient étroites et raides, et il les gravit deux par deux, jusqu'à l'unique porte ouverte.

Il gardait celle de son père fermée.

L'ameublement de sa chambre consistait en un matelas étendu par terre, une commode, des vêtements empilés et pas grand-chose d'autre. Merde ! il ne dormait même jamais ici, parce que la cheminée se trouvait en bas et qu'il devait rester au chaud. Mais pendant le printemps et l'été il regagnerait l'étage, ou pas. Peu importe.

Axe examina sa « garde-robe » à base de débardeurs et de jeans noirs qu'il agrémentait d'une veste ou d'un manteau en cuir à l'occasion, non parce qu'il espérait qu'un col roulé ait fait une apparition miraculeuse grâce à la marraine fée « Aie l'air plus normal », mais parce qu'il devait se préparer à fouiller les affaires de son père.

Dix minutes et pas de roulé pour son col plus tard, il était au bout du couloir et ouvrait la porte de la chambre paternelle. En l'absence de lumière dans la maison, l'étroit espace n'offrit à son regard que des ombres et des dégradés de gris, un peu comme si sa haine de lui-même avait aspiré toutes les couleurs dans la pièce.

Il fut même incapable de regarder le lit, qui était toujours défait depuis la dernière fois que son géniteur y avait dormi, deux ans plus tôt, et il n'accorda certainement pas un coup d'œil aux photos de sa foutue mère et, non, il ne s'attarda pas non plus sur la couche de poussière qui recouvrait tout, ni sur le fait que la fenêtre à guillotine s'était entrouverte, si bien que des feuilles mortes et même de la neige s'étaient insinuées à l'intérieur.

La pièce paraissait plus froide que le reste de la maison, et son souffle formait de petits nuages blancs de condensation.

Son père hantait peut-être les lieux.

Tandis qu'un frisson lui parcourait l'échine, Axe se força à avancer jusqu'à la commode et en fouilla fébrilement les tiroirs avec des gestes brusques. Il découvrit ce qu'il cherchait dans celui du bas.

Cela lui semblait si bizarre de se dire que ce truc avait été porté par le mâle. Et, alors qu'il refermait le tiroir et sortait de la chambre comme s'il était poursuivi, il se jura de ne plus jamais y retourner.

De retour dans son espace personnel, il ôta son débardeur et enfila le col roulé de son père. Se dirigeant vers le miroir accroché au-dessus de sa propre commode bon marché, il se pencha vers son reflet et s'assura que le tatouage sur son cou était totalement recouvert.

Puis, un à un, il retira de son oreille les piercings noirs qui formaient un arc de cercle sur le cartilage à partir du lobe, du même côté que son tatouage. Il défit aussi celui du sourcil.

Pour finir, il s'arma. Enfilant un holster d'épaule, il y glissa les deux flingues qu'on lui avait remis la semaine précédente. Selon le point de vue des frères, ils investissaient du temps et de l'argent dans la préparation des recrues, et la dernière chose dont ils avaient besoin c'était qu'un élève du programme claque parce qu'il avait un équipement de merde. Donc, une fois que toute la classe avait eu passé le test du stand de tir, on leur avait confié des Glock, et, même si les armes n'étaient pas autorisées à l'intérieur du centre d'entraînement, on s'attendait clairement à ce que vous les portiez dehors.

Et à vous en servir convenablement si nécessaire. Contrairement à ce qu'ils avaient fait la nuit précédente.

Une fois dehors, il ne prit pas la peine de verrouiller ; après tout, il n'y avait plus d'électricité pour alimenter l'alarme et, en outre, il n'accordait guère d'importance à ce qui se trouvait sous son toit.

Mince ! ce serait un soulagement si quelqu'un entrait par effraction et foutait le feu à la baraque. Non que cela risque d'arriver. Il vivait au milieu de nulle part ; son voisin le plus proche était à quatre cents mètres de là et faisait sans doute un boulot merdique.

Axe savait, avant même de se dématérialiser jusqu'au lieu de l'entretien, que la maison – la demeure, le château, bref – serait immense. Même les gamins pauvres élevés en dehors du monde humain connaissaient l'emplacement des quartiers où se trouvaient les grands domaines. *Ouais… d'accord*, se dit-il en reprenant forme.

Waouh !

Axe secoua la tête devant la structure en pierre face à lui. Ce truc devait faire au moins trois étages, et le pan du toit en ardoises qu'on voyait en façade paraissait à lui seul aussi grand qu'un terrain de football. Avec ses innombrables volets noirs et sa porte d'entrée qui ressemblait davantage à celle d'un Parlement ou d'une bibliothèque publique, il n'arrivait pas à croire qu'une seule famille vivait là.

Mais bon, il n'y avait pas seulement papa ours, maman ourse et bébé ours. Il y avait sans doute aussi des dizaines de *doggen*.

C'était exactement le genre d'endroit où son père avait été amené à travailler.

Exactement la sorte de belle demeure où le mâle avait été tué pendant les attaques.

Avant de foutre en l'air son entretien sans l'avoir même commencé, Axe ravala son amertume et s'avança sur la pelouse enneigée jusqu'à enjamber la haie basse qui la bordait en cercle et grimpa une série de marches jusqu'à la porte.

Il y avait un énorme heurtoir en laiton aussi gros que son bras, ainsi qu'un discret interphone sur un côté.

Il était sur le point d'appuyer sur le bouton quand le lourd battant fut ouvert par – oh ! incroyable – un majordome en livrée qui ressemblait de façon alarmante à l'acteur John Gielgud.

À l'époque où il jouait dans le film *Arthur*.

— Êtes-vous Axwelle, fils de Theirsh ? s'enquit le mâle avec une diction parfaite.

Pour une raison complètement débile, le cerveau d'Axe lui souffla une réplique du même film, où Dudley Moore interprétait parfaitement un ivrogne : « Vous êtes une prostituée ? Seigneur… j'avais oublié ! Je croyais seulement que je me débrouillais bien avec vous ! »

— Messire ? reprit le majordome. Êtes-vous Axwelle ?

Se secouant, il faillit répondre par un « ouais » peu raffiné.

— Oui, en effet.

— Entrez, je vous en prie. (Le *doggen* recula et fit un signe de la main.) Je vais informer mon maître que vous êtes arrivé.

— Merci. Merci beaucoup.

Ce type dégageait quelque chose qui lui donnait envie de faire moins plouc. Putain de merde ! tout dans cette histoire lui donnait…

Axe s'arrêta net. Dilatant les narines, il inspira tandis que le serviteur en costume de pingouin rajoutait quelque chose avant de s'éloigner vers une porte fermée.

Attendez une minute, se dit-il.

Pivotant lentement sur lui-même, il continua d'analyser les odeurs dans l'air. Le grand espace de réception, vestibule, ou quel que soit son nom, aurait pu facilement accueillir trois maisons comme la sienne tout en laissant assez de place pour un bowling, une piscine et peut-être même une patinoire. Et toute la décoration dans cet espace ouvert, aussi vaste qu'une cathédrale, paraissait très ancienne et très coûteuse : le sol était en marbre blanc et gris, et il y avait des lustres en cristal qui pendaient du plafond et des tableaux accrochés aux murs. Oh ! et il y avait une cheminée, mais pas comme celle qui lui tenait chaud dans la journée. Celle-ci était en marbre noir, sculptée et décorée de dorures, et le foyer était si grand qu'on ne devait pas tant y mettre des bûches que des troncs d'arbres entiers.

Mais il se moquait de tout cela.

Ce qu'il saisit dans l'air, après avoir filtré la note boisée du feu crépitant, le parfum de savon du *doggen* et le fumet d'une viande qui avait été servie quelque part au rez-de-chaussée, ce fut l'odeur de la femelle de la nuit dernière. Soit la cousine de Peyton était venue ici très récemment, soit elle vivait sous ce toit.

— Mon maître va vous recevoir, annonça le majordome dans son dos.

Oui, se dit Axe en se retournant. *Tu penses qu'il va me recevoir.*

Parfois, les cauchemars prenaient vie devant vous et blessaient des gens que vous aimiez, et vous aviez beau prier pour vous réveiller, vous saviez qu'il n'y aurait ni sonnerie de réveil, ni soulèvement de paupières, ni changement de position pour vous sauver.

Mary était coincée dans une de ces boucles de souffrance en ce moment même.

Bitty était étendue sur une table d'examen, un drap blanc et une couverture repliés sur le côté, et ses membres maigres et pâles réfléchissaient la lumière de l'énorme plafonnier d'hôpital au-dessus d'elle. Son visage avait la blancheur d'un Kleenex, et elle tremblait : elle n'était plus que la coquille vide et tourmentée de la fillette joyeuse et exubérante qu'elle était d'ordinaire.

Debout à côté d'elle, Mary distinguait les détails de l'environnement clinique, comme les « bip » des machines, le carrelage blanc et l'acier inoxydable qui recouvraient tout, ainsi que le personnel qui s'affairait dans la salle en tenue chirurgicale bleue avec le masque assorti, de façon à la fois nette et très diffuse, et, comme dans un paysage vu en rêve, les deux extrêmes sur l'échelle de sa perception alternaient, la scène devenant aléatoirement nette ou floue.

Elle avait toujours su que cette nuit serait un mauvais moment à passer. Mais elle avait supposé que ce serait parce que les souvenirs des sévices de Bitty remonteraient à la surface. Ou parce que la fillette devait revenir dans la clinique où elle avait vu sa mère mourir. Ou même à cause de la claustrophobie provoquée par l'IRM, l'inconfort de l'examen, l'ennui d'attendre les résultats des analyses.

Mais, en réalité, c'était pour des raisons bien pires.

Chacun des principaux os de Bitty avait été cassé et remis en place. Sur une de ses jambes, on avait même dû enfoncer une broche en titane dans son tibia. Sans anesthésie parce qu'elle y était allergique.

C'était indescriptible, cette horreur, cette souffrance, cette terreur. Et il était difficile de ne pas fulminer contre Dieu à cet instant précis, et maudire celui qui était à l'origine de cette avalanche de mauvaises nouvelles : les poussées de croissance de la fillette compromises par des fractures mal ressoudées, le risque de potentielles amputations après sa transition, et le fait qu'elle ne puisse obtenir une anesthésie générale en raison de sa précédente réaction allergique.

Le peu d'antalgique qu'on avait pu lui administrer n'avait pas suffisamment agi.

— Encore un, s'entendit-elle dire. Tu peux le faire.

Bitty ne sembla pas comprendre ces mots. Elle était perdue dans un brouillard de douleur, et Mary aurait voulu éclater en sanglots elle aussi.

Mais elle ne pouvait se permettre cette plongée dans la folie.

Elle se pencha un peu plus sur la fillette.

— Le dernier, d'accord ? C'est notre dernier.

Bitty écarquilla les yeux. Brillants de larmes et cernés de larges taches violettes, ils lui donnaient l'air d'être au seuil de la mort.

—Je ne peux pas. S'il te plaît… fais qu'ils s'arrêtent…

—Encore un. Je te le promets, plus qu'un. (Elle repoussa la frange de sa fille et l'embrassa sur le front.) Tiens ma main. Allez. Serre aussi fort que nécessaire.

—Je ne peux pas… S'il te plaît, maman… aide-moi…

Des sanglots secouèrent alors le corps de la petite, donnant à sa blouse d'hôpital l'air d'être prise dans une bourrasque, et Mary se mit à pleurer, elle aussi, les larmes coulant sur ses joues avant de tomber sur le mince matelas de la table.

Reniflant, priant pour trouver la force intérieure de supporter l'épreuve, profondément perdue, Mary nota intérieurement que, la prochaine fois que quiconque lui dirait en face qu'elle avait réponse à tout, elle lui botterait le cul.

—Havers, pouvez-vous nous donner…

Comme elle relevait la tête, elle s'aperçut que le médecin et ses deux infirmières s'étaient redressés. Et le regard que lui offrit le mâle était si plein de compassion qu'il fut presque impossible à Mary de concilier cela avec la méchanceté dont elle savait qu'il avait fait preuve à l'encontre de sa sœur Marissa.

Mais nul ne l'avait jamais pris en défaut dans son travail.

— Respire, reprit Mary. Allez… respire avec moi…

Les IRM avaient montré que l'enfant courait le risque de se retrouver handicapée quand elle passerait la transition. Pour les vampires, l'évolution de leur croissance n'était pas régulière jusqu'au bout, mais concentrée à la fin en une seule explosion qui survenait au cours du changement. C'était comme si, en faisant un parallèle avec l'humain, un adolescent de quatorze ans devenait physiquement un adulte de vingt-cinq ans en six heures.

Dans le cas de Bitty, on avait relevé toute une série de déformations, plus ou moins légères, sur ses os longs, qui étaient la conséquence de ses anciennes fractures. Et Mary les avait remarquées, elle aussi, mais ne s'était pas franchement attardée sur leurs causes ou leurs implications. Le problème était que, lorsque cette poussée de croissance explosive surviendrait, ces déformations risquaient de rompre l'os en deux parce que la force d'expansion serait mal alignée.

Résultat final ? Il faudrait sûrement l'amputer. De la plupart de ses membres. Parce que, pendant environ six mois après la transition, les os des vampires étaient incapables de se ressouder.

La décision avait été prise de les réparer sur-le-champ.

Et Bitty avait fait ce choix. Elle ne voulait pas revenir dans un mois, un an, deux ans ou cinq ans pour s'en occuper. Rien n'allait changer et elle avait trouvé inutile d'avoir plus longtemps cette affreuse perspective planant au-dessus de sa tête comme une épée de Damoclès.

Mais c'était trop.

— Je ne peux pas, je ne peux pas… je ne peux pas le faire…

Mary n'aurait pu être plus d'accord. Elle ne pouvait en supporter davantage. C'était trop. Elle aussi était à bout. Son seuil de tolérance à l'horreur avait été franchi.

Bien sûr, toutes ces souffrances serviraient à en éviter de plus grandes dans l'avenir, mais elles en avaient assez fait. Non ?

— Est-ce que R… Rhage peut venir ? balbutia la fillette.

— Absolument. Est-ce que tu veux aussi que les autres l'accompagnent ?

Elle était prête à tout faire pour l'aider à aller jusqu'au bout.

— Non, parce que je suis en train de pleurer. (L'enfant renifla.) Je ne suis pas courageuse…

— Oh si ! tu l'es. (L'humaine refoula d'autres larmes.) Ma puce, tu es la personne la plus courageuse que je connaisse.

Traditionnellement, dans la culture vampire, les mâles de l'espèce ne participaient pas aux interventions médicales des femelles, et il y avait eu des moments où la pudeur de Bitty avait été mise à mal par nécessité. Mais, à présent, tout était possible.

Mary ne comptait même pas demander la permission à Havers. Il leur fallait autre chose pour aider la petite à en finir.

— Je vais le chercher, proposa Doc Jane.

Rhage entra, et Mary ne put s'en empêcher. À la seconde où elle croisa son regard, elle s'étrangla si violemment qu'il lui fut soudain impossible de respirer. Et, de façon typique pour un mâle lié, il se dirigea d'abord vers elle, pour la serrer étroitement dans ses bras et lui murmurer à l'oreille des mots qu'elle ne comprit pas, mais dont le ton ferme et assuré voulait tout dire.

Puis il se soucia exclusivement de la fillette. Son visage blêmit lorsqu'il posa les yeux sur Bitty et ses mains tremblaient quand il l'attira dans ses bras pour l'étreindre.

Plusieurs infirmières se précipitèrent, et Mary le tira en arrière.

— Ses bras et sa jambe doivent encore être plâtrés. Fais attention.

Il reposa l'enfant comme si elle était en verre.

— Je ne suis pas courageuse, gémit Bitty.

— Si, tu l'es, rétorqua-t-il en lui repoussant les cheveux en arrière. Tu es si courageuse, je suis si fier de toi et je t'aime beaucoup.

Ils discutèrent un instant, puis il y eut un silence.

Comme s'il avait senti que c'était le bon moment, Havers reprit d'une voix douce :

— Plus qu'un. Puis tout sera fini.

Rhage fronça les sourcils, et Mary sut sans avoir besoin de le lui demander que les crocs de son *hellren* s'étaient abaissés et que la part protectrice de lui-même envisageait d'arracher la gorge du docteur. Mais c'était son instinct et non sa raison qui parlait.

Elle caressa le bras de Rhage pour l'apaiser.

— Chut, tout va bien. Encore un et ce sera terminé.

— Encore un… (Il se passa une main sur le visage.) On peut le faire.

Il fit un signe de tête à Havers, qui paraissait inquiet. Puis l'équipe médicale se rapprocha de la table.

On immobilisa de nouveau le bassin de Bitty à l'aide d'attaches, ainsi que l'une de ses jambes. Havers devait empoigner la cuisse et faire pression jusqu'à ce que l'os craque. Puis il devait tirer sur le genou jusqu'à obtenir un alignement correct, chose qui était relativement aisée à voir à travers la peau tant la fillette était maigre et avait les muscles sous-développés. On ferait ensuite une radio pour s'assurer que tout allait bien, puis on poserait un plâtre afin que l'os se régénère et se ressoude parfaitement.

La technique pour réduire les fractures était si primitive et si brutale que son usage au beau milieu de toutes ces machines de pointe et ce matériel dernier cri semblait être une pratique d'un autre âge, indigne du niveau d'exigence des soins du monde moderne. Mais le corps avait un aspect indéniablement mécanique, qui nécessitait parfois des boulons et des vis, et, une fois encore, Mary devait mettre cela au crédit du frère de Marissa : il avait déjà réalisé ce type d'opération un grand nombre de fois sur ses patients, et avait bien replacé chaque membre de Bitty, avec une grande rapidité et une grande précision.

Afin de ne pas gêner Havers dans son travail, Rhage passa de l'autre côté de la table d'opération, et sa hauteur et sa carrure impressionnantes donnèrent à tous l'impression que la grande muraille de Chine avait soudain pris place à côté de l'enfant. Il prit la main de la fillette, affichant une expression à la fois forte et désespérée.

— On peut le faire, lui dit-il ainsi qu'à Mary. Nous allons surmonter cette épreuve ensemble, puis on rentrera à la maison regarder des films et manger de la glace. D'accord ? Avant même qu'on s'en soit rendu compte, on se sera barrés d'ici, on sera libres, et on laissera cet épisode derrière nous.

Mary opina, de même que Bitty.

— Allez-y, ordonna le frère.

Havers remonta sa blouse d'hôpital et dévoila des genoux cagneux trop gros comparés à la circonférence de ses cuisses et de ses mollets.

Oh, Seigneur ! aussi longtemps qu'elle vivrait, Mary se rappellerait la vue de ces mains gantées de bleu empoignant la cuisse de la fillette, pressant la chair maigre et…

Bitty hurla de douleur.

Et, moins d'une fraction de seconde plus tard, une lumière aveuglante jaillit dans la salle d'examen, aussi éclatante qu'une explosion.

Tout d'abord, Mary crut que l'un des luminaires du plafond avait sauté, mais ensuite son cerveau fit le terrible lien.

Détournant les yeux de Havers, elle contempla Rhage avec horreur.

— Non, pas maintenant !

Mais il était trop tard.

La bête s'était libérée.

Chapitre 9

Trop, c'était trop, se dit Elise en descendant enfin au rez-de-chaussée. Après avoir ruminé dans la chambre de sa cousine pendant ce qui lui avait paru des heures, elle comprit soudain qu'elle n'avait fait que repousser l'inévitable.

Et si son père refusait d'envisager d'avoir une entrevue courtoise avec elle ?

Alors elle se montrerait discourtoise. Parce que, ce qui était réellement inacceptable à ses yeux, ce avec quoi elle refusait de vivre une seconde de plus, c'était cet équivalent familial d'un silence médiatique.

En outre, qu'allait faire son père ? Se changer en fauve enragé ?

Sans surprise, la porte du bureau était fermée et, le temps qu'elle traverse le vestibule, il lui fut impossible de ne pas céder à l'appréhension. Elle ne l'avait jamais dérangé une seule fois quand il s'occupait de gérer le patrimoine familial, mais lorsqu'une image de sa magnifique mère surgit dans son esprit, Elise s'en servit comme d'un bélier. Alors même que son éducation tentait de la retenir, elle se représenta sa *mahmen* et ce que la femelle aurait fait dans cette situation.

Elise ne toqua même pas à la porte.

Inutile de lui donner l'occasion de trouver un prétexte pour lui refuser l'accès.

Elle se contenta d'entrer, en poussant le battant…

Le souvenir de sa mère fut effacé de son esprit à l'instant où elle saisit la scène devant elle : assis dans son fauteuil, son père dominait la pièce au décor masculin. Il avait revêtu une tenue décontractée, consistant en un costume sombre assorti d'une cravate, et non sa tenue de cérémonie habituelle, lavallière blanche et queue-de-pie.

Mais ce ne fut pas ce qui lui causa le plus de surprise.

Il y avait un mâle assis en face de son géniteur, un mâle doté de larges épaules et de longues cuisses musclées qui faisait non seulement paraître le fauteuil petit, mais également la pièce tout entière. Il avait des cheveux foncés, rasés sur la nuque, et portait un col roulé noir et un pantalon en cuir de la même couleur. C'était aussi le cas du holster et du pistolet qu'elle distinguait sous son bras.

Le mâle se tourna lentement pour la regarder. Mais elle n'eut pas besoin de voir son visage.

C'était lui. Le gars du bar à cigares.

Le corps d'Elise s'embrasa aussitôt et son cerveau rugit de fureur. Comment son père avait-il découvert qu'elle avait vu la recrue ? Y avait-il eu un autre vampire qui avait assisté à leur échange dans la rue ? Mais, allons, ils n'avaient même pas eu de véritable altercation. Et Peyton les avait interrompus…

Peyton. Ce fils de pute.

— Père, je…

— Et voici ma fille, la coupa ce dernier. Veuillez excuser son interruption. Elise, voici Axwelle.

Le mâle auquel elle pensait sans cesse se leva et la domina de toute sa hauteur.

— Ravi de faire votre connaissance.

Le regard de la femelle passa de l'un à l'autre, tandis qu'Axwelle s'inclinait vers elle. En tant que fille de haute naissance non unie de la *glymera*, même s'il y avait un témoin, il était inacceptable pour le mâle de lui tendre la main afin de la lui serrer, et encore plus inacceptable pour elle de le toucher de quelque façon que ce soit. Et il le savait.

Et c'était tout aussi bien. Car elle avait beau être désorientée, il était clair comme de l'eau de roche que l'effet de ce mâle sur elle n'avait fait que se renforcer.

Les heures passées à songer à lui avaient transformé une simple attraction en un désir compulsif.

Mais que diable faisait-il ici ? Si son père avait été fâché qu'elle l'ait rencontré la veille, il ne lui aurait sans doute jamais présenté Axwelle comme s'ils étaient des étrangers.

Enfin, ils *étaient* des étrangers.

Elise regarda son père, de l'autre côté du bureau. Il s'était affaissé sur son siège, comme s'il était trop fatigué pour maintenir sa posture normale.

— Elise... (il désigna le fauteuil vide à côté de celui du visiteur) assieds-toi donc.

Elle obéit instantanément et traversa la pièce pour s'installer sur le siège. Du coin de l'œil, elle remarqua qu'Axwelle ne la regardait pas. Il avait les yeux rivés sur son père.

Ouais, mince, il était... Bon, elle détestait le mot « canon ». Comme si une personne que l'on trouvait sexuellement attirante était une arme de guerre ? Mais, en réalité, c'était à peu près la première et la seule chose qui lui était venue à l'esprit. Ce col roulé noir lui allait si bien. Où étaient passés ses piercings ? Il avait dû les retirer.

Quelle texture pouvaient bien avoir ses cheveux ? Étaient-ils doux et épais...

— ... et voilà pourquoi je l'ai fait venir ici.

Se reprenant, elle lâcha :

— Pardon ?

— Après ma discussion avec Abalone, le Premier conseiller, j'en suis venu à cette conclusion peut-être évidente, quoique inconfortable.

Génial. Elle avait tout raté. Mais il y avait de fortes chances que rien de ce qu'il avait dit œuvre en sa faveur.

— Eh bien, je ne pense pas avoir besoin d'être *rehcluse.* (Elise croisa les bras sur sa poitrine.) Je trouve que c'est une façon rétrograde de gérer…

— C'est pour cela que j'estime qu'un garde du corps est nécessaire si tu dois poursuivre tes études.

Elle éprouva comme un crissement de pneus mental.

Tandis qu'elle sursautait, son père désigna Axwelle du menton.

— Il postule pour l'emploi. C'est une recrue du programme de la Confrérie de la dague noire, et il a été chaleureusement recommandé par le roi en personne. Un autre candidat sera là d'ici une heure. Un certain Novo, me semble-t-il. Il a lui aussi reçu les plus grands éloges.

Un garde du corps ?

Dans le sens où ce mâle garderait son corps ?

Elise tourna la tête en direction d'Axwelle alors que les implications commençaient à lui apparaître, mais reporta aussitôt après son attention sur son père.

— Attendez… Donc, s'il m'accompagne, vous me laisserez assister aux cours sur le campus et faire mon travail de chargée de TD ? Vous me laisserez obtenir mon diplôme ?

Son père se racla la gorge.

— C'est exact.

— Vous… Je… Nous…

Elle réussit enfin à balbutier :

— Père… qu'est-ce qui vous a fait changer d'avis ?

Felixe ferma les yeux et inspira profondément.

— Le Premier conseiller est un mâle de valeur que je respecte grandement. Il m'a fait comprendre que, s'il a pu autoriser sa fille de sang à rejoindre le programme du centre d'entraînement, je pouvais assurément te permettre de...

Elise bondit du fauteuil et contourna le bureau en un clin d'œil. Dans sa famille, on évitait les démonstrations d'affection trop appuyées au profit d'interactions plus formelles telles que les saluts, les révérences et une rare bise sur les deux joues à l'occasion. Mais il lui fut impossible de ne pas exprimer sa reconnaissance à son père de façon enthousiaste.

Lorsqu'elle referma les bras autour de ce dernier, celui-ci se raidit encore plus que d'habitude même si, au bout d'un moment, il leva maladroitement une main pour lui tapoter l'épaule.

— C'est bien, dit-il d'une voix enrouée. Oui. Bien. Certes.

Il ne la rejeta pas. Au contraire, elle eut l'impression qu'il était tout aussi submergé qu'elle par l'émotion, sauf qu'ils étaient incapables de supporter ce trop-plein d'intimité. Pour tous deux, ce simple geste revenait à se serrer fort dans les bras en sanglotant, tandis qu'elle s'excusait d'avoir menti et trompé sa confiance et que lui jurait d'essayer d'être le père qu'il lui fallait et qu'elle méritait, à l'inverse du tyran domestique qu'elle commençait à ne plus supporter.

Après s'être redressée, Elise rajusta son pull en cachemire et jeta un coup d'œil à Axwelle.

Il fixait sur elle son regard jaune, les paupières à demi baissées, une expression froide sur le visage. Du point de vue de son père, il apparaissait sans doute comme un professionnel sérieux. Mais elle savait bien ce qu'il en était. Il y avait du feu dans ces prunelles, un feu qui la consumerait.

Si elle le laissait faire.

— Je trouve que c'est une excellente idée, s'entendit-elle répondre. Cette histoire de garde du corps.

Quand Elise se mit à parler, Axe tourna de nouveau son attention vers le père de la femelle. Une façon certaine de perdre le boulot avant même de l'avoir obtenu, c'était de déshabiller la fille du regard, sous les yeux de l'aristocrate.

Même un gamin pauvre comme lui savait que c'était « de mauvais goût ».

En outre, chose vraiment étrange vu les liens qu'il entretenait généralement avec le sexe opposé, c'était qu'il avait eu l'impression de faire preuve d'une lubricité malvenue. Le monde était un endroit dangereux, et cette femelle était extraordinaire. Des mâles, humains ou vampires, convoitaient les personnes comme elles. Et puis il y avait les éradiqueurs.

Elle avait besoin d'une protection. Elle la méritait.

Il était ici à titre professionnel, et il n'y avait rien de professionnel à se comporter comme l'un de ces pervers dont il devrait peut-être la protéger.

— D'accord, ma chérie, dit son père en remuant nerveusement sur son siège. (Comme s'il préférerait qu'elle refasse le tour du bureau et reprenne ses distances avec lui.) Tout va bien.

Et Axe trouva cela un peu triste, mais bon, il avait lui-même eu sa part de rejet parental, hein ? Mais au moins cela ne sembla pas poser de souci à la femelle, car elle regagna le fauteuil à côté de lui.

— À présent, y a-t-il quelque chose que tu souhaiterais lui demander, Elise ?

Axe la sentit lui jeter un coup d'œil et, bon sang ! il adora ça. Il aurait voulu que son regard se promène partout sur lui, sur son visage, sur sa gorge, sur son corps nu. Il aurait voulu être étendu devant elle sur un lit, ou peut-être même par terre… Putain ! il s'allongerait sur des charbons ardents pour elle si cela l'excitait… et il aurait voulu sentir sa main sur son sexe tout en la regardant dans les yeux et en la suppliant de le chevaucher.

Ce fantasme de soumission, avec lui dans le rôle du soumis, était nouveau pour lui, mais on s'en foutait.

Ce n'était pas comme si cela arriverait pour de bon.

— Oui ? l'encouragea-t-il.

— Hem… je fréquente l'université de Caldwell. J'assiste aux cours du soir et je travaille comme assistante pour l'un de mes professeurs. Serez-vous capable de vous fondre dans la masse ?

Axe voyait bien qu'elle estimait que la réponse était négative, mais il n'était pas certain qu'elle s'en soucie beaucoup. Mais bon, elle aurait été assignée à résidence pour le restant de ses jours si une demande de *rehclusion* avait été déposée.

À sa place, il accepterait n'importe quel laissez-passer pour l'université, peu importe son apparence : le Père Noël, un enfoiré en costume de Batman, lui.

— Je ferai tout ce qui est nécessaire, répondit Axe, et il adressa cette réponse au père de la jeune femme. Je serai aussi visible ou invisible qu'exigé. Je n'hésiterai pas à employer la force, mais je ne provoquerai pas les humains. Et, oui, je suis prêt à prendre une balle à sa place s'il le faut. Rien ne me fait peur et je ne fuis jamais devant rien. Y compris ma propre mort.

À ces mots, Elise tressaillit, mais il ne pouvait pas l'aider sur ce point-là. Il avait reçu une dose frelatée de réalité la nuit dernière sur le terrain, et il ne savait que trop bien ce que redoutait exactement son père.

Felixe le Jeune se racla la gorge.

— C'est très bien. C'est…

— … ce qu'il vous faut, acheva Axe à sa place. C'est ce qui doit être fait si vous souhaitez protéger votre fille. Le but est de la laisser accomplir son travail et de s'assurer qu'elle rentre vivante chaque nuit. Je peux vous offrir cette tranquillité d'esprit car, lorsqu'elle sera sous ma protection, elle sera mon unique priorité, et passera même avant ma propre sécurité. Rien ni personne n'aura d'importance, mis à part elle.

Felixe poussa un soupir de soulagement comme si l'éléphant assis auparavant sur sa poitrine s'était levé pour aller boire à une source.

— Vous pouvez me faire confiance, reprit Axe.

— Eh bien… (Il y eut de nouveau raclements de gorge.) C'est très bien, mon garçon. Très… bien.

Et ce fut alors qu'il sut qu'il était embauché.

Pendant ce temps-là, Elise était demeurée silencieuse et tendue à côté de lui, mais ensuite elle lui communiqua son emploi du temps, ce qui ne serait pas un problème, car, à présent que les recrues allaient sur le terrain, les cours de la Confrérie commençaient plus tard.

Il l'écouta patiemment, puis son père lui fit part du montant du salaire.

Nom de Dieu! se dit Axe.

Voilà qui lui permettrait d'acheter de la viande au dîner, de payer les factures d'électricité et de faire les réparations nécessaires dans la maison de son père.

— À quoi ressemble votre famille, mon garçon ? s'enquit l'aristocrate.

Axe sursauta et se reprit. Il n'était pas préparé à une question d'ordre personnel.

Au moins, la réponse était facile :

— Mes parents sont morts. Je n'ai pas de compagne et n'en aurai jamais. Je n'ai aucun lien avec quiconque ou quoi que ce soit en dehors du programme d'entraînement.

— Avez-vous perdu votre famille au cours des attaques ? demanda doucement Elise.

Comme si elle venait d'avoir une révélation ou quelque chose comme ça.

Il se tourna vers elle en plissant les yeux.

— Tout ce dont vous devez vous soucier, c'est de savoir si je suis capable de vous garder en vie, et ce sera le cas. Point final.

Comme elle se raidissait sur sa chaise, il cacha son sourire. Elle avait beau être une femelle, c'était une guerrière dans l'âme. Et elle n'aimait visiblement pas qu'on lui claque la porte au nez, au sens propre comme au sens figuré.

Une image d'elle en train de lui maintenir les bras au-dessus de la tête et d'appuyer de tout son poids pour le maintenir là où elle voulait qu'il soit menaça de lui provoquer une érection derrière sa braguette.

Axe haussa un sourcil dans sa direction, la mettant au défi de montrer un peu de cette impétuosité qu'elle refrénait. Mais elle ne le ferait pas. Pas devant son père.

Mince ! il était impatient d'effectuer sa première nuit de travail. Elle allait lui tirer les oreilles.

Et il était engagé, c'était certain.

Parce que, même si Axe n'avait pas totalement convaincu le père de la jeune femme d'être la force mortelle que ce dernier recherchait, Felixe était faussement parti du principe que Novo était un mec. Et il était impossible que cet aristocrate macho tolère qu'une femelle protège sa fille, peu importe que Novo soit un soldat et une professionnelle hors pair et que ce soit un préjugé complètement con.

Mais cela jouait en sa faveur.

Parce qu'il la voulait, elle...

La place, corrigea-t-il. Il voulait la place.

— Bien, je vous tiendrai au courant, dit Felixe en se levant.

— Oui, leur murmura Axe. Je crois que oui. Et je vais vous donner ma réponse tout de suite. J'accepte le poste et je peux commencer dès que vous serez prêts tous les deux.

Chapitre 10

Le chaos. Absolu.

Au moment où la bête jaillit du corps de Rhage, réveillée par la souffrance de Bitty, Mary couvrit de son corps la fillette sur la table d'examen, même si ce n'était pas par crainte que le dragon lui fasse du mal.

Des morceaux de plâtre pleuvaient du plafond, là où la tête du grand dragon avait heurté les panneaux. En outre, sa queue hérissée de pointes s'agitait dans tous les sens, fracassant les placards et éparpillant l'équipement aux quatre coins de la pièce, pour finir par s'écraser dans l'évier en arrachant la tuyauterie au passage.

Tandis qu'un jet d'eau chaude aspergeait désormais la salle et que les lumières se mettaient à clignoter, Havers et son équipe eurent une très mauvaise idée. Au lieu de se figer, ils se changèrent en cibles en courant partout pour tenter d'échapper à la créature qui leur bloquait l'unique issue et risquait fort de les dévorer.

Mais, allons, comme si l'un d'entre eux avait affronté une chose pareille avant ?

— Stop ! Ne bougez plus ! hurla Mary.

Et ce fut alors que la bête rugit.

L'humaine tourna la tête pour essayer de préserver ses oreilles du vacarme, sans utiliser ses mains afin de ne pas découvrir, même un instant, le corps de Bitty qui était déjà suffisamment exposé comme cela…

Derrière le dragon, la porte de la salle d'examen fut forcée et, Zadiste, V. et Lassiter débarquèrent.

— Fermez la porte ! leur ordonna Mary. Et retournez attendre dans le couloir !

La seule chance pour elle d'éviter que tout ceci ne vire au carnage était d'entrer en contact avec le dragon, de l'apaiser et de le garder concentré sur Bitty et elle. Tant qu'elle pourrait attirer et conserver son attention, personne ne serait blessé…

Les mâchoires de la bête claquèrent. Puis celle-ci parut frissonner, tandis que ses yeux reptiliens avisaient Bitty. Des halètements sortirent de sa gorge, et, quand elle s'avança d'un pas, sa patte griffue retomba aussi lourdement qu'un énorme bloc de parpaing.

Mary se redressa lentement pour laisser l'*alter ego* de Rhage voir l'enfant.

— Elle va bien. Allez, vérifie par toi-même.

Le monstre baissa doucement sa tête massive, comme s'il ne voulait pas effaroucher la fillette et, alors que Mary reculait, il renifla Bitty. Il émit des bruits de gorge inquiets et inquisiteurs, mi-ronronnement nerveux, mi-râle douloureux.

L'enfant leva la main et lui caressa une joue aux écailles violettes.

— Ça va…

Sa voix fut étonnamment forte, puis elle sourit, comme si la pièce n'était pas en ruine, que les gens n'avaient pas la trouille de leur vie et qu'elle n'avait pas été torturée.

Mary posa une paume sur le cou puissant de la bête et en caressa les muscles saillants.

— Tout va bien… Chut… c'est ça, renifle-la…

Sans tourner la tête ni même les yeux, elle murmura à Havers :

— Dites-moi que vous avez replacé l'os.

Du coin de l'œil, elle vit le mâle redresser ses lunettes à monture d'écaille, qui étaient tout de travers.

— Je s… suis désolé. Quoi ?

— L'os, répéta l'humaine du même ton calme et égal. Avez-vous fait le nécessaire ?

— Oui, je crois… oui. Je d… dois faire une radio pour le confirmer.

— D'accord, essayons de remettre cette radio à plus tard.

Les infirmières se cramponnèrent davantage les unes aux autres, comme si elles craignaient que leur patron remette cette suggestion en question.

— Je… oui, dit-il. Je reconnais que ce ne serait pas avisé de le faire pour l'instant. Permettez-moi de vous demander… combien de temps… euh… combien de temps va-t-il… ?

— Tout dépend. Mais on n'ira nulle part tant que Rhage ne sera pas revenu.

Bitty et la bête communiquaient toujours par le toucher et le son et, en ce qui concernait Mary, vu l'angoisse qu'avait éprouvée la fillette, la créature et elle pouvaient bien passer les six prochaines heures ensemble ; le reste des adultes présents dans la pièce n'aurait qu'à prendre leur mal en patience.

Sur ce, la psychologue jeta un coup d'œil autour d'elle et fit la grimace. Les dégâts allaient coûter cher à réparer, se dit-elle en prenant note du sol dévasté, du plafond défoncé et du champ de ruines qu'étaient devenus les placards vitrés. Mais ensuite elle reporta son attention sur son *hellren* et sa petite fille. La bête représentait un gros morceau de leur famille dingue et atypique, qui méritait d'être prise en compte…

La porte s'entrouvrit, puis Lassiter, toujours en tenue de hockeyeur, entra de nouveau dans la pièce. Il tendait quelque chose au bout de ses doigts, mais Mary ne distingua pas immédiatement ce que c'était…

Attendez une minute, c'était un Snickers ?

— Qu'est-ce que tu fabriques ? demanda-t-elle tandis qu'il s'approchait avec précaution.

La bête, qui avait aussitôt repéré l'intrus, retroussa ses bajoues pour grogner contre l'ange. Mais Lassiter était téméraire, ce qui n'était pas surprenant.

— Tiens, dit-il. Mange un Snickers. Tu n'es plus toi-même quand t'as faim.

Il y eut une fraction de seconde de silence. Puis Mary ne put s'en empêcher.

Elle se mit à rire.

— Vraiment. Vraiment ?

Et c'était drôle, mais, lorsque Lassiter la contempla, bien que son expression derrière la grille du masque de hockey soit cocasse, ses yeux ne l'étaient pas du tout. Ces prunelles scintillantes dépourvues de pupilles étaient mortellement sérieuses, et semblaient lui offrir comme une bouée de sauvetage à laquelle s'accrocher au milieu de la douloureuse réalité où une enfant qu'elle aimait avait subi d'horribles sévices dont elle devrait affronter le souvenir pour le restant de ses jours.

— Merci, murmura-t-elle à l'ange, tandis que la bête tendait le cou et reniflait le papier marron qui enveloppait la friandise.

— Vas-y, l'encouragea Lassiter. Prends-la.

Et, ça alors, avec une délicatesse impressionnante vu ses canines longues comme des dagues, l'*alter ego* de Rhage saisit la petite barre chocolatée entre ses dents de devant et l'avala.

Une fraction de seconde plus tard, il y eut un « pouf! » et le frère se retrouva nu et frissonnant par terre.

—Alors, je suis doué ou pas! s'exclama Lassiter.

Rhage revint du pays de la bête, aveugle, gelé jusqu'à la moelle et totalement paniqué. Tandis qu'il agitait les bras sur un sol qui semblait glissant, il était pétrifié à l'idée qu'il puisse y avoir du sang partout, mais non, il ne sentait aucune odeur de carnage. En revanche, il humait des effluves de brûlé, typiques d'un court-circuit électrique, mélangés à ceux de plâtre et d'antiseptique, et avait vaguement conscience de ne pas avoir la nausée, ce qui était un bon indicateur qu'il n'avait mangé personne...

Attendez, pourquoi avait-il une saveur de cacahouètes et de chocolat dans la bouche? Avec un arrière-goût désagréable de papier plastifié?

—Mary...! cria-t-il dans les ténèbres de sa cécité. Bitty...

—Tout le monde va bien.

La voix de sa *shellane* retentit juste à côté de lui, et elle était parfaitement calme.

—Tout va bien...

Tandis qu'elle lui caressait le front en repoussant ses cheveux en arrière, il marmonna:

—Bitty?

—Je suis là, père. La bête voulait seulement s'assurer que j'étais rétablie...

Rhage poussa un soupir de soulagement, puis il s'aperçut qu'il était étendu sur un tas de débris. Et que de la pluie lui tombait sur le visage?

Oh, Seigneur! comment diable la bête avait-elle pu tenir dans la salle d'examen? Ce n'était pas comme si cette satanée bestiole pouvait rapetisser.

Il entendit le murmure d'une discussion et des bruits de pas, puis sentit qu'on posait un poids léger sur le bas de son corps. Un raclement sonore retentit soudain, comme si on déplaçait un gros morceau de mur, de plafond ou une grande armoire. Pendant ce temps-là, il ne put que rester allongé comme une planche, avec l'impression de baigner dans une mare de douleur et de frustration.

Ce qui était vraiment très pénible.

La voix de Viszs s'éleva soudain, tout près de lui.

— Mon frère, on va te mettre sur un brancard, d'accord ? Puis on te sortira de là. Fritz arrive avec la Mercedes parce qu'allongé tu risques de ne pas tenir dans la Ferrari.

Bordel de merde ! se dit Rhage. Il en avait tellement marre de ces conneries.

Bitty avait eu besoin de lui, et que lui avait-il proposé ? Un putain de foutoir. Qu'est-ce qui lui avait fait croire qu'il pourrait être père ? Il n'était pas capable de...

— Je veux aller avec lui, déclara l'enfant.

Doc Jane prit la parole.

— Nous devons d'abord nous assurer que tes os sont bien réalignés, ma puce.

— J'attendrai ! s'écria Rhage. Je veux attendre !

La voix de Bitty se fit stridente.

— Plâtrez-moi et on s'en va. Mais on veut rester ensemble.

Le frère ferma les paupières, même si cela ne changea rien à sa cécité. La dernière chose dont la fillette avait besoin, c'était de se faire du souci pour lui...

— Compris, Bibi, intervint Viszs. C'est pour cela que j'ai demandé à Fritz de venir.

— Je dois m'occuper de mon père.

— Bien sûr que oui.

V. parlait aussi doucement que possible.

— Et tu as raison, petite. Il sera mieux avec toi.

Non, se dit Rhage. C'était lui qui devait censément veiller sur Bitty, et pas l'inverse.

Tout ceci était un putain de cauchemar.

Mais au moins les choses évoluèrent rapidement après cette mise au point. Havers dégagea un accès et fit apporter un appareil de radiographie roulant, et le cliché confirma que le fémur était à la bonne place. Puis une odeur de farine mouillée envahit la salle, pendant qu'on posait des attelles en fibre de verre sur les jambes et les bras de la fillette. Rhage refusa de la laisser, et resta sur le sol dur et trempé jusqu'à ce que tout soit réglé.

Puis ils quittèrent la clinique.

Bibi sortit dans un fauteuil roulant, tandis que Rhage était transporté sur un brancard comme un morceau de viande. Et leur entourage à l'aspect effrayant, composé de Z., V. et Lassiter, fermait le cortège derrière Mary.

Tu parles d'une bande d'estropiés.

— Dis, Rhage ? demanda l'ange à voix basse.

— Quoi ? marmonna-t-il.

— Si ta carrière de tueur professionnel ne marche plus un jour, ne t'oriente pas vers la décoration d'intérieur. Tu n'as pas le coup d'œil.

Rhage ne put s'empêcher de rire.

— Quel enfoiré tu fais.

— Oui, et toi tu es un mâle exemplaire. Même si tu viens de causer environ 200 000,00 dollars de dégâts là-dedans. Ne t'inquiète pas, je pense que c'est déductible d'impôts. Tu sais, en prime de démolition.

L'ange serra un instant l'épaule de Rhage avant de reprendre sa place en queue de cortège. Prenant une profonde inspiration, le frère s'efforça de tenir le coup jusqu'à ce que Mary et lui puissent avoir un peu d'intimité.

Alors seulement, il s'écroulerait.

Ils montèrent tous dans un ascenseur, qui s'arrêta avec une légère secousse en arrivant à la surface.

L'air froid et sec de la nuit lui parut fantastique à respirer, même s'il ne fut d'aucune aide pour soulager la tristesse qu'il ressentait dans son cœur. Et Bitty et lui gémirent et grognèrent tous les deux de douleur lorsqu'on les transporta dans le S600 4Matic de Fritz.

Rhage trouva cela dur à encaisser, et pas seulement parce que toutes ses articulations lui faisaient mal.

Il aurait voulu être celui qui soulèverait Bitty et l'installerait sur la banquette arrière, avant de replier le fauteuil roulant et de le placer dans le coffre. Il aurait dû pouvoir lui offrir son soutien tandis qu'on les déplaçait en cahotant sur la route pavée.

Il aurait dû être celui qui la porterait jusqu'à sa chambre lorsqu'ils arriveraient à la demeure.

— Rhage ?

Quand Mary prononça son nom, il regarda vers le siège passager où elle avait pris place, à l'avant de la berline.

— Oui.

— Tu es prêt ?

— Oui.

Ou du moins fut-ce les mots qu'ils prononcèrent. Car ce qu'ils échangèrent réellement ressemblait plutôt à :

« Rhage, je sais que ça ne va pas. Peux-tu tenir jusqu'à la maison pour qu'on en parle à ce moment-là ? Je me fais beaucoup de souci pour toi et j'aborderais bien le sujet ici et maintenant, mais j'ai conscience que tu ne veux pas discuter de cela en public. »

« Oh, mon Dieu ! Mary, c'était horrible. Je me sens tellement mal. Est-ce que tu m'aimeras encore, même si je suis le pire père de la planète et que je ne m'améliore jamais ? »

« Tu n'es pas le pire père de la terre. Nous avons tous nos limites, et nous aurions tous préféré que certaines choses se passent mieux. Mais, je t'en prie, rappelle-toi. Être père est un engagement à vie et tu ne fais que commencer. Ne généralise pas ce qui n'est qu'un incident isolé, d'accord ? »

Quand la voiture démarra, le frère prit une profonde inspiration et...

Bitty tendit le bras et lui prit la main.

— Merci de m'avoir accompagnée.

Il tourna la tête.

— Quoi ?

— C'est très important à mes yeux que tu sois venu, et que tu aies été dans la salle d'examen avec moi.

Rhage tressaillit.

— Bitty... ne le prends pas mal, mais je n'ai fait qu'aggraver la situation. Je veux dire, j'ai saccagé la pièce.

— Je n'aurais jamais pu supporter la dernière réduction de fracture sans toi. (Elle parlait d'une voix douce et adorable.) Tu sais... mon géniteur ? il n'a jamais rien fait de ce genre pour moi. Il n'a jamais... Il ne voulait même pas que j'aille à la clinique. Tu sais, même quand j'étais blessée... (Elle se racla la gorge.) Alors merci. Tu es le meilleur père du monde.

Puis elle posa la tête sur son épaule.

Des larmes lui picotèrent les yeux, le contraignant à cligner des paupières au milieu de sa cécité.

— Bitty ?

— Oui ?

Il serra la petite main et s'éclaircit à son tour la voix.

— Tu voudras une glace à notre retour ?

— Oui, s'il te plaît. Une à la menthe et aux pépites de chocolat ? On pourrait tous en manger. On prendra trois cuillères.

Fermant les paupières, il n'arrivait pas à croire à la puissance du pardon de Bitty. Il se sentait littéralement ressuscité, même si, dans le même temps, il ne parvenait pas à comprendre cette générosité. Comment cette fillette pouvait-elle l'accepter, alors qu'il n'était pas le roc qu'il avait prétendu être ?

Il était plus près de Godzilla.

Depuis le siège passager, il sentit Mary qui les observait tous les deux. Puis sa femelle s'exprima, parce qu'elle avait l'art de toujours dire la bonne chose au bon moment :

— N'est-ce pas merveilleux de ne pas devoir être parfait pour être aimé ?

— Oui, répondit-il d'une voix enrouée. Et, trois cuillères, ça me semble être le paradis.

Chapitre 11

L'appel arriva sur le portable d'Axe, que la Confrérie lui avait fourni, aux alentours de 4 heures, et il y répondit alors qu'il était assis devant le feu, dans le cottage de son père.

— Allô.

Aussi sûrement que s'il l'avait invoquée magiquement, la femelle à laquelle il ne cessait de songer répondit :

— Bonsoir, c'est Elise.

— Est-ce que j'ai décroché le boulot ?

Il y eut un silence.

— Oui, en effet. L'autre garde du corps qui s'est présenté était une femelle, et mon père…

— … ne l'aurait jamais engagée. Ouais, je m'en suis douté.

— Hem… pourrais-tu revenir à la maison ? Mon père souhaiterait que tu signes certains documents, et je me suis dit qu'on pourrait discuter un peu plus du programme des prochaines nuits ? Je ne suis pas certaine qu'on ait encore décidé du nombre de soirs…

— Donne-moi dix minutes.

— Euh… d'accord. Très bien. Merci.

Axe mit fin à l'appel et resta assis là avec son téléphone à la main. Et trois… deux… un…

Bien entendu, l'appel suivant était de Peyton. Et Axe ne s'embarrassa pas avec la politesse, il se contenta de décrocher et garda l'appareil où il était, près de sa cuisse.

À travers le minuscule haut-parleur, le mâle explosa et sa voix grimpa dans les aigus.

— Est-ce que tu te fous de ma gueule ? Quel genre de mensonges tu leur as débités ? Tu n'as rien à faire – rien ! – dans la protection de ma cousine. Tu es…

Axe approcha le portable de son oreille.

— La décision ne t'appartient pas, Peyton. Désolé…

« Bang ! Bang ! Bang ! »

Axe tourna la tête en direction de la porte d'entrée.

— C'est une blague.

— Ouvre cette putain de porte ! exigea-t-on.

Il raccrocha et se leva, faisant craquer ses genoux. Marmonnant dans sa barbe, il s'approcha, tourna la poignée et ouvrit.

— Pour info, je ne verrouille jamais, dit-il d'un ton ennuyé. La prochaine fois que tu es en rogne contre moi, contente-toi d'entrer sans frapper.

Il tourna les talons, convaincu que Peyton allait l'engueuler et, surprise, surprise ! c'est exactement ce que fit l'aristocrate, après avoir traversé la petite pièce au pas de charge jusqu'à la cheminée.

— Quoi, tu ne peux pas monter le chauffage ? s'écria-t-il. Et il fait noir comme dans un four chez toi, en plus de ce froid de gueux.

— Est-ce que les riches comme toi sont éduqués spécialement pour devenir aussi prompts à critiquer ? ou est-ce seulement un défaut dû à l'excès de fric ?

— Ce n'est pas un jeu, enfoiré !

Axe se retourna et leva les yeux au ciel devant le mâle.

— Est-ce que j'ai l'air d'être en train de jouer au Monopoly ?

Peyton monta sur ses grands chevaux.

— Dis-leur que tu renonces à ce travail. Sinon je m'en charge.

— Qui crois-tu être, bordel ? Tu débarques ici et tu essaies de me donner des ordres ? Tu ne me connais pas, on n'est pas de la même famille, et ce que je fais de mon temps libre ne te regarde absolument pas.

— Nie que tu la désires. Allez, mens-moi et dis-moi que tu n'as pas envie d'elle ; ensuite, tu pourras débiter toutes les conneries que tu veux sur le fait que tu comptes te comporter en parfait professionnel dans ce travail !

— Pour info, Richie Rich… (Axe enfonça deux doigts dans la poitrine de ce fils de pute) j'ai passé toute ma vie environné de choses que je ne pouvais pas avoir. Donc je suis vraiment habitué à ça. Et tu devrais te sentir sacrément content de ce fait. C'est ce que font les gens comme toi, non. Vous méprisez les roturiers comme moi.

— Tu es un mâle. Ça n'a rien à voir avec tes origines sociales.

— Oh ! d'accord, bien sûr. Donc les mâles ne peuvent pas se contrôler. Aucun d'entre eux.

— Ils en sont incapables ! Ne fais pas ton emmerdeur…

— Alors tu te tapes Paradis, dans ce cas. Dans le dos de Craeg. Compris. Bon à savoir.

L'autre fronça les sourcils.

— De quoi parles-tu, bon sang ?

Axe sourit froidement et se pencha vers lui.

— Tu désires cette femelle. Tu la désires tellement que je peux le sentir à ton odeur. Je te vois la regarder, en faisant semblant d'être détendu et tout. Mais c'est faux.

Donc, ouais, si les mâles sont incapables de faire preuve de self-control, alors tu as clairement la queue dans sa bouche.

Le crochet du droit arriva selon un angle parfait, et vous parlez d'un spectacle son et lumière ! Au moment de l'impact, la tête d'Axe bascula brutalement en arrière, ce qui eut pour effet de transformer son cerveau en un boulet de canon flasque sous son crâne, et d'obscurcir brièvement sa vision.

— Tu te fais de sales idées, mec, cracha Peyton. Tu es totalement…

Deux fois. En moins de vingt-quatre heures. Cet abruti l'avait cogné deux fois.

Axe tira le flingue qu'il gardait dans sa ceinture et le colla si vite contre la tempe du mâle que celui-ci n'eut pas le temps de reculer.

— Le cran de sûreté est ôté. Et je n'ai rien à perdre. Alors, si on commençait par le fait que tu ne me frapperas plus jamais. Tu m'en as collé deux. Le troisième te mènera à la tombe.

Peyton cligna des yeux. À plusieurs reprises. Et Axe croisa son regard pour qu'il comprenne bien à quel point il était sérieux.

— Dégage, dit-il à voix basse.

— Tu te trompes pour Paradis et moi. Elle est avec son mâle. Elle l'a choisi. Je n'ai jamais couché avec elle et ne le ferai jamais. Alors arrête ces conneries, et, si tu n'appelles pas le père d'Elise sur-le-champ, j'irai moi-même lui dire que tu te retires. Tu n'entreras pas dans cette maison…

Axe déplaça d'un petit centimètre le pistolet et appuya sur la détente. La détonation résonna puissamment, mais l'impact contre le mur fut encore plus retentissant.

Peyton hurla et tomba à genoux en se couvrant la tête de ses mains. Mais Axe en avait soupé. De sa main libre, il empoigna la veste hors de prix du connard, le redressa et le retourna, puis il le plaqua si violemment contre le mur à côté de la cheminée que le plâtre se craquela.

— Tu veux savoir pourquoi il fait si froid ici ? articula-t-il. C'est parce que je n'ai pas les moyens de payer le chauffage. Et c'est aussi la raison pour laquelle il n'y a pas de lumière. Tu as peut-être le luxe de ne pas t'inquiéter d'où viendra ton prochain repas ou ta prochaine Mercedes, mais, moi, je tire le diable par la queue et je bouffe au centre d'entraînement aussi souvent que possible. Tu n'as aucun droit de me dire quoi faire, et, si tu veux m'interdire de faire un boulot uniquement pour que tu n'aies pas à affronter le fait que ton autre cousine a été récemment assassinée, je te répondrai que ce n'est pas mon problème. Oh ! et, P.-S., va te faire foutre. Ne reste pas planté là dans tes jolis mocassins alors que tu n'es pas avec la femelle de tes rêves, et admets ne serait-ce qu'une seconde que le fait que je sois pauvre ne signifie pas que je suis incapable de faire pareil que toi. On ne choisit pas qui nous attire, mais les pensées ne sont pas des actes. Même pour les roturiers.

Axe ponctua son petit discours en repoussant une nouvelle fois le mâle contre le mur. Puis il lâcha prise et s'éloigna, pour faire les cent pas dans le minuscule salon aux meubles dépareillés, aux rideaux défraîchis et aux tapis usés. Comme le silence s'éternisait, il détesta le fait d'avoir honte de la maison de son père.

C'était encore une façon de trahir le mâle. Et, pire que cela : une façon de se montrer à la hauteur des grossiers préjugés de Peyton.

— Je te paierai, dit le mâle avec détermination. Quoi que tu gagnes, je double. Je triple.

Axe se retourna et le dévisagea avec stupéfaction.

Peyton leva les mains.

— Je te donnerai l'équivalent d'un an de salaire d'un coup. Tout de suite.

Axe ouvrit la bouche. La referma.

Finalement, il se contenta d'attraper sa veste en cuir et sortit de la pièce pour gagner la porte.

— Où vas-tu ? demanda l'autre.

— Ferme derrière toi. Ou pas. Je m'en fous. Mais si je ne pars pas maintenant je vais devoir expliquer à Elise pourquoi je t'ai buté, et je préférerais de loin discuter avec elle de son emploi du temps.

Le cœur d'Elise battait la chamade tandis qu'elle faisait les cent pas sur les dalles blanches et grises du vestibule. Son père était parti assister à une réunion à l'autre bout de la ville avec son oncle. Le majordome et le reste du personnel s'affairaient tranquillement à l'arrière de la maison, et, vu que la demeure faisait plus de deux mille mètres carrés, cela signifiait qu'ils étaient introuvables. Et sa tante était au lit, à l'étage.

Après avoir jeté un coup d'œil à l'horloge française en bronze doré qui était posée sur la commode pansue près de la grande porte, elle consulta aussi sa montre. Puis se tourna vers le miroir ancien sur le mur à côté d'elle et contempla son reflet légèrement ondulé. Cette déformation lui sembla appropriée. Elle n'était pas certaine de ce qu'elle faisait, ni de ce qu'elle allait dire.

Triturant le col de son pull en cachemire, elle s'assura que son pantalon large Donna Karan ne plissait pas au niveau de ses hanches. Ses chaussures n'avaient rien de spécial, c'était de simples ballerines griffées.

Elle aurait préféré être en jean, mais son père désapprouvait ce genre de tenue.

Comme si la maison était un *country club* avec un code vestimentaire à respecter...

Un bruit de vibration la fit sourciller. Son téléphone, qui était en mode silencieux, sonnait près de l'horloge et elle se rua dessus.

C'était Troy...

Un coup de tonnerre retentit soudain dans l'air lorsque le heurtoir fut utilisé par une main puissante.

Alors qu'elle reposait le portable sans répondre, elle se dit que c'était là un choix révélateur.

Dans sa cage thoracique, son cœur manqua un battement, puis elle sursauta lorsque le majordome sortit de la bibliothèque.

— Oh! je m'en occupe, lui dit-elle avec un sourire qu'elle espérait détendu. Pas d'inquiétude.

Le *doggen* s'arrêta net, comme si un combat policé entre son sens du devoir et l'ordre direct de la femelle bloquait ses circuits neuronaux.

— Tout va bien, reprit Elise. Retournez effectuer des tâches plus importantes.

Il hésita encore un instant, et regarda la grosse poignée en laiton comme s'il devait se représenter au moins une fois mentalement l'action d'ouvrir au visiteur avant de pouvoir s'en aller. Puis il s'inclina devant elle et retourna au polissage, dépoussiérage ou à l'inspection qu'il était en train de faire.

Elise prit une grande inspiration avant d'ouvrir le lourd battant. Se préparant à lever la tête, elle...

— Oh, mon Dieu!

Axwelle portait encore le col roulé et le pantalon qu'il avait lors de l'entretien, et ces vêtements lui seyaient toujours aussi bien. Ses cheveux étaient toujours épais, foncés et coupés court. Son visage demeurait aussi sévère et imposant qu'auparavant.

Sauf qu'il saignait.

Sous son œil gauche, ou peut-être un peu à côté, on distinguait une sorte de coupure d'où perlait du sang. Un hématome était aussi en train d'apparaître, car la pommette sous la lacération avait gonflé et viré au rouge.

— Tu m'as demandé de venir, dit-il, les sourcils froncés.

— Ton œil. (Elle pointa la blessure du doigt.) Tu es blessé.

Il leva la main et se toucha le visage, mais, au lieu de s'alarmer, il sembla simplement agacé.

— Tu as un Kleenex ? interrogea-t-il.

— Quoi ?

— Un mouchoir ? Mais du papier toilette fera l'affaire. Indique-moi juste où se trouve la salle de bains.

— Tu es sérieux ?

— Je te demande pardon ?

— Oh, pour l'amour du ciel ! (Elle lui saisit la main avant d'avoir conscience de ce qu'elle faisait.) Laisse-moi m'occuper de ce problème.

Elle sentit une certaine résistance de sa part au début, tandis qu'elle refermait la porte et tentait de l'entraîner à sa suite, mais il finit par se laisser guider. Du moins jusqu'à ce qu'elle atteigne le pied du grand escalier.

— On va à l'étage, dit-elle en lui tirant la main. J'ai une trousse de premiers secours dans ma chambre. Et j'ai aussi mon emploi du temps du prochain semestre là-haut.

— Tu ne l'as pas sur ton téléphone ? Et, allons, pas besoin de faire tout un foin à propos de cette égratignure…

— Tu as peur ?

Axwelle s'arrêta net et la dévisagea d'un regard furieux qui fit briller ses iris.

— De quoi ?

— À toi de me le dire. Parce que je n'arrive pas à comprendre pourquoi tu refuses de monter.

Après avoir marmonné un juron, il grimpa les marches deux à deux, et Elise se surprit à sourire un peu tandis qu'elle accélérait le pas derrière lui.

— Alors, qu'est-il arrivé à ton visage ? demanda-t-elle aux larges épaules devant elle.

— Rien.

— Pour info, si tu comptes me mentir pour m'égarer, rends ça au moins crédible. On ne va pas chercher un pansement parce qu'il ne s'est « rien » passé.

— Et si je te disais que ça ne te regarde pas, ça te va comme réponse ? Et, putain ! je commence à être fatigué de répéter ça aux gens !

— Qu'est-ce que c'est censé vouloir dire ?

— C'est une grande maison, commenta-t-il lorsqu'ils parvinrent à l'étage et qu'il regarda le couloir qui s'étendait à droite et à gauche. Combien y a-t-il de pièces ?

— Vraiment ? (Elle mit les mains sur ses hanches.) C'est quoi ta meilleure réplique après ça ?

Il plongea son regard dans le sien et, alors qu'il se penchait vers elle, la femelle prit note de sa taille et de sa puissance incroyables, mais pas de façon menaçante.

Plutôt d'une façon qui lui fit baisser les yeux sur sa bouche pendant une fraction de seconde.

— Je ne te dirai pas ce qui s'est passé, affirma-t-il. Si tu veux jouer les infirmières, très bien. Mais ce n'est pas parce que tu insistes pour nettoyer cette coupure que cela signifie que tu as droit à une quelconque explication. C'est clair ?

Elise le dévisagea un long moment. Leur relation était dangereusement près de partir du mauvais pied. Et si elle le perdait ? S'il décidait de la planter là ?

Elle ne voulait pas donner à son père un prétexte pour reconsidérer sa décision.

Réponds à cette fichue question sur la maison, s'enjoignit-elle. *Reviens en terrain neutre.*

— J'ignore combien de pièces exactement nous avons. (Elle jura à voix basse tandis qu'elle tournait à gauche.) Quarante, peut-être ? Cinquante ? Quelque chose dans ce goût-là. Mon père l'a fait construire en 1910.

Elle avait une conscience aiguë de sa présence derrière elle, physiquement et psychiquement.

En fait, elle se surprit à marcher différemment de son habitude, en ondulant davantage des hanches et des épaules. Elle ignorait comment elle savait cela, mais elle était certaine qu'il évaluait du regard le galbe de ses fesses et de ses cuisses. Mais bon, c'était exactement ce qu'elle avait fait – ce qu'elle faisait encore – avec lui.

— Voici ma chambre.

Ouvrant la porte, elle résista à l'envie de jouer les hôtesses de téléachat pour présenter les objets exotiques de la pièce comme « le lit ! la coiffeuse ! le magnifique bureau ! le papier peint ! »

Pourquoi l'attirance physique transformait-elle les gens, même les plus intelligents, en idiots babillards ?

— Ma salle de bains est par là.

Elle indiqua la pièce derrière la double porte ouverte. Comme s'il n'avait pas la moindre idée de ce qu'était cet espace couvert de marbre.

— Suis-moi.

Une fois à l'intérieur, le miroir au-dessus des deux lavabos lui offrit une vue grand angle du mâle lorsqu'il s'arrêta sur le seuil et refusa d'aller plus loin.

— Donne-moi juste de quoi essuyer le sang.

Il survola du regard la baignoire aux pattes griffues, la paroi en verre de la douche dans le coin, et les carreaux des fenêtres, obscurcis pour la journée.

— Je vais m'en occuper.

Son énorme silhouette et sa tenue noire étaient totalement déplacées au milieu de tout ce marbre pâle, ces dorures et ce cristal, et un frisson d'excitation la parcourut. Il se tenait dans un endroit où elle était régulièrement nue.

Elle n'aurait su dire pourquoi cette idée lui avait traversé l'esprit, ni même pourquoi cela lui paraissait érotique. Mais c'était le cas.

Elise tira une serviette à main monogrammée d'un portant doré et tourna le robinet en or. Passant les doigts sous le jet, elle attendit que l'eau…

— Pas besoin que ce soit chaud, murmura-t-il.

Elle trouva idiot de discuter ce point avec lui. Elle resta donc plantée là jusqu'à ce que la température convienne, puis humidifia le tissu éponge.

— Donne-le-moi simplement, exigea-t-il en tendant la main.

Après avoir essoré la serviette, elle s'approcha pour la lui déposer dans la paume.

— Fais attention… Waouh ! mais qu'est-ce que tu fais ?

Eh bien, c'était évident. Il essayait d'exfolier la moitié de son visage.

Elle le saisit par l'avant-bras et, lorsqu'il sursauta, comme si elle l'avait surpris, elle tira parti de sa réaction et récupéra la serviette. L'entraînant davantage dans la salle de bains, elle le fit asseoir sur le banc près de la baignoire. Puis elle lui écarta les mains d'une tape et nettoya convenablement la coupure.

— Comment est-ce arrivé ?

Elle tamponna avec soin.

— La plaie ne semble pas infectée. Qui t'a frappé et est-il toujours vivant ?

Pour toute réponse, Axwelle contracta fortement les mâchoires, comme s'il avait une discussion mentale avec quelqu'un. S'agissait-il d'elle ou de la personne avec laquelle il s'était battu ?

C'était sans doute elle, décida Elise.

— Tu peux m'en parler, tu sais. (Elle retourna vers le lavabo et rinça la serviette, avant de revenir vers lui.) Je ne te jugerai pas.

Se penchant encore sur le mâle, elle examina attentivement l'estafilade.

— Je pense que tu vas avoir besoin de points de suture. C'est plus profond et plus large que je croyais. Arrives-tu à voir quelque chose avec cet œil ?

Toujours pas de réponse. Rien qu'une mâchoire fermement serrée et tremblante sous l'effet de la crispation.

— D'accord, monsieur le Bavard, voyons avec quoi je peux panser ça. Puis tu devras aller voir Havers. Tu es clairement en bonne santé, donc tu vas vite cicatriser, mais cela risque tout de même de s'infecter avant.

Elise sécha la zone en la tamponnant avec le coin resté sec de la serviette et se dirigea vers son placard, dont elle ouvrit les tiroirs du bloc central les uns après les autres, à la recherche de sa trousse de premiers secours qu'elle finit par découvrir dans le dernier, tout en bas.

Fouillant dans le lot de pansements et de compresses à sa disposition, elle en sortit une grande gaze carrée autoadhésive.

— Voilà qui fera l'affaire.

Elle ôta l'emballage, le jeta dans la corbeille, puis revint à son patient toujours aussi silencieux et morose.

— Donc oui, merci d'avoir posé la question, murmura-t-elle en se penchant un peu plus sur lui. J'adore aller en cours. Je suis vraiment douée pour étudier mais, ce qui est tout aussi important à mes yeux, c'est que je peux enfin être moi-même là-bas. Je n'ai à subir aucun préjugé, ni aucune restriction à cause de mes origines. Seuls mes actes et mes paroles définissent qui je suis. C'est la liberté pour moi.

Elle retira la protection des deux extrémités adhésives de la gaze, puis pinça les bords de la coupure pour la refermer et la couvrit du pansement, en s'assurant qu'il était posé bien serré contre la plaie. Ensuite elle recula, froissant les petits bouts de papier dans son poing. Axwelle regardait droit devant lui comme s'il était incapable de supporter sa présence.

Jurant de nouveau dans sa barbe, elle eut l'impression que ses chances de pouvoir continuer à fréquenter l'université humaine disparaissaient sous ses yeux.

— Écoute, dit-elle, avec lassitude. Je sais que toi et moi sommes comme l'eau et l'huile, mais j'ai vraiment besoin que notre petit arrangement fonctionne. Je dois achever mon doctorat. Cela représente des années de travail. Je veux dire, si tu ne veux pas de ce boulot, démissionne tout de suite et laisse-moi trouver quelqu'un d'autre, d'accord ? Ohé ? Est-ce que tu m'écoutes, même vaguement ? (Elle leva les bras au ciel.) Tout cela est ridicule. Pourquoi es-tu venu ici, en fin de compte ?

Elle avait peut-être mal interprété sa conduite. Elle aurait juré qu'il l'observait parce qu'il la trouvait attirante. Mais c'était peut-être l'inverse…

Soudain, il s'agrippa les genoux et les serra fort, comme s'il souffrait beaucoup.

— Est-ce que tu es en train de faire un AVC ? demanda-t-elle. Parce que mes compétences médicales ne vont pas au-delà des pansements.

Alors qu'il demeurait assis là, sans bouger et sans parler, elle mit les mains sur ses hanches pour la troisième fois en sa présence.

— Vas-tu seulement me dire ce qui se passe ici, bon sang ? Est-ce que tu as besoin d'une ambulance ? Est-ce qu'on t'a frappé si fort que tu as une commotion cérébrale ? Quoi qu'il en soit, tu ferais mieux de me le dire tout de suite, sans quoi je te traîne hors de cette maison et je te laisse crever sur ma pelouse.

Il retroussa la lèvre supérieure au-dessus de ses crocs et secoua la tête.

— Tu es vraiment un lâche, marmonna-t-elle. Un grand gaillard comme toi, incapable d'exprimer un tant soit peu sa pensée…

— Un lâche ? cracha-t-il. Tu crois que je suis un lâche.

— Oui, tout à fait. Quelle est l'autre explication ?

— Un lâche, hein ? Bien. Alors, que penses-tu de ce problème ?

Sur ce, il se redressa de toute sa hauteur en imitant sa posture, mains sur les hanches, et se tint là comme si cela voulait tout dire.

Elise haussa les épaules, les sourcils froncés.

— Oui ? Et ? Tu veux me rappeler que tu mesures quoi ? Un mètre quatre-vingt-quinze ? Deux mètres ? Que tu portes du noir ? Que…

Et ce fut alors qu'elle vit la chose.

C'était une très grosse chose. Une chose très en érection, qui tendait le devant de son pantalon.

Chapitre 12

Alors, que penses-tu de ce genre de communication, avait envie de dire Axe.

Au lieu de quoi, il laissa simplement la femelle observer convenablement son petit lâche, qui n'était ni petit, ni le moins du monde lâche. En fait, son pénis était sacrément audacieux, complètement dénué de remords, et semblait faire le double de sa taille habituelle.

Même si Axe n'était pas du genre miniature pour commencer.

Mais, putain ! ce n'était pas la façon dont il aurait voulu débuter avec elle, et, oui, on pouvait faire remonter ce vœu pieux au moment où il s'était pointé sur le perron de son père avec du sang sur la figure. Le problème était que – enfin, l'un de ses problèmes – le sentiment criminel de Peyton d'avoir tous les droits l'avait tellement exaspéré qu'il n'avait même plus songé qu'il était blessé, et puis cette femelle l'avait entraîné ici, où tout était imprégné de son odeur, l'avait fait asseoir, avait envahi son espace vital et…

Ouais, il s'était mis à bander dur.

Tout le temps qu'elle l'avait soigné, il avait espéré, prié pour se forcer à revenir à la flaccidité. Raté. Tous ses efforts étaient revenus à hurler après un cochon. On avait l'air idiot et le cochon s'en foutait.

Donc ils en étaient là, debout dans une salle de bains qui semblait sortie du film *Le diable s'habille en Prada* – si

Miranda Priestly avait eu une scène dans un jacuzzi – avec lui ridiculement excité, et Elise plantée face à lui, comme si elle ne parvenait pas à décider si elle devait se couvrir les yeux et fuir…

Ou découvrir ce qui causait cet état chez lui.

— C'est une mauvaise idée que je sois ton garde du corps, murmura-t-il alors qu'il se retournait, se réarrangeait et ressortait dans la chambre.

Génial, il ne put qu'observer son lit, en s'imaginant à quoi elle ressemblerait, nue, dedans.

— Attends, dit-elle. Ne va pas…

Il fit demi-tour sur le tapis coûteux.

— Il te faut quelqu'un d'autre.

Elle leva le menton et le regarda avec un air de défi.

— Je ne veux personne d'autre. C'est toi que je veux.

Axe ferma les paupières et tenta de ne pas fantasmer toutes sortes de va-et-vient derrière ces mots.

— Est-ce que tu as perdu ta compagne ? interrogea-t-elle.

Il secoua la tête pour s'éclaircir les idées.

— Quoi ?

— Ta compagne. Est-ce que cela fait… longtemps qu'elle a disparu ? ou que vous êtes séparés ? Et, oui, je sais que c'est une question personnelle, mais, allons, ce n'est pas comme si on n'en était pas déjà là, marmonna-t-elle d'un ton sec.

L'espace d'une seconde, il se dit qu'elle devait chercher les compliments, mais son expression était ouverte, son regard franc et son maintien aussi honnête que l'aube.

Elle ignorait réellement l'effet qu'elle produisait sur lui.

Inconsciemment, il se concentra sur ses lèvres, un geste à l'origine de son problème : tandis qu'elle le soignait, en réalisant un bien meilleur travail que lui avec le nettoyage de la plaie et la pose du pansement, il avait gardé les yeux rivés sur sa bouche et s'était trouvé instantanément perdu, en train de se demander quel goût la femelle aurait, ou comment elle réagirait s'il l'embrassait. Et pas seulement en l'explorant avec sa propre bouche, mais également avec tout le reste de son corps.

Ce qui avait immanquablement fait surgir dans son esprit des images de corps nus et affamés de sexe, en train de forniquer désespérément jusqu'à l'évanouissement.

— Les attaques ont pris la famille de beaucoup de gens, chuchota-t-elle. Cela a été une période difficile pour nous tous.

— Je ne le sais que trop bien, hélas !

Elle se tut comme si elle attendait qu'il poursuive. Quand il n'en fit rien, elle secoua la tête.

— Eh bien, je suis désolée pour les deuils que tu as pu subir. Je sais ce que ça fait.

— Vraiment.

— Ma cousine a été assassinée le mois dernier. Cela a été horrible. D'autant plus que son frère avait déjà été tué lors des attaques.

Surgie de nulle part, et sans raison logique à son sens, une brève douleur s'alluma un instant dans sa poitrine.

— La mort est toujours horrible. À moins qu'il s'agisse de ton ennemi.

— Je ne connais pas grand-chose à la guerre.

— Je vais y aller maintenant.

Après tout, il était complètement déboussolé : un débat intérieur faisait rage entre son côté rationnel, qui affirmait que baiser avec elle pendant son boulot de garde du corps tout en l'assimilant à ces aristocrates froids comme la glace qui avaient tué son père serait totalement injuste, et sa folie furieuse, qui maintenait que coucher avec elle tout en étant payé pour la protéger et la mettre dans le même sac que ces enfoirés de la *glymera* était parfaitement logique.

— De quoi as-tu peur, exactement ? murmura-t-elle. Voilà que je te repose la question.

Il lui jeta un regard furieux.

— Quoi ?

— Eh bien, je me demande, c'est tout. Je veux dire, il n'y a rien à perdre à partager des informations, des opinions ou des inquiétudes, tant que cela sert un but positif : en l'occurrence, que toi et moi rendions possible le fait que je poursuive mes études à l'université. Tu peux me demander n'importe quoi, je te répondrai. Je n'ai pas peur, et je suppose que j'essaie de réconcilier ton apparence de dur à cuire protecteur avec l'incroyable lâcheté dont tu fais preuve en refusant de te confier à quelqu'un.

Axe cligna des yeux de stupéfaction.

C'est une blague, se dit-il. *Deux fois le même soir ?*

— Laisse-moi te demander une chose, rétorqua-t-il.

Elise écarta les bras en grand.

— Tout ce que tu veux. Je suis un livre ouvert.

— Qu'est-ce qui vous fait croire, à vous les riches, que vous avez des droits sur tout et n'importe quoi ? Je ne parle pas seulement des choses matérielles, mais des vies, des émotions, des pensées des gens. Tu m'affirmes que ce n'est pas grand-chose de parler ? Que je suis un putain de trouillard si je ne révèle pas des choses à mon sujet sur commande ? (Il haussa les épaules.) Tu n'as pas la moindre idée de ma vie ni de ce que j'ai vécu, mais si je choisis de ne pas te donner ces infos, quand et comme tu le veux, d'un seul coup c'est moi le taré. Tu es une étrangère pour moi. Je ne te connais pas. Et je ne suis pas obligé d'apprendre à le faire. Je ne te dois rien de moi.

Cette tirade la laissa muette.

Et alors qu'il se félicitait intérieurement de l'avoir remise à sa place, elle lui tira le tapis sous les pieds. Encore une fois.

— Seigneur… tu as parfaitement raison. (Elle se dirigea vers sa coiffeuse, et effleura de sa jolie main les brosses en argent, ainsi que les poudriers et rouges à lèvres posés dessus.) Je suis vraiment désolée. (Elle le regarda par-dessus son épaule et émit un rire gêné.) Et dire que je cherche à décrocher un doctorat en psychologie. Je devrais m'y connaître davantage en relations interpersonnelles, non ? Je suppose que la théorie et la pratique ne vont pas toujours de pair. Je te prie de m'excuser.

Et Axe cligna de nouveau des yeux, complètement abasourdi.

Merde ! il ne s'était pas attendu à ce qu'elle comprenne ses limites. Encore moins à ce qu'elle les respecte.

Perdu, il s'assit au pied du lit.

Il se passa une main dans les cheveux, puis posa les coudes sur les genoux et songea qu'il devait vraiment se casser d'ici, loin d'elle.

Mais au lieu de partir il lâcha :

— Je n'ai jamais connu quelqu'un qui avait un doctorat.

Tout bien considéré, se dit Elise, Axwelle avait eu raison de lui mettre le nez dans ses conneries : ce qu'elle avait oublié – et c'était particulièrement vrai avec des personnes qu'on venait tout juste de rencontrer –, c'était qu'il fallait respecter le cheminement individuel des gens. L'excitation sexuelle mise à part, il ne lui avait jamais indiqué qu'il était du genre expansif, mais bien plutôt le contraire, et elle l'avait poussé trop loin parce qu'elle avait plaqué ses propres caractéristiques de personnalité sur lui.

Mais le fait qu'il n'ait pas pris la porte lui paraissait encourageant.

— Oui, reprit-elle en se raclant la gorge. Mes études représentent des années et des années de travail. C'est pour cela… eh bien, c'est pour cela que j'ai brûlé les étapes entre nous. C'est un immense investissement en temps et en efforts et, si je n'achève pas mon mémoire, j'ai l'impression que tout cela n'aura servi à rien. Sans compter qu'il m'est assez pénible d'affronter mon père. Le fait qu'il m'ait accordé cette possibilité est un miracle et je suppose que je ne veux tout simplement pas rater cette occasion.

Lorsqu'elle se tut, il fit craquer ses phalanges une à une.

— Je ne peux pas m'en empêcher.

— D'être sur la défensive. Pourquoi en serait-il allé autrement. Je t'ai mis sur le gril.

— Non. D'être attiré par toi.

Elise s'efforça de paraître calme alors que, dans sa poitrine, son cœur manquait un battement. Mais, que le ciel lui vienne en aide, elle faillit laisser échapper un gloussement de joie.

Se redressant, elle décida de faire preuve de courage.

— C'est bon. Je ne peux pas m'empêcher d'être attirée par toi, moi aussi.

Lorsqu'il tourna brusquement la tête, elle leva les yeux au ciel.

— Allons. C'est sacrément évident.

Axwelle se racla la gorge.

— C'est toi la pro de la psycho. Tu ne crois pas que ça signifie qu'on ne devrait pas travailler ensemble ?

— Au moins nous connaissons le problème au lieu d'avoir à le découvrir. (Il ne lui répondit pas.) D'accord, c'était une blague. Tu es censé rire.

Quand il n'émit pas même un ricanement, elle…

Le grondement qui lui échappa était sans doute l'un des bruits les moins sexy qu'elle ait entendus de sa vie, à mi-chemin entre le rongeur blessé, le grizzli et la vieille voiture asthmatique. Puis il poussa un juron et plaqua une main sur sa bouche.

— Oh, mon Dieu ! c'est juste adorable, s'exclama-t-elle tout à trac.

Face à elle, sur son lit si féminin, avec sa jolie courtepointe rose orangé et son encadrement de rideaux qui tombaient d'un médaillon du plafond, le guerrier tout de noir vêtu, au visage bandé et à la mine effrayante, devint aussi rouge qu'un panneau de stop.

— J'ai roté. C'est tout. (Il s'étira et fit jouer son épaule comme s'il voulait se rappeler qu'il était musclé.) Écoute, je n'ai encore jamais travaillé comme garde du corps, donc je ne sais pas du tout à quoi m'attendre. Je crois que la question pour toi revient à savoir si tu es prête à me confier ta vie. Parce que ça se résume à ça. On peut enchaîner une centaine de nuits sans qu'il ne se passe rien, et puis rencontrer un problème la cent unième. Et alors tu ne risques pas seulement d'être baisée – et je ne parle pas que de viol, mais de n'importe quelle autre ignominie qui pourrait t'arriver –, mais également de mourir.

— Est-ce que tu doutes de tes capacités à me protéger ?

Il sourcilla.

— Tu veux la vérité vraie ?

— Toujours. (Elle leva l'index.) Je veux que ce soit enregistré tout de suite et prononcé à haute et intelligible voix. Je veux que tu me dises la vérité à présent et dans le futur. Cela a plus d'importance à mes yeux que n'importe quoi d'autre, pour des raisons que tu viendras sans nul doute à comprendre un jour.

Il fit de nouveau craquer ses doigts, puis jouer son autre épaule.

— Personnellement, je pense que mon attirance envers toi est un atout pour nous – enfin, pour toi. Cela augmente ma nature protectrice et me rendra donc plus dangereux. Je ne suis pas lié à toi, et ne le serai jamais, mais je suis un mâle et, en réalité, je suis bien plus hargneux que les tapettes trop éduquées que tu as l'habitude de fréquenter. Donc, ouais, si quelqu'un essaie seulement d'effleurer les pointes de tes cheveux de son coude, je le tuerai quatre fois avant de foutre le feu à son cadavre.

— Eh bien, voilà un truc à mettre sur une carte de Saint-Valentin.

Sauf qu'il avait sans doute raison.

— Et, écoute, je crois sincèrement que ce sont nos actes et non nos pensées qui nous définissent. Toi et moi resterons donc professionnels sur le plan physique, et tout ira bien.

Axwelle se leva précipitamment.

— D'accord, envoie-moi un texto quand tu auras besoin de moi demain. Je peux bosser jusqu'à 1 heure, mais ensuite j'ai l'entraînement.

Il hocha la tête, d'une façon qui semblait équivaloir à une poignée de mains, puis il se dirigea vers la porte.

— Je retrouverai la sortie tout seul…

— Attends, pour mon emploi du temps…

— Tiens-moi au courant, c'est tout.

Mince ! il en avait marre de discuter, hein ?

— On peut y arriver, tu sais, dit-elle à son dos puissant. Tout va bien se passer.

— Que tu dis maintenant. (Il ouvrit la porte en grand.) Espérons qu'au bout du compte, aussi longtemps que durera notre petite association, tu conserveras la même impression.

Sur ces mots, il franchit le seuil, sans se retourner une dernière fois, comme s'il voulait lui montrer sa désinvolture.

Mais sous son extérieur de dur à cuire il n'était pas aussi blasé qu'il voulait bien le lui faire croire. Autrement, il ne se serait pas assis pour lui parler.

Gagnant les fenêtres qui donnaient sur la façade de la demeure, elle souleva le voilage en dentelle et attendit. Un instant plus tard, Axwelle sortit par la grande porte et s'éloigna d'un pas ferme sur le chemin pavé d'ardoise.

— Regarde-moi, murmura-t-elle. Allez ! tu sais que tu en as envie.

Dans un coin de son esprit, elle avait tout à fait conscience que, malgré son discours suffisant sur le professionnalisme et le sang-froid, une part d'elle souhaitait vraiment que le mâle joue les John Cusack sur la pelouse.

Ce qui était dingue.

Et pas dans le sens de « cliniquement fou ».

Mais plutôt comme une route qu'elle ne devrait pas emprunter compte tenu des circonstances.

La bonne nouvelle ? Alors qu'il s'éloignait davantage de la maison, il n'allait clairement pas…

Axwelle s'arrêta environ cinq mètres après la troisième lanterne de l'allée, et resta là pendant une éternité. Des années, lui sembla-t-il. Juste avant qu'elle soit sur le point d'abandonner ou de descendre pour voir si son coup reçu à la tête n'avait pas finalement eu des répercussions qui n'apparaîtraient qu'alors, il pivota sur lui-même et jeta un coup d'œil vers la demeure.

Il leva le menton comme si son regard remontait jusqu'au premier étage.

Avec un petit cri de surprise, Elise sauta en arrière hors de vue et laissa le rideau retomber devant la fenêtre.

Son cœur tambourinait derrière son sternum, et une bouffée de chaleur lui fit ôter son pull en cachemire comme s'il s'agissait d'un cilice médiéval.

Quand elle se retourna vers sa chambre, elle contempla le léger creux imprimé sur la courtepointe, à l'endroit où il s'était assis sur son lit. Et elle éprouva l'envie, surgie de nulle part, de s'approcher et de passer la main dessus.

— Que diable suis-je en train de faire ? s'interrogea-t-elle dans le silence de sa chambre.

Chapitre 13

Le plus drôle, quand on regardait plusieurs films à la suite sans rien voir, c'était de constater à quel point on pouvait se représenter les scènes.

Bien entendu, dans le cas de Rhage, il avait globalement mémorisé *Piège de cristal* depuis l'instant où on conseillait à John McClane de retirer ses chaussures dans l'avion jusqu'au moment où sa femme frappait ce journaliste fouineur en pleine figure.

— Comment ça va, Bibi ? demanda-t-il.

Quelques heures plus tôt, Bitty, Mary et lui s'étaient installés dans les palais fessiers à dossier inclinable en cuir de la salle de cinéma de la demeure pour deux raisons : d'une part, parce que Bitty était plus à l'aise assise avec les jambes allongées, et, d'autre part, parce que l'interminable défilé des distractions cinématographiques, qu'il avait sélectionnées dans son répertoire des meilleurs films, était exactement ce qu'il leur fallait à tous pour se relaxer psychiquement après l'épreuve qu'ils venaient d'endurer. Ils avaient regardé *Deadpool* en premier, bien entendu.

Et puis *Le diable s'habille en Prada*, par égard pour Mary qui, malgré ses préférences pour les films d'auteurs, adorait la prestation de Meryl Streep en Miranda Priestly. Après cela, ils étaient revenus aux trucs qui déchiraient avec *Les Gardiens de la galaxie* – Bibi adorait Zoe Saldana dans cet opus – et enfin *Agents presque secrets*.

Dwayne « The Rock » Johnson était sans doute l'un des rares humains qu'on préférerait avoir de son côté dans un combat.

Toutefois, Rhage s'était senti obligé de finir par un bon vieux classique. En plus, cela faisait au moins trois semaines qu'il n'avait pas vu Hans Gruber chuter du Nakatomi Plaza, et on était en période de Noël.

#noëllementvôtre

— Bibi ? Ça va ? (Quand il n'obtint aucune réponse, Rhage tourna la tête vers Mary.) Est-ce qu'elle dort ? lui demanda-t-il.

Lorsqu'on ne lui répondit pas non plus de ce côté-là, il sourit et chercha à tâtons ses femelles. Il trouva d'abord la main de sa compagne et, dès qu'il s'en fut saisi, celle-ci souffla et se pelotonna contre lui en passant une jambe sur les siennes, et son soupir, au moment de replonger dans un sommeil profond, exprima le contentement le plus total. Puis il localisa le corps bien plus petit de Bibi et, tout comme Mary, la fillette se tourna vers lui et posa la tête contre son biceps, ses cheveux cascadant pour venir lui chatouiller l'avant-bras.

Rhage sourit et se concentra de nouveau sur le film.

Il avait beau être aveugle, il se sentait aussi fort qu'un bœuf, aussi grand qu'une montagne et aussi dangereux qu'un cobra. Si Musclor se pointait, il balancerait ce minus comme un rien.

Ce n'était pas macho de vouloir protéger ses femelles. C'était adapté, et pas parce qu'elles étaient incapables de faire preuve de ruse, ou de se protéger toutes seules. Mais parce que les femelles étaient tout simplement plus importantes que les mâles et le seraient toujours et, tout au fond de ses tripes, il était fier d'être à leur service en tant que compagnon et père.

Seigneur ! il se sentait si complet, ainsi encadré par sa *shellane* et sa fille. Cela maximisait chez lui sa force et sa détermination, et le stabilisait alors même qu'il n'avait pas eu conscience de se sentir bancal.

Étrangement, cette expérience ressemblait un peu à celle de tomber amoureux : c'était comme avoir une révélation qui rendrait tout plus beau et plus précieux.

Comme par hasard, comme si le destin lui envoyait un signe, sa vue revint lentement, et, dans un flou artistique, il perçut d'abord le scintillement de l'écran, puis les contours des sièges et des murs de la salle obscure, et, finalement, ses magnifiques femelles.

Comme si sa vision de la vie passait désormais à travers le filtre d'un film de Merchant Ivory.

Et dire que, sans sa Mary, il ne saurait même pas de quoi il s'agissait.

Néanmoins, douce Vierge scribe, cela lui fit mal de voir ces attelles ; ce rappel de la souffrance de Bibi et de sa spectaculaire extinction des feux le renvoyait à un épisode de sa vie qu'il préférerait oublier. Mais il sourit, car Bitty avait insisté pour que ses plâtres de jambes soient bleus et ceux de ses bras argentés, en hommage aux couleurs de sa lignée. Et tout le monde à la maison avait écrit dessus au marqueur noir, formant un entremêlement illisible de signatures et de messages : les mots d'un *doggen* recouvraient ceux du roi, un frère partageait l'espace avec un gribouillis de Nalla, même Bouh et George y figuraient, grâce à un tampon encreur en forme de patte qu'on avait apporté.

Bibi allait bien maintenant, se dit-il. Elle était à l'abri ici, avec lui, Mary et les autres membres de la maisonnée.

Tout irait…

Juste au moment où Argyle s'installait sur la banquette arrière de la limousine années 1980 et hochait la tête à côté du nounours géant, Rhage s'aperçut que sa famille et lui n'étaient pas seuls.

Lassiter se tenait sur la gauche, adossé au mur tendu de tissu, et la lueur mouvante du film dansait sur son visage comme les flammes d'un feu de cheminée.

Il avait lâché ses cheveux blond et noir sur ses épaules, et portait un simple débardeur et un pantalon de survêtement tout à fait ordinaire, et ces vêtements tranchaient complètement avec la garde-robe habituelle de l'ange.

En dépit de la distance, de la pénombre et de sa vision incertaine, il était tout à fait évident pour Rhage que Lassiter était morose.

Il ne regardait même pas le film.

Et cela poussa Rhage à souhaiter l'inconcevable.

— Dis-moi que tu es ici parce que tu as une blague sur *Au fil de la vie* à me raconter, lança-t-il d'une voix enrouée. Ou parce que tu as dégotté un sac de couchage *La Petite Sirène* exprès pour moi ?

Lassiter demeura silencieux pendant ce qui lui parut une année entière, mais qui ne dura sans doute pas plus d'un ou deux battements de cœur.

Ce qui, vu que le palpitant de Rhage lui donnait l'impression de courir un sprint dans sa poitrine, constituait un sacré commentaire concernant la relativité du temps.

— J'aimerais que tu te rappelles ce que je vais dire, commença l'ange d'une étrange voix de fausset à qui on presserait les couilles. Garde la foi. Tout finira bien.

Les yeux de Rhage se posèrent de nouveau sur les plâtres de Bitty.

— Havers nous a dit que les os réalignés guériraient d'ici à six semaines. Et après cela… je veux dire, la transition est flippante pour tout le monde, mais son corps devrait pouvoir supporter la poussée de croissance. Même si elle doit faire de la kinésithérapie après coup, ou subir une opération, à ce moment-là elle bénéficiera d'autres possibilités en matière d'anesthésie et d'antalgique et…

Lorsqu'il redressa la tête, l'ange avait disparu.

Les sourcils froncés, Rhage se retourna dans son siège pour le chercher du regard.

Mais Lassiter ne marchait pas vers la sortie ; c'était comme s'il n'avait jamais été là.

— Rhage ? Est-ce que ça va ?

Quand Mary parla d'une voix ensommeillée, il se replaça bien en face de l'écran. Ouvrant la bouche, il…

La referma. Secoua la tête. Réessaya.

— Euh… oui. Ça va. Dis… euh… est-ce que tu as vu Lassiter il y a un instant ?

— Non ? Il n'y a personne d'autre à part nous.

Le frère cligna des yeux et balaya du regard la salle de cinéma toujours plongée dans la pénombre. Avait-il vraiment eu cette conversation avec l'ange ? ou avait-il tout imaginé…

Était-il encore aveugle et en train de rêver ?

— Euh… d'accord. Oui. Bien sûr.

— Veux-tu que j'aille te chercher quelque chose à manger ?

Sa Mary Madonna s'appuya contre son torse pour lui lisser les cheveux en arrière.

— Tu n'as pas l'air bien. Faut-il que j'appelle Doc Jane ?

Tout ce que Rhage put faire, ce fut contempler son magnifique visage. Dans l'histoire du monde, il existait peut-être des femelles que les autres considéraient comme d'extraordinaires beautés, dont la structure osseuse et la courbe des lèvres, les yeux et les sourcils résolvaient l'équation de la séduction maximale.

Mais, selon lui, Néfertiti n'arrivait pas à la cheville de sa *shellane*.

Pour Rhage, Mary était la référence absolue qui rendait toutes les autres femelles ordinaires en comparaison.

— Je vais chercher Doc Jane tout de suite…

Lorsqu'elle se leva du fauteuil, il lui prit la main et l'attira doucement vers lui.

— Je vais bien. C'est juste que la journée et la nuit ont été longues. Quelle heure est-il ?

La diversion fonctionna puisqu'elle consulta sa montre, une Rolex President en or jaune qui paraissait presque aussi grosse qu'une voiture autour de son poignet mince.

— Il est 7 heures. Tu es certain de ne pas avoir besoin de dormir ?

— J'ai tout ce qu'il me faut ici.

Il pencha le buste vers elle et l'embrassa sur la bouche.

— Et c'est bien, cela signifie que, d'ici à douze heures, je serai prêt pour le Premier Repas.

— C'est maintenant. Il est 7 heures du soir. Alors, tu ne veux vraiment rien à manger ?

— Nan. Ça va.

— Rhage, qu'est-ce qui ne va pas ?

Il se renfonça dans le fauteuil inclinable.

— Rien. J'ai seulement fait un mauvais rêve.

Oui. Cela avait dû être un rêve.

Lassiter sans rayures fluo ni serre-tête rose fuchsia et argenté à la Olivia Newton-John dans le clip de *Physical* ?

C'était forcément le fruit de son imagination. Tout à fait.

— Est-ce que tu en es sûr ? s'enquit doucement Mary.

Quand il opina, il fut soulagé qu'elle se rasseye avec lui et repose la tête sur son épaule. De l'autre côté de son torse, elle jeta un coup d'œil à Bibi pour s'assurer que la petite allait bien, et lui écarta une mèche brun foncé du front.

— Tu es si courageuse, murmura-t-elle.

— La plus courageuse.

— Seigneur ! la nuit dernière à la clinique a été atroce.

— Tu veux dire avant ou après qu'ils recassent les bras et les jambes de ma fille. Ou… attends, quand j'ai créé un toit ouvrant dans un bâtiment souterrain ?

Il se frotta le visage puis lui prit la main.

— Je n'arrive pas à croire qu'on ait surmonté ça.

— Moi non plus. (Mais elle lui sourit.) Voilà toutefois ce qui fait une famille. On persévère, quoi qu'il arrive. On ressort plus fort de n'importe quelle épreuve. Les rires et les jeux, tous ces bons moments, sont merveilleux et font partie des grandes joies de la vie. Mais les difficultés, les défis qu'on relève de justesse, le retour à la vie normale qui fait éclater ta bulle, te prive d'oxygène et te donne l'impression que tout va s'achever dans les flammes ? Voilà comment on noue des liens.

Rhage songea à ses frères. À son roi. Aux autres habitants de la maison.

Puis à sa Mary et à Bibi.

Battant rapidement des cils, il l'embrassa sur le sommet du crâne.

— Tu sais toujours précisément quoi dire.

Elle frotta sa joue contre son torse et pressa les lèvres sur son sternum. Puis elle observa l'écran aussi grand que celui d'un drive-in.

— Alors… est-ce que *Piège de cristal* est ton film préféré ?

— Oui, je crois. (Il lui serra la main.) Soit ça, soit *Le Parrain*. Mince… j'aime également beaucoup *La Colère de Khan*. Et puis il ne faut pas oublier Ryan Reynolds, qui a établi de nouveaux critères en matière de jeu d'acteur.

Je ne sais pas. C'est comme les parfums de glace : il y en a trop et cela dépend de mon humeur, tu vois ?

— Hum, hum. Tu es sûr de ne pas vouloir manger ?

— J'aimerais rester ici encore un peu.

Quand elle bâilla, il se concentra sur le film et tenta de retrouver l'état de béatitude dans lequel il était plongé quelques minutes plus tôt. Mais il n'y parvint pas.

Comme s'il s'agissait de verre brisé, il ne put restaurer ce sentiment de paix et de sécurité intérieures.

L'ombre de Lassiter planait sur la salle, même si l'ange était invisible.

Chapitre 14

Dans son rêve, Axe était de nouveau dans la chambre d'Elise. Il portait les mêmes vêtements que lors de sa visite, et était assis là où il s'était posé, au bout du lit. Les doubles portes de la salle de bains étaient ouvertes en grand, et tout était identique en termes de mobilier et de décoration, sauf que tout était très flou, comme si une machine à fumée crachait des volutes de brume blanche dans un coin de la pièce.

Il ne distinguait pas Elise, mais il l'entendait. Elle lui parlait depuis la salle de bains, et il y avait d'étranges fluctuations dans l'intensité de sa voix, comme si quelqu'un ajustait le volume sonore de l'univers en tremblant sévèrement des mains.

Il avait également conscience d'être sacrément excité.

Il bandait vraiment dur.

Et cela, c'était avant qu'elle apparaisse dans l'encadrement de la porte en arcade.

Elise était incroyablement, spectaculairement nue, sans rien pour empêcher ses yeux de contempler sa peau, et pourtant les détails de son corps lui échappaient, car cette brume vaporeuse dissimulait ses seins, son ventre plat, sa fente.

—As-tu envie de moi? demanda-t-elle d'une voix déformée.

—Mon Dieu! oui, putain… j'en ai mal…

— Dis-moi que tu as envie de moi.

Écartant largement les genoux, il posa la main sur son pénis et le serra.

— Tellement… que j'en crève…

— Prononce les mots.

— J'ai envie de toi…, souffla-t-il.

Elise s'approcha de lui comme une brise estivale, parcourant l'élégant tapis d'une démarche gracieuse qui lui arracha un gémissement du fond de la gorge. Puis elle s'arrêta devant lui et il tendit les mains pour la toucher et caresser sa peau tiède et frémissante. Lorsqu'il l'attira entre ses jambes, son odeur lui emplit les narines, son pénis se mit à hurler et ses crocs s'abaissèrent dans sa bouche.

— Elise…

Il leva les yeux vers son visage, l'agrippant plus haut sur les bras, et l'enjoignit de l'embrasser. Mais plus il essayait de la pousser à se pencher pour le laisser prendre ses lèvres, plus elle échappait à sa poigne. Finalement, son corps se changea en éther tandis qu'elle s'évaporait devant ses yeux…

La sonnerie du réveil à côté de sa tête lui fit l'effet d'une détonation, le « bip » électronique suraigu agit sur lui comme un coup de pied au cul qui le fit se lever en sursaut, le souffle court.

Le feu s'était éteint depuis longtemps, il ne restait même plus de braises, et il faisait froid comme dans un réfrigérateur dans le salon du cottage. Il s'était écroulé dans les fringues qu'il portait pour aller chez Elise, et seule sa veste en cuir tirée sur son torse avait un peu retenu de sa chaleur corporelle.

Ses articulations étaient raides.

Et, ça alors ! elles n'étaient pas les seules.

Tout en se réarrangeant, parce que c'était soit cela, soit marcher comme Quasimodo, il se dirigea vers la salle de bains à l'étage et fit couler l'eau chaude. Après en être ressorti en ayant pris soin de refermer la porte pour que la pièce se réchauffe, il prit une tenue de rechange, en n'oubliant rien, depuis les chaussettes jusqu'aux rangers. Puis il retourna dans la salle de bains désormais envahie par la vapeur tiède et commença seulement à se déshabiller.

La première chose qu'on apprenait quand on passait l'hiver sans chauffage dans le nord de l'État de New York, c'est qu'il fallait s'assurer qu'on avait tout le nécessaire avant de se mouiller. Un retour, tout dégoulinant d'eau, jusqu'à votre chambre à cause d'un truc oublié, revenait à se blottir contre une barrière électrique.

En matière de cabines de douche, celle dans laquelle il entra nu faisait à peu près la taille d'une salière, et ses étroites parois en plastique – à peu près aussi solides que les murs d'une maison de poupée – causaient des chocs thermiques glaciaux si on les touchait par mégarde. Mais l'eau chaude était un régal, et il leva le visage vers le jet brûlant, savourant le plaisir de le laisser couler le long de ses épaules et de son torse, de son dos et de ses fesses.

Il ne lui fallut pas longtemps pour trouver le savon.

Et l'endroit vers lequel il le dirigea n'était pas bon.

Mais son érection le tuait et ne faisait qu'empirer au lieu de s'améliorer, car, pendant que la sensation caressante du jet d'eau s'amplifiait agréablement dans sa tête, sa matière grise défectueuse en faisait les mains, les lèvres et la langue d'Elise.

Son pénis, dur et dressé, était douloureusement gorgé de sang dans sa propre paume lorsqu'il s'empoigna et, dès la première caresse, il vit très nettement le visage de la femelle se dessiner dans son esprit. Et, oui, il se répéta qu'il devrait se sentir coupable de ce fantasme, et c'était le cas. Il y avait quelque chose de moche à se masturber en pensant à elle, alors qu'ils avaient tous les deux défini les limites entre eux la nuit précédente.

Pourtant, son besoin de jouir était si puissant qu'il allait être incapable de s'en priver.

Penché sur le côté, Axe commença à effectuer des va-et-vient et dut poser la tête sur son biceps, dont il incisa la chair de ses crocs à mesure qu'il accélérait la cadence. Des vagues de chaleur lui traversèrent le corps en même temps que d'autres images de la femelle défilaient dans son esprit. Il la revit telle qu'elle lui était apparue dans le bar à cigares et même dans le bureau de son père.

Ce qui était mal.

Mais bon courage pour essayer d'arrêter un train lancé à pleine vitesse rien qu'en faisant des gestes « stop » de la main.

Ah, ah, ah !

Le plaisir était comme un rasoir aiguisé, dont l'incision était presque aussi insupportable qu'impossible à refuser, et la jouissance, quand elle s'empara de lui, le fit se cambrer si violemment en arrière qu'il se cogna la tête contre la paroi de la douche.

Il prononça son nom. D'une voix forte.

Et, quand ce fut fini, il fut incapable de s'arrêter.

Avant même de pouvoir se remettre, la vague orgasmique enfla de nouveau, tandis que sa main continuait ses va-et-vient jusqu'à ce que les sensations explosent à l'intérieur de lui, contractant tous les muscles de son corps en même temps…

Que pouvait bien faire Axwelle en ce moment ? se demanda Elise en sortant de la douche et en s'enveloppant d'une serviette.

Le sol de marbre chauffé transformait le tapis de bain d'un blanc étincelant en un moelleux coussin chauffant pour les pieds, et elle prit son temps pour se sécher avant d'enrouler ses cheveux mouillés dans une autre serviette et de passer son épais peignoir de bain. Consciente de l'excitation qui bouillonnait sous sa peau, elle enfila des leggings et un nouveau pull en cachemire, bleu océan, puis elle utilisa non seulement son sèche-cheveux, mais aussi son fer à friser.

Devant sa coiffeuse, elle se mit même une touche de khôl et de mascara.

Environ une demi-heure plus tard, elle avait enfilé son manteau et son sac à dos et sortait de sa chambre, pour remonter le couloir d'une démarche alerte...

Arrivée à la hauteur de la porte fermée de sa cousine, elle ralentit au point de presque s'arrêter. Et se demanda si un garde du corps aurait ou non aidé Allishon. La protection d'un soldat lui aurait-elle sauvé la vie ?

La réponse à cette question aurait été plus facile si Elise en avait su davantage sur les circonstances entourant le décès de la femelle.

Mais elle n'avait pas le temps de se faire des nœuds au cerveau à ce sujet. Elle se dépêcha de descendre au rez-de-chaussée et passa sur la pointe des pieds devant la porte ouverte du bureau de son père, au cas où ce dernier déciderait de lui retirer sa bénédiction. Mais alors elle se souvint. On était mercredi soir. Il avait son tournoi de bridge, comme chaque semaine depuis des années.

Ce n'était pas plus mal.

Dehors, la nuit était d'une tiédeur inhabituelle pour la saison, le genre de chose qui lui faisait penser que les humains et leurs théories sur le changement climatique étaient peut-être valables.

Et Axe se tenait exactement là où il lui avait dit qu'il serait par SMS, juste à la lisière du cercle lumineux de la deuxième lanterne éclairant l'allée.

Elle s'approcha de lui.

— Bonsoir, dit-elle gentiment. Je suis ravie que tu sois venu au rendez-vous.

Il toussota d'un air gêné et fit basculer son poids d'un pied sur l'autre.

— Oui. J'avais dit que je serai là.

— Allons-y. Directement à la bibliothèque. J'ai bien envoyé le lien avec l'adresse sur ton téléphone ?

— Je sais où on va.

Il fallut à Elise un peu plus de temps que d'habitude pour se dématérialiser, parce qu'il venait visiblement juste de se doucher, comme l'indiquaient ses cheveux humides et le délicieux parfum épicé de savon qui imprégnait l'air nocturne.

Seigneur ! il avait une odeur incroyable.

Jurant intérieurement, elle se força à la concentration et disparut, pour reprendre forme à des kilomètres de chez elle, dans un coin d'ombre proche de l'entrée principale de la bibliothèque. Axe voyagea immédiatement à sa suite, et son corps massif se matérialisa à côté d'elle une fraction de seconde plus tard.

— On entre par là, expliqua-t-elle inutilement.

— Je me tiendrai en retrait, mais pas hors de portée.

— D'accord… Attends, pourquoi es-tu ici ? (Elle agita la main avec frustration.) Enfin, qu'est-ce que je vais raconter à mon professeur pour expliquer ta présence ?

— Pourquoi devrais-tu expliquer quoi que ce soit à ce vieux type ? Ce ne sont pas ses affaires, ni celles de personne d'autre d'ailleurs.

— Comme si les gens n'allaient pas te remarquer…

Elle émit un petit rire.

— Tu es à peu près aussi invisible qu'un semi-remorque.

— Ça ne veut pas dire que tu doives donner une explication.

Comme elle levait les yeux sur son visage à la mine inflexible, elle songea qu'elle respectait le fait qu'il ne se soucie pas de l'opinion des autres. C'était un agréable changement comparé à l'obsession du qu'en-dira-t-on qui régnait dans la *glymera*.

— Tu sais, dans ma famille, on se doit toujours d'agir convenablement, et quand ce n'est pas le cas…

Il passa devant elle, sans la laisser finir.

— Allez, on y va.

Elle le rattrapa, tout en fronçant les sourcils.

— Tu n'as pas besoin d'être grossier.

— Je n'ai pas non plus besoin d'être ton pote. J'ai un boulot à faire, et c'est de te garder en vie. Je ne suis pas là pour sympathiser.

Dommage pour le départ du bon pied, se dit-elle en poussant l'une des portes vitrées pour pénétrer dans le hall de la bibliothèque.

En dépit du fait qu'elle fréquentait l'endroit depuis des années, elle observa les lieux d'un œil neuf, et remarqua pour la première fois que tout, depuis la moquette rase et inusable en passant par la borne d'accueil délavée et jusqu'aux rideaux anémiques près du fichier des livres était de la teinte peu appétissante d'un bol de flocons d'avoine.

— En général, on se retrouve ici.

Ouvrant la voie, elle entraîna son garde du corps loin des rangées d'ordinateurs à gauche, puis, après avoir dépassé plusieurs rayonnages, dans la troisième salle équipée de tables et de chaises.

Troy s'était installé à la même table que celle où elle l'avait laissé en compagnie des deux étudiantes la nuit précédente. Il lui tournait le dos, mais elle vit des piles de dissertations étalées devant lui, ainsi que son écharpe et sa parka, qu'il avait posées sur la chaise d'à côté.

Elle avança avec détermination dans sa direction et, arrivée à sa table, lui fit son plus beau sourire.

— Salut.

Troy releva la tête et n'en crut pas ses yeux.

— Euh… bonjour…

Pour la première fois, il recula sa chaise et fit mine de se lever pour la saluer, mais elle lui fit signe de rester où il était.

— Je suis ravie de t'annoncer que je suis de retour à l'université, annonça-t-elle en posant ses affaires de l'autre côté de la table et en s'asseyant. Finalement, tu ne te débarrasseras pas de moi.

— Je ne… (Il secoua la tête, comme pour s'éclaircir les idées.) Je ne veux pas me débarrasser de toi.

Elle rougit tandis qu'il la contemplait sans ciller.

— Oui, mon père a entendu raison. Alors, que puis-je faire pour t'aider ce soir ?

— Je… euh…

Elise chercha ostensiblement ses stylos rouges et son calepin dans son sac.

— Je crois qu'on a bientôt fini de corriger les dissertations ? Si c'est le cas, on pourra peut-être discuter ensemble du dernier chapitre de mon mémoire ? Et puis je pense que je suis prête pour effectuer une ultime révision de…

Alors que Troy bégayait toujours, elle redressa la tête pour voir ce qui clochait.

Oh!

Il observait Axe, les yeux écarquillés et le visage blême.

Ce dernier toisait l'humain du regard, comme s'il prenait des mesures pour son linceul.

Chapitre 15

Quel genre de professeur était-ce donc là, se demanda Axe tandis qu'il dominait de toute sa hauteur ce bon à rien d'humain avec ses fringues branchées, sa chevelure fournie et un œil aguicheur.

Les professeurs étaient censés être de vieux croûtons aux sourcils broussailleux et aux costumes en tweed, des mâles que, même sur une île déserte et avec une menace d'extinction de l'espèce, aucune femelle ne regarderait avec envie, et encore moins avec qui elles envisageraient de procréer sans un flingue chargé contre la tempe.

Oh ! et ajoutez à « Il n'est pas du tout vieux et n'a pas de coudières à sa veste » le fait que ce misérable salopard avait dévisagé Elise comme si c'était la plus belle femelle du monde…

Ce qui, bon, était vrai.

Mais quand même.

Il fallait qu'il bute cet enfoiré là tout de suite…

— Oh ! je suis désolée, s'exclama vivement Elise. Voici mon… euh… c'est mon…

— … garde du corps, lâcha Axe. Je suis ici pour éloigner les voyous.

Et que dirais-tu d'une petite démonstration, espèce de sale psychologue au cou de girafe de mes deux. Et si je te brisais les deux fémurs et que j'utilisais l'une des extrémités pour me curer les dents, après t'avoir arraché la gorge avec mes canines...

— Voici Axe, l'interrompit Elise avec un regard noir. Il n'est ici que pour rassurer mon père. J'ai bien conscience qu'il n'existe aucune réelle menace à mon encontre.

— Bien... euh...

M. le Professeur tira sur le col de sa chemise.

— Donc... hem... en fait, il y a eu plusieurs fusillades sur des campus universitaires ces dernières années. Je... euh... je peux comprendre en quoi... hem... cela puisse alarmer un père...

Alarmer ?

Ce type utilisait bel et bien le mot « alarmer ».

Ouais, tu veux de l'alarmant, songea Axe, *et si je te suspendais à une fenêtre du deuxième étage en te tenant par ta jolie petite paire de mocassins jusqu'à ce que tu hurles comme une soprano et que ta libido dégringole du sommet de ton crâne...*

— Axe, articula Elise en se levant de sa chaise. Puis-je te dire un mot en privé ?

Après avoir empoigné le mâle par le coude, elle sourit avec détermination au pseudo-James Franco.

— Si tu veux bien nous excuser un instant. On revient tout de suite.

Axe fut plus que ravi de la suivre, parce qu'il avait deux trois petites choses à dire, lui aussi.

Elle l'entraîna plus loin à l'écart, au milieu des rayonnages, et le poussa contre une rangée de livres traitant de la Révolution américaine.

Elle pointa son index tendu, d'un air menaçant, devant son visage.

— Tu vas devoir changer d'attitude ou t'en aller d'ici.

— Je te demande pardon ? articula-t-il. Ce n'est pas moi qui sors avec un humain. Si tu avais été franche avec moi dès le départ sur les raisons de ta venue ici, j'aurais apprécié. Surtout après ta tirade moralisatrice sur ton exigence d'honnêteté vis-à-vis de moi. Ou alors, attends, tu es peut-être comme ton cousin Peyton et tu crois que les roturiers dans mon genre sont des personnes si inférieures à vous autres les aristocrates qu'il n'existe en réalité aucune hypocrisie à nous mentir.

— Je ne sors pas avec Troy !

— Troy. Il s'appelle Troy.

— C'est quoi le problème ? C'est un très beau prénom !

— Je n'en débattrai pas avec toi…

— Ne sois pas idiot ! Et il ne se passe rien entre nous !

— Oh ! allez. J'ai vu comment il te regarde. Et ça…

Il désigna la figure de la femelle.

— Ta coiffure et ton maquillage ? C'est pour lui plaire, pas vrai. Tu t'es pomponnée pour ton petit copain, hein ?

— Pas du tout ! Et ce n'est pas mon…

— Où est donc passée ton honnêteté, chérie…

— Non, je refuse de croire que tu viens de m'appeler « chérie »…

— Comment veux-tu que je t'appelle, « professeur » ? Parce que le titre est déjà pris par Troy…

— Tu étais en train de grogner ! Tu te tenais au-dessus de lui et tu grognais !

OK, cela le fit réagir. Mais elle n'en avait pas encore fini avec lui. Elle s'approcha tant qu'elle lui grimpa presque sur le torse, et lui martela la poitrine de son index.

— Tu étais à environ cinq centimètres et une grosse poussée de testostérone de montrer les crocs et de le tuer !

— Pas du tout !

Ils se hurlaient après mutuellement, mais avec le volume sonore d'un chuchotement. Ce qui était ridicule, mais au moins ils étaient seuls ici.

— Montre-moi, cracha-t-elle.

— Quoi donc ?

Elle lui saisit la lèvre supérieure comme s'il était un cheval et la lui retroussa sur la gencive.

— Tu vois !

Elle lui enfonça encore une fois son maudit index dans la poitrine.

— Tes canines sont complètement descendues, et laisse-moi te dire que la dernière chose dont j'ai besoin c'est que mon garde du corps arrache la gorge de la raison précise pour laquelle je prends la peine de le supporter ! Calme-toi ou j'engagerai quelqu'un d'autre !

Axe arracha sa bouche à sa prise et avança le bassin.

— Ne repose plus les mains sur moi.

— Pour commencer, je n'ai pas envie de te toucher…

— Menteuse.

Elle tressaillit comme s'il l'avait insultée. Mais elle se reprit tout de suite.

— Tu es jaloux.

— De quoi parles-tu, bon sang ?

— Tu n'as pas aimé la façon dont il me regardait. Avoue-le. Et si tu essaies de nier que tu me désires puis-je te rappeler ton discours d'hier soir concernant le fait que « ton attirance pour moi fonctionne en ma faveur ». Rappelle-toi, quand tu étais assis au pied de mon lit ? Tu t'es montré très clair à ce sujet.

Lorsqu'elle haussa un sourcil aussi pur que la neige fraîchement tombée, Axe eut sérieusement envie d'abattre quelqu'un. Peut-être elle. Peut-être lui. Très certainement « Troy ».

— Tu sais, pour l'instant, je suis vraiment en train de reconsidérer l'offre de ton cousin de me payer pour me garder à distance de toi.

Elise ouvrit la bouche comme si elle allait continuer sur sa lancée, puis la referma ensuite comme si elle avait compris ses propos avec un temps de retard.

— Peyton a fait quoi ?

— Il est venu chez moi hier soir et m'a dit que je n'avais pas le droit d'accepter ce travail, et, quand je lui ai dit d'aller se faire foutre, il a répondu que, quel que soit le salaire que ton père me verserait, il le doublerait, le triplerait, en ferait une cagnotte du loto.

— Pourquoi faire une chose pareille ? marmonna-t-elle comme si elle n'en avait pas la moindre idée.

— Parce que les gens comme moi ont seulement le droit de réparer ta maison ou ta voiture ou de travailler dans ton jardin. (Bon, voilà qu'il était de nouveau remonté.) Nous sommes sans importance pour les personnes comme vous. Nous ne sommes qu'une marchandise comme une autre qu'on peut troquer comme on veut…

— Ce n'est absolument pas vrai !

Avant qu'il puisse s'en empêcher, Axe ricana d'un air méprisant :

— Ah, vraiment ? Alors aimerais-tu savoir comment mon père est mort lors des attaques ? Je serais sacrément ravi de te raconter cette histoire, vu que tu es branchée parlotte. Mon père est mort parce que les aristocrates pour lesquels il travaillait ont empêché tout le personnel, ainsi que les ouvriers, de se réfugier dans leur pièce de sûreté. Donc, quand les tueurs sont entrés dans la maison, toute la valetaille s'est fait massacrer, même s'il y avait largement assez de place pour eux dans la fameuse pièce. Ils ont cogné à cette putain de porte, et supplié qu'on les laisse entrer, mais les tiens les ont laissés crever. Voilà comment ma seule famille a été tuée. Et c'est exactement la même attitude qui a fait croire à ton idiot de cousin qu'il pouvait m'acheter et qui t'a autorisée, toi, à me prêcher l'honnêteté alors que tu m'as enfumé sur ta relation avec ton professeur.

Il y eut un long silence tendu.

Puis Elise se racla la gorge.

— Je te présente mes condoléances les plus sincères. C'est une affreuse tragédie.

Il rit en lâchant un juron.

— Est-ce que ton joli petit diplôme de psy t'a fourni ces deux phrases sur une fiche pour que tu les mémorises pendant ton séminaire sur le deuil ? ou bien s'agissait-il du cours « Savoir apaiser ses inférieurs » ?

Elise croisa les bras sur sa poitrine et se contenta de le dévisager. Et plus elle le faisait, plus il avait envie de lui tourner le dos et de s'en aller.

Il ne savait pas trop pourquoi il restait.

— Je ne pense pas que cela va marcher, murmura-t-elle.

— Ouais, je pense que tu as raison. Et c'est sans doute la seule chose sur laquelle on tombera jamais d'accord.

Comme elle détournait la tête, il fut forcé d'ignorer la perfection de son profil. Mais alors elle rouvrit la bouche et l'étendit par terre.

Sans qu'il y ait le moindre contact physique entre eux.

— Le maquillage était pour toi. Pas pour lui. Et félicitations, tu es viré. J'espère que tu apprécies de te complaire dans ta misogynie et tes préjugés arrogants. Visiblement, tu en as encore beaucoup en réserve.

Sur ce, elle leva le menton et s'en alla. Comme si elle était la maîtresse des lieux. Naturellement…

Attendez. Qu'avait-elle dit au sujet du maquillage ?

Tandis qu'elle s'éloignait d'« Ânewell » – Axwelle, corrigea-t-elle intérieurement –, Elise n'arrivait pas à décider contre qui elle était le plus en rogne.

Ce qui, vu à quel point il s'était mal comporté avec elle, en disait long.

Le prix du Plus Gros Connard de la Planète se jouait à pile ou face entre Peyton et lui. Axe, parce qu'il s'était montré si outrageusement offensant qu'elle avait vraiment eu envie de faire appel à ses maigres connaissances en autodéfense pour lui flanquer un coup de genou dans les couilles – en vertu de la théorie selon laquelle les vociférations et les élucubrations du mâle ne pouvaient que s'améliorer avec une voix aiguë. Et Peyton, parce que c'était complètement déplacé de la part de son cousin d'essayer d'acheter quelqu'un, encore plus lorsqu'il s'agissait d'un camarade d'entraînement travaillant pour un proche.

Même si, en réalité, cela n'allait pas fonctionner…

Axe se matérialisa juste devant elle, de façon si imprévisible qu'elle poussa un cri et sauta en arrière.

Puis elle se rendit compte de ce qu'il venait de faire. Dans un lieu humain.

— Tu es malade ? (Elle jeta un coup d'œil autour d'elle pour voir si quelqu'un avait assisté à la scène.) Tu ne peux pas faire ça ici !

— Comme si les livres allaient avoir un avis sur le sujet ? (Mais il secoua la tête et poussa un juron.) Écoute, je suis désolé, d'accord. Je suis vraiment… désolé. (Il soutint son regard sans ciller, et eut le tact de paraître vraiment sincère.) Je ne suis pas doué pour…

Elle attendit qu'il finisse. Puis, quand il parut avoir franchement du mal à s'exprimer, elle envisagea de le planter là. Parce qu'il le méritait.

— Vas-y, murmura-t-elle. Je t'écoute.

— Je t'ai peut-être raconté beaucoup de choses, mais je ne suis pas du genre sociable.

— Vraiment ? On ne dirait pas.

— C'est vrai.

Il y eut une pause. Et, alors que celle-ci s'éternisait, elle décida qu'elle ne l'aiderait pas. Soit il prouvait, ici et maintenant, qu'il était davantage qu'un voyou au sang chaud incapable de contrôler sa frustration et sa misogynie suffisante, déjà mentionnée plus haut, soit elle allait engager un autre garde de corps.

Mince ! Peyton ferait peut-être l'affaire.

Mais avant cela elle comptait bien avoir aussi une joyeuse petite discussion avec lui.

Le regard d'Axe se concentra sur un point au-dessus de son épaule gauche. Et, quand il reprit enfin la parole, sa voix était atone.

— J'ai besoin de ce boulot, d'accord ? Il faut que je travaille. Donc je… te serais reconnaissant… d'être un peu plus souple avec moi en matière de bonnes manières.

Elle éclata d'un rire tendu.

— Que je sois un peu plus souple ? Il faudrait plutôt que j'apprenne à faire le grand écart. Voire que je devienne carrément contorsionniste. Tu es l'une des personnes les plus offensantes de ma connaissance.

Il changea de jambe d'appui, un tic qu'elle commençait à reconnaître chez lui, et qu'il faisait quand il avait très envie de s'en aller mais se forçait à rester.

— La balle est dans ton camp, dit-elle. Je ne vais pas t'aider. Si tu as autre chose à me dire, vas-y. Autrement, je vais ramasser mes affaires et partir.

Axe regarda autour de lui, puis marmonna :

— Je vis seul, d'accord ? Et le programme d'entraînement n'a pas pour but de se faire des amis, mais de gérer des situations de vie ou de mort, ce qui n'exploite pas exactement mes points forts en termes d'aptitudes relationnelles. Sauf quand il s'agit de tuer. Et, oui, tu viens de voir à quoi ça ressemble. Alors je ne sais pas vraiment comment tenir une conversation policée. Mais je suis désolé, d'accord ?

Elise secoua lentement la tête tout en soutenant son regard.

— Je ne peux pas me permettre que tu te montres agressif à l'égard de Troy. Oui, j'ai conscience qu'il me trouve attirante, mais nous n'avons jamais eu qu'une relation professionnelle.

Elle éluda judicieusement les détails de leur bref écart de conduite la veille. Mais elle ne se sentait pas coupable, même avec cette histoire d'honnêteté qu'Axe lui avait renvoyée à la figure.

Bon… peut-être que si.

Bref.

— Il faut que tu sois si discret que tu deviennes quasiment invisible. (Elle leva la main.) Et, avant que tu abordes le sujet, ce n'est pas parce que tu es roturier. C'est ainsi que les gardes du corps se comportent. Enfin… eh bien, d'après les films que j'ai vus. J'ai un vrai travail à faire ici et j'ai déjà dû justifier mes efforts auprès de mon père. Je lui devais une explication. Mais je ne t'en dois aucune.

Axe hocha la tête.

— Compris.

Au bout d'un moment, elle inspira profondément, puis indiqua l'espace entre eux d'un geste de la main.

— Et il est hors de question que nous remettions ce sujet sur le tapis. Suis-je bien claire ? Le débat est clos. Si tu ne peux pas être présent sans te montrer agressif, et si tu ne peux pas faire ton boulot sans te contrôler, je mettrai fin à notre accord, définitivement. Encore une fois, pas parce que j'estime que je vaux mieux que toi en vertu de ma lignée, mais parce que je ne mérite pas qu'un mâle se change en gorille et se frappe en permanence la poitrine devant moi. Je refuse d'avoir encore cette discussion avec toi.

Axe cligna des yeux à plusieurs reprises.

Puis il se passa une chose extrêmement bizarre. Du moins, ce fut l'impression qu'eut Elise.

Le coin droit de sa bouche remonta imperceptiblement, mais pas d'une façon moqueuse. Plutôt comme si elle l'avait impressionné et que le respect qu'il ressentait pour elle était la dernière chose qu'il s'attendait à éprouver vis-à-vis d'une aristocrate.

— Marché conclu.

Il lui tendit sa paume.

— Et je suis désolé qu'on ait dû passer deux fois les règles en revue. Cela n'arrivera plus.

Elise relâcha la tension dans ses épaules et accepta ce qu'il lui offrait en serrant sa main beaucoup plus grande que la sienne.

— Marché conclu.

Quand ils rompirent le contact, elle se pencha sur le côté pour jeter un coup d'œil derrière ses épaules massives.

— Flûte ! Maintenant, il faut qu'on essaie d'arranger les choses avec Troy.

— Pas de souci. Je m'en occupe.

— Quelque part, ça ne m'inspire pas confiance.

— Regarde.

Comme Axe se dirigeait vers la table où son professeur était toujours assis, Elise leva les yeux au ciel et poussa un juron dans sa barbe. Puis elle lui courut après.

C'est comme dans Un jour sans fin, se dit-elle. *Avec Jason Statham à la place de Bill Murray…*

Chapitre 16

Alors qu'il se dirigeait vers le professeur, Axe découvrit avec stupéfaction qu'il avait nettement moins envie de le tuer. En fait, lorsqu'il arriva à la table couverte de copies, il n'était même plus d'humeur à lui casser la figure. Globalement.

Mais il fallait que le chignon de ce mec disparaisse, et, de plus, Axe avait un joli couteau de chasse cranté sur lui qui pourrait faire le boulot. Mais, quelque part, il doutait que cela entre dans le champ de ses attributions professionnelles.

Troy se ratatina sur son siège à la vue du mâle, mais cela ne dura pas. Axe plongea dans le cerveau du type et effaça les souvenirs récents de l'agression qu'il avait subie. Puis il lui tendit la main.

— Salut, je suis Axe, le garde du corps d'Elise. Je ne veux pas vous déranger tous les deux, alors je vais m'asseoir… (il jeta un coup d'œil autour de lui) là-bas, sur cette chaise. Faites votre travail, je ferai le mien, et tout ira bien.

À condition que tu ne poses pas les mains sur ma nana, ajouta-t-il mentalement.

Non qu'Elise soit sa petite amie.

Merde !

L'humain fit la grimace et se frotta la tempe comme s'il avait la migraine, mais il se leva et serra la main du mâle.

— Ravi de vous rencontrer. On ne saurait être trop prudents de nos jours. Vous vous rappelez cette fusillade près de Manhattan le mois dernier ? Et puis il y en a eu une autre en Californie.

Axe opina du chef.

— C'est ça. On vit une époque dangereuse. Je serai juste là, vous n'avez qu'à vous mettre au travail tous les deux.

Tandis qu'il se dirigeait vers la chaise basse, aussi rembourrée qu'une tranche de pain, qu'il venait d'indiquer à Troy, il eut parfaitement conscience qu'Elise le regardait comme si une corne venait de lui pousser au milieu du front, et il ne put résister à l'envie de hausser un sourcil dans sa direction.

Après avoir calé ses fesses sur le siège, il joignit les doigts et entreprit d'observer la femelle à distance.

Parce que c'était bien ainsi que les gardes du corps se comportaient, non ?

Mais il garda aussi un œil sur tout le reste de la bibliothèque. Sans bouger la tête, il sondait constamment son environnement, suivant les mouvements des rares étudiants qui erraient entre les rayonnages comme des zombies, avec des yeux cernés et l'air d'être complètement épuisés. Le personnel travaillait aussi en équipe réduite à cette heure-ci de la nuit, et il les identifia en se fondant sur le fait qu'ils étaient sensiblement plus âgés que les étudiants et n'avaient pas l'air de se nourrir exclusivement de café et de sandwichs de distributeur.

La bibliothèque était si paisible que, bien que Troy et Elise parlent à voix basse, il entendait parfaitement leur discussion. Leurs échanges portaient essentiellement sur des passages de dissertations, pour décider si un extrait avait été plagié ou convenablement cité, quoi que cela signifie pour Axe. Mais ils débattaient aussi à l'occasion du *cursus* de certains étudiants à l'université.

Mince ! Elise était si intelligente qu'il en était impressionné. Elle lançait des termes qu'il ne comprenait pas avec la même adresse qu'un joueur de tennis professionnel renvoyait une balle à la volée dans un tournoi du grand schelem. Et puis il fut question de sa baignoire… peignoir… mémoire ?… et tout monta d'un cran sur l'échelle du QI.

Son thésaurus… sa théorie ? sa thèse ? traitait de la bipolarité chez les adolescents et si on pouvait correctement diagnostiquer ce trouble mental chez les enfants pendant la puberté ou pas. Quelle que soit cette maladie, il abordait aussi les différents types de soins possibles, médicamenteux ou psychologiques, comme les séances de psychothérapie ou d'art-thérapie.

C'était un gros sujet d'étude, et Troy était visiblement impressionné.

Quand Axe consulta sa montre un peu plus tard, il fut surpris de s'apercevoir que trois heures s'étaient écoulées et que les deux autres commençaient à ranger leurs affaires. Il se leva et s'étira, mais garda ses distances parce qu'il voulait montrer à la femelle qu'il n'était pas un fauve, et, de toute façon, il pouvait entendre ce qu'ils se disaient.

Et, oui, il comprit que Troy se préparait à demander quelque chose à Elise, parce que le type se mit à regarder dans la direction d'Axe d'un air embarrassé, comme un gamin sur le point de mettre la main dans la boîte de gâteaux.

Axe jeta un coup d'œil à Elise. La femelle avait regardé dans sa direction à plusieurs reprises au cours de la soirée, et il devait reconnaître qu'il avait apprécié son attention. Au début, c'était clairement parce qu'elle se demandait s'il n'allait pas foutre en l'air leur nouvelle entente et démolir son petit pote humain, mais, plus tard, il avait eu l'impression que c'était pour une tout autre raison.

Ce qui, une fois de plus, le rendait plus conciliant envers ce bon vieux Troy.

Quand un silence gêné s'installa entre les deux universitaires, Axe leur adressa son plus beau sourire.

— Tout ce que vous souhaitez lui dire peut être prononcé devant moi. Je l'emporterai dans la tombe.

Elise devait accorder un certain mérite à Axe. Non seulement il s'était calmé, mais également comporté en parfait professionnel en se plaçant à l'écart, tout en demeurant assez près pour pouvoir intervenir immédiatement si quelqu'un de malintentionné s'approchait de la table ou tentait quoi que ce soit.

Cela lui donnait beaucoup d'espoir.

Ce qui était difficile pour elle, voire presque impossible à supporter en restant impassible ?

C'était sentir ses yeux posés sur elle. Étonnamment, ce regard jaune lui donnait l'impression d'être plus vivante, sa peau la picotait comme si on la caressait, alors même qu'il ne la touchait pas, et le besoin compulsif de vérifier qu'il l'observait toujours engendrait un bourdonnement assourdi et constant dans sa tête.

— Donc… (Troy jeta un nouveau coup d'œil à Axe.) Euh…

Bien évidemment, le fait que son garde du corps ait dit à l'humain qu'il était libre de parler n'avait absolument pas aidé ce dernier à surmonter son embarras.

Mais bien plutôt le contraire.

— Oui ? l'encouragea-t-elle. Je veux dire, si c'est pour Noël, je te l'ai dit, ça ne me dérange pas du tout de travailler à cette période de l'année. On devra simplement trouver un autre endroit.

— Euh… oui.

Il jeta un autre coup d'œil à Axe, qui restait toujours planté là, avec un petit sourire sur le visage, comme s'il s'amusait de la nervosité de Troy.

— Mais je crois qu'on en a fini avec les dissertations. Et ton mémoire est presque achevé.

— Je le sens bien.

Le professeur se racla la gorge.

— Es-tu toujours décidée à m'aider pour le séminaire des vacances d'hiver ?

— Tout à fait. Tu veux qu'on planifie cela demain ? Quand commencent les cours ?

— Euh…

L'humain sortit son portable et pianota sur l'écran.

— Le 3 janvier. J'ai trente étudiants inscrits, presque tous des professionnels non conventionnés qui exercent sur le terrain.

— Génial. Je suis impatiente.

Tandis qu'elle refermait le zip de son sac à dos, il lâcha tout à trac :

— Ça te dirait de dîner avec moi demain soir ?

Elise redressa soudain la tête. Cligna des yeux. Tenta d'assimiler l'invitation.

Ce qui était dingue, car elle avait eu tout à fait conscience du tour que prenait leur relation la veille. Mais, et c'était bizarre, sa rencontre avec Axe avait changé beaucoup de choses, trop, même.

Et elle s'interdit de regarder en direction du mâle.

Mais bon, inutile pour elle de croiser son regard pour savoir avec quel plaisir arrogant il observait la scène ; il devait partir du principe qu'elle allait décliner l'invitation, et s'en réjouissait d'avance.

Tu ferais mieux de lever le pied, mon pote, se dit-elle avec une rancœur qui ne lui ressemblait pas.

— Ce serait avec plaisir, Troy.

Elle esquissa un sourire.

— Ce serait formidable. Mais ce devra être après 20 heures. Est-ce trop tard ?

Comme Axe écarquillait les yeux de surprise, elle sentit une vague de satisfaction se répandre au centre de sa poitrine. Non qu'elle soit fière de cela.

Seigneur ! qu'est-ce qu'elle fabriquait ?

— C'est parfait.

Troy sourit d'une façon qui fit briller ses yeux.

— Aimerais-tu que je passe te chercher ?

— Euh… il vaut sans doute mieux que je te retrouve directement sur place. Dans quel restaurant penses-tu réserver ?

Pendant qu'ils discutaient des différentes options possibles : pas de fruits de mer pour elle, il aimait le chinois, elle préférait le thaïlandais, et pourquoi pas ce grill brésilien, *Ignacio's* – formidable-on-a-un-rencard –, elle regarda Axe du coin de l'œil.

Il n'était pas enchanté.

— Eh bien, à demain alors.

Elise enfila son manteau et glissa une lanière de son sac à dos sur une épaule.

— Et encore merci. J'ai hâte.

— Moi aussi.

Troy avait une fossette sur une de ses joues. *Qui l'eût cru*, se dit-elle en tournant les talons et en s'éloignant.

Axe demeura silencieux tout le temps qu'ils mirent à sortir du bâtiment. Mais il n'avait pas besoin de dire quoi que ce soit pour qu'elle sache sur quoi porterait leur prochaine dispute.

Sur la pelouse, elle pivota vers lui et mit les mains sur ses hanches.

— Tu ne nous accompagneras pas.

Il haussa un sourcil.

— Où ça ? Oh ! à ton rencard. Bien sûr que si.

— Certainement pas.

— Attends, laisse-moi mettre les choses au clair. Tu veux que je me comporte en professionnel, sauf quand tu décides du contraire ?

— J'aimerais avoir un peu d'intimité. Et nous n'irons pas à la fac.

— Tu ne crois pas que ton père voudrait que tu sois protégée lors d'un rencard avec un humain ? Je suis certain que si.

— Ce ne sera pas nécessaire. (Bon, même à ses propres oreilles, cela sonnait faux.) Tout ira bien.

Il demeura silencieux un moment.

— Très bien. Comme tu veux.

Hum, hum, bien, il allait tomber d'accord avec elle sur ce point.

Et alors qu'elle attendait une nouvelle réplique de la part du mâle, rien que pour l'excitation que lui procuraient les étincelles d'électricité qui ne cessaient de voler entre eux, elle sentit une douce chaleur picoter sa peau et son corps rugir de désir en observant la pulpeuse lèvre inférieure d'Axe dans l'espoir qu'elle recommence à bouger.

— Viens, l'enjoignit-il. Rentrons chez toi. Il faut que je me rende à l'entraînement, et je dois encore enfiler ma tenue de combat.

Attendez… quoi ?

Axe lui fit signe de se dématérialiser.

— Après vous, m'dame.

Elise cligna des yeux. Puis se répéta que c'était dingue d'être déçue qu'ils ne poursuivent pas leur dispute.

— Tu as autre chose à me dire ? l'encouragea-t-il.

— Non, absolument pas, murmura-t-elle en fermant les yeux et en se dématérialisant chez elle.

Chapitre 17

Le soir suivant, Mary tenta de s'assurer que Bitty était confortablement installée dans la salle de billard. Mais, même après avoir apporté à la fillette un saladier plein de pop-corn au beurre, tout chauds, un sachet de cookies aux pépites de chocolat, une boisson gazeuse, une bouteille d'eau, la télécommande de l'énorme écran installée au-dessus de la cheminée, des exemplaires de *CosmoGirl*, du *National Enquirer*, deux semaines de *People* et elle ne savait plus quoi d'autre, elle avait toujours l'impression d'avoir abandonné l'enfant dans la nature au milieu d'une tempête de neige.

Ce qui était dingue.

Mais c'était ce que ressentait une mère.

Assise sur le canapé près des deux jambes plâtrées de Bitty, elle lui caressa le pied, couvert d'une chaussette.

— Tu es sûre que tout ira bien ?

Le sourire qu'elle obtint en retour était détendu et heureux.

— Oh oui ! tout à fait. Bella et Nalla vont descendre après le bain de la petite. Et Lassiter m'a promis qu'il viendrait regarder *Sauvés par le gong* avec moi.

— C'est une bonne âme, cet ange.

— Il m'a aussi dit qu'il allait me colorer les cheveux…

— Quoi…

— Je plaisante. (Bitty sourit davantage.) Je n'ai pas pu résister.

Mary empoigna le devant de son chemisier en soie.

— Seigneur ! j'ai failli avoir une crise cardiaque.

— Père est passé me voir, lui aussi. Il a dit qu'il partait travailler tôt et me préparerait un Dernier Repas spécial en rentrant.

— Il est à la maison d'audience ce soir.

— Il n'est pas sur le terrain à cause de ce qui est arrivé à la clinique ?

— Il a besoin d'une petite période de convalescence.

— C'est bien. (La fillette se tut un instant.) Je m'inquiète…

— De quoi ?

Mary passa à l'autre pied, et massa les petits orteils dans leur enveloppe polaire.

— Dis-moi.

— Et s'il lui arrivait quelque chose ? Je veux dire, je sais que la bête le protège, mais…

— Il est spécialement entraîné pour le combat contre les éradiqueurs, ma chérie. Il possède le meilleur équipement possible. Il ne prend aucun risque superflu.

— C'est ce qu'il m'a dit.

— Jamais il ne te mentirait. (Mary fronça les sourcils.) Es-tu certaine que tu ne veux pas que je reste avec toi ?

— Les autres enfants ont besoin de toi. Je profite déjà de ta présence la journée.

Tu es si gentille, se dit Mary en se levant.

— Tu peux toujours m'appeler. (Elle sortit son portable de son sac à main et l'agita devant Bitty.) Je l'ai toujours sur moi.

— Je sais. Passe une bonne soirée, maman.

Mary ferma brièvement les yeux. Mince ! c'était un mot qu'elle ne pouvait tout simplement pas croire qu'il la désignait. Et, avec *shellane*, c'était ses deux préférés.

— On se revoit bientôt. Tu m'appelles, hein ?

— Promis.

Alors qu'elle s'en allait, Lassiter entra dans la pièce. Ses cheveux blond et noir lui tombaient presque jusqu'aux fesses, et sa robe blanche semblait tout droit sortie d'une scène de la soirée déguisée Rome antique du film *American College*.

À voix basse, elle lui demanda :

— Dis-moi que tu ne vas pas colorer les cheveux de ma fille.

L'ange prit un air innocent.

— Elle aime le rose, tu sais.

— Lassiter, tu es sérieux ? Il faut nous en parler avant de…

— Je ne vois rien de mal à avoir les cheveux roses.

— Moi non plus. Mon problème, c'est ce que tu vas devoir faire pour arriver à cette teinte. Il est hors de question que Bitty devienne chauve, compris ? Et si tu fais fondre les cheveux de mon enfant je me fiche que tu sois une divinité ; Rhage trouvera un moyen de te tuer. Elle a déjà des plâtres aux bras et aux jambes, elle n'a pas besoin en plus de perdre ses cheveux.

— Plus pour longtemps, murmura-t-il.

— Je te demande pardon ?

— Les plâtres.

Mary se retourna pour jeter un coup d'œil à Bitty. La fillette paraissait tout à fait satisfaite, ainsi calée dans le canapé et occupée à lire un magazine.

— Six semaines semblent une éternité, murmura-t-elle. Mais tu as raison. Ce n'est pas le cas.

L'ange lui posa une main sur l'épaule.

— Tout ira bien.

Quelque chose dans sa voix la toucha au cœur et soulagea sa douleur aussi sûrement que s'il lui avait donné un antalgique pour une cheville foulée.

— Vas-y, lui ordonna-t-il. Je ne la quitterai pas.

— Je t'aime, Lassiter, dit-elle sans détourner les yeux de sa fille.

— Je sais.

Mary se tourna de nouveau vers l'ange.

— Est-ce que tu viens de citer Harrison Ford ?

— Oui, Leia. Mais je le pense aussi sincèrement. Allez, maman, elle est en sécurité.

L'humaine étreignit brièvement l'ange puis quitta la demeure, après avoir traversé le hall pour gagner son break Volvo. Comme elle s'installait derrière le volant, son portable sonna et elle renversa la moitié de son sac sur le siège passager pour essayer d'attraper l'appareil au cas où Bitty aurait besoin…

C'était un SMS de Rhage.

« Hâte que la voie soit libre aujourd'hui. On se retrouve dans la baignoire ? »

Mary éclata de rire. « La voie est libre » était leur code pour « faire l'amour ». C'était drôle, depuis l'arrivée de Bitty dans leurs vies, le sexe était encore meilleur, parce qu'il fallait l'anticiper, le planifier, tout en gardant la chose secrète.

« On a un rencard, répondit-elle. Mais c'est moi qui remplirai le jacuzzi pour être sûre d'avoir la bonne hauteur d'eau. »

Personne ne voulait renouveler le raz-de-marée survenu la dernière fois qu'ils avaient essayé de s'envoyer en l'air dans un bain moussant. De plus, Lassiter avait déjà acheté tous les produits dérivés *La Petite Sirène* des États-Unis. Et où diable dénicherait-il un second tarpon de la taille d'une Volkswagen ?

Mais bon, c'était une question à laquelle il valait mieux ne pas répondre.

Mary souriait toujours lorsqu'elle arriva au Refuge, une vingtaine de minutes plus tard. Quand elle traversa le garage, le sentiment que tout allait bien dans son univers lui donnait l'impression d'être littéralement plongée dans un bain de soleil et elle entra dans la cuisine d'un pas léger en fredonnant une petite chanson.

— Salut tout le monde, s'exclama-t-elle en direction du groupe qui fabriquait des bonshommes en pain d'épice. Oh ! ça sent divinement bon.

Elle salua quelques enfants et leurs *mahmen*, heureuse que les traditions de Noël qu'elle avait transmises soient si bien employées.

— Joli travail, murmura-t-elle à un petit garçon qui recouvrait son biscuit d'assez de glaçage pour engloutir la moitié de Caldwell sous une pluie de sucre rouge et verte.

L'escalier menant à l'étage se trouvait sur le devant de la grande maison, et elle fredonna encore en gravissant les marches jusqu'au palier. Son bureau n'était pas loin de celui de Marissa, mais, lorsqu'elle passa la tête dans l'espace de travail de sa chef, celle-ci n'était pas là.

Ce fut vraiment agréable de hiérarchiser dans sa tête le travail de la nuit : d'abord, les comptes-rendus qu'elle voulait achever, puis la réunion avec la responsable des admissions, et enfin le repas pris en commun juste avant son retour à la maison.

C'était beaucoup plus facile que d'affronter le traumatisme des récentes épreuves survenues à la clinique de Havers.

Elle était assise à son bureau, occupée à téléphoner après avoir répondu à ses mails, et réfléchissait déjà à la rédaction de son compte-rendu quand elle se rendit compte qu'elle n'avait pas respecté la tradition.

— … crois que c'est une solution vraiment positive, dit-elle à la femelle au bout du fil. Que vous soyez proche de votre famille est une bonne chose. Vous aurez besoin d'aide et de soutien au cours de cette période de transition.

La survivante avec laquelle elle parlait avait séjourné dans la maison pendant environ huit mois. C'était la victime d'un petit ami violent qui avait menacé de la tuer lorsqu'elle lui avait annoncé qu'elle le quittait après vingt-deux ans de vie commune. Heureusement, elle avait pu venir au Refuge pour y être protégée, tandis qu'elle récupérait peu à peu physiquement et psychiquement de tous les maux causés par deux décennies de maltraitance.

Désormais, elle volait de ses propres ailes, et quant au petit ami ?

Il allait mieux, lui aussi.

Même si ce n'était pas le résultat d'une introspection et d'une évolution personnelle. Mais parce que Butch et Rhage lui avaient rendu une petite visite un soir avant l'aube.

Mary n'avait guère posé de questions. En fait, il n'y avait eu qu'une : est-ce que ce salopard respirait encore ? Quand on lui avait répondu par l'affirmative, cela avait été tout ce qu'elle avait eu besoin de savoir, et il allait sans dire que le mâle n'allait plus ennuyer son ex. Pas s'il voulait garder ses bras, ses jambes, sa tête et ses testicules là où ils étaient censés être.

— Je serai toujours là pour toi, reprit-elle très sincèrement. Bon, très bien. J'ai hâte. À bientôt.

Elle raccrocha, ouvrit Facebook sur son ordinateur et se connecta au groupe fermé réservé aux vampires. Elle n'avait pas consulté le site la nuit précédente et son entrain actuel signifiait que, pour une fois, elle n'avait pas mal au ventre tandis qu'elle passait en revue les nouvelles publications, qui n'avaient strictement rien à voir avec Bitty.

— Voilà une bonne chose de régler, dit-elle en s'apprêtant à…

Elle s'était quasiment déconnectée quand elle remarqua un petit drapeau rouge avec le chiffre 1 inscrit dessus à côté de l'icone des messages.

Pour une raison stupide, elle jeta un coup d'œil autour d'elle. Comme si son mystérieux correspondant avait l'intention de se matérialiser derrière son bureau ou peut-être de franchir sa porte.

Mary n'avait jamais reçu de message sur son compte. Elle n'utilisait pas du tout FB habituellement. En fait, sa seule et unique publication avait été celle demandant si quelqu'un connaissait la famille de Bitty, notamment cet oncle dont la fillette avait parlé juste après le décès de sa mère. Celui qui était censé venir la chercher très vite, en dépit du fait que sa *mahmen* n'avait jamais mentionné son existence, ni donné la moindre adresse de réexpédition pour quelque membre de sa famille que ce soit.

Celui dont Bitty n'était même pas certaine du prénom : Run ou quelque chose d'approchant.

Ce devait être un spam. Comme une demande du président du Nigeria de l'aider financièrement en échange de 3 millions de dollars versés directement sur son compte en banque. Ou une offre commerciale pour du Viagra ou du Cialis. Ou, peut-être, une publicité pour un site porno.

S'intimant de se reprendre, elle tremblait quand même lorsqu'elle positionna le curseur sur le petit drapeau rouge et double-cliqua dessus.

Quand elle vit de qui provenait le message, son souffle se coinça dans sa gorge et le monde se mit à tournoyer autour d'elle.

Le nom de l'expéditeur était « Ruhn ».

Chapitre 18

Dès qu'Elise eut repris forme sur le parking du restaurant brésilien *Ignacio's*, sur Lucas Square, elle vérifia sa coiffure et lissa sa jupe. Il n'y avait pas trop de vent, Dieu merci, donc ses cheveux étaient encore bien en place sur sa tête et le bas de sa tenue ne lui offrait pas de moment gênant à la Marilyn Monroe.

Cela tombait à pic, vu que Troy venait tout juste d'arriver et verrouillait sa voiture.

— Salut, s'écria-t-elle en sortant de l'ombre.

Le sourire du jeune homme fut si immédiat qu'elle éprouva un pincement de culpabilité.

— Bonsoir ! Tu as trouvé l'adresse facilement ?

— J'ai dû la chercher sur Internet. Je ne sors pas beaucoup.

Troy traversa la moitié du parking pour la rejoindre, même si cela l'obligea ensuite à revenir sur ses pas pour l'escorter jusqu'à l'entrée.

— Eh bien, vu le bourreau de travail que tu es, je conçois que ce soit le cas. Et waouh… tu es magnifique !

— Merci. (Oh, Seigneur !) Toi aussi.

Troy avait lâché ses cheveux, dont les boucles effleuraient les épaules de son caban en laine. Il portait un pantalon en velours côtelé crème et ses boots, ainsi qu'une écharpe rouge, artistiquement nouée à son cou.

Mais il n'était pas Axe. Et cela aurait dû être une bonne chose.

Lui tenant la porte, il l'invita à entrer d'un geste galant.

—Après toi.

—Merci.

À l'intérieur, la salle du restaurant sentait divinement et puissamment bon la viande grillée et les épices, et l'estomac d'Elise gronda d'approbation et d'impatience. Elle n'avait pas beaucoup mangé depuis la nuit précédente. Elle avait été bien trop distraite pour cela.

Mais pas à cause de Troy.

Malheureusement.

L'hôtesse était une ravissante jeune humaine aux yeux noirs et aux cheveux dignes de figurer dans une publicité pour shampoing, qui, après avoir aperçu Troy, ne prit pas la peine d'accorder ne serait-ce qu'un coup d'œil à Elise.

—Avez-vous une réservation ?

—Pour deux. Au nom de Troy. Près de la fenêtre.

—Tout de suite.

Après avoir pris deux menus, la jeune femme ondula des hanches à travers la salle complètement vide. Enfin, presque complètement vide. Un couple d'humains âgés dînait déjà à une table en face de la leur, ainsi qu'un groupe de trois personnes tout au fond, et encore un autre couple.

—Comme Noël approche, la soirée est assez calme, expliqua l'hôtesse.

—Merci, murmura Elise en s'asseyant et en prenant le menu qu'elle lui tendait. Je suis surprise que vous soyez ouverts.

—Je suis payée. C'est tout ce qui m'importe. Votre serveur sera bientôt là.

L'hôtesse s'éloigna, en jetant un regard par-dessus son épaule pour voir si Troy la suivait des yeux. Non. Il souriait à Elise.

— Je suis ravi qu'on ait enfin pu organiser ce dîner. (Il se passa une main dans les cheveux.) Je suis heureux que toi et moi ayons parlé de… Tu sais, si notre relation évolue… je… euh… je crois qu'il serait logique que tu prennes un autre poste de chargée de TD. Je ne ferai de toute façon pas partie de ton jury de thèse, puisque c'est moi qui dirige tes recherches, donc le problème est également réglé de ce côté-là.

Il lui avait envoyé des messages sur son téléphone en fin d'après-midi, abordant le souci professeur-étudiante, et Elise était tombée d'accord avec lui sur tous les points ; tout en sachant, durant tout leur échange, qu'ils ne sortiraient jamais ensemble.

Axe occupait désormais bien trop de place dans sa tête.

Non qu'elle risque de finir par sortir avec ce dernier non plus.

— Ce n'est pas pour te mettre la pression, se hâta de préciser Troy en levant les mains. Je ne pars pas du principe que nous sortirons forcément tous les deux ensemble. Je suis simplement heureux d'avoir peut-être une chance avec toi.

Elise sourit et ouvrit le lourd menu, parce qu'elle n'était pas certaine de ce qu'elle devait répondre à cela.

— Oh ! regarde tout ce choix.

Bon, d'accord, c'était une réponse un peu sommaire, il fallait bien le concéder. Mais la réalité à laquelle elle ne pouvait échapper était qu'elle avait passé toute la journée à songer à Axe, à se rappeler de menus détails, comme la façon dont il avait soutenu son regard, son petit sourire en coin quand elle l'avait engueulé, le son de sa voix.

La nonchalance sensuelle avec laquelle il s'était installé sur cette chaise dans la bibliothèque…

Arrête.

Elle avait déjà perdu une journée entière de sommeil à cause de ce type. Elle n'allait pas manquer de respect à Troy en lui battant froid au profit d'un mâle qui n'était même pas là avec eux. Surtout parce que, ce qu'elle devait vraiment faire, c'était trouver comment laisser tomber gentiment l'humain.

Quel super premier rencard. Flûte.

Et, P.-S., elle ne presserait plus jamais personne de s'ouvrir et de s'exprimer.

— Qu'est-ce que tu vas prendre ? interrogea-t-elle.

— Une grillade. (Comme elle relevait la tête, Troy se mit à rire.) Et toi ?

— Je ne sais pas. Une grillade aussi sans doute.

Cette fois, ils gloussèrent tous les deux de concert, et ce fut incroyable de découvrir à quel point c'était facile. Alors qu'elle se tenait assise face à Troy et contemplait son beau visage, au regard si sympathique, elle ne se sentait ni nerveuse, ni inquiète. Elle ne cherchait pas la bagarre et n'avait l'esprit traversé par aucune pensée érotique.

Bizarrement, c'était tout l'inverse de ce qu'elle éprouvait en présence de son garde du corps.

— Elise ? l'interpella Troy lorsque le serveur arriva à leur table. Voudrais-tu un verre de vin ?

— Oui, dit-elle, même si elle ne buvait jamais d'alcool. Du blanc, s'il vous plaît.

— Du rouge pour moi.

L'homme en tenue noire et blanche hocha la tête.

— Et en guise d'apéritif, puis-je vous suggérer le bla-bla-bla…

Pendant que ses paroles entraient par une oreille et ressortaient par l'autre, Elise remua sur la banquette et s'étira le dos. Tritura sa jupe. Joua avec sa chaussure gauche.

Puis elle se rendit compte que les deux hommes la regardaient comme s'ils s'attendaient à ce qu'elle acquiesce ou refuse quelque chose.

— Eh bien, oui, voilà qui me semble merveilleux.

Dieu seul savait ce qu'on finirait par lui servir, mais, comme si cela importait ? Tentant de se concentrer sur Troy, elle le laissa entamer la conversation, et observa ses mains et son visage s'animer de plus en plus au fil de l'histoire qu'il racontait. Mais c'était comme si elle ne l'entendait pas, bien qu'il soit assis juste en face d'elle.

Mince ! il faisait chaud ici.

Tirant sur le col de son chemisier, elle s'aperçut qu'elle avait oublié de retirer son manteau. Voilà. Elle avait une bouffée de chaleur parce que non seulement elle portait encore une bonne épaisseur de laine sur elle, mais aussi parce qu'ils grillaient des steaks à la flamme à l'autre bout de la salle et…

Attendez une minute.

Avec un sentiment d'effroi, elle se pencha légèrement sur le côté pour regarder derrière Troy, au fond du restaurant.

Juste à côté de l'issue de secours, installée à une table pour deux, une silhouette solitaire vêtue de noir était assise dans le coin le plus sombre des lieux, devant un simple verre d'eau.

Les yeux d'Axe brillèrent soudain dans l'obscurité.

Lorsqu'il leva son verre pour lui porter un toast.

Fils de pute…

— Je te demande pardon ? demanda Troy, surpris.

Oh, Seigneur ! avait-elle prononcé ces mots à haute voix ?

Axe se renfonça dans son siège et décompta le temps qu'il faudrait à Elise pour s'excuser auprès de Troy en feignant de se rendre aux toilettes et se diriger vers lui, remontée comme une horloge.

Dix… neuf… huit…

Bingo, se dit-il lorsqu'elle se leva et se dirigea en fulminant dans sa direction.

Au moment où elle arriva à sa table de deux pour un, il ressentit un plaisir pervers à lui taper sur les nerfs. Il avait détesté la voir marcher avec cet humain, s'asseoir avec lui et rire de ses plaisanteries, quelles qu'elles soient.

Surtout ainsi attifée, avec ses cheveux lâchés et sa jupe au-dessus du genou.

— Qu'est-ce que tu fais ici ? demanda-t-elle, les dents serrées.

— Je dîne. (Il désigna son couteau et sa fourchette, et souleva la serviette qu'il avait posée sur ses genoux.) Devine ce que je mange ? Une grillade. Ce sera une grillade.

Mince ! il devrait commander de la viande crue pour pouvoir la déchiqueter avec ses crocs.

— Tu ne peux pas être ici ce soir.

— Oh ? Existerait-il une loi physique qui m'en empêcherait et dont je n'aurais pas connaissance ? Tu sais, j'ai appris comment faire exploser une voiture cette semaine, et aussi à fabriquer une grenade avec une canette de Coca, une brosse à dents, dix centilitres de scotch et un petit gâteau. Mais je n'ai rien vu dans mes cours expliquant pourquoi je ne pourrais pas me trouver là où je le souhaite à l'heure des repas. Éclairez-moi, Votre Altesse.

— Il faut que tu partes.

— D'accord, très bien, j'ai menti pour la grenade. Néanmoins, je te garantis que je suis en train de dîner ici. (Il désigna la table.) Juste ici.

— Ce n'est pas…

— Professionnel ? Je ne suis pas de service. Donc me trouver ici ne sort pas du cadre de mes devoirs puisque cela n'en fait pas partie.

— Tu es dingue.

Axe arrêta ses conneries et se contenta de la dévisager.

— Et toi tu es sacrément belle ce soir.

Cela l'arrêta net. Et il saisit l'occasion pour s'attarder sur ses lèvres pleines, la peau lisse et veloutée de sa gorge, la courbe de ses seins et ses jambes couvertes de collants noirs qui ne faisaient rien pour dissimuler ses mollets galbés et ses chevilles délicates.

— Tu es si belle en ce moment, murmura-t-il, reportant son attention sur sa bouche. Et je sais que ce soir, c'est pour lui. C'est bon. Je l'accepte. Mais, le moins que tu puisses faire pendant que je suis assis là à te regarder avec ce type, c'est de me laisser tranquillement me délecter de ta vue. C'est tout ce que j'ai.

Elise croisa les bras sur sa poitrine. Les laissa retomber. Regarda autour d'elle.

Mais elle ne s'éloigna pas.

— Alors tu as pensé à moi, toi aussi, reprit-il, modulant volontairement sa voix pour la séduire. Es-tu restée éveillée toute la journée, à te tourner et te retourner dans tes jolis draps, en m'imaginant sur toi… en toi. (Lorsqu'elle hoqueta, il se pencha en avant.) Je prétendrai tout ce que tu veux. Si c'est ce qu'il faut pour qu'on bosse ensemble. Je ne parlerai plus jamais de… (il désigna d'un geste l'espace entre eux) ce truc entre nous. Je me comporterai comme un gentil garçon qui garde les mains dans ses poches, et ses fantasmes aussi. Mais à cet instant précis, pour être vraiment honnête, dans ma tête je te fais l'amour. Sur cette table là-bas, juste devant lui, rien que pour lui prouver que j'en suis capable.

Axe passa délibérément le corps d'Elise en revue, sans rien lui dissimuler des émotions que cette vue provoquait en lui : une faim dévorante, un abîme de désir, une concupiscence enragée et animale… Il laissa tout voir.

Et, le ciel leur vienne en aide, elle était censée fuir.

Elle était censée lui assener un nouveau discours raisonnable, l'équivalent intellectuel d'un « va te faire foutre » qui serait bien plus élégant que ce qu'il méritait.

Elle était censée le virer.

Puis s'en aller en trombe.

Mais Elise ne fit rien de tout cela.

À la place, elle s'épanouit comme une rose devant lui : son corps réagit au sien dans un jaillissement de désir qui magnifia son odeur naturelle en un bouquet qui le fit bander comme un âne sous la table.

Avec un grondement sourd, il reprit :

— Retourne le voir. Quand tu auras fini, je te retrouve dehors.

Ses lèvres, celles qu'il avait goûtées dans ses rêves, s'entrouvrirent pour la laisser respirer convulsivement.

— Oui, souffla-t-elle. On se retrouve dehors.

Lorsqu'elle se retourna pour rejoindre Troy, il prononça son nom. Et, quand elle le regarda par-dessus son épaule, il ajouta :

— Prends ton temps. J'adore la douleur de l'anticipation.

Chapitre 19

Dans l'Ancienne Contrée, durant les siècles passés, il était d'usage que le roi tienne audience pour ses sujets. Au cours de ses séances, il rendait son jugement sur diverses affaires, qui allaient des disputes foncières et des demandes de *rehclusion* jusqu'aux unions aristocratiques et aux *honoris*, en passant par les meurtres et autres crimes.

Néanmoins, quand Kolher avait refusé de monter sur le trône pendant, oh ! quelques siècles, la pratique était tombée en désuétude. Mais tout ceci avait récemment changé, et désormais la tradition battait de nouveau son plein. Les audiences avaient lieu dans la demeure de style fédéral où Audaszs avait vécu avant de se faire exploser par l'ennemi dans sa BMW : chaque nuit, du lundi au vendredi, des membres de l'espèce venaient rencontrer le roi aveugle et requérir son avis, son conseil, ses déclarations ou sa bénédiction.

Et le planning de ce soir était plein, se dit Rhage en ouvrant une fois encore les doubles portes de la salle à manger pour laisser sortir un *hellren* avec sa *shellane* et leur fils nouveau-né. Le couple était roturier, vêtu de vêtements propres mais sobres, et tenait leur petit miracle enveloppé dans une humble couverture. D'ordinaire, Rhage se serait contenté de les saluer d'un hochement de tête et de les laisser simplement partir, mais à présent il s'émerveillait de la famille qu'ils constituaient, et il se précipita pour leur ouvrir la lourde porte d'entrée.

— Prenez soin d'eux, dit-il au mâle.

Celui-ci parut troublé qu'un frère s'adresse à lui et, lorsqu'il se mit à bégayer, Rhage lui posa une main sur l'épaule.

— Je sais que ce sera le cas.

— Oui, messire, oui, dit l'homme en s'inclinant. Je suis prêt à risquer ma vie pour eux.

Rhage sourit à la femelle et au bébé, mais n'esquissa pas un geste pour les toucher ; certainement pas la femelle et encore moins le bébé. Cela aurait été contraire à la bienséance car, même s'il était socialement au sommet de la chaîne alimentaire et un membre de la communauté éminemment respectable, il aurait été inconcevable dans l'Ancienne Contrée qu'un nouveau-né et sa mère aient le moindre contact avec un mâle étranger, même dans un cadre formel, au cours de la première année de vie de l'enfant.

C'était drôle, depuis que les audiences avaient repris, Rhage et ses frères avaient de nouveau adopté les anciennes coutumes. Cela leur avait paru adapté.

Surtout dans ce cas-là, car à présent Rhage savait d'expérience ce que cela faisait d'être père.

— Encore toutes mes félicitations, dit-il au couple en s'effaçant pour les laisser passer, puis en les regardant s'éloigner dans le froid.

Le père de la femelle les attendait dans l'allée dans une Honda Accord d'une dizaine d'années et, vu la façon dont il sortit en toute hâte et sourit à la nouvelle famille, on aurait juré qu'il conduisait une Rolls-Royce.

Rhage salua de la main le grand-père, ce qui stupéfia le mâle et le poussa à s'incliner si vite qu'il faillit tomber, puis Hollywood referma le battant pour empêcher la bise hivernale d'aspirer toute la chaleur du vestibule.

— Le temps clément d'hier n'était qu'une chimère, hein ? dit-il à l'hôtesse d'accueil.

Beline, la petite-cousine de Paradis, releva la tête de son ordinateur.

— Oui, n'est-ce pas ? N'en dites rien à personne mais, sous mon bureau, j'ai ôté mes talons pour enfiler mes chaussettes en polaire.

D'un geste du menton, Rhage désigna le feu dans la cheminée, qui avait bien faibli depuis qu'il l'avait réalimenté quelques heures plus tôt.

— Tu veux que je remette du bois ?

— Non, merci. (Elle sourit et remonta ses lunettes sur son nez.) J'ai seulement froid aux pieds.

Deux personnes patientaient encore dans la salle d'attente, mais une nouvelle vague de visiteurs n'allait pas tarder à arriver.

Pour plein de raisons, il aurait préféré être en train de se battre sur le terrain, ou de malmener les recrues, mais il n'était jamais au meilleur de ses capacités juste après une apparition de la bête, et mieux valait pour lui effectuer ce service administratif maintenant.

Après tout, chaque frère devait, à tour de rôle, endosser la fonction de garde du corps de Kolher, ici à la maison d'audience. Entre les humains, les éradiqueurs, et les membres de la *glymera* qui complotaient avec la bande de salopards, ils ne voulaient prendre aucun risque avec la vie du roi, et il y avait donc toujours au minimum deux membres de la Confrérie sur place avec Kolher. Ce soir-là, c'était Viszs et lui, ce qui était toujours amusant.

Surtout parce que les deux compères pouvaient jouer leur numéro de gentil flic-méchant flic. Ou, plus exactement, V. restait assis devant les portes avec ses roulées et son regard glacial, qui poussait les civils à faire dans leur froc, tandis que Rhage les accueillait en souriant comme le présentateur d'*Une famille en or*.

Rhage retourna vers la salle d'audience et attendit entre les montants sculptés des portes que Saxton achève d'examiner des documents avec le roi au fond de la pièce, près de la porte battante qui donnait sur la cuisine. L'avocat faisait un travail formidable, gardant tous les papiers et les documents administratifs en ordre et s'assurant que les anciennes lois étaient bien prises en compte lorsque c'était nécessaire.

L'organisation des entretiens privés était simple et dépourvue de toute pompe royale : rien que deux fauteuils face à face devant le feu, un pour le roi et un autre pour son visiteur, même s'il y avait d'autres sièges sur le côté que l'on pouvait approcher en cas de besoin. Les frères de service demeuraient à une distance respectueuse, et le bureau de Saxton était installé près de la cuisine. Il y avait aussi un chariot proposant du café, du thé et des sodas, ainsi que des biscuits et d'autres en-cas…

Un courant d'air froid balaya le vestibule derrière lui et Rhage se tourna avec un sourire vers…

… le nouvel arrivant…

Son cœur ne cessa pas seulement de battre, il mourut dans sa poitrine.

Le mâle qui venait d'entrer était jeune et en bonne santé, très musclé, mais visiblement non armé, et ressemblait plus à un travailleur manuel qu'à un guerrier. Ses vêtements étaient si élimés par les multiples lavages, que son jean lui tombait sur les hanches comme un fin rideau, et sa veste était bien trop légère pour la saison. Il portait des chaussures de sécurité, également usées. Pas de bijou. Il n'avait rien dans les mains. Et ne dégageait aucune odeur bizarre.

Tout cela était secondaire par rapport à ce qui venait de planter un pieu dans le sternum de Rhage.

Son visage était celui de Bitty.

Le mâle possédait le même nez et les mêmes joues, la même mâchoire et la même bouche, mais simplement passés à travers le filtre de la virilité et de l'âge. Et puis il y avait ses cheveux : ils avaient l'exacte nuance de brun et précisément l'épaisseur de ceux de la fillette, bien que coupés plus court.

Ses yeux aussi étaient une copie carbone.

Le mâle ne regarda pas Rhage, mais se dirigea vers l'accueil, levant une main à ses tempes comme s'il portait d'habitude un chapeau et tentait machinalement de l'ôter.

Des pas pressés s'approchèrent dans le dos de Rhage, mais celui-ci n'y prêta aucune attention, du moins pas avant que V. apparaisse à son côté, une arme à la main.

— Que se passe-t-il, putain ? demanda son frère.

Rhage tenta de répondre. Enfin, il supposa qu'il le fit, parce que quelque chose sortit de sa bouche.

— Quoi ? interrogea V. en regardant tout autour de lui sans rien voir de problématique. Est-ce que ça va ?

Ce fut à cet instant que le mâle, qui était clairement apparenté à Bitty, leva la tête du bureau de réception, comme s'il avait entendu Viszs. Et à la seconde où V. l'aperçut à son tour il se mit à jurer à voix basse.

Le portable de Rhage sonna, mais il ne songea même pas à décrocher.

Au ralenti, il s'approcha du nouveau venu.

Qui que soit ce type, il s'était retourné vers l'hôtesse d'accueil et parlait d'un ton calme avec un accent roturier, mais alors il s'arrêta et pivota à l'instant où le frère s'immobilisa devant lui.

Rhage ne dit rien et le regarda dans les yeux.

— Je suis désolé, expliqua le mâle. Je n'ai pas rendez-vous. Je ne savais pas trop où m'adresser. Je peux m'en aller. Je vais m'en aller. Je lui ai donné mon numéro. Je ne cherche pas les ennuis.

Il se mit en garde, les poings levés, comme s'il s'apprêtait à se défendre, même contre un frère, bien qu'il fût évident qu'il préférerait ne pas y être obligé ; son regard était ferme sans être agressif, son attitude calme et attentive tandis qu'il prenait position en écartant les pieds et répartissait son poids sur ses jambes.

C'était la réaction classique d'un mâle habitué à se battre, sans être pour autant l'agresseur.

— Comment vous appelez-vous ? s'enquit Rhage, qui eut tristement conscience que des gens les rejoignaient dans la crainte d'une bagarre.

V., Saxton, même Kolher en personne.

Ne le dis pas, pria-t-il intérieurement. *Ne le dis pas, ne le dis pas…*

— Ruhn. Je m'appelle Ruhn. Ma sœur est morte il y a environ deux mois. Je suis ici pour ma nièce, Lizabitte.

Mary reposa une fois de plus son téléphone sur son bureau et se prit la tête dans les mains. Tandis qu'elle fixait le regard sur l'écran d'ordinateur et relisait, encore et encore, le bref message personnel, elle hurla intérieurement.

— Rhage…, gémit-elle. Oh, mon Dieu…

Elle reprit son téléphone, tenta de nouveau de l'appeler, et tomba sur la messagerie pour la quatrième fois.

Il devait être avec le roi, mais Seigneur ! pourquoi maintenant…

— Calme-toi, s'intima-t-elle à voix haute. Respire et détends-toi.

Ce pouvait être n'importe quoi. Quelqu'un qui leur faisait une plaisanterie, et qui, par hasard, portait le même nom que celui employé par Bitty. Quelqu'un qui avait entendu dire que Mary était unie à un frère et voulait profiter de la situation en se faisant passer pour l'oncle de Bitty, même si, eh bien, elle ne s'était pas présentée comme la mère adoptive.

Ou bien il s'agissait d'un véritable malentendu, et le message était destiné à quelqu'un d'autre.

Oui, comme si c'était possible.

— Bon sang ! Rhage.

Ses mains tremblaient tellement qu'elle fit tomber le portable par terre en le reposant et qu'elle dut se pencher pour retrouver l'appareil à tâtons dans l'espace sombre sous le bureau.

Se baisser était plutôt pratique, vraiment, vu qu'elle envisageait sérieusement de se mettre à vomir.

Lorsqu'elle se redressa, elle regarda…

Marissa se tenait sur le seuil de son bureau et sa chef avait l'air d'avoir vu un fantôme. Génial. Est-ce que l'univers organisait une opération « Un acheté, un offert » en matière d'événements bouleversants ce soir ?

— Mary.

En entendant l'intonation lugubre de cette voix, l'humaine serra les molaires et se dit, non, pas de « deux pour le prix d'un ». Cela la concernait, elle. Cela concernait le message privé.

Ou bien le fait que Rhage avait été blessé ou tué.

Mary se leva.

— Dis-moi.

— Tu dois te rendre à la maison d'audience sur-le-champ. Un jeune mâle s'est présenté et…

— … il affirme être l'oncle de Bitty.

Marissa entra.

— Est-ce que Rhage t'a appelée ?

— Non. Je… Ça n'a pas d'importance.

Mary attrapa son manteau. Le fit tomber, tout comme son portable. Tenta à deux reprises de le ramasser. Puis fut incapable de passer son bras dans la manche.

— Zadiste t'attend dehors.

Marissa l'aida à enfiler le vêtement, puis en ajusta les pans comme si elle n'était qu'une enfant.

— Il va te conduire là-bas.

— C'est inutile, je peux me débrouiller toute seule.

— Non.

Son amie lui tendit son sac à main. Son téléphone. Lui enroula son écharpe rouge autour du cou et la noua.

— Il va t'emmener.

Marissa s'écarta pour laisser l'humaine sortir de la pièce.

Mais Mary ne bougea pas. Bizarrement, les messages de son cerveau à ses pieds se perdaient dans les circuits de sa matière grise, et l'ordre d'avancer un pas après l'autre hors de son bureau, jusqu'à l'escalier, puis la porte d'entrée, se dispersait comme des feuilles d'automne dans le vent.

Sa famille. Sa précieuse petite famille.

Elle et Rhage, et désormais Bitty.

Ou bien… sans Bitty.

— Je voudrais simplement pouvoir remonter le temps, murmura-t-elle en éclatant soudain en sanglots. Je voudrais retourner au début de la nuit, je voudrais un bouton pour rembobiner, un moyen de revenir en arrière. Je voudrais de nouveau être à la maison dans la journée, en train de regarder des films et de dormir avec eux.

C'était l'émotion et non la raison qui parlait, bien évidemment. Parce que, même s'il existait une télécommande magique pour remonter le temps, le message privé aurait toujours été envoyé et la collision aurait quand même eu lieu.

Et surtout, si par quelque horrible coup du sort le mâle était bel et bien l'oncle de Bitty, Mary n'avait aucun droit de priver la fillette de sa famille de sang.

— Je ne peux pas faire ça. (Elle se couvrit la bouche de sa main.) Je ne peux pas faire ça…

Marissa l'étreignit de toutes ses forces, et elle se cramponna à son amie. Elles n'échangèrent aucune parole, car qu'auraient-elles bien pu dire ? C'était peut-être un imposteur.

Ou une figure parentale parfaitement légitime qui venait chercher Bitty.

— Rhage est là-bas, s'écria-t-elle soudain en s'écartant. Oh ! mon Dieu… Rhage est à la maison d'audience.

C'était pour cette raison-là qu'il n'avait pas répondu à ses appels. L'oncle ou qui que ce soit s'était présenté à la maison d'audience.

Mary se précipita dans l'escalier, et ses jambes, pourtant paralysées encore un peu plus tôt, dévalèrent les marches quatre à quatre.

Lorsqu'elle atteignit la porte d'entrée, Marissa sur ses talons, les larmes ruisselaient sur ses joues. Elle ne leur prêta aucune attention et traversa la pelouse au pas de course, sans avoir conscience du froid qui régnait dehors, des battements de son sac contre sa hanche ou de la force avec laquelle elle serrait son portable dans son autre main.

Z. attendait juste à côté de la GTO de Rhage, son crâne rasé et son visage couturé luisant dans l'obscurité comme un panneau indicateur lumineux.

Le frère lui ouvrit la portière passager et, lorsqu'elle bondit à l'intérieur et fut incapable d'attacher sa ceinture de sécurité, il se pencha dans l'habitacle, bien qu'il déteste la proximité physique, et l'attacha pour elle. Une fraction de seconde plus tard, il était au volant et faisait rugir le moteur.

Les pneus dérapèrent sur la chaussée quand il écrasa l'accélérateur et le moteur puissant fit zigzaguer l'arrière avant que la gomme trouve son adhérence, puis ils s'élancèrent dans la nuit.

Tandis qu'ils roulaient à tombeau ouvert, Mary souffrit d'hyperventilation, jusqu'à ce qu'elle soit prise de vertige et doive se pencher en avant, en s'appuyant des mains contre le tableau de bord.

Même s'ils n'avaient accueilli Bitty chez eux que depuis peu de temps, la fillette faisait partie intégrante du corps de l'humaine, et pas comme un bras ou une jambe. Plutôt comme un organe vital, du type cœur, cerveau, poumons. Sauf que, dans ce cas-là, il n'y avait pas de transplantation possible.

Seigneur ! elle ne pouvait pas faire ça…

Zadiste lui couvrit la main d'une des siennes et demeura ainsi, ne relâchant sa prise que pour changer de vitesse. Et la sensation de sa force fut la seule chose qui empêcha Mary de hurler jusqu'à en briser le pare-brise devant elle.

Elle se rappellerait ce trajet en voiture jusqu'à la fin de ses jours.

Tragiquement.

Chapitre 20

— Z. l'amène, dit quelqu'un.

Rhage ne suivait pas grand-chose. Il avait vaguement conscience de se trouver dans la cuisine d'Audaszs, assis à une table assez grande pour accueillir huit, voire dix personnes, mais qui n'en accueillait actuellement qu'une seule.

Un pauvre type secoué et en état de choc, se préparant au pire.

— Mary, dit-il d'une voix brisée. Elle m'a appelé…

Le visage de Kolher se trouva tout près du sien lorsque le roi prit place à côté de lui. À travers les lunettes de soleil enveloppantes de ce dernier, Rhage sentit la puissance et le soutien de son frère et monarque.

— Z. l'a embarquée dans ta voiture. Ils seront là très vite.

— Où est…

Qu'avait-il eu l'intention de dire ?

La porte arrière de la cuisine s'ouvrit, laissant le passage à un nouveau courant d'air froid, exactement comme la porte d'entrée une vingtaine de minutes plus tôt.

Dès l'instant où il saisit l'odeur de sa Mary, il bondit de sa chaise et se retourna.

— Mary…

— Rhage…

Ils se retrouvèrent près de la cuisinière, et il la serra si fort qu'il lui coupa la respiration.

— Tout va bien, murmura-t-il en sentant ses larmes. Ça va…

Tu parles. Il n'en savait strictement rien. Mais, comme elle frissonnait contre lui, il doutait qu'elle ait entendu grand-chose.

Bon sang ! la vie s'était de nouveau changée en ouragan, et les piliers de son existence pathétique ployaient tellement sous l'assaut des rafales de vents et de pluie qu'ils allaient forcément finir par céder ; les portes des bâtisses construites sur sa plage claquaient, tandis que leurs toits se désintégraient un bardeau après l'autre, les fenêtres se brisaient…

Non qu'il dramatise ou quoi.

— Allez, dit-il d'une voix enrouée. Assieds-toi.

Il attira Mary jusqu'à la table et l'installa sur le siège à côté du roi.

— Où est le… Où est-il ? demanda-t-elle.

— V. est en train de lui parler.

Rhage se frotta les tempes, conscient d'avoir une violente migraine.

— Ils… euh… ils sont allés dans la bibliothèque derrière le… Aucune importance. Tu sais où elle se trouve.

Pourquoi diable jacassait-il sur l'agencement de la maison ?

Kolher prit la parole.

— Viszs note les renseignements personnels du mâle et les vérifiera avec l'aide de Saxton. Je pense qu'il vaut mieux que vous restiez ici tous les deux et n'ayez aucun contact ni échange avec lui tant qu'on n'aura pas éclairci ce merdier.

Même si cela fut dit avec douceur, ce n'était pas une simple suggestion mais bien un ordre. Mais Rhage n'allait pas protester. Dans ce cas précis, le roi avait raison, l'absence de contacts valait mieux.

— C'est vrai, répondit Mary d'une voix atone. Nous avons un conflit de…

— … d'intérêts, compléta son *hellren*.

S'asseyant à son tour, il prit la main de sa *shellane* et sentit qu'elle la lui serrait en retour, puis plus personne ne parla.

Pour passer le temps, il observa les plans de travail impeccables, la cuisinière Viking avec ses huit brûleurs, le réfrigérateur. Comme il faisait nuit, les fenêtres au-dessus de l'évier, près de la table où ils étaient installés, face à lui, n'étaient plus que des panneaux noirs séparés par des croisillons en bois d'un blanc étincelant.

— Combien de temps ça va prendre, à votre avis ? demanda-t-il à personne en particulier.

— On doit seulement attendre, chuchota Mary. La réponse est déjà écrite, on doit simplement découvrir de quoi il s'agit.

Quand il lui jeta un coup d'œil, il détesta la douleur qui avait aspiré toutes les couleurs de son visage, dilaté ses pupilles et faisait trembler ses mains.

Il aurait pris une balle pour elle.

En fait, il avait l'impression que c'était le cas. Dommage qu'ils aient fini par se faire toucher tous les deux.

Rhage consulta la montre qu'il s'était récemment achetée, celle assortie à la Rolex President qu'il lui avait donnée quand ils avaient commencé à sortir ensemble.

Merde ! il ne savait pas s'il préférait que Viszs débarque tout de suite ou dans plusieurs heures.

— De quoi avait-il l'air ? murmura Mary. (Lorsqu'il ne répondit pas, elle se racla la gorge.) Sois honnête. De quoi avait-il l'air ?

Il fallut un moment avant que Rhage puisse répondre et, quand il le fit, ce fut avec un seul mot.

— D'elle.

Puis il ajouta :

— Il était exactement comme Bitty.

Chapitre 21

Axe vivait un enfer. Et il savourait chaque minute de cette souffrance.

Assis dans son coin, au fond du restaurant, il observait Elise sourire à l'humain. Incliner la tête comme si son professeur disait quelque chose qui l'intéressait particulièrement. Agiter les mains. Rire.

Elle regardait l'homme dans les yeux. Trinquait avec lui. Prenait un morceau de nourriture dans son assiette pour goûter.

Et durant tout ce temps-là elle était d'une beauté si exquise à la lueur vacillante des bougies sur la table, qui se reflétait sur son visage et sa gorge, ses épaules et ses cheveux.

Il détestait qu'elle soit avec un autre que lui. Détestait qu'ils partagent un repas, car cela lui paraissait encore plus intime que les relations sexuelles qu'il avait régulièrement. Éprouvait des pulsions meurtrières en songeant aux pensées qui traversaient forcément l'esprit de cet homme.

Mais il adorait souffrir. La jalousie était une douleur qui le laissait délicieusement mutilé, et il s'ouvrit pour mieux recevoir encore la souffrance d'être ce spectateur impuissant.

Il avait beau la connaître à peine, à cet instant précis, il l'aimait. Elle était le tube planté dans sa veine qui alimentait son supplice, et, si attirante qu'il la trouve déjà, le pouvoir qu'elle avait sur lui, à ce moment précis, la transformait en déesse.

— Souhaitez-vous autre chose ? lui demanda le serveur.

Axe secoua la tête.

— Seulement la note.

— Tenez.

Le type posa un grand portefeuille en cuir près de son coude et tourna les talons. Non qu'Axe blâme l'humain pour son manque de considération. Il n'avait rien consommé d'autre que de l'eau et des petits pains, avant de faire des folies en commandant un café.

Le total s'élevait à 5 dollars. Il laissa son unique billet de dix et se dit : *Eh ! cent pour cent de pourboire. Regardez ça, quel grand seigneur je fais.*

Reprenant une gorgée d'eau, il mit ce moment à profit pour se livrer à l'introspection, une activité un peu gênante et qui ne lui ressemblait pas du tout. Alors qu'Elise s'esclaffait de nouveau, il eut vaguement conscience qu'il était vraiment mal barré.

À sa façon presque innocente, elle avait ébranlé son univers. L'avait mis à genoux. Réclamait toute son attention, sans même avoir conscience de lui demander quoi que ce soit.

Et, en réponse, il allait lui faire part d'une exigence. À la seconde où il la verrait seule.

Et elle ne la lui refuserait pas.

À la table d'Elise, la note arriva et, une fois celle-ci réglée, les deux convives se levèrent, ce qui fut le signal pour Axe de s'éclipser par l'issue de secours derrière lui. Lorsqu'il poussa la barre, aucune alarme ne résonna, et la fraîcheur de l'air nocturne lui fit comprendre à quel point l'endroit sentait la viande grillée.

Son corps vibrait tant qu'il ne sentit pas du tout le froid lorsqu'il fit le tour du bâtiment à un seul étage, faisant crisser ses bottes sur le sol gelé et prenant soin de demeurer dans l'ombre des murs. L'entrée du restaurant était dotée d'un auvent en toile sans panneaux latéraux et d'un épais tapis déroulé sur le trottoir, qui ressemblait au parent pauvre du tapis rouge des cérémonies cinématographiques.

Le fichu heureux couple sortit un instant plus tard, et Troy glissa un bras autour de la taille d'Elise tandis qu'ils descendaient les trois étroites marches jusqu'au tapis.

Ce geste fit s'abaisser ses crocs d'un coup. Mais il demeura à sa place.

Une rafale de vent souleva les cheveux d'Elise, dont les pointes vinrent effleurer les épaules du professeur en se rabattant vers lui.

Elle rit en rassemblant ses mèches éparses, avant de les tordre pour les coincer dans le col de son manteau. Et ils continuèrent leur discussion. Il était facile d'en comprendre le sens général. L'humain désignait le parking pour proposer de la raccompagner. Elle secoua la tête. Il fit un nouveau geste en direction des voitures. Elle lui posa une main sur l'avant-bras et fit « non » de la tête une fois de plus.

Elle lui débita un savant mensonge pour décliner poliment son invitation à la reconduire chez elle.

Axe sourit de toutes ses dents dans le noir. Nan, elle n'irait nulle part avec ce bon vieux Troy à chignon. Et elle savait exactement où se trouvait son garde du corps, car sa position sous le vent lui apportait l'odeur de son excitation directement dans les sinus, alors même que l'humain n'avait pas la moindre idée de sa présence.

Ces rats sans queue étaient si faciles à manipuler.

Mais ils n'avaient pas droit au baiser du premier rencard. Non.

Le moment où Troy envisagea de tenter de l'embrasser fut assez évident. Mais Elise recula et glissa les mains dans les poches de son manteau. L'homme respecta cette limite et leva la main en guise d'adieu.

Ce qui lui sauva sa putain de vie.

Elise demeura sous le store, dans le vent, tandis que Troy montait dans une Subaru tout à fait respectable et sortait en marche arrière de sa place. Puis il s'arrêta près d'elle, baissa la vitre et lui dit quelque chose en souriant. Elle s'esclaffa. Agita la main.

Salut, l'humain.

Elise attendit que les feux arrière aient quitté le parking et se soient éloignés sur la route principale.

Puis elle se tourna vers lui.

Elle vint à lui.

Et Axe la laissa parcourir la distance qui les séparait l'un de l'autre, sans bouger de là où il avait planté ses rangers.

Lorsqu'elle s'arrêta devant lui, il ronronna du fond de la gorge.

— Comment était le dîner ? l'interrogea-t-il dans un grognement. Ça t'a plu ?

Elle entrouvrit les lèvres, le souffle court.

— Il était de bonne compagnie.

— Je ne parlais pas de lui. Comment était la viande ?

Sur ce, il tendit la main et la referma sur sa nuque. L'attirant contre lui, il colla son bassin contre le sien pour qu'elle sente exactement dans quel état d'excitation elle l'avait mis.

Elise hoqueta et ferma les yeux en s'alanguissant.

Il la plaqua contre le mur et la maintint avec son corps tout en libérant sa chevelure du col de son manteau, tandis que le vent continuait de souffler en rafales autour de lui. Puis, après avoir posé les paumes sur la pierre froide de chaque côté de la tête d'Elise, il se pencha et approcha sa bouche de son oreille.

— Alors, comment était-il ? dit-il d'une voix traînante.

Avant qu'elle puisse répondre, il captura son lobe entre ses lèvres et le suça, terminant sa caresse par un léger coup de croc.

— Hum ?

Il tendit la langue et la lécha.

— Comment était-il ?

En guise de réponse, elle posa les mains sur ses épaules et si cramponna si fort qu'il sentit ses ongles s'enfoncer à travers le cuir de sa veste. Oh, putain ! il aurait voulu être nu pendant qu'elle faisait cela, afin qu'elle imprime des demi-lunes de sang dans sa chair. Et ensuite il aurait voulu qu'elle le morde violemment à la gorge et se nourrisse à sa veine.

Axe fit courir ses lèvres le long de sa mâchoire, puis frôla sa bouche.

— Tu n'as pas répondu à la question, Elise.

Elle haletait autant que lui, le corps prêt à ce qu'il la prenne, le sexe complètement excité pour lui. Et en parlant de satisfaction ? Ce M. Parfait humain avec ses jolies petites boots et son foulard, qui avait eu la chance de s'asseoir en face d'elle pour dîner et de la charmer par son esprit et son intellect, n'obtiendrait jamais ce genre de réaction de sa part.

Jamais, putain !

— Est-ce que tu vas le revoir ? s'enquit-il. Parce que je pense que tu devrais.

Elle tressaillit à ces mots, et s'écarta.

— Quoi… ?

— J'aime t'observer avec lui.

— Pourquoi ?

— Parce que ça fait mal. Maintenant, donne-moi ce que je veux, grogna-t-il en effaçant la distance entre leurs bouches et en l'embrassant avec passion.

Le comptoir du bar du club était long, encombré et bruyant, en plus de représenter une totale perte de temps, mis à part l'alcool. Et, quand Novo fit signe au barman de lui servir un autre scotch, elle observa la file d'hommes et de femmes, entassés là comme des vaches à l'abreuvoir.

Elle les aurait sacrément méprisés.

Si elle n'avait pas elle-même fait partie du troupeau.

— Tiens, annonça le serveur. Offert par la maison.

Le type était grand et un peu mince par rapport à ce qu'elle appréciait chez les mâles, mais son crâne rasé, ses tatouages sur la poitrine et les écarteurs dans ses lobes d'oreilles étaient totalement son genre.

— Merci. (Elle leva son verre carré dans sa direction.) Tu finis à quelle heure ?

— Quatre heures.

— Bon à savoir.

Elle s'éloigna, pour regagner un endroit où elle ne voulait pas être mais dont elle ne pouvait se détacher.

Comme d'habitude, Peyton avait organisé la soirée à l'*Ice Blue*, un club techno dont il semblait incapable de se passer. Et, également comme d'habitude, il leur avait obtenu des sièges dans l'espace VIP, derrière un cordeau de velours qui tenait la piétaille à l'écart.

Une fois qu'elle fut arrivée devant le videur, celui-ci la laissa passer.

— Déjà de retour ?

— J'ai mon verre. C'est bon.

Il la dévisagea d'un air déconcerté, mais elle le laissa ruminer les raisons pour lesquelles elle avait pris son indépendance, alors que l'antre sexuel aux sièges capitonnés de Peyton bénéficiait d'un excellent choix d'alcools, avec le service en prime.

Non qu'il y ait la moindre relation sexuelle en cours.

Boone sirotait la même Grey Goose aux airelles avec laquelle il avait commencé la nuit, tout en observant la foule humaine avec le détachement d'un entomologiste dans son laboratoire. Paradis et Craeg étaient détendus et guère pressés de partir, ce qui arrivait quand deux personnes étaient libres de baiser dès qu'elles le souhaitaient. Quant à Peyton ? Il discutait avec quelques-uns de ses clones : des mâles à l'hétérosexualité agressive, vêtus de coûteux costumes, aux pantalons étroits.

Cette brochette de sourcils dédaigneux, gestes blasés et airs supérieurs était encore plus écœurante à voir que leurs eaux de Cologne à sentir.

Vraiment pas son genre.

Se réinstallant près de Boone, elle croisa les jambes et s'adossa contre l'élégante banquette capitonnée. Pourquoi diable quelqu'un avait-il couvert d'un tissu glissant un truc sur lequel les gens bourrés étaient censés s'asseoir, c'était un mystère. Mais bon, à l'image de Peyton, ce club mettait beaucoup plus l'accent sur les apparences que sur autre chose. La file d'attente dehors ressemblait aux castings du *Célibataire* – non qu'ils aient eu à s'en préoccuper, grâce à Peyton –, sur le parking se trouvait l'équivalent d'une concession new-yorkaise de Mercedes, et, si elle croisait encore un bellâtre en train de draguer une nana à gros seins et au faux bronzage, elle allait…

Nom de Dieu !

Elle s'ennuyait elle-même avec sa conversation intérieure. Alors pourquoi ne pas partir ?

La réponse se trouvait juste en face de l'étroit espace moquetté qui séparait son siège de ceux des autres. Et, bien entendu, Peyton ne la regardait pas.

Non, il était penché en avant et jetait un coup d'œil derrière l'un de ses potes en costard. Malgré ses lunettes à verres teintés bleus, et les rayons laser qui transperçaient l'air saturé de fumée, ce qu'il scrutait était évident.

Ce qu'il désirait était évident.

Paradis.

Et plus Novo observait le mâle contempler leur camarade, plus elle devait admettre que cette obsession faisait partie du charme de cet enfoiré. Après tout, il incarnait tout ce qu'elle ne trouvait pas attirant chez un mâle, et pourtant elle finissait toujours par savoir quand il entrait dans une pièce et quand il en sortait. Elle savait quels vêtements il portait. Comment il se battait. Quelle était son humeur, s'il était en train de manger ou de boire, et chaque fois qu'il utilisait son téléphone. Elle remarquait lorsqu'il s'était fait couper les cheveux et quand il restait hirsute. À quel moment il était blessé, fatigué, ou n'avait pas dormi.

Elle savait quand il se tapait des humaines dans les toilettes à la fin d'une soirée en boîte.

C'était comme s'il incarnait une sorte de phare, sauf que ce satané truc ne cessait de l'appeler vers une maison où elle ne voulait même pas entrer, et encore moins s'installer.

Donc, ouais, vu son addiction totale à Paradis, c'était sûrement le côté insaisissable du mâle qui devait expliquer cette attirance.

C'était obligé…

Paradis se pencha en avant et dit quelque chose à Peyton, qui sembla adorer sa blague, quelle qu'elle soit, parce qu'il rit à gorge déployée, comme si la femelle était un croisement entre John Oliver et Jimmy Fallon.

Novo but la moitié de son whisky.

Quand elle redressa la tête, Peyton se tenait devant elle.

— Eh ! on va y aller. On se voit en cours demain soir.

Il lui donna une tape sur l'épaule et s'éloigna, entraînant ses trois potes identiques dans son sillage, comme des skieurs nautiques derrière un bateau clinquant.

Boone se leva et s'étira.

— Je ferais mieux d'y aller, moi aussi. Passe une bonne nuit.

— Nous partons également. (Paradis sourit en prenant la main de Craeg.) Amuse-toi bien.

Et il ne resta plus qu'elle.

L'un des avantages à être totalement autonome et indépendante était qu'elle se fichait de se retrouver seule. Mais bizarrement, ce soir-là, elle se rendit compte qu'aucun de ses camarades n'aurait fait un coup pareil à Paradis.

Non que Novo en veuille à la femelle ou estime que l'objet de l'affection de Peyton était faible. Cela lui semblait juste étrange. Ou quelque chose du genre.

Bref.

Novo regarda fixement, derrière les sièges vides, les humains qui se mélangeaient de l'autre côté de l'espace renfoncé. Il y avait probablement trois cents mecs qu'elle pouvait se taper si elle le souhaitait, y compris M. 4 heures du matin, le barman. Et tout autant de femmes si elle était de cette humeur-là.

Dommage qu'aucun d'entre eux ne lui semble attirant…

Surgi de nulle part, Peyton réapparut dans son champ de vision, au point qu'elle se demanda si ce n'était pas un hologramme créé par son cerveau.

— J'ai oublié mon portable.

Oh ! alors c'était bien réel, parce qu'un hologramme n'aurait pas éprouvé le besoin de justifier sa présence.

Mais, au lieu de gagner le canapé où il était installé auparavant, il demeura planté là.

— Oui ? s'enquit Novo.

— Qu'est-ce que tu fais ?

— Je suis assise. (Elle désigna les fauteuils.) J'aurais cru que c'était évident.

Lorsqu'elle vit le regard du mâle s'attarder sur son corps, elle étrécit les yeux.

— La question serait plutôt : qu'est-ce que toi tu fiches ici, Peyton ?

Chapitre 22

Étroitement serrée entre le mur du restaurant et le corps encore plus dur d'Axe, Elise n'aurait cependant souhaité être nulle part ailleurs.

Surtout lorsqu'il commença à l'embrasser.

Il se montra aussi affamé et exigeant que dans ses fantasmes. La façon dont il écrasa sa bouche sur la sienne tout en l'empoignant brutalement révélait un tel désir érotique qu'elle eut l'impression qu'il allait se repaître d'elle, littéralement, et, mon Dieu ! elle se laissa à son tour entraîner par la passion, pressa ses seins contre son torse en se cramponnant à ses épaules, et s'abandonna à lui.

Le baiser était exactement comme elle l'avait imaginé et plus encore, tandis que la froide nuit de décembre s'estompait, consumée par la chaleur qui s'était formée entre eux.

Mais que diable lui avait-il dit ? Qu'il voulait qu'elle revoie Troy ?

Elle le repoussa soudain, mettant fin au baiser.

— Je ne comprends pas…

Axe prit son visage dans ses grandes mains et ondula des hanches contre elle pour lui caresser le ventre de son érection massive, vu qu'il était bien plus grand qu'elle.

— Pourquoi s'arrête-t-on pour discuter ?

Bonne question. Quoiqu'un peu offensante.

— Pourquoi voudrais-tu que je sorte de nouveau avec Troy ?

Elle avait passé le repas à essayer de se concentrer sur l'humain, de suivre sa conversation, de poser les bonnes questions au bon moment, de rire quand elle était censée le faire. Mais durant tout ce temps-là elle avait été totalement distraite par Axe, assis tout au fond du restaurant presque vide, subjuguée par sa présence menaçante comme s'il s'agissait du plus beau nuage d'orage qu'elle ait jamais observé dans le lointain.

Et qui se dirigerait vers elle.

— Pourquoi ? l'interrogea-t-elle. Si cela te fait si mal…

— Parce que ça m'excite.

Axe baissa la tête et recommença à l'embrasser, avec ses lèvres aussi douces que du velours, et sa langue, audacieuse et exigeante. Et, bon sang de bonsoir ! elle avait envie de lui : ses seins brûlaient de sentir le contact des mains et de la bouche du mâle, son sexe s'électrisait entre ses jambes, ses…

Elise se força à se détacher de lui. Et marcha un peu pour s'éclaircir les idées.

— Non. Je ne le reverrai pas, je ne me servirai pas de lui. Je veux que tu me désires pour moi-même. Si je ne te suffis pas sans la stimulation d'un jeu pervers et transgressif, très bien, mais je ne vais certainement pas essayer de te charmer en jouant les séductrices d'un autre juste sous ton nez.

Axe sourit, et elle vit que ses crocs étaient complètement descendus.

— D'accord. Je te prendrai comme tu viens.

Eh bien, tu parles d'un double sens. Et, douce Vierge scribe, la façon dont il la dévisageait de ses iris jaunes.

Elle aurait tout aussi bien pu être déjà nue.

Alors, et si on en finissait maintenant, décida-t-elle.

— Où pouvons-nous aller ? lui demanda-t-elle d'une voix rauque.

— J'ai une maison pas loin d'ici. C'est un lieu sûr et très discret.

Lorsqu'un portable sonna quelque part sur lui, elle maudit cette interruption. Toutefois, quand il n'esquissa pas le moindre geste, elle lui fit un signe du menton.

— Tu ne vas pas répondre ?

— Non.

— Et si c'est une urgence ?

— Personne ne m'appellerait pour ça. (Il avait les yeux rivés sur sa bouche.) Alors, est-ce que tu viens chez moi ?

— Oui, murmura-t-elle. Mais comment saurai-je où trouver ta maison ?

— Je peux arranger ça.

Elle fit mine de fouiller dans son sac.

— Je sais que ça paraît bizarre, mais j'ai un petit plan de Caldwell là-dedans, et…

— Elise. (Quand elle redressa la tête, il souriait de nouveau de tous ses crocs.) Regarde-moi.

Sur ce, il releva la manche de sa veste en cuir noir pour découvrir l'intérieur de son poignet. Puis il porta son avant-bras à sa bouche, et, avec un feulement, il se mordit, enfonçant profondément ses canines acérées dans sa propre chair.

Elise entrouvrit les lèvres pour lâcher un hoquet de stupeur, puis les lécha quand l'odeur entêtante de son sang, semblable à celle du vin, monta entre eux.

Lorsqu'il lui tendit le bras, il dit dans un murmure :

— Cela devrait t'aider à me retrouver, où que je sois. Prends ma veine, Elise. Laisse-moi te regarder boire. Maintenant.

Ses propres crocs la picotèrent quand ils s'abaissèrent, mais elle ne réfléchit pas une seule seconde à la dizaine d'interdits qu'elle enfreignait en agissant ainsi : un roturier ! En public ! Sans témoin ! Avec de l'excitation sexuelle des deux côtés !

Et puis merde ! Elle refusa de se laisser détourner de son but tandis qu'elle saisissait son avant-bras musclé et attirait son poignet à sa bouche. Formant un sceau avec ses lèvres, elle aspira son sang, dont la saveur lui fit l'effet de l'alcool le plus enivrant qu'elle ait jamais goûté, et le frisson d'extase qui la parcourut lui donna le vertige.

— Oh… oui, grogna-t-il. Merde… oui.

Soudain, il y eut un renversement inattendu du rapport de force entre eux : il s'écroula contre le bâtiment, comme si ses genoux se dérobaient sous son poids, et elle devint le prédateur et lui sa proie.

Et pendant tout le temps où elle but à sa veine elle garda les yeux rivés à la bosse tendue derrière sa braguette.

Voilà ce qu'elle voulait, décida-t-elle en contemplant son érection.

Et il n'allait pas le lui refuser.

— Je suis revenu chercher mon téléphone.

Comme Peyton lui répétait exactement la même excuse, Novo esquissa un petit sourire.

— Tu l'as déjà dit. Alors pourquoi ne le cherches-tu pas ?

Il tâtonna ostensiblement sa veste de costume.

— Oh ! il est là en fait. Ça alors !

— Oui, tu peux le dire. (Elle sirota ce qu'il lui restait de whisky.) Où sont passés tes trois copains ?

— J'en sais rien. Je m'en fous.

— Quel égocentrique tu fais.

Elle recroisa délibérément ses jambes gainées de cuir en frottant ses cuisses l'une contre l'autre. Elle détestait la façon dont son intimité s'échauffait pour le mâle.

— Tu es un vrai connard, Peyton, tu sais ça.

— Oui.

— Alors ? l'encouragea-t-elle.

— Tu veux boire quelque chose ?

— Je suis déjà servie.

— Et si on allait chez moi.

Novo haussa un sourcil.

— Dans la demeure de ton père, tu veux dire.

— Non, j'ai une piaule. C'est une suite au *Sterling*. J'y dors de temps à autre.

— J'aurais dû m'en douter, répliqua-t-elle sèchement. Pas de *Formule 1* pour les gens comme toi. Et dis-moi, si je t'accompagne jusqu'à ta suite, qu'est-ce qu'on fera là-bas ?

Le regard de Peyton dériva de sa bouche à ses seins et ses cuisses, puis il prit son temps pour revenir à son visage.

— Ce qu'on veut.

— Est-ce que tu es en train de me baiser dans ta tête, Peyton ?

— Oui, gronda-t-il.

— Dans ta jolie chambre d'hôtel ?

— C'est une suite, pas une chambre. Et, non. Je t'imagine penchée sur ce canapé, là tout de suite, avec ton pantalon baissé, et ma langue dans ton sexe pendant que tu jouis sur mon visage. Puis je te baise avec ma queue.

La décharge électrique qui la parcourut était une bonne et une mauvaise nouvelle, car la dernière chose qu'elle souhaitait c'était ressentir cela en sa présence.

Mais la nature se moquait de ces conneries, pas vrai ?

— Est-ce que ça t'excite ? reprit-il d'une voix traînante.

— Peut-être.

Elle finit son whisky, le reposa et se leva lentement. Plongeant son regard droit dans le sien, parce qu'il était aussi grand qu'elle, elle poursuivit :

— Mais j'ai une bien meilleure idée.

— Qui est ?

Se penchant vers lui, elle posa la main sur son entrejambe et se délecta de la façon dont il inspira brusquement, comme si elle l'avait surpris. Le caressant à travers l'étoffe de son élégant pantalon parfaitement coupé, elle songea un instant à le faire jouir pour elle au milieu de la foule.

Mais non, il ne méritait pas cet orgasme. Pas après avoir passé toute la soirée à en mater une autre. À en désirer une autre. À souhaiter être avec une autre.

Après avoir fait courir un croc sur un côté de son cou, elle lui chuchota à l'oreille :

— Je crois que tu devrais retourner dans ta suite, retirer toutes tes fringues, et imaginer Paradis comme ça pendant que tu te branles à plusieurs reprises. (Elle relâcha son entrejambe et recula, les yeux étrécis.) Plutôt crever que de jouer la remplaçante d'une autre femelle. Si c'est ce que tu veux, tu as deux cents humaines là-dedans qui accepteront ton don de sperme.

Sur ce, elle s'en alla. Sans un regard en arrière.

En partie parce qu'elle refusait de lui accorder cette satisfaction. Mais surtout parce qu'elle préférerait mourir que de le laisser savoir à quel point il venait de la blesser.

Personne, mâle ou femelle, ne verrait cela.

Jamais.

Chapitre 23

— Oh… mon Dieu… c'est adorable !

Tout en refermant la porte de derrière du cottage, Axe serra les dents. Il aurait dû faire entrer Elise par le devant pour qu'elle ne voie pas la cuisine éclairée par la lune.

Trop tard. Et, visiblement, elle ne se satisferait pas d'un rapide petit tour.

Non. Au lieu de le suivre directement sous l'arche ouvrant sur la salle de séjour, elle se dirigea vers les motifs sculptés de feuilles autour des fenêtres et caressa des doigts le bois que son père avait passé des heures et des heures à tailler, polir et vernir.

— Qui a fait cela ? souffla-t-elle. C'est incroyable… Je n'ai jamais rien vu de tel.

Dans la lueur nocturne bleu argenté, ses cheveux luisaient à la façon d'une auréole, comme si elle était un ange descendu sur terre.

Dommage que ce qu'il veuille faire à son corps sorte directement d'un manuel satanique.

Et merde ! il sentait son sang en elle, et il adorait ça, putain !

Lorsqu'elle croisa les bras et frissonna, il dit d'un ton bourru :

— La chaudière est en panne. Je vais la faire réparer la semaine prochaine. Viens, la cheminée est par là.

Elle s'entêta à ne pas lui emboîter le pas.

— Sérieusement, qui a réalisé tous ces chefs-d'œuvre d'ébénisterie ?

Elle se dirigea vers la table en bois, avec ses chaises en pin dont le dossier était lui aussi sculpté de feuilles de lierre.

— Mon père.

— Vraiment ? C'est ton père qui a sculpté cela ? Oh, mon Dieu ! c'était un artiste.

— Viens par là.

Elle se retourna et s'approcha des placards.

— Combien de temps cela lui a-t-il pris ?

— Tu as froid. Je vais nous allumer un feu.

En sortant de la cuisine, il retira sa veste en cuir et la balança sur la première chaise venue. Et, oui, le délabrement général de la maison lui pesait, sans compter l'absence de chauffage, d'électricité et de nourriture. Le taudis où il vivait n'était pas seulement sans comparaison avec le palais où elle habitait, mais il n'était même pas au niveau d'une maison ordinaire de roturier lambda.

S'accroupissant près du foyer, il prit le tisonnier appuyé contre les briques du pourtour et nettoya les cendres. Puis il froissa du papier journal, ajouta une poignée des brindilles ramassées dans le jardin deux nuits plus tôt, et posa une unique bûche par-dessus.

Il avait vendu une des figurines sculptées de son père sur eBay pour 400 dollars à l'automne, et avait employé l'argent à acheter assez de stères de bois pour se chauffer une bonne partie de l'hiver. Et, oui, il aurait peut-être dû mettre en gage quelques-unes des autres sculptures d'animaux et d'oiseaux remisées au grenier afin d'avoir de nouveau l'électricité, mais il n'avait pu se résoudre à se séparer d'une seule d'entre elles.

Même s'il les méprisait toutes.

La boîte d'allumettes était rangée dans une boîte métallique, dont il souleva le couvercle. Puis il attrapa un bâtonnet et enflamma la tête d'un coup d'ongle.

Le journal se recroquevilla sous l'effet de la chaleur, avant de se laisser consumer, puis des volutes de fumée blanchâtre s'élevèrent avec force craquements dans le conduit.

Il sut à quel instant précis elle pénétra dans la pièce.

— C'est…

— … un dépotoir. Je sais.

— Non, j'allais dire que c'est accueillant.

Comme il éclatait de rire, elle fit le tour de la pièce, effleurant au passage le fauteuil rembourré et le canapé moelleux, dont les tissus fanés le firent de nouveau grimacer de honte.

— L'endroit aurait peut-être besoin d'un petit coup de balai, mais c'est un petit nid parfait. C'est assez surprenant.

Il se retourna vers le feu pour en aviver et en attiser les flammes.

Exactement comme il allait le faire à son sexe d'ici quelques minutes.

— Je déteste cet endroit.

Axe se redressa en faisant craquer ses genoux, tandis que son pénis en érection enrageait d'être si à l'étroit dans son pantalon. Mais il ne se réarrangea pas. Il préférait que ce soit elle qui s'en occupe.

Oh ! oui, la lueur mouvante du feu sur elle était encore plus belle que celle de la lune.

Elle sourcilla en apercevant le matelas devant les flammes.

— Non, expliqua-t-il. Je ne pensais pas que tu viendrais. C'est ici que je dois dormir pour rester au chaud.

Le visage d'Elise se détendit.

— Tu ferais mieux de faire réparer cette chaudière pour pouvoir regagner ton lit.

— Ouais. (Axe désigna le sol juste devant lui.) Viens ici.

Elle traversa l'étroit espace rougeoyant devant la cheminée comme dans un rêve. La lueur orangée et vacillante des flammes rendait sa beauté mystérieuse et inaccessible, alors même qu'elle était si proche de lui qu'il pouvait compter ses cils.

Tendant le bras, il lui repoussa les cheveux en arrière, lui souleva légèrement le menton et couvrit sa bouche de la sienne. Tout en glissant sa langue entre ses lèvres, il fit courir sa paume depuis son épaule jusqu'au bas de son dos, avant de la plaquer passionnément contre lui.

Avide, il était si avide, tout en ayant l'intention d'y aller lentement.

Mais cette idée disparut sacrément vite.

Avant qu'il s'en rende compte, il lui avait ôté son manteau, tiré son chemisier hors de sa jupe et caressait la peau tiède de sa taille. Des images d'elle en compagnie de cet humain le rendirent brusque, mais elle ne parut pas s'en formaliser.

Elle se montra tout aussi brutale avec lui, fit glisser ses doigts dans ses cheveux tout en se plaquant contre lui et lui griffa la nuque.

— Allonge-toi, gronda-t-il. Allonge-toi, femelle…

La soulevant dans ses bras, il s'agenouilla et la déposa sur le peu de confort qu'il avait à lui offrir.

Dommage qu'il ne s'agisse que d'un matelas recouvert de draps, sans rien d'autre.

Avec une ondulation qui faillit le faire jouir, elle leva les bras au-dessus de la tête et se cambra lorsqu'il se plaça à califourchon sur ses cuisses. Puis, un à un, il défit les boutons de son chemiser.

Il lui semblait criminel de déchirer le délicat vêtement.

— En quoi sont-ils faits ? interrogea-t-il d'une voix presque imperceptible.

— En nacre, haleta-t-elle.

Leur blancheur n'était rien comparée à l'éclat de sa peau.

Quand il eut lentement écarté les deux pans de soie, il s'arrêta brutalement, stoppé net dans son élan tandis qu'il feulait et serrait les dents à la vue du buste d'Elise. Ses seins étaient cachés par un soutien-gorge en dentelle blanche, et le mélange si parfait d'innocence et de sexualité que ce sous-vêtement dégageait lui parut bien plus excitant que tous les instants extrêmes de baise qu'il pratiquait depuis des années.

— Puis-je ? s'entendit-il humblement demander.

Ce qui était bizarre. Mais il se sentit frôler l'expérience religieuse alors qu'il se tenait toujours au-dessus d'elle, et il lui sembla soudain impardonnable de découvrir une seule partie de ce merveilleux temple sans sa permission expresse.

— Laisse-moi faire, dit-elle.

Elle se cambra de nouveau et tâtonna dans son dos de ses mains légèrement tremblantes, puis la dentelle des bonnets se détendit, rendant plus visible ses tétons pointés.

— Oh… merde ! (Était-ce lui qui parlait ? Il l'ignorait. Il était complètement à côté de ses pompes.) Elise…

Tu parles d'une torture. La regarder baisser une bretelle, puis l'autre, tout en maintenant le soutien-gorge en place, fit s'emballer le pouls qui pulsait dans son pénis.

Puis elle écarta la barrière de dentelle.

Elle était parfaite. Tout simplement parfaite.

Baissant la tête, la langue sortie, il lécha ses tétons avant de les aspirer l'un après l'autre. Il lui semblait si naturel d'être ainsi accroupi au-dessus d'elle, en train de la vénérer de sa bouche alors qu'il était à deux doigts de perdre le contrôle de son propre corps et que son sang battait dans ses veines à un rythme dingue.

Il se sentait si vivant, mais pas de la façon folle et obsessionnelle dont il avait l'habitude quand il était en train de baiser.

Tout en lui mordillant les seins, il dut replacer son pénis en érection correctement dans son pantalon : c'était soit cela, soit se mettre à chanter dans les aigus. Puis il s'attaqua à la fermeture dans le dos de sa jupe, et elle l'aida en roulant sur le flanc. Oui, il avait envie de lui arracher ce truc du bassin, de préférence avec les dents, mais, une fois encore, il se retint de le faire, et pas seulement parce qu'elle aurait besoin d'une tenue décente pour rentrer chez elle.

La patience offrait des récompenses.

Tout en la suçotant et en la faisant gémir, il lui ôta sa jupe, son collant et sa culotte en une seule fois, les faisant glisser le long de ses très longues jambes.

Puis il se redressa.

Sous son regard brûlant, elle leva de nouveau les bras au-dessus de la tête et se mit à remuer lascivement pour lui, en s'étirant et en se contorsionnant, tandis que la lueur du feu qui dansait sur sa peau donnait l'impression qu'une centaine de mains la caressait. Et oh ! la réalité de sa chair était bien meilleure que dans ses rêves. Ses seins aux tétons érigés, son ventre plat, son sexe glabre et ses cuisses pâles... toute cette perfection détruisait impitoyablement la pauvre version imaginaire que son inconscient lui avait soufflée.

Il la caressa en faisant courir ses mains de sa clavicule à ses hanches, puis suivit le même chemin avec sa bouche, en s'arrêtant au nombril.

Levant les yeux, par-delà sa poitrine spectaculaire, il aperçut ses lèvres entrouvertes alors qu'elle haletait tout en soutenant son regard, les yeux écarquillés et émerveillés, comme si elle n'avait jamais ressenti cela auparavant.

La voix de Peyton résonna soudain sous son crâne : *« Parce que tu vas la baiser et puis l'abandonner avec sa réputation ruinée. »*

Axe repoussa les mots et l'intonation hors de son esprit, bien déterminé à la caresser plus bas encore, jusqu'à ce qu'elle sache à quel point il la trouvait belle. Puis il…

Non. En fait, il ne ferait rien. Il n'irait pas jusqu'au bout. Il ne finirait pas par la pénétrer.

Il allait seulement lui donner du plaisir avec sa bouche et sa langue, puis allait…

Merde !

Merde !

Axe se redressa de nouveau, même si s'écarter d'elle lui parut aussi douloureux que de s'arracher des lambeaux de peau avec les crocs.

— Que se passe-t-il ? murmura-t-elle. (Puis elle sourit.) Est-ce que j'ai le droit de te voir nu, à présent ?

Lorsqu'il ne répondit pas, elle fronça les sourcils et s'assit.

Seigneur ! la façon dont ses seins, si ronds et érigés pour lui, ballottèrent sur son buste lorsqu'elle changea de position suffit presque à le distraire assez pour qu'il poursuive.

Presque.

— Axwelle ?

Il se passa une main sur le visage.

— Peux-tu me rendre un service ?

— Bien sûr.

— Peux-tu… euh… peux-tu ne plus jamais m'appeler Axwelle.

— Très bien.

— Seule ma mère m'appelait ainsi. Et je déteste ce nom.

— Eh bien, je peux comprendre que tu préfères ne pas penser à ta *mahmen* dans un moment pareil.

Son sourire s'effaça quand il n'ajouta rien. Puis elle ramassa son chemisier pour s'en couvrir les seins.

— Je crois que je sais ce qui t'inquiète, dit-elle brusquement.

— Ah bon ?

Elle plongea son regard dans le sien et le soutint fermement.

— Ne t'inquiète pas. Je ne suis plus vierge.

Chapitre 24

Eh bien, il fallait croire que c'était à cela que ressemblait Axe quand il était estomaqué.

Pendant qu'Elise attendait qu'il formule sa pensée, quelle qu'elle soit, elle se surprit à secouer la tête.

— Tu sais… en fait, c'est agréable de le dire à quelqu'un.

Il se passa une main sur le visage et détourna la tête pour contempler le feu. À la lueur vacillante des flammes, les tatouages le long de son cou semblèrent remuer sur sa peau. Il lui paraissait redoutable. Sexy. Et très distant, d'un seul coup.

— Je pensais que tu serais soulagé. (Elle sourcilla.) Et je veux dire, allons, tu t'en serais rendu compte si nous avions bel et bien couché ensemble.

— Je ne t'en estime pas moins, si c'est la question.

— Vraiment ? Alors tu as une drôle de façon de le montrer.

Il secoua résolument la tête.

— Non, pas du tout.

— Alors, quel est le problème ?

— Tu veux que je sois honnête, non ?

— Oui. (Elle tira l'une des deux couvertures sur le bas de son corps et croisa les bras par-dessus sa poitrine, toujours couverte par le chemisier.) Quoi que ce soit, je veux savoir.

Il marmonna quelque chose dans sa barbe. Puis dit à toute vitesse :

— Je voudrais connaître l'identité du mâle... pour aller le buter.

Elise cligna les yeux de surprise. Puis résolut l'équation.

— Oh, mon Dieu ! ce n'est pas ce que tu crois. Pas du tout. J'ai voulu que cela arrive...

— Merde ! maintenant, j'ai vraiment envie d'assassiner cet enfoiré.

Elle se mit à rire et, quand il lui décocha un regard noir, leva les mains.

— Je ne me moque pas de toi, promis. C'est seulement que je suis incroyablement soulagée de ne pas avoir perdu ton estime.

— Ce n'est pas le cas. Pas du tout. Je suis atrocement jaloux, mais je ne te juge pas. (Il y eut un silence.) C'était qui ?

Tournant les yeux vers le feu, Elise ouvrit les vannes de sa mémoire.

— C'était un mâle dont je prenais la veine. Tout avait lieu devant témoins, bien entendu. Mais une nuit – je ne sais même pas trop pourquoi –, j'ai décidé que je voulais savoir ce que ça faisait. Toute... l'expérience.

Axe se mit à gronder. Puis il se racla la gorge pour faire cesser le bruit.

— Désolé.

Elle ne put retenir un sourire.

— C'est bon. Je me sens flattée. (À ces mots, elle obtint un grognement.) Bref, je suis allée le trouver, dans son appartement-terrasse du centre-ville. J'ai inventé un prétexte et j'ai filé de la maison. Il appartenait à la *glymera*, bien entendu, et c'était un ami de mon père. (Elle fronçait les sourcils, à présent.) Il a été surpris, mais ne m'a pas repoussée. J'étais très jeune, ma mère venait de décéder après une fausse couche. Il y avait trop de tristesse dans ma demeure, et je crois que j'avais seulement envie d'échapper un instant à cette atmosphère pesante. Nous avons couché ensemble, je n'appellerais pas cela « faire l'amour ». À mes yeux, cela a seulement impliqué beaucoup d'interactions corporelles, et je ne peux pas dire que ça m'ait vraiment plu.

Lorsqu'elle se tut, elle sentit son regard brûlant posé sur elle.

— Termine l'histoire, dit-il d'une voix grave. Elle n'est pas terminée, n'est-ce pas ?

— En effet. (Elise prit une profonde inspiration.) J'ai toujours été différente des autres femelles de haute naissance, tu sais ? Je veux dire, je ne suis absolument pas comme ma cousine Allishon ; je ne suis ni téméraire, ni rien. Mais je ne suis pas non plus intéressée par les fêtes, les bals et tous les autres événements mondains. Un soir, à peine une semaine plus tard, mon père m'a demandé de l'accompagner à un bal, et le mâle s'y trouvait… avec sa *shellane*. Je n'aurais jamais cru qu'il était uni, tu sais ? Il ne m'était jamais venu à l'esprit de lui poser la question. Je veux dire, au sein de l'aristocratie, il y a très peu de mâles disponibles pour nourrir les femelles, et, tant qu'il y a des témoins quand on prend une veine, le sexe n'est pas un problème. Mais je me suis sentie très mal quand je l'ai regardé dans les yeux. Et visiblement il n'avait rien dit à sa compagne. Il a joué les indifférents toute la nuit, ce qui était la chose convenable à faire, et toute l'histoire m'a laissé un goût amer dans la bouche. Non parce que j'étais émotionnellement attachée à lui, mais parce que je m'étais servie de lui et qu'il m'avait laissée faire… et qu'ensemble nous l'avions trahie, elle. (Elle poussa un long soupir.) Il a été tué lors les attaques… et elle aussi. Ils n'avaient pas d'enfants. Mais mes regrets sont toujours là, et ils ne s'effaceront jamais.

— C'était un foutu débauché.

— J'étais quasiment certaine qu'il avait agi de même avec d'autres femelles qu'il nourrissait. Sans quoi, pourquoi l'appartement ? Ce n'était pas là qu'il vivait ou passait la journée avec elle, tu vois ? Tout était tellement confus dans ma tête, et c'est la raison pour laquelle j'ai commencé à m'intéresser à la psychologie. Je voulais comprendre comment fonctionnent les émotions, et nous, les vampires, ne sommes guère différents des humains à cet égard. Par exemple, sais-tu quel vilain sentiment cette histoire m'a fait éprouver à l'époque ?

— Quoi donc ?

Elle n'arrivait pas à croire qu'elle s'exprimait si librement devant autrui, car l'écoute silencieuse et dénuée de jugement d'Axe était impossible dans son univers.

— Après avoir rencontré sa *shellane*, une partie de moi était soulagée qu'il soit uni, parce qu'alors il ne dirait rien. Cela m'avait plus ou moins inquiétée. Alors que je venais de perdre ma *mahmen*, je ne voulais pas non plus perdre mon père en n'étant plus en état de m'unir. Vois-tu à quel point c'était égoïste de ma part ?

— Cela ressemble plus à de l'instinct de préservation, pour moi. Et tu sais… celui auquel tu t'uniras sera le mâle le plus chanceux de la planète.

Étonnamment, la façon dont il le dit lui fit mal, sans doute parce qu'il lui indiquait clairement que ce futur *hellren* ne serait pas lui. Mais c'était dingue à tellement d'égards.

— En réalité, je ne m'unirai jamais. (Quand il fronça les sourcils, elle secoua la tête.) Je refuse que quiconque me dicte ce que je peux ou non faire. J'ai assez subi cette pression avec mon père, qui dirige toute la maison à sa façon, selon ses préférences et ce qu'il peut supporter de fantaisie dans le cadre de son système rigide d'attentes sociales. Ce qui ne représente pas grand-chose en termes de liberté. Je veux être autonome, et je vais trouver un moyen d'y parvenir. Je vais finir ma thèse et trouver ma place en ce monde ; j'ignore ce qu'elle sera, mais je vais gagner mon propre argent pour partir de la maison et… (Elle éclata soudain d'un rire gêné.) Et, oui, mon père va me déshériter et je serai considérée comme morte aux yeux de la *glymera* comme à ceux de ma lignée. Mais cela en vaudra la peine…

Waouh ! elle ne s'était encore jamais aussi clairement formulé ce plan à elle-même, et encore moins à quelqu'un d'autre.

— Bref, reprit-elle, c'est un rêve, hein ? Rien ne vaut un peu d'autodestruction pour épicer un peu l'existence.

— Je ne trouve pas que ce soit de l'autodestruction. (Axe la regarda dans les yeux.) Je trouve ça génial.

— Ah bon ?

— Oui. (Il s'étira les doigts des mains avant de les recroqueviller en poings, puis il fit craquer ses phalanges l'une après l'autre.) Cela va te paraître stupide.

Elle attendit qu'il poursuive.

— Quoi donc ?

— Le fait que tu veuilles être autonome, même si cela peut tout te coûter. Cela me pousse à te faire confiance. (Il haussa les épaules comme s'il essayait de minimiser l'importance de ses propos.) Cela m'encourage à croire ce que tu m'as dit : que tu n'es pas comme ces richards qui ont tué mon père. Parce que ces types n'auraient jamais abandonné leur mode de vie, et, avant que tu affirmes que je généralise, laisse-moi te répondre que c'est peut-être le cas, mais, si tu es incapable de trouver en toi-même la force d'étendre le respect des convenances à des roturiers dans une situation de vie ou de mort, il est évident que tu ne vas pas non plus abandonner tes manteaux de fourrure, tes diamants et ta grosse maison sur la colline.

Elise poussa un soupir triste.

— Je suis vraiment désolée de ce qui est arrivé à ton père. J'espère que tu le sais.

Ce fut à son tour d'éclater d'un rire bref.

— Le plus triste dans tout ça est que ce qu'ils lui ont fait, la façon dont il est mort, n'est même pas la moitié de l'histoire.

Elle ne fut pas surprise quand il se rapprocha à quatre pattes de la cheminée pour rajouter des bûches.

— Je pense que je devrais y aller, murmura-t-elle alors qu'il passait un temps excessif à entretenir le feu.

— Oui. (Soudain, il la regarda par-dessus son épaule.) Ce n'est pas parce que je n'ai pas envie de toi.

— Tant mieux.

Mais l'atmosphère avait changé et il était impossible de revenir là où ils s'étaient arrêtés. Néanmoins, elle le croyait lorsqu'il disait qu'il…

— Pourrai-je te voir demain soir ? demanda-t-il sans lui jeter un coup d'œil.

— Oui. Où ça ?

— Ici. (Il tisonna les bûches enflammées et fit jaillir une pluie d'étincelles qui retomba sur son avant-bras nu, sans qu'il paraisse s'en soucier.) J'ai une longue séance d'entraînement demain. Je finirai tard, mais tu as dit que tu n'irais ni à la bibliothèque ni ailleurs, non ?

— En effet. À quelle heure veux-tu qu'on se retrouve ?

— Je te le dirai demain. Sans doute vers 4 heures. Nous aurons encore du temps.

— Je serai là. Je peux toujours t'attendre chez toi ? Si tu me fais confiance pour être seule ici…

— Je te confierais ma vie.

Le fait qu'il ait énoncé cela distraitement la poussa à croire qu'il était sincère. Et cela la réchauffa entièrement, bien plus efficacement que le feu.

— Alors c'est un rencard.

— En est-ce vraiment un ? l'interrogea-t-il d'une voix traînante.

— Quel autre nom voudrais-tu lui donner ? (Elle commença à se rhabiller, s'y reprenant à deux fois quand il s'agit de raccrocher son soutien-gorge.) Et je serai la première à la dire : je suis impatiente de te revoir.

Quand elle eut enfin renfilé tous ses vêtements, elle se redressa, son manteau à la main.

— Bonne journée, Axe. Si tu penses à moi, tu peux m'envoyer un message, tu sais. Sans obligation aucune. Je veux simplement souligner ce fait, parce que je pense que tu risques de ne pas le faire même si tu en as envie.

Il se remit debout et, lorsqu'il s'étira le dos, une série de craquements retentit, et, oui, elle admira les muscles qui jouaient sous son tee-shirt moulant.

— Laisse-moi te raccompagner dehors.

Ils traversèrent la pièce en silence, mais il lui attrapa le bras et l'aiguilla vers la porte d'entrée, et non celle de la cuisine.

— Tu vas avoir froid, dit-elle en sortant dans la nuit tandis qu'il la suivait de près.

— Aucune importance.

Et, effectivement, il affronta sans broncher le vent glacial.

— Sois prudent, l'enjoignit-elle. Tu sais, à l'entraînement. J'imagine que ça doit être difficile.

Il émit un bruit du fond de la gorge qui aurait pu vouloir dire n'importe quoi, de « Ouais » à « Bref ».

— OK, bien..., murmura-t-elle.

Bizarrement, les vitres noires du petit cottage donnaient à l'endroit douillet l'air d'être aussi froid et vide que l'espace intersidéral.

Elle n'avait pas envie de le laisser là tout seul.

Mais quel choix avait-elle ?

— Bon, bonne journée...

Avant qu'elle descende du perron, il la saisit et la plaqua contre lui. Mais il ne l'embrassa pas. Il se contenta de la bercer contre son torse, en la serrant étroitement. Et oh ! elle lui rendit son étreinte.

Elle eut l'impression qu'il n'avait pas enlacé quelqu'un depuis très longtemps. Elle comprit aussi qu'il ne voulait pas la laisser partir, lui non plus.

Cet embrassement fut, se fit-elle la réflexion plus tard, encore bien mieux que n'importe quelle promesse de sexe échevelé.

Puis elle disparut.

Axe demeura sur les marches devant le cottage de son père pendant une éternité une fois qu'Elise se fut dématérialisée. Sous son crâne, son cerveau ruait comme un étalon ; ce qu'il avait partagé avec la femelle outrepassait tant la norme de ses relations habituelles avec l'autre sexe – merde ! avec n'importe qui – qu'il se sentait ébranlé jusqu'à la moelle.

Cela faisait si longtemps qu'il n'avait pas noué de lien avec quelqu'un.

Et, oui, il n'aimait pas ce qu'il ressentait en ce moment, car les choses qu'elle lui avait confiées sur elle-même s'attardaient dans ses pensées, où elles passaient en boucle, et remuaient en lui toutes sortes d'émotions dont il aurait très bien pu se passer. C'était si pénible qu'il n'avait qu'une envie : aller chercher la bagarre, peu importe où et contre qui. Il savait se battre. Savait quoi faire, comment frapper, éviter d'être frappé ; merde ! il l'avait su avant même d'intégrer le programme d'entraînement.

Mais ce qui avait eu lieu devant sa cheminée, là-dedans ?

Il n'avait pas la moindre idée de comment le gérer. Ni de ses conséquences.

C'était plus facile quand il ne considérait Elise que comme une nénette à baiser. Désormais, c'était une personne.

Quand il finit par rentrer, son estomac se mit à gronder famine, mais il n'y avait rien à manger et, par ailleurs, il était habitué à avoir le ventre vide. Refermant la porte, il avait l'intention de prendre une douche et de pioncer, mais il ne le fit pas. Pour une raison invraisemblable, il fut attiré vers la cuisine, la porte dans le coin, au fond, et les vieilles marches grinçantes qui l'emmenèrent au sous-sol.

Il détestait le sous-sol, putain !

Quand il arriva au bas des marches raides, il tendit la main dans l'obscurité totale pour trouver à tâtons la lanterne sur le crochet. Tournant le bouton pour allumer la mèche au kérosène, il espéra presque que celle-ci ne fonctionnerait pas...

La lueur était jaune comme le feu et fixe comme la lune.

Et les fantômes du passé revinrent à la vie pendant qu'il observait l'atelier de son père.

En inspirant profondément, il pouvait encore sentir l'odeur des copeaux de bois et de la sciure qui tapissaient le sol de terre battu comme une neige aux teintes ambrées.

Même si le lieu n'avait plus servi depuis plus de deux ans.

Tenant sa lanterne à bout de bras, il se dirigea vers le grand établi éraflé installé contre le mur du fond où d'innombrables outils et dessins étaient cloués. Il restait encore des morceaux de bois brut et des figurines à demi sculptées de lapins, d'oiseaux, d'écureuils et de fleurs, qui semblaient lutter pour se détacher de leurs blocs.

Une étagère murale courait sur tout un côté de la pièce. Son père l'utilisait pour exposer ses produits finis. L'ensemble figurait une scène sylvestre : les charmantes créatures folâtraient ensemble dans une forêt miniature, certaines en position accroupie, ou faisant des roulades, d'autres encore courant, grimpant, ou prenant la pose au milieu de minuscules arbres délicatement travaillés et de rochers parfaitement taillés.

Axe détestait voir ce que son père avait su faire.

Il avait le savoir-faire d'un maître, et ses sculptures auraient mérité de se retrouver dans un musée ou chez des collectionneurs particulièrement soigneux et attentifs.

Et pourtant elles restaient là, dans ce sous-sol.

Il avait parfois envie d'y foutre le feu. De tout cramer.

C'était trop pathétique que le mâle soit resté là toute la journée, chaque jour, à fabriquer ces trucs parce qu'il espérait qu'une femelle qui l'avait abandonné pour un meilleur parti soit impressionnée quand elle reviendrait.

Mais tu vois, avait-il toujours eu envie de dire à son père, *elle ne reviendra pas.*

Et il avait eu raison.

Son père avait été un véritable mâle de valeur, certes dépourvu d'instruction, mais doté d'une âme noble, à n'en pas douter. Et, conformément à sa nature, il n'avait pas cherché à supporter la trahison en usant de palliatifs comme l'alcool, la violence, la débauche, ou en maltraitant le petit garçon abandonné avec lui. Au lieu de quoi, il s'était simplement effacé, devenant un fantôme qui errait de pièce en pièce la nuit dans la maison et finissait par hanter cet espace souterrain.

Axe l'avait haï pour sa faiblesse.

Et, oui, une partie de lui le haïssait toujours.

Mais cette tragique nuit d'attaque avait foutu en l'air toute cette colère, pourtant à ses yeux parfaitement justifiée, ajoutant un réservoir de haine de soi et de culpabilité au sommet de la pyramide psychotique qu'il traînait avec lui en permanence.

Seigneur ! pourquoi diable était-il descendu au sous-sol ?

Eh bien, c'était l'exemple même d'une question rhétorique et il ne le savait que trop bien.

Axe préféra ne pas s'attarder sur le fait qu'il tituba un peu quand il regagna l'escalier, et il embarqua la lanterne avec lui pour la laisser en haut des marches, juste derrière la porte de la cuisine.

Ayant besoin de se concentrer sur quelque chose, n'importe quoi, hormis ses chers petits sentiments de merde, il prit son blouson dans le salon et en sortit son téléphone. Sauf qu'il ne savait pas avec certitude à qui il allait passer un coup de fil ou envoyer un message.

Pas à Elise, de cela il était certain.

Mais il ne consulta pas son répertoire presque vide.

Quelqu'un lui avait laissé un message vocal, et ce n'était pas un numéro qu'il connaissait.

Il lança l'écoute, les sourcils froncés, mais au bout de deux mots il sut de qui il s'agissait.

« Bonsoir Axwelle. Je suis le père d'Elise. J'aurais un service supplémentaire à vous demander, et je vous serais très reconnaissant de venir me voir demain soir, une heure après le coucher du soleil. J'espère que vous serez disponible. Merci. »

De quoi diable s'agissait-il ?

Surgi de nulle part, le bourdonnement du manque commença à vibrer en lui : son addiction, qu'il avait toujours considérée à moitié comme un cancer et à moitié comme un dragon, venait de se dresser sur ses pattes postérieures et rugissait.

La bonne nouvelle ? Au moins, il ne songeait pas à Elise. La mauvaise ?

Une fois que ce bourdonnement se réveillait, il enflait jusqu'à ce qu'il doive s'en occuper, et une seule chose fonctionnait pour lui depuis qu'il avait arrêté l'héroïne…

Le portable sonna dans sa main, d'une façon aussi assourdissante qu'une détonation dans la maison silencieuse.

Il répondit avant la fin de la deuxième sonnerie.

— Novo.

— Salut.

Le bruyant fond sonore derrière la femelle la rendait difficile à entendre, et il fronça les sourcils tout en augmentant le volume du pouce.

— Où es-tu ?

— Dans un club. Tu sais, ce truc prétentieux où Peyton se rend tout le temps.

— Ouais.

Il écarta le téléphone de son oreille et regarda l'heure. Il nota aussi que sa batterie était en fin de course. Merde ! il avait oublié de recharger ce satané truc dans le restaurant. Quand on vivait sans électricité, on apprenait à vampiriser les kilowatts quand on le pouvait et à recharger ses appareils un peu partout.

Lorsque sa camarade n'ajouta rien, il sourcilla.

— T'es bourrée et t'as besoin qu'on vienne te chercher ? Parce que tu sais que je n'ai pas de caisse.

— Non, je dois te demander quelque chose.

— Quoi ?

— T'as envie de baiser ?

Axe haussa les sourcils. Et, pendant une fraction de seconde, il joua avec l'idée de la femelle le rejoignant ici et d'eux deux baisant comme des fous partout dans la maison, en brisant le mobilier, en se plaquant contre les murs et en laissant le feu mourir parce que leur chaleur corporelle suffisait largement à leur tenir chaud.

— Est-ce que c'est un « oui » ? demanda-t-elle d'un ton sexy et rauque qui aurait dû lui faire plus d'effet qu'une véritable main dans son pantalon.

Tout en gardant le téléphone à l'oreille, il se dirigea vers la cheminée, se baissa et ramassa la couverture dans laquelle s'était enveloppée Elise. Il enfouit le nez dedans, et inspira profondément.

Et elle lui manquait tellement qu'il laissa tomber cette saleté comme si elle l'avait brûlé.

— Je ne chie pas là où je mange, s'entendit-il répondre.

L'intonation dragueuse disparut immédiatement de la voix de sa camarade.

— Merci de suggérer que baiser avec moi serait excrémentiel.

— Tu sais ce que je veux dire.

— Je ne vais pas m'attacher, murmura-t-elle d'un ton sec. Fais-moi confiance.

— Je sais. (Il songea à cet enfoiré de Peyton et à sa petite obsession pour Paradis.) Mais on a déjà assez de dynamiques foireuses dans ce groupe, et quelqu'un risquerait de l'apprendre. Ces conneries sont toujours difficiles à cacher même si on y va mollo.

— Très bien. Je te vois en cours…

— Mais je peux t'emmener aux *Clés*.

— Quand ? demanda-t-elle.

— Après-demain soir.

Il ferma les yeux et se hâta d'ajouter :

— On ira ensemble. C'est une soirée avec invités. Tu trouveras ce que tu cherches là-bas. Je sais que c'est toujours mon cas.

Chapitre 25

Il s'écoula cinq heures avant que Viszs revienne dans la cuisine de la maison d'audience. Et Rhage n'arriva pas à décider s'il était soulagé que le premier entretien avec l'oncle soit terminé, ou mort de trouille à la perspective d'en apprendre les conclusions.

Lorsque V. s'assit à table avec eux, il était visiblement fatigué : il avait les cheveux plaqués en arrière à force d'avoir passé la main dedans, les tatouages de sa tempe luisaient par contraste avec la pâleur de sa peau, et sa main gantée trembla un peu quand il s'alluma une roulée et tira une grande bouffée.

Rhage souleva la tasse dans laquelle il avait bu du chocolat chaud et poussa la petite soucoupe en porcelaine en direction de son frère. Pour que celui-ci ait un cendrier.

Puis il s'adossa à son siège, prit la main de Mary et attendit encore un peu.

Il n'était pas surprenant que Viszs prenne son temps avant de parler, et même Z. vint s'asseoir à la table.

—Alors, voilà ce qu'on a. (V. tapota l'extrémité de sa cigarette au-dessus de la soucoupe, même s'il n'y avait pas de cendre au bout, puis il désigna l'objet du doigt.) Merci.

—De rien, murmura Hollywood.

Putain de merde ! il avait presque envie de ne pas savoir. Mary, quant à elle, se pencha en avant, visiblement prête à affronter la nouvelle, quelle qu'elle soit.

Il s'inspira de son esprit combatif. Car à cet instant précis il se sentait sacrément émasculé.

— Alors, Ruhn m'a communiqué tous les détails qu'il connaît au sujet de la mère de Bitty. Les noms de leurs père et *mahmen*. Où et quand elle est née. Où elle a vécu et avec qui avant d'arriver à Caldwell. Comment elle a rencontré l'enfoiré auquel elle s'est unie. Ce qu'il savait de ce qui s'est passé ici après son installation en ville. (Le frère aspira une bouffée et recracha la fumée.) Il m'a également parlé de l'endroit où il vit, de son travail et de ses fréquentations.

— Que fait-il ? interrogea Mary d'une voix enrouée.

— C'est un travailleur manuel. Il vit en Caroline du Sud. Il travaille pour un grand domaine là-bas.

— À quelle lignée appartient le propriétaire ? demanda Kolher. (Comme s'ils se trouvaient encore dans l'Ancienne Contrée et qu'il était prêt à aller saisir le domaine en tant que roi.) Et est-ce que ses histoires sont crédibles ?

V. leva la main, même si Kolher ne pouvait la voir.

— Écoute, je ne te dis pas comment gérer les affaires royales…

— Mais tu vas le faire quand même, marmonna le roi.

V. se tourna vers Mary, comme s'il avait conscience que c'était celle qui allait le plus se soucier de la procédure.

— La chose la plus raisonnable et responsable que je puisse faire, c'est me rendre là-bas moi-même et tout vérifier. J'ai des adresses, des contacts, y compris la famille pour laquelle il travaille. J'ai tous les détails de sa vie jusqu'à aujourd'hui…

— Je t'accompagne, s'écria Rhage en faisant déjà mine de se lever.

Sauf que ce fut à son tour d'être arrêté d'un geste par V.

— Non, tu n'iras pas.

— Plutôt crever que de laisser quelqu'un d'autre aller au fond de cette histoire…

— Non, dit Mary. Tu as un conflit d'intérêts. Et moi aussi. Il faut que ce soit fait par une tierce personne neutre.

Rhage s'adossa de nouveau à son siège. L'idée d'être sur la touche pendant une investigation de ce genre lui donnait envie de se taper le front contre la table jusqu'à ce que celle-ci éclate et soit réduite en sciure…

— C'est des conneries, affirma Kolher. Laissez-moi lui parler. Je saurai s'il dit la vérité.

V. secoua la tête.

— Si on considère la façon dont ce type présente les faits, je suis sûr qu'il ne ment pas. Mais la situation n'est pas aussi simple que cela.

— Bien sûr que si. (Rhage avait conscience que la bête s'agitait sous sa peau, électrisée par le stress.) Si c'est un sale menteur…

— Le problème, c'est son aptitude, l'interrompit Mary. Son aptitude à être parent…

Hollywood lâcha la main de sa *shellane*, serra les deux poings et les écrasa sur la table, au point de fendre les lourdes planches de chêne jusqu'au centre.

— Nous sommes ses parents ! Nous sommes ses parents, putain !

Comme il se levait d'un bond, Mary l'imita, lui attrapa un bras et s'y cramponna de tout son poids.

— Rhage, tu dois te détendre…

— Je suis son père ! Tu es sa mère…

Mary lâcha prise et il se transforma en décorateur de téléréalité : il renversa la table, laissant à peine le temps à ses frères et au roi de sauter en arrière pendant que la porcelaine et les verres volaient dans les airs avant de se briser partout dans la pièce.

— Ce sont des putain de conneries !

Immédiatement, ses frères foncèrent sur lui : Z. l'attrapa par-derrière et lui fit une prise de cou, Butch surgit de nulle part – quand était-il arrivé là ? – et lui enserra la taille en se positionnant sur son flanc, tandis que Mary tentait de se placer devant lui pour qu'il se concentre sur elle.

La seule chose qui garda la bête à l'intérieur de lui fut le fait qu'elle était déjà sortie la nuit précédente. Sans cela, il aurait démoli toute l'aile arrière de la vieille demeure d'Audaszs.

— Il ne peut pas nous l'enlever ! hurla-t-il à personne en particulier. Nous venons juste de l'adopter ! Il ne peut pas la prendre… C'est un putain d'étranger…

— Rhage. (Mary se plaça juste devant lui et sautilla sur place pour croiser son regard.) Rhage, on doit…

Lorsqu'il croisa ses yeux écarquillés et tristes, il se mit à gémir :

— Elle est à nous… Elle est à nous… Cet étranger ne peut pas l'emmener… Elle est à nous…

Il jacassait, il savait qu'il jacassait mais c'était comme si quelqu'un avait débouché le fond de son cerveau et que toutes ses peurs quant à l'avenir de Bitty se déversaient par sa bouche à la queue leu leu.

Mary le laissa parler un moment, puis elle reprit les rênes.

— Rhage, la réalité, c'est que nous savions que nous devions laisser passer cette période d'attente de six mois. Et Bitty… Elle a parlé d'un oncle. Nous devons… si difficile que ce soit, nous devons aller au bout de cette affaire. C'est ce qui est juste… C'est ce qui est légal.

— C'est ma fille. C'est ta fille.

— Dans nos cœurs, oui. Mais légalement…

— Au diable la loi !

— Cela ne fonctionne pas comme ça, et c'est tant mieux. Réfléchis-y : si nous étions arrivés jusqu'à l'adoption finale, on ne voudrait pas que quelqu'un puisse se pointer un jour dans le futur avec des droits. C'est pour cette raison que nous avons lancé un avis et attendu de voir si quelqu'un répondait.

— Je n'arrive pas à croire que tu sois aussi raisonnable…

— Je suis aussi brisée que toi, Rhage. Garder mon calme ne signifie pas que je ne saigne pas à l'intérieur.

Comme il s'affaissait sur lui-même, les frères lâchèrent prise et il attira Mary contre lui. En regardant par-dessus sa tête, il aperçut V. en train d'éteindre sa roulée dans l'évier, puis en allumer une autre tout de suite après.

Au bout d'un long silence, Rhage dit à Viszs :

— Ce sera toi ? Qui ira là-bas et…

— Oui. (V. tira si fort sur sa cigarette qu'il faillit la consumer d'un seul coup.) Et je suis le type idéal pour ce travail. Non seulement c'est moi qui ai effectué l'entretien mais, de nous tous, je suis le plus enclin à demeurer neutre.

C'était vrai, se dit Rhage. V. était le plus intelligent d'entre eux. Le plus logique. Celui qui avait le moins de risques d'être affecté par ses émotions.

Bon sang ! comment diable avaient-ils fini dans cette situation.

Dans une brusque série d'instantanés mentaux, il revit Bitty dans la salle de cinéma avec Mary et lui, ses bras et ses jambes plâtrés. Puis il se rappela quand il lui avait appris à conduire dans la cour et sur la colline… et comment il l'aidait à faire son lit en début de soirée… et aussi leurs pauses-glace et les mauvais rêves dont il la tirait parfois… et Mary qui souriait à leur petite fille…

— Combien de temps cela prendra-t-il ? demanda-t-il pendant que Butch et Z. commençaient à ramasser les chaises et les débris. Cela va prendre combien de temps ?

— Au moins deux nuits, peut-être trois. Mais tout le monde me recevra là-bas. Soit grâce à mon statut, soit parce que je vais leur coller un flingue sur la tempe.

— Pas de coercition, l'avertit fermement Mary. Je ne peux… Nous ne pouvons pas nous le permettre.

— Emmène Fhurie avec toi, conseilla Kolher. Il peut aider. Il fera une bonne contrepartie avec toi.

— Entendu. (V. hocha la tête.) Comme tu le souhaites, seigneur.

— Tu pars demain ? interrogea Rhage.

— Non, dès que j'aurai fini cette cigarette. J'en ai déjà discuté avec Jane, et je sais où séjourner.

— Mon frère…, commença Hollywood.

— Non, l'interrompit V. Ne me remercie pas. C'est un putain de cauchemar et je déteste ça. Tout dans cette histoire me fait horreur. Mais bon sang ! je vais bien faire les choses, quel que soit le résultat.

Il y eut un long silence et Rhage vit les yeux de V. se concentrer sur un point situé à environ cinquante centimètres de son visage. Il était évident que le frère s'occupait déjà de hiérarchiser les choses, de faire des listes, de réfléchir à sa mission.

Puis Hollywood contempla le bazar qu'il avait mis dans la cuisine.

— Où est l'oncle, à présent ? demanda-t-il d'une voix rauque.

Viszs répondit en soupirant.

— Je l'ai installé dans un refuge ici, à Caldwell. Il ne voulait pas accepter la piaule, mais je lui ai rétorqué que ce n'était pas négociable. Je ne peux pas révéler où il se trouve, car il ne peut vraiment pas y avoir le moindre contact entre vous trois en ce moment. Il y a beaucoup trop d'affect pour que ce soit possible.

Rhage alla redresser la table abîmée avec l'aide de Z. Le meuble ne tenait plus d'aplomb sur le sol : l'un des pieds était tordu, le plateau fendillé, et une planche manquait à l'endroit où il avait frappé. Il aurait voulu pouvoir remettre la table à sa place et les faire tous se rasseoir autour afin que les choses reviennent à la normale, mais cette idée n'avait aucun avenir.

— Est-ce que tu lui as parlé… (Mary se racla la gorge.) Est-ce que tu lui as parlé de nous ?

V. s'adossa au mur et caressa son bouc de sa main gantée de noir.

— Je lui ai dit que Bitty était dans une famille d'accueil parfaitement habilitée et vérifiée, qui s'occupait bien d'elle. Je n'ai pas donné la moindre information sur votre identité, ni mentionné l'adoption officielle. À moins qu'il en fasse la demande légale, il est inutile de lui livrer des détails personnels vous concernant.

— Que… (Mary se frotta le visage.) De quoi a-t-il l'air ?

Rhage se figea alors qu'il allait ramasser la chaise sur laquelle il avait été assis et qui avait fini à l'autre bout de la pièce.

V. se contenta de hausser les épaules.

— Je vais le découvrir.

Mary et Rhage prirent la Ferrari pour regagner la demeure, et gardèrent le silence pendant la majeure partie du trajet bien que leurs mains soient jointes sauf quand il devait changer de vitesse. Vers la fin du voyage, Mary regarda par la fenêtre, les arbres sur le bas-côté de la route de campagne rendus flous par la nuit, et la lune au-dessus d'eux, si étincelante que les phares n'étaient pas nécessaires.

— Je ne sais pas comment me comporter quand nous la reverrons, dit Rhage. Je veux dire, tu sais, comment être normal.

— Moi non plus.

Ils avaient décidé de ne pas parler à la fillette du mâle qui s'était présenté, afin de pas la perturber inutilement. S'il s'avérait être un imposteur ? Quelle cruauté ce serait de le lui avoir dit. Et pourtant, comment allaient-ils faire semblant devant Bitty que tout allait bien et qu'il ne se passait rien d'anormal ?

Cela allait exiger des talents d'actrice qui allaient bien au-delà de ses compétences.

Les maux de ventre de Mary, qui avaient commencé juste après qu'elle avait lu le message privé dans son bureau, empirèrent quand ils commencèrent à remonter l'allée menant à la demeure, l'ascension paraissant comprimer l'omelette et le bagel non encore digérés qu'elle avait mangés plusieurs heures plus tôt au Premier Repas en un bloc de ciment.

Lorsque l'immense demeure de pierre grise apparut, avec ses gargouilles, ses innombrables fenêtres et sa masse écrasante et monolithique, elle eut l'impression de ne plus pouvoir respirer.

— Prends ton temps pour te garer, murmura-t-elle alors que Rhage ralentissait pour faire le tour de la fontaine asséchée au centre de la cour. Seigneur…

Il se glissa entre le deuxième Hummer de Vhif et la nouvelle R8 de V. Coupa le moteur et les phares. Déboucla même sa ceinture de sécurité. Mais aucun des deux n'esquissa un geste pour sortir. Ils se contentèrent de regarder fixement droit devant eux, la grande pelouse enneigée qui s'étendait jusqu'à la lisière de la forêt, le creux de la vallée, plus loin, et les étoiles au-dessus.

Elle se sentait prête à encaisser beaucoup de coups durs en ce bas monde. Et en cela elle ne voulait pas dire qu'elle était enthousiaste à l'idée de voir la mort ou la maladie de près. Mais, au moins, elle avait des cadres de référence pour tout cela.

Mais ceci ?

Eh bien, la vie réservait plein de surprises, non ?

Et, tout bien considéré, elle aurait préféré savoir ce que cela faisait que de gagner à la loterie. Ou d'essayer de faire le tour du monde. Ou de devenir président des États-Unis.

Mais pas ce saut à l'élastique d'apprendre qu'elle ne serait jamais mère. Puis de découvrir qu'elle l'était. Avant que tout lui soit enlevé.

Potentiellement enlevé, se rappela-t-elle.

Et par-dessus le marché Bitty était coincée sur une fichue chaise roulante, toujours en cours de rétablissement des opérations qu'on avait dû lui faire subir chez Havers.

— Viens, dit-elle. Allons la voir.

Ils sortirent ensemble et se rejoignirent au niveau du coffre, où Rhage lui passa un bras autour des épaules. Lorsqu'ils arrivèrent au niveau de la fontaine, elle fut triste que celle-ci soit asséchée et bâchée, car elle en était venue à associer la douce cascade d'eau scintillante avec son foyer. Mais l'hiver dans le nord de l'État de New York n'offrait pas le genre de climat où on pouvait courir le risque que des tuyaux extérieurs gèlent, même si le système était en route.

L'entrée principale de la demeure de la Confrérie ressemblait au portail d'une cathédrale, un large perron de pierre menait à une grande porte rendue encore plus majestueuse par les sculptures qui ornaient son encadrement. Rhage la guida dans le hall, puis ils se placèrent devant la caméra et attendirent que quelqu'un, probablement Fritz, les laisse entrer.

Pendant tout ce temps-là, une voix intérieure lui hurlait qu'elle ne pouvait pas y arriver, qu'elle ne pouvait pas croiser le regard de Bitty sans être honnête, qu'elle ne pouvait pas mentir par omission, qu'elle ne pouvait pas…

— Bonsoir, maître, maîtresse, les salua le vieux majordome avec un sourire tandis qu'il ouvrait en grand la lourde porte. Comment vous portez-vous ?

Comme si on m'avait tiré une balle dans le cœur, Fritz, merci…

Mary franchit le seuil. Sourcilla. Regarda autour d'elle.

Tout d'abord, elle ne comprit pas ce qu'elle entendait. Des rires, oui. Et il s'agissait de Bitty, mais pourquoi étaient-ils accompagnés de…

Le visage de Mary se trouva pile sur la trajectoire d'une bombe à eau, et elle eut juste le temps de se baisser pour ne pas finir trempée. Puis Bitty surgit juste après de la salle à manger, en courant, ventre à terre, les cheveux au vent, le tee-shirt mouillé, avec une bombe à eau rouge et une autre bleue dans les mains.

— Que se passe-t-il ici, bon sang ! s'écria Rhage en entrant.

— Salut, maman ! Bonsoir, père !

La fillette continua sa course vers la salle de billard. Et oui, ça alors ! Lassiter la talonnait, un ballon jaune levé au-dessus de son épaule ; du moins avant qu'il le lance sur l'enfant et la touche dans le dos. Bitty émit un cri strident de joie, avant de se retourner et d'atteindre Lassiter en plein visage.

Dans le mille.

« Splash ! »

Mais ce ne fut pas là le problème.

Lorsque la bombe à eau explosa, trempant le visage de l'ange et ses cheveux blond et noir, Rhage attrapa le mâle et le souleva de terre pour le plaquer au sol, puis il referma les deux mains autour de son cou comme s'il s'apprêtait à étrangler à mort l'immortel.

Ou quelque chose du genre. Peu importe.

Mary se précipita.

— Rhage !

— Qu'est-ce que tu lui as fait ! Où sont ses plâtres ?

Mais alors la mère en elle fit changer à Mary son point de vue sur la situation.

— Oui, qu'est-ce que c'est que cette histoire ! Elle n'était pas censée les retirer avant six semaines ! Et encore moins marcher !

Lassiter tenta de répondre, mais sa trachée écrasée ne laissait plus passer l'air. Ce fut Bitty qui résolut le mystère.

— Il a guéri mes bras et mes jambes ! Ne lui faites pas de mal ! Il les a soignés… promis ! Ne lui fais pas de mal, père !

Instantanément, Rhage relâcha Lassiter et retomba sur ses fesses comme s'il se rendait soudain compte que cette démonstration de violence risquait de rappeler de mauvais souvenirs à l'enfant.

Mais Bitty ne sembla pas s'en soucier.

— Vous voyez ? (Elle sautilla d'un pied sur l'autre, tourna sur elle-même, les bras écartés, et éclata d'un rire joyeux.) Tout va pour le mieux !

Tandis que Mary observait le spectacle, puis regardait l'ange avec incrédulité, elle songea vaguement qu'elle en avait marre des surprises pour cette nuit.

— Que… que lui as-tu fait ?

La fillette parla de nouveau à la place de son copain, trop occupé à tousser et à respirer pour s'exprimer par lui-même.

— Il a juste envoyé du soleil dans mes bras et mes jambes. Il a avancé la main vers les plâtres, sans même les toucher, et puis j'ai ressenti une grande chaleur m'envahir... et ensuite, je ne sais pas, je n'avais plus mal du tout. On a scié les plâtres dans le garage. Ça a été le moment le plus génial.

OK, maintenant Mary avait le vertige, et elle dut s'asseoir par terre.

— Vous avez fait ça avec une scie ?

Quand Lassiter finit par relever la tête, il était rouge écarlate, mais ne donnait plus l'impression d'être un noyé sauvé de justesse.

— Je n'aimais pas la voir souffrir.

— Vous voyez ? reprit la petite. Alors ne soyez pas en colère contre lui.

Mary secoua la tête.

— Je ne comprends pas...

— Pourquoi diable les as-tu laissés lui briser les os, alors ? rétorqua Rhage. Si tu pouvais accomplir ce genre de miracle, pourquoi diable es-tu resté planté là à attendre sans rien faire pendant qu'on la torturait dans la salle d'examen.

L'ange se redressa davantage pour finir par s'asseoir en tailleur, sans que ses yeux dénués de pupilles et à la couleur étrange se détournent d'un pouce du regard dur de Rhage.

— Il n'est pas de mon ressort de modifier le destin. Je ne peux rien changer sans respecter un parfait équilibre, et parfois le prix du don est pire que ne pas l'avoir fait.

Mary songea au marché que Rhage avait conclu pour qu'elle vive, avant que la Vierge scribe apprenne qu'elle ne pourrait pas avoir d'enfants, celui où, en échange de la guérison de son cancer, il n'aurait jamais dû la revoir ou lui reparler, en dépit du fait qu'ils s'aimaient.

L'équilibre était le mode de fonctionnement de l'univers.

— Mais… (l'ange déchu leva l'index) cela ne veut pas dire que je ne peux pas amortir la chute des dominos du destin. Si vous voyez ce que je veux dire. Alléger la douleur sans changer le cours des choses… ça, je peux le faire.

Bitty sourit.

— Et je préfère largement pouvoir courir maintenant plutôt que dans six semaines. En outre, ces plâtres me démangeaient déjà. Quant au bain ? Beurk.

Mary se surprit à ravaler des larmes tandis qu'elle serrait l'avant-bras de Lassiter.

— Merci.

— Merde ! souffla Rhage. Je suis désolé. Eh merde ! je n'aurais pas dû dire « merde ». Putain ! Je veux dire… punaise.

Alors que son *hellren* cessait de jurer en douceur, Mary fut sur le point de craquer, et Bitty le sentit très clairement, car elle se pencha pour la serrer dans ses bras.

— Je vais bien. Je sais que vous vous inquiétez. (L'enfant sourit avant de tirer Rhage sur ses pieds.) Venez, allons au Dernier Repas… et, avant que vous me demandiez de nettoyer, Fritz ne nous laisse pas faire.

Tout de suite après, un vrombissement s'éleva dans le vestibule.

— Il adore son aspirateur à eau, expliqua Lassiter. Ça ne vous paraît pas obscène ?

— Non, pas devant ma fille, marmonna Rhage.

Tout le monde se tourna vers le majordome qui, sans surprise, avait mis en marche l'hybride de tuyaux et d'aspirateur, et aspirait joyeusement les flaques sur la mosaïque dans sa livrée noir et blanc. Il s'interrompit en les voyant le regarder et prit un air soucieux.

Éteignant l'appareil, il demanda :

— Est-ce que quelqu'un aurait besoin d'autre chose ? Le Dernier Repas sera servi dans dix minutes. Vous prendrez peut-être un apéritif ?

— Ça ira, Fritz, répondit Rhage d'un ton las. Mais merci, mon pote.

Le *doggen* s'inclina bien bas puis reprit son travail d'aspiration. Ce qui, Lassiter avait raison, paraissait un peu obscène.

— Allez, père, tu dois avoir faim. (Bitty tira Rhage par le bras.) Pas vrai, maman ?

Seigneur ! que c'était douloureux. Ces petits noms lui donnaient chaque fois l'impression qu'un éclat de verre lui transperçait le cœur.

— Oui, dit-elle lentement. J'imagine qu'il devrait manger quelque chose rapidement.

Néanmoins, cela ne signifiait pas qu'il en avait envie. Et pourtant Rhage ne pouvait rien refuser à la fillette, et tous deux gagnèrent la salle à manger. Ils formaient un drôle de duo : le petit farfadet, qui avait retrouvé sa mobilité, sautillait à côté d'un mâle aussi large qu'une montagne et qui avait l'air à moitié mort.

Mary sursauta quand une main apparut devant elle pour l'aider à se relever. Lassiter était de nouveau sur ses Nike et la regardait de toute sa hauteur avec une expression lugubre sur le visage.

Soudain, le fait que le majordome soit en train de nettoyer les restes d'une bataille de bombes à eau devint particulièrement voyant, en grande partie par effet de contraste, parce que le grand vestibule coloré, avec ses colonnes de malachite et de marbre, son plafond cathédrale décoré de peintures, son immense cheminée et son majestueux escalier était exactement l'endroit où on ne voudrait jamais en organiser une.

Croisant le regard de l'ange, elle dit :

— Tu le savais, n'est-ce pas ?

— Que Fritz allait adorer l'aspirateur à eau ?

— Que l'oncle de Bitty allait faire son apparition et que Rhage et moi rentrerions à la maison dans un état épouvantable. Tu savais que cette distraction nous aiderait à traverser cette épreuve.

— Oh ! (Il balaya son affirmation d'un geste d'ignorance.) Je ne suis pas si intelligent que ça.

— Et tu ne pouvais plus supporter de la voir souffrir davantage que nous.

Au bout d'un moment, l'ange s'accroupit à côté d'elle. Tendant les bras, il lui effleura les tempes.

Puis il serra les poings et les crispa assez fort pour faire saillir les veines sur ses avant-bras musclés. Une seconde plus tard, il rouvrit les doigts. Au centre de chaque paume se trouvait un diamant taillé, deux gemmes reflétant la lumière autour d'eux avec des éclairs arc-en-ciel.

— Les larmes d'une mère, chuchota-t-il. Si dures… si belles.

— Je ne suis pas sa mère, répondit Mary d'une voix étranglée. Oh, mon Dieu… je ne suis pas vraiment sa mère.

— Si, tu l'es. Et je vais les garder pour te les rendre quand tout ceci sera terminé.

— Il sera bien réel. Je le sens. L'oncle… existe bien.

— Peut-être que oui. (Lassiter se releva.) Mais et si je gardais ces pierres juste au cas où, d'accord ?

Il s'éloigna, les cheveux trempés et les vêtements en bataille. Ses nombreux bijoux en or donnaient toujours l'impression qu'un morceau du soleil s'était collé sur lui, même lorsqu'il était à l'intérieur.

Mary regarda l'ouverture en forme d'arche sous laquelle Rhage et Bitty avaient disparu.

Quand elle se sentit assez forte pour pouvoir marcher aussi loin, elle se leva et le fit.

Chapitre 26

Le soir suivant, Elise était dans sa salle de bains, occupée à se sécher les cheveux, quand son téléphone commença à vibrer sur le plan de toilette en marbre.

Elle attrapa si vite l'appareil qu'elle faillit faire tomber son sèche-cheveux par terre.

Mais il ne s'agissait pas d'Axe.

— Enfin, dit-elle en éteignant le séchoir.

— Quel genre de « bonjour » est-ce donc là ? lui répondit la voix masculine au bout du fil.

— Le genre qu'on offre à quelqu'un qui met une éternité à rappeler.

Peyton, fils de Peythone, jura à voix basse.

— Je suis désolé. J'ai été occupé. Mais je suis tout à toi désormais. Ça va ?

Elle tourna le dos au miroir et s'appuya contre le plan de toilette. Elle avait chaud dans son épais peignoir rose, mais elle le garda sur le dos ; même s'il ne s'agissait pas d'un appel vidéo, il ne lui semblait pas convenable d'être nue pendant qu'elle téléphonait à son cousin.

— Pourquoi as-tu essayé d'acheter Axe ?

Il y eut un silence.

— Alors tu veux qu'on discute de ton nouveau garde du corps, hein ?

— C'était vraiment insultant pour lui.

— Laisse-moi te poser une question. Qui crois-tu exactement que soit celui qui te protège ? Sais-tu quelque chose de lui ?

— Est-ce que c'est une question rhétorique ? Dans ce cas, contente-toi d'y répondre toi-même, veux-tu. Je n'ai pas envie de jouer.

— Elise, ta famille a déjà tellement perdu…

— Épargne-moi ton baratin. Je vis dans cette maison, d'accord ? Comme si j'ignorais à quel point ses habitants souffrent ?

— Ouais, et c'est moi qui ai dû regarder les parents d'Allishon dans les yeux pour leur apprendre son décès.

— Est-on vraiment en train de rivaliser sur lequel de nous deux a le plus souffert de la mort de ma cousine ? Vraiment ?

— Elise… (Il y eut un long marmottement inaudible.) Écoute, je ne vais pas me disputer avec toi.

— Tant mieux, parce que je me sens protégée en présence d'Axe. Il s'est toujours comporté en parfait gentleman avec moi. Et je n'apprécie pas que tu lui manques de respect en tentant de l'acheter pour quelque chose qui ne te concerne pas.

— Tu te trompes, je me préoccupe beaucoup de toi.

— Non, pas du tout. Je suis ta cousine au troisième degré. Point barre.

Comme le silence entre eux s'éternisait, elle se sentit submergée par la frustration.

— Je n'aurais peut-être pas dû appeler.

— Peut-être

Il poussa un juron.

— Il faut que j'y aille. Je dois me préparer pour aller en cours. Tu veux que je passe le bonjour à ton mec ?

— Pourquoi te comportes-tu ainsi ? Et ce n'est pas mon mec.

— Bonne chance avec lui. Tu vas en avoir besoin…

— Non, tu ne vas t'en tirer comme ça. Soit tu me dis ce qui t'inquiète réellement, soit tu admets que tu te comportes comme un crétin en te montrant surprotecteur. Voilà tes deux options, Peyton. Ce que tu n'as pas le droit de faire, c'est de jouer à m'enfumer, pour ensuite feindre d'être offensé par mon attitude.

Le mâle demeura silencieux une minute, avant d'émettre un rire penaud.

— Et voilà pourquoi je ne sortirai jamais avec toi. Cousinage mis à part.

— Eh bien, je ne te le demande pas, alors c'est très bien ainsi.

— D'accord, je me montre surprotecteur avec toi et je n'ai aucun droit de l'être. Voilà.

Elise poussa un soupir de soulagement et esquissa un sourire.

— Tu es un sacré emmerdeur, tu sais cela ?

— C'est ce qu'on dit. (Peyton souffla.) Écoute, je sais que les gens comme nous ne parlent pas de ça, mais cette histoire avec Allishon ne me lâche pas. Je ne peux pas… je n'arrive pas à me la sortir de la tête. Et, oui, je m'aperçois que ça me rend un peu psychotique. C'est juste que… je ne dors plus, je suis… j'ai le cerveau complètement à l'envers. C'est dur.

Elise réduisit sa voix à un murmure.

— Je suis sincèrement désolée.

— Ce n'est pas ta faute. Seigneur ! pas du tout.

— Qui lui est-il arrivé ? Personne ne veut me le dire. Personne ne veut me raconter quoi que ce soit, hormis le fait qu'elle est morte chez les humains. Ils n'ont même pas organisé de cérémonie de l'Estompe pour elle. J'ai l'impression qu'elle était là avec nous, et puis qu'elle a disparu d'un coup, comme si elle n'avait jamais existé. Et depuis ce temps-là ma tante ne quitte plus jamais sa chambre et mon oncle erre sans but dans la maison... Je serais ravie de les aider, de les comprendre ou... simplement de savoir enfin ce qui est arrivé. (Il y eut un long silence.) Peyton ? Tu es toujours là ? Allô ?

— J'ai vu ce qu'on lui a fait. J'ai vu... la violence qui l'a tuée.

— Oh mon Dieu ! Peyton...

— Ce n'est pas moi qui l'ai trouvée. Mais c'est moi qui ai découvert... ce qu'on lui avait infligé.

— Pas étonnant que tu ne t'en remettes pas. (Elise se couvrit la bouche de sa main.) Je n'avais aucune idée de ce qui s'était passé.

— Elle n'a pas été tuée par un humain. C'était l'un des nôtres.

— Qui ? souffla-t-elle.

Peyton se racla la gorge.

— Bon, ce n'est pas que ça me plaise de me comporter comme un connard, ou que j'aie envie d'interrompre cette discussion aussi brutalement, mais il faut vraiment que je me prépare. Est-ce qu'on peut se voir et parler face à face un de ses soirs ?

Elle songea à son rencard avec Axe.

— Demain soir ?

— Je suis de repos. Je viendrai chez toi.

— Mieux vaut que j'aille chez toi. Surtout si on va parler d'elle. Je ne veux pas que quiconque entende quoi que ce soit.

— Très bien. Et, Elise, je suis désolé.

— De quoi ?

— Je ne sais pas. On se voit demain. Viens quand tu peux, je serai occupé à traîner dans ma chambre.

— À plus tard alors.

Juste au moment où elle raccrocha, elle fut parcourue d'un étrange frisson, et, au début, elle supposa que c'était à cause de ce dont Peyton et elle venaient de discuter. Mais alors… non, ce n'était pas cela.

Reposant l'appareil, elle regarda autour d'elle, mais, allons, ce n'était pas comme si quelqu'un rôdait dans un coin sombre, surtout dans sa salle de bains toute blanche et avec tous les plafonniers allumés.

Laissant son téléphone, elle gagna sa chambre. Jeta un coup d'œil dans tous les coins, dont aucun n'était sombre parce que toutes les lumières étaient allumées ici aussi.

Sauf qu'elle n'avait pas exactement peur.

C'était plus comme si une intuition la chatouillait…

— Axe ? appela-t-elle à haute voix.

Bien qu'elle soit encore en peignoir, Elise sortit dans le couloir et suivit son instinct jusqu'au grand escalier, puis elle descendit au rez-de-chaussée…

Elle sentit de l'air frais. Quelqu'un venait d'entrer dans la maison.

Ainsi que l'odeur d'Axe. C'était lui qu'on venait d'introduire. De plus, grâce au sang qu'elle avait bu à sa veine la nuit précédente, elle sut précisément où il se trouvait.

Tournant vivement la tête à gauche, elle s'aperçut que le bureau de son père était fermé.

Sans un bruit, elle traversa le sol de marbre jusqu'au petit salon situé derrière l'espace de travail du mâle. À l'intérieur, elle ne prêta aucune attention à la beauté du papier peint et des rideaux pêche et argent, et se dirigea vers des étagères encastrées dont le bord supérieur était festonné et qui accueillaient des figurines de coqs, de canards et d'autres espèces d'oiseaux.

Le mécanisme d'ouverture était dissimulé à droite, à hauteur d'épaule. C'était le genre de chose qu'on ne remarquait pas et dont on ne soupçonnait pas l'existence, et, lorsqu'elle le manipula, le bloc d'étagères entier, construit environ cent cinquante ans plus tôt, se détacha du mur et glissa sans un bruit sur le côté.

Une fois qu'elle fut entrée dans le passage secret, elle tira sur un cordon métallique à l'ancienne doté d'une poignée en bois et les étagères retrouvèrent leur place, bougeant de façon si fluide que la collection de porcelaines hors de prix qu'elles abritaient ne fut pas dérangée une seule seconde.

L'espace était étroit et humide, mais pas froid, et les joints des moulures au-dessus d'elle dispensaient assez de lumière pour qu'elle puisse avancer d'environ deux mètres, jusqu'à une volée de marches en bois qui menait à un mur.

Elle fit attention en posant ses chaussons sur les lattes. Elle ne pesait pas lourd, mais elle craignait que des craquements la trahissent. Une fois qu'elle eut atteint la marche la plus haute, elle leva le bras vers une trappe coulissante qui se trouvait plus ou moins à hauteur d'yeux.

Quand elle la fit glisser sur le côté, elle put distinguer l'intérieur du bureau de son père, avec la cheminée dans le fond, le bureau, la silhouette paternelle, et Axe, assis en face de son géniteur.

Oui, elle regardait à travers les « yeux » d'un portrait. Exactement comme dans les films d'espionnage.

Sa mère avait découpé elle-même les trous dans le tableau, au grand scandale de son père, qui avait failli s'évanouir. Mais sa *mahmen* était capable de se sortir de ce genre d'embarras avec lui.

Elle avait été la seule à le pouvoir.

Si Elise veillait à ne pas respirer trop fort, et, si elle se concentrait suffisamment pour filtrer les bruits de la tuyauterie ainsi que le léger sifflement d'un courant d'air dans les poutres, elle pourrait entendre ce qu'ils se disaient.

Son père venait seulement de s'asseoir, ce qui était logique. Visiblement, elle avait eu conscience de la présence d'Axe dès l'instant où il était entré chez elle.

Et, pour la même raison qu'elle avait su où il était, il allait bientôt deviner où elle se trouvait, elle.

Sans surprise, il sourcilla et regarda droit vers elle. Son expression trahissait une certaine contrariété, comme s'il n'arrivait pas à comprendre pourquoi diable il était distrait par le portrait ancien d'un vieux vampire en costume de cour.

— Merci d'être venu, dit son père en tirant sur ses boutons de manchettes de façon qu'ils dépassent bien des manches de sa veste de costume bleu marine. Je suppose que votre première soirée en compagnie de ma fille s'est déroulée de façon satisfaisante.

Immédiatement, ces paroles firent surgir dans l'esprit d'Axe une image d'Elise, étendue, nue, devant sa cheminée, pendant qu'il la caressait de sa bouche et de ses mains…

D'accord, il devait arrêter cela tout de suite.

Axe jeta un coup d'œil au père de la jeune fille, puis au portrait, et reprit contenance.

— Elle est rentrée saine et sauve à la maison.

— Ce dont je vous suis très reconnaissant. (Son père sourit, et parut sincère.) Elle est mon cœur. Elle me rappelle tellement sa mère. Un esprit farouche, une intelligence vive, redoutant si peu de chose. C'est aussi pour cela que je m'inquiète.

— Et que vous m'avez engagé.

— En effet. (Felixe se racla la gorge.) À ce sujet, j'aimerais étendre vos attributions.

— De quelle façon ?

— Je ne ferai jamais prononcer de *rehclusion* contre elle. Elle ne le supporterait pas. Et j'ai conscience qu'elle doive quitter la maison pour d'autres raisons que ses études de temps à autre. Par exemple à l'occasion d'une fête ou d'une réunion de femelles de son rang.

Mais oui, bien sûr, parce qu'elle était vraiment impatiente d'aller se faire faire les ongles avec une bande de Barbie obsédées par l'union ?

Elle préférait largement économiser cet argent, laisser ses ongles tranquilles, et relire sa thèse une fois de plus.

— J'aimerais lui trouver un soupirant.

Elise sourcilla. *Oh, mon Dieu, non !*

— Avez-vous quelqu'un en tête ? s'enquit Axe.

— Il y aurait plusieurs mâles convenables que leurs familles cherchent à établir. Elle a l'âge requis, et même davantage. Il est temps, mais je suis certain que si je lui dis d'une quelconque façon que j'envisage, ou, pire, que j'encourage activement cette perspective, elle se rebellera. Je me trouve donc dans une situation très difficile.

— Que voulez-vous faire ?

— Je suis au courant qu'elle a quitté la maison hier soir. J'ignore où elle est allée. Elle ne s'est pas organisée pour que vous l'accompagniez à l'université, sans quoi vous m'auriez envoyé vos heures comme convenu, comme vous l'avez fait la veille.

— Vous voulez que je la suive. Même quand elle n'est pas en cours.

— Et que vous me disiez où elle va. Je vous paierai, bien entendu.

Axe remua sur sa chaise et croisa les jambes, la cheville sur le genou. Il jeta de nouveau un coup d'œil au tableau, avant de revenir à son interlocuteur.

— J'ai ma formation à suivre. Je ne peux pas être avec elle en permanence.

— J'ai fait installer un GPS espion sur son téléphone. Mon majordome est plutôt doué en matière d'électronique. Il peut suivre ses déplacements et vous fournir les coordonnées.

— Mais encore une fois, et quand je suis en cours ?

— Vous pourriez enquêter dans les endroits qu'elle fréquente plus tard. Sur votre temps libre.

— Laissez-moi mettre les choses au point. Vous ne voulez pas qu'elle soit *rehcluse*, mais vous voulez savoir où elle va et, si je ne suis pas disponible à ce moment-là, vous voulez que je joue les détectives privés et découvre ce qu'elle faisait et avec qui ?

— Oui. (Felixe eut un sourire de soulagement.) C'est exactement cela.

Bon sang ! père, se dit-elle. Et, bien entendu, Axe allait accepter l'offre. Il lui avait affirmé qu'il avait besoin de ce travail, et de l'argent supplémentaire était toujours bon...

Axe se leva.

— Désolé. Ce n'est pas pour moi.

— Quoi ? demanda son père.

Quoi ? pensa-t-elle.

— Écoutez, être son garde du corps me convient. Mais la suivre à son insu et vous rapporter ce qu'elle fait pour que vous puissiez vous en servir contre elle, ça ne me plaît pas. Si vous vous inquiétez tant que cela de ce qu'elle fait et de qui elle voit, vous devriez le lui demander vous-même. Votre fille est l'une des personnes les plus franches de ma connaissance. Elle vous répondra. Elle est honnête à ce point, même si la discussion est difficile.

— Mais… je vous paierai davantage. Je peux doubler votre salaire.

— Waouh ! vous autres… (Axe jeta un dernier coup d'œil en direction d'Elise.) Il faut que j'y aille. L'entraînement commence dans une heure et je dois manger.

— J'aimerais que vous réfléchissiez à ma proposition. (Felixe semblait défait.) J'ai besoin de votre aide.

— Non, vraiment pas. Vous devez parler avec votre fille, et non la traiter comme une ennemie.

— Je ne veux que le meilleur pour elle.

— Si quelqu'un sait de quoi il s'agit, c'est bien elle.

Comme Axe s'en allait, Elise referma la trappe et redescendit les marches. Resserrant les pans de son peignoir, elle se précipita vers la sortie, dissimulée derrière l'étagère du petit salon.

À la demeure de la Confrérie, dans la nouvelle salle de bains qu'il partageait avec Mary, Rhage vérifia ses deux pistolets et s'assura que les chargeurs étaient pleins. Puis il plaça ses deux dagues noires dans leur fourreau, garde vers le bas, et inspecta ses munitions de secours.

— Joyeux Noël, dit-il à son reflet dans le miroir au-dessus des lavabos.

C'était bizarre que cette fête humaine parle de la naissance d'un sauveur et que lui soit sur le point d'aller sur le champ de bataille infliger la mort.

Et, oui, il avait l'allure d'un tueur, surtout après avoir enfilé son long manteau en cuir noir et couvert ses cheveux blonds d'un bonnet assorti.

Mais bon, il aurait pu porter un peignoir rose et des chaussons fourrés, son regard l'aurait trahi.

Tournant le dos à son image, il rentra dans la chambre. Quand ils s'étaient installés au deuxième étage à peine deux mois plus tôt, ils s'étaient immédiatement sentis chez eux parce que Bitty était avec eux. Désormais, la suite ressemblait à une chambre d'hôtel, un endroit ravissant, mais transitoire.

Si la fillette les quittait, ils déménageraient d'ici.

En réalité, il ne monterait plus jamais au deuxième étage.

En sortant de la chambre, il alla jusqu'à la porte d'à côté et s'arrêta sur le seuil. Mary et Bitty étaient assises sur le lit de l'enfant, toutes deux en survêtement, les cheveux de la petite encore humides après la douche. Mary démêlait les longues mèches, commençant par les pointes et remontant peu à peu, tandis que Bitty la questionnait au sujet de la fête de Noël que Beth et Butch avaient prévu d'organiser à la fin de la soirée.

— Et donc ce gros type en velours rouge descend par la cheminée ? demandait-elle.

— Oui. Il dépose des cadeaux sous le sapin et, au matin, tout le monde déballe ses paquets et regarde dans ses souliers. On ripaille en plein après-midi. On regarde le foot et on s'endort. On se réveille vers 21 heures. On a un peu faim. On mange encore. Puis on va se coucher et on s'endort.

— Oh, c'est exactement le genre de fête que père adore ! Mais on aurait dû le faire à l'aube ce matin, dans ce cas.

— Il fallait que le planning s'adapte à tous.

Oui, ils avaient planifié cela depuis des semaines, mais, avec l'apparition de ce mâle à la maison d'audience, plus personne n'était d'humeur à célébrer Noël. Rhage et Mary avaient toutefois insisté pour que la fête ait quand même lieu.

Ce serait peut-être une autre distraction bienvenue, dans le même genre que le petit miracle-bataille de bombes à eau-défoulement de joie minutieusement orchestré par Lassiter pour la fillette.

Bitty continua de poser des questions à Mary sur son enfance, et celle-ci répondit à toutes de la même façon qu'elle lui brossait les cheveux, lentement, doucement, comme si elle n'aurait plus jamais l'occasion de le faire.

— Oh, père ! Bonsoir !

Quand Bitty se tourna vers lui, son visage était si ouvert et son sourire si franc qu'il faillit craquer encore une fois. Mais cela n'arriva pas. Il entra comme il le faisait habituellement avant d'aller travailler, et murmura quelque chose, sourit, tapota l'épaule de l'enfant, embrassa Mary sur la bouche, et leur dit au revoir.

La petite semblait inquiète.

Sa *shellane* était résignée et triste.

Il aurait préféré rester avec elles, mais il devait partir.

La bête était peut-être demeurée dans sa cage de chair la nuit dernière, mais, avec toute la tension survoltée qui agitait le mâle, cela n'allait pas durer et il devait donc trouver à se battre pour se calmer. C'était son unique chance de salut.

— Sois prudent, l'enjoignit Bitty comme il partait.

— Toujours, chuchota-t-il par-dessus son épaule.

Au lieu de se rendre au point de rendez-vous prévu et de rejoindre Z., Butch et les recrues pour une leçon sur le terrain, Rhage se rendit directement dans le quartier financier de Caldwell, afin de pénétrer tout de suite sur le théâtre des opérations, sur l'asphalte et dans les ombres qu'il parcourait depuis combien de temps à présent ?

La nuit était aussi froide que la précédente, mais il y avait une humidité dans l'air qui annonçait de la neige.

Les humains allaient apprécier. Ils trouveraient cela « de saison » pour leur fête de Noël.

Nul passant ne déambulait dans la zone de bâtiments déserts où il avait choisi de chasser. Il n'y avait rien de notable dans la rue, hormis la carcasse calcinée d'une vieille berline, un canapé en train de pourrir, et quelques arbres décharnés sur le trottoir craquelé.

Il n'y avait pas non plus de sapins de Noël scintillant aux fenêtres. Pas de « ho, ho, ho » proférés par des fêtards. Ni de chants, ni de cloches, ni de rennes, ni de cadeaux.

Inspirant profondément, il sentit une intense brûlure dans sa poitrine, et ce fut comme s'il était revenu à la case départ.

Depuis que Mary était dans sa vie pour de bon, il appréciait toujours la tuerie car, grâce au bon vieux programme de reproduction de la Vierge scribe, il avait été conçu dès l'origine pour protéger et défendre son espèce. Mais il n'y avait plus rien de son ancien désespoir, de ce chagrin nerveux, de ce triste sentiment qu'il n'était pas le maître de sa destinée mais y était soumis à cause de sa malédiction…

Tournant la tête, il leva le nez et inspira de nouveau.

Puis il poussa un grognement.

Les éradiqueurs étaient plus rares et dispersés que jamais, et plusieurs personnes, en dehors de la Confrérie, avaient témoigné avoir aperçu un ennemi d'un genre très différent.

Ils tentaient de déterminer de qui et de quoi il s'agissait. Les changements de ce style constituaient rarement une bonne nouvelle et prouvaient clairement que l'Oméga s'était remis à réfléchir.

Mais la puanteur de talc pour bébé qui se ruait désormais dans ses sinus comme pour le saluer ?

C'était comme si l'unique vœu dont il avait eu besoin qu'il soit exaucé lui avait été accordé.

Enfin, hormis celui où Bitty restait parmi les siens.

Montrant les crocs, Rhage se mit en chasse.

Chapitre 27

La seule façon dont cette entrevue aurait pu être plus offensante, décida Axe, aurait été que le père d'Elise sous-entende que sa fille revendait de la drogue en sous-main. Se prostituait la nuit. Menait une double vie dans laquelle elle volerait les bonbons des enfants et frapperait des chiots.

Incroyable, se dit-il en se glissant dehors par l'énorme porte élégante et en s'éloignant à grandes enjambées de la demeure.

À une demi-douzaine de mètres à gauche, debout dans le vent glacial – attendez, n'était-ce pas un peignoir en éponge rose ? – se tenait Elise, semblable à une apparition. Sauf qu'elle était très vivante, avec ses cheveux soulevés par le vent et son odeur qui lui emplissait les narines, au point qu'il eut soudain l'impression que sa seule présence faisait atteindre à la nuit des températures tropicales.

— Qu'est-ce que tu f…

Il n'alla pas plus loin. Elle se précipita vers lui et se jeta dans ses bras, se suspendit à son cou et le serra de toute son âme.

— Attends, qu'est-ce que tu fais ? (Ou quelque chose dans ce goût-là.) Elise, il ne faut pas qu'on te voie comme ça.

La soulevant du sol, il se dirigea vers un grand érable dont le large tronc leur offrit un peu d'intimité.

— Qu'est-ce que tu fais dehors ? demanda-t-il en la reposant par terre. Tu vas finir par attraper une pneumonie…

— Je voulais seulement te remercier.

— De quoi… (Il s'interrompit.) C'était toi. Tu étais derrière ce tableau.

— Je savais que tu étais dans la maison. J'ignorais simplement pourquoi. J'ai entendu ce que tu as dit à mon père… Merci.

Axe aurait voulu dire ce qu'il fallait. Ou merde ! dire quelque chose, n'importe quoi. Mais la façon dont elle le dévisageait de ses yeux brillants, avec ses cheveux propres et parfumés et son corps nu sous le peignoir, dont il se rappelait chaque centimètre carré…

Il lui prit le visage à deux mains et lui caressa la joue du pouce.

— J'ai rêvé de toi. Toute la journée.

Elise sourit encore plus largement.

— Vraiment.

— Hum, hum.

— De quoi as-tu rêvé ?

— De ça.

Inclinant la tête, il se pencha et l'embrassa. Et, tout en frottant ses lèvres sur les siennes, il referma les bras autour d'elle pour l'attirer plus près contre lui. Le vent hivernal soufflait autour d'eux, la neige commençait à tomber et le ciel d'un velours sombre au-dessus d'eux semblait encourager les amants à toutes les folies.

Quand il finit par redresser la tête, il lui massa les épaules.

— Je suis impatient que la nuit s'achève.

— Moi aussi. (Elle posa les mains sur ses pectoraux et les caressa.) J'aimerais que tu ne sois pas obligé de partir.

— Je ne pourrais pas rester ici, de toute façon.

— Tu pourrais…

— Je ne veux pas te causer d'ennuis.

— Jamais.

Seigneur ! il ne pouvait se rassasier de son visage, de sa gorge, de la sensation de sa taille fine sous ses doigts. C'était comme une drogue dont il lui fallait sans cesse une nouvelle dose, et le fait que cela lui donne envie de s'enfuir dans la direction opposée était ironique, vu la façon dont il avait plongé sans retenue dans l'héroïne et la cocaïne, le sexe et la violence.

Mais la voix suraiguë qui lui hurlait de s'éloigner d'elle sans un regard en arrière était contrée, coup pour coup, par un besoin encore plus puissant d'être et de rester près d'elle.

Surgie de nulle part, une image des figurines de son père lui vint à l'esprit.

Axe s'écarta brusquement de la femelle et le contact lui manqua tout de suite.

Il eut l'impression que sa tête était encore plus embrouillée.

— Je suis désolée. Il faut que j'y aille.

— Fais attention dehors, chuchota-t-elle en croisant frileusement les bras autour d'elle.

Il hocha la tête et il la contempla une dernière fois, puis se dématérialisa jusqu'au point de rendez-vous, situé au sud-ouest de la demeure d'Elise.

Quand il reprit forme, une rafale de vent lui fouetta le visage en faisant vibrer ses sinus, et il inspira profondément. Toute sa vie, il avait parfaitement réussi à repousser ses émotions au fond de lui et à mettre un couvercle par-dessus. Et il s'efforça de faire la même chose à ce moment-là, en chassant de son esprit tout sentiment ou réflexion concernant Elise.

Dommage qu'il sente encore sa saveur.

Peyton fut le suivant à se pointer et, lorsqu'ils se défièrent du regard, Axe était prêt au combat, quitte à être l'agresseur cette fois-ci, s'il le fallait, pour enfin crever l'abcès.

Mais Craeg et Paradis arrivèrent à leur tour et s'interposèrent entre les deux mâles.

— Non, dit Craeg. Hors de question. C'est une perte de temps et d'énergie, et, là-dehors, dans le monde réel, c'est une distraction sacrément dangereuse. Qu'est-ce qui cloche entre vous ?

— Rien, rétorqua Axe sans quitter Peyton des yeux. Absolument rien, putain !

— Bien. (Craeg ne bougea pas.) Et toi, Peyton ?

— J'ai pas de problème.

Paradis glissa un bras sous le coude de Pey-pey et le fit pivoter vers elle.

— Alors tu vas me parler de cette femelle que tu es retournée voir au club hier soir, tu te rappelles ? Elle était sexy ?

Une diversion classique de la part de la femelle, et cependant franchement pathétique si l'on songeait qu'elle était nécessaire. Mais M. et Mme Programme d'entraînement avaient raison. Leur groupe retournait sur le terrain ce soir. Pas de cours. Ni d'échauffement au gymnase.

Mais de vrais flingues et de l'action, comme disaient les frères.

La dernière chose dont ils avaient besoin, c'était qu'un différend entre deux élèves fasse chuter l'un d'eux.

Dans une tombe.

Elise avait l'impression de flotter sur un petit nuage tandis qu'elle remontait dans sa chambre par l'escalier de service. La dernière chose qu'elle souhaitait, c'était qu'on la surprenne en peignoir, encore tout imprégnée de la senteur de l'air nocturne et de l'odeur du mâle qu'elle venait d'embrasser dans le jardin.

Étrangement, c'était précisément ce frisson d'excitation qu'elle désirait quand elle avait envisagé de sortir avec Troy à peine quelques nuits plus tôt. C'était exactement ce sentiment d'euphorie qu'elle avait souhaité ressentir, sans trop savoir de quoi il s'agissait précisément. Elle était en quête d'une chose, qu'elle avait enfin trouvée. Et c'était magnifique.

Sa bulle de bonheur ne dura pas.

Elle avait atteint le premier étage et progressait à pas feutrés dans le couloir moquetté, passant devant les portes fermées des suites d'invités et des appartements de son père, quand elle remarqua un battant ouvert sur une chambre plongée dans le noir, à quelques mètres devant elle.

La voix de son oncle lui parvint, assourdie par la distance, qui n'était pourtant pas très grande.

— … ce soir ? Je pourrais faire servir un repas dans un endroit calme pour nous deux.

La réponse de sa tante fut si faible qu'elle n'en distingua pas les mots.

— Eh bien…, murmura son oncle. Oui, je reviendrai, dans ce cas. Peut-être une autre fois, plus tard. Je crois qu'il y a… Quoi ? … Oui. Je sais que vous ne dormez pas…

Elise s'entoura de ses bras et accéléra le pas, la tête baissée et les yeux rivés sur le tapis. Mais son oncle avait dû l'entendre ou sentir sa présence, car, juste au moment où elle arriva devant la chambre, il se retourna vers la lumière du couloir.

Il avait le visage décharné, le teint gris et les yeux cernés à cause de la tension nerveuse et du chagrin.

— Elise, dit-il d'une voix morne. Comment te portes-tu ce soir ?

Elle s'inclina et, à son tour, employa la langue ancienne.

— Je vais bien, mon oncle. Et vous ?

C'était la réponse habituelle à la question habituelle qui, en réalité, n'appelait pas un avis sincère de sa part, mais constituait davantage une marque de politesse, comme quelqu'un qui dirait « à vos souhaits » après un éternuement.

— Je vais bien. Merci.

Puis il ferma la porte.

Elle n'avait quasiment plus vu sa tante depuis la tragédie, et ne pouvait que deviner l'état de la femelle.

Elise poursuivit son chemin jusqu'à sa propre chambre, où elle enfila un pantalon de yoga et un pull en polaire confortables, une tenue que son père désapprouvait. Un rapide coup d'œil à la pendule lui apprit qu'il restait bien trop d'heures avant qu'elle s'éclipse.

En laissant son portable derrière elle, bien entendu.

Merci, père.

Elle s'assit à son bureau ancien de style français, car elle avait des articles universitaires à lire, ainsi que cette esquisse de plan de cours que Troy lui avait envoyée plus tôt dans l'après-midi en vue du séminaire de janvier. Mais elle avait l'esprit ailleurs et se révéla inefficace, car son processus de réflexion était parasité par tout un tas d'émotions et de souvenirs, comme des bribes de la discussion d'Axe avec son père, d'autres issues de sa récente conversation avec Peyton, son baiser avec Axe dans le jardin, ainsi que la triste scène qu'elle venait de surprendre dans le couloir.

Sans qu'elle sache pourquoi, elle retourna dans ledit couloir et s'arrêta devant la chambre d'Allishon.

Cette fois-ci, elle entra sans hésiter, mais ensuite elle cala, incertaine de ce qu'elle faisait là, ni de ce qu'elle y était venue chercher. Au bout d'un moment, elle se dirigea vers le dressing, parce qu'elle ne voyait pas vraiment d'autre endroit à explorer.

S'enfermant dedans, elle regarda autour d'elle alors que les lampes à détecteur de mouvement s'allumaient. La penderie était en désordre et des piles d'affaires à trier jonchaient le sol.

Mon Dieu ! on sentait encore l'odeur d'Allishon et son parfum.

Et sa garde-robe composée de tee-shirts, de jupes, de jeans, de bottes et d'escarpins était l'exact opposé de celle d'Elise, car tous les vêtements y étaient moulants, courts, en cuir, cloutés ou volontairement déchirés. Alors qu'elle-même suivait les règles, sa cousine avait parfaitement résisté à toute attente sociale, quelle qu'elle soit.

La dichotomie classique gentille fille-mauvaise fille.

D'un point de vue clinique, la raison pour laquelle personne de sa famille n'évoquait son décès n'était pas un mystère. Son père éprouvait de la culpabilité et peut-être une pointe de condescendance à l'idée que sa propre fille, la femelle « conservatrice », soit celle qui avait survécu ; son oncle était désespéré et amer que sa fille, celle qui avait été si rebelle et si dure à gérer, ait connu la fin tragique contre laquelle tout le monde avait tenté de la mettre en garde ; et sa tante était sans doute suicidaire.

Pendant ce temps-là, Elise tentait de vivre sa propre vie dans ce marasme psychologique, coincée entre son chagrin et son désir d'indépendance.

Quel bazar.

À ce sujet…

Elle ramassa un chemisier noir dont les pans fermaient grâce à des épingles à nourrice et l'enfila sur un cintre vide. Puis elle fit de même avec une chemise en flanelle partiellement déchirée. Et une combinaison noire avec un motif d'éclaboussure de sang sur le devant, comme si la personne qui le portait avait pris une balle dans la poitrine.

Elle ne savait pas trop pourquoi elle rangeait ; en fait, c'était des conneries, elle savait exactement pourquoi. Elle désirait aider sa famille et n'avait rien trouvé d'autre pour améliorer, même de façon minime, la situation. Son père ne supportait même pas qu'elle le serre dans ses bras. Son oncle refusait de la regarder. Sa tante ne sortirait pas de son lit, sauf pour entrer dans la tombe, bien trop tôt.

C'était tout ce qu'elle pouvait faire.

À un moment donné – plus tard dans l'année, peut-être l'an prochain, ou dans une décennie –, quelqu'un entrerait et emballerait toutes ces affaires pour les entreposer éventuellement à la cave ou au grenier, puisque, dans les familles aristocratiques, on ne donnait ni ne revendait jamais rien. Car on considérait que cela portait malheur.

Ils brûleraient peut-être le tout quelque part sur le domaine.

Mais au moins, si elle rangeait maintenant, la personne qui débarrasserait la chambre ne verrait pas le bazar.

En repensant à ce que Peyton lui avait dit, elle ne put que secouer la tête. Son père avait toujours fait comme si c'était un humain qui avait tué Allishon. Mais découvrir qu'il s'agissait d'un autre vampire ?

Que diable s'était-il passé ?

Chapitre 28

Avec les arrivées de Novo et Boone dans la ruelle relativement bien éclairée, la classe fut au complet, et, peu après, un véhicule de la taille d'un tank apparut au bout de la rue. Il s'agissait de l'unité chirurgicale mobile de la Confrérie et, lorsqu'elle s'arrêta devant le groupe, Axe supposa que les choses sérieuses allaient commencer. La fin de la récré venait de sonner.

Le frère Butch, alias le Dhestructeur, sortit côté passager.

— Terminé les exercices d'échauffement. (Voilà.) Ce qui va suivre n'est ni une épreuve de sélection, ni une évaluation.

Le frère plongea le bras dans l'habitacle et en sortit un sac qui faisait presque la taille d'un corps.

— Je vais échanger vos munitions. Voici des balles à tête creuse avec un petit truc en plus.

Boone, qui levait toujours la main en cours, ne pouvait bien entendu pas laisser passer l'occasion.

— De quoi s'agit-il ?

— De l'eau du sanctuaire de la Vierge scribe. Ou de ce qui était autrefois le sanctuaire.

Butch claqua la portière, puis donna un coup de poing dans le véhicule, et celui-ci se remit en route. Une fois que l'ambulance fut hors de vue, il lâcha le sac sur le trottoir et l'ouvrit.

— Allez, on se magne.

Boone fut le premier du groupe à retirer les chargeurs de ses deux pistolets par la crosse et à les échanger contre deux nouveaux.

— Donne-moi aussi ce que tu as à la ceinture, exigea Butch.

D'autres échanges suivirent avec Craeg, Paradis, Novo, etc. Axe passa le dernier. Il récupéra ses nouvelles balles et se mit en ligne avec les autres. Aucun humain n'était visible dans les parages, ni passant, ni ivrogne, ni même conducteur de voiture. Que cette absence soit due à cette fête avec du houx et des sucres d'orge ou aux températures glaciales, Axe l'ignorait. Et il s'en moquait.

Mais cela ne voulait pas dire qu'ils étaient seuls.

Zadiste se tenait à environ trois mètres de là. Le visage couturé du frère et ses yeux d'un noir d'encre étaient le genre de choses qui donnait parfois envie à Axe de chier dans son froc. Tohrment était à côté de lui. Ainsi que John Matthew, Blaylock et Vhif.

Nom de Dieu : se dit Axe. Ils ne plaisantaient pas avec ça.

Butch reprit la parole.

— On approche de la fin de la guerre. Cela signifie que les éradiqueurs deviennent difficiles à débusquer et plus faciles à tuer puisque les derniers qui restent sont de toutes nouvelles recrues. Pour vous tous, la dernière séance sur le terrain a été foireuse, alors on va vous apparier avec un frère ou un guerrier. En accord avec votre mentor, vous avancerez selon une grille allant d'ouest en est. N'en déviez pas à moins d'engager le combat, et uniquement si c'est nécessaire. Votre mentor et vous enverrez tous les deux un signal au reste du groupe au début du combat. Dès qu'un signal sera reçu, nous nous rassemblerons tous, et retournerons à nos grilles de recherche uniquement après avoir effectué une évaluation de la situation. Ne jouez pas les rebelles. Ne réfléchissez pas en solo. Ne vous faites pas tuer. Des questions ? Et puis-je vous rappeler, bande d'idiots, que ceci n'est pas un exercice. C'est maintenant qu'il faut reculer et se barrer si vous risquez de le faire en pleine action. Après quoi, ce sera considéré comme une désertion et la cause de votre renvoi du programme. Je préférerais que vous vous cassiez tout de suite au lieu de nous planter au beau milieu de la mission.

Personne ne flancha. Personne ne perdit de temps à poser des questions stupides.

Ils étaient aussi prêts que possibles pour une bande de bleus.

Et chacun d'entre eux avait su que cette nuit arriverait.

— Axe, annonça Butch, tu es avec moi. Paradis, tu vas avec Tohr. Z. s'occupe de Boone. Craeg sera avec John Matthew. Peyton, tu es avec Vhif. Blay nous servira d'éclaireur pour cette mission, il cheminera par les toits devant nous. Gardez vos flingues levés, vos yeux ouverts et vos téléphones allumés.

Les couples se formèrent en silence. Axe alla se placer à côté de Butch et chaque équipe se vit assigner une rue. L'idée était que chacune d'entre elles traverse un territoire donné jusqu'à ce que le quartier s'améliore, à environ trente rues de là. Puis on décalerait l'ensemble des équipes de six rues vers le nord, loin du centre-ville, parce que la guerre tendait à rester à l'écart des gratte-ciel à cause des caméras de surveillance extérieures et des équipes de surveillance intérieure qu'on trouvait dans tous ces bâtiments hors de prix.

« Surveillance » signifiait potentiellement des humains partout, et personne n'avait besoin de ça.

C'était l'unique règle à laquelle la Confrérie et la Société des éradiqueurs adhéraient toutes deux dans le combat qui les opposait : pas d'interaction humaine, autant que possible. Et en cas d'interférence on nettoyait en vitesse.

Axe et Butch formaient la plus éloignée des paires, et tous deux se mirent à courir parce que Butch, étant métis, ne pouvait pas se dématérialiser ; non que cela ait une réelle importance. Vu que le frère appartenait à la lignée du roi, il était fort comme un bulldog, et ses rangers martelaient l'asphalte à un rythme soutenu qu'Axe fut obligé d'adopter pour ne pas être distancé.

Une fois qu'ils furent arrivés à la 50e Rue, Butch empoigna ses deux calibres et Axe l'imita.

— On va dans cette direction, fiston, dit le frère avec son accent de Boston. Fais super gaffe.

Ensemble, ils se positionnèrent chacun d'un côté de la rue et avancèrent à pas lents en longeant de près les façades des bâtiments en briques. Autant dire qu'ils ressemblaient à des pigeons d'argile. Mais Axe couvrait Butch en gardant les yeux rivés sur les fenêtres à gauche de la rue, tandis que le frère lui fournissait le même service à droite, tous deux guettant le moindre reflet lumineux ou la moindre silhouette mouvante derrière les vitres des bureaux d'avocats, des agences de services sociaux, des sociétés philanthropiques…

C'était les plus beaux immeubles qu'ils verraient de tout leur parcours.

Car la dégradation et la dépréciation du marché foncier se manifestèrent sacrément vite. Bientôt, les bâtiments de cinq ou six étages commencèrent à montrer des signes de vétusté et de délabrement : les perrons exhibaient désormais des marches fissurées, comme des dents sur le point de tomber, les peintures s'écaillaient et, un peu plus loin, des vitres manquantes firent leur apparition.

À présent, Axe marchait dans un champ d'ordures recouvert de neige fondue, composé d'enjoliveurs, de canettes de bière et de bouteilles d'alcool diverses vides, de pièces de moteurs abandonnées, et de Dieu seul savait quoi d'autre encore. Mais il s'en foutait. Il avait de bonnes semelles à ses bottes de combat, le pied sûr, et un instinct aussi affûté qu'une lame de rasoir qui le rendait aussi vif que le tir d'un canon. En réalité, tout son corps vibrait d'excitation, son sang pétillait dans ses veines, et ses doigts sur la détente tremblaient d'impatience à l'idée d'entrer dans la danse.

Et pendant tout ce temps-là il ne cessait pas de scruter les bâtiments sur le trottoir d'en face, avant de tourner le regard devant lui pour ensuite revenir à ces foutus toits et vitres sales.

Dire qu'il trouva une cadence était faux. Il ne fallait pas avoir de rythme lorsqu'on avait conscience qu'on pouvait tirer ou être blessé à tout instant. Mais il était clairement dans une bulle…

Il saisit l'odeur le premier.

Alors qu'il traversait l'entrée d'une étroite ruelle, une rafale de vent transporta une puanteur de cadavre en décomposition surmonté d'un parfum de vanille artificielle et de talc pour bébé.

Il se garda bien de s'arrêter, même si sa démarche se fit hésitante. Au lieu de quoi, il bondit de l'autre côté de l'étroit passage et se plaqua contre l'extrémité du bâtiment abandonné suivant. Il siffla pour attirer l'attention de Butch, et n'eut pas besoin d'expliquer de quoi il relevait.

Le frère avait déjà compris, et il revint sur ses pas pour se placer en face de lui, de l'autre côté de la ruelle.

Axe avait conscience que son cœur cognait dans sa poitrine, mais il conserva un souffle lent et régulier. S'il se mettait à haleter, son acuité auditive serait diminuée et cela lui compliquerait la tâche.

Enfin, il allait affronter l'ennemi…

Merde! se dit-il en saisissant une autre odeur dans l'air.

Du sang.

Il y avait du sang de vampire là-bas.

À cet instant précis, son portable vibra dans sa manche et il leva le coude pour consulter l'écran visible à travers la pochette transparente fixée à sa veste de combat.

Merde! Vhif et Peyton avaient ouvert les hostilités.

Presque immédiatement, un autre SMS lui parvint. Idem pour Tohr et Paradis. Et John Matthew et Craeg.

C'était un sale merdier.

Et lorsqu'il se rendit compte que Rhage n'était pas parmi eux il songea : Putain de merde, et si le frère était dans cette ruelle, en train de se battre seul ?

Dans le dressing d'Allishon, Elise avait fait le tour des lieux, et ce qu'elle laissait dans son sillage était digne du rayon prêt-à-porter d'un grand magasin : des vêtements rangés et bien ordonnés sur les portants, même si certains étaient froissés ou si déchirés qu'ils tenaient à peine sur les cintres. Elle avait également trié ce qui traînait par terre, alignant les sacs et les chaussures par type et par couleur.

Comme elle reculait pour évaluer son ouvrage, elle fronça les sourcils. Il semblait qu'elle avait oublié un paquet dans un coin, tout au fond, aussi se mit-elle à genoux et tira-t-elle le… C'était un ballot de linge, qui ressemblait à un grand sac informe ou un… non, c'était un manteau noir. Qui sentait…

Le tabac, l'alcool et d'autres trucs.

Elise replia le vêtement par terre et était sur le point de le remettre à sa place lorsqu'elle se pencha et regarda de nouveau dans le coin.

Il y avait autre chose.

Tendant la main, elle dut vraiment étirer le bras jusqu'à...

— Qu'est-ce que... ? marmonna-t-elle

Une boîte. En métal, à en juger par son toucher froid.

Elle tenta de tirer la chose jusqu'à elle, mais elle pesait lourd. Elle dut s'y reprendre avec ses deux mains, et poussa un grognement d'effort.

La boîte s'avéra être l'un de ces mini-coffre-fort, avec des côtés et un couvercle renforcés. Il avait une serrure électronique et, lorsqu'elle tenta de tourner le loquet sur un coup de tête, elle ne s'attendait pas à...

Sauf qu'il s'ouvrit : la pression étant suffisante, le dessus s'entrouvrit puis se souleva entièrement. Elle se retint néanmoins de fouiller immédiatement l'intérieur.

Retombant sur les fesses, elle tira le petit coffre entre ses jambes et réfléchit à ce qu'elle allait faire. Le contenu était peut-être intime ; quelque chose que les parents de sa cousine devraient voir en premier. Pourtant, même en tentant de s'imaginer en train de leur apporter une possession de leur fille, elle savait que cela ne se déroulerait pas bien, et, malgré sa réticence, elle jeta un coup d'œil à l'intérieur.

Il n'y avait qu'une liasse de papiers, du genre officiels. C'était tout.

Elle les sortit et les déplia. C'était un contrat immobilier. Pour la location de ce qui semblait être un appartement. Qui se trouvait en centre-ville, à en juger par l'adresse.

Était-ce là qu'Allishon disparaissait pendant des jours et des nuits quand elle ne rentrait pas à la maison...

— Nous l'avons loué pour elle.

Avec un cri de stupeur, Elise se retourna.

Sa tante se tenait sur le seuil du dressing et, doux Jésus ! la femelle avait l'air rescapée d'un accident de voiture, voire d'un accident de deux-roues où elle aurait été la conductrice. Ses cheveux, autrefois toujours bien coiffés et laqués en une magnifique cascade sur ses épaules, étaient emmêlés, et leurs racines étaient deux teintes plus sombres que le blond méché californien en vogue au sein de la *glymera*. Et au lieu d'un élégant tailleur Escada ou d'un pull St John, ainsi que des perles autour du cou et aux oreilles, elle portait une chemise de nuit tachée et fripée, qui avait autrefois été en soie, mais qui, désormais, avait plus en commun avec une serviette en papier froissée.

Elle avait un regard halluciné.

Toutefois, elle ne regardait pas sa nièce. Elle contemplait l'ordre des portants.

— Est-ce toi qui as fait cela ? demanda-t-elle d'une voix chevrotante.

Elle s'avança un peu dans le dressing, d'un pas chancelant.

— Je suis désolée. (Elise replia maladroitement les papiers et les remit dans le coffre, puis referma le couvercle.) C'est juste que… je ne savais pas quoi faire pour vous aider.

Et, oui, écouter aux portes n'était pas une action très méritoire.

— Ses affaires… (La femelle tendit une main frêle et effleura les vêtements qu'Elise avait rangés.) Seigneur ! comme je détestais ses tenues.

Elise repoussa le coffre-fort à sa place et se leva.

— Je n'aurais pas dû entrer ici…

— Non, c'est bon. Tu as fait… mieux que moi.

— Cela ne me concernait pas de…

— Nous lui avions loué cet appartement parce que nous ne supportions plus qu'elle entre et sorte d'ici à toute heure de la nuit. Échevelée. Ivre. Droguée. Empestant le sexe.

Une alarme retentit dans la tête d'Elise, qui lui hurlait en boucle : *Prends garde à ce que tu souhaites.*

Ce n'était pas ainsi qu'elle avait imaginé la suite de la discussion.

La main noueuse de sa tante agrippa et chiffonna l'une des minijupes.

— Son père était convaincu que ce bannissement serait l'action qui la ramènerait enfin dans le droit chemin. Qu'une fois partie d'ici elle comprendrait sa folie et abandonnerait son comportement déviant. (Elle rit comme la folie personnifiée l'aurait fait.) Au lieu de quoi, elle s'est livrée encore plus qu'avant à ses horribles vices. Je ne pouvais pas la contacter. Il a à peine essayé. Et pendant tout ce temps-là elle est devenue encore plus épouvantable. Elle aimait nous torturer.

— Ma tante, vous devriez peut-être parler à mon oncle...

— Je la détestais. (La femelle arracha la jupe à ses pinces et la jeta par terre.) Et je la déteste encore plus morte.

— Je suis sûre que vous ne le pensez pas...

— Oh ! mais si. C'était une sale traînée. Elle n'a eu que ce qu'elle méritait...

— Vous êtes sa mère, lança Elise. Comment pouvez-vous dire une chose pareille ?

Sa tante s'avança encore dans la penderie et serra dans son poing l'un des chemisiers ornés d'épingles à nourrice. Elle l'arracha si violemment du portant que le cintre bascula sur la tringle et lui fouetta le visage. Non qu'elle paraisse s'en rendre compte.

— Regarde ce qu'elle nous a fait ! Après la disparition de notre fils, nous avons désormais une fille assassinée ! Qu'on a découverte ensanglantée et à demi morte devant une maison pour victimes de violences conjugales ! Comment a-t-elle pu nous embarrasser de la sorte !

Tout ce qu'Elise parvint à faire, ce fut d'observer, sans un mot, le visage blême et émacié de sa tante pendant qu'elle mettait le dressing à sac.

C'était elle la responsable de ce désordre, et non Allishon. C'était elle qui avait lacéré les vêtements, et elle allait recommencer, là, tout de suite.

Soudain, Elise eut envie de pleurer. L'idée que la soumission aux attentes sociales puisse ainsi briser aussi définitivement même le lien existant entre une mère et sa fille allait tout simplement au-delà de sa compréhension.

Et pourtant elle n'avait jamais soupçonné une telle rupture. Avant le décès de sa cousine, tout avait été tenu secret, son oncle et sa tante se montraient souriants et magnifiquement habillés lors des soirées, telle l'incarnation du couple parfait, tandis que leur fille s'autodétruisait depuis la mort de son frère, d'abord par petits bouts, puis par pans entiers, jusqu'à ce que la fracture de cette famille éclate aux yeux des autres membres de la maison.

Ainsi qu'aux yeux des membres de leur société.

— Nous ne sommes plus les bienvenus, cracha sa tante tout en arrachant de plus en plus de vêtements de leur tringle, pour les jeter par terre et les piétiner de rage. Nous ne sommes plus invités nulle part ! Nous sommes devenus des parias et c'est à cause d'elle !

Elise déglutit douloureusement en contemplant la scène.

Elle était presque sûre qu'elle allait vomir.

— T'ai-je choquée avec ma franchise ? demanda sa tante d'un air méprisant. Tu as l'air d'avoir vu un fantôme.

— Non, murmura Elise. Pas un fantôme. Je regarde une version du mal que je ne me serais jamais attendue à croiser au sein de ma propre famille.

Elle sortit en titubant du dressing après avoir écarté sa tante cadavérique de son chemin et s'enfuit en courant, non seulement de la chambre de sa cousine, mais également de la demeure elle-même.

Une fois dehors, dans le jardin, elle posa les mains sur les genoux, se pencha en avant et hoqueta au-dessus des buissons.

Puis elle reprit sa course folle dans l'allée, sans même se soucier du fait qu'elle n'avait nulle part où aller.

Chapitre 29

Quand Butch donna le signal de l'action, Axe et lui pénétrèrent dans une étroite allée de service derrière les bâtiments abandonnés. Le jeune mâle se colla aux basques du guerrier pendant qu'ils progressaient d'un bon pas vers Dieu seul savait quoi.

Putain de merde ! il faisait plus sombre qu'il aurait cru, même si Axe reconnaissait que c'était un réflexe idiot de croire que la lumière lui offrirait une meilleure position défensive. C'était tout simplement l'inquiétude de ne pas savoir ce qui allait arriver qui le faisait penser de la sorte.

Ils entendirent bientôt les échos d'un combat se répercuter dans le lointain. Puis les bruits s'intensifièrent, ainsi que l'odeur du sang versé, aussi bien de vampire que de tueur.

Le premier des éradiqueurs fit son apparition en se tortillant sur le sol à environ huit rues de leur changement d'itinéraire, et Butch s'arrêta juste quelques instants quand ils atteignirent la créature. Il se contenta de dégainer une dague noire, la souleva au-dessus de sa tête et poignarda le non-mort en pleine poitrine ; le « pop » et la fumée qui en résultèrent furent le premier spectacle de ce type auquel Axe assista.

Mais pas question de s'attarder ; le risque de se prendre une balle dans la tête à tout moment garda Axe concentré sur le vivant et non sur ce qu'on venait de renvoyer à l'Oméga.

Plus loin, ils découvrirent des taches noires qui luisaient comme de l'huile sur l'asphalte défoncé, puis des éclaboussures rouges sur les murs de briques des immeubles…

Soudain des détonations retentirent.

« Pop ! Pop ! Ratatata… »

Bondissant en avant, ils redoublèrent de vitesse jusqu'à ce qu'ils arrivent à une autre artère, au coin de laquelle ils tournèrent en dérapant, avant de se baisser en position de tir, Butch vers l'avant, et Axe dans la direction opposée, à 6 heures du frère.

Le mâle jeta un rapide coup d'œil par-dessus son épaule. Oh merde ! jamais il n'oublierait la vision du bordel en cours une trentaine de mètres plus loin.

Rhage se tenait au milieu de trois éradiqueurs, tous armés de couteaux, et le frère les affrontait à mains nues, en dépit du fait qu'il avait des dagues sanglées sur la poitrine.

Il y avait aussi un indice clair, si on en jugeait par la cascade de sang qui ruisselait sur son bras gauche, qu'il avait reçu au moins une balle, et sans doute davantage.

C'était comme si on lui avait renversé de la peinture rouge dessus…

Un éradiqueur surgit en courant du même coin de rue qu'Axe et Butch venaient de passer, et merci l'entraînement. Au lieu de perdre une nanoseconde cruciale à se dire *Putain de merde !*, Axe se changea en fauve avec ses armes et appuya sur les détentes…

Qui s'enrayèrent. Toutes les deux.

— Putain !

Butch commença à tirer en direction du combat, tentant d'abattre les tueurs sans toucher Rhage, ce qui se révéla vite impossible vu que le frère essayait toujours de se battre malgré son hémorragie.

— Dague ! hurla Axe. Tout de suite !

Encore une fois, l'entraînement paya. Butch jeta un coup d'œil dans son dos pendant une seconde, comprit qu'Axe n'avait pas d'autre choix que d'engager un combat rapproché, et dégaina une de ses dagues noires.

— Ne fanfaronne pas ! Fais ton boulot !

Sur ce, il envoya l'arme à Axe qui la saisit au vol, avant de bondir en avant, droit sur la poitrine du tueur.

Il ne rata pas son coup.

La fichue lame noire se ficha là où il fallait, comme s'il y avait une tête chercheuse insérée dans l'acier forgé.

Mais il n'eut pas le temps de célébrer son exploit.

Une balle perdue, provenant soit d'un ricochet de l'arme de Butch, soit d'un tir de l'un des deux nouveaux éradiqueurs qui venaient tout juste de faire leur apparition dans la ruelle, toucha Axe à la cuisse, et l'éclair de douleur qui le traversa lui donna l'impression qu'on venait de lui enfoncer un tisonnier chauffé à blanc dans la jambe.

Puis un autre tueur déboula encore au coin de la rue.

Pas le temps de réfléchir.

Axe se rua sur l'enfoiré, jeta l'humain sans âme par terre et roula sur le trottoir avec lui. Mais cet enfoiré était intelligent, ou vraiment doué pour la survie, car il empoigna la plaie toute fraîche du vampire et la serra.

La vision d'Axe s'éteignit et se ralluma comme si on avait appuyé sur un interrupteur, son panneau de commande momentanément tellement surchargé par les impulsions électriques de la douleur qu'il ne fonctionnait plus correctement.

Mais ensuite il se mit en rogne. Refermant une main sur la gorge de l'éradiqueur, il entrevit des dents humaines avec ces drôles de canines plates, le tatouage d'une larme sous un œil brun, et des cheveux en bataille qui n'avaient pas été coupés depuis un mois.

Puis il leva la dague au-dessus de son épaule, exactement comme l'avait fait Butch, et le poignarda en plein lobe frontal, enfonçant la lame dans le crâne et dans la matière grise derrière l'os.

Le tueur eut une attaque et fut pris de violentes convulsions. Il relâcha la cuisse d'Axe, ses bras se mirent à frapper l'asphalte comme s'il applaudissait un spectacle, et ses jambes à battre l'air comme s'il nageait.

Axe s'écarta et eut un haut-le-cœur à cause de la douleur. Mais ensuite il alla récupérer la dague noire qui jouait les mâts au-dessus des sourcils du tueur…

Elle était coincée. Impossible de la retirer.

Il l'avait enfoncée si violemment qu'il avait écrasé le crâne et planté la pointe dans le foutu trottoir.

Bondissant sur ses pieds, il tituba et se dit qu'et puis merde, au moins ce tueur-là n'irait nulle part.

Puis son instinct prit le contrôle de ses actions.

Ses yeux lui fournirent une évaluation immédiate de l'avancée de la bataille : Butch se battait lui aussi désormais au corps à corps, luttant pour reprendre le contrôle d'un de ses propres pistolets avec un tueur qui ressemblait à un joueur défensif des New England Patriots, tandis que Rhage avait fini par tomber à genoux au centre de la ruelle. Son esprit combatif ne semblait pas tant l'avoir abandonné d'un coup que s'être écoulé peu à peu hors de lui, comme son sang, qui se répandait toujours sous lui et formait à présent une mare.

Avec un cri de guerre, Axe s'élança dans la bataille en trois bonds en dépit de sa plaie par balle.

Il attaqua le premier éradiqueur qui croisa sa route en lui sautant sur le dos, puis il l'enserra de ses cuisses comme un cow-boy sur un taureau, et lui agrippa les oreilles de ses mains. Enfin, il fit tourner cette tête bien trop loin à droite, jusqu'à ce que les vertèbres cervicales cèdent dans un vilain craquement.

Au suivant.

Laissant le corps tomber là où il était, il se rua en avant, juste au moment où un tueur enroulait une chaîne et s'apprêtait à la lancer autour du cou de Rhage. *Ouais, certainement pas*. D'un geste vif, Axe tira son petit couteau de chasse et frappa l'éradiqueur au flanc.

Tu parles de manœuvres à la Jason. Il le poignarda si vite, si violemment et un si grand nombre de fois qu'il ne se contenta pas de neutraliser ce salopard, il l'attendrit.

Puis, courant de toutes ses forces, il se précipita vers Rhage pour s'occuper du dernier tueur.

Le tueur avait un couteau. Une longue lame crantée qui pouvait infliger beaucoup de dégâts, surtout à un frère visiblement sur le point de perdre connaissance : les mains de Rhage étaient molles et giflaient l'air au lieu de frapper stratégiquement, son équilibre était instable, et sa peau blanche comme la neige.

Axe glissa et tomba. Chuta violemment. Atterrit douloureusement.

Pendant qu'il jouait les chasse-neige, son pantalon en cuir le protégea de l'abrasion, mais ne fit rien pour lui épargner une nouvelle blessure par balle, qui survint avec le désormais familier éclair de douleur dans l'une de ses épaules. Et il sentit quelque chose le poignarder aussi, peut-être ?

Mais alors Rhage s'effondra et plus rien d'autre n'eut d'importance. Le puissant frère tomba d'abord sur une main, puis sur l'autre, et la situation risquait de devenir encore plus tragique quand Axe comprit que le tueur au couteau allait le contourner, atteindre le frère par-derrière et lui trancher la gorge pour finir le travail.

Pas de cri de guerre cette fois-ci. Axe aussi perdait ses forces.

Au lieu de quoi il se releva, bien que sa vision soit de nouveau intermittente, et fonça en avant, tombant et se relevant plus qu'il ne courait…

Quelque chose bourdonnait autour de sa tête : pourquoi y avait-il des mouches une fin de décembre ? C'était quoi, cette histoire ?

Et, Seigneur ! son corps se mit soudain à peser deux fois plus lourd.

Sans compter l'odeur de sang qui lui saturait les sinus.

Il s'en foutait. Atteignant Rhage, il attrapa le frère par les cheveux et le tira de côté, employant ses dernières forces à arracher le mâle à la trajectoire de la lame de l'éradiqueur…

Ce fut lui qui prit le coup.

Et le couteau s'enfonça profondément en lui. Juste entre les côtes, sur le flanc.

Il hoqueta de douleur et leva les yeux au ciel. Et soudain il lui sembla que tout bougeait au ralenti autour de lui, tandis qu'il était lui-même gagné par une sorte d'engourdissement. Puis il eut l'impression que le monde s'écroulait, mais c'était sans doute lui, pas vrai ?

C'était quoi le problème avec les mouches ?

« Boum ! » Il atterrit une fois encore durement sur le sol, même si la couverture de torpeur qui l'enveloppait l'empêcha de sentir vraiment le choc ; il supposa simplement que c'était le cas parce qu'il rebondit et que les bâtiments autour de lui oscillèrent verticalement, jusqu'à ce que les lois de la gravité l'emportent sur celles du basket et des corps tombant sans offrir de résistance.

Il expira l'air de ses poumons.

Il sentit une saveur cuivrée dans sa bouche et émit un gargouillis. En entendant cet horrible gargouillement, il se dit que cela signifiait qu'il était en train de se noyer dans son propre sang.

La dernière chose qu'il vit avant de s'évanouir fut Rhage roulant vers lui et le dévisageant, comme s'il était aussi surpris que lui.

Le frère ouvrit la bouche et dit quelque chose, puis il tendit sa main ensanglantée vers Axe comme s'il lui offrait quelque chose à quoi se raccrocher.

Ce dernier tenta de remuer le bras pour saisir la main du frère.

Mais il était trop tard.

Il n'était plus là.

Chapitre 30

Le cœur d'un guerrier.

Rhage n'avait jamais rien vu de tel. Ni certainement jamais attendu cela d'une recrue. Il était lui-même sur le point de tomber, et la dure réalité de la guerre lui rappelait que les batailles étaient comme Mère Nature : peu importe à quel point on était fort, bien entraîné et bien équipé, de temps à autre la marée pouvait se retourner contre vous et vous submerger en un clin d'œil.

Et c'était ce qui était arrivé.

Une hémorragie trop importante. Trop d'adversaires. Trop d'arrogance lorsqu'il avait supposé qu'il pourrait gérer ce merdier tout seul, alors qu'il avait la tête à moitié ailleurs, à la maison avec Bitty et Mary et que son âme tout entière souffrait.

Et il aurait dû utiliser ses armes, bordel !

Sa chance avait tourné si vite. Ses jambes s'étaient changées en gelée et il s'était aperçu qu'il allait tomber, et que juste après ce serait fini, que la promesse de rester sauf d'un père à sa fille était devenue un mensonge, parce qu'il allait être submergé et qu'ils allaient le tuer, et que même la bête ne pourrait pas l'aider. Il avait espéré que le grand dragon sortirait, et cela avait bien failli arriver, mais, juste au moment où la transformation allait survenir, il avait été touché au niveau d'une artère et sa tension avait commencé à chuter, et tout était devenu possible.

Pourtant, la bête l'avait déjà sauvé une fois dans des conditions identiques, mais elle ne le ferait pas ce soir-là.

Pas ce soir-là.

Mais alors Axe avait surgi de nulle part, et attaqué le premier des trop nombreux éradiqueurs qui entouraient le frère d'un coup de dague dans la poitrine. La recrue avait ensuite frappé le tueur suivant, lui transperçant le crâne au point de le clouer à l'asphalte, pour finir par être contre-attaqué par-derrière lorsqu'un immense ennemi lui avait sauté sur le dos et frappé le visage et les épaules à coups de chaîne.

Mais rien n'avait arrêté la recrue. Mince ! Axe n'avait même pas semblé remarquer la présence du tueur sur son dos : même ensanglanté et poignardé à plusieurs endroits, avec une plaie par balle à la jambe et un éradiqueur le chevauchant, le mâle s'était obstiné, et avait marché en titubant jusqu'à Rhage pour finalement prendre dans son propre flanc le coup de couteau qui visait la gorge du frère.

Puis le mâle était tombé, comme un aigle géant dans la forêt.

Et à présent Rhage cherchait à l'atteindre en tendant la main vers lui, au-dessus de la chaussée, alors que la neige commençait à tomber sur leurs deux corps couverts de sang.

Le mâle s'était montré si courageux.

Les yeux flous d'Axe se tournèrent dans sa direction et leurs regards se croisèrent. Du sang sortait de la bouche du jeune vampire, et se répandait partout sur sa poitrine.

Merci, mon gars…, articula mentalement Rhage. *Merci…*

Tout à coup, des gens arrivèrent en courant. Des frères, puis Manny avec son unité chirurgicale et encore d'autres personnes. Les premiers secours s'effectuèrent directement sur le trottoir, aussi bien pour lui que pour Axe, et Rhage refusa de perdre conscience. C'était hors de question.

En dépit du fait que son corps était glacé et engourdi, sa vision floue et que son cœur dansait la gigue derrière son sternum, il refusa d'abandonner la réalité.

Il craignait de ne pas pouvoir revenir.

La vision de ce qu'ils faisaient à Axe fut bloquée quand Manny s'occupa d'arrêter l'hémorragie à l'épaule de Rhage, et que ce dernier contempla le ciel. La neige qui tombait atterrissait sur ses cils et fondait, et il se représenta Mary et Bitty, tête contre tête, toutes deux en train de lui sourire comme si elles se trouvaient dans une boule à neige.

Deux Élues arrivèrent, puis on lui posa un poignet entaillé contre la bouche, et il fit le nécessaire pour survivre.

Il espérait qu'il en allait de même pour Axe.

Il ne voulait pas avoir la mort de ce gamin sur la conscience…

Plus tard, on l'installa sur un brancard. Axe aussi, sans recouvrir son visage d'un drap. Donc le mâle devait être en vie, non ?

— Laissez-moi le voir, exigea-t-il.

D'accord, plutôt « demanda », vu comme sa voix était faible.

On le roula vers la recrue. Axe était nu et couvert de bandages, il avait une perfusion dans le bras et des drains qui lui sortaient des côtes, et son moniteur cardiaque bipait de façon chaotique.

— Est-ce qu'il va mourir ? demanda le frère.

Manny plaça son visage dans le champ de vision de Rhage.

— Pas si je m'occupe personnellement de lui. Idem pour toi.

Le chirurgien se retourna et cria :

— Chargez-le dans l'ambulance.

Rhage lâcha un sifflement de douleur quand on hissa son brancard à bord, puis il eut un excellent panorama du plafond brillamment éclairé du véhicule de Manny. Axe fut installé derrière lui.

— Ne dites rien à Mary, demanda-t-il dans le vide.

Le visage de Manny refit son apparition.

— Vraiment. Tu crois vraiment que c'est une option ? Je viens de te faire environ cent cinquante points de suture directement sur le champ de bataille, et je vais devoir fignoler mon ouvrage au centre d'entraînement. Et tu crois que ce truc ne va pas sortir dans la conversation ?

— Je ne veux pas qu'elle s'inquiète.

La tronche de Butch apparut aussi dans le cadre, et le frère était furieux.

— Alors peut-être que tu n'aurais pas dû la jouer solo, espèce d'enfoiré. Putain de bordel de merde ! est-ce que tu voulais crever là…

Manny couvrit la bouche du flic de sa main.

— Ça suffit. C'est mon patient pour le moment. Il pourra devenir ton punching-ball dès qu'il n'aura plus de cathéter et qu'il pourra se tenir sur ses deux pieds pour aller pisser.

— Axe m'a sauvé la vie…

Ce fut la dernière chose que Rhage dit avant de rendre l'antenne.

Les sapins de Noël avaient quelque chose de magique.

Assise dans la bibliothèque de la demeure, les pieds sur la table basse devant un feu crépitant, une tasse de chocolat chaud à la main et un sucre d'orge entre les lèvres, Mary admirait un sapin parfait. Décoré de rubans de velours rouge, de boules dorées et de lampes rouges et or qui scintillaient en silence, c'était une tradition avec laquelle elle, Beth, John Matthew, Butch et Manny avaient tous grandi, un rappel des choses passées, un ancrage qui l'aidait à relier les deux parties de sa vie, celle d'autrefois et celle de maintenant.

— Il y a beaucoup de cadeaux là-dessous, s'exclama Bitty, qui revenait avec une nouvelle tasse de chocolat. Au fait, j'ai pris des guimauves supplémentaires. Tu en veux ?

— Oh ! merci, mais les miennes tiennent encore le coup.

Mary tapota le coussin à côté d'elle, et cela lui parut la chose la plus naturelle du monde que la fillette s'installe et se blottisse contre elle, ses jambes guéries par Lassiter repliées sous elle.

— Je ferais bien de remettre les chansons, dit l'humaine en attrapant la télécommande de la chaîne hi-fi. J'adore Bing Crosby.

— Oh… *Winter Wonderland*, murmura Bitty. Je crois que c'est ma préférée.

— À moi aussi.

— Penses-tu que père voudra encore regarder *Maman, j'ai raté l'avion* quand il rentrera du travail ?

— Tu peux en être certaine.

Il y eut une période de silence entre elles, durant laquelle on entendit plus que le léger crépitement du feu et les vieilles chansons traditionnelles de Noël dans la pièce douillette.

— Maman ?

— Hum ?

Mary but une gorgée de chocolat et s'émerveilla de la façon dont, alors que tant de choses allaient mal, la boisson chaude lui paraissait toujours aussi délicieuse.

— As-tu besoin de quelque chose ?

— Que se passe-t-il ?

Et maintenant le contenu de sa tasse avait un goût d'eau de vaisselle.

— Que veux-tu dire ?

— Je sais que quelque chose cloche. Père et toi ne vous comportez pas normalement. Est-ce que j'ai fait quelque chose de mal ? Est-ce que vous ne voulez plus m'adopter ?

Mary se redressa si vite qu'elle faillit renverser son chocolat sur le canapé.

— Mon Dieu ! non, jamais, nous te voulons pour toujours et à jamais.

La fillette observa le sapin d'un œil fixe.

— Vous en êtes sûrs ?

— À cent pour cent. Bitty, regarde-moi. S'il te plaît.

L'enfant tourna ses beaux yeux vers elle.

— Ne doute jamais de notre amour pour toi. Quoi qu'il arrive, voilà une chose dont tu n'auras jamais à t'inquiéter.

— Alors quel est le problème ?

Mary hésita. Elle n'avait pas envie de mentir mais, dans le même temps, l'histoire de ce mâle n'était pas le genre de nouvelle qu'elle souhaitait annoncer en l'absence de Rhage, et, par ailleurs, elle ignorait toujours quoi dire au sujet de cet « oncle » surgi de nulle part.

— Euh…

Un bruit de pas précipités dans le vestibule lui fit dresser les poils de la nuque. Dans la demeure, un tel son qui arrivait dans votre direction n'était pas le genre de chose qu'on souhaitait entendre quand son *hellren* était au combat.

Quand John Matthew apparut sur le seuil, elle se leva aussitôt à la vue de son visage blême.

— C'est grave comment ?

— Que se passe-t-il ? interrogea Bitty, alarmée. Père… Qu'est-il arrivé à mon père ?

John Matthew commença à signer, et la fillette s'agita encore plus.

— Que se passe-t-il ? Qu'est-ce qu'il y a !

— Allons, allons… (Mary calma l'enfant d'un geste de la main.) Tout va bien. Il a seulement été blessé, mais ils l'amènent ici et je vais aller le voir…

— Je viens aussi…

— Je ne crois pas que ce soit une bonne idée, ma puce.

Bitty croisa les bras.

— Suis-je un membre de cette famille ou pas ?

Mary ravala le brusque nœud qui s'était formé dans sa gorge.

— Le spectacle risque de ne pas te plaire.

— Il était avec moi chez Havers. Je serai également là pour lui.

John Matthew siffla doucement puis se remit à signer lorsque Mary se tourna vers lui. Elle hocha la tête et prit sa décision.

— Bien, tu peux m'accompagner. Mais voici le marché : nous attendrons de savoir ce que diront les médecins. Ils pourraient ne laisser entrer qu'une seule d'entre nous à la fois, voire aucune de nous.

— Quoi que diront Doc Jane et le docteur Manny, j'obéirai.

Mary tendit les bras et Bitty s'avança pour une rapide étreinte effrénée. Puis, ensemble, elles se hâtèrent de suivre John Matthew dans le vestibule, pour ensuite contourner le grand escalier et s'engager dans le tunnel qui menait au centre d'entraînement.

Durant toute la traversée du passage sous les tubes fluorescents du plafond, Bitty et elles ne se lâchèrent pas la main et marchèrent au même rythme, car Mary ralentit le pas tandis que l'enfant l'accélérait.

— Ne pleure pas, maman, dit doucement la petite.

— Je ne savais pas que j'étais en train de pleurer, chuchota l'humaine en s'essuyant les joues. Je suis si heureuse que tu sois avec moi.

Chapitre 31

— Non, je ne resterai pas là.

Axe fit mine de s'asseoir dans son lit d'hôpital, et le concert de vives protestations émises par chacun de ses os, de ses tendons, de ses muscles et de ses plaies cutanées fut si retentissant qu'il l'empêcha d'entendre le discours certainement très raisonnable du docteur Manello lui expliquant pourquoi il devait y aller mollo.

— Non.

Axe esquissa un geste pour ôter l'aiguille de sa perfusion.

— Je me casse.

Le médecin saisit vivement le poignet de son patient.

— Que diable crois-tu être en train de faire ?

— Je retire ce truc si vous ne voulez pas le faire.

— Écoute, gamin, j'aimerais te rappeler que je t'ai opéré dans cette foutue ruelle il y a environ une heure.

— Je me sens bien.

— Tu as les lèvres bleues.

— Je suis libre de faire ce que je veux de mon corps.

Pendant qu'ils se chamaillaient, Axe se rendit compte que le décor austère de la chambre d'hôpital et le lit inclinable sur lequel il était installé l'agaçaient au-delà de toute mesure. Ainsi que la blouse qu'il portait. Le fait qu'il était pieds nus. Et aussi l'idée qu'il risquait d'être coincé là toute la journée.

En fait, presque tout lui tapait sur les nerfs.

— Vraiment. (Au moins, le chirurgien lui lâcha le bras lorsqu'il reprit la parole.) Alors voilà ta réplique ? Tu es libre de faire ce que tu veux de ton corps ?

Attendez, c'était ce qu'il avait dit ? Il ne s'en souvenait pas. Bref.

— Je trouvais qu'elle était bonne. (Axe secoua la tête.) Et, allez, je me suis nourri sur une élue là-bas. Dans moins de six heures, tout sera guéri. Dedans comme dehors. Je n'ai pas de fractures, vous avez dit vous-même que je n'avais pas de commotion cérébrale, et puis j'ai sauvé la vie d'un membre de la Confrérie de la dague noire.

— Et tu crois que ça te donne carte blanche pour te la jouer CAM ?

— Bon, je ne sais pas ce que veut dire « CAM »…

— Contre avis médical. Abruti.

— Du coup, ce serait plutôt « CAMA », non ?

— Tu me donnes envie de te frapper au cuissot, pour info.

— Ça rime, et est-ce qu'il n'existe pas un serment hypothétique ou un truc comme ça que vous prêtez, vous autres, les médecins humains ?

— Le serment d'Hippocrate. Et, hypothétiquement, tu pourrais te barrer d'ici et avoir des complications dans les trois heures suivantes qui nécessiteraient de te rouvrir, mais tu serais comme un con, chez toi avec les doigts dans le cul, en train de te vider de ton sang pour de mauvaises raisons.

— Mes doigts n'ont jamais approché cet endroit.

— Tu devrais peut-être essayer. Ça pourrait encourager ton cerveau à fonctionner correctement.

Axe ne put s'en empêcher. Il éclata de rire, et le docteur Manello se joignit à lui, du moins jusqu'à ce que le vampire se mette à tousser en crispant une main sur son flanc, à l'endroit où on l'avait poignardé.

— Tu vois ? dit le médecin d'un air mécontent.

— Je suis juste endolori. (Axe inspira profondément et cacha tant bien que mal sa grimace.) Dites, doc, laissez-moi m'en aller d'ici, c'est tout. Je vais prendre la navette pour partir et…

— Tu ne pourras pas te dématérialiser.

Merde ! il avait sans doute raison.

— Qu'est-ce que tu as donc chez toi ? interrogea le docteur. Un chat ? Un chien bouffeur de meubles ?

— Je veux juste mon propre lit. (Même s'il dormait par terre.) C'est aussi simple que ça.

Le docteur Manello s'adossa au mur, les sourcils froncés, comme si quelqu'un parlant une langue étrangère était sur le point de lui lâcher une enclume sur le pied, et qu'il devait trouver comment lui dire de ne pas le faire.

— Tu vas vraiment t'en aller, marmonna le chirurgien.

— Même si je dois marcher jusqu'à la maison.

Il y eut un long silence. Puis le docteur Manello déclara :

— Bien, je vais te reconduire dans l'unité chirurgicale mobile.

— Quoi ? Oh, merde ! doc, je ne peux pas vous demander ça…

— Quelle est mon autre option, espèce d'emmerdeur fini ? Tu vas te casser d'ici en boitant, te planquer dans ce foutu bus si nécessaire, puis débarquer quelque part dans Caldwell, uniquement pour t'apercevoir quand tu seras tout seul là-bas que tu ne peux pas du tout marcher et que tu vas mourir comme un pancake trop cuit à cause d'une exposition au soleil. Après que j'ai gâché deux mètres de mon meilleur fil à suturer et me suis cassé la tête façon Humpty Dumpty sur ton bordel innommable.

— Attendez, est-ce que Humpty Dumpty ne s'est pas écrasé en tombant ? Je crois que la métaphore que vous visez serait plutôt un truc en rapport avec la Super Glu-3 ? ou le Scotch ?

Le médecin sourit et désigna la poche à perfusion.

— As-tu la moindre idée du genre de truc que je peux foutre là-dedans ?

— Ça paraît obscène. Et, vu que j'apprécie les femelles en ce moment, vous n'êtes pas du tout mon genre.

Le chirurgien riait encore lorsqu'il se dirigea vers la porte.

— Donne-moi dix minutes pour m'organiser. Ehlena va venir te débrancher et, si tu touches à cette aiguille dans ta veine, je ne te laisse pas sortir. On fait ça selon mes conditions, compris ?

— Compris.

Juste au moment où l'humain ouvrait la porte, Axe dit d'un ton bourru :

— Est-ce que je peux voir Rhage ? Vous savez, avant de partir.

Le médecin jeta un coup d'œil par-dessus son épaule.

— Oui, il t'a réclamé. Et tu peux prendre tout le temps que tu veux avec lui… Au fait, tu iras le voir en chaise roulante. Oh ! et épargne-moi tes plaintes à ce sujet, s'il te plaît.

— Je n'ai rien dit.

— Pour l'instant.

Comme la porte se refermait, Axe songea qu'eh bien au moins ce type semblait le comprendre.

Et ça alors ! une fois qu'il fut « débranché » et eut posé ses pieds nus par terre, se lever s'avéra vraiment délicat.

Visiblement, le chirurgien avait eu raison en soulignant qu'il ne pourrait pas aller bien loin.

Ehlena, son infirmière, fut patiente pendant qu'il se hissait du lit à la chaise roulante en grognant, puis elle le poussa deux portes plus loin en direction de la sortie et toqua contre le battant.

—Entrez, dit une voix féminine.

L'infirmière ouvrit et Axe fit rouler son fauteuil à l'intérieur. Le tableau sur le mur de la chambre était un vrai Norman Rockwell, et Rhage, qui gisait sur le dos dans son lit d'hôpital, avait l'air d'un revenant, tandis que sa *shellane* aimante et sa fille brune se tenaient à ses côtés.

Et bizarrement, bien qu'Axe ne croit pas à la théorie des atomes crochus, sauf quand il s'agissait de bombe... la vue de ces trois-là le rendit un peu sentimental. Après tout, c'était le genre de bonheur que tout le monde désirerait, parce qu'on voyait bien que les membres de cette famille étaient proches les uns des autres : Rhage tenait la main de la fillette, et Mary, qu'Axe avait croisée en passant à une ou deux reprises, entourait de son bras les épaules de leur enfant.

—Je ne voulais pas interrompre votre petite réunion familiale, marmonna-t-il.

—Non... (Rhage lui fit signe d'avancer) viens ici...

Axe roula aussi près que possible et se dit : *Et puis merde.* Il enclencha le frein, lutta pour s'extirper du fauteuil, et se servit des barrières du lit pour se maintenir debout.

Waouh ! il se sentait nauséeux à présent.

—Merci, fiston, dit Rhage d'une voix enrouée. Tu m'as sauvé la vie.

Mince ! ces prunelles étaient si bleues qu'elles paraissaient presque fausses. Et elles brillaient de larmes contenues.

—Non, c'est bon. Mais je suis content, tu sais... (Putain ! attendez, quoi ? il était en train de chialer, lui aussi ?) Écoute, il faut que j'y aille.

Rhage lui attrapa le bras d'une poigne étonnamment ferme et répéta :

— Merci. De m'avoir sauvé la vie. Et rends-nous service à tous les deux, ne fais pas semblant de n'avoir rien fait. Tu es l'unique raison pour laquelle je suis en vie à présent.

Axe demeura planté là comme un piquet. Il n'avait pas la moindre idée de quoi faire ensuite.

Mary rompit le silence, depuis l'autre côté du lit, d'une voix chevrotante.

— Je ne sais pas comment te remercier.

— C'est inutile. Je ne veux rien, madame.

Axe leva la tête, et regarda le plafond dans une tentative d'empêcher le trop-plein de ses larmes de déborder de ses globes oculaires.

— Je ferais mieux d'y aller. Je rentre chez moi.

— Ils te laissent sortir ? s'étonna Rhage. Ne le prends pas mal, mon gars, mais tu n'as déjà pas l'air assez bien pour respirer seul, alors encore moins pour rentrer sans surveillance médicale.

— Ça ira.

Le frère éclata de rire.

— On croirait entendre l'un d'entre nous.

Il y eut un nouveau silence, pendant lequel Axe chercha désespérément à se retenir de chialer.

— Viens ici, fiston.

Rhage se redressa dans son lit en grognant et, pour une raison stupide, insensée, débile, Axe se pencha vers lui avec un gémissement de douleur. Lorsqu'ils s'étreignirent, Axe s'entendit dire :

— Et si je n'étais pas arrivé à temps ? C'est ce que je… c'est ce que je revois sans cesse dans ma tête.

— Mais tu es arrivé à temps.

— Mais si cela n'avait pas été le cas ? Tu serais mort et cela aurait été ma faute.

Rhage le lâcha et se laissa retomber contre le matelas à demi incliné.

— Non, cela aurait été la mienne. Nous reparlerons de cela plus tard mais, crois-moi, en tant qu'habitué de ce type de raisonnement, se flageller pour une chose que seul le destin pouvait décider de faire arriver ou pas est la définition même de la stupidité.

— D'accord.

— Tu sais, dit le frère dans un soupir rauque. J'aimerais te dire que la guerre devient plus facile avec le temps. Mais c'est faux. En revanche, on s'habitue à son horreur. Ça, je peux te le promettre. Et puis, pense à ça. Tu démarres par une victoire. C'est bien mieux que de se faire botter le cul… (Il jeta un coup d'œil inquiet en direction de sa fille.) Tu sais. Avec un balai. Une ventouse à chiotte. Une crosse de hockey. Un piquet de tente. Un piquet de tente. Un piquet de tente.

Axe s'esclaffa et se réinstalla dans le fauteuil roulant, ce qui fut à la fois un soulagement pour lui et lui parut également aussi douloureux que de se faire botter le cul, littéralement.

Et, bon sang ! on aurait pu croire que sa cuisse apprécierait de ne plus devoir soutenir son poids ? Alors pourquoi s'était-elle remise à l'élancer en pulsant au rythme de son cœur ?

— Pas de cours demain soir pour toi, annonça Rhage.

— Ouais, écoute, est-ce que c'est vrai que personne d'autre n'a été blessé en dehors de nous deux ?

— Il y a eu quelques brèves escarmouches, mais pas de véritable combat. Les autres tueurs se sont contentés de décamper. C'était comme s'ils avaient eu peur d'être renvoyés chez eux. Je crois que l'Oméga est en pleine réflexion en vue d'opérer des changements stratégiques. Je ne sais pas.

Axe hocha la tête comme si son opinion comptait dans une discussion portant sur l'Oméga, la Société des éradiqueurs ou les tenants et aboutissants de la guerre. Ce qui n'était vraiment pas le cas. Il s'était simplement trouvé au bon endroit et au bon moment ce soir-là et n'avait pas tout foutu en l'air.

Il avait l'impression que ces gens le voyaient comme une sorte de héros, ce qu'il n'était certainement pas.

Lui seul savait exactement à quel point c'était faux.

— Donc… euh… je vais y aller maintenant. Le docteur Manello me raccompagne chez moi.

— T'es certain que c'est une bonne idée, fiston ?

Axe jeta un coup d'œil à la famille du frère.

— Je… euh… quelqu'un m'attend là-bas.

Rhage lui fit un sourire entendu.

— Eh bien, tant mieux pour toi, mon gars.

— Trop bien pour moi, plutôt.

— Oh ! je connais ce refrain-là. Et je n'ai pas fini de le répéter, crois-moi.

Axe salua les deux femelles d'un signe de tête puis fit rouler son fauteuil à reculons pour faire demi-tour et…

Soudain, la fillette le contourna et vint se placer devant lui. Elle était petite et avait l'air frêle, avec des poignets qui ne semblaient pas plus gros qu'un de ses propres doigts et des épaules guère plus larges que sa paume de main. Mais elle avait de ravissants yeux bruns qui pétillaient d'intelligence et de magnifiques cheveux épais et brillants. Dans ses leggings et son large pull de Noël rouge orné de flocons de neige…

… elle lui parut cependant plus terrifiante qu'une bande entière d'éradiqueurs.

Et s'il la cassait ? Non que quiconque lui ait demandé de la prendre dans ses bras. Et s'il respirait de travers et qu'elle se brisait comme du verre ?

Eh bien, pour commencer, à demi mort ou pas, Rhage sortirait de ce lit et le changerait en serpillière.

— Euh… (Axe jeta un coup d'œil aux parents, paniqué.) Euh…

— Est-ce que je peux te serrer dans mes bras ? Pour te remercier d'avoir sauvé mon père ? demanda la petite.

Axe se tourna immédiatement vers Rhage. Et, oui, il se peut fort bien que le jeune mâle secoua la tête de gauche à droite très vite. Comme il l'aurait fait si on lui avait proposé : « Dis, et si tu tenais cette tortue serpentine ? » ou « Et si tu te portais volontaire pour attraper la malaria ? » ou le toujours populaire « Et si tu sautais dans ce bassin infesté d'alligators ? »

Avec des côtes de porc attachées au cou et un rôti dans le…

Axe sourcilla. Mary et Rhage eurent soudain l'air de deux mourants. Que se passait-il donc ?

Mince ! il ne voulait pas les offenser.

Il jeta un coup d'œil à la petite femelle.

— Euh… hem, oui. D'accord…

La gamine se jeta sur lui juste après, et son étreinte fut étonnamment assez forte pour lui couper le souffle. Levant la main, il tapota ses omoplates de petit oiseau.

Puis il se figea quand elle lui chuchota à l'oreille :

— Il m'a sauvé la vie. Un jour, j'aimerais pouvoir faire ce que tu as accompli pour lui.

Elle s'écarta de lui aussi rapidement qu'elle s'était jetée dans ses bras, et ce fut bizarre. Au centre de sa poitrine, il ressentit ce drôle de fond de… il ne savait pas trop quoi. Mais c'était tiède et paraissait à l'opposé complet de la haine de lui-même glaciale qu'il trimballait d'habitude derrière son sternum.

La gamine rejoignit ses parents. Et, avant que la situation devienne encore plus émouvante qu'elle l'était déjà, Axe fit un dernier salut à la famille, et alors la fillette dut revenir et lui ouvrir la porte car il n'avait aucune idée de comment sortir de la pièce sans aide.

Le docteur Manello l'attendait dehors dans le couloir.

— Tu es prêt ?

— Oui.

— Allons-y, alors.

Tous deux avancèrent ensemble, le bon docteur sur ses pieds, dans des mocassins élégants, et Axe assis dans son croiseur dont les roues grinçaient sur le sol lisse.

Pour le trajet jusqu'au cottage, le médecin le fit s'installer à l'arrière de l'unité mobile, dans la partie chirurgicale, parce que l'avant du véhicule n'avait pas de vitres teintées.

Et cela convenait très bien à Axe de ne pas connaître la localisation exacte du centre d'entraînement.

Sans compter que son isolement de circonstance lui donna le temps de réfléchir.

Bizarrement, les paroles de Rhage lui trottaient toujours dans la tête.

« Se flageller pour une chose que seul le destin pouvait décider de faire arriver ou pas, est la définition même de la stupidité. »

Axe grogna et se frotta les yeux. Seigneur ! il était épuisé…

— Eh ! nous sommes arrivés.

Axe sursauta et jura immédiatement parce que son corps se réveilla dans la souffrance avec tous les récepteurs de douleur allumés simultanément.

Le docteur Manello était à l'arrière de l'unité mobile et se penchait au-dessus du fauteuil roulant.

— Tu veux que je t'aide à sortir ?

— Non. (Axe serra les dents et posa les mains sur les accoudoirs rembourrés.) Je m'en occupe.

Le chirurgien recula, mais ses yeux perçants qui ne rataient rien cherchèrent le moindre signe de complication postopératoire tandis que le vampire tentait de se hisser sur ses deux pieds.

— Tu peux garder la blouse et les chaussons. Mince ! prends la chaise roulante, s'il te plaît.

Axe grogna en se traînant jusqu'aux portes arrière.

— Comme si c'était des récompenses ? Et, oui, je vous laisse le fauteuil.

Tandis que le chirurgien le contournait avec une aisance admirable et ouvrait les portes, Axe eut l'impression d'avoir cent quatre-vingts ans. Mais il parvint à descendre de l'ambulance avec seulement un peu d'aide, puis il avança à un train de sénateur jusqu'à…

Pourquoi de la fumée sortait-elle de la cheminée du cottage ?

Il n'était que 3 heures.

Faisant abstraction de toutes ses douleurs, il se concentra sur la personne dans la maison… et, oui, il s'agissait de son Elise.

Non qu'elle soit sienne.

Il fallait croire qu'elle avait décidé d'arriver tôt…

— Ça va aller ? s'enquit le médecin alors que des nuages de condensation s'échappaient de sa bouche dans le froid. Tu veux que je t'aide à t'installer ?

— Non, merci, doc. (Le vampire regarda l'humain et lui tendit la main.) Je vous dois beaucoup.

— Tout à fait. Mais le service avec un sourire, c'est gratuit. Assure-toi seulement de venir me voir dès ton arrivée à la tombée de la nuit, d'accord ? Je sais qu'il n'y a pas cours, mais on devra retirer les points.

— Marché conclu.

Quand ils se furent tapés dans la main, le chirurgien referma l'arrière de son unité mobile et s'en alla tandis qu'Axe se dirigeait vers la porte d'entrée du cottage.

Mince ! il aurait bien voulu avoir une minute pour se coiffer et se brosser les dents avant de voir Élise. Et puis il y avait tous ces bandages…

Ah ! et dire qu'elle avait cru que cette estafilade près de son œil était grave.

Au moins elle ne pourrait pas l'accuser de ne pas épicer les choses entre eux. Ou, du moins, de ne pas les rendre surprenantes.

Chapitre 32

Les émotions étaient de fourbes petits démons. Très souvent, Elise le savait, quand quelque chose survenait qui vous contrariait, vous choquait ou vous désorientait, on affrontait l'événement, quel qu'il soit : la dispute, les insultes, les mauvaises nouvelles, l'accident qui était votre faute ou pas, et on émergeait de l'autre côté, soulagé que ce soit terminé.

Mais ensuite on se mettait à ruminer.

Assise devant le feu qu'elle avait allumé des heures plus tôt dans la cheminée d'Axe, elle contemplait fixement les flammes jaune et orange tout en se repassant mentalement le monologue « maternel » de sa tante en boucle. Seigneur ! c'était comme si son cerveau avait des sillons et que ses pensées étaient l'aiguille coincée sur le disque.

Même après qu'elle fut entrée par effraction dans cette maison qui n'était pas la sienne – certes, la porte d'entrée n'était pas verrouillée – et en dépit du fait qu'elle était assise ici, à l'endroit précis où le mâle et elle avaient failli faire l'amour la nuit précédente, tout ce qu'elle revoyait et entendait dans son esprit, c'était la scène du dressing…

Le bruit d'un moteur devant la petite maison la fit bondir sur ses pieds et, l'espace d'un instant, elle paniqua en s'imaginant que son père avait, d'une façon ou d'une autre, découvert où elle se cachait, mais alors elle sentit la présence d'Axe, le sang qu'il lui avait donné faisant une fois encore office de signal qu'elle était heureuse d'avoir.

Mais et s'il était en colère qu'elle soit venue si tôt ? Il devait être 3 heures ? 3 h 30 ? Ce qui était moins un problème que le fait qu'elle était arrivée ici juste avant minuit.

Avec un peu de chance, il ne serait pas…

Le battant s'ouvrit en grand et, lorsque Axe entra en titubant, elle posa une paume sur sa bouche pour s'empêcher de crier. Tendant la main à l'aveuglette, elle dut même s'appuyer contre les pierres tièdes du manteau de la cheminée.

Le mâle était vêtu d'une blouse d'hôpital qui laissait voir ses jambes nues et portait des chaussons aux pieds. Il marchait comme s'il souffrait beaucoup, et on apercevait des bandages sur son biceps et son épaule, mais il devait sans doute en avoir d'autres qui n'étaient pas visibles.

Mais ce n'était pas le pire. Son visage était couturé de cicatrices, comme s'il s'était approché trop près d'une série de couteaux ou d'une rangée de barbelés.

Il s'arrêta en voyant sa réaction.

— C'est si moche que ça, hein ?

— Oh, mon Dieu… (Elle se précipita vers lui, les bras tendus, puis s'arrêta net devant lui.) Où est-ce que tu n'es pas blessé ? Que s'est-il passé !

Avant qu'il puisse l'en empêcher, elle se glissa à côté de lui et lui passa un bras autour de la taille pour le soutenir.

— Appuie-toi sur moi.

Elle fut surprise qu'il obtempère. Et cela lui fit presque aussi peur que l'état de son visage.

— Viens près du feu, dit-elle en le guidant dans cette direction. Est-ce que tu t'es échappé de l'hôpital ? Comment ont-ils pu te laisser partir dans cet état ?

Elle l'aida à s'allonger sur le matelas. Le mâle baigna aussitôt dans la lueur du feu et elle espéra que cela le réchaufferait un peu. À peine fut-il installé qu'elle se précipita pour refermer la porte d'entrée.

— Puis-je t'apporter quelque chose ? s'enquit-elle en revenant et s'accroupissant près de lui.

Il se contenta de la contempler, d'un regard doux, tandis que la tension quittait peu à peu son visage.

— J'ai tout ce qu'il faut ici.

Quand il tendit le bras pour lui caresser la joue, elle s'avança pour qu'il n'ait pas à faire d'efforts pour la toucher.

— Que s'est-il passé, Axe ?

— Ça n'a pas d'importance. (Du bout des doigts, il lui effleura la mâchoire, puis la gorge.) Et je n'ai plus mal nulle part.

Elle baissa les yeux et poussa un juron. L'ourlet de sa blouse d'hôpital s'était un peu retroussé et dévoilait un épais bandage autour de sa cuisse. Elle remarqua aussi une bosse sous son autre bras, au niveau des côtes. Et, oh, doux Jésus ! ce visage.

— Je suis si laid que ça ? chuchota-t-il.

— Jamais. Pas à mes yeux.

— C'est bon, tu peux le dire. Tu aimes la vérité, tu te rappelles ?

Tout ce qu'Elise réussit à faire ce fut secouer la tête, car les larmes lui montaient aux yeux et ses mains s'étaient mises à trembler, comme si le monde tout entier venait soudain de s'abattre sur elle.

— Je vais bien, murmura-t-il. Viens, allonge-toi près de moi. (Elise s'étendit sur le flanc, la tête appuyée sur son coude, pour le regarder.) Tu ne vas pas me raconter ce qui s'est passé, n'est-ce pas ?

— Ce n'est pas si important.

— Si, ça l'est.

Mais il se ferma comme une huître. Et se contenta de l'observer.

— J'aimerais pouvoir faire quelque chose, dit-elle.

— Tu peux.

— Quoi donc ?

— Tu irais me chercher ma brosse à dents, mon dentifrice et un verre d'eau là-haut ? J'adorerais pouvoir me laver les dents.

Pendant une seconde, elle crut qu'il plaisantait. Puis elle sourit à l'idée d'être utile.

— Autre chose ? l'interrogea-t-elle en se redressant.

— Oui, mais je te le dirai une fois que j'en aurai fini avec le fil dentaire.

Elise cligna des yeux. Puis secoua la tête.

— Tu n'es… Tu ne vas pas me sauter dessus, hein ?

— Est-ce que cela te dérangerait ?

Elle s'esclaffa.

— Non, pas du tout. Mais c'est juste que, au cas où tu ne l'aurais pas remarqué, tu es à moitié mort.

Axe se mit à sourire, et ce fut un spectacle magnifique à voir.

— Loin de là, femelle. Loin de là.

Incroyable comme un simple changement de décor pouvait vous ressusciter un mâle.

Quand Elise revint et s'agenouilla près de lui avec le kit de distribution de fraîcheur mentholée et le verre d'eau demandés, il ressentit le même effet qu'une injection de morphine. Sans avoir eu besoin de s'injecter l'opiacé par intraveineuse, il n'éprouvait plus la moindre douleur.

— Et si je te préparais tout ça ? proposa-t-elle en soulevant la brosse et le tube de dentifrice.

Quand il hocha la tête, elle se mit à l'œuvre. Comme elle baissait la tête, sa queue-de-cheval glissa de son épaule dans son dos tandis qu'elle se concentrait pour tracer une ligne de Crest sur les poils de la brosse.

OK, dit comme cela, ça avait l'air obscène.

Mais bon, étant donné son humeur actuelle, il aurait pu se focaliser sur quelque chose d'aussi innocent que l'ouverture du tube, la pression sur le dentifrice ou même le fait qu'elle tenait fermement sa brosse à dents et transformer cela en un film classé X…

— Comment allons-nous faire ? demanda-t-elle.

Axe jeta un coup d'œil à son propre corps et répondit dans sa tête : *Soulève ma blouse et enfourche-moi après t'être déshabillée. Ensuite, chevauche-moi comme le taureau que je suis.*

Waouh ! quel romantisme.

— Je vais lever la tête. Et…

Il poussa un sifflement de douleur et laissa le poids mort au sommet de sa colonne vertébrale retomber sur le matelas.

— Bon sang !

Le sourire d'Elise apparut juste au-dessus de lui.

— Ouvre grand.

Lorsqu'il obéit, la saveur piquante et rafraîchissante du dentifrice fut complètement supplantée par l'odeur et la beauté de la femelle, ainsi que par sa propre envie d'elle. Elle finit le travail en rinçant plusieurs fois la brosse dans le verre d'eau après avoir débarrassé sa bouche du dentifrice, et, si le résultat final était un peu granuleux, au moins il n'avait plus ce goût de sang séché sur la langue.

Et elle ne le sentirait donc pas, elle non plus.

Elise posa le verre et la brosse à dents de côté et tira la manche de sa polaire toute simple sur sa paume pour lui tamponner la bouche.

— Comment ça va ?

— Est-ce que je suis trop bousillé pour que tu m'embrasses ?

— Non, souffla-t-elle.

Elle se pencha sur lui, mais il l'arrêta.

— Peux-tu lâcher tes cheveux ?

Le souvenir de sa chevelure rabattue par le vent sur le visage de l'humain devant le restaurant ne le quittait pas, et il voulait vivre cet instant d'émerveillement et de magie qu'un autre type avait obtenu d'elle, l'enlever à cet humain, se l'approprier comme l'un des siens.

En plus, il adorait l'odeur de son shampoing.

Quand elle eut ôté l'élastique et se fut retournée vers lui, de douces ondulations lui encadraient le visage, puis ses lèvres effleurèrent les siennes et il convoqua toutes ses forces pour poser les mains sur ses bras.

— Tu peux t'allonger sur moi, dit-il contre sa bouche.

— Où es-tu blessé ?

— J'ai seulement pris un coup de couteau dans le flanc, rien de grave…

Elle se redressa.

— Quoi…

Axe agita la main d'un geste désinvolte.

— Ce n'est pas un souci.

— Laisse-moi voir.

Hum. Si elle le déshabillait, elle risquait d'avoir un trop bel aperçu de la gravité de sa blessure. D'un autre côté, il serait nu.

Sa conscience prit la parole.

— Euh… je ne porte rien là-dessous. Je veux dire, vraiment rien du tout.

Elle baissa à demi les paupières.

— Ça ne me dérange pas.

Axe ondula des hanches en entendant l'intonation sexy dans sa voix.

— Alors découpe ce satané truc. Il y a des ciseaux dans la cuisine. Près de la gazinière.

L'entendre marcher dans la cuisine, tout comme lorsqu'elle était montée à l'étage, lui fit prendre conscience du vide habituel des lieux, mais aussi à quel point c'était tranquille ici, dans la cambrousse. Dans ce coin rural de Caldwell, on ne souffrait pas du bruit dû au trafic routier nocturne, ni de la pollution lumineuse émanant des bâtiments ou des lampadaires, ni de la présence de voisins proches.

Bizarrement, lui qui n'avait jamais vraiment eu d'opinion sur l'endroit où il vivait avant appréciait désormais le calme de l'isolement.

Surtout quand elle était là.

— Je vais faire attention, dit-elle en revenant et en s'agenouillant près de lui. Je crois que je vais devoir commencer par le bas.

Le souffle d'Axe se coinça dans sa gorge avant d'être expulsé complètement.

— Elise ?

— Quoi ? demanda-t-elle en approchant les lames de l'ourlet.

— Tu as conscience que je suis…

C'était étrange qu'un mâle comme lui, qui avait fait à peu près tout ce qui était sexuellement possible sur le plan physique, et souvent devant un public nombreux, se mette soudain à jouer les timides. Mais la différence était qu'il voulait qu'Elise apprécie son apparence. Dans les autres situations, il s'en foutait royalement.

— Tu es quoi ? murmura-t-elle. Je veux te l'entendre dire.

— Je bande, gémit-il. Pour toi.

Qu'un type comme lui, couvert de bleus, salement amoché et raccommodé à la Frankenstein avoue à une femelle que la seule partie de son anatomie encore intacte était prête et piaffait d'impatience était la chose à dire la moins sexy du monde.

Mais, pour une raison inconnue, elle se fichait de tous les impairs qu'il pouvait commettre.

Elle lui fit un sourire digne d'être gravé dans le marbre.

— Eh bien, dans ce cas, je vais devoir remédier à ce problème, non ? murmura-t-elle.

Son pénis s'agita comme s'il faisait des pompes, et elle se mit au travail. Les ciseaux argentés réfléchissaient la lumière du feu et les lames brillèrent d'un vif éclat lorsqu'elle commença à couper. En plein milieu de la blouse.

Le claquement répété des deux lames affûtées si près de son pénis en érection faillit le faire jouir. Puis elle arriva pile au niveau du lieu de l'action.

Là, elle fit courir les ciseaux juste au-dessus de son sexe érigé.

Agrippant les couvertures et les serrant convulsivement dans ses poings, Axe rejeta la tête en arrière, les mâchoires contractées et grogna :

— Je vais jouir… oh, putain…

L'orgasme fut plus puissant que tous ceux qu'il avait eus au club, et les sensations si précises et si nettes que, à l'image des lames, elles le traversèrent des pieds à la tête.

Mais il redoutait ce que la femelle allait penser de lui. Il ne voulait pas aller trop loin, trop vite…

Non, il n'aurait pas dû s'inquiéter. Elise paraissait fascinée par le spectacle et mordait sa lèvre inférieure de ses crocs blancs, comme si elle retenait ses propres grondements de plaisir. Elle contemplait avec avidité son pénis et ses éjaculations, et tout son corps enfiévré semblait prêt à le monter.

Sauf que, quand ce fut fini, elle se contenta de continuer à découper la blouse en remontant sur les abdos, tandis que son gland effectuait une danse désespérée. Puis encore plus haut, jusqu'aux pectoraux. Pour achever par le cou.

Axe n'aurait pas pu remuer, même s'il l'avait voulu. D'autant plus que, lorsqu'elle eut terminé, elle écarta les deux pans de tissu et se redressa.

— J'ai envie de te toucher, dit-elle d'un ton admiratif qui le fit rougir.

— Où tu veux. (Seigneur ! il avait la voix rauque.) Putain ! fais ce que tu veux de moi.

Elle commença par l'embrasser et, bon sang ! il adora cette sensation d'être sous son contrôle, sa domination. Il était vulnérable, parce que nu et blessé, et si excité par la femelle qu'elle aurait pu le violer de douze façons différentes jusqu'au dimanche, et qu'il l'aurait supplié d'en avoir davantage : « Plus fort, encore, encore, encore, oh je t'en prie, Elise, prends-moi encore... »

Ses mains lui faisaient l'effet d'un filet d'eau ruisselant sur sa peau tandis qu'elle lui léchait la bouche et le pénétrait de sa langue, le prenait tout en se donnant à lui. Puis elle se mit à l'embrasser le long de la gorge.

— Que veulent dire ces tatouages ? l'interrogea-t-elle alors que ses lèvres frôlaient sa jugulaire. Pourquoi sont-ils d'un seul côté ? Tes piercings et tes boucles d'oreilles aussi.

— Deux moitiés, marmonna-t-il en cambrant le bassin pour soulager un peu son sexe gonflé et brûlant, qui reposait sur son abdomen.

— De toi ?

Il opina et tenta d'expliquer.

— Qui je suis et qui j'aimerais être.

Elle s'arrêta.

— Qu'aimerais-tu être ?

Pendant une seconde, l'atmosphère érotique du moment fut menacée, car des fêlures apparurent dans le désir enflammé. Mais il ne pouvait pas se permettre de la briser. C'était trop bon, trop rare…

— Axe ?

— Je veux être bon. Vraiment. (Putain ! on aurait dit un môme.) Je veux être un bon fils, pas un taré.

— Eh bien, je pense que tu es bon.

Tu ne me connais pas vraiment, songea-t-il avec une brusque angoisse.

Merde ! et si elle découvrait qu'il n'était qu'un sale pervers et un ancien drogué qui avait abandonné son père au moment où le mâle avait eu le plus besoin de lui ?

Et c'était triste mais, si mal placée que soit la foi d'Elise, il en avait besoin. Qu'elle croie en lui était presque une forme de pardon, quelque chose qu'il voulait désespérément, mais ne s'était jamais attendu à obtenir.

— Je veux être bon pour toi, dit-il, pensant sincèrement chaque mot.

De toutes les manières possibles.

Sauf qu'il n'eut pas le temps de s'attarder sur ce point, car Elise commença à se montrer très généreuse avec lui quand sa bouche descendit tout le long de son torse, pour finir par s'attarder au niveau de son gland. *Oh, merde !* Elle leva les yeux vers lui, puis tendit la langue et goûta son extrémité. Quand il poussa un juron retentissant et tressaillit, elle l'aspira…

Un éclair de douleur, à un endroit où les mâles ne toléraient généralement aucun inconfort, le fit sursauter et empira les choses.

— Ouille ! hurla-t-il quand les dents de la femelle s'accrochèrent de nouveau à lui. Non, non… ne t'arrête pas…

— Je suis désolée ! (Elle se redressa, paniquée, son sexe en érection toujours dans la main.) Je n'ai jamais fait ça… J'ai oublié que j'avais des crocs…

— Continue…

— Je ne veux pas te faire de mal…

— J'aime ça…

Tout à coup, l'absurdité de la situation leur apparut à tous les deux et il ne sut pas vraiment qui s'esclaffa en premier mais, bientôt, tous deux riaient à s'en tenir les côtes.

C'était si bon de ne plus subir la douleur et le vide intérieur, de ressentir non seulement du plaisir, mais aussi du bonheur.

Cela faisait si longtemps pour lui.

Plus depuis que sa mère était partie sans un regard en arrière.

Chapitre 33

Elise n'arrivait pas à croire qu'elle se comporte comme une espèce de séductrice, alors qu'en réalité elle n'avait couché qu'une seule fois, que cela n'avait pas été très agréable, et qu'elle n'avait certainement jamais essayé de faire une… vous savez quoi, à un mâle.

Seigneur ! elle était si inhibée qu'elle n'arrivait même pas à prononcer les mots dans sa tête.

Fellation.

— Oui. S'il te plaît.

Quand Axe répondit, elle se rendit compte qu'elle avait parlé à voix haute.

— Oh, mince… je suppose que je ne suis pas très douée, hein ?

Il tendit le bras et lui caressa la joue.

— Tu es incroyable. Tu me fais ressentir des choses que je n'ai jamais éprouvées. Tu es parfaite dans ta façon d'être et dans celle de me caresser.

— Mais je viens de mordre ton…

Et P.-S., bon sang ! elle n'arrivait pas à croire qu'elle était assise là, avec le sexe d'Axe dans la main comme si ce n'était pas plus inhabituel qu'un combiné de téléphone.

— Dis-le, ordonna-t-il.

— Euh…

— Membre viril. Bite. Cerveau du bas, queue, pénis…

Ils éclatèrent encore de rire, puis tous deux échangèrent un sourire qui lui donna envie de s'y remettre.

— Des suggestions ? demanda-t-elle d'un ton rauque. Qu'est-ce que tu aimes ?

Il ondula des hanches, et elle eut momentanément conscience des gros pansements blancs sur sa cuisse et sur ses côtes. Mais alors les yeux du mâle étincelèrent, il se mit à haleter et sa voix baissa d'une octave, et soudain elle ne songea plus à rien d'autre qu'à son goût.

— Passe ta langue... en remontant... et autour du gland...

Gardant les yeux rivés aux siens, elle tira la langue et se pencha en avant pour suivre ses instructions.

— Elise...

Oui, elle sut sans hésitation qu'elle avait trouvé la bonne façon de faire cette fois-ci, car son pénis tressaillit dans sa main, son bassin se souleva par à-coups, tandis que l'émerveillement et la passion se lisaient sur le visage du mâle.

— Tu es si belle..., haleta-t-il en l'observant.

Léchant l'extrémité du gland, elle ouvrit grand la bouche et l'avala tout entier en faisant attention de ne pas le toucher avec ses dents, et elle dut réussir car, bien que son sexe soit raide comme un piquet, Axe ne glapit pas de douleur cette fois-ci. Au lieu de quoi, il se cambra et remua de concert avec elle quand elle trouva son rythme, faisant coulisser ses lèvres et sa langue de haut en bas sur son pénis, tout en pressant la base de son sexe avec sa paume. Plus vite... de plus en plus vite...

— Je vais jouir...

Il poussa un grognement et, soudain, tous ses muscles se contractèrent, mais il essaya aussi de l'écarter.

Non, elle irait jusqu'au bout.

Lorsqu'il poussa un juron, elle accueillit toute sa jouissance sur sa langue, ce qui sembla le rendre fou de passion. Les convulsions du mâle et la réaction de sa propre bouche formèrent une expérience aussi érotique qu'il lui était possible d'imaginer.

Quand ce fut fini, il s'alanguit, à tel point que ses bras vinrent heurter le sol à côté du matelas en retombant.

— J'adore ton goût, dit-elle en se léchant les lèvres.

Et cela fit aussitôt se redresser son pénis dans sa main.

— Grimpe sur moi, dit-il d'un ton bourru. Je veux être en toi. Grimpe.

Pendant une fraction de seconde, Elise se demanda si elle allait vraiment faire cela.

L'étendue de ses blessures l'effrayait. Si c'était ce qui pouvait arriver quand il partait se battre dehors, chaque nuit, combien de temps s'écoulerait-il avant qu'il ne rentre plus du tout ?

Mais, si elle suivait cette logique, il fallait qu'elle le fasse car elle risquait de le perdre à tout moment.

Puis elle pensa à elle-même, aux années qu'elle avait passées en marge de la vie, à se comporter conformément aux valeurs qu'on lui avait imposées, plutôt que selon celles qu'elle s'était forgées à partir de ses propres convictions.

À cet instant précis, un magnifique mâle qui ne s'était jamais montré autrement que gentil et compréhensif à son égard – au point de la défendre même contre son père – voulait coucher avec elle. Elle n'avait pas de liaison, était attirée par lui, et se trouvait dans l'intimité d'un espace sacré.

Il aurait été tout simplement absurde de refuser. Surtout alors qu'elle avait envie de lui tout autant que lui la désirait.

Elise retira rapidement sa polaire ainsi que son tee-shirt à manches longues en dessous. Ensuite, elle ôta son soutien-gorge et se leva.

Puis elle acheva son déshabillage avec plus de lenteur, car Axe l'observait de ses yeux avides, mémorisant visiblement chaque détail de son corps. Elle baissa doucement son pantalon de yoga sur ses cuisses et ses genoux, avant de s'en débarrasser, et finit par se retrouver devant lui simplement vêtue de sa culotte blanche.

— Tourne-toi pour moi, demanda-t-il d'un ton proche de la supplication.

Se hissant sur la pointe des pieds, elle pivota sur elle-même pour lui montrer son derrière. Et ce fut alors qu'elle passa les pouces dans son sous-vêtement et le fit descendre jusqu'à terre, se penchant en avant tout en gardant les jambes droites, afin de lui faire découvrir exactement ce que, elle le savait, il voulait voir.

Il ne prononça pas un mot, mais son intense ronronnement de satisfaction et son regard volcanique lui apprirent tout ce qu'elle souhaitait savoir.

Elise l'enjamba et l'enfourcha au niveau du bassin. Le feu sous sa peau, la pesanteur dans ses seins, le désir pressant entre ses cuisses lui donnaient le sentiment d'être puissante et autoritaire, et elle était heureuse que les choses se déroulent ainsi.

Cela allait être incroyable.

Parce qu'Axe et elle allaient tout mettre en œuvre pour que cela le soit.

Après s'être agenouillée au-dessus de lui en plaçant les mains de chaque côté de sa tête, elle l'embrassa, encore et encore, bien consciente que son sexe ouvert se trouvait juste au-dessus de son pénis, qu'elle était prête, que tout semblait parfait. Et, tandis que leur baiser se prolongeait langoureusement, il lui caressa les cuisses et la taille avant de refermer ses mains sur ses seins, et elle sentit la fièvre monter en elle au fur et à mesure que la chaleur corporelle du mâle se communiquait à elle. Quand cette fébrile impatience devint intolérable, ce fut elle qui prit le contrôle et redressa son sexe bandé pour se caresser la fente avec le gland qu'elle venait juste de sucer.

Tous deux jurèrent à ce délicieux contact.

Puis elle orienta son pénis dans le bon angle, et s'empala doucement sur lui. La sensation d'être étirée et comblée ne fut pas du tout douloureuse, et elle fut heureuse d'avoir perdu sa virginité avant, car ainsi toute possibilité d'inconfort étant écartée, elle pouvait désormais profiter pleinement de chaque instant.

Elle commença à aller et venir d'avant en arrière sur lui pour créer une friction.

Soulevant et abaissant alternativement les fesses et le bassin, elle le chevaucha et il l'aida à accroître le rythme en effectuant ses propres va-et-vient dans le sens opposé. Alors que ses seins oscillaient frénétiquement de haut en bas, et qu'elle commençait à haleter, la lueur du foyer lui donna soudain l'impression irréelle que la scène se déroulait au ralenti, à moins que ce ne soit son cerveau.

La jouissance prochaine ressemblait à un train embarqué dans son propre corps, qui accélérerait sans cesse, le plaisir irradiant de son propre sexe s'amplifiant et se complexifiant au fur et à mesure que la friction s'intensifiait. Et pendant tout ce temps-là ils s'embrassèrent, les yeux dans les yeux et…

Son orgasme arriva en premier de façon inattendue, comme un élastique qui céderait, sauf qu'il n'y eut pas de douleur, rien qu'une explosion, un jaillissement et des spasmes de plaisir qui se succédèrent sans fin et dans lesquelles elle aurait voulu se perdre à jamais. Puis ce fut au tour d'Axe de pousser violemment en s'enfonçant davantage en elle, avant d'être terrassé par l'extase qui le fit tressauter en elle et contre elle, jusque dans sa bouche.

Après cela ? Quand tout fut fini ?

Une fois que la chaleur se fut atténuée ?

Il recommença depuis le début.

C'était le meilleur sexe de sa vie.

Absolument époustouflant, décida Axe beaucoup, beaucoup plus tard, alors qu'ils reposaient tous deux sur le matelas, Elise contre son torse, leurs corps rassasiés et leurs désirs érotiques assouvis, du moins pour l'heure à venir.

Faisant courir ses doigts le long de la colonne vertébrale de la femelle, il songea qu'il adorait sentir sa peau lisse, le poids de son corps et l'odeur de son sexe. Il aurait pu demeurer là contre elle pour le reste de sa triste vie.

Mais il savait que l'aube approchait.

— Elise, tu es réveillée ?

— Hum ?

Il lui caressa les cheveux.

— La situation a beau me tuer, il est bientôt 6 heures. Tu ferais bien de rentrer chez toi.

Elle souleva la tête de sa poitrine. Ses yeux étaient ensommeillés dans la lueur mourante du feu, ses lèvres encore gonflées de ses baisers et ses joues toujours rouges.

— J'ai envie de rester ici, dit-elle.

— J'ai envie que tu restes ici, moi aussi. Mais crois-tu que cela va arranger les choses avec ton père ? C'est à toi de voir.

Elle fronça les sourcils et demeura silencieuse un moment.

— Je suis désolée d'être arrivée en avance, au fait.

— Pas de beaucoup. En outre, tu es toujours la bienvenue ici. Je ne verrouille jamais. Entre, c'est tout.

— J'étais là avant minuit.

— Pourquoi ? (Il lui frotta l'épaule de sa large paume.) Et, encore une fois, je m'en fous. Installe-toi ici si tu en as envie.

Nom de Dieu ! qu'est-ce qu'il venait de dire ?

— J'étais bouleversée. Et je n'avais nulle part où aller.

Tout à coup, son instinct de mâle protecteur s'éveilla, ses crocs s'abaissèrent, et son corps fut de nouveau sur le qui-vive en dépit de ses blessures.

— Que s'est-il passé ? Et qui dois-je tuer ?

Ouais, il ne plaisantait qu'à moitié.

Au moins, elle esquissa un sourire. Mais cela ne dura pas.

— Je… euh… eh bien, je t'ai dit que ma cousine avait été tuée ? Tu te souviens ?

— Oui. Bien sûr.

— Eh bien, je suis allée dans sa chambre. Après ton départ. Je ne l'avais pas vraiment prévu, simplement, c'est là que j'ai atterri. Et je suis allée dans son dressing ; j'ai rangé ses affaires. Il y avait un tel bazar. Un vrai bazar… Des vêtements partout, des chaussures…

Quand elle n'ajouta rien, il lui caressa l'épaule.

— Parle-moi, Elise. Et sache que je serai muet comme une tombe si tu te confies à moi.

— Oh ! je te fais confiance. C'est seulement très moche à raconter.

— Je connais ça. Ça ne me fait pas peur.

Elle poussa un soupir tremblant.

— Ma cousine Allishon et moi, nous ne nous ressemblions pas du tout. Je veux dire… le mot poli pour la décrire serait « libérée ». Elle s'habillait très différemment de moi. Ses façons de penser et de se comporter n'avaient rien à voir avec les miennes, et elle adorait être la cousine rebelle. Elle était belle et incontrôlable, et j'ai toujours eu le sentiment qu'elle n'en faisait qu'à sa tête pour embêter ses parents.

— J'ai suivi le même chemin, dit-il d'une voix songeuse. Ce n'est bon pour personne.

— Peut-être que… si elle avait eu plus de temps ? Je n'en sais rien. Elle aurait peut-être changé. (Elise souffla.) Bref, j'étais dans son dressing et je rangeais ses affaires. Ma tante est entrée à ma plus grande surprise. Je veux dire, je ne l'avais plus vue depuis la nuit où Peyton est venu leur apprendre le meurtre. Elle avait l'air très mal en point. Maladive. Atroce. Comme si elle avait vieilli de mille ans, avait été affamée et battue.

Axe les repositionna en roulant sur un flanc et l'enlaça tendrement dans ses bras, les yeux dans les yeux.

— S'est-elle montrée reconnaissante de ce que tu faisais ?

— Non. Pas du tout. (Le regard d'Elise se fit lointain.) Elle a tenu les propos les plus haineux qui soient envers sa fille. Tout cela à cause des répercussions négatives que sa mort a entraîné sur l'image et la position de la famille au sein de la *glymera*. Elle était en colère et amère que l'assassinat de sa fille ait jeté l'opprobre sur elle et son mari. Elle était furieuse de ne plus être invitée aux soirées. J'ai assisté à la démonstration d'égoïsme la plus extraordinaire de toute ma vie, et, tout ce temps-là je n'ai pas cessé de penser : *Voyons, évidemment qu'Allishon se comportait aussi mal. Avec une* mahmen *pareille ?*

Axe serra les molaires sous l'effet de la colère.

— Les mères égoïstes sont les pires. Ça rend leurs enfants fous.

Comme une femelle qui abandonnait son *hellren* et son enfant pour l'argent de la *glymera*. Oui. Il avait lu le livre, vu le film, acheté le tee-shirt, le mug et le Blu-ray. Il avait également l'affiche au-dessus de son lit.

Mais il ne dit pas un mot de toute cette histoire. Il se concentrait sur Elise et, bon sang ! il voulait vraiment entendre ce qu'elle avait à dire.

Celle-ci secoua la tête.

— J'étais si bouleversée en partant que j'ai couru au rez-de-chaussée et suis sortie de la maison… et que j'ai vomi dans le jardin. Puis j'ai continué à courir, jusqu'en bas de la côte, et, pour finir, sur la route.

Il l'imagina en train de s'enfuir dans la nuit, le cœur brisé, sans personne dans sa famille pour comprendre la raison de son chagrin, ni même simplement s'en soucier vraiment.

— Je suis heureux que tu sois venue ici. Et j'aurais aimé que tu me racontes cela plus tôt.

— Merci de ne pas m'en vouloir.

— Jamais.

— J'ai demandé à Peyton de me raconter ce qui était arrivé à Allishon. Je le vois demain.

Axe dut réprimer un soupçon de malaise. Parce que cet enfoiré aurait mieux fait de fermer sa gueule au sujet de son activité de garde du corps.

— Il faut que je découvre la vérité. (Elle détourna la tête.) Il faut que je sache et je ne sais pas trop pourquoi c'est si important pour moi. La mort est irréversible, rien ne changera quand j'apprendrai ce qui est arrivé. Mais mon cerveau refuse de lâcher cette histoire et je ne vais pas combattre cette obsession.

— Tu cherches peut-être à éclaircir les circonstances entourant le décès de ta cousine faute d'obtenir les véritables réponses que tu souhaites.

— Je te demande pardon ?

— Eh bien… (Axe se racla la gorge.) Peut-être que tu ne peux pas demander à ton père ce qu'il éprouve réellement au sujet de ce décès. Il y a peut-être d'autres choses que tu aimerais savoir à son propos. Ce qu'il pense de la disparition de ta mère. Ce qui le tourmente nuit après nuit. Il est peut-être inaccessible. (Axe songea à son propre père, enfermé dans la cave avec ces blocs de bois pour seule compagnie.) Tu aimerais peut-être savoir ce qu'il éprouve vraiment pour toi. Mais tu sais que cela n'arrivera jamais. Vous ne serez jamais proches. Il sera toujours concentré sur autre chose. Pourtant, le truc foireux là-dedans, c'est que le simple fait d'avoir conscience de tout cela ne signifie pas pour autant que cette quête s'arrête. Mais tu peux seulement rester assise à attendre jusqu'à devenir dingue. (Il détourna les yeux d'Elise, avant de la regarder de nouveau et de hausser les épaules.) Donc tu cherches des faits à examiner pour te rapprocher de lui parce que c'est ce que les gens font. Ils vont au mauvais endroit pour trouver des choses qu'ils ne peuvent dénicher dans les bons.

Quand elle se contenta de le dévisager, il se sentit comme un abruti de première.

Elle allait obtenir son doctorat en psychologie, putain ! Qu'est-ce qu'il y connaissait aux motivations secrètes du psychisme ?

— Ou pas, marmonna-t-il. Je ne sais pas de quoi je parle…

Elise l'interrompit d'un baiser.

— Seigneur… tu es si intelligent.

— Vraiment ? Enfin… ouais, je suis Einstein. Bref.

Elle éclata de rire.

— Non, vraiment, tu as tapé dans le mille. Je n'ai jamais réfléchi à ça sous cet angle-là.

Pendant un long moment, il la contempla. Jusqu'à ce qu'elle lui demande :

— Pourquoi me regardes-tu ainsi ?

Axe l'embrassa, puis recula.

— Tu ferais sans doute mieux de rentrer.

— Je pense que tu as raison. Si je dois passer la nuit avec toi, je veux que ce soit de façon honnête. Et cela n'arrivera pas par téléphone avec mon père, et pas seulement parce que j'ai laissé mon portable à GPS espion à la maison.

— S'il te jette dehors, tu pourras toujours venir vivre ici avec moi. Et je ne plaisante qu'à moitié.

— Tu es adorable.

Il laissa échapper un très vilain reniflement, après avoir tenté en vain de se retenir. Et, oui, elle se moqua de lui, ce qui lui fit moins regretter ce bruit intempestif.

Mais ensuite Elise se leva et, tragiquement, commença à se rhabiller. Quand elle fut de nouveau convenablement vêtue, elle s'agenouilla et tira l'une des couvertures sur sa nudité.

— Es-tu certain que ça ira ici, tout seul ? Je m'inquiète.

— Si ce qu'on vient de faire ensemble ne m'a pas tué, je te garantis que je tiendrai jusqu'au crépuscule.

— Je suis sérieuse.

— Ça ira.

Elle l'embrassa et s'approcha du feu pour y remettre des bûches.

— Tu n'as pas à faire ça, dit-il.

— Trop tard. (Elle lui sourit par-dessus son épaule tout en tisonnant le bois qu'elle venait d'ajouter.) Tu sais ce que je suis en train de faire en ce moment ?

— Tu m'as l'air plus chaude que ce qui brûle dans ce foyer.

— J'essaie de ne pas te demander quand est-ce qu'on se reverra.

— J'ai une réponse facile à ça. Quatre heures demain.

— C'est un rencard ?

— Tu as intérêt à le croire. (Il replia un coussin du vieux canapé sous sa tête.) Tu m'appelles quand tu es bien arrivée chez toi ?

— D'accord. Où est ton téléphone ?

— Oh… merde ! je n'en ai aucune idée. Sans doute au centre d'entraînement avec ce qu'il reste de mes fringues. Et je n'ai pas de ligne fixe.

— Eh bien… ça ira. Je peux prendre soin de moi.

Il y eut un long, très long silence.

— File, ordonna-t-il. Que je sois sûr que tu seras à l'abri avant le lever du soleil.

Elise opina, puis disparut, et la porte d'entrée se referma sans bruit derrière elle.

Après son départ, il songea : *Seigneur, que cette maison est vide.*

Chapitre 34

Le soir suivant, pendant qu'Elise s'habillait pour aller voir Peyton, elle ne songeait ni à lui ni à sa cousine assassinée, mais à Axe. Elle craignait qu'il ait mal passé la journée. S'inquiétait de l'état de ses blessures. Se demandait s'il n'avait pas laissé le feu s'éteindre et ne s'était pas changé en glaçon.

Il devait faire réparer la chaudière de son cottage. Le temps allait encore beaucoup empirer avant de s'améliorer. En mai.

Le problème était que cela lui semblait un peu trop obsessionnel de sa part de simplement se pointer chez lui en déclarant « Salut, je voulais juste savoir si tu respirais encore ! ». En outre, au milieu de leur marathon sexuel, il avait mentionné qu'il devait se faire retirer des points de suture à la clinique le lendemain, et assurément, s'il ne s'y présentait pas, quelqu'un viendrait le chercher.

Non ?

— Bon sang ! dit-elle en quittant la pièce, avec son téléphone et le mouchard GPS.

Elle avait évité le Premier Repas. Il lui aurait été tout simplement impossible de s'asseoir entre son père et son oncle et discuter de banalités, non seulement à cause de ce qu'elle avait fait avec Axe, mais aussi à cause du comportement de sa tante la nuit précédente. En dépit de ses études et accomplissements personnels, elle était incapable de mettre de côté tant d'émotions.

Elle était peut-être la fille de son père, après tout, peu désireuse de partager ?

Arrivée au rez-de-chaussée, elle toqua à la porte fermée du bureau de son père. Quand elle entendit son salut, elle ouvrit et entra. Il était assis dans son fauteuil derrière sa table de travail, vêtu d'un costume qui le faisait ressembler à un mannequin pour Dunhill.

Pour une publicité dans *Life*, vers 1942.

— Bonsoir, père.

Il leva la tête de ses papiers.

— Oh ! bonsoir, ma chérie.

— Père, je vais voir Peyton, fils de Peythone. Son père et sa *mahmen* seront présents tous les deux. Je me rends là-bas pour discuter de la fête d'anniversaire de Paradis. La date approche et nous avons prévu d'organiser une petite soirée chez lui, en son honneur.

Pour la première fois depuis très longtemps, Felixe sourit sincèrement. Un vrai et franc sourire. Au point même qu'il dut poser son stylo en or sur le sous-main.

— Oh ! chérie, je trouve cela merveilleux. Je trouve que c'est formidable.

— Je me doutais que cela vous ferait plaisir. (Au prix d'un certain effort, sa voix ne trahit pas sa déception.) J'ignore combien de temps cela va durer.

— Oh ! amuse-toi bien. Je te verrai à l'aube.

— Bien, père.

Après un rapide salut, elle sortit, non sans éprouver une petite douleur au centre de la poitrine, car elle aurait adoré obtenir ce genre de réaction de sa part à propos de ses études, de son travail, de ses véritables projets. Mais non, il se réjouissait qu'elle organise une fête.

Elle se répéta que c'était seulement dû à sa personnalité, à sa génération, au fait que c'était tout ce qu'il avait appris.

Mais elle souffrait d'être ainsi dévalorisée.

Une fois dehors, elle se rendit compte qu'elle avait oublié son manteau, mais cela n'avait pas d'importance. Fermant les yeux, elle quitta le domaine, surfant sur un courant de haute pression à travers l'air froid.

La demeure de Peyton n'était pas très loin, et tout aussi majestueuse que celle où elle vivait, quoique dans un style différent. La résidence de son cousin avait été bâtie dans le goût Tudor, avec des coupoles, des angles et des pièces biscornues à l'intérieur, non qu'elle soit une grande habituée des lieux.

Comme elle approchait de la porte principale, celle-ci fut ouverte par un majordome qui portait la même livrée que le *doggen* en chef chez elle.

— Maîtresse, soyez la bienvenue. Maître Peyton est dans sa chambre. Il a demandé que vous l'attendiez dans la bibliothèque.

— Mais bien entendu, répondit-elle en le suivant jusqu'à une immense pièce remplie de volumes reliés en cuir, de lourds meubles médiévaux et d'énormes lustres en cuivre.

Avec toutes ces tapisseries, ces tableaux et la façon dont les pas résonnaient sur le sol d'ardoise grise, c'était un lieu tout droit sorti de *Harry Potter*, mais sans les hiboux ni les baguettes magiques.

Comment pouvait-on se sentir chez soi ici, c'était un mystère, mais bon, la *glymera* se souciait davantage d'impressionner ses hôtes que de son propre confort. Et le décor était impressionnant.

— Désirez-vous quelque chose à boire ? s'enquit le majordome.

— Non, merci.

— Je vous en prie. (Le serviteur s'inclina très bas et sortit à reculons.) Il ne sera pas long.

Avant même qu'elle choisisse où s'asseoir, son portable sonna et elle décrocha aussitôt, les sourcils froncés.

— Peyton ? Je suis en bas. Quoi ? Euh... oui, non, c'est bon. Je m'en fiche... Bien sûr. Où... ? D'accord, très bien.

Mettant fin à l'appel, Elise traversa la bibliothèque jusqu'à une autre porte en chêne et se glissa dehors. En suivant les couloirs jusqu'à l'arrière de la maison, elle découvrit le cellier, récupéra le sachet de Doritos que lui avait demandé son cousin, et grimpa vivement l'escalier de service jusqu'au premier étage. Après avoir plongé dans une buanderie le temps qu'une femme de chambre passe, elle parcourut...

Peyton l'attendait sur le seuil de sa porte, un bras appuyé au chambranle, et il agita la main en l'apercevant.

— Salut, ma grande !

Il était torse nu, seulement vêtu d'un bas de pyjama en satin, et semblait avoir la capacité mentale d'un four à micro-ondes.

Génial. Exactement l'état d'esprit qu'elle espérait trouver chez lui ce soir, bon sang !

— Peyton, murmura-t-elle en le rejoignant. Tu es ivre à quel point ?

— Très. Et défoncé. Et attends... je crois que j'ai pris de la coke il y a quoi... deux heures ? Mais l'effet s'est presque totalement dissipé.

— Eh bien, voici ton distributeur de sodium. (Elle lui tendit le sachet de chips en le fusillant du regard.) Et moi je rentre chez moi.

— Non, certainement pas. On va parler.

— Et comment comptes-tu t'y prendre pour cela ? Tu mâchonnes tellement tes mots que je suis certaine que tu parles français. Ou italien ?

— Il y a plus de chances que je crache le morceau si je suis ivre.

— Que tu craches ce que tu bois, tu veux dire. Genre, ce qu'il y a dans ton verre.

— Allez, Elise. Laisse-moi respirer, tu veux ? Tu crois que ça va être facile pour moi ?

Secouant la tête, elle croisa les bras. Mais ensuite poussa un juron et le contourna pour pénétrer dans sa suite.

— Tu ne devrais pas avoir besoin de stupéfiants pour parler.

— Et ça et un sachet de chips, ça te servira de déjeuner.

— Qu'est-ce que c'est censé vouloir dire ?

— J'en sais rien, marmonna-t-il en refermant la porte.

Sa chambre faisait la taille d'un stade de foot, semblait-il, avec un espace meublé de canapés et de fauteuils comme un salon, une télé grande comme un écran de cinéma et un lit qui, naturellement, était *king size*, mais pas rond. Le décor était signé Grey Goose, comme les bouteilles de vodka qui jonchaient le sol et qui évidemment étaient vides… Oh non, attendez, près de la salle de bains, il y en avait huit non encore entamées.

Et bien entendu on aurait pu faire des longueurs dans son jacuzzi, se dit-elle en contemplant l'immense salle de bains en marbre. Qui aurait cru que ce genre de baignoire existait au format piscine olympique ?

— Peux-tu me rendre service et enfiler un tee-shirt ? demanda-t-elle en lui tournant le dos.

Peyton s'était allongé sur son lit, les jambes croisées au niveau des chevilles ; avec ses yeux mi-clos, c'était le genre de spectacle qui aurait dû emballer le cœur d'une femelle si celle-ci n'avait pas connu Axe.

N'avait pas couché avec Axe.

N'allait pas bientôt coucher avec lui encore une fois.

Peyton n'était en rien comparable à son mâle tatoué.

— Tu veux me rejoindre ? proposa son cousin d'une voix traînante en caressant en cercle la courtepointe monogrammée.

Ses oreillers aussi étaient monogrammés, de même que le grand baldaquin suspendu à une couronne dorée accrochée au haut plafond.

Mais cette magnificence était logique. Il était l'équivalent d'un prince, le fils de haute naissance d'une famille fondatrice, l'héritier d'une grande fortune, un des célibataires les plus convoités de l'espèce.

Et c'était aussi un beau mâle, avec ses cheveux blonds et ses yeux bleus tout droit sortis d'un fantasme.

— Serais-tu en train de me dire non ? reprit-il. Je n'ai pas l'habitude.

— Je veux bien le croire.

Un silence.

— Alors, est-ce que ton garde du corps t'a appelée pour se vanter de ce qu'il a fait hier soir ?

— Il n'a rien fait, et je vais te rendre un service tout de suite et te dire de la fermer à son sujet. Si tu n'as rien d'aimable à dire, alors je ne veux pas l'entendre.

— Il n'a rien mentionné ? Je trouve ça dur à croire.

Elise sourcilla. Elle n'avait pas envie de jouer aux devinettes avec un ivrogne pour obtenir des informations, mais s'il était question d'Axe…

— Alors, qu'est-ce qu'il a fait ?

— Il a sauvé la vie d'un frère.

— Quoi ?

— À lui tout seul. (Les yeux de Peyton dérivèrent vers l'écran de télé face à lui et le match de foot qui passait en retransmission.) Un véritable acte de héros. Le frère Rhage ne serait littéralement pas en vie ce soir si Axe n'avait pas, même après s'être lui-même fait tirer dessus, réussi à s'interposer entre le frère et la trajectoire d'un couteau alors qu'il avait un éradiqueur sur le dos, qui le frappait avec une chaîne en acier.

Le monde se mit à tournoyer autour d'elle, et Elise tendit la main pour garder l'équilibre. Quand elle ne trouva rien pour rattraper sa chute, elle tituba jusqu'au pied du lit de palace de son cousin et s'assit.

— C'était incroyable, poursuivit Peyton d'une voix douce, le regard désormais flou. J'ai vu toute la scène. Nous étions positionnés dans des rues différentes, mais soudain il y a eu des éradiqueurs partout. J'en ai suivi un jusqu'à la ruelle où se battait Axe et suis arrivé juste au moment où il s'est fait poignarder. Je me suis dit… J'ai vraiment cru qu'Axe était mort, tu sais ?

— Il n'a rien dit, chuchota-t-elle.

Son cousin tendit le bras vers la table de chevet et attrapa un verre rempli de glaçons et d'un truc pétillant. Il but une longue gorgée, vidant un bon quart du breuvage.

— Je n'ai jamais rien accompli d'approchant en matière d'héroïsme. (Peyton recommença à boire.) C'est peut-être le mâle idéal pour ton boulot, tu sais ?

— Il s'est montré… (elle se racla la gorge) parfaitement professionnel. As-tu été blessé hier soir ?

— Non. Personne d'autre n'a été gravement touché. C'était comme si Axe avait reçu toutes nos blessures d'un coup.

Le mâle se tut et elle aussi, tandis que, face à eux, le match de football se poursuivait. Les spectateurs humains dans les tribunes étaient vêtus de bleu et d'orange ou de rouge et de blanc.

— Qu'est-ce que c'est comme match ? demanda-t-elle, encore un peu en état de choc.

— C'est l'Iron Bowl qui oppose Auburn à Alabama. Auburn vient de marquer avec une contre-attaque de cent neuf yards. On entend *War Damn Eagle*.

— Qu'est-ce que ça signifie ?

— Aucune idée. C'est l'hymne d'Auburn. Notre vétérinaire, qui est humain, a fait ses études là-bas. C'est comme ça que j'ai commencé à les soutenir, il y a une vingtaine d'années. Les habitudes, tu sais.

Peyton termina son verre, puis ajouta :

— Je n'arrive pas à croire qu'Axe ne t'ait rien dit.

— Je ne crois pas qu'il aime frimer.

Son cousin s'esclaffa.

— Ouais, il se fout de presque tout. (Soudain, il redevint sérieux.) Donc tu veux savoir pour Allishon, hein ?

— Oui.

— Très bien, dit-il au bout d'un long moment. Je vais te raconter.

Ce n'était vraiment pas sorcier.

Penché sur le miroir au-dessus de l'évier de sa salle de bains, Axe essuya la condensation créée par la douche avec son avant-bras, avant de prendre une paire de ciseaux à ongles, trouvée dans le placard. Il se contorsionna pour incliner le torse selon le bon angle et se mit au boulot.

Glissant les petites lames affûtées sous chacun de ses milliards de points de suture, il les coupa un à un, avant de se servir d'une pince à épiler pour retirer les fils. Il effectua le même exercice sur sa cuisse. Puis, il s'assura qu'il n'avait pas d'autres points de suture ailleurs sur le corps. Non.

C'était bon. Et tout avait si bien guéri que les cicatrices étaient à peine visibles. D'ici l'aube, personne ne devinerait même qu'il avait été blessé.

Ses muscles avaient retrouvé toute leur souplesse. Sa vue et son ouïe fonctionnaient parfaitement. Et il ne souffrait ni de mal de tête, ni de crampes, ni de raideur articulaire.

Le sang d'Élue, c'était quelque chose.

Enfin, cela et le fait qu'après le départ d'Elise il s'était écroulé, et, merde ! il avait rêvé d'elle dans des mises en scènes érotiques si réalistes que, lorsqu'il s'était enfin réveillé, il avait tendu le bras comme si elle était encore à côté de lui.

Et ça alors ! pour la première fois de sa vie, il n'avait pas la moindre envie d'aller aux *Clés*. Il était en réalité d'humeur à rentrer chez lui à temps pour revoir Elise à 4 heures. Mais il avait promis d'emmener Novo là-bas, et, quand ils seraient au club, il la parrainerait pour qu'elle devienne membre afin qu'elle n'ait plus besoin de lui demander de l'accompagner.

C'était une femelle qui pouvait bien profiter d'un endroit pareil.

Et, qui sait, sa vie abordait peut-être une phase de transition…

Axe s'arrêta, car une légère anxiété menaçait de briser et de gâcher ses fantasmes concernant la nuit à venir.

Mon Dieu ! bizarrement, il songea aux figurines de son père, ces petits exercices de deuil impuissants.

Vu comme il s'attachait déjà à Elise, ne risquait-il pas de finir exactement comme son paternel ? En ruine quand la relation se terminerait, probablement le jour où la femelle comprendrait à quel milieu elle appartenait vraiment.

À la *glymera*, avec les siens.

Merde ! depuis combien de temps la connaissait-il ? Putain ! cinq nuits ? Et il l'avait vue pour la première fois seulement six nuits plus tôt ?

Refusant de croiser son propre regard dans la glace, il s'assura encore une fois que la blessure à sa cuisse, fraîchement débarrassée de ses points de suture, ne saignait pas. Inspecta l'endroit où il avait reçu le coup de couteau. Et passa sous la douche.

Dix minutes plus tard, il était vêtu de noir, avec son manteau et son masque de crâne en place. Se dématérialisant vers l'ouest, il reprit forme sur un parking qui se trouvait à environ trois minutes à pied du club. Novo était déjà arrivée au point de rendez-vous convenu ensemble.

Et bordel de merde !

C'était l'expression qu'on ne pouvait s'empêcher de laisser échapper quand on découvrait la tenue de Novo. La femelle portait une combinaison en latex noire qui moulait chacune de ses courbes, une ceinture à longues franges tombait de ses hanches étroites, ses seins étaient sublimes et ses jambes, longues comme des autoroutes. Ses cheveux noirs étaient tressés et ses cuissardes hérissées de pointes, et elle avait exactement l'air de la dure à cuire qu'elle était.

Comme elle ne portait pas son masque, il put voir qu'elle lui jetait un regard appuyé des pieds à la tête. Mais sans aucun sous-entendu sexuel.

— Je n'arrive pas à croire que tu sois en vie.

Axe la rejoignit.

— T'es prête ?

— Est-ce que ça va ? Faire ça…

— Allons-y.

— Axe.

— Quoi ?

Novo tendit les bras et lui donna une étreinte raide et brutale qui se termina presque aussi vite qu'elle avait commencé. Et, tandis qu'il toussotait pour se défaire de la gêne occasionnée par ce moment de pure camaraderie dont il n'avait pas l'habitude, il se dit qu'eh bien, ça alors, les pauvres avaient un truc en commun avec les riches car il n'avait strictement aucune envie de discuter avec Novo de la nuit précédente, et pas parce qu'il ne l'appréciait pas.

— Je suis contente que tu aies survécu, dit-elle d'un ton bourru comme si elle était un mâle. Et je suis sacrément impressionnée par l'exploit que tu as accompli.

— Merci. Maintenant, passons à un autre sujet. Tu es visiblement prête à découvrir le club ce soir, non que j'attendais autre chose de ta part.

— Oui, allons-y.

Novo enfila son masque ; avec ces panneaux vides au niveau des yeux et le grillage noir à l'emplacement de la bouche, il la faisait ressembler à une extraterrestre.

Axe s'avança vers le club, à grandes enjambées de ses bottes de combat noir qui donnaient l'impression d'avaler l'asphalte, et Novo chemina à son côté avec son habituelle grâce vénéneuse. Tandis qu'ils marchaient, une ambulance passa à toute vitesse, son gyrophare allumé, et le conducteur fit retentir la sirène lorsque le véhicule arriva à un feu de croisement. Ensuite il y eut un chasse-neige, l'un de ces énormes modèles orange transportant l'équivalent d'une benne à ordures de sel à l'arrière. Puis ils aperçurent deux humains, des mâles, qui se dépêchaient de remonter la rue, de l'autre côté, comme s'ils venaient d'acheter de la drogue et avaient hâte de s'enfiler leurs doses.

Les Clés, vues de l'extérieur, ressemblaient à un garage urbain, avec un bâtiment d'entrée plat et banal qui ne paraissait pas être si grand que cela. C'était une fausse impression, car le club était en réalité constitué d'une série de bâtiments reliés les uns aux autres, le tout conçu pour circuler de l'un à l'autre par une série de passages couverts.

Il n'y avait qu'une seule entrée, mais il existait de multiples sorties, qui se situaient toujours avant chaque nouvelle section.

Les pratiques sexuelles devenaient plus brutales à mesure qu'on avançait.

Pas de file d'attente pour lui. Quand il s'approcha des agents de sécurités, qui se distinguaient des clients en arborant toujours un élément rouge dans leur tenue, il exhiba sa clé de niveau supérieur, et, d'un signe de tête, les fit entrer Novo et lui.

Ils furent accueillis par une musique mélancolique. Des machines à fumée. Des lasers violets transperçant l'obscurité.

Le club grouillait d'une foule essentiellement humaine portant des masques et des vêtements de cuir et de latex. On y entrevoyait des femmes enfermées dans des boîtes en plastique transparent, dans des postures contorsionnées qui offraient leur sexe à qui voulait bien le prendre et de la façon de son choix. Des hommes, attachés par terre, sur le ventre, avec les fesses relevées. Des cloisons comportant des trous destinés aux voyeurs. Des fosses pleines de corps nus entremêlés. Des portiques de suspension. Des coups de fouet et des coups de langue.

Et ce n'était que le début.

Axe se contenta d'avancer lentement au milieu de la foule, qui s'écartait naturellement sur son passage. Ce qui suggérait que les humains avaient de bien meilleurs sens que les vampires le leur accordaient. Ces rats sans queue ne savaient peut-être pas précisément en quoi il était différent, ni pourquoi il ne fallait pas l'emmerder, mais ils se montraient prudents en sa présence.

Comme ils entraient dans le bâtiment suivant, le rythme de la musique changea, et le tempo des basses devint aussi pénétrant qu'une vapeur chaude diffusée dans une pièce froide.

Les hommes appréciaient Novo. De même que les femmes.

La femelle, quant à elle, était difficile à évaluer. Elle paraissait flotter avec indifférence au-dessus de toutes ses perversions sexuelles tandis que son masque sans visage effectuait un panoramique à gauche et à droite.

— Qu'est-ce que tu cherches ? lui demanda Axe par-dessus les basses envahissantes.

S'il s'était agi d'une autre femelle – ou même avec la plupart des mâles –, Axe l'aurait avertie que les salles suivantes feraient passer les premières pour fades. Mais il ne se faisait pas de souci pour elle.

— Rien qui soit blond et mâle, répondit-elle d'une voix synthétique.

Axe sourit.

— Vraiment, ça alors !

Quand elle n'ajouta rien, il se contenta de hausser les épaules et poursuivit sa route. À mesure qu'il progressait, il vit quelques habitués qu'il reconnut, soit à leurs masques, soit à leurs corps, et il en cherchait un en particulier.

— J'aimerais te présenter quelqu'un, dit-il alors qu'ils passaient dans une pièce obscure où l'on entendait plus de gémissements que de musique.

Des corps ondulaient dans une fosse au centre et une femme nue couverte par plusieurs hommes se mit à pousser des cris d'extase triomphants, alors même que c'était elle qu'on consommait.

— J'aimerais rencontrer quelqu'un, moi aussi, répondit Novo de sa voix électronique.

— Pas pour le sexe. Tu vas déposer une demande pour devenir membre.

— Tu es prêt à me parrainer…

Avec des réflexes aussi vifs que l'éclair, Novo pivota soudain sur elle-même, saisit un mâle masqué à la gorge et le plaqua contre le mur.

— Je ne suis pas la femme de la fosse, enfoiré, cracha-t-elle. Si tu me touches les fesses encore une fois, je t'arrache la main et je te la fais bouffer. C'est compris ?

Pendant que l'idiot hochait la tête comme un jouet mécanique, Axe attendit à côté, pour voir si elle allait castrer ce fils de pute, juste pour le principe.

Et lorsque l'un des membres du personnel s'approcha il intervint.

— Non-consentement répété. Et elle est avec moi.

Axe avait vu l'humain coller au train de Novo à plusieurs reprises depuis leur entrée dans le club, mais ce n'était pas à lui d'émettre une opinion là-dessus. La règle principale des *Clés* était : « Tout passe. » Même si la deuxième règle était tout aussi importante : « Consentement exigé ».

Axe se serait impliqué s'il avait su qu'elle n'appréciait pas ce pelotage.

L'employé opina.

— Compris.

— Et j'aimerais la parrainer pour qu'elle devienne membre. Elle s'appelle Novo.

Tous les humains qui travaillaient pour le propriétaire s'appelaient Staff. Pas de nom, ni de prénom, jamais. Et on les reconnaissait seulement à la façon dont ils s'approchaient de vous et au fait qu'ils portaient toujours du rouge sur eux. Enfin, Axe les identifiait grâce à leur odeur, à force de les côtoyer depuis plusieurs années, en tant que membre du club.

— Accorde-moi dix minutes, répondit l'employé. Continuez, je vous rejoins.

À ce moment-là, Novo laissa son agresseur reprendre sa respiration tandis que son bras retombait le long de son flanc et qu'elle s'écartait de l'humain.

— T'as fini ? demanda Axe.

— Ouais.

Ils poursuivirent leur exploration en pénétrant dans la pièce suivante et celle d'après, jusqu'à finalement déboucher dans la Cathédrale. Avec son haut plafond et sa construction en forme d'autel qui s'élevait loin au-dessus du sol, c'était là que les démonstrations publiques avaient lieu et qu'il avait baisé cette humaine une semaine plus tôt.

Un spectacle se déroulait en ce moment même : un mâle était suspendu très haut dans le vide, et deux autres mâles le prenaient chacun à leur tour…

— Tu étais meilleur qu'eux il y a six nuits de ça, dit une voix à l'accent écossais.

Axe se tourna vers le mâle qui s'était adressé à lui. L'humain faisait un mètre quatre-vingt-quinze, voire deux mètres de haut, portait un pantalon en cuir et pas grand-chose d'autre, ses tétons piercés luisaient dans la pénombre, et les tatouages sur ses bras et sa poitrine figuraient des couvertures d'albums de légendes du rock comme les Sex Pistols, les Guns N'Roses, les Ramones et My Chemical Romance. Son masque était une représentation typique de la Grande Faucheuse, et il était chaussé des plus grosses New Rock qu'Axe ait jamais vues.

— Et tu as tenu plus longtemps qu'eux aussi, mon pote.

Sur ce, l'humain s'en alla, ce qu'Axe trouva un peu décevant, car il avait apprécié le style du mec.

— Alors t'es monté là-haut ? l'interrogea Novo. Attaché ?

— C'était pas moi sur le portant.

Elle eut un léger rire.

— Quelle surprise. Je ne te vois pas dans le rôle du soumis.

Lui non plus. Raison pour laquelle il trouvait si surprenant le fait de se sentir à la fois si vulnérable devant Elise et en même temps aussi excité par la situation.

— Pourquoi ne veux-tu pas d'un blond ? demanda-t-il pour changer de sujet.

— Je déteste les crétins riches et blonds.

Axe s'arrêta et la regarda.

— Comme Peyton ?

— Ouais, je ne suis pas fan.

— Eh bien, tu n'es pas son genre non plus.

— On s'en fout, il n'est pas le mien.

Novo reprit son chemin, les épaules tendues, le dos raide, avec l'air d'avoir empoigné quelqu'un par les couilles, du moins dans sa tête.

Axe lui emboîta le pas.

— J'ignorais que tu avais envie de lui…

Elle se retourna et, en dépit des caches sur ses yeux, il sentit la brûlure de son regard.

— Ce n'est pas le cas.

— Si, bien sûr que si. Allons, comme si j'en avais quelque chose à foutre ?

Novo se planta devant lui.

— Je suis contente que tu m'aies amenée ici. Mais n'essaie pas de jouer au psy, d'ac ? Ça ne fonctionnera pas pour toi.

— Pourquoi es-tu autant sur la défensive ? Tu crois que je vais jouer les gamins de primaire et me mettre à chanter en classe « Oh ! la menteuse, elle est amoureuse » ou un truc du même genre ?

— Je suis sérieuse, Axe. Arrête.

— Alors t'es au courant pour Paradis et lui, hein ?

— Qui ne le serait pas. S'il était encore un chouïa plus obsédé par la femelle, il serait en elle.

— Et alors Craeg le massacrerait.

— Au moins Peyton peut compter comme de la viande bio nourrie à l'herbe, vu ce qu'il fume. (Elle détourna la tête.) Et il ne m'obsède pas… donc voilà.

— Bref. (Axe leva les mains.) Je ne dirai plus rien.

Novo observa la baise en cours sur l'autel.

— Alors t'as fait ça, hein ? Je ne savais pas que tu étais branché exhibitionnisme.

— Ce n'était pas le but.

— C'était quoi, alors ?

Il savait exactement ce qu'elle faisait : elle exigeait d'entrer dans sa tête parce qu'il était momentanément entré dans la sienne.

— Une simple façon de brûler de l'énergie. C'est tout.

— Tu as fait forte impression sur la foule, à l'évidence.

Un membre du personnel les rejoignit, un type différent de celui auquel il avait parlé.

— Vous êtes Novo ?

Celle-ci crispa la mâchoire et regarda l'humain droit dans les yeux à travers son masque.

— Oui.

— Si vous voulez adhérer, votre parrain et vous devez me suivre maintenant.

Elle jeta un coup d'œil à Axe.

— Tu vas sérieusement me recommander ?

Quand il hocha la tête, elle haussa les épaules.

— Tant mieux, et merci.

Tous deux emboîtèrent le pas à Staff, et, tandis qu'ils traversaient la foule, Novo dit à voix basse :

— Et tu connais la direction. Impressionnant.

Il se contenta de hausser de nouveau les épaules.

— J'aime rendre service.

Chapitre 35

Assis avec Mary devant le sapin de Noël de la bibliothèque, avec toutes ses décorations clignotantes et scintillantes et ses cadeaux emballés, Rhage pleurait la perte de ce qu'il avait espéré devenir la fête humaine préférée de sa *shellane*. Il avait passé un si bon moment à tout préparer pour leur petite famille, s'imaginant tous ces cadeaux qu'il avait achetés depuis que Bitty était venue vivre avec eux enfin ouverts et appréciés par la fillette.

Bibi avait besoin de tant de choses et, plus encore, il avait envie de la gâter.

Et il avait aussi déposé des surprises là-dessous pour sa Mary. Non qu'elle approuverait.

Sa *shellane* était une minimaliste, ou peut-être une « nécessitéiste ». Elle n'aimait ni les beaux bijoux, ni les voitures, ni les vêtements. Elle aimait son Kindle et les livres qu'elle téléchargeait dessus, dont aucun ne comportait d'images, mais qui étaient tous écrits en petits caractères et utilisaient des mots qu'il n'avait jamais entendus. Elle ne collectionnait rien, préférait porter ses chaussures jusqu'à ce qu'elles tombent en morceaux, et ses sacs à main étaient purement fonctionnels, et non le reflet de son sens de la mode.

Il fallait croire que c'était ce qui arrivait quand on était enfin une personne achevée : on n'avait plus à se soucier d'être défini par autre chose que par ce qu'on était intérieurement. Pas de boulimie, d'alcoolisme ou de jeux d'argent. Pas de problèmes sexuels. Pas de crédit pour des choses qu'on ne pouvait pas se permettre mais qu'on était résolu à posséder.

C'était magnifique, mais frustrant également quand on voulait faire pleuvoir les cadeaux sur sa compagne.

Mais avec l'arrivée de Bitty il avait été enchanté d'avoir en perspective une nouvelle destinataire pour satisfaire son exubérance donatrice.

Toutefois, rien n'avait été déballé sous le sapin.

Même si la nuit de Noël était passée, les cadeaux demeuraient intacts, non seulement les siens, ceux de Mary et Bitty, mais aussi ceux de toute la maisonnée. Les paquets restaient là, comme la représentation visible d'une joie transformée en peur et en tristesse.

Mince ! si ces boîtes, certaines emballées avec précision et d'autres enveloppées à la va-vite et glorieusement difformes, avaient été des fruits, ils auraient pourri et été infestés de mouches tandis que leur parfaite peau de papier et leurs nœuds de satin seraient rongés par la moisissure.

— Elle adore Nalla, commenta Mary.

Il n'y avait qu'une seule « elle » entre eux. Inutile d'ajouter un nom.

— En effet.

— Bella lui est reconnaissante du coup de main.

— Et Bitty gagne un peu de sous.

Ils parlaient tous deux d'une voix atone, non parce qu'ils se moquaient que Bitty garde Nalla, mais parce qu'ils espéraient désespérément pouvoir continuer à s'en soucier dans l'avenir…

L'odeur du tabac turc constitua le premier indice. Le bruit de lourds rangers se dirigeant vers eux le deuxième.

Sa Mary et lui bondirent des coussins. Et Rhage sut que, pour le restant de sa vie, il se rappellerait le moment où il avait vu le battant s'ouvrir et le fils de sang de la Vierge scribe entrer dans la pièce.

Viszs rentrait tôt de Caroline du Sud.

Et ça alors ! il fut impossible de déchiffrer ce visage tatoué orné d'un bouc. Notamment parce que le frère buvait une bouteille de Grey Goose au goulot.

V. referma la porte derrière lui d'un coup de pied et les rejoignit directement. S'asseyant en face d'eux, il remplaça la vodka par une roulée, ce qui donna au moins un peu plus de surface à Rhage pour tenter de décrypter l'expression de son frère.

Raté, mais vu que ce regard couleur de diamant était acéré comme un couteau et ne croisait pas le sien ?

Ouais, il sut quelle direction allait prendre la conversation, avant même que V. ouvre son bec.

— Ça correspond, dit le frère. Toute l'histoire.

Cela paraissait assez symbolique que Viszs leur bloque la vue des cadeaux sous l'arbre : le large corps du frère incarnait physiquement la réalité que l'obtention du cadeau qu'était Bitty dans leur vie venait de rencontrer un sérieux obstacle.

V. poursuivit après une nouvelle gorgée.

— Qui il dit être. D'où il vient. Qui étaient ses parents – les grands-parents de Bitty – et le fait qu'ils sont tous deux décédés. J'ai aussi interrogé des gens de la maison où il est employé. Ils m'ont confirmé qu'il y travaille depuis des décennies, qu'il est fiable, bref, un employé modèle, jamais tire-au-flanc. Il vit seul sur le domaine, reste dans son coin. Il est de notoriété publique dans la communauté que sa sœur, la mère de Bitty, a disparu dans le Nord avec un sale type, contre les vœux de sa famille. (Il jeta un coup d'œil à Mary.) Personne ne connaissait l'existence de la petite avant que tu postes ton message sur Facebook, et il a fallu du temps pour que la nouvelle lui parvienne parce qu'il n'est absolument pas connecté.

Rhage sentait la tension dans le corps de Mary augmenter à chaque phrase, aussi sûrement que si elle recevait des coups de poing. De son côté, il avait envie de rugir, mais contre qui exactement allait-il s'emporter ? V., le messager ? L'oncle de Bitty ?

Qui n'avait rien de fait de mal, mis à part se faire connaître quand il avait appris que sa nièce orpheline était seule au monde.

Le sapin de Noël ?

Ouais, parce que toutes ces guirlandes en avaient vraiment à faire quelque chose de toute cette histoire.

— Merde ! souffla-t-il.

V. se pencha en avant et tapota sa cendre. Sa main gantée de noir forma un vif contraste avec le délicat et ravissant cendrier Hermès.

— J'ai demandé à Ruhn de descendre en Caroline du Sud et de me retrouver à la fin de la nuit dernière. Il l'a fait. Il m'a guidé en personne chez lui, bien que son employeur m'ait déjà laissé entrer. Il était désireux de me présenter à tout le monde. Il est apprécié même si c'est, encore une fois, un solitaire.

— Mais est-il prêt à prendre soin d'elle ? demanda brusquement Mary. Un enfant est… (Comme elle s'arrêtait, elle se prit la tête à deux mains.) Oh ! qu'est-ce que je raconte ? Le sang surpasse tout.

— J'ignore la réponse quant à ses aptitudes parentales, rétorqua V. Cela dépasse mes compétences. Donc Marissa va…

Un coup frappé à la porte de la bibliothèque fit sursauter Rhage, mais ce n'était que Marissa. La femelle les rejoignit, étreignit Mary, s'assit à côté de V., et évoqua une espèce de plan pour évaluer telle ou telle chose et décider… On s'en foutait.

En esprit, Rhage se retira loin, très loin, tandis que ses yeux se tournaient de nouveau vers le sapin et s'attardaient sur la façon dont les lumières clignotaient dans les branches vert foncé et la manière dont le papier brillant des cadeaux reflétait la lueur vacillante du feu.

— … Rhage ? l'interpella Mary.

Il se reprit.

— Je suis désolé, quoi ?

— Est-ce que ça te convient ? Qu'on aille à la maison d'audience pour le rencontrer ?

— Oui. Bien sûr.

Tout le monde le dévisagea.

— Est-ce que tu as des questions ? interrogea gentiment sa compagne.

Rhage reporta son attention sur les paquets.

— Est-ce que je pourrai quand même donner à Bibi les cadeaux que je lui ai achetés pour Noël avant qu'elle s'en aille ?

Une heure plus tard, Mary et Rhage s'engageaient dans l'allée de la maison d'audience et contournaient les garages du fond. Tandis que l'humaine tentait de rassembler ses pensées, son *hellren* gara la Ferrari, coupa le puissant moteur ainsi que les phares, puis ils restèrent assis là ensemble, à contempler la haie dans laquelle il avait un peu enfoncé le capot de la GTO.

Je ne sais pas comment faire ça, se dit Mary.

Pendant tout le trajet, depuis la montagne de la Confrérie jusqu'à Caldwell, elle avait cherché un ancrage émotionnel, une perspective, quelque chose, peu importe quoi, auquel s'accrocher pour l'aider à affronter le moment où elle devrait regarder le parent légal de Bitty dans les yeux sans s'écrouler complètement.

Jusqu'à présent, elle n'avait rien trouvé.

— Est-ce que tu es prête ? s'enquit Rhage.

Elle fut tentée un bref instant de faire semblant d'être forte devant lui parce qu'elle savait qu'il souffrait autant qu'elle. Mais l'honnêteté l'emporta sur le mensonge.

— Non. (Elle se tourna vers lui.) Je ne le suis pas.

— Moi non plus.

— Je t'aime.

— Moi aussi.

Et ce fut le meilleur et le seul encouragement qu'ils pouvaient se donner l'un à l'autre, n'est-ce pas ? Ces simples mots qu'ils venaient d'échanger étaient une promesse mutuelle de surmonter cette histoire ensemble, une réaffirmation du fait que, tout comme ils avaient vécu côte à côte la joie d'accueillir l'enfant dans leurs vies, ils traverseraient de la même façon la douleur de la perdre.

Ensemble, ils sortirent et claquèrent les portières, et Mary souleva sa polaire pour remettre son col roulé dans sa ceinture. Comme si, bizarrement, une bonne présentation aurait le moindre impact sur la suite des événements.

Mince ! Ruhn n'avait pas à les aimer ni même simplement à les trouver sympathiques. Le mâle n'allait pas les examiner de près.

Non, il allait juste emmener leur fille…

Mary arrêta net cette pensée.

Quand Rhage lui tint la porte de la cuisine, elle entra et se rappela que Bitty n'était leur fille que dans leurs cœurs.

Légalement, ce n'était tout simplement pas le cas. Dans une situation classique où la raison l'emportait sur le cœur, la réalité ne voterait pas avec l'émotion.

V. s'était déjà matérialisé jusque-là et les attendait à la table que Rhage avait démolie la nuit précédente.

— Marissa discute avec lui en ce moment même.

— Très bien, répondit Mary. (Lorsque Rhage faiblit, elle prit sa grande main.) Nous sommes prêts à le rencontrer dès qu'il le sera de son côté.

Viszs hocha la tête et se leva.

— Je reviendrai quand il sera l'heure.

D'où une période d'attente gênée, que Rhage passa à rôder de placard en placard, sortant des paquets de chips, des boîtes de cookies, des miches de pain, des bocaux de cornichons. Il finissait toujours par ranger le contenu des armoires après avoir inspecté chaque denrée, comme s'il avait envie de tromper sa nervosité en mangeant, mais que son estomac ne trouvait rien de très appétissant.

Ni même de simplement tolérable.

Après Dieu seul sait combien de temps, V. passa la tête par la porte battante en face d'eux.

— Ils sont prêts.

Ce fut la plus longue marche de la vie de Mary. Rhage et elle dépassèrent le cellier et débouchèrent dans le vestibule, avant de contourner l'escalier et de s'engager dans un petit couloir. Le trajet parut durer une éternité et cela ne fut pas pour déplaire à la jeune femme.

Ils entreraient dans une nouvelle réalité dès qu'ils verraient le mâle.

Devant les portes de la bibliothèque, toutes deux fermées, V. toqua une fois. Quand Marissa répondit, le frère ouvrit, et Mary se surprit à cligner des yeux très vite en regardant fixement le sol.

Puis, sans qu'elle sache comment elle était entrée, elle se retrouva dans la pièce.

Comme dans la maison de la Confrérie, on y trouvait un feu crépitant et des premières éditions sur des rayonnages, des meubles élégamment disposés, et même une assiette de biscuits et du thé posés sur une table basse. Mais pas de sapin de Noël. Ni de cadeaux emballés. Ni de chanson de Bing Crosby.

Et il était là.

Sa première impression de l'oncle de Bitty fut qu'il était tout aussi nerveux qu'eux. Il les regarda tour à tour en tapant fébrilement du pied sur le tapis, les bras croisés sur sa poitrine.

Sa seconde pensée fut qu'il était grand. Bien plus qu'elle l'aurait imaginé, vu la taille de Bitty et la constitution relativement délicate d'Annalye. Dans son jean propre et sa chemise en flanelle rouge et bleu, il occupait presque tout l'espace du canapé sur lequel il était assis, et pas parce qu'il était gros. Il était très musclé, comme le travailleur agricole qu'il était.

Ses cheveux étaient noirs, tout comme ceux de Bitty. Ses yeux avaient une nuance marron clair. Il possédait la même carnation de peau que Rhage. Son visage était… oui, il présentait un air de famille manifeste avec la fillette.

Marissa se leva du fauteuil à côté du mâle.

— Je vais faire les présentations.

Ruhn se mit debout et, oui, il était très grand. Et il essuya ses paumes sur ses cuisses de façon répétée pendant qu'ils échangeaient leurs noms.

Il ne tendit la main qu'à Rhage, ce qui était une marque de respect et montrait une connaissance de l'étiquette vampire. Vu que Rhage et elle étaient unis, il aurait été tout à fait déplacé de la part de Ruhn de la toucher sans invitation expresse de sa part ou de celle de son *hellren*.

— Messire, dit-il d'une voix douce et feutrée.

Rhage tendit le bras et, lorsqu'ils échangèrent une poignée de main, Ruhn s'inclina bien bas.

Puis il se tourna vers elle et fit de même, mais sans contact physique.

Mary jeta un coup d'œil à son compagnon. Celui-ci affichait une expression distante, mais ses yeux n'étaient pas tant étrécis par l'agressivité que par le chagrin.

— Nous devrions peut-être tous nous asseoir et nous mettre à l'aise, suggéra Marissa en indiquant divers fauteuils et canapés. Quelqu'un veut du thé ?

La femelle conservait son sang-froid en se raccrochant visiblement à ses manières impeccables et Mary trouva que c'était d'une grande aide, déjà parce que cela comblait le silence, tandis qu'elle-même se contentait d'opiner du chef à l'offre d'Earl Grey parce qu'elle avait besoin de s'occuper les mains.

Viszs demeura debout dans le coin le plus éloigné, et sa présence menaçante rappelait que le reste de la maison était vide, car toutes les audiences du roi avaient été reportées pour qu'ils puissent disposer d'un terrain de rencontre neutre. Il devait être le seul frère de garde ce soir-là.

Mais, bien évidemment, il suffisait largement à procurer un sentiment de sécurité…

Sauf que, soudain, Mary remarqua une silhouette sur la terrasse de derrière. Z., à en juger par le crâne rasé. Et… attendez, était-ce… oui, c'était Butch posté devant la fenêtre, qui donnait de l'autre côté.

À n'en pas douter, d'autres membres de la Confrérie surveillaient discrètement la demeure à des endroits clés, et elle tira de la force d'avoir sa famille avec Rhage et elle.

— Bien, nous savons tous pourquoi nous sommes là. (Marissa se pencha en avant, et, avec une main d'une fermeté admirable, passa une tasse de thé à l'humaine.) Quelqu'un a peut-être envie de dire ce qu'il a sur le cœur.

Tout le monde se tourna vers elle, y compris l'oncle. Ce qui lui suggéra que Ruhn savait peut-être quel métier elle exerçait.

Mary se racla la gorge et décida de couper court aux platitudes.

— Bitty est notre première inquiétude. Nous nous soucions uniquement de sa santé, de son bien-être et de son bonheur, mais, bien évidemment, nous respectons votre lien de sang.

Ruhn contempla ses mains. Celles-ci étaient calleuses, et ses manches retroussées laissaient voir des avant-bras musclés où les veines ressortaient.

— J'aimerais la rencontrer. (Il parlait d'une voix douce et paisible, totalement dépourvue d'agressivité.) Ma sœur… il m'est difficile de croire qu'elle est morte. Et voir Lizabitte serait…

Comme il s'interrompait, Mary sourcilla. Étonnamment, elle éprouvait de la compassion pour ce mâle.

— J'ai le sentiment d'avoir abandonné ma sœur. (Il secoua la tête.) Vivre avec cette pensée est une malédiction… Je veux dire, j'ai essayé de la retrouver quand elle est venue s'installer ici. Mais je n'avais guère de ressources – je n'en ai toujours pas beaucoup –, et elle avait disparu avec ce mâle. Je savais qu'il finirait par la tuer. Nous le savions tous. (Il se racla la gorge, et raffermit sa voix.) Lizabitte est tout ce qui me reste de ma sœur, et, en faisant ce qu'il faut pour cet enfant, je remplirai le devoir auquel j'ai manqué envers Annalye.

Mary déglutit douloureusement quand Ruhn la regarda droit dans les yeux et conclut :

— Il n'est rien que je ne veuille faire pour cette petite.

Chapitre 36

Peyton ne cessait pas de parler. Et Elise, toujours assise au pied du lit, l'écoutait en songeant que l'image qui se dessinait de la vie alternative de sa cousine la troublait sans la surprendre complètement non plus.

— Attends, quel est ce club ? interrogea-t-elle.

— C'est en centre-ville, ça s'appelle *Les Clés*. Je n'y suis jamais allé. Ce qui se passe là-bas n'est pas mon truc.

— Mais Allishon en était membre ?

— Oui. Elle s'y rendait quand elle… tu sais.

— Elle quoi ? Quand est-ce qu'elle y allait ?

Les prunelles bleues de Peyton lui décochèrent un regard signifiant « Ne sois pas stupide », mais, quand il s'aperçut qu'elle ne comprenait vraiment pas ce qu'il sous-entendait, il secoua la tête.

— Elle aurait dû te ressembler davantage.

Elise fit la grimace en se disant que, vu chez qui elle comptait se rendre à la fin de la nuit, elle doutait fort d'être le parangon de vertu que son cousin croyait voir en elle.

— Pourquoi se rendait-elle là-bas ? le relança-t-elle.

— Écoute, Allishon était toujours à l'affût de la nouveauté.

Peyton attrapa une nouvelle bouteille de vodka et en versa une bonne dose dans son grand verre. Les glaçons avaient fondu depuis longtemps, mais il ne sembla pas s'en apercevoir, ou alors il s'en moquait.

— Elle était toujours à la recherche de nouvelles sensations. Et souvent elle les trouvait là-bas.

— Alors, elle buvait et se droguait.

— Et baisait. (Il jura comme s'il n'avait pas du tout envie d'aborder le sujet.) Elle baisait en public. Avec tout un tas d'humains différents et de tout un tas de façons différentes. C'était ce qui l'excitait : les vrais trucs hard. Et c'est dans ce club que ce genre d'expérience se passe à Caldwell. Elle le fréquentait beaucoup.

Elise ne put retenir un mouvement de recul en songeant à l'existence d'un tel lieu. Elle n'aurait jamais pu supporter ne serait-ce que d'y entrer, c'était certain.

Non, elle était monogame. Avec Axe, pour être précise.

Mais elle ne portait pas de jugement et, une fois encore, elle savait qu'Allishon avait des goûts différents des siens.

— Donc… elle allait là-bas et quelqu'un l'a trouvée et la tuée.

— Anslam l'a trouvée et tuée, tu veux dire.

Elise se couvrit la bouche, les yeux écarquillés.

— Attends, Anslam… comme dans… attends… notre Anslam ? (Elle avait connu le mâle toute sa vie.) Mais il avait intégré le programme d'entraînement, non ? J'ai entendu dire qu'il était mort en mission. C'est ce que mon père m'a affirmé.

— Ce n'est pas ce qui est arrivé. (Peyton se concentra de nouveau sur le match.) Loin de là. Tu es sûre de vouloir que j'entre dans les détails ?

— Oui. J'ai besoin de savoir.

— Anslam… attaquait des femmes et des femelles et prenait des photos pendant qu'il les torturait. À un moment donné, il est entré en contact avec Allishon, je ne sais pas quand exactement… aucun des deux ne m'en a parlé. Et tu sais, clairement, il s'est passé quelque chose entre eux…

(Peyton n'acheva pas, puis il baissa la tête et poursuivit d'une voix si faible qu'elle entendit à peine ce qu'il disait.) Je suis allé à son appartement en centre-ville quand personne n'a plus eu de ses nouvelles plusieurs nuits d'affilée. C'est alors que j'ai découvert… à quel point elle avait souffert. Ce qu'il lui avait fait.

À cet instant, sa voix s'étrangla, et Elise dut se forcer à le laisser tranquille le temps qu'il reprenne le contrôle de ses émotions. Elle pressentait que, si elle essayait de le consoler ou de le serrer dans ses bras, il sortirait de ses souvenirs.

Le mâle se racla la gorge.

— Il y avait beaucoup de sang. Sur les draps, je veux dire, le lit en était maculé. Il y avait des empreintes de pas ensanglantées sur la moquette, et des traces de main rouges sur la porte vitrée donnant sur la terrasse. Pourtant, elle n'est pas morte dans l'appartement. Je ne sais pas comment, mais elle a réussi à se dématérialiser loin de là. On l'a découverte sur la pelouse du Refuge, cette association qui s'occupe des femelles victimes de violence domestique. Elle était en mauvais état. Ils ignoraient son identité et l'ont emmenée à la clinique de Havers. C'est là-bas qu'elle est décédée. Mais une fois encore… jusqu'à ce que je me rende à son appartement plusieurs nuits plus tard, ils ne savaient pas qui elle était.

— Je suis désolée, murmura-t-elle.

— Moi aussi. Elle a dû tellement souffrir.

Elise ferma les yeux.

— Et cela a dû être extrêmement difficile pour toi de découvrir tout ça.

— Ça ira, répliqua-t-il. (Bien entendu, il dit cela en faisant couler une grande rasade d'alcool dans sa gorge.) Ensuite, reprit-il, tu vois, une de ces photos est tombée du sac à dos d'Anslam dans le bus qui nous emmenait au centre d'entraînement, et Paradis l'a découverte. C'est elle qui a résolu l'équation, et Anslam a tiqué quand il a compris qu'elle en savait trop. Il est allé chez elle et l'a attaquée… Il a bien failli la tuer. Mais Craeg et elle s'en sont occupés. Il est mort dans son hall d'entrée. Quand ils ont trouvé d'autres photos sur lui, tout est… devenu clair.

Elise se frotta les yeux.

— Mon père… quand tu es venu cette nuit-là, que lui as-tu dit, ainsi qu'à mon oncle et ma tante ?

— Cela a été affreusement douloureux. Ses parents se sont figés. Je n'oublierai jamais ça : ils n'ont montré aucune… ils étaient dépourvus d'émotion. C'était dû au choc. À l'évidence. C'est ton père qui a pleuré. Plus tard, la Confrérie est allée les voir, après que toute l'affaire a été démêlée. Parce que, quand je leur ai annoncé qu'elle était morte assassinée, on ne savait pas encore qui était le coupable.

Les larmes montèrent aux yeux de la femelle quand elle s'imagina son père en pleurs.

— Je crois que ses parents jugeaient Allishon responsable de sa mort, marmonna Peyton. Comme si c'était sa faute si elle s'était fait tuer. Et, tu sais… leur désaveu m'a donné l'impression qu'on l'assassinait une seconde fois. Je veux dire, son assassin l'a éliminée parce qu'il lui déniait le statut d'être vivant avec tous les droits assortis, et ses parents rejettent la faute sur elle ? C'est comme recommencer. Et Seigneur ! il s'agit de ses propres parents.

Lorsque le silence retomba entre eux, ce fut comme si on avait installé un cercueil dans la suite.

— Je t'avais dit qu'il valait mieux ne pas en parler, murmura son cousin.

— Et là-dessus je suis en total désaccord avec toi.

Elle se leva et se mit à faire les cent pas dans la pièce pour finir par s'arrêter pile devant le grand écran. Deux autres équipes jouaient sur le terrain à présent, des maillots rouge et noir contre des bleu et blanc.

— Il faut qu'on parle de tout cela. Pas seulement en tant que famille, mais en tant que communauté.

— Quand aura lieu la cérémonie de l'Estompe ?

— Je ne crois pas qu'il y en aura une.

— Il faut bien qu'on l'enterre.

— Elle a été incinérée. Mais je pense que ça n'ira pas plus loin.

— Eh bien, je prie toujours pour elle, chuchota son cousin en levant son verre. Que son âme soit bénie, puisse-t-elle reposer dans l'Estompe, et toutes ces conneries. En général quand je suis soûl, soit la plupart du temps récemment.

— As-tu envisagé de voir un psychothérapeute ? demanda Elise en se retournant vers lui. Tu as dû encaisser beaucoup de chocs.

— C'est strictement hors de question ; je te rappelle que je participe à la guerre. Si je ne peux pas supporter le sang et la mort, je ferais mieux de me barrer tout de suite, et je ne le ferai pas.

— Mais on parle du décès d'un membre de la famille, là. Ce n'était pas un ennemi.

Peyton haussa les épaules.

— Ça ira.

— Eh bien, si tu as besoin de quelqu'un, je serai toujours là.

Il sourit distraitement.

— Tu sais… je suis fier de toi, docteur Elise.

— Vraiment ? (Elle rougit.) Et, au fait, je n'ai pas encore obtenu mon doctorat.

— Tu n'en as pas besoin. En fait, une amie m'a récemment appris que les femelles étaient tout aussi douées que les mâles.

Lorsque son sourire s'estompa, elle eut l'impression qu'il était triste.

— Qui était-ce ?

— Personne en particulier.

C'est un mensonge, se dit-elle. Mais elle respecta sa réserve.

— Je m'inquiète pour toi, reprit-elle d'une voix douce.

— Je te l'ai dit… ça ira.

Pour la première fois depuis qu'il fréquentait *Les Clés*, Axe s'installa confortablement et observa le spectacle depuis les coulisses.

Novo était toujours avec Staff ; Axe l'avait laissée seule dans la salle d'entretien après avoir donné aux types en rouge un résumé de l'histoire humaine qu'elle avait concoctée en guise de couverture. Ce qui lui fit penser qu'il ne savait même pas son âge, n'avait aucune info sur sa famille, ou son passé. Il soupçonnait que les deux derniers n'étaient guère reluisants.

Et ce n'était pas parce qu'elle appréciait le même genre de relations sexuelles que lui.

Ou, plutôt, les relations sexuelles qu'il aimait autrefois.

Mais la vérité c'était qu'on pouvait être parfaitement équilibré et apprécier quand même la baise qui avait lieu ici. C'était ce que les gens qui ne partageaient pas ce style de vie, ou quel que soit le nom qu'on voulait bien lui donner, ne comprenaient pas. Oui, il y avait des gens qui fuyaient des trucs. Et d'autres qui avaient la tête à l'envers. Et sans doute également quelques sociopathes. Mais l'écrasante majorité des membres était parfaitement normale.

Mince! ce n'était pas différent des sites de rencontres, des *blind dates*, des rendez-vous organisés par les collègues de bureau ou de la drague dans les bars. Peu importe le moyen de mise en relation, ou trouverait dans chacun d'eux un mélange de bons et de mauvais…

Une femme aux seins nus, vêtue d'une longue jupe en cuir, passa près de lui en ondulant des hanches. Ses cheveux blancs remontés en chignon et son masque *steampunk* donnaient l'impression que le XXIe siècle s'était battu avec l'Angleterre victorienne et que les conséquences du conflit étaient retombées sur son visage.

Elle s'arrêta devant lui. Ses tétons étaient couverts de deux disques de métal maintenus en place par des piercings, et une chaîne délicate reliait les deux pointes.

Axe avait couché avec elle à plusieurs reprises, une fois sur l'autel, puis dans d'autres situations. Il ne connaissait ni son nom ni son numéro. Mais son sexe lui était familier.

N'importe quelle autre nuit, il l'aurait accompagnée quelque part.

Mais à présent il se contentait de compter les minutes restantes avant ses retrouvailles avec Elise, et personne ici, ou ailleurs sur la planète, n'arriverait à la cheville de celle qui l'attendait à la fin de la soirée.

Il secoua la tête et elle opina du chef avant de s'éloigner.

— Pas ton genre ? interrogea Novo d'une voix traînante.

Axe se retourna. La femelle était ressortie de son entretien, et il ne s'était même pas rendu compte qu'elle était de retour.

— Tu veux rester ici encore un moment ? ou t'arrêter pour ce soir et revenir une autre fois ?

S'il se souvenait de la façon dont fonctionnaient les nouvelles adhésions, il fallait attendre un moment avant d'être approuvé. Mais on pouvait venir en tant qu'invité du club jusqu'à ce que ce soit le cas.

— Elle ne te branchait vraiment pas ? (Novo contempla la femelle qui s'éloignait, comme si ce qu'elle voyait pouvait peut-être lui plaire.) Non ?

— Pas ce soir.

— Eh bien, je sais au moins que tu ne te réserves pas pour moi.

C'était dit sans amertume. Ce qu'Axe apprécia.

— Tu es certain que tu ne veux pas vider ton sac… Eh ! attends une minute.

— Allons-y, dit-il en s'éloignant à son tour.

Mais elle persista et ne le lâcha pas.

— La petite-cousine de Peyton. Celle qui s'est pointée au bar à cigares l'autre soir. Tu te la tapes, pas vrai.

— Non.

— Si, tu te…

Axe s'arrêta. Se retourna. Regarda Novo droit dans les yeux.

— Comment diable une gentille femelle dans son genre pourrait-elle avoir quoi que ce soit à faire avec moi ? Réfléchis.

Il s'imagina sans peine l'air perplexe de Novo sous son masque.

— Eh bien, dis comme ça… je ne peux qu'être d'accord avec toi.

C'était bien sa chance, se dit-il alors qu'ils reprenaient leur déambulation à travers les salles dédiée au sexe, il avait remporté la discussion parce qu'il n'était qu'une merde.

C'était comme décrocher une médaille parce que tous les autres participants avaient déclaré forfait.

Parce qu'ils avaient refusé de partager la piste avec quelqu'un comme lui.

Mais quelle importance… cette histoire avec Elise n'allait pas durer ; il le savait au plus profond de son âme. La question était de savoir quand et avec quelle violence cela finirait.

Mais d'ici là il était partant. Totalement partant, putain !

Chapitre 37

Rhage aurait presque préféré détester ce type.

Il était venu à la maison d'audience prêt à protéger sa *shellane* et à défendre sa famille. Pour lui c'était une sorte de guerre qui opposait la nature à l'éducation : un parent de sang potentiellement incompétent valait-il mieux que deux parents non biologiques mais compétents ? Après tout, même si Ruhn avait eu plus d'argent, il n'aurait jamais pu vivre dans une maison ou un environnement aussi sûr que ceux de Rhage et Mary.

Parce que, excusez du peu, tous deux partageaient une piaule avec la Première famille.

Et Ruhn était célibataire, peu instruit et n'avait aucune expérience des enfants.

Donc, oui, Rhage était entré dans cette bibliothèque, prêt à se battre.

Mais au lieu de cela il s'était retrouvé assis face à un mâle qui semblait tragiquement calme, respectueux et raisonnable. Au point qu'il avait souhaité durant tout le temps qu'avait duré la discussion pouvoir découvrir un défaut – n'importe lequel – chez l'oncle de Bitty.

— Eh bien, dit gentiment Marissa, qui avait à plusieurs reprises déjà relancé le dialogue, je crois que l'étape suivante est que vous, Ruhn, rencontriez Bitty.

Rhage montra les crocs avant de cacher vivement ce magnifique étalage dentaire.

Mary prit la parole.

— Comment suggères-tu que nous procédions ?

— Je crois qu'il faudrait une supervision, mais pas par l'un d'entre vous, murmura la femelle. Je pense seulement qu'il vaut mieux qu'ils se rencontrent sans que Bitty soit confrontée à un conflit de loyauté. Sinon, elle risque de prendre parti pour Rhage et toi.

— Depuis combien de temps vit-elle avec vous ? interrogea Ruhn.

— Deux mois, expliqua Mary.

Rhage ouvrit la bouche et parla avant de réfléchir.

— Mais cela nous semble une vie entière. Nous l'aimons comme si elle était la nôtre et elle éprouve la même chose, et…

Mary lui donna un coup de coude.

Et un grand silence s'abattit dans la pièce.

— Nul ne doute de votre amour, répondit Marissa.

Encore une fois, avec douceur.

Rhage bondit et se mit à faire les cent pas.

— Eh bien, tant mieux, parce qu'il est là et n'en bougera pas. (Il décocha un regard noir à Ruhn.) Et même si vous nous l'enlevez nous l'aimerons toujours. Elle sera toujours dans nos cœurs et dans nos têtes. Pour qu'on soit bien clairs : si vous partez avec elle et retournez là d'où vous venez, il n'y aura pas une seule nuit sans que ma *shellane* (il désigna Mary) et moi ne songions à elle, nous demandions ce qu'elle fait, nous inquiétions de…

— Rhage, l'implora Mary. Rhage, calme-toi…

Il s'arrêta devant le mâle.

— Et je veux que tu te souviennes de ça. Si jamais tu lui fais du mal…

V. s'approcha aussitôt et attrapa Hollywood par le biceps.

— Très bien, on recule…

— … je réorganiserai tes organes pendant que tu seras encore vivant et je boufferai ton cœur directement dans ta poitrine…

Un sifflement aigu retentit et, tout à coup, Z. et Butch se précipitèrent dans la pièce en passant par les portes-fenêtres. Lorsqu'ils se placèrent devant et derrière lui, Rhage comprit qu'il s'était trompé sur la raison de leur présence dans la demeure. Il avait supposé qu'ils étaient là pour prévenir une attaque extérieure.

Mais avec les portes-fenêtres ainsi déverrouillées ? Visiblement, les frères craignaient davantage un assassinat de l'intérieur, avec lui dans le rôle de l'agresseur.

Et Rhage dut accorder à Ruhn un certain crédit. Au lieu de se recroqueviller sur le canapé comme une mauviette, ou de se lancer dans une attaque préventive…

Le mâle s'était simplement redressé de toute sa hauteur avant d'adopter une posture défensive.

Exactement comme il l'avait fait deux nuits plus tôt.

— C'est bon, dit le foutu oncle tandis que Rhage sentait qu'on l'entraînait hors de portée. Il peut me frapper s'il le souhaite.

Cela arrêta tout le monde dans la pièce.

V. observa le mâle.

— Vous n'avez pas mentionné que vous aviez des envies suicidaires.

— Je n'en ai pas.

— Alors je vais ranger ça dans la catégorie « Erreur de jugement », marmonna Viszs d'un ton sec.

— Lâchez-moi, ordonna Rhage. Je ne vais pas l'allumer. Je dis juste les choses telles qu'elles sont.

Apparemment, il ne fut guère convaincant, vu la façon dont sa combinaison de frères continua de le coller.

— Et je suis heureux que vous éprouviez cela, parce que cela signifie que vous l'avez bien traitée pendant qu'elle était sous votre garde, dit Ruhn. Ce qui est bien plus que son géniteur ait jamais fait pour elle.

Bon sang ! pourquoi fallait-il que cet enfoiré dise toujours le bon truc ?

Mary se racla la gorge.

— Je crois que j'apprécierais que Rhage et moi apprenions la nouvelle à Bitty. Je veux m'assurer que la situation soit correctement présentée. Je ne veux pas qu'elle ait l'impression de faire quelque chose de mal ou de se tromper si elle veut le voir, être avec lui… voire partir avec lui. (Elle se tourna vers Ruhn.) Je veux dire vous.

Ce dernier ne quittait pas Rhage des yeux.

— C'est aimable à vous.

— C'est ce qui est vraiment le mieux pour elle. (Mary repoussa ses cheveux derrière ses oreilles.) Et c'est tout ce qui importe. À ce sujet, il faudrait qu'on y aille. Rhage et moi lui annoncerons la nouvelle, et peut-être pourrions-nous prévoir la rencontre au début de la nuit prochaine ? Et ici, c'est un terrain neutre mais sûr, si on pouvait suspendre les audiences du roi encore une soirée.

— Considère que c'est fait, lui assura V.

— Très bien, dit Ruhn en fouillant dans sa poche. Mais… euh… pouvez-vous lui donner cette lettre de ma part ? Vous pouvez la lire d'abord, bien entendu. C'est juste que… j'ai voulu me présenter. Je ne sais ni lire ni écrire, alors je l'ai dictée.

Quelque chose avait dû changer dans la posture de Rhage car, soudain, il fut de nouveau libre de bouger à sa guise, même si ses frères ne s'écartèrent pas beaucoup de lui.

Les mains de Mary tremblaient quand elle prit ce qui s'avéra être quelques pages de papier ligné arrachées à un carnet à spirales, vu les bords déchiquetés visibles d'un seul côté des feuilles.

— Je serai heureuse de le lui remettre, murmura sa *shellane*.

— Comme je l'ai dit, vous pouvez la lire. Il n'y a pas grand-chose dedans. Ce n'est pas, disons, bien écrit ou quoi que ce soit. Je voulais juste qu'elle sache qui j'étais.

— Très bien.

— Et sur la dernière page, vous savez, ce n'est rien de spécial.

— D'accord.

À ce stade de la rencontre, la conversation s'essouffla. Ruhn se rassit et contempla le feu, tandis que Mary rejoignait Rhage et glissait un bras sous le sien.

— Il y a encore une chose, annonça V. en direction de l'oncle. Le roi souhaite vous rencontrer. Avant que vous puissiez voir Bitty, vous êtes convoqué devant lui.

Ruhn opina lentement du chef.

— Très bien. Je ferai tout ce qui sera nécessaire.

Mais le mâle n'était clairement pas impatient de voir le roi. Parce qu'il avait quelque chose à cacher ? se demanda Rhage.

— Je serai présent, dit-il. Je serai là durant l'audience.

— Kolher souhaite qu'elle soit privée. (V. secoua la tête.) Et par cela il entendait sans toi ni Mary.

— C'est mieux qu'ils ne soient que tous les deux. (Sa *shellane* lui caressa le bras.) Quand cette rencontre aura-t-elle lieu ? Nous devrions attendre qu'elle soit passée pour parler à Bitty…

— Il peut y assister, s'il veut. (Ruhn haussa les épaules quand tous les yeux convergèrent de nouveau sur lui.) Je n'ai rien à cacher. Je veux dire, je ne suis personne, et je suis habitué à ma modeste condition. Inutile de prendre de grands airs quand on n'a rien pour les soutenir, et si tout ce qu'on a fait c'est mener une vie simple et honnête. C'est le genre de chose qu'on peut expliquer même à un roi, la tête haute et le regard franc, peu importe qui se trouve dans la pièce avec vous.

Rhage cligna des yeux. Puis il eut une pensée atroce.

Merde ! dans d'autres circonstances, il aurait pu apprécier ce type.

— Nous vous en sommes reconnaissants, Ruhn. (Encore une fois, Marissa sut apaiser les choses en douceur.) Mais il vaut mieux qu'il n'y ait que Kolher et vous. Et un garde.

— Kolher a dit qu'il pouvait venir tout de suite, intervint quelqu'un.

— Alors nous devrions partir. (Mary se tourna vers Rhage.) Partons, d'accord ? Et on patientera quelque part avant d'avoir des nouvelles de cette entrevue et de rentrer à la maison.

Quelqu'un dit quelque chose – Marissa. Puis Mary se mit à parler. Après quoi, les gens opinèrent du chef comme si on avait établi une espèce de consensus.

Il fut temps de partir, et Rhage passa un bras autour de la taille de sa compagne tandis qu'ils se dirigeaient vers la sortie. Ils attendirent un instant que Z. leur ouvre la double porte.

Juste avant de quitter la pièce, Hollywood jeta un dernier coup d'œil par-dessus son épaule. Ruhn était toujours assis sur le canapé en face de la cheminée, devant le service à thé qui n'avait presque pas servi, les mains sur les cuisses et le regard flou.

Il était nerveux. Mais il n'allait pas reculer.

— Viens, l'enjoignit Mary.

Juste après, Rhage se retrouva au volant de la GTO, le moteur allumé et le chauffage mis.

— Tu veux manger quelque chose ? proposa-t-il bien qu'il n'ait pas faim.

— Bien sûr. Allons à ce restaurant ouvert vingt-quatre heures sur vingt-quatre que tu affectionnes. Celui avec ce très grand choix de tartes.

— Ça me paraît bien.

Et donc, une dizaine de minutes plus tard, il se garait entre un robuste pick-up et une BMW. La neige tourbillonnait de nouveau, mais pas très densément, comme si les nuages au-dessus d'eux souffraient d'une angoisse de séparation et se montraient réticents à laisser leurs flocons s'envoler.

Le *Toute la nuit*, comme s'appelait l'endroit, était un restaurant standard, avec une enseigne clignotante à l'extérieur et une rangée de tabourets de bar devant le comptoir à l'intérieur. Il y avait également une salle dotée de tables, de serveuses désabusées et un peu acariâtres, et d'une clientèle loyale dont il faisait partie. Au menu ? Du café gratuit, de la tarte à tomber et un petit déjeuner servi à toute heure du jour ou de la nuit, ainsi qu'un sandwich grillé qui vous faisait entrevoir le paradis à chaque bouchée.

Sa table habituelle était au fond, près de la sortie de secours, et la serveuse qui travaillait de nuit se contenta de désigner l'endroit d'un signe de tête.

C'était sa façon de dire : « Salut, ravie de vous revoir. Votre place préférée est libre, je vous apporte votre café dès que possible. Oh ! et contents de voir que vous avez amené votre femme avec vous cette fois-ci. »

Vu tout ce qui se passait, l'absence d'interaction aimable était un sacré plus.

Mary et lui prirent place. Le café était servi dans de grandes tasses. Rhage commanda une tarte à la banane et à la crème, un gâteau Boston et une part de tarte aux pommes. Mary demanda une seconde fourchette pour goûter.

Avant de commencer, il posa son portable sur la table en Formica. Juste au cas où ça capterait mal dans la poche de sa veste en cuir.

Ils restèrent assis là en silence. Le téléphone à l'écran éteint était semblable à un trou noir dans l'espace, aspirant toute matière et toute énergie.

Mary sirota son café, mais ne toucha pas à la fourchette supplémentaire posée sur la serviette en papier pliée devant elle. De temps à autre, elle observait les tables quasi vides.

— Tu sais ce que j'aime ici ? murmura-t-elle.

— Les tartes ? répondit-il entre deux bouchées.

Qui ce soir n'avaient que de la texture et aucun goût.

— Oui, bien sûr. Mais j'apprécie surtout l'éclairage brillant qui règne ici. D'habitude, la nuit, tout est affadi. Je ne m'en étais jamais vraiment rendu compte avant de venir vivre avec toi et d'adopter ce rythme de vie inversé. Bizarrement, les humains ont tendance à plonger l'intérieur des restaurants dans la pénombre après le coucher du soleil. Mais ici, cela me rappelle ce que ça fait d'être dehors dans la journée.

— Est-ce que tu regrettes ces changements ? demanda-t-il en s'essuyant la bouche. Tu sais… dans ta vie.

— Pas du tout. (Elle croisa son regard.) Je t'ai, toi, et cela améliore tout.

— Mais pas dans cette situation avec Bitty.

— Rien ne pourrait améliorer cela.

— Bien vrai.

Il repoussa l'assiette de tarte à la banane encore à moitié pleine. Il ne savait pas pourquoi il avait commandé ce truc. Il n'était pas très fan des bananes et, même avec le croustillant des biscuits émiettés dans la pâte, il y avait une uniformité de texture entre la crème anglaise et la garniture qui lui donnait un peu envie de vomir.

C'était pour la même raison qu'il ne supportait pas le cheese-cake au citron. Ou la mousse au chocolat...

Seigneur ! il souffrait vraiment, hein ? s'il était en train de débattre de desserts dans sa tête.

— Tu n'as pas aimé ? s'étonna Mary.

— Pas vraiment. Mais je me suis dit que j'allais essayer quelque chose de nouveau.

Oui, parce que c'était la nuit idéale pour élargir ses horizons. Ou peut-être tester la théorie selon laquelle il existait un dieu protecteur des pères désirant garder leur fille qui exigeait en offrande qu'on surmonte son réflexe de vomissement.

— Je suis venu manger ici si souvent, dit-il en tirant la part de tarte aux pommes vers lui. Des années durant. Et je n'ai jamais pensé que ce lieu marquerait ainsi notre histoire, tu sais ?

Parce que, bien sûr, il se souviendrait exactement de l'endroit où il était assis en ce moment même, de ce qu'il mangeait et de l'expression de Mary jusqu'à sa mort.

— Je sais exactement ce que tu ressens, murmura-t-elle.

Comme il entamait l'assiette numéro deux, il jeta un coup d'œil aux clients dans la salle : il y en avait deux attablés près de la fenêtre, et trois autres au comptoir, régulièrement espacés sur leur tabouret.

Qui savait ce qui se passait dans leurs vies, en bien ou en mal ? Après tout, on avait tendance à supposer que l'anonymat des étrangers équivalait à une ardoise vierge en ce qui concernait leur existence, mais c'était des conneries.

Tout le monde vivait des drames. On ignorait simplement de quoi il s'agissait tant qu'on ne connaissait pas les gens.

— Qu'est-ce qu'on dit de la vie, déjà ? marmonna-t-il. Que personne n'en sort vivant ?

« Ding ! »

Ils sursautèrent, lui laissa tomber sa fourchette dans son assiette, et elle renversa un peu de son café sur la table.

Il se pencha vers son téléphone, tapa le code de déverrouillage, qui était la date de naissance de Mary, et attendit que le portable affiche le message.

— Kolher dit que c'est bon. On peut y aller.

Ils se redressèrent sur leurs sièges, mais restèrent assis là encore un moment.

Puis, sans un mot, il sortit deux billets de vingt de son portefeuille, elle épongea ce qu'elle avait renversé, et ils se dirigèrent vers la sortie.

Je ne sais pas comment faire ça, se dit-il en débouchant dehors.

Je ne sais pas comment regarder cette petite fille dans les yeux pour lui dire d'aller rencontrer son oncle.

Je ne sais pas comment l'abandonner.

Dans la GTO, il se tourna vers Mary.

— Je t'aime. Je ne sais pas quoi dire d'autre.

— Je ne cesse de me dire que je vais me réveiller, prendre une inspiration tremblante… et être follement soulagée que tout ceci ne soit qu'un cauchemar.

Rhage s'immobilisa comme pour laisser à la réalité la chance de choisir cette option.

Quand rien ne changea, qu'aucune alarme ne retentit, qu'aucun coup de coude de Mary ne le réveilla… il jura, fit démarrer le moteur et sortit du parking.

Pour avoir une conversation perdant-perdant impossible avec sa fille.

Chapitre 38

— Alors, tu vas où ? demanda Peyton depuis son lit, sur lequel il était toujours à moitié allongé.

Sentant le rouge lui monter aux joues, Elise espéra qu'il était trop ivre pour le remarquer.

— Je veux simplement me vider la tête. (Elle sortit son portable de sa poche.) Alors c'est d'accord, tu répondras aux appels de mon père ?

— Est-ce que tu vas voir Axe ?

— Pas pour l'instant. (C'était le plus proche de la vérité possible.) Je ne vais pas à la fac ce soir. J'ai vraiment besoin de me remettre les idées en place et ça n'arrivera pas si je rentre à la maison.

— Alors je vais te reposer la question. Où est-ce que tu vas ?

— Je ne sais pas trop. Mais je ferai attention, c'est promis.

Peyton leva l'index.

— Tu ne crois pas que, si tu ignores où tu vas, il est particulièrement important d'avoir ton portable sur toi ?

— Pas si celui-ci contient un mouchard GPS que ton père a fait installer. Pas si tu ne veux pas te faire bombarder de questions à la seconde où tu rentres chez toi. Pas quand tu voudrais simplement respirer un bon coup et ne pas t'attirer d'ennuis à cause de ça.

Peyton se redressa de ses oreillers et se leva. Quand il se dirigea vers une table placée derrière le canapé, il titubait comme si une forte brise soufflait autour de lui.

— Prends le mien, alors. Le code est 0-4-0-1. C'est seulement pour que tu sois équipée – et je ne suis pas naïf. Je ne t'interrogerai pas davantage, mais il est évident que tu ne rentreras pas à la maison à l'aube. Fais bien attention, d'accord ? Je n'ai pas envie de découvrir un autre cadavre, et cette fois-ci me sentir encore plus mal qu'avec Allishon parce que je t'aurai laissée sortir toute seule.

— Ça va aller.

— C'est ma farce… je veux dire, ma phrase. (Il la rejoignit et lui tendit son iPhone.) Et tandis que tu me regardais avec compassion pendant que je prononçais ces mots, moi, je te dévisage à présent d'une autre manière. Ça s'appelle un avertissement.

— Je serai prudente. Je te le jure.

— Ne me fais pas regretter de t'avoir laissée partir sans savoir où tu vas, marmonna-t-il en lui ouvrant la fenêtre.

— Ce ne sera pas le cas.

Elise lui donna son propre code et glissa le portable de son cousin dans la poche de son manteau. Puis, après une rapide étreinte et un dernier signe de la main, elle se dématérialisa hors de sa suite, le laissant à ses matchs de football humain, à sa vodka au nom d'oiseau et aux fantômes qui le hantaient.

Elise n'alla pas très loin. Elle reprit forme dans les jardins du domaine de Peyton, rien que pour faire ce qu'elle avait dit et respirer un peu. La neige tourbillonnait, sans former vraiment une chute convenablement organisée, et le vent était piquant. Lorsqu'elle jeta un coup d'œil par-dessus son épaule, elle aperçut Peyton qui déambulait dans sa salle de bains : ses cheveux blonds accrochaient la lumière, et son torse nu était si puissant, qu'elle se dit l'espace d'un instant qu'il n'avait plus l'air d'un aristocrate. Il ressemblait à un soldat.

S'emmitouflant dans son manteau, elle savait qu'il était trop tôt pour se rendre chez Axe. Il lui avait dit que sa porte était toujours ouverte, mais…

Quand l'idée germa dans son esprit, elle ne se dématérialisa pas immédiatement. Toutefois, après avoir bien réfléchi, elle disparut…

… et reprit forme en centre-ville, au pied d'un élégant immeuble.

Après avoir reculé jusqu'au milieu de la rue vide, elle compta les étages. L'adresse sur les papiers découverts dans le dressing d'Allishon faisait état d'un appartement numéro 1043.

— Avez-vous oublié votre clé ?

Elise jeta un coup d'œil à gauche. Une humaine au visage ouvert et aux manières agréables se tenait sur le trottoir, devant l'entrée.

— Je suis venue voir ma cousine, dit Elise. Elle ne répond pas à l'interphone. Elle habite au quatorzième étage.

Oui, elle était portée à l'honnêteté, mais techniquement c'était vrai : Allishon ne répondrait plus jamais à rien.

— Entrez donc. (La femme se dirigea vers la porte.) Vous pouvez passer derrière moi.

— Merci.

Elise la suivit dans le hall et échangea encore quelques mots avec elle devant l'ascenseur, puis pendant le trajet. La femelle descendit au cinquième et Elise effectua le reste du voyage seule. Quand un « ding ! » annonça qu'elle était arrivée au bon étage, elle sortit et regarda des deux côtés du long couloir qui s'étendait perpendiculairement à la cabine. Une affichette avec les numéros des appartements lui indiqua d'aller à gauche, et elle parcourut le couloir moquetté en passant devant d'innombrables portes.

Quand elle arriva devant l'appartement de sa cousine, elle leva la main pour toquer, avant de songer que c'était inutile et de baisser le bras. Puis elle tenta de tourner la poignée qui, bien entendu, était verrouillée.

Eh bien, quelle idée géniale elle avait eu de venir ici.

Posant la main sur le battant peint, elle resta plantée là, à se remémorer ce que Peyton lui avait raconté. Tristement, elle se sentait plus proche de sa cousine assassinée qu'auparavant, même s'il était trop tard pour qu'elles nouent une relation.

Seigneur ! elle avait vraiment envie d'entrer dans cet appartement, se dit-elle.

Et, oui, Axe avait raison. Elle cherchait à établir un lien avec son père, avec sa famille, en empruntant les seules avenues qui lui soient ouvertes. C'était une quête imparfaite, assurément. Mais elle n'arrêterait pas.

Pas tant qu'elle n'aurait pas emprunté chacune des routes possibles…

Quand le portable de Peyton vibra dans sa poche, elle le prit en fronçant les sourcils. C'était son cousin qui l'appelait, depuis son propre téléphone.

— Allô ? dit-elle après avoir décroché.

— Ton petit copain a appelé. (Peyton souffla comme s'il était en train de fumer.) Tu aurais pu me prévenir, c'est tout.

Axe avait appelé ?

— Je te demande pardon ?

— Troy. Ton petit copain. Je lui ai dit que tu étais sortie, que j'étais ton cousin et je lui ai demandé si je pouvais prendre un message. Il veut que tu le rappelles. Je suppose qu'il espérerait tomber directement sur toi. Elise, qu'est-ce que tu fabriques… Ce n'est pas un nom de vampire.

Elle sourcilla.

— Mais il n'a pas dit que nous sortions ensemble, non ? Parce que ce n'est pas le cas. C'est mon professeur et je suis sa chargée de TD. Je n'ai aucune intention de m'impliquer autrement que professionnellement avec lui. Voilà typiquement le genre de motif pour lequel j'ai besoin d'Axe.

Enfin, un des motifs. Et le seul qu'elle puisse mentionner au mâle.

Mince ! à tout le monde en fait.

— Sois prudente, c'est tout, finit par dire son cousin au bout d'un moment.

— Toujours. Maintenant, vas-tu s'il te plaît cesser de fumer et de boire et commencer à te dégriser ? À ce rythme-là, il va te falloir un mois pour t'en remettre.

— Bien dit. Passe une bonne nuit, mais appelle-moi en cas de besoin.

— Je le ferai.

Quand elle raccrocha, elle eut soudain une conscience aiguë de son environnement. Elle était seule, dans le monde humain, à l'endroit où sa cousine avait été assassinée.

Le couloir avec toutes ses portes avait paru parfaitement sûr, mais, lorsque l'ascenseur tinta de nouveau et qu'un humain mâle en sortit, l'assurance d'Elise vacilla soudain. Et s'il décidait de l'attaquer avec une arme ? Quelqu'un viendrait-il à son aide ? Et nul ne savait où elle se trouvait, y compris Peyton… et, même si elle l'informait maintenant de sa présence dans l'immeuble, vu la façon confuse dont le mâle s'était exprimé au téléphone, il était à environ deux bouffées de l'évanouissement.

Pour se rassurer, Elise colla le téléphone à son oreille et fit semblant de parler à un correspondant.

— Oh ! vraiment ? Et que s'est-il passé ensuite ?

Elle commença à remonter le grand couloir en faisant mine de garder les yeux rivés sur la moquette, tandis qu'en réalité elle surveillait l'humain qui approchait du coin de l'œil. Il ne semblait pas particulièrement intéressé par sa présence dans les lieux.

Un des bénéfices à porter un jean et une longue doudoune, c'était que son corps était totalement dissimulé.

Néanmoins, elle se crispa quand ils se croisèrent, mais il poursuivit simplement son chemin, et elle aussi.

Puis elle se retrouva dans l'ascenseur, en train de descendre.

Elle était impatiente d'être chez Axe.

Rhage n'était pas pressé d'arriver à la maison. Mais la distance entre le restaurant et la demeure de la Confrérie n'avait pas changé et il se montra, comme à son habitude, un conducteur efficace.

Bien trop tôt à leur goût, Mary et lui débouchèrent donc dans le vestibule.

D'après les rires qui s'échappaient de la salle de billard, ils surent immédiatement où se trouvait Bitty : Bella était installée sur le canapé, et leur fille jouait à cache-cache avec Nalla au milieu des tables de billard.

Bibi paraissait si insouciante ; elle passait d'une cachette à une autre, faisant attention de ne pas aller trop vite afin que Nalla puisse la rattraper et éprouver le triomphe de la victoire de temps en temps. La petite portait un pull orné d'une grosse fraise et ses yeux jaunes brillaient comme le soleil. Quant à Bitty, elle avait enfilé une des polaires bleues de Mary, et le vêtement était si grand pour elle qu'il flottait autour de ses bras et de son torse.

Pendant que Mary et lui observaient le jeu des deux fillettes, l'odeur de leur chagrin devint si épaisse que les narines de Rhage s'emplirent de sa brûlure âcre, et Bella dut à son tour saisir cette puanteur, car elle tourna soudain la tête vers eux.

Son expression pleine d'espoir se transforma aussitôt en une autre, de résignation cette fois-ci.

— Les filles, dit-elle en se levant. Je… euh… je crois qu'il est l'heure du bain pour Nalla. Et, Bitty, tes parents doivent discuter avec… euh…

— Bonsoir ! s'exclama la fillette en les apercevant. Comment… (Elle fronça les sourcils et se redressa de sa position accroupie.) Que se passe-t-il ? Je ne dois pas retourner chez Havers, hein ?

— Non, chérie. (Mary s'avança et étreignit brièvement Bella.) Mais il faut qu'on te parle.

— Est-ce que j'ai fait quelque chose de mal ?

— Non. (Rhage salua d'un signe de tête la *shellane* de Z. tandis que celle-ci emmenait sa fille et disparaissait tristement.) Pas du tout. Veux-tu t'asseoir avec nous, s'il te plaît ?

— D'accord.

Puis tous trois se retrouvèrent sur le canapé en cuir face à la grande télé, Bitty au milieu. Sur l'écran au-dessus de la cheminée, un épisode de *Seinfeld* passait en silence, car le son avait été coupé. C'était celui où le bonbon à la menthe de Kramer terminait dans un patient de chirurgie. Un des préférés de Rhage.

Il eut soudain envie de réduire la télévision en miettes.

— Que se passe-t-il ? Vous me faites peur.

Rhage se racla la gorge et observa Bibi. Quand il fut incapable de prononcer le moindre mot, il dut se lever et se mit à faire les cent pas. C'était soit cela, soit trouver une batte de base-ball pour refaire la décoration.

Mary prit la relève, comme toujours, et il détesta la façon dont il la laissait tomber.

— Ma chérie, est-ce que tu te rappelles, quand tu as parlé de ton oncle ? Tu sais, juste après que ta *mahmen* a rejoint l'Estompe. Tu m'as dit qu'il viendrait te chercher.

— Oui, mais je ne pensais pas vraiment qu'il le ferait.

Les beaux yeux bruns de l'enfant passaient alternativement de Mary, assise à côté d'elle, à Rhage, qui faisait actuellement le tour de la table de billard la plus proche.

— Je ne l'ai jamais rencontré. C'est juste que… j'espérais que quelqu'un voudrait de moi. Et ensuite vous m'avez accueillie et tout va bien à présent. J'ai un foyer.

Mary prit une profonde inspiration.

Et quand elle cala, Rhage sut qu'il devait se reprendre ; il ne pouvait pas laisser sa *shellane* gérer seule toute la situation. Il les rejoignit et s'agenouilla devant la fillette.

— Eh bien, en fait, il nous a contactés. Tu vois, Mary a essayé de le chercher pour toi avant que tu viennes vivre avec nous, parce que c'était la chose juste à faire. Quand il n'y a eu aucune réponse, nous étions tristes pour toi, mais heureux pour nous.

Bitty fronça les sourcils et s'écarta de lui.

— Attendez… il est ici. Il est vivant ?

Mary opina.

— En effet, et nous venons de le rencontrer. Il semble très aimable et sincère. Et il a vraiment envie de te rencontrer.

L'air renfrogné de l'enfant s'accentua et elle croisa les bras sur sa poitrine.

— Eh bien moi pas. Je veux vivre ici avec vous, les frères et Lassiter. Nalla, Kolher Jr, Bouh et George. C'est mon foyer.

Rhage se passa une main sur le visage.

— Il est ta famille, ma puce.

— Vous êtes ma famille.

— Bitty, commença Mary. C'est le frère de ta mère…

Celle-ci bondit du canapé et se retourna vers eux.

— C'est à cause de mes bras et mes jambes, pas vrai ? Vous ne voulez pas vous occuper d'un enfant qui risque de devenir handicapé après sa transition. Vous ne voulez plus de moi parce que je suis cassée…

— Bitty !

— Pas du tout !

Mais la fillette ne les écoutait pas.

— Vous voulez que je m'en aille ! Très bien ! Alors, jetez-moi dehors !

Sur ce, elle s'enfuit en courant. Et bon sang ! Mary et lui s'élancèrent immédiatement à sa poursuite tandis qu'elle débouchait dans le vestibule et poursuivait sa route.

— Bitty, arrête ! cria Mary alors qu'ils se dirigeaient tous vers le grand escalier et entamaient une montée frénétique. Bitty, ce n'est pas comme ça que ça se passe…

La fillette s'arrêta à mi-hauteur et se retourna.

— Vous ne m'aimez pas… Vous ne m'avez jamais aimée ! Vous vous en fichez…

La voix de Rhage tonna si puissamment qu'elle faillit ébranler la maison :

— Lizabitte ! je t'interdis de t'adresser à ta *mahmen* sur ce ton !

Salut, père intérieur, songea-t-il vaguement.

Et, oui, cela fit taire tout le monde, en plus de figer les femelles sur place.

Cela poussa même une pauvre *doggen* devant le bureau de Kolher à lâcher son plumeau et à se mettre à couvert.

Et apparemment, il n'en avait pas fini.

Il gravit les marches deux à deux jusqu'à Bitty, et se pencha sur la fillette pour qu'ils soient nez à nez.

— Je comprends que tu sois bouleversée. Nous le sommes aussi. Cela ne faisait pas partie du plan que nous avions prévu pour nos vies, mais c'est là qu'on en est tous les quatre. Il semble être un bon mâle, il est de ton sang et tu dois le rencontrer. Je ne te reproche pas d'être submergée par l'émotion, et Mary et moi te soutiendrons tout du long. Mais je refuse que tu penses que nous ne t'aimons pas comme si tu étais notre enfant biologique. Tu n'es pas handicapée. Tu es parfaite, intelligente, et une bénédiction pour tous ceux qui te connaissent. Et nous t'aimerons toujours.

Il y avait tant d'autres choses qu'il ne pouvait pas dire : « Tu es le seul enfant que nous aurons jamais. Je suis en train de crever sur ces marches, exactement comme ma Mary. Nous ne serons plus rien sans toi. »

Mais c'était des histoires d'adultes. Des choses que Mary et lui devraient affronter de leur côté.

Ce n'était pas le problème de Bitty, et il n'en ferait pas un souci pour elle.

Soudain, la fillette éclata en sanglots.

— Je ne veux pas vous quitter…

Mary referma les bras autour de l'enfant. Et Rhage étreignit ses deux femelles.

Ensemble, ils s'assirent au milieu du grand escalier et pleurèrent.

Chapitre 39

Axe finit par laisser Novo aux *Clés* après qu'elle avait trouvé une probable partenaire. En fait, il s'agissait de l'humaine qu'Axe avait baisée pas mal de fois, celle avec les piercings aux tétons et la coiffure de Cruella d'Enfer. Sachant que sa camarade était entre de bonnes mains – à savoir, les siennes –, il lui fit un signe de tête, désigna la sortie et obtint un hochement en retour.

Pour la première fois de sa vie, il fut soulagé d'arriver chez lui, et, mince ! il était pressé de se laver. À la seconde où il franchit le seuil, il jeta son manteau noir sur le dossier d'une chaise et alla directement sous la douche.

Même s'il n'avait couché avec personne, il avait envie de récurer chaque centimètre de son corps avant de voir Elise.

L'eau chaude et le savon agirent sur lui comme une bénédiction, et il passa beaucoup de temps la tête en arrière sous le jet, à se délecter du flot délicieux qui coulait sur son visage et sa poitrine. Il était sur le point de sortir quand il sentit qu'il n'était plus seul dans le cottage. Sans surprise, on toqua doucement à la porte de la salle de bains.

Il sourit.

— Tu es en avance.

— Je suis désolée, dit-elle à travers le battant. Je vais t'attendre en bas.

— Je n'arrive pas à atteindre mon dos. (Il écarta le rideau de douche.) Peux-tu m'aider ?

La porte s'ouvrit tout doucement, et le ravissant visage de la femelle apparut dans l'entrebâillement. Ses cheveux blonds étaient dénoués et ses joues rougies à cause du froid, à moins que ce ne soit dû au fait qu'elle songeait à la même chose que lui.

Axe se mit aussitôt à bander, sans cesser pour autant de faire fièrement face à Elise.

Malgré la pénombre qui régnait dans la petite pièce, il vit bien sur quoi son regard se dirigeait et s'arrêtait, comme hypnotisé.

—Alors, tu aimes le spectacle ? gronda-t-il.

—Oui…

—Alors viens là-dedans. L'eau est chaude.

Elise entra et referma derrière elle. Dans l'étroit espace embué, elle ôta son pull et son tee-shirt. Fit glisser son jean le long de ses jambes. Perdit son soutien-gorge, puis sa culotte.

Comme il reculait au fond de la cabine pour lui laisser la place de le rejoindre, elle entra dans la douche en levant les lèvres pour qu'il puisse l'embrasser, en même temps qu'elle posait les mains sur lui.

Et ce ne fut pas ses épaules ou ses biceps qu'elle visa, ni même son ventre ou ses fesses.

Axe se cambra si violemment qu'il se cogna la tête contre la paroi de la douche.

—Merde…

—Oh, mon Dieu ! je suis désolée…

—Comme si c'était un problème…

Avec un bruit guttural, il l'embrassa, ondulant du bassin lorsqu'elle raffermit sa prise sur son sexe. L'énergie sexuelle jaillit immédiatement entre eux, passant d'une brûlure sourde à une explosion solaire en une fraction de seconde. Et il ne fut pas tendre avec elle. L'impatience rendit ses gestes brusques lorsqu'il l'attira contre lui et pressa brutalement sa bouche contre la sienne, et son désir fut très vite incontrôlable.

Mais, douce Vierge scribe, elle répondit à cette faim dévorante avec la même frénésie.

— J'ai tellement envie de toi, grogna-t-il contre ses lèvres.

— Alors prends-moi tout de suite.

Même si l'eau chaude avait rendu ses cuisses glissantes, il les agrippa et la souleva pour la caler autour de ses hanches. Puis il trouva sa fente avec ses doigts – elle était plus que prête à le recevoir en elle – et oh ! oui, elle prit les commandes, passa la main entre eux, empoigna son pénis en érection et…

Il jura quand il la pénétra et elle haleta son nom.

Puis il se mit à aller et venir furieusement et profondément en elle, lui claquant le dos et les fesses contre la paroi de la douche à chaque poussée. Elle prit tout ce qu'il avait à lui donner, se cramponnant à ses épaules et serrant les jambes autour de son bassin aussi étroitement que possible.

Axe serra les dents alors que les douces et brûlantes pressions du sexe d'Elise autour du sien se propageaient peu à peu à travers tout son corps, en ondes concentriques qui allaient en s'intensifiant. Mais il n'allait pas jouir avant elle, parce que son plaisir était plus important que le sien. Et bientôt elle commença à ruer contre lui, la tête renversée en arrière, les bras crispés.

Tandis que son sexe se contractait spasmodiquement autour du sien.

Nom de Dieu ! elle le pressa si bien qu'il se laissa aller à son tour et jouit en elle, la remplissant de sa semence, alors que les cheveux mouillés de la jeune femme lui fouettaient le visage, et qu'il avait l'impression que c'était son corps tout entier qu'elle enserrait de son sexe, même s'ils n'étaient reliés qu'à un seul endroit.

Un endroit sacrément important, certes.

Une fois la première vague d'orgasmes passée, Axe la reposa sur le sol, mais la garda serrée contre lui jusqu'à ce que ses pieds puissent soutenir son poids et qu'elle tienne debout toute seule.

Lui lissant les cheveux en arrière, il prit son visage entre ses mains.

— Coucou, dit-il en l'embrassant d'une façon bien plus civilisée. Alors je suis content que tu sois venue… je veux dire… tu sais… que tu sois là pour… merde. Je suis juste content de te voir.

— Moi aussi.

Le sourire d'Elise était un peu timide, mais il adorait le contraste entre son attitude sexy et la façon dont elle pouvait parfois se montrer réservée.

Il l'embrassa de nouveau, en prenant son temps cette fois-ci, s'attardant contre sa bouche, qu'il agaça de ses lèvres et de sa langue. La vapeur qui montait autour d'eux ressemblait à une douce brise estivale, car le souffle glacial de l'hiver – comme toute autre réalité en dehors d'eux deux – n'avait pas le droit de cité dans cet espace sacré.

Ses seins étaient aussi parfaits que dans son souvenir et il se mit à genoux pour s'attaquer à ses tétons, qu'il suça tout en lui pétrissant les fesses, avant de plonger les mains entre ses jambes.

Elle cria son nom quand il la toucha et agrippa ses cheveux mouillés pendant que le jet chaud continuait de tomber sur eux.

Quand il souleva l'une des jambes de la femelle pour la poser sur son épaule, elle recula dans un coin de la douche, hoquetant et frissonnant alors qu'il remontait jusqu'à son sexe en lui titillant l'intérieur de la cuisse du bout du nez. Avec un grognement sonore, il commença à la lécher en la taquinant d'abord, puis en la pénétrant de sa langue, et elle finit par appuyer les paumes contre les parois pour se maintenir à la verticale uniquement grâce à la tension qu'il créait en elle.

Axe était au paradis.

Et il n'avait pas l'intention de redescendre sur terre de sitôt.

Quand Elise baissa les yeux, elle ressentit un choc érotique à la vue de l'immense mâle recroquevillé à ses pieds dans la cabine de douche. Comme il levait la tête pour la dévorer de son regard brûlant, il dut abandonner un instant son intimité, et elle entraperçut alors l'éclair rose de sa langue avant qu'il se remette à l'ouvrage…

Un nouvel orgasme secoua bientôt son corps et elle se colla à sa bouche pour se frotter contre lui.

En réaction, il se mit à la lécher avec encore plus d'intensité.

Il était possédé et il la possédait. La jouissance en était presque douloureuse à supporter pour elle, et les orgasmes se succédaient en embrasant tous ses sens et en faisant disjoncter son cerveau chaque fois.

Mais elle ne voulait pas qu'il s'arrête.

Et il ne s'arrêtait pas.

Plus tard, bien plus tard, après qu'il l'eut une fois encore placée contre ses hanches et qu'ils eurent fait l'amour avec une folle sauvagerie, l'eau commença à refroidir et ce fut ce qui les poussa à sortir de la douche. Axe n'avait qu'une seule serviette et il commença par s'occuper d'Elise, qu'il sécha avec des gestes doux, et, pendant tout ce temps-là, il la regarda avec une grande tendresse, à l'exact opposé de la personnalité de gros dur insensible que tous ces tatouages et piercings semblaient pourtant suggérer.

— Viens, installons-nous un moment près du feu avant que tu doives partir, dit-il. Il faut qu'on s'assure que tes cheveux soient bien secs si tu ne veux pas attraper une pneumonie.

Il passa rapidement le tissu éponge complètement trempé sur son propre corps, puis il sortit de la salle de bains en lui demandant de l'attendre là. Un instant plus tard, il revint avec une couverture propre et en enveloppa la femelle.

La soulevant dans ses bras puissants, Axe la porta dans l'escalier comme si elle ne pesait rien et, lorsqu'il la déposa sur le matelas devant la cheminée, elle s'aperçut qu'il avait d'abord remis des bûches pour qu'elle ait chaud.

— J'aimerais que tu ne sois pas obligée de partir, dit-il en s'allongeant à côté d'elle sur les couvertures.

Bien, waouh… il était très nu. Vraiment très nu… et, même s'ils venaient de s'envoyer en l'air d'un millier de façons différentes, tout ce qu'elle avait envie de faire, c'était mater la façon dont son sexe reposait contre sa cuisse musclée.

— Je ne le suis pas, s'entendit-elle répondre.

— Je te demande pardon ?

Elise leva la tête pour le regarder dans les yeux et secoua la tête.

— J'ai laissé mon portable chez Peyton. Il s'occupera de répondre à ma place si jamais mon père appelle, et mon père est ravi de l'endroit où je suis censée me trouver en ce moment et de ce que je suis censée y faire, crois-moi. Il pense que nous préparons la fête d'anniversaire de Paradis. (Comme Axe demeurait silencieux, une certaine inquiétude s'empara d'elle.) Sauf si tu préfères que je…

Il l'embrassa pour la faire taire.

— Je ne veux pas que tu t'en ailles, jamais.

Eh bien, voilà qui la réchauffait encore plus que le feu. Dommage que cet aveu ne semble pas avoir le même effet sur lui.

Alors qu'il tournait la tête vers les flammes, la mâchoire crispée, elle lui caressa le visage, suivant du bout des doigts les tatouages de son cou, avant de continuer sur son épaule.

Tentant de récréer l'atmosphère légère du début de soirée, elle murmura :

— Je n'arrive pas à croire que j'aie rencontré quelqu'un comme toi.

— Un dégénéré ?

— Loin de là.

Son expression se fit lointaine.

— N'essaie pas de me transformer en héros, Elise. Je suis tout sauf ça.

— Tu t'es toujours bien comporté avec moi.

Il s'assit et sembla s'absenter de la pièce, alors même qu'il demeura là où il était.

— Axe, pourquoi trouves-tu si difficile de croire qu'il y a du bon en toi ? Je veux dire… Peyton m'a raconté ce que tu as fait pour le frère Rhage. Tu lui as sauvé la…

— N'en dis pas plus. (Il enfouit son visage dans ses mains.) Elise, arrête, je t'en prie.

Quand elle posa une main sur son épaule, il tressaillit, et cela lui fit de la peine. Mais elle le laissa tranquille.

— Aide-moi à comprendre pourquoi, Axe. Et j'abandonnerai le sujet.

Il demeura si longtemps silencieux qu'elle fut convaincue qu'il allait lui demander de partir. Mais alors il s'éclaircit la voix.

— Tu sais que mon père travaillait dans la maison d'un aristocrate la nuit des attaques. Je t'en ai parlé. (Il s'arrêta un instant, avant de reprendre.) En fait, laisse-moi remonter plus tôt. Tu te souviens de cette cuisine que tu as tant aimée la première fois que tu es venue ici ?

— Oui. Elle est incroyable.

— C'est un mémorial dédié à ma mère.

— Je suis désolée qu'elle soit décédée, elle aussi... Je me demandais...

— Oh ! elle est toujours vivante. Elle vit dans la demeure d'un riche gentilhomme, en gagnant sa croûte sur le dos, comme n'importe quelle prostituée. (Il fronça tellement les sourcils que ses yeux se réduisirent à deux fentes.) Donc, ouais, mon père est en fait mort longtemps avant d'être assassiné.

— Il l'aimait à ce point, dit-elle tristement. Oh ! Axe...

— Je déteste cette cuisine. Je déteste chacune de ces foutues feuilles et de ces stupides roses qu'il a sculptées pour une femelle qui ne voulait pas de lui... et Seigneur ! tu devrais voir le sous-sol. Mon père y passait ses journées, à travailler sur toutes ces figurines après le départ de ma mère. (La lueur mouvante du feu se reflétait sur les traits du mâle durcis par la colère.) Il était foutrement pathétique de pleurer ainsi la perte de cette femelle. Elle l'abandonne avec son gamin, se casse comme ça une nuit, si dégoûtée de leur vie familiale qu'elle ne se soucie même pas d'emporter des vêtements ou ses affaires. Et que fait-il ? Il s'effondre dans le deuil. Je veux dire, on s'en fout, il aurait dû l'envoyer bouler et poursuivre sa vie.

Elise secoua la tête.

— Quel âge avais-tu ?

— C'était avant ma transition. Je devais avoir dans les dix ans. Elle a voulu monter en gamme, comme si son compagnon et son fils étaient une vulgaire chaîne hi-fi, ou un vieux magnétophone huit pistes alors qu'elle désirait un iPod. Elle n'a jamais regardé en arrière… et mon père n'a plus jamais regardé en avant. Il est resté coincé ici, à ruminer son chagrin, persuadé qu'elle allait franchir cette porte à tout moment, lui dire qu'elle était désolée et retrouver sa place auprès de lui et de moi. Mais il se faisait beaucoup trop d'illusions, putain ! Allons, aux yeux de ma mère, nous vivions dans une petite maison de merde, avec une guimbarde en guise de voiture et elle devait en plus supporter le contact de ses mains calleuses d'ouvrier sur elle. Quant à son fils ? J'étais une petite merde rachitique. (Il secoua la tête.) Mais j'ai vite grandi après qu'elle nous a évacués de sa vie. Elle n'allait pas me manquer, certainement pas. Je la détestais et j'étais heureux qu'elle ne revienne pas. J'ignore où elle est à présent et je m'en fous… Merde ! je préférerais même qu'on l'ait tuée pendant les attaques.

Elise inspira profondément.

— J'imagine à quel point tu as dû te sentir trahi. À la fois parce qu'elle est partie et parce que ton père t'a abandonné lui aussi.

Axe haussa les épaules.

— Mais il n'est pas parti. Il m'a nourri, fait en sorte que j'ai un toit au-dessus de la tête. Mais il était trop absorbé par son fantasme du retour divin de ma mère… (Il fronça les sourcils et se tourna vers elle.) Je n'arrive pas à croire que je te parle de ça.

Prenant un risque, elle tendit la main et lui caressa le bras.

— Je ne te jugerai jamais, Axe. Il faut que tu me croies.

— Tu en es sûre ?

— Continue ton récit et je te le prouverai.

Une à une, Axe fit craquer ses phalanges, et les énormes muscles de ses épaules se contractèrent et se relâchèrent dans le mouvement.

— J'ai consommé beaucoup de drogues. Après ma transition, tu sais. Je ne supportais pas d'être ici avec mon père. Je le détestais, vraiment, bien que rien de tout cela ne soit sa faute. C'était un bon mâle, un peu ramolli, peut-être, mais il méritait mieux que ce qu'il a eu en guise de *shellane*. Mieux que ce qu'il a eu en guise de fils.

— Tu étais un enfant. Quand nous sommes enfants, nous devons survivre, alors nous nous adaptons à la famille au sein de laquelle nous grandissons, quelle qu'elle soit. Nous sommes forcés de nous battre pour nous en sortir et, parfois, de telle façon que nous en sommes blessés.

Axe secoua la tête.

— Je n'étais plus un enfant quand j'ai commencé à prendre des cuites. Quand je disparaissais plusieurs nuits d'affilée. Quand j'ai tenu mon père à l'écart de ma vie. J'ai fini par lui briser le cœur autant qu'elle. (Il serra les mâchoires.) La… euh… la nuit de sa mort, j'étais en ville, j'étais défoncé depuis… merde ! trois, quatre jours à ce moment-là, alternant prises de cocaïne et d'héroïne comme si c'était un manège.

— Tu n'aurais pas pu le sauver, chuchota-t-elle. Je n'ai même pas besoin de connaître les détails. Mais tu n'aurais pas pu le sauver, Axe. Tu dois te pardonner…

— Il m'a appelé. Quand l'attaque a eu lieu. Il m'a laissé un putain de message sur mon portable… pile au moment où ça s'est passé. Tu veux savoir comment je sais à quelle heure c'était ? Parce que je l'ai transféré sur la messagerie vocale. Et quand j'ai vu qu'il m'avait laissé un message je l'ai effacé. Putain ! je…

Il détourna la tête pour lui dissimuler son regard.

— Axe, tu n'es pas responsable du fait que ta mère l'a abandonné. Et tu n'es pas non plus responsable de sa mort.

— Est-ce que c'est ce qu'on vous apprend dans ces cours de psycho que tu as suivis ? (Il renifla bruyamment et frotta son visage dans le creux de son coude.) À apaiser tout le monde même s'ils ont tort et sont mauvais ? Tu sais, en leur donnant des médailles de participation rien que parce qu'ils respirent, même si, en réalité, ce sont des putain de dégénérés qui abandonnent les gens ?

Elise le dévisagea sans faillir et regretta qu'il ne la regarde pas dans les yeux.

— Non, on nous apprend que la haine de soi est une prophétie autoréalisatrice.

— Qu'est-ce que ça peut bien vouloir dire ?

— Tant que tu n'auras pas compris que tu n'es en rien responsable des mauvaises relations de couple et des choix de vie de tes parents, tu verras tout à travers le prisme de la culpabilité. Et cela va te dévorer vivant.

— Mais j'ai effacé son message. (Il s'essuya le visage d'un geste brusque.) La dernière chose qu'il a dite sur terre, je l'ai jetée comme si ça n'avait aucune valeur. Je ne suis pas différent d'elle. Je l'ai abandonné quand il avait besoin de moi.

— Est-ce pour cette raison que tu as failli te faire tuer l'autre nuit pour sauver Rhage ? Tu devais être là pour quelqu'un et rien n'allait t'en empêcher ?

Il se tut.

— Peut-être.

— Nous trouvons des façons de répéter les choses jusqu'à ce qu'on les fasse correctement. Mais ça peut être dangereux parfois. Surtout quand on essaie de réparer des situations que nous n'aurions jamais dû assumer au départ.

Se revoyant devant la porte de l'appartement d'Allishon, Elise se demanda si elle ne devrait pas éventuellement suivre ses propres conseils.

— Axe, tu devrais peut-être seulement envisager l'idée radicale que ta mère n'est pas partie à cause de ton père et toi. Elle est partie à cause d'elle-même. Elle vous a quittés tous les deux à cause de sa faiblesse. Ou peut-être parce qu'elle et ton père étaient incompatibles. Ou bien… elle est peut-être tombée amoureuse de quelqu'un d'autre. Il existe une kyrielle de raisons pour lesquelles une relation échoue. Mais une chose que je sais avec certitude, c'est qu'aucun enfant, quel que soit son comportement, n'a la responsabilité de maintenir ses parents ensemble ou dans une relation saine. Cela dépend des adultes. C'est leur travail.

Il demeura silencieux un long moment. Puis il se leva, enroula une couverture autour de sa taille et se tint devant elle.

Merde! se dit-elle.

Elle aurait dû savoir qu'il ne fallait pas essayer de jouer les thérapeutes avec lui. On n'avait pas besoin de cela dans une relation de couple, pour commencer. De plus, elle n'était pas qualifiée comme psychologue.

Le simple fait d'assister à des cours de psycho, comme il les avait appelés, ne signifiait pas qu'on était compétent pour dire aux gens comment cadrer leur vie.

— Je suis désolée, dit-elle tristement tandis qu'elle se levait à son tour. Je vais y aller. Je n'aurais pas dû parler sans réfléchir. Je vais monter récupérer mes vêtements dans la salle de bains.

Chapitre 40

Alors qu'Elise, toujours enveloppée dans la couverture qu'il lui avait donnée, se mettait debout, Axe n'arrivait pas à exprimer ce qu'il voulait lui dire.

— Mon Dieu, je m'en veux tellement, murmura-t-elle en se détournant. Et je vais partir avant de…

Il l'attrapa par le bras.

— Je n'ai pas envie que tu partes.

Le regardant par-dessus son épaule, elle parut stupéfaite.

— Mais…

— J'aimerais… (Il se racla la gorge.) J'aimerais te montrer quelque chose.

Lui prenant la main, il l'entraîna derrière l'escalier, dans la cuisine, jusqu'à la porte de la cave. À bien des égards, il n'arrivait pas à croire ni à ce qu'il était en train de faire, ni à ce qu'il venait de dire. Il n'arrivait vraiment, totalement pas, à croire qu'elle ne paraisse pas le moins du monde horrifiée.

Elle ne semblait pas non plus le juger.

Et tout cela lui donnait envie de plonger davantage dans son passé avec elle.

Même si c'était illogique.

Ouvrant la porte du sous-sol, il alluma la lanterne qu'il avait laissée en haut des marches et la guida pour descendre les degrés de bois. Lorsque la lueur jaune se déploya en bas, elle hoqueta de stupeur.

— Il a fait tout cela ? Ton père ?

Elle lui lâcha la main et se dirigea vers l'étagère chargée de figurines achevées.

— Elles sont… incroyables.

Axe demeura en retrait, bien conscient que, tandis qu'elle inspectait les créatures de la forêt avec lesquelles son père avait exorcisé – ou plutôt exacerbé – son chagrin, il lui dévoilait une part de lui-même.

— C'était un artiste, s'entendit-il expliquer. Un véritable maître dans son domaine. Et pourtant il a gâché tout son talent à force de se languir d'elle.

— Est-ce pour cela que tu ne t'es jamais uni ? murmura-t-elle en saisissant délicatement un lapin assis sur son postérieur, les oreilles dressées. Est-ce parce que tu as peur que la femelle à laquelle tu pourrais t'unir t'abandonne et que tu crains de réagir de la même manière que lui ?

— Je ne… (Axe haussa les épaules même si elle ne regardait pas.) Je n'y pense jamais.

Lâche, se dit-il intérieurement. Et quel menteur il faisait.

C'était exactement pour cette raison-là qu'il ne comptait pas s'unir un jour. Enfin, cela et le fait qu'il n'ait jamais rencontré quelqu'un comme elle.

Après avoir reposé le lapin près d'un cerf et d'un raton laveur, Elise revint vers lui, se mouvant avec sa grâce habituelle. Lorsqu'elle lui posa les mains sur les avant-bras, il sursauta à son contact mais ne recula pas.

— Je ne vais pas essayer de te réparer, Axe. Ce ne sont pas mes affaires. Mais si j'estime que tu es à côté de la plaque je te le dirai, et tu pourras faire ce que tu voudras de mes conseils. Sans jugement de ma part.

— Eh bien, tu connais tous mes noirs secrets à présent.

— Et je suis toujours là, non ?

Il lui effleura la joue d'une main qui, sans surprise, tremblait un peu.

— Tu me fous les jetons, femelle.

Il aurait préféré affronter un millier d'éradiqueurs plutôt que la vue d'Elise enveloppée dans sa couverture, se tenant devant le mur de souffrance de son père. Et pourtant il ne fuyait pas. Et il n'allait certainement pas lui demander de partir.

— L'intimité fait peur, répondit-elle en lui caressant les bras pour l'apaiser. Si on laisse les gens s'approcher, ils peuvent nous blesser. En fait, dans ton cas, tu as grandi en croyant que c'était la conséquence naturelle quand on aimait quelqu'un. Tu penses que cette personne va te décevoir, ou alors, à l'inverse, que c'est toi qui risques de la décevoir. Et qu'alors toute ton existence s'effondrera. Mais cela n'arrivera pas obligatoirement.

Axe lui agrippa la taille et l'attira contre lui. Plongeant le regard dans ses yeux bleus, il chuchota :

— J'ai menti.

— À quel propos ?

— Je suis carrément terrifié par toi.

Elle secoua la tête.

— Tu peux me faire confiance. Je ne t'abandonnerai pas.

Axe l'embrassa sur la bouche. Parce qu'il en avait envie. Mais aussi parce qu'il voulait désespérément faire cesser cette discussion.

— Viens, sortons d'ici. Il fait froid.

Surtout, il éprouvait une peur superstitieuse à l'idée que le mauvais chemin emprunté par ses parents soit comme une sorte de maladie contagieuse qu'ils risquaient tous deux d'attraper. Ou comme une espèce de virus du couple.

Dès qu'ils furent remontés au rez-de-chaussée, il l'entraîna rapidement au salon. Le soleil allait bientôt se lever, et les rideaux les plus épais se trouvaient là-bas.

Mince ! il n'y avait jamais tellement réfléchi avant, mais il ne se sentait pas complètement en sécurité avec elle, ici, dans la journée. Il aurait préféré qu'ils soient à l'abri derrière des portes blindées, si bien protégés du soleil au sous-sol que ce serait comme si le gros globe brillant et mortel n'existait pas.

Comme ils reprenaient place sur le matelas devant le feu et s'allongeaient l'un contre l'autre, il reprit :

— Je n'ai pas repris de drogue depuis la nuit où j'ai appris qu'il avait été tué. J'ai cessé de consommer à ce moment-là. Je bois toujours de temps à autre, mais pas de la façon dont j'avais l'habitude.

— C'était donc là que tu voulais en venir, commenta-t-elle.

— Je suppose.

Le fait qu'il passe sous silence son addiction au sexe ne lui plaisait pas. Mais il allait arrêter cela également. Retourner aux *Clés* plus tôt dans la soirée lui avait révélé à quel point il n'en avait plus besoin maintenant qu'il avait le meilleur…

La sonnerie d'un téléphone à l'autre bout de la pièce lui fit froncer les sourcils.

Il s'agissait de son portable. Celui que Craeg lui avait donné un peu plus tôt.

L'appareil se tut. Pour se remettre à sonner.

— Bon sang de bonsoir ! marmonna-t-il en se levant.

Après avoir fouillé dans les poches de son manteau, il sortit le téléphone et sourcilla. Puis il décrocha :

— Novo ? Ça va ? … Ouais, ça va… Nan, je suis rentré. Où es-tu ? … Est-ce que tu t'en vas ? … Novo, sérieux, on est juste avant l'aube, putain ! Qu'est-ce que tu foutais… Hein ? … Ouais, j'ai déjà perdu la notion du temps là-bas, moi aussi, mais, bordel, allons ! ne me fais pas regretter de t'y avoir fait entrer… Bien. Tu vas raccrocher et me rappeler quand tu seras chez toi. Débile.

Il raccrocha, mais garda le portable avec lui pendant qu'il rejoignait Elise et se rallongeait près d'elle.

— Désolé. C'est une des recrues. Une vraie tête de bois presque aussi stupide que moi. Je… Tu sais, je n'ai pas envie que quelqu'un soit blessé.

Elise opina du chef.

— Bien entendu. Est-ce que tu veux aller t'assurer qu'il va bien ?

Axe se contenta de lever les yeux au ciel.

— Novo va s'en tirer, tant que…

Le téléphone se remit à sonner et il décrocha avant que le carillon s'interrompe.

— Où es-tu ?

Il poussa un soupir de soulagement.

— Bien. Ne reste pas si tard la prochaine fois, OK ? Tu peux toujours y retourner, mais pas si tu es crevée. À demain soir, crâne de piaf. (Il riait un peu quand il raccrocha.) Quelle psycho.

Elise sourit, mais d'une façon un peu réservée.

— Il faut un genre de vampires spécial pour accomplir ce que vous tous et la Confrérie faites.

Axe se rendit compte que son état d'esprit avait changé, et il voulut la rassurer.

— Ne t'inquiète pas. Je sais où tu es allée dans ta tête, mais je suis à l'abri. Je fais attention…

— Axe… je crois que je suis en train de tomber amoureuse de toi.

Génial, se dit Elise. Ce n'était pas ce qu'elle s'attendait à lâcher. Vraiment pas.

Et lorsque cette bombe explosa entre eux Axe battit des cils comme si elle avait parlé dans une langue étrangère. Ce qui, oui, était précisément le genre de réaction que l'on espérait quand on disait à un mâle qu'on l'aimait.

— Oh, mon Dieu ! (Elle enfouit son visage dans ses mains.) Je n'arrive pas à croire que je viens de dire ça.

Avec une douce pression, il la força à baisser les bras. Et il affichait une expression…

Eh bien, il souriait.

C'était un léger sourire, pas un dévoilement massif des crocs ou quoi que ce soit de ce genre. Mais c'était bel et bien un petit sourire complice, destiné rien qu'à elle, et qu'elle seule avait le don de susciter chez lui, du moins le soupçonnait-elle.

C'était exactement là où elle voulait en venir, se dit-elle en lui rendant son sourire.

— Répète-le, chuchota-t-il. Envoie encore du soleil dans ma direction pour que je sois certain de t'avoir bien entendue.

Elise eut parfaitement conscience que deux chemins s'offraient à elle. Elle pouvait jouer la prudence et nier ses propos, ou du moins en minimiser la portée. Ou alors elle pouvait se laisser s'envoler.

Elle choisit l'envol plutôt que la frousse.

— Je suis en train de tomber amoureuse de toi.

Axe sourit un peu plus, puis il l'embrassa, tout en la repoussant sur le dos de son corps puissant. Ensuite, avec des gestes sûrs, il fit disparaître la couverture entre eux et roula sur elle, tandis que son sexe dur et brûlant venait se nicher entre ses jambes.

Pour Elise, lui rendre son baiser et l'accueillir en elle fut la chose la plus naturelle du monde. Et il n'y eut pas de va-et-vient frénétiques cette fois-ci, rien qu'un doux mouvement d'ondulation qui commença par l'échauffer avant de l'enflammer complètement.

Pendant qu'ils faisaient l'amour devant le feu, elle eut l'impression d'avoir atteint une sorte de plénitude dans son existence. Oui, c'était le début de leur relation, mais, avec de l'honnêteté et de la confiance, tous les possibles s'ouvraient à eux.

Surtout quand Axe baissa la tête et lui murmura à l'oreille :

— Je suis aussi en train de tomber amoureux de toi.

Elise gloussa de joie.

Oui, elle laissa échapper un gloussement ridicule qui convenait mieux aux femelles folles de manucures, de mèches, de talons hauts et de jupes courtes.

À ce bruit, Axe s'arrêta et se redressa un peu au-dessus d'elle.

— Est-ce bien ce que je crois avoir entendu ?

— Non, pas du tout.

— Est-ce que ma candidate au doctorat de psychologie vient bel et bien de…

Elle lui posa la main sur la bouche.

— Pas du tout.

— Mais si.

— Mais non.

— Mais…

Quand il s'enfonça d'un coup en elle, Elise se cambra sous lui, tandis que le plaisir déferlait dans ses veines.

— Axe…

— Avoue.

— Quoi ? marmonna-t-elle.

Il ondula deux fois du bassin. Puis s'arrêta.

— Tu as gloussé.

— Ce n'est pas juste…

Il s'enfonça encore et, cette fois-ci, elle lui griffa les fesses.

— Finis ce que tu as commencé !

— Avoue que tu as gloussé !

— Pourquoi !

Ils riaient si fort que ce qu'ils disaient n'avait plus d'importance. Une joyeuse bulle de bonheur les avait avalés tous les deux, et ils rebondissaient au centre de ce riant espace, libérés de toute contrainte extérieure.

— D'accord, j'ai gloussé…

En réponse à sa capitulation, Axe se remit au travail et s'enfonça de nouveau en elle, avant de lui attraper une jambe et de la remonter au maximum jusqu'à ce qu'Elise roule sur le flanc et qu'il puisse aller encore plus loin dans son sexe.

Malgré l'intensité du plaisir, elle parvint à garder les yeux ouverts pour le contempler. Il était magnifique à voir à la lueur du feu : alors que son corps de guerrier allait et venait sur elle, ses muscles formaient un relief contrasté et les grosses veines qui couraient le long de son cou et de ses bras se dessinaient nettement sur sa peau dorée.

Quand il découvrit ses crocs, elle sut qu'il allait viser sa jugulaire, et elle eut envie de lui à cet endroit-là précisément. Tournant la tête sur le côté, elle s'offrit à lui…

Le coup fut brutal et les crocs s'enfoncèrent si profondément dans sa chair qu'elle hurla, mais pas de douleur, même si cela lui fit mal d'une façon délicieuse.

C'était la marque dont elle avait entendu parler.

C'était la possession de la femelle par le mâle, l'établissement d'une revendication. Et sans surprise, pendant qu'il la maintenait par la gorge avec ses dents, il la marqua également à l'intérieur en jouissant dans son sexe.

Mais il n'en avait pas fini avec elle.

Avant qu'elle puisse reprendre son souffle, il se retira, la retourna et la hissa à quatre pattes. Puis il se plaça derrière elle, la mordit encore, de l'autre côté de la gorge cette fois-ci, et s'enfonça de nouveau en elle, par-derrière, tandis qu'il glissait une main entre ses seins qui ondulaient follement pour la maintenir à la base de la gorge, et plantait l'autre dans le matelas, de façon à les soutenir tous les deux.

Elle était tournée vers le feu et sa vision oscillait terriblement à chacune des poussées du mâle. Elle voyait les flammes sauter d'un côté à l'autre pendant que ses cheveux volaient autour de sa tête au point que certains s'immisçaient parfois dans sa bouche ouverte.

À un moment donné, le haut de son corps s'écroula sur la couverture, et seul son sexe resta en l'air, offert pour qu'il le prenne tandis qu'il allait et venait en elle encore et encore, et jouissait tellement de fois qu'il la couvrit de son odeur.

Elise oublia le nombre d'orgasmes qu'elle ressentit.

Tout ce qui lui importait, c'était qu'il ne s'arrête jamais.

Chapitre 41

Le soir suivant, quand le soleil fut bien à l'abri sous l'horizon et la température descendue de - 5 à - 10°, Rhage se trouva de nouveau dans l'obligation de faire preuve d'une grande maîtrise de lui-même.

Il se tenait dans le vestibule de la demeure, devant la double porte du hall d'entrée. Non, ce n'était pas tout à fait vrai. Il était en réalité un peu sur le côté et regardait la cour, dehors, à travers les vieux panneaux de verre pleins de bulles. Ce qui signifiait qu'il ne distinguait pas grand-chose.

La situation était plutôt appropriée, vraiment, puisqu'il ignorait totalement comment la rencontre de Bitty avec son oncle allait se passer et les suites qui en découleraient.

Il sentit, plus qu'il n'entendit ou saisit leur odeur, ses femelles descendre le grand escalier et il se retourna pour les observer. Bitty portait la robe de velours rouge que Mary et lui lui avaient achetée en vue de la fête de Noël, des collants blancs, des chaussures en cuir noir ainsi qu'un manteau de futaine noire fabriqué à l'époque victorienne et transmis en héritage dans la famille de Bella.

Vhen et elle avaient souhaité que Bitty le reçoive en cadeau, et, avec sa magnifique doublure en satin et son col et ses manches de velours noir, le vêtement était sans doute de meilleure qualité que tout ce qu'on pouvait désormais trouver en magasin.

Oui, la tenue de l'enfant était très convenable et festive, mais, en dépit de ses beaux habits, la fillette avait l'air d'aller à l'échafaud.

Et Mary n'avait pas meilleure mine.

Quant à lui ? Personnellement, il avait l'impression qu'on lui avait coupé les deux jambes et qu'on l'avait laissé se vider de son sang par terre.

Même s'il ne disposait pas vraiment d'élément de comparaison pour ça.

Lorsque ses femelles atteignirent le sol en mosaïque et marchèrent sur la représentation d'un pommier en fleur, il inspira profondément.

— Tu es prête, Bitty ?

Question parfaitement stupide, se dit-il quand la petite s'arrêta devant lui.

— S'il vous plaît ? supplia-t-elle d'une voix chevrotante. Venez avec moi. Ne me laissez pas y aller toute seule…

La main de Rhage tremblait quand il lui caressa la joue.

— Tu ne seras pas toute seule. Fritz va te conduire là-bas, et Viszs et Zadiste t'attendront sur place.

En fait, V. et Z. allaient pister la Mercedes jusqu'en ville en se dématérialisant tous deux à intervalles réguliers le long de la route jusqu'à ce que la voiture arrive sans encombre à la maison d'audience. Ils auraient bien fait le trajet dans le véhicule avec elle, mais on avait craint que la fillette puisse avoir l'impression que son oncle était dangereux si deux frères lourdement armés prenaient place à ses côtés.

— Je ne peux pas le faire. (Bitty regarda Mary d'un air apeuré.) S'il vous plaît, ne me forcez pas à y aller. Et s'il m'emmène ?

— Il ne le fera pas.

Mary s'approcha et lissa les cheveux de la fillette.

— Et nous serons juste ici, à t'attendre… En fait, dès que ce sera fait, Rhage se dématérialisera là-bas pour te raccompagner à la maison, d'accord ?

— Vraiment ? demanda l'enfant. C'est promis.

— Je te le promets absolument…

— Et si je t'accompagnais là-bas et que je restais avec toi tout du long.

Tous trois pivotèrent au son de cette voix désincarnée et synthétique. Mais ils ne virent personne, bien que cela ressemble à…

— Lassiter ? demanda Rhage en jetant un coup d'œil au vestibule vide. Où es-tu, bon sang ?

— Bitty, reprit la voix. Tends la main.

La fillette fit ce qu'on lui demandait, et, surgie de nulle part, une petite tache de lumière dorée se forma dans sa paume.

— C'est chaud, dit-elle, émerveillée.

La tache de lumière remonta sur son bras jusqu'à son épaule, où elle resta perchée, à la manière d'un oiseau. Et la drôle de voix fantomatique reprit :

— Je serai avec toi tout le temps. Personne n'a besoin de le savoir, d'accord ? Seulement toi et tes parents…

Rhage et Mary firent la grimace à ce mot.

— … et le plus important c'est que tu ne seras pas seule. D'ac ?

Bitty prit une longue inspiration.

— D'accord. C'est bon. Merci.

Des phares éclairèrent les petits carreaux de la fenêtre donnant sur la cour, et, sans surprise, Rhage eut envie de se précipiter hors de la maison pour hurler à Fritz de se barrer.

— Très bien, dit Mary d'une voix tendue. On fait un gros câlin.

Quand les deux femelles s'étreignirent, Rhage garda les yeux rivés sur la petite tache de soleil sur l'épaule de l'enfant. Elle avait encore rétréci, si bien qu'elle était devenue quasi invisible, le genre de chose que l'on ne remarquait pas.

Il serait sacrément redevable à l'ange.

— Tu es si courageuse, dit Mary au-dessus de la tête de Bitty. Je suis si fière de toi.

— Je ne suis pas courageuse, j'ai peur.

— Et tu le fais quand même, ce qui est la définition même du courage.

Mary se dégagea et repoussa ses propres cheveux en arrière. Elle détournait régulièrement le regard, car ses yeux brillaient de larmes qu'elle était visiblement déterminée à ne pas laisser couler.

Bitty vint se planter devant Rhage. Levant la tête haut, très haut vers lui, elle dit :

— Promets-moi que tu vas venir.

Il s'accroupit, et ses genoux craquèrent comme des branches mortes arrachées à un arbre.

— C'est promis. V. me tiendra au courant et j'ai mon téléphone juste là.

Quand il lui montra son portable, la fillette lui passa les bras autour du cou et il l'attira contre lui en fermant les yeux et en envoyant une prière pour que tout se finisse bien d'un coup de baguette magique.

Ensuite, avec Mary, ils accompagnèrent l'enfant dans le hall, avant de descendre tous les trois les marches du perron, au pied duquel la Mercedes noire de Fritz attendait. Le majordome aida la petite en lui ouvrant la portière et en la refermant, puis il s'inclina bien bas devant le couple.

La vision des phares de la voiture disparaissant dans la descente de la colline fut la chose la plus tragique que Rhage ait jamais vue.

Mary et lui demeurèrent dans la cour, côte à côte dans le froid, bien après que les feux arrière rouges se furent évanouis dans la nuit.

— Rentrons, dit sa *shellane* d'une petite voix.

— Bien.

— On ne peut vraiment rien faire à part attendre.

— Oui.

Elle se détourna et commença à regagner le hall. Mais, bizarrement, il n'arrivait pas à bouger. Rhage resta simplement planté là, immobile, à contempler la lune, qui était pleine ou presque.

Son cœur était dans cette foutue Mercedes. Il avait quitté son corps et voyageait dans cette voiture vers quelqu'un d'autre, vers une autre construction familiale, vers un autre avenir qui ne les incluait pas, Mary et lui…

— Rhage ?

Pivotant sur ses rangers, il regarda la demeure. Mary se tenait juste à l'entrée du hall et lui tenait la porte grande ouverte.

Il aurait voulu la rejoindre, mais son corps paraissait ignorer les signaux de son cerveau. Puis il décida qu'il devrait dire quelque chose, mais les mots semblaient bloqués eux aussi.

— Je suis désolé, marmonna-t-il.

Il y eut un silence. Puis Mary courut vers lui et se jeta dans ses bras. Lorsqu'il la serra contre lui, il n'arrivait pas vraiment à croire que tout cela était en train d'arriver.

— Tu me dis toujours que je sais quoi dire, grogna-t-elle. Mais je ne sais pas quoi dire, je ne sais pas quoi faire, je ne peux pas t'aider, je ne peux pas l'aider, elle, je ne peux rien changer…

Rhage lui caressa le dos et se sentit terriblement impuissant.

— Il faut que j'empêche ça, poursuivit-elle. Il faut que j'empêche… cela d'arriver… Oh, mon Dieu ! elle s'en va… Rhage, mon bébé me quitte, mon enfant…

Il finit par la soulever dans ses bras et la berça pendant qu'elle pleurait.

Finalement, le tourbillon d'émotions qu'elle traversait s'apaisa, et elle prit quelques inspirations tremblantes.

— Oh, mon Dieu ! je suis désolée…

— Pourquoi ? (Il changea de prise et lui lissa les cheveux en arrière.) Pourquoi diable t'excuser ?

— Parce que je dois être là pour toi. Je dois te soutenir.

Pendant un long moment, il la dévisagea, suivant des yeux les traits qu'il connaissait si bien. Puis il esquissa un petit sourire.

— Ma Mary Madonna, c'est en me laissant prendre soin de toi que tu me rends fort. C'est en t'appuyant sur moi pour que je m'occupe de toi que je puise ma force

— Mais ce n'est pas juste. Et toi…

Rhage secoua la tête.

— Dois-je te réexpliquer comment fonctionnent les mâles vampires liés ? Tu es… ma raison d'être. Et je ne t'ai jamais aimée davantage qu'en ce moment.

— Même si Bitty s'en va.

Il leva les yeux vers la lune, qui scintillait dans la nuit.

— Si elle part, rien ne sera plus jamais pareil pour moi. Rien ne sera plus jamais aussi brillant, drôle ou libérateur. J'ai changé à jamais à la minute où elle est entrée dans nos vies… et je suppose que je n'avais pas compris à quel point jusqu'à maintenant. C'est arrivé en un instant… et il faudra une vie entière pour que je m'en remette. (Il regarda de nouveau sa *shellane*.) Une seule chose demeure inchangée toutefois. Ce sont mes sentiments pour toi. En réalité, mon amour pour toi est la seule chose qui me permettra de tenir debout à la fin de cette histoire.

Mary se remit à pleurer, surtout lorsqu'il l'embrassa.

— Parfois notre force doit être mise à l'épreuve pour que nous sachions qu'elle est toujours là, chuchota-t-il. Et je serai toujours ton guerrier, ma Mary. Toujours et à jamais.

Elle leva la main pour lui caresser la joue.

— Je t'aime, souffla-t-elle.

Il hocha la tête.

— Nous allons nous en sortir, Mary. Même si c'est ensanglantés et boiteux. Nous continuerons parce que… peut-être qu'un jour elle reviendra nous voir, quand elle aura grandi. Elle se souviendra peut-être de nous. Qui sait. Mais, même si ce n'est pas le cas, nous devrons toujours former une famille, toi et moi. Autrement… Seigneur ! je n'arrive même pas à songer à ce qui pourrait se passer.

Chapitre 42

— Attends, alors tu n'as pas cours ?

Elise posa la question alors qu'elle était en train d'enfiler son jean dans la salle de bains d'Axe. Comme elle était fraîchement sortie de la douche, sa peau humide la forçait à opérer assise sur le siège rabattu des toilettes.

Axe secoua la tête tout en couvrant son visage de mousse à raser et en prenant son rasoir.

— Nous devions avoir cours, mais je ne sais pas ce qui se passe. Le message disait que la Confrérie avait « d'autres engagements », quoi que ça veuille dire.

— Alors tu crois qu'on peut aller prendre un Premier Repas ensemble ?

— Bien sûr, où ça ?

OK, c'était totalement sexy de regarder son mâle se raser. Et Axe fit preuve d'une redoutable efficacité lorsqu'il fit glisser les lames le long de sa mâchoire, sur son menton et au-dessus de sa lèvre supérieure en un seul passage. Il n'y avait pas de lumière au-dessus du miroir, mais elle y voyait assez bien grâce à la bougie qu'il avait allumée et posée sur le rebord de l'évier en porcelaine.

— J'adore la lumière des chandelles ici, fit-elle remarquer.

Elle aimait encore plus ce sur quoi elle se déversait : les larges pectoraux d'Axe, ses tablettes de chocolat si sculptées qu'elles projetaient des ombres, son long pénis qui pendait entre ses cuisses musclées.

Il lui jeta un coup d'œil.

— Si tu continues à me reluquer comme ça, on ne sortira pas de cette maison avant le crépuscule de demain.

Elise sourit.

— Eh bien, si tu n'étais pas aussi agréable à regarder, je ne materais pas autant. Quoi qu'il en soit, je dois d'abord passer chez Peyton pour récupérer mon portable.

Axe fronça les sourcils.

— Je vais y aller avec toi.

— Tu n'es pas obligé.

— Tu crains d'être vue avec moi ?

Elle tressaillit et leva les yeux vers lui.

— Non, pas du tout. Pourquoi dis-tu une chose pareille ?

— Parce que je suis jaloux.

OK, c'était sexy. Mais ensuite elle résolut l'équation.

— Attends, de Peyton ?

Axe rinça son rasoir sous l'eau, le tapota deux fois contre le bord du lavabo pour l'égoutter, puis entreprit de raser l'autre moitié de son visage.

— Oui.

Elle leva les deux mains en l'air.

— Laisse-moi te le dire tout de suite : tu n'as aucune raison de t'inquiéter. Pour commencer je l'ai vu torse nu hier soir…

Axe tourna la tête si vite qu'il se coupa.

— Quoi…

— … et il ne t'arrive pas à la cheville. Vraiment pas.

Il plissa les yeux.

— Est-ce qu'il t'a fait des avances ?

— Non, et il ne fera jamais une chose pareille. (Elle se leva, alla se coller contre Axe et, tirant la langue, lécha le sang brillant de la petite coupure, ce qui déclencha une réaction physique immédiate chez son mâle.) Il sait bien qu'il n'a pas intérêt à le faire.

Avant qu'Axe puisse ajouter un mot, elle s'agenouilla à ses pieds, ouvrit la bouche et fit glisser son sexe en érection profondément dans sa gorge tout en refermant la main sur ses testicules.

— Oh ! putain… (Un claquement mat retentit quand Axe se laissa aller en arrière contre le mur.) Oh, merde…

Sortant son pénis de sa bouche, elle fit courir sa langue sur le dessous, avant de décrire un cercle autour de son gland.

— Toujours jaloux de lui ?

— Evkaeeio kjo eo faiofkal flla.

Ou quelque chose dans ce goût-là.

Avec un sourire, elle se remit au travail, s'appliquant à bien le caresser et à le sucer, tout en lui pressant les testicules et en le taquinant de la pointe acérée de ses crocs. Bientôt, il haleta et se tendit, puis jouit dans sa bouche… et elle se montra acharnée, aspirant son sperme jusqu'à la dernière goutte, jusqu'à ce qu'il titube, toute sa puissance disparue en elle.

Et oh ! la façon dont il garda les yeux rivés sur elle tout du long, comme si elle était la femelle la plus excitante et la plus sexuellement satisfaisante de la terre.

— Je te suis redevable, dit-il en mâchant ses mots d'une façon qu'elle n'avait encore jamais entendue chez lui.

— Et j'ai hâte de me faire payer en retour. Mais je pense que je vais descendre tout de suite, sans quoi nous ne sortirons jamais d'ici.

Axe marmonna quelque chose, puis elle sortit de la salle de bains, un immense sourire aux lèvres.

C'était sacrément excitant de changer un mâle de ce genre en argile. Ça alors !

Devant le feu mourant, elle sortit le portable de Peyton et composa son propre numéro.

Son cousin décrocha à la première sonnerie.

— Chalut.

— Dieu merci ! tu es en vie.

— Toi aussi. Où es-tu ? Et, non, ton paternel n'a pas appelé... Tu veux savoir pourquoi ?

— Pourquoi ? (Elle changea l'appareil d'oreille pour remettre son chemisier en place.) Et, je t'en prie, dis-moi que ce n'est pas parce qu'il est venu chez toi à la seconde où le soleil s'est couché pour venir me chercher.

— Il n'a pas appelé parce que j'ai reprogrammé le traqueur GPS.

— Tu as fait quoi ? (Elle secoua la tête.) Pardon, quoi ?

— J'ai fait en sorte que la balise GPS indique que tu étais restée dans ta chambre toute la nuit. Enfin, à partir de 3 heures, ce qui est une heure parfaitement respectable pour rentrer à la maison.

— Peyton, ne le prends pas mal. Mais tu n'es pas si intelligent que ça.

— Foutaises... je suis des cours. Le frère Viszs en personne nous a appris à le faire. Tant que ton père n'est pas allé voir dans ta chambre, tu es parée. Personne ne m'a appelé ?

— Je ne sais pas. Tu as reçu des messages, mais je ne les ai pas lus. Cela ne me regarde pas.

— Eh bien, en tout cas, chez moi, personne n'est venu te chercher dans ma chambre. J'ai donc dû bien faire les choses. Tu pourras me lécher le cul quand je te rendrai ton téléphone.

— Je te demande pardon ?

— Retrouve-moi dans une demi-heure au bar à cigares… je te le rapporterai à ce moment-là. Et en bonus je vais prendre mon pied à t'écouter me dire à quel point je suis formidable en présence de ton crétin de garde du corps, parce qu'il sera là avec nous autres. Il se pointe toujours quand il y a de la bouffe gratos.

Elise leva les yeux au ciel pour elle-même. Mais elle était bel et bien redevable à Peyton. Malheureusement.

— Tu n'es qu'un égoïste.

— Ha ! Si c'est grâce à moi que tu peux sortir toute la journée sans t'attirer d'ennuis, dis-toi que je fais davantage preuve de minutie que d'ego quand il s'agit pour moi d'être un dieu.

— Je te vois plus tard.

— Je parie que tu es impatiente de me voir aussi. À plus.

Le premier arrêt s'avéra en réalité être la demeure familiale d'Elise, et Axe la laissa entrer dans la maison de son père seule. Tandis qu'il attendait sur la pelouse gelée, il se demanda ce que cela ferait de vivre dans un endroit pareil. Avec des serviteurs, des bibelots dignes d'un musée et de l'argent, de l'argent à foison.

Il songea à son cottage délabré et mal chauffé.

Est-ce que sa mère avait réussi ? se demanda-t-il. Était-elle parvenue à l'endroit où, avait-elle dit à son père, elle souhaitait arriver ? Maîtresse d'une maison exactement comme celle-ci ?

Était-elle heureuse, en supposant qu'elle soit encore en vie ? Merde…, songeait-elle seulement à lui ? Se demandait-elle ce qui était arrivé au fils qu'elle avait abandonné ?

Lorsque Elise sortit par la porte principale, il sut à sa démarche légère que tout allait bien. Son père n'avait rien découvert.

— Tu es prêt ? demanda-t-elle en le rejoignant.

— Toujours. Tout va bien avec ton père ?

— Pas de souci… et je lui ai dit que j'allais voir Peyton dehors, avec toi en guise d'accompagnateur, et il a trouvé cela très bien.

Axe faillit l'embrasser. Mais alors il se souvint qu'il y avait probablement des caméras de surveillance partout autour de la demeure et sur le terrain. Merde ! il craignait toujours que quelqu'un ait surpris leur petite étreinte sous le vieil érable l'autre nuit.

— Allons-y. (Elle souriait si largement qu'il ne put s'empêcher de lui sourire un peu en retour.) Et prépare-toi, Peyton croit qu'il est un dieu parce qu'il a reprogrammé le GPS de mon téléphone.

— Oh ! oui, V. nous a appris à le faire… J'aurais dû y penser moi-même. Et si ton cousin est un dieu c'est uniquement parce que sa beuh lui raconte encore des mensonges.

Axe fut le premier à se dématérialiser en centre-ville et vérifia la ruelle. Puis il envoya un SMS sur le portable de Peyton, toujours en possession d'Elise, et lui dit de le rejoindre.

— On dirait un rencard, dit-elle pendant qu'ils faisaient le tour jusqu'à l'entrée principale du bar à cigares. Tu ne trouves pas ?

Lorsqu'elle lui prit la main et ne la lâcha pas, il sourcilla.

— Es-tu certaine de vouloir t'afficher publiquement avec moi, si je puis dire ?

— Je suis pour l'honnêteté, non ? Je n'ai rien à cacher.

— Une fois que la boîte de Pandore sera ouverte, on ne pourra pas la refermer.

— Je n'ai pas peur. Et toi ?

Il se racla la gorge.

— Merde ! non.

À l'entrée, Axe lui tint la porte. Et il devait reconnaître qu'il voulait que Peyton sache qu'Elise était à lui et à lui seul.

— Je vais suivre ton exemple, murmura-t-il en lui emboîtant le pas.

— Bien. (Elle glissa un bras sous le sien.) Allons-y.

Tandis qu'ils gagnaient le fond de la salle et le salon habituel de Peyton, Axe eut conscience de rougir comme un con, mais avec un peu d'espoir le faible éclairage et la fumée ambiante réussiraient à le cacher. C'était drôle mais, malgré les multiples partenaires qu'il avait eues, aucune ne l'avait jamais revendiqué comme petit ami avant. Il n'en avait jamais eu envie non plus. Et cette prise de conscience lui fit aimer une autre qualité chez Elise : elle savait toujours où elle en était. Il n'y avait jamais de faux-semblant, d'incohérence, de dissimulation ou d'ambiguïté chez elle.

Elle était solide comme un roc.

Et vu que lui avait eu un vide en guise de mère et un fantôme en guise de père ?

OK, waouh ! ça suffisait avec la psychanalyse.

Peyton était déjà là, dans l'espace salon, avec son habituelle cour d'admirateurs composée d'autres mâles vampires. Son costume élégant mais décontracté de riche et sa chemise à col ouvert lui donnaient exactement l'air de ce qu'il était : un fils de bonne famille qui arrivait toujours à ses fins avec les filles, conduisait une belle voiture et dirigeait la meute.

Et les yeux du mâle se posèrent immédiatement sur l'endroit où Axe et Elise se tenaient liés.

Axe se tint prêt à affronter une réaction violente de la part du mâle. Mais ce qu'il obtint, du moins à court terme, ne fut pas grand-chose : Peyton se contenta de les dévisager, puis sourit d'un air songeur quand Elise lui lâcha la main et s'approcha de son cousin.

Le salopard ne se leva pas, mais la laissa venir jusqu'à lui, ce qui donna envie à Axe de faire cracher ses dents au mec et de le faire directement chier par les intestins.

— Alors, à quel point suis-je génial ? demanda ce dernier comme s'il était le pape ou l'équivalent. Allez, dis-moi. Ne te retiens pas.

Elise se contenta de hausser un sourcil, sortit le portable et l'échangea contre le sien.

— Tu es stupéfiant. Incroyable. Et un vrai vantard, ce qui, vu comme tu es jeune, veut vraiment dire quelque chose.

— Je vais uniquement me concentrer sur les deux premiers adjectifs, et je te remercie bien. (Peyton regarda Axe, et son ton se durcit.) Et voici l'homme du jour. Le grand héros. Assieds-toi et bois un coup. À moins que, étant donné que tu travailles, tu doives peut-être te poster dans un coin et simplement la surveiller, garde du corps.

Elise se figea, mais pas Axe.

Il se contenta de s'asseoir en face du mâle, les mains sur les genoux, prêt à l'action. Il ne pensait pas que Peyton lancerait une offensive directe, mais il avait clairement consommé beaucoup d'alcool ces derniers temps, et, par ailleurs, il émettait des hormones territoriales comme s'il avait le titre de propriété d'Elise dans sa poche arrière.

Quel putain d'enfoiré de merde !

Elise croisa les bras sur sa poitrine.

— Je n'arrive pas à croire que tu viens de dire ça.

Son cousin haussa les épaules.

— C'est la vérité. Il travaille pour ton père, non ? Il est censé te protéger, non ? Où ai-je commis une erreur exactement ?

— Ton intonation, pour commencer.

— Ah ! intéressant. Donc tu voles à son secours. (Peyton leva son verre de whisky.) Tu vois, j'aurais cru que c'était censé être l'inverse.

— On s'en va. (Elise secoua la tête.) C'est ridicule. Et tu es totalement inconvenant.

— Vraiment ? C'est drôle, ta capacité à juger les gens ne se manifesterait-elle que quand tu n'es pas en train de baiser ?

Et ce fut le début des véritables hostilités.

Axe jaillit de son siège et se jeta sur le fils de pute. Il saisit le mâle à la gorge, renversant son fauteuil en cuir dans le mouvement, et le força à reculer jusqu'à ce qu'ils atteignent la sortie de secours et se retrouvent dehors.

Là, il retourna Peyton et le souleva contre la façade du bâtiment.

— Il est temps de retirer ce que tu as dit.

— Espèce d'enfoiré, cracha l'autre. Tu te l'es tapée, hein ?

Elise sortit précipitamment du bar à cigares, mais Axe l'arrêta d'un geste de la main.

— Retourne à l'intérieur.

— Axe, ne lui fais pas de mal…

— Laisse-moi gérer ça…

— Lâche-le…

Les jolis mocassins de Peyton se balançaient lamentablement dans le vide, et son teint virait au bleu, mais il était si furieux qu'il ne semblait pas s'en soucier.

— Pourquoi veux-tu… (il hoqueta) qu'elle s'en aille ?

Axe grogna, en montrant les crocs.

— Parce qu'il n'y a aucune raison qu'elle voie ce que je vais te faire.

— Axe, je t'en prie…

Ce fut alors que Novo entra en scène. La femelle s'approcha d'un pas nonchalant depuis l'autre bout de la rue, paraissant plus amusée que surprise du spectacle, tandis que la sortie de secours se refermait avec un petit claquement sec.

— Peyton, tu as le chic pour toujours trouver à t'amuser, pas vrai ? dit-elle d'une voix traînante.

— Tou... (il s'étrangla et toussa) jours.

Difficile de dire quand exactement Axe comprit qu'ils avaient des ennuis. Mais un instant il s'occupait de faire rentrer Elise pour qu'il puisse tuer Peyton, et le suivant...

Novo saisit l'odeur en même temps que lui, et la femelle tourna la tête dans la direction du vent.

— Oh, merde ! dit-elle à voix basse.

Axe lâcha Peyton et laissa le mâle retrouver son équilibre et son oxygène. S'il y arrivait.

— Elise, tu rentres. Tout de suite.

— Non, je ne partirai pas tant que...

Axe lui prit le bras et la poussa jusqu'à la porte.

— C'est un éradiqueur. Cette odeur que tu sens, ce n'est pas une vieille poubelle, c'est un putain d'éradiqueur.

L'air alarmé d'Elise fut à la fois une bonne et une mauvaise nouvelle : mauvaise parce qu'il aurait préféré ne jamais la voir apeurée ainsi, et bonne parce qu'elle cessa de protester.

Il saisit la poignée de la porte par laquelle ils étaient sortis et découvrit qu'elle était verrouillée. La sortie de secours était verrouillée. Pfff.

— Bon sang ! cracha-t-il.

Axe n'avait qu'un flingue sur lui, mais, quand il jeta un coup d'œil à Novo, il vit que celle-ci avait déjà sorti le sien. Peyton fit de même et empoigna son arme, sauf qu'il se rapprocha d'Elise.

— Je vais m'occuper d'elle, annonça-t-il.

— Non, elle est sous ma responsabilité.

— C'est ma cousine...

— Est-ce que vous allez arrêter tous les deux…

Tous trois se mirent à crier de plus en plus fort, ce qui était exactement la mauvaise chose à faire puisque, au bout de la ruelle, l'éradiqueur, qui semblait déambuler sans but précis, les entendit et jeta un coup d'œil dans leur direction.

Puis il s'avança franchement vers eux.

— Je vais m'en charger…

Le mâle lié en Axe arrêta net les prétentions de Peyton à protéger sa cousine avec un rugissement digne de Godzilla, preuve évidente que, quel que soit le vernis de civilisation qu'arboraient les vampires quand ils menaient leurs petites affaires nocturnes, dans leur cœur ils étaient des animaux, gouvernés par leurs seuls instincts quand on les poussait dans leurs retranchements.

Surtout les mâles.

La surprise de Peyton fut évidente, mais ce n'était pas le moment d'approfondir l'histoire de « Comment est-ce que tu t'es lié ? ». Le tueur, jusqu'à présent en approche pour déterminer s'il s'agissait d'humains ou de vampires, avait finalement obtenu sa réponse, et il siffla pour appeler d'autres éradiqueurs en renfort.

Axe plaça Elise derrière lui.

— Reste avec moi. Sers-toi de moi comme d'un bouclier. (Puis il leva son arme.) Il y avait trois tueurs à l'instant, et…

— Un à 6 heures, cria Novo.

Tournant la tête, Axe poussa un juron.

— Peyton…

— Oui, je la couvre aussi.

Le cousin d'Elise se mit en position et referma les rangs autour de la femelle tandis qu'Axe sortait son portable et tentait de taper un…

— Va dans les contacts, ordonna-t-il en jetant le téléphone à sa femelle. Envoie un message aux frères.

Un trio d'éradiqueurs. Des humains partout. Elise au milieu.

C'était la définition même de « gros bordel ».

Chapitre 43

Rhage perdait la tête.

Il perdait complètement la tête.

Tandis qu'il était installé dans la salle de billard avec Mary, la demeure était vide, à l'exception des *doggen*. Kolher et Beth avaient pris quelques jours de congé avec Kolher Junior à Manhattan ; Fhurie était au camp de Vhen dans les Adirondacks avec les Élues ; V., Z., Tohr et Butch étaient à la maison d'audience avec Bitty et son oncle, ainsi que Marissa, et Lassiter faisait le rayon de soleil sur l'épaule de la fillette. Pendant ce temps-là, iAm, Trez et Vhen étaient en ville, au club *oMbrEs* et au restaurant *Sal's*, car Vhen aidait les Ombres à optimiser leurs revenus. Les autres femelles avaient une soirée entre filles. Et il n'avait aperçu aucun des jeunes depuis le Premier Repas.

C'était comme si la communauté savait qu'ils avaient besoin d'espace pour s'autodétruire.

Rhage consulta encore une fois sa Rolex.

— Combien de temps ça peut encore prendre ?

— Je ne sais pas. Je veux dire, ça peut durer des heures. (Mary regarda son téléphone en l'inclinant.) Marissa a dit qu'elle m'enverrait des infos dès qu'elle le pourrait.

— Bon sang ! j'ai l'impression d'attendre qu'on m'annonce que j'ai le cancer.

— Vu que j'ai vécu ça, oui, les deux expériences sont assez proches.

— Je veux juste…
— Merde ! (Mary se leva d'un bond.) J'ai oublié !
— Oublié quoi ?
Elle posa les mains sur son visage.
— La lettre qu'il a écrite. Je ne l'ai pas donnée à Bitty. Oh, mon Dieu, je ne veux pas que Ruhn croie que je fasse obstruction à quoi que ce soit !
Sur ce, elle quitta la salle de billard pour grimper à toute allure le grand escalier. Quelques instants plus tard, elle revint en haletant, la fameuse lettre à la main.
— Qu'est-ce que ça raconte ? interrogea Rhage. Enfin, il nous a dit qu'on pouvait la lire.
C'était les infos les plus proches sur ce que Bitty vivait actuellement avec le mâle qu'ils puissent obtenir pour le moment.
— J'espère sincèrement… Eh bien, on ne peut plus rien y faire, maintenant. (Mary s'assit et ouvrit les pages.) Je lui présenterai mes excuses. C'était un oubli… Tout a été si bouleversant.
Tandis qu'elle lisait ce qu'on avait écrit au crayon, elle demeura silencieuse un moment, haussant et baissant les sourcils à mesure qu'elle suivait les lignes des yeux.
— Qu'est-ce qu'il y a dedans ?
— Pardon. Euh… il travaille sur le domaine comme homme à tout faire. Il s'occupe de réparer les clôtures, ainsi que de l'entretien des pelouses et des bâtiments. Il… nourrit les chats de la grange et les deux chiens de garde. Il vit seul et dit que… Eh bien, c'est terrible.
— Quoi, il maltraite les animaux ?
Mary lui jeta un coup d'œil surpris.
— Non, il semble s'excuser de ne pas avoir reçu de véritable instruction. (Elle passa à la deuxième page.) Oh… il est question de la mère de Bitty.

— Quoi ? l'encouragea-t-il.

Quand elle ne répondit pas, il la laissa achever sa lecture et attendit en pianotant sur son genou, en consultant une fois de plus sa foutue montre et en battant de la jambe contre le canapé.

Elle finit par lever les yeux.

— C'est si triste. C'est… déchirant. Il lui raconte toutes les choses qu'il faisait avec Annalye quand ils étaient petits. Ça ressemble à une enfance parfaite sur le domaine. Leurs parents travaillaient pour les propriétaires ; cela fait plusieurs générations que les deux familles sont liées. Mais tout a changé quand Annalye a rencontré le mâle qui est devenu le père de Bitty. Ruhn se montre respectueux et ne fournit pas beaucoup de détails. Mais il ajoute qu'il n'a jamais cessé de penser à sa sœur et qu'il a tenté de la retrouver à de nombreuses reprises. Pendant longtemps, il a ignoré qu'ils étaient venus s'installer ici, à Caldwell.

Rhage se passa une main sur le visage.

— Tu sais, ce serait tellement mieux si je pouvais le haïr.

— Vraiment… ? murmura-t-elle. Je n'en suis pas si sûre.

— Il ne peut pas s'occuper d'elle aussi bien que nous.

Mary arriva à la dernière page.

— Oh… mon Dieu…

— Quoi ?

OK, maintenant, il avait envie de saisir sa dague.

— Que…

— Regarde ça.

Elle tourna l'ultime page vers lui. Et le « oh, mon Dieu » qui échappa à Rhage fut approprié. De magnifiques dessins incroyablement détaillés recouvraient le papier blanc, représentant une grande maison et des champs, une petite cabane, un chien en gros plan et un chat roulé en boule.

— C'est un artiste, souffla Mary.

Tandis qu'il examinait les images, Rhage aurait voulu pouvoir détester chaque mot de cette lettre et chaque trait de ces fichus dessins. Il aurait voulu pouvoir chier sur toutes ces pages, les déchiqueter, ou merde ! les punaiser sur un tronc et tirer dessus jusqu'à ce qu'il n'en reste que des confettis.

Sauf qu'il en était incapable.

Sa logique et son instinct lui soufflaient que Ruhn était un type bien, un type simple, ce qui ne voulait pas dire que l'oncle de Bitty était stupide de quelque façon que ce soit, mais seulement qu'il menait une honnête vie de dur labeur. Et, oui, la tragédie de la mort de sa sœur ne serait soulagée que si Ruhn pouvait rendre justice à sa nièce.

Le téléphone de Mary émit un « ding » et tous deux se jetèrent sur l'appareil posé sur un coussin du canapé. Ce fut elle qui l'emporta et elle ouvrit le message sans perdre une seconde.

— C'est Marissa. Ruhn et Bitty sont toujours en train de discuter. Elle dit que... Bitty était très timide au début, mais qu'elle pose désormais plein de questions. Ils vont aller manger.

Oui, parce que le Premier Repas avait été inenvisageable, même pour lui.

— Ça va durer encore un bon moment, conclut sa *shellane*. Apparemment.

Rhage se frotta les yeux. C'était si bizarre. Quand Ruhn s'était présenté et s'était révélé bien réel, il y avait eu une sorte de déchirement en lui, une division, une douleur cuisante. Et à présent, à chaque nouvelle information, il avait le sentiment que la petite était un bateau voguant sur la mer, qui s'éloignait peu à peu mais finirait par disparaître complètement à l'horizon en l'abandonnant sur le rivage.

Désormais, ses vives émotions se calmaient pour se transformer en une profonde tristesse.

— Alors, est-ce que tu veux…

Le portable de Rhage sonna ensuite, et, quand il jeta un coup d'œil dessus, il fronça les sourcils.

— Putain !

— Que se passe-t-il ?

Alors que Mary le regardait, il se leva d'un bond.

— Merde ! il y a une urgence en centre-ville… Écoute, dis à Marissa de m'appeler dès que Bitty sera prête… Il faut que j'y aille, mais je pourrai me libérer.

Du moins l'espérait-il.

— Qu'y a-t-il ? s'enquit Mary.

— Des recrues coincées avec des tueurs, et je veux que les frères restent avec Bibi et son oncle, c'est plus important.

— Sois prudent, l'enjoignit sa *shellane*.

— Toujours. (Il se pencha pour l'embrasser.) Tu le sais bien.

Il détestait laisser sa compagne seule, les yeux écarquillés et effrayés. Mais il n'y avait pas de temps à perdre. Il monta, s'équipa, puis ouvrit une fenêtre, pour se dématérialiser jusqu'à l'endroit où Axe avait envoyé le SMS.

Il avait songé un instant à chercher un dérivatif à son chagrin.

Sauver trois recrues n'était pas exactement ce qu'il espérait, mais il prendrait ce qui venait.

Le cœur d'Elise tambourinait si fort dans sa poitrine que c'était un miracle si le muscle n'avait pas encore explosé.

Derrière les épaules d'Axe, elle pouvait voir les trois éradiqueurs s'approcher d'une démarche à la fluidité mortelle, avec, sur leur visage, une expression froide et neutre, parfaitement dénuée d'émotion.

Ils avaient des pistolets.

La recrue femelle – Elise ne se rappelait pas son nom, mais elle l'avait vue au bar à cigares, la nuit où elle avait rencontré Axe – se plaça en travers de leur chemin, l'arme levée, une expression meurtrière sur le visage.

Elise n'arrivait pas à imaginer qu'elle puisse se montrer aussi calme ou aussi agressive dans une situation pareille.

— Arrêtez-vous, ordonna la femelle. Ou je tire.

Un quatrième éradiqueur, qui semblait avoir surgi de nulle part, se contenta de rire.

— Vraiment, salope. Sais-tu seulement te servir de…

Tout le corps d'Elise sursauta quand un « pop » retentit et que le tueur tomba à terre.

La femelle lui avait mis une balle entre les deux yeux.

— Nom de Dieu ! souffla Elise.

Mais ce fut la dernière fois qu'elle eut l'occasion de suivre quoi que ce soit de l'action qui se déroulait sous ses yeux. Soudain, les événements s'accélérèrent : les trois tueurs s'élancèrent en avant, des balles sifflèrent et ricochèrent partout autour d'elle, pendant qu'on la faisait pivoter à gauche et qu'on la poussait derrière un gros truc en métal.

Une voiture ? Une benne à ordures ?

Non, c'était une vieille chambre froide abandonnée, de la taille d'un 4x4.

Une fraction de seconde plus tard, Elise sentit une brûlure à l'épaule, comme si on lui avait appliqué un fer à friser sur la peau, mais elle n'eut pas le loisir de s'en soucier, car Axe bondit de nouveau devant elle tandis que Peyton se pressait contre elle sur le côté…

— Il est en haut ! s'écria son cousin.

Quoi ? pensa-t-elle.

— L'enfoiré !

Tout en jurant, Axe leva son canon vers les cieux et décocha de nouvelles balles, puis un corps leur tomba dessus, un corps qui perdait du sang noir et sentait le talc pour bébé et le lait rance.

— Je suis à sec! s'écria Axe.

Et elle comprit que cela signifiait qu'il n'avait plus de munitions.

Quelqu'un poussa un juron. Il y eut encore des tirs. Elle avait aussi mal à la cheville, désormais.

Puis Peyton tomba. Il s'écroula simplement comme une couverture chutant sur le côté d'un lit.

— Peyton! hurla-t-elle en se retournant.

Juste au moment où elle tendait le bras vers lui, la femelle soldat l'attrapa par le col de son manteau et la remit sur ses pieds.

— Tu sais tirer?

Elise cligna des yeux pour éclaircir sa vision brouillée. D'autres balles passèrent en sifflant au-dessus de sa tête. Seigneur! d'où venaient-elles? Puis elle se concentra sur la femelle.

— Tu saignes! Tu…

La gifle vint de la gauche et claqua fort sur le visage d'Elise. Mais ce fut comme ouvrir la fenêtre dans une cuisine enfumée. Elle fut soudain capable de se concentrer sur la guerrière.

— Est-ce que tu sais comment tirer? lui redemanda-t-elle.

— Il faut vi… viser et appuyer sur la détente, répondit Elise tout à trac.

— C'est ça. (Soudain, elle sentit qu'on lui plaçait un lourd morceau de métal dans la paume.) À deux mains. Et seulement en cas de nécessité.

Puis elle fut soulevée et jetée en l'air.

Tandis qu'elle volait, les cheveux dans le visage et le corps totalement engourdi, elle se dit de façon absurde : *Comment se fait-il que cela arrive en ce moment ? Comment diable suis-je…*

« Bam ! »

Elle atterrit sur les fesses en retombant brutalement contre la paroi d'une benne à ordures cette fois-ci. On l'avait balancée derrière celle du bar à cigares.

Tandis qu'elle s'efforçait de reprendre son souffle, ses mains tremblaient tellement qu'elles semblaient floues, mais elle n'allait pas lâcher l'arme.

Jetant un coup d'œil dans la ruelle, elle vit Axe attaquer un tueur au corps à corps tandis que la femelle examinait Peyton qui – oh, doux Jésus ! – paraissait avoir reçu une balle dans la tête. Il perdait beaucoup de sang… trop de sang !

Et la police humaine arrivait, car elle entendait les sirènes.

Sauf qu'alors la chance tourna en leur faveur. Surgi de nulle part, le plus grand vampire qu'elle ait jamais vu de sa vie se matérialisa en plein milieu de la ruelle. Il était blond, tout de noir vêtu, et se mit à attaquer les éradiqueurs comme un véritable démon, attrapant le tueur avec lequel Axe échangeait des coups et balançant l'ennemi contre le bâtiment comme s'il s'agissait d'un vulgaire pantin.

Axe s'occupa du tueur suivant, et celui qui devait être un frère en fit autant de son côté.

D'autres éradiqueurs se pointèrent, visiblement appelés en renfort, mais, grâce aux efforts conjugués d'Axe, du frère et de la recrue femelle, leurs têtes volèrent, leur sang noir puant jaillit et leurs corps finirent alignés sur l'asphalte…

Juste au moment où les choses se tassaient, juste avant l'arrivée de la police, quelque chose attira le regard d'Elise.

Un petit éclat de lumière.

L'éradiqueur qui avait pris une balle dans la tête au tout début de la bataille, celui derrière la chambre froide abandonnée, remuait toujours et avait levé son flingue pour le pointer en direction du frère.

— Il va tirer ! hurla-t-elle.

Comme dans une scène au ralenti, Elise vit avec horreur le frère tourner le torse vers elle, ce qui le plaça directement dans la ligne de tir de son agresseur.

Et l'éradiqueur appuya sur la détente et vida son chargeur dans cette énorme poitrine. « Pop ! Pop ! Pop ! »

Quelqu'un cria – sans doute elle – alors que le frère blond levait les deux mains et tombait en arrière sur la chaussée. Tandis que le tueur continuait à décharger son arme sur lui.

Et puis merde ! décida Elise.

Sans réfléchir, éperonnée par une agressivité aussi peu caractéristique qu'elle était frénétique, Elise bondit à découvert, traversa la ruelle en courant et se rapprocha autant que possible de l'éradiqueur.

Puis elle pointa son arme et fit feu, bordel !

« Blam ! Blam ! Blam ! »

À deux mains, les bras tendus, le regard et le corps assurés, elle laissa l'arme faire la conversation. Du sang noir gicla sur elle tandis qu'elle continuait à se rapprocher et à tirer, se rapprocher et…

Elle ne savait pas quand il fallait s'arrêter.

Attendez, elle ne pouvait pas s'arrêter.

Alors même que l'arme s'était tue, que le chargeur ou quel que soit son nom était vide, alors même que le tueur était si criblé de balles qu'on aurait dit une passoire, elle demeura plantée là, au-dessus de lui, le canon de son arme pointé sur sa cible, tremblant si violemment de tout son corps que ses dents s'entrechoquaient, ses genoux cognaient dans leur cavité articulaire, et son souffle ne sortait plus que par saccades de sa gorge.

Mais son index pressait toujours la détente…

— Elise ? dit Axe de si loin qu'elle l'entendit à peine. Elise… ma puce… je suis juste derrière toi.

— Que… que…

— Je vais prendre le pistolet, d'accord ? Laisse-moi le prendre… Non, ne te retourne pas vers moi. Reste où tu es.

Ses mains passèrent doucement le long de ses bras et détachèrent avec précaution ses doigts crispés de l'arme.

Dès que celle-ci fut hors de ses mains, elle se retourna contre lui et éclata en sanglots.

— J'ai essayé de le sauver, le frère, j'ai essayé de…

— Il faut qu'on y aille…

Derrière le biceps du mâle, Elise regarda le cadavre du frère. Le guerrier blond gisait sur le dos, les bras en croix, ses lourdes bottes mollement écartées sur l'asphalte.

— J'essayais de le sauver, oh, mon Dieu…

— Elise, il faut qu'on parte avant l'arrivée des humains…

De l'autre côté de la rue, la femelle soldat souleva Peyton dans ses bras.

— Il ne va pas bien. Où est-ce qu'on va…

Des voitures de police humaines s'arrêtèrent en dérapant au bout de la rue, des humains bondirent hors des véhicules et désignèrent l'endroit où ils se trouvaient, dans l'ombre.

— On ne peut pas l'abandonner…

— Déposez vos armes, ordonna une voix dans un haut-parleur. Déposez vos armes tout de suite ou nous ouvrirons le feu…

Puis la situation devint carrément surréaliste. Comme dans un film, le torse du frère se souleva du sol. Il regarda sa poitrine, poussa un juron et dit quelque chose qui ressemblait à :

— Je venais juste de faire acheter ce truc à Fritz.

Puis il fouilla dans ce qui semblait être sa propre chair, dénicha une balle, et la balança dans la ruelle.

Ce fut seulement alors qu'il parut remarquer ce qui se passait avec les voitures de police.

— Putain d'humains ! pas encore. (Il se mit debout en grimaçant de douleur, mais paraissait aller bien autrement.) Vous deux, emmenez le blessé et la femelle et partez dans cette direction. (Il désigna l'autre bout de la ruelle.) Manny devrait arriver… Le voilà.

À cet instant précis, un large véhicule carré s'arrêta en travers de l'autre extrémité de la rue, là où il n'y avait pas d'humains.

— Partez tout de suite !

À cet ordre, Axe prit Elise par la main et se mit à courir. La femelle qui portait Peyton les imita, et ils filèrent tous les quatre dans le passage couvert de neige fondue jusqu'à ce qui se révéla être une sorte de camionnette bizarre.

Juste au moment où sa large portière arrière s'ouvrit en coulissant et alors qu'elle était sur le point de monter à l'intérieur, Elise jeta un regard en arrière. De vifs éclairs de lumière illuminaient les côtés des bâtiments, et ils s'accompagnaient de détonations, mais elles étaient très différentes de celles provenant de tirs d'armes à feu.

Le frère poignardait les tueurs pour les renvoyer à l'Oméga, se dit-elle avec admiration. Bon sang ! était-elle vraiment en train d'assister à cette scène ?

— Grimpe là-dedans, lui intima Axe en la poussant vers l'intérieur éclairé de la camionnette.

Il la suivit et tira la portière pour la refermer.

— Cramponnez-vous, les gars ! hurla quelqu'un à l'avant. Ça va secouer. Restez par terre.

Le moteur vrombit et le véhicule fit une embardée, avant de s'élancer dans la nuit. Et Elise se laissa retomber contre Axe. Comment avait… Qu'est-ce qui…

Les événements s'étaient enchaînés si rapidement que son cerveau peinait à comprendre ce qui s'était vraiment passé. C'était comme si une minute ils avaient rejoint Peyton à l'intérieur du bar à cigares, et la suivante elle s'était retrouvée au milieu d'un film d'action, sauf que ce n'était pas du tout un décor de cinéma. C'était bien réel.

Elise refoula des larmes en regardant de l'autre côté. La guerrière tenait Peyton dans son giron, et s'était adossée à une table arrimée au centre de l'espace. Ils étaient dans une ambulance, comprit Elise. Une grande ambulance avec toutes sortes d'équipements fixés aux parois ou enfermés dans les placards à portes vitrées installés sur les côtés.

— Est-ce qu'il est en vie ? demanda-t-elle.

La femelle ne releva pas la tête.

— Oui. Pour l'instant.

Le mâle perdait toujours beaucoup trop de sang. Oh ! douce Vierge scribe… tout ce sang…

Mais au moins ils semblaient rouler plus vite à présent, et, avec un peu d'espoir, jusqu'à quelqu'un qui pourrait opérer ici, se dit Elise. Et tandis qu'ils avançaient en cahotant, au point que les objets s'entrechoquaient tout autour d'eux, Axe empêcha Elise de se changer en boule de bowling en maintenant ses bras puissants noués autour de sa taille et une de ses jambes appuyées au montant de la table d'opération.

— Comment a-t-il fait ? marmonna Elise. Comme le frère a-t-il… survécu ?

— Gilet pare-balles, répondit Axe d'un air sombre. Il devait porter un gilet pare-balles, et ce truc lui a sauvé la vie.

Chapitre 44

L'adrénaline d'Axe ne cessa pas d'affluer jusqu'à ce que l'unité chirurgicale mobile du docteur Manello s'arrête dans une espèce de garage en centre-ville et que le médecin ouvre la portière coulissante.

Et, même alors, Axe avait encore les nerfs à vif. Naturellement.

Il sortit, observant l'espace industriel peu éclairé et qui sentait l'huile, l'essence et la rouille, et tenta de se comporter comme s'il ne perdait pas la boule.

Il n'arrivait pas à croire que non seulement Elise se soit retrouvée prise dans une embuscade avec eux, mais qu'elle ait également déchargé une livre et demie de métal dans un éradiqueur armé d'un revolver, le pire de tout étant que tout cela se soit produit par sa propre foutue faute. Si lui et Peyton ne s'étaient pas bouffé le nez en jouant à celui qui avait la plus longue dans le bar, aucun d'eux trois, ni Novo, ni ensuite Rhage n'aurait fini dehors, exposés, au mauvais endroit et au mauvais moment avec tous ces tueurs.

Et ensuite son putain de cousin, Peyton le *golden boy*, n'aurait jamais pris une balle dans la tête. Par ailleurs, que se passerait-il si Rhage n'avait pas réussi à se tirer du foutoir humain ? Et si les flics l'avaient arrêté, lui, ou l'un des éradiqueurs, ou…

Ce cauchemar à l'issue incertaine fut résolu lorsqu'une porte latérale du garage fut ouverte à la volée et qu'une puanteur d'éradiqueur mêlée à l'odeur du sang de vampire s'insinua à l'intérieur.

— Comment va Peyton ? s'enquit Rhage dès qu'il arriva dans le cercle de lumière projeté par l'unité chirurgicale. Et que puis-je faire pour aider.

Quand le frère passa à côté d'Axe, il lui donna une tape sur l'épaule en signe de reconnaissance, mais resta concentré sur le docteur Manello, qui avait allongé Peyton sur la table d'opération et branchait tout un tas de machines sur lui. Avant que Rhage ait obtenu la moindre réponse, Doc Jane fit son entrée par la même porte. Elle portait une tenue de bloc, exactement comme Manello, et se précipita directement au chevet de son patient, sans prendre le temps de saluer ou de questionner qui que ce soit.

Dans le van, Novo s'était adossée contre la paroi du fond, les bras croisés et la tête baissée. Du sang coulait de son menton, où elle avait reçu une estafilade. Et une autre aussi sur l'avant-bras.

Un téléphone sonna.

— C'est le mien, dit Elise juste à côté d'Axe.

Revenant à la réalité, le mâle l'entoura d'un bras tandis qu'elle sortait maladroitement l'appareil et le portait à son oreille.

— Troy ? Non, je suis désolée, je ne peux pas te parler pour l'instant. Demain ? Bien entendu. Quoi ? Eh bien… j'ai… un ami qui a des soucis. Nous sommes aux urgences en ce moment. Non, ça ira. Je t'appelle demain. Au revoir.

Elle raccrocha et s'appuya sur Axe comme si l'interruption n'avait jamais eu lieu. Ce qui fit aussitôt chuter les chances que ce dernier traverse tout Caldwell pour retrouver son professeur et lui coller un œil au beurre noir, juste pour le principe.

D'accord, très bien, il ne ferait jamais une telle chose. Du moins pas dans un monde où sa tendance à la jalousie n'existerait pas.

Et pourquoi diable pensait-il comme cela en ce moment ?

— Est-ce qu'il va s'en tirer ? demanda Elise à personne en particulier.

— Tout ce que nous pouvons faire, c'est attendre, lui répondit Axe. Et prier.

Après tout, il n'appréciait pas particulièrement Peyton, mais cela ne voulait pas dire non plus qu'il avait envie que ce connard finisse en légume ou meure prématurément. Surtout si cela affectait Elise, même indirectement.

Au bout d'un petit moment, Rhage pointa la tête hors du véhicule.

— Écoutez, je veux que vous rentriez tous les deux à la maison. Vous ne pouvez rien faire ici. On vous tiendra au courant de son état, d'accord ?

— Est-ce qu'il…

Elise laissa sa phrase en suspens, comme si elle en reconnaissait la futilité.

— On fera tout notre possible pour le sauver. (Rhage regarda Axe.) Tu as encore été un atout précieux, mon gars.

— C'est ma faute.

— Pourquoi penses-tu cela ? Tu as allumé une fusée éclairante ou quoi ? Mis une publicité sur le Bon Coin pour que ton pote se fasse tirer dans la tête ? Je ne crois pas. File, maintenant, ramène-la chez elle et fais pareil. (Rhage croisa ensuite le regard d'Elise.) Et tu as été géniale. Tu t'es vraiment pointée quand il le fallait.

— Je ne sais pas me servir d'une arme à feu, marmonna-t-elle. Je n'avais jamais tiré de ma vie.

— Eh bien, maintenant, si. Et je suis désolé que tu aies dû l'apprendre dans ces circonstances.

La tête bourdonnante, Axe mena la femelle jusqu'à la porte du garage et l'ouvrit. Il sortit en premier et, en jetant un coup d'œil aux alentours, s'aperçut qu'ils étaient près du fleuve, sous les ponts. La rumeur de l'autoroute qui passait au-dessus d'eux sur des pylônes se répercutait jusque-là.

— Pars maintenant, lui dit-il. Et je te suivrai aussitôt après. On se rejoindra chez toi.

Elle hocha la tête d'une façon qui lui brisa le cœur. Puis elle ferma les yeux.

Il lui fallut au moins une minute, peut-être même deux, pour se dématérialiser.

Puis il s'envola à son tour. Son voyage dans la nuit froide sous forme de molécules éparses reflétait mieux son état d'esprit actuel que la version plus organisée et corporelle de lui-même.

« Dispersées », c'était ainsi qu'il définirait ses pensées.

Quand il reprit forme, ce fut juste à côté d'elle, chose rendue possible grâce au sang qu'ils avaient partagé.

Elle lui prit la main et se dirigea vers la porte d'entrée, mais il l'arrêta.

— Tu as du sang sur tes vêtements. Pouvons-nous utiliser une entrée plus discrète ?

Elise se regarda avec une certaine surprise, comme si elle avait complètement oublié qu'elle portait des vêtements, et encore plus l'état lamentable dans lequel ils se trouvaient.

— C'est drôle, chuchota-t-elle. C'est de cette façon que tout a commencé.

— Je te demande pardon ?

Elle releva la tête.

— Avec toi. Je suis rentrée à la maison par la grande porte par erreur, et c'est ainsi que mon père m'a vue. Et si je n'avais pas fait cela… jamais je ne t'aurais rencontré.

Ouais, et avec quels résultats pour toi, se dit-il tristement. *Tu as tiré sur un éradiqueur, manqué de te faire tuer et te voilà désormais couverte de la souillure de la guerre.*

— Dis-moi où se trouve la porte de derrière, reprit-il d'un ton lugubre. Et je nous ferai entrer.

Rhage ne pouvait rien faire.

Pendant que Doc Jane et Manny œuvraient sur Peyton, recousant la plaie à sa tempe, évaluant la gravité de sa commotion cérébrale et tentant de remonter sa tension artérielle trop basse, Rhage était foutrement fatigué de se retrouver dans des situations où il ne pouvait rien faire.

Il jeta un coup d'œil à Novo. La recrue n'avait pas bougé d'un pouce depuis son arrivée. C'était comme si on l'avait changée en pierre.

— Tu veux y aller ?

— Non.

Dans d'autres circonstances, il aurait peut-être insisté, mais c'était une dure à cuire. Peu importe ce qui arrive, elle pourrait l'encaisser…

Son portable sonna et il s'en saisit.

— Oh, merde… il faut que j'y aille, dit-il après avoir lu le message qu'il venait de recevoir. C'est Mary.

— On est à l'abri, répondit Manny.

— Je vais vous envoyer du monde en renfort.

— Ce serait bien.

Rhage franchit la porte du garage et se dématérialisa une fraction de seconde plus tard. Lorsqu'il reprit forme devant la maison d'audience, il ne réfléchit pas à deux fois avant de remonter l'allée en courant et d'ouvrir la porte sans ménagement…

L'entrée était pleine de monde, et toutes les têtes se retournèrent vers lui.

Et là, ce fut le chaos total.

Mary hoqueta. Bitty poussa un hurlement. Quelqu'un jura – V., vu l'intonation. Puis ses femelles se ruèrent dans sa direction et s'adressèrent à lui toutes les deux ensemble, à cent à l'heure, en pointant son torse du doigt.

Si bien qu'il ne comprit pas un traître mot de ce qu'elles racontaient.

— Du calme, dit-il en levant les mains. Comment ça s'est passé avec Ruhn… Est-ce que ça va, Bitty ?

— Tu es touché ! Tu saignes !

— Hein ?

Sauf qu'alors il baissa les yeux. Sans surprise, il découvrit des impacts de balles sur le devant de sa chemise et de sa veste en cuir, mais il remarqua aussi que du sang rouge vif maculait ses mains et ses vêtements… et que du sang noir d'éradiqueur dégoulinait de ses dagues, qu'il avait rengainées.

Oh ! oui. Toutes ses saletés, vous savez, qu'avait engendrées le combat.

— Je vais bien, dit-il. Je vais…

— J'appelle Doc Jane sur-le-champ ! s'écria Mary en cherchant son téléphone dans sa poche.

— Non ! (Il leva de nouveau la main.) Ils sont en train d'opérer. Et je ne suis pas blessé…

— Tu as reçu une balle dans la poitrine ! Pourquoi es-tu toujours debout ! Rhage…

Il se plaça devant sa compagne et déchira sa chemise en deux.

Des boutons s'envolèrent et allèrent rebondir sur le sol de marbre, et il dévoila ce qui avait été un gilet pare-balles flambant neuf. Mais qui ressemblait désormais plus à un morceau d'emmental.

Rhage se frappa le torse.

— Du Kevlar. (Il ôta une autre balle et la laissa tomber par terre, où elle rebondit obligeamment avant de rejoindre les boutons.) Je le porte depuis que je me suis fait tirer dessus, tu sais, la dernière fois. Je veux dire, oui, on était tombés d'accord pour que tu restes avec elle après ma mort, mais je ne vois pas la nécessité de me précipiter pour autant.

Tout à coup, il se rendit compte que Ruhn se tenait tout au fond de l'entrée et avait assisté à toute la scène.

Rhage se racla la gorge.

— Ou, plus exactement, je ne « voyais » pas la nécessité de me précipiter pour autant.

Il y eut un silence. Puis Mary et Bitty se jetèrent sur lui. Ses femelles l'étreignirent en parlant à qui mieux mieux sans se soucier le moins du monde qu'il soit moite de transpiration et maculé de sang, comme pour se libérer de l'excès de tension nerveuse qui les avait accablées une minute plus tôt

— Z., dit-il par-dessus la tête de la fillette, qui s'amusait à glisser les doigts dans les trous du gilet pare-balles. Il faut que tu ailles au garage. Ils sont sans protection alors qu'ils opèrent Peyton. Et, V., je suis presque sûr qu'ils auraient besoin d'une autre paire de mains.

Les frères se concertèrent entre eux à ce moment-là, et l'un d'eux suggéra que Ruhn regagne l'endroit où il séjournait.

Et cela changea totalement l'atmosphère. Bitty se tourna vers son oncle, ainsi que Mary.

— Quand te reverrai-je ? demanda la petite avec son franc-parler habituel.

— Demain soir ? proposa le mâle à sa façon posée.

— D'accord.

Au moins ils ne s'étreignent pas, se dit Rhage de façon peu charitable alors que l'oncle prenait congé en s'inclinant et en murmurant quelques mots à Marissa et Mary avant de se diriger vers la porte…

— Attends, dit la fillette.

Sans prévenir, elle bondit en avant et serra Ruhn dans ses bras.

Exactement de la même manière qu'elle l'avait fait quand elle avait appris à connaître Rhage et Mary. Ce fut rapide comme l'éclair, mais également le premier signe qu'elle ouvrait son cœur.

Rhage sentit des larmes lui piquer les yeux. Plus que n'importe quel autre détail de la rencontre, plus que n'importe quel récit qu'on aurait pu lui faire, les actes de Bitty lui apprenaient exactement comment s'était déroulé ce moment avec Ruhn.

C'était drôle, quand Mary et lui avaient entamé la procédure d'adoption, Rhage avait eu des éclairs d'intuition concernant la façon dont les choses se dérouleraient entre eux, évolueraient, prendraient une certaine direction. Comme quand il lui avait montré sa GTO et qu'elle en avait aimé l'odeur, ou lorsque sa Mary et lui l'avaient emmenée chez *TGI Friday's* sur Lucas Square et qu'il avait expliqué à Bitty qu'ils pourraient sans problème s'en aller si c'était trop difficile pour elle, ou encore lors de cette excursion chez le glacier…

Il avait un de ces éclairs en ce moment même.

Sauf qu'au lieu de lui montrer une belle route dégagée…

… c'était un mur qu'il voyait se dresser devant lui.

Chapitre 45

Peyton se réveilla avec la pire migraine de sa vie.
Mais il se foutait de la douleur.

Il avait un poignet collé contre ses lèvres, et le sang le plus incroyable qu'il ait jamais goûté lui emplissait la bouche, lui enflammait la gorge, lui coulait dans le ventre. Et plus il en prenait, plus son instinct de survie lui ordonnait de boire encore et encore, sans s'arrêter.

Il ne découvrit de qui il s'agissait qu'au moment où il ouvrit les yeux.

Novo se tenait au-dessus de lui, les traits tirés et le visage pâle, les bras et les épaules nus, car sa veste avait disparu.

Étaient-ils en mouvement ? se demanda-t-il quand un cahot survint et qu'il le ressentit à travers tout son corps…

Tout à coup, la dispute dans le bar à cigares lui revint en mémoire, et il revit Axe et lui en venir aux mains, Elise se précipiter dehors pour les séparer, Novo faire son apparition, suivie de près par les éradiqueurs…

Relâchant la prise de ses lèvres, il marmonna :

— Mort ? Seigneur… Rhage est mort ?

— Rien que des éradiqueurs, répondit-elle avant de lui plaquer de force son poignet sur la bouche de nouveau.

Il poussa un soupir de soulagement et se remit à boire. Et après ce qui aurait pu être des années, ou tout du moins des heures, mais qui n'avait sans doute duré qu'une dizaine de minutes, il se détendit, pour se laisser envahir par la sensation flottante et béate de satiété qui le calmait mieux que n'importe quelle dose de morphine.

C'était le trip parfait.

Mais il ne pouvait pas s'abandonner complètement à ces délicieuses sensations. Pas avec cette femelle au-dessus de lui.

— Ça ira.

Ou du moins était-ce ce qu'il avait eu l'intention de dire. Les mots ne semblaient pas sortir correctement de sa bouche. Ou alors c'était son ouïe qui lui faisait défaut.

— Quoi ? demanda-t-elle en se penchant, comme si la proximité pouvait être aussi efficace que Google traduction pour vous donner le mot « stupide ».

Il se racla la gorge et força son cerveau à se reconnecter.

— Elise, OK ? Axe ?

— Ils vont bien tous les deux.

— Toi ?

Elle écarta les bras en décrivant un arc de cercle, et, non pour la première fois, il remarqua à quel point c'était une sacrée femelle, quoiqu'un peu intimidante. Elle était si robuste que son corps paraissait sculpté jusqu'au plus petit muscle.

Comme Peyton commençait à se sentir sexuellement excité, il le prit comme un bon signe.

— Je suis content que tu n'aies pas été blessée, dit-il d'une voix rauque.

— Tu es en train de me faire le coup des sentiments ?

— Non, tu m'excites.

Elle parut perplexe un instant. Puis elle lui décocha un regard noir, ce qui était sans doute un progrès. Du genre, retour à la normale.

— Tu te fous de ma gueule ?

Il haussa les épaules.

— Tu es attirante. Je ne suis sans doute pas le seul mâle à te le dire. Et que puis-je ajouter, j'ai toujours eu une saine estime pour le beau sexe.

Elle renversa la tête en arrière et éclata de rire. Mais ce ne fut pas un son joyeux.

— Laisse-moi mettre les choses au clair. Toi et moi sommes dans l'unité de chirurgie mobile de la Confrérie, en route vers le centre d'entraînement parce que tu t'es pris une balle et que tu as désormais un tube fiché dans le crâne pour réduire le volume de ton œdème cérébral… et tu me fais des avances ?

— Ma matière grise n'est pas la seule chose à enfler en ce moment.

— Tu es vraiment un débauché invétéré, pas vrai.

— Tu sais, pour la plupart des gens, « débauché » est une insulte. (Il tenta de lever la main pour faire valoir son argument. Sans succès.) Mais à titre personnel je le prends comme un compliment. Ça prouve mon engagement dans mon travail.

— Ton travail ?

Vu la façon catastrophique dont tous les événements s'étaient enchaînés ce soir-là, ils pouvaient aussi bien passer le reste du trajet jusqu'au centre d'entraînement à se disputer. Il vibrait sous sa peau, et cette énergie avait besoin d'une issue, et Novo était largement capable de rendre les coups.

— Bien sûr, reprit-il. Je travaille à coucher avec les femelles. La pratique amène la perfection, tout ça.

Quand elle se contenta de recroiser les bras sur sa poitrine et de s'adosser à la paroi, il fronça les sourcils.

— Si on roule, tu ne devrais pas t'asseoir ?

— Si, mais je n'en ai pas envie.

— Loin de moi l'idée de suggérer un comportement raisonnable de ta part.

— C'est la première chose intelligente que tu aies dite.

— Depuis que j'ai repris conscience ?

— Depuis que je te connais.

Il se mit à rire, mais cela lui donna mal à la tête, alors il s'arrêta.

— Dis-moi un truc... Où étais-tu hier soir ?

— Je te demande pardon ?

— Faut-il que je parle plus lentement ? Je te rappelle que c'est moi qui aie le crâne fracturé, pas toi.

— De quoi est-ce que tu parles, bon sang ?

Pendant un moment, Peyton envisagea la possibilité d'avoir fait un AVC et d'être plongé dans l'aphasie. Mais non, il s'exprimait correctement.

— Je t'ai appelée hier soir.

— Non, pas du tout.

— Hum, hum. (Il allait hocher la tête, mais un élancement de douleur l'en empêcha.) Bien sûr que si.

— Pas de ton téléphone, non.

Oh, oui !

— Merde : c'était celui d'Elise. Elle a dû me le laisser pour pouvoir aller baiser avec Axe.

Oui, cela sonnait amer. Ce qui était un peu gonflé, vu que le type avait sans doute aidé à lui sauver la vie ce soir.

Retirez le « sans doute ».

Novo sourcilla.

— Axe était avec moi.

Ce fut au tour de Peyton d'être déconcerté.

— Je te demande pardon, quoi ?

— Axe m'a emmenée aux *Clés*.

Peyton tenta vraiment de s'asseoir. Lorsqu'il hoqueta de douleur, Novo lui posa une main sur le torse et le força à se rallonger.

— Tu vas arrêter de bouger, ordonna-t-elle.

— Qu'est-ce qu'il lui a pris de t'emmener aux *Clés* ? Aucune femelle ne devrait aller là-bas.

Un nouveau cahot de l'ambulance lui fit mal partout, comme si l'asphalte lui-même se rangeait du côté de Novo.

Oh ! et vous voulez parler d'un regard qui tue ? S'il n'avait pas déjà été sur le dos, le coup d'œil assassin de la femelle l'aurait fait décoller de ses mocassins aussi sûrement qu'un tir d'arme à feu.

— J'ai demandé à Axe de m'y emmener, pour commencer. Et j'ai baisé avec une femme, donc, oui, il y a des femelles dans ce club.

Peyton cligna des yeux à plusieurs reprises, avant d'afficher son masque d'impassibilité.

— J'ignorais que c'était ton truc.

— J'aime les femmes, les femelles, les hommes et les mâles.

— Et Axe.

— Oui, et Axe.

Les crocs de Peyton commencèrent à le démanger.

— Eh bien, je parie que vous avez passé un super moment là-bas tous les deux. Avant qu'il rentre chez lui voir ma cousine.

Il leva la main pour se frotter le visage, mais la perfusion dans son bras l'empêcha de remuer aussi librement qu'il aurait voulu.

— Je lui avais demandé de ne pas s'approcher d'elle… et avant que tu commences à me faire la leçon, non, ce n'est pas parce qu'il n'est qu'un roturier et elle une aristocrate.

Elise n'est pas comme nous. Elle est… pure. Elle vaut mieux que nous. Elle mérite le respect… tout comme Paradis.

— Oh ! mais bien sûr. Revoilà ta fameuse théorie progressiste sur les femelles. Et j'oublie toujours dans quel sac tu me places.

— Épargne-moi tes sarcasmes, Novo, OK ? Tu sais très bien ce que je veux dire. Paradis et Elise préféreraient mourir qu'être surprises dans un endroit pareil, et encore plus en se tapant des mecs au hasard ou des camarades d'entraînement pour s'amuser.

— J'aimerais te rappeler que Paradis se tape, à l'heure actuelle, un camarade d'entraînement.

— Oui, mais ils sont en couple. Paradis était vierge. Elise aussi. Bon sang ! comment va-t-elle pouvoir s'unir à présent ?

Novo le dévisagea un long moment.

— Tu sais ce que je trouve fascinant ?

— Quoi ? Et si c'est la couleur de mes yeux, j'ai le même sentiment au sujet des tiens…

— Comment peux-tu être un tel porc sexiste et pétri de préjugés ? Tu as baisé une vingtaine ou une trentaine de femelles depuis que je te connais, et, ne le nie pas, j'étais moi aussi dans les clubs et je t'ai vu t'éclipser avec elles. Et pourtant tu affirmes qu'une femelle ne devrait pas, ou même ne pourrait pas baiser de cette façon. Dis-moi, est-ce que ton système de jugement à deux poids deux mesures ne t'embête pas ? Genre, même pas un petit peu ?

— Les femelles, c'est différent. (Il haussa les épaules.) C'est comme ça, c'est tout.

Novo regarda fixement un point dans le vide au-dessus de sa tête, et il eut la nette impression que, dans son esprit, elle terminait le travail de l'éradiqueur.

— Non, en fait, les enfoirés sont juste des enfoirés, peu importe ce qu'ils ont entre les jambes, marmonna-t-elle.

À l'autre bout de la ville, dans un quartier très différent, Elise invita Axe à entrer dans sa chambre, avant de refermer la porte sans bruit derrière eux.

— On a réussi, dit-elle en gagnant directement la salle de bains. Sans que personne…

À l'instant où elle aperçut son reflet dans le miroir, elle s'arrêta net et posa les mains sur ses joues. Seigneur… tout ce sang !

Axe se plaça à côté d'elle et secoua la tête.

— Je n'ai jamais voulu que tu assistes à l'affreux spectacle de la guerre. Et encore moins que tu te retrouves coincée au beau milieu d'une bataille.

— Est-ce à cela que ressemble ta vie ? Sortir sur le terrain… toutes les nuits… manquer de te faire tuer jusqu'à ce qu'un éradiqueur achève la besogne ?

— Il ne faut pas que tu voies les choses ainsi. Tu ne dois pas.

— Comment veux-tu que je fasse autrement ?

Elle se tourna vers lui et s'aperçut qu'elle avait envie de le palper partout pour s'assurer qu'on n'avait pas raté, d'une façon ou d'une autre, des plaies par balles ou d'autres blessures sur lui.

— Comment puis-je oublier ce qui s'est passé ce soir ?

Comme si Axe savait ce dont elle avait besoin, il posa sa bouche sur la sienne et l'embrassa profondément. Et tout à coup elle fut consumée par le besoin de l'avoir. Elle le débarrassa fébrilement de ses vêtements, avant d'ôter rapidement les siens, et ils gagnèrent la douche en laissant le tas d'habits souillé par terre là où ils étaient tombés.

Alors qu'il n'avait chez lui qu'une étroite cabine de douche avec un lavabo, Elise, quant à elle, disposait d'un vaste espace carrelé dans lequel on pouvait marcher, équipé de six jets d'eau dont on pouvait programmer spécifiquement la température. Et il n'y avait presque pas d'attente avant qu'elle soit chaude.

Mais elle se fichait de tout ce luxe du moment qu'elle était avec lui, maintenant et à jamais.

Une fois qu'ils se furent savonnés mutuellement de haut en bas, et qu'ils eurent rincé les macabres souvenirs de la nuit, ils quittèrent la salle de bains et elle éteignit toutes les lampes, à l'exception d'une seule, tout au fond de la chambre. Allongés sur son grand lit, sous ses draps soyeux, ils firent l'amour tranquillement, lui sur elle, les yeux dans les yeux, pendant que leurs corps s'unissaient. Elle jouit la première en lui griffant le dos de ses ongles, et il suivit bientôt. Puis, lorsque ses hanches tressautèrent et ruèrent contre elle, le puissant orgasme du mâle l'emplit tout entière et lui déclencha une nouvelle jouissance.

Mais il n'y eut pas de câlin prolongé après ça.

— Il faut que j'y aille, chuchota-t-il. Je ne peux pas rester ici.

— Bien sûr que si. Mon père ne vient jamais dans ma chambre.

— Je ne veux pas courir le plus petit risque de t'attirer des ennuis. J'ai déjà failli te faire tuer ce soir.

Comme il s'extirpait du nid chaud créé par les efforts de leurs corps, elle se leva et enfila son peignoir rose et se dit que c'était une honte qu'il soit obligé de renfiler ses vêtements souillés sur sa peau désormais propre. Mais il ne parut pas s'en soucier.

Bien trop tôt au goût d'Elise, il se retrouva devant elle et lui massa les épaules.

— Je n'arrive pas à croire à quel point tu t'es montrée courageuse ce soir.

— Courageuse ? Est-ce que tu te moques de moi ? Pour employer une expression populaire, je pissais de trouille dans ma culotte.

— Tu as marché droit sur un éradiqueur, sans jamais cesser de tirer. Si je n'avais pas été aussi terrifié pour toi, j'aurais été complètement excité.

Elle esquissa un petit sourire, mais il lui fut difficile de le maintenir.

— Quand puis-je te revoir ?

— Demain soir. Et avant que tu poses la question, oui, tout à fait. Je te tiendrai au courant à la seconde où j'aurai des nouvelles de Peyton.

— Merci.

Elle sourcilla en repensant au bar à cigares.

— Je suis désolée qu'il se soit montré aussi irrespectueux à ton égard. Il peut être… vieux jeu et difficile parfois, mais ce n'est pas une mauvaise personne.

— Je ne souhaite ni sa mort, ni qu'il lui arrive des ennuis. Il doit seulement rester hors de mon chemin et je ferai de même.

Elise hocha la tête, puis plongea un instant dans une sorte d'apathie. Elle ne voulait pas qu'il s'en aille, mais elle savait qu'il était mal à l'aise à l'idée de rester, et elle ne pouvait pas le lui reprocher.

— Merde ! souffla Axe. Viens là.

À l'abri dans ses bras, elle se détendit et le serra étroitement pour sentir sa chaleur et sa force.

— J'aimerais pouvoir faire quelque chose pour t'aider à surmonter l'épreuve de ce soir, chuchota-t-il tout en lui caressant le dos. J'ai l'impression d'être mauvais pour toi.

— Non, pas du tout.

Au bout d'un moment, elle reprit :

— En fait… (Elle s'écarta de lui et prit une profonde inspiration.) Il y a quelque chose que tu pourrais faire pour moi.

— Dis-moi, répondit-il. Et tu l'auras.

Chapitre 46

Le soir suivant, Rhage et Mary autorisèrent Bitty à retourner voir son oncle à la maison d'audience.

Ce ne fut pas plus facile à accepter pour eux que la première fois, se dit l'humaine. Non. Ce n'était pas une chose à laquelle ils s'habitueraient jamais, surtout après les tirs essuyés par Rhage la nuit précédente.

Et, lorsque la Mercedes disparut une nouvelle fois de leur vue dans la descente de la colline, son compagnon et elle regagnèrent la maison et s'installèrent dans le vestibule. La demeure était assez silencieuse : on débarrassait le Premier Repas, les frères vivaient leur vie, leurs *shellane* aussi.

— Je me sens un peu laissée de côté, dit-elle en allant s'asseoir sur la dernière marche de l'escalier. Tu sais, c'est comme si nos vies s'achevaient en un sens. Tout le monde va de l'avant. Je veux dire, je comprends que c'est la tristesse qui s'exprime chez moi, mais c'est ce que je ressens.

Rhage vint la rejoindre.

— Je suis avec toi.

Elle lui jeta un coup d'œil.

— Je suis soulagée que tu aies porté ce gilet pare-balles hier soir. Mais pourquoi ne pas m'en avoir parlé ?

— Ce n'est qu'un équipement supplémentaire. Tu sais, après ma dernière plaie au thorax, c'est passé trop près, même pour moi. Et avec Bitty… (Il se racla la gorge.) Alors, oui, j'ai demandé à Fritz de m'en procurer un. J'en ai essayé plusieurs. Et celui que je portais hier soir était mon préféré. Il a fonctionné à merveille, aussi.

— Est-ce que tu vas en commander un autre ?

Il haussa les épaules.

— Je suppose que oui.

Mary lui passa un bras autour des épaules, enfin, pas complètement, à cause de sa large carrure.

— Bitty aussi était soulagée que tu ailles bien.

— C'est une bonne petite.

Comme Rhage baissait les yeux sur ses mains et faisait mine de curer ses ongles bien taillés, Mary éprouva la désormais familière sensation de deuil avec laquelle elle pensait devoir sûrement vivre le reste de sa vie. Il y aurait des moments où celle-ci ne serait pas aussi aiguë qu'aujourd'hui, se dit-elle. Et des moments où ce serait encore pire. Mais ce sentiment était désormais devenu son compagnon, comme une cicatrice intérieure qui serait toujours là.

Elle n'avait pas besoin de poser la question à Rhage pour savoir qu'il en était de même pour lui.

— As-tu des regrets ? demanda-t-elle doucement.

— De l'avoir accueillie ?

— Oui.

Il demeura silencieux un long moment, et elle scruta son beau profil. Ses cheveux blonds avaient besoin d'une coupe. Ses joues paraissaient plus creuses que d'habitude. Et la lueur mélancolique dans ses magnifiques prunelles bleues lui donnait l'air plus âgé.

Comme elle lui frottait le dos, elle sentit la bête suivre sa main sous le débardeur, tandis que le tatouage se déplaçait pour rester à son contact.

— Je ne sais pas, dit-il. La situation est assez difficile. C'est vraiment dur. Mais non, j'aurais quand même voulu l'accueillir. Si tout ce que je suis censé avoir c'est deux mois de paternité transitoire pour l'aider à trouver son foyer légitime, alors, je serai reconnaissant de ce que j'ai eu. Je préfère être celui qui souffre pendant le prochain millénaire parce que je ne l'ai pas plutôt que de la savoir seule au monde, à devoir se faire soigner les bras et les jambes et à se demander où elle va atterrir. Ce compromis en vaut la peine à mes yeux.

Mary posa la tête sur son biceps.

— C'est aussi ce que j'éprouve.

— Je te dois une excuse, au fait.

— À propos de quoi ?

— J'aurais dû te dire ce qu'ils allaient devoir faire aux membres de Bitty. Je ne voulais pas t'inquiéter, et j'espérais que tout irait bien.

— Oh, mon Dieu… pas de souci. L'eau a coulé sous les ponts depuis lors.

— Oui.

Ils demeurèrent assis là pendant oh ! très longtemps. Le murmure des conversations dans la cuisine, le ronronnement d'un aspirateur au loin et les échos d'une discussion dans le bureau de Kolher leur parvenaient par intermittence.

Finalement Bouh, le chat noir, les rejoignit, et l'animal s'assit juste devant eux.

— Tu as quelque chose à nous dire, Bouh ? murmura Mary. Une bonne nouvelle ne nous ferait pas de mal.

Quelques miaulements lui répondirent, mais ils étaient difficiles à traduire. Puis Bouh reprit ses pérégrinations, visiblement pour s'occuper d'une affaire féline très importante.

— As-tu demandé à Marissa comment cela allait se passer ? interrogea Rhage. Tu sais… Et quand ?

Mary prit une profonde inspiration.

— Une assistante sociale est allée ce soir inspecter de nouveau la maisonnette de Ruhn. Il y aura aussi régulièrement des visites là-bas, mais V. a brillamment effectué toutes les vérifications préalables. Oh… et il s'avère que l'employeur de Ruhn gère aussi différentes écoles sur son domaine. Il est tout à fait d'accord pour aider Ruhn à faire intégrer un programme à Bitty. Ce serait fantastique.

— Elle ne connaîtra personne là-bas.

— Elle ne connaissait personne quand elle est arrivée dans cette maison. Mais elle s'est bien adaptée.

— Ils ne sauront pas ce qu'elle aime manger. Sa glace préférée… Elle est dans une phase menthe aux pépites de chocolat en ce moment.

— Elle le leur dira. (Mary se frotta les yeux.) Je l'aiderai à emballer ses affaires. Je pense qu'il vaut mieux qu'on ne fasse pas traîner davantage les choses que nécessaire. La transition sera déjà assez difficile pour elle sans qu'elle doive en plus rester dans le flou.

— Je ne resterai pas au deuxième étage. À la seconde où elle s'en va, je nous ramène dans notre ancienne chambre.

— Je pense que c'est une bonne idée. (Mary fit craquer son cou.) Pauvre Trez. Il va encore faire le yoyo.

— C'est le cadet de ses soucis en ce moment.

— C'est vrai.

Et, en effet, Mary se surprit à lutter pour ne pas tomber dans un abattement similaire à celui de l'ombre.

— J'irai travailler ce soir, se força-t-elle à dire. Je n'en ai pas le cœur, mais je vais le faire quand même.

— Moi aussi. Il y a une réunion à minuit pour discuter avec la classe de ce qui s'est passé hier soir.

— Est-ce que Peyton a survécu ?

— Oui, Manny nous a envoyé un message à tous. Cet enfoiré est un chirurgien brillant. Le volume de l'œdème cérébral a diminué, les constantes vitales sont bonnes. Le gamin n'aura pas l'autorisation de s'entraîner ou de se battre avant encore quelques nuits, mais il sera bientôt d'attaque. Novo lui a sauvé la vie.

— Je suis si heureuse que tout le monde s'en soit tiré.

— On est passé à un cheveu de la catastrophe.

Même s'il était temps pour elle de partir, Mary ne bougea pas. Elle se contenta de rester assise à côté de son mâle, et, quand il lui prit la main, elle reposa la tête sur son épaule.

Être laissée de côté était un genre de malheur très particulier.

Une fois qu'Elise eut enfilé son manteau et noué une écharpe autour de son cou, elle ouvrit la fenêtre près de la baignoire et se dématérialisa jusqu'à l'endroit où Axe l'attendait en centre-ville, leur lien de sang l'aidant à le localiser en un instant, même s'ils s'étaient mis d'accord sur l'adresse.

Quand elle reprit forme, il observait l'immeuble résidentiel comme s'il évaluait son intégrité structurelle.

— Allishon logeait au quatorzième étage, expliqua-t-elle après l'avoir salué d'un petit baiser. La porte d'entrée de son appartement est verrouillée, mais la terrasse est peut-être ouverte.

— Sais-tu de quel côté du bâtiment donne son appartement ? Cet endroit en compte des centaines.

Elle réfléchit à l'endroit où l'ascenseur s'était ouvert dans le couloir. La direction de celui-ci. Dans quel sens elle était allée.

— Face à l'Hudson. De ce côté-là.

— Faisons le tour, alors.

Tous deux longèrent la façade de la résidence jusqu'au coin, puis se glissèrent entre des buissons et filèrent le long du flanc du bâtiment jusqu'à atteindre l'arrière, qui donnait sur le fleuve.

Tordant le cou, elle dut écarter ses cheveux de son visage alors que des rafales de vent soufflaient dans son dos.

— Presque toutes les lumières sont allumées dans les appartements. (Elle compta les étages.) Mais, tu vois ? il y en a deux éteintes au quatorzième. En supposant qu'ils commencent la numérotation au rez-de-chaussée, l'une des deux doit forcément être la bonne.

— Je me fiche qu'on doive en essayer cinquante. Si on attire l'attention des humains, on effacera leurs souvenirs, voilà tout.

Elise opina du chef.

— Tu passes en premier ?

— Non, toi d'abord. Je préfère surveiller tes arrières tant que tu es au sol.

Avec un signe de tête, elle ferma les yeux et s'envola dans un nuage de molécules pour reprendre forme sur la terrasse d'un appartement plongé dans le noir, à trois fenêtres de l'angle de l'immeuble. Axe la suivit immédiatement et se matérialisa à côté d'elle.

Il y avait une porte-fenêtre coulissante et elle alla en saisir la poignée. Se préparant à une résistance, elle…

Oui.

— C'est verrouillé.

Axe se colla contre la vitre, les mains jointes en jumelles devant ses yeux pour regarder à l'intérieur.

— On dirait une habitation humaine normale. Pas une planque de vampire.

— C'est peut-être l'appartement suivant ?

— Essayons toujours.

Ils se dématérialisèrent sur la terrasse voisine, et sa première pensée quand elle se pencha vers la porte coulissante fut : *Impossible que ce soit l'appartement d'un vampire.* Même avec l'obscurité intérieure, elle avait l'impression que les rideaux étaient blancs et diaphanes, et n'empêchaient absolument pas le soleil d'entrer.

— Il y a une empreinte ensanglantée, là, dit Axe d'un ton lugubre. Sur le chambranle extérieur.

Lorsqu'elle jeta un coup d'œil à l'endroit qu'il désignait, le cœur d'Elise se mit à tambouriner, puis elle ferma les yeux. Au bout d'un moment, elle tendit le bras, saisit la poignée…

La fenêtre s'ouvrit sans difficulté, comme si le verre était presque soulagé d'être écarté.

— Je sens l'odeur du sang, dit-elle d'une voix rauque. C'est léger… et c'est celui d'Allishon.

Après avoir franchi le seuil, sa première impression de blancheur gagna en intensité. Même la moquette avait la couleur d'une feuille de papier. Tandis que sa vision s'adaptait à l'obscurité, elle se concentra sur le lit face à elle. Les draps avaient disparu. De même que les oreillers. Il ne restait plus qu'un dosseret et le matelas.

— Tu veux que j'allume ? proposa Axe.

— Oui, s'il te plaît.

Néanmoins, elle sursauta quand la lumière se répandit dans la chambre.

Oh… douce Vierge scribe ! il y avait des taches sur le matelas, la plupart au niveau de la tête, près du dosseret. Et il y avait des empreintes de pas brunes sur la moquette. Ainsi que d'autres salissures brunes sur le chambranle.

C'était comme si la violence avait été tamisée par le passage du temps, vidée de la plupart de ses caractéristiques.

Mais celles qui restaient étaient plus que suffisantes.

S'entourant de ses bras bien qu'il ne fasse pas froid, Elise traversa la chambre et déboucha dans un petit couloir. Le salon était également tout blanc, avec les mêmes rideaux vaporeux et des meubles assortis. La petite cuisine n'avait rien de remarquable, avec ses plans de travail propres et ses placards qui ne contenaient pas grand-chose. Le réfrigérateur était vide.

Pas de sang visible dans ces pièces. Mais ce n'était pas un soulagement, non.

— Elle venait ici pour se droguer, expliqua-t-elle à Axe qui arrivait du couloir. C'était apparemment son refuge pour faire la fête. Et puis une nuit… elle a ramené quelqu'un…

Pas seulement quelqu'un, se rappela-t-elle. Anslam. Un des leurs, et pas seulement parce que c'était un vampire, mais également parce que c'était un membre de la haute aristocratie.

Avait été, à tous points de vue.

Et à présent tous deux étaient morts.

Elise prit son temps pour explorer les lieux, sans savoir exactement ce qu'elle essayait de comprendre. C'était, supposait-elle, un exemple supplémentaire que même la meilleure connaissance au monde du fonctionnement des émotions n'était pas forcément d'une grande aide quand vos proches étaient à vif et blessés intérieurement.

Regagnant la chambre, elle se dirigea vers le placard. Il le fallait. Ce fut presque comme boucler la boucle quand elle pénétra dans le dressing et contempla… le vide.

Il n'y avait que quelques vestes suspendues aux portants et une robe de soirée chiffonnée en boule par terre.

Allishon avait dû venir ici après l'une de ces grandes soirées organisées par la *glymera*. Elle avait ôté son masque de civilisation. Avant de se mettre à…

— C'est si triste, murmura Elise en s'approchant pour ramasser la pièce de satin rouge.

Mais ce n'était pas une robe élégante. Le vêtement s'avéra être un manteau, avec une magnifique doublure et des boutons en nacre…

Comme elle allait le suspendre sur un cintre, elle sentit quelque chose cogner contre sa jambe.

— Ouille. (Elle scruta les plis du tissu, se demandant si quelque chose ne dépassait pas du manteau, ou s'il ne possédait pas une poche secrète.) Ah ! ça fait mal…

Elise fronça les sourcils quand elle sortit un gros morceau de métal noir de la doublure. Il avait une drôle de forme et pesait lourd, un peu comme une clé, mais pas vraiment.

— Est-ce que tu as trouvé quelque chose ? interrogea Axe derrière elle.

— Je ne sais pas. (Elle lui montra l'objet.) De quoi s'agit-il à ton avis ?

Quand il ne répondit pas, elle lui jeta un coup d'œil en faisant rouler la chose dans sa main.

— C'est peut-être une sorte d'arme d'autodéfense ? Mais on ne dirait pas qu'il y a une lame dedans ou… c'est peut-être une clé, sauf que ça n'ouvre aucune porte de ma connaissance.

— Je n'en sais rien. Mais je pense qu'on devrait y aller.

— Tu as raison.

Elle fut tentée d'emporter le mystérieux objet avec elle. Mais elle ne voulait pas avoir à fournir d'explications si on la surprenait avec, ni révéler qu'elle s'était rendue chez Allishon pour fouiller l'appartement.

Après avoir replacé le morceau de métal dans la poche du manteau, elle sortit du placard et referma la porte.

Se dirigeant vers un fauteuil rembourré, elle s'assit et contempla le lit.

— Merci de m'avoir accompagnée.

Même sans le voir, elle avait nettement conscience qu'Axe se tenait devant la porte-fenêtre par laquelle ils étaient entrés. Son large corps occupait presque toute la surface du panneau vitré.

— Je t'en suis vraiment reconnaissante. (Elle secoua la tête tandis qu'elle imaginait ce qui était arrivé dans cette pièce.) Je suppose… tu sais, qu'il fallait que je vienne ici.

— Oui.

— Je pense que je peux lâcher prise désormais. Je suis allée aussi loin que possible et suis arrivée à une impasse qui signifie « Stop » pour moi. Je dois à présent porter son deuil à ma façon. J'organiserai peut-être même une version allégée de la cérémonie de l'Estompe pour elle. (Elle prit une profonde inspiration.) C'est drôle, je me sens plus proche d'elle à présent que quand elle était en vie… et chaque deuil se vit de façon intime, n'est-ce pas ? Nous avons tous notre manière propre de pleurer nos défunts. Et c'était ma cousine. Proche ou non, elle était de mon sang et rien ne changera cela.

Axe demeura silencieux, mais c'était sans doute parce qu'il ne savait pas quoi dire, et elle pouvait comprendre cela. Sauf qu'alors il lui donna quelque chose de bien plus important que des mots.

Il s'approcha et s'agenouilla devant elle les bras ouverts.

Lorsqu'elle se pencha en avant pour se serrer contre lui, elle poussa un soupir de gratitude.

Parfois, on n'avait pas besoin de paroles réconfortantes.

Mais seulement que la bonne personne soit présente pour nous.

Chapitre 47

— Donc ça ne te dérange pas que je vienne chez toi ? demanda Elise un peu plus tard.

Axe et elle étaient de retour dans la rue, après avoir refermé l'appartement. Le souvenir de ces pièces souillées était gravé dans le cerveau de la femelle à jamais, même si une fragile quiétude bourgeonnait déjà dans son cœur.

— Axe ? répéta-t-elle dans le vent froid.

Son mâle secoua la tête comme s'il essayait de dégager de son esprit les images de l'appartement d'Allishon.

— Je suis désolé. Quoi ?

— Est-ce que tu es sûr que ça ne te dérange pas que je retourne chez toi ? Je te promets de seulement rester assise devant le feu, et sans doute de m'endormir.

— Ça me fait plaisir que tu sois chez moi, dit-il en lui replaçant une mèche de cheveux derrière l'oreille. J'aime l'idée de te savoir devant ma cheminée. Et ma réunion ne devrait pas durer trop longtemps.

— Je suis si heureuse que Peyton aille bien et se repose chez lui.

— Moi aussi.

— Encore merci de m'avoir accompagnée.

— Je suis à ton service pour tout ce que tu veux. (Axe l'embrassa en prenant son temps, puis il recula.) Laisse-moi t'escorter jusqu'au cottage, puis je m'en irai. Je dois être au point de rendez-vous dans cinq minutes.

Elle se dématérialisa rapidement et lui aussi, puis il l'accompagna à l'intérieur de la maison et insista pour lui allumer un feu, alors même que cela signifiait qu'il serait en retard.

— Il va geler cette nuit, dit-il en empilant des bûches sur le petit bois d'allumage qu'il venait de faire flamber. Tout cet air canadien venu du Nord va nous changer en glaçons.

Elle posa les mains sur ses joues rougies par le vent glacé.

— C'était aussi très venteux en centre-ville. Dis, écoute, je peux le faire.

— Je sais.

Bientôt, les flammes crépitèrent et il disparut dans le fond du cottage.

— Je verrouille la porte de derrière, cria-t-il depuis la cuisine. Et je veux que tu fermes à clé la porte d'entrée après mon départ.

Quand il revint dans le salon, elle était déjà assise devant le foyer sur le matelas, mais elle se releva.

— Compte sur moi.

— Appelle-moi s'il se passe quoi que ce soit d'anormal.

— D'accord.

— Mon pistolet de réserve est caché sous ce coussin du canapé, juste là. Il est chargé et la sécurité est ôtée.

— Je ne tirerai plus sur quoi que ce soit. Du moins pas avant longtemps, et seulement si c'est un serpent dans ma voiture. Maintenant, vas-tu t'en aller ? Tu vas rater le bus… et, oui, je serai nue à ton retour, ajouta-t-elle d'un ton langoureux.

Axe poussa un grognement.

— D'accord, voilà une belle motivation.

Après lui avoir donné un rapide baiser, il franchit la porte et cria depuis le jardin :

— Verrouille, ou je ne pars pas !

Elle s'esclaffa et alla tourner le verrou.

— C'est fermé ! Pars !

Elise revint sur ses pas et s'assit devant le feu, les jambes remontées sous le menton et les bras noués autour d'elle. Dans cette paisible solitude, elle songea à Troy et à son impatience de débuter ce séminaire avec lui après le nouvel an. Il s'était montré très compréhensif quand elle lui avait annoncé que, en dépit du fait qu'elle l'appréciait beaucoup, ils ne sortiraient pas ensemble, car elle venait de commencer une relation avec quelqu'un. Il avait presque semblé soulagé, disant que c'était sans doute pour le mieux, vu leurs liens professionnels.

Donc tout allait bien de ce côté-là.

Et Axe allait l'escorter en cours pour assurer sa sécurité. Elle était même enthousiaste à l'idée qu'il la voie enseigner.

Une rafale de vent frappa le cottage sur le côté, faisant siffler les volets et gémir la corniche du toit sur son passage. Quand une autre bourrasque survint, Elise se retourna pour regarder derrière elle. Elle avait l'impression d'être observée, mais… non.

Il n'y avait personne.

Un troisième violent coup de vent hurla dehors, et elle aurait juré qu'elle sentit le froid s'insinuer en elle. Mais c'était peut-être parce que son cerveau oscillait entre la véritable violence à laquelle elle avait assisté la nuit précédente dans cette ruelle, et celle qu'elle s'était imaginée à partir des traces qu'elle avait découvertes chez Allishon.

Même avec son manteau sur le dos, elle se refroidit.

Axe avait pourtant parfaitement préparé le feu, et, au moins, le devant de son corps avait chaud. Mais elle n'aurait sans doute pas refusé…

Elle se leva pour se diriger vers la chaise près de la porte d'entrée. Un beau jeté de canapé était posé sur le dossier, et, lorsqu'elle le prit, il sentait le corps d'Axe. Parfait.

À mi-chemin de la cheminée, quelque chose tomba des plis du tissu, et elle se pencha pour…

Tout d'abord, Elise n'en crut pas ses yeux.

À tel point qu'au lieu de ramasser l'objet elle s'agenouilla à côté.

Un morceau de métal. Peint en noir. De cette forme étrange qui ressemblait un peu à une clé, mais pas vraiment.

Son cœur se mit à cogner dans sa poitrine et elle regarda autour d'elle, ce qui était ridicule. Comme si les meubles ou les flammes dans la cheminée allaient l'aider à résoudre ce problème.

À savoir que, moins de quinze minutes plus tôt, elle avait regardé Axe en lui demandant s'il savait ce qu'était cette « clé », et qu'il lui avait répondu qu'il l'ignorait.

Laissant la couverture retomber par terre, elle la déplia complètement, et ne fut pas du tout surprise de découvrir qu'il s'agissait d'un manteau. Exactement comme celui d'Allishon…

Il y avait une grosse bosse sur un côté, et elle passa les mains dessus, se demandant si elle voulait aller plus loin. Mais, bien entendu, il le fallait. Le cœur battant à tout rompre, elle glissa la main et…

Avec un juron, elle lâcha le masque de crâne. Ce truc était abominable à voir, réaliste à en donner des cauchemars, et articulé au niveau des mâchoires pour qu'on puisse parler lorsqu'on le portait.

Ses mains tremblaient quand elle remit cette horreur en place. Puis elle se pencha pour inspirer profondément, et huma l'odeur d'Axe, mêlée à d'autres.

Qui lui donnèrent la nausée.

Des images et des souvenirs lui traversèrent l'esprit : elle se revit avec Axe, en train de discuter en bas, dans la cave ; elle revit également la première fois qu'il lui avait souri, quand il l'avait embrassée au restaurant et quand ils avaient fait l'amour devant cette même cheminée.

Il y avait peut-être eu une sorte de méprise ou bien autre chose qui expliquait son mensonge.

Forcément.

Après avoir replié le manteau, elle contempla le mystérieux objet métallique.

Oui, il y avait assurément une explication, mais elle avait soudain peur de l'entendre.

L'un dans l'autre, Peyton avait la belle vie.

Allongé sur son lit, chacun de ses moindres besoins était satisfait par le personnel domestique, et sa douleur contrôlée par de la morphine qui était, pour une fois, totalement légale. Et ça alors ! sa tête fonctionnait normalement – c'est-à-dire qu'elle dirigeait de nouveau son corps et était capable de générer un processus de réflexion raisonnable, du genre : oui, il voulait absolument voir les outsiders des Louisville Cardinals battre l'équipe masculine de Kentucky au basket.

Il avait parié un gros paquet à Vegas auprès de son bookmaker.

Mais il ne pouvait pas dire qu'il était heureux. Même avec un opiacé dans les veines.

Ces conneries avec Novo ne le lâchaient pas, et pas dans le bon sens du terme.

Le problème pour lui ne venait pas tant du fait qu'il se souciait de passer pour un connard. Merde ! si cela l'ennuyait, il se serait pendu dans le placard des années plus tôt.

C'était l'idée que Novo le prenne pour un connard qui le hérissait.

Merde ! il était peut-être encore plus vieux jeu qu'il n'avait cru. Il avait certainement tenu le même discours à Paradis quand elle lui avait appris qu'elle rejoignait le programme d'entraînement, et regardez comment ça s'était déroulé. Elle avait fini Primus, première recrue de la brutale sélection qu'ils avaient tous passée. Donc, ouais, il s'était trompé à son sujet.

Se trompait-il sur Novo ? sur les femelles en général ?

Il avait peut-être simplement besoin de coucher avec cette dure à cuire.

À l'instant où cette pensée le traversa, il se mit à bander, et ce ne fut pas une surprise. Il était attiré par elle depuis le premier jour.

Mais c'était Paradis qui avait son cœur, non qu'elle soit envisageable de quelque façon que ce soit avec Craeg dans les parages. Ce qui craignait car ils avaient développé un véritable lien lors des attaques, au fil de leurs nombreuses communications téléphoniques, quand ils étaient tous deux dans leurs refuges familiaux loin de Caldwell, isolés de tous hormis leur famille immédiate.

Il se fiait à elle comme il ne le faisait avec nulle autre personne.

Et il était attaché à elle comme il ne l'était à personne d'autre…

Le coup frappé à sa porte fut discret, trop discret pour venir du majordome, ou de cette infirmière aux bras de Popeye qui paraissait apprécier de le malmener quand elle lui changeait son pansement.

— Entrez…, dit-il en se redressant pour voir qui était son visiteur. Elise, salut ma grande. Qu'est-ce que tu fais ici… Que se passe-t-il ?

La femelle ne répondit pas. Mince! elle semblait incapable de parler. Elle se contenta de refermer la porte derrière elle et de rester plantée là, toute blême et bouleversée.

Sa première pensée fut qu'Axe lui avait fait quelque chose.

Et la seconde que, si cet enfoiré était coupable, blessure à la tête ou pas, Peyton allait castrer ce bâtard.

— Viens là, dit-il en tapotant son lit près de lui. Que puis-je faire pour toi ?

Mais elle préféra faire les cent pas dans la chambre, et mit un moment avant de parler.

— Tu m'as dit… au début…

— Qu'est-ce que je t'ai dit ? l'encouragea-t-il doucement. Continue, je t'en prie.

— Sur Axe… que je ne le connaissais pas vraiment.

Sale enfoiré.

— Oui, en effet. Que se passe-t-il ?

Elle glissa la main dans la poche de son manteau et en sortit un objet. Dès qu'il le vit, il fronça les sourcils.

— Qu'est-ce que tu fabriques avec ce truc ?

— Tu sais ce que c'est ?

— Oui, c'est un passe pour un club BDSM en centre-ville. *Les Clés*. Je n'en suis pas membre, mais j'ai déjà vu ces machins de temps à autre. Allishon en avait un et je lui ai une fois demandé ce que c'était.

— Ce n'est pas le sien. (Elise contempla l'objet.) Mais je suis allée à son appartement ce soir. Il le fallait… Axe m'a accompagnée. Quand j'ai découvert le passe de ma cousine, il a dit qu'il ignorait ce que c'était.

— Alors à qui appartient celui-ci ?

Peyton avait déjà deviné, mais il voulait la forcer à le dire.

— À Axe.

— Alors il t'a menti.

— Oui. (Elle secoua la tête.) J'ai découvert ça par hasard. C'était dans la poche de son manteau. J'ai aussi découvert un masque de crâne. Les deux lui appartiennent. J'ai senti son odeur dessus, et elle était fraîche.

Lorsqu'elle se tut et le dévisagea, Peyton se rendit compte qu'il avait atteint un moment décisif dans sa relation avec elle, et c'était étrange. Après la gifle psychologique qu'il avait ressentie en apprenant que Novo lui avait collé l'étiquette de « connard », il songea qu'il n'allait pas apprécier non plus de se montrer honnête si c'était ce qu'Elise voulait...

— Je veux que tu sois honnête avec moi.

Merde !

— D'accord.

— Est-ce que tu le voyais d'un mauvais œil parce qu'il est roturier, parce qu'il aime le sexe brutal... ou à cause d'autre chose ?

En notant qu'elle avait parlé au passé, il garda le silence. Même si les choses étaient loin d'être calmes dans sa tête, il n'arrivait qu'à entendre la voix de Novo, raillant sa théorie relativiste sur les mâles et les femelles, sa façon de juger les deux sexes selon des critères différents.

Et ça alors ! un éclair de lucidité frappa soudain son crâne de piaf : s'il pensait que les femelles qui couchaient avec n'importe qui étaient des putes, alors cela signifiait que c'était la faute de la femelle quand lui-même se montrait pervers et un peu cruel à l'égard de l'autre sexe. Après tout, si baiser était valable seulement pour les mâles et non pour les femelles, alors peu importe le nombre de personnes qu'il se tapait sans émotion, peu importe le nombre de cœurs qu'il brisait, personne ne pouvait le tenir pour responsable.

Parce qu'il était un mâle.

C'était la justification ultime et inattaquable quand on se comportait comme un connard.

Peyton ferma les yeux et reposa la tête sur ses oreillers moelleux. Tout bien considéré, vu qu'il avait pris une balle dans la caboche la nuit précédente, il aurait pu arriver à la même conclusion sans cet éclair de lucidité.

Principalement parce que la morphine, en dépit de son efficacité pour effacer la douleur physique, n'apaisait pas la brûlure émotionnelle au centre de sa poitrine.

Celle qui l'informait qu'il n'était pas un mec sympa. En dépit de son apparence. De son argent. De son éducation.

Novo avait raison : il n'était qu'un enfoiré.

— Bon sang ! chuchota-t-il.

— Je suis désolée. Je ne devrais pas te demander cela…

— Non, c'est bon. Ça va pour moi. Et pour toi.

Foutaises ! Elle était dans un état émotionnel lamentable et il avait l'impression que lui-même commençait à traverser une crise existentielle.

— Je devrais y aller.

— Non, dit-il brusquement en ouvrant les yeux. Écoute, je ne veux pas m'immiscer entre vous deux. Je l'ai fait hier soir, et cela a failli tous nous faire tuer… et, même s'il n'y a pas d'éradiqueurs dans le coin pour l'instant et que personne n'est armé, je… je vais essayer de ne pas me comporter comme l'abruti pétri de préjugés que je suis d'habitude.

Il allait devoir présenter ses excuses à Axe aussi.

— Novo… c'est cette femelle qui s'est battue avec nous hier soir, n'est-ce pas ? l'interrogea Elise.

Peyton opina du chef.

— Oui. Pourquoi ?

— J'avais oublié son nom. Mais tu me l'as présentée le premier soir où j'ai rencontré tout le monde au bar à cigares.

— Oui.

Les larmes montèrent aux yeux de sa cousine, sauf qu'elle se mit à renifler et à battre des cils tout en regardant le plafond.

— C'était son odeur sur le manteau. Je n'avais pas assemblé tous les morceaux du puzzle avant de me dématérialiser ici… mais je l'ai sentie dans l'unité de chirurgie mobile quand elle était avec nous. Je me rappelle ce qu'elle… (Comme Peyton détournait la tête, la voix d'Elise se raffermit.) Il était avec elle. Et récemment. Il y a une nuit ou deux.

Peyton garda la bouche fermée. C'était bizarre, pas plus tard que la nuit précédente il aurait sauté sur cette occasion de salir Axe.

Et il était jaloux… mais pas vis-à-vis d'Elise. Il était en rogne parce que cet enfoiré avait couché avec Novo.

— Écoute, reprit-il. Le seul conseil que je puisse te donner c'est de suivre ton instinct. Il ne se trompe jamais.

— Eh bien, ce qu'il me dit alors, c'est que, pendant que nous étions ensemble, il fréquentait ce club BDSM et couchait avec quelqu'un d'autre.

Peyton secoua la tête.

— Je savais que cette histoire se finirait mal pour toi. Je veux dire, merde ! j'ai conscience que vous étiez deux adultes consentants et tout, mais c'est exactement pour cela que je lui ai demandé de rester loin de toi.

D'habitude, il adorait avoir raison.

Mais non, pas ce soir.

Pas du tout.

Chapitre 48

Assise à son bureau du Refuge, Mary avait l'impression de ne rien faire.

Enfin, ce n'était pas tout à fait vrai. Elle était arrivée, de façon assez admirable, se disait-elle, à déplacer une pile de paperasse administrative du coin droit au coin gauche, notant au passage les erreurs grammaticales, typographiques et même les taches de café sur chacune des feuilles de ladite pile.

Vraiment, c'était du travail de pointe.

Oui. Elle avait repéré plusieurs « ces » au lieu de « c'est », un « leurs » à la place de « leur » et, la pièce de résistance, un « finalisé » plutôt qu'un « fini ».

Bravo!

S'adossant au fauteuil grinçant, elle essuya le tapis de souris d'un revers de la main et consulta l'heure sur son écran d'ordinateur. Bon sang! il était 3 heures.

Comme elle n'avait pas de nouvelles de Rhage, elle supposa que cette brève réunion avec les recrues à propos de la nuit précédente n'avait pas été si rapide que cela.

En prenant une profonde inspiration, elle sentit l'odeur de la pâte à cookies aux pépites de chocolat qui cuisait dans les fours en bas, et fut submergée d'une vague de tristesse. Elle se rappelait avoir essayé d'encourager Bitty à participer aux activités pâtisserie de la communauté juste après le décès de sa mère. Mais la fillette avait préféré rester assise dans la chambre du grenier qu'elle avait partagée avec sa *mahmen*, avec ses maigres possessions emballées dans ses valises cabossées, son tigre en peluche et la tête de poupée posée à côté d'elle sur le lit.

Ils ne connaissaient même pas son âge réel à ce moment-là.

Seigneur ! cela semblait remonter à un million d'années...

Son portable sonna et, quand elle consulta le message, elle espéra qu'il venait de Rhage. Elle avait besoin d'un prétexte pour partir...

Ce n'était pas de lui.

Alors que ses mains commençaient à trembler, elle se leva, replaça son chemisier dans son pantalon et enfila son manteau avec précaution. Puis elle ramassa son sac et son téléphone.

Au lieu de dire à tout le monde en bas qu'elle s'en allait, elle se contenta d'envoyer un message groupé pour les prévenir de son départ.

Ce n'était pas le moment pour elle de croiser quelqu'un et d'échanger des banalités, surtout avec les femelles compatissantes qui travaillaient ici et liraient en elle comme dans un livre ouvert.

Dehors, la nuit était terriblement froide, et cela lui sembla approprié à la situation. Une fois installée dans la Volvo, elle fit démarrer le moteur et parcourut plusieurs kilomètres avant qu'une chaleur appréciable sorte des bouches d'aération, mais ce n'était pas grave. Elle était trop engourdie pour ressentir le chaud comme le froid.

La maison d'audience du roi était assez loin, et pourtant elle parvint à destination bien trop vite à son goût. Mais bon, elle avait eu l'intention d'utiliser le temps du trajet pour se reprendre, sauf qu'en réalité elle aurait pu effectuer un aller et retour jusqu'en Californie et se sentir toujours aussi mal.

Juste au moment où elle sortait par le garage, Rhage se matérialisa.

Lorsqu'elle l'aperçut, elle eut la tentation de se jeter dans ses bras et de se remettre à pleurer, mais elle avait dépassé ce stade. Elle n'avait plus l'énergie nécessaire pour cela, même si les émotions dans sa poitrine demeuraient aussi intenses et dures à gérer.

— Viens, dit-il d'une voix morne. Finissons-en.

Ils entrèrent par la porte de derrière après avoir tapé le code sur le clavier du système de sécurité, puis traversèrent la cuisine et se dirigèrent vers la bibliothèque.

Quand ils pénétrèrent dans la pièce majestueusement décorée, ils découvrirent Bitty assise sur le canapé devant le feu. À côté de son oncle.

Mince ! leur ressemblance était frappante.

Ne pleure pas, s'intima Mary en se forçant à sourire. *Ne fais pas éprouver un seul soupçon de culpabilité à Bitty dans cette histoire.*

C'est toi l'adulte. Elle est la victime de violence domestique, elle est orpheline, et c'est une enfant.

N'empire pas les choses.

Bien entendu, ce discours intérieur ne changea rien à ce qu'elle éprouvait. Mais, au moins, ce ferme sermon l'empêcha de s'effondrer.

Marissa était assise à côté des deux parents et se leva avec une grâce enviable.

— Merci d'être venus.

Comme s'ils étaient une tierce partie extérieure assistant à un rendez-vous dans le bureau d'un avocat. Pour, par exemple, un problème de clôture entre deux voisins.

Sauf qu'ils étaient bien une tierce partie, se rappela Mary.

Sans qu'ils sachent comment, Rhage et elle réussirent à s'asseoir sur le canapé face à Bitty et Ruhn. Des choses furent dites. Qui savait quoi. Et Rhage resta aussi silencieux qu'elle.

Seigneur ! elle était incapable de soutenir le regard de Bitty plus d'une seconde ou deux, et elle devait faire en sorte de changer cela…

— Alors, Ruhn ? ou Bitty ? suggéra Marissa. L'un de vous deux souhaiterait-il s'exprimer à présent ?

Il y eut un long silence, et ce fut Mary qui le rompit. Regardant la fillette droit dans les yeux, elle dit d'une voix qui ne se brisa presque pas :

— C'est bon, Bitty. Tout va bien, tout ira…

— Alors vous allez le laisser s'installer ici ? répondit l'enfant. Et vivre avec nous ?

Mary cligna des yeux.

— Pardon… quoi ? (Elle secoua la tête.) Je te demande pardon ?

Bitty regarda son oncle.

— Je voudrais qu'il vienne vivre avec nous trois. Et il est d'accord. Il n'a pas besoin d'être adopté comme vous le faites avec moi. Mais il n'a pas de famille et, nous, nous avons une grande famille, et père dit toujours que plus on est de fous, plus on rit. Et nous vivons dans une grande maison. Il y a de la place. Ruhn peut donner un coup de main, vous savez. C'est son travail.

Mary secoua de nouveau la tête. Ouvrit et referma la bouche.

— Qu… quoi ?

Rhage se pencha en avant.

— Je suis désolé, qu'est-ce que tu racontes ?

Ruhn se racla la gorge.

— Rien ne me retient en Caroline du Sud. Bitty est ma seule famille et un nouveau départ me ferait le plus grand bien… Je ne suis pas obligé de vivre avec vous tous…

— Si, bien sûr que si. (Bitty le regarda de nouveau et parla d'un ton ferme.) Nous avons une grande maison. Nous avons un chat et un chien. Tu aimes les animaux. Tu vas venir vivre avec nous et mes parents s'assureront que tu aies du travail… Maman ? que se passe-t-il ?

Mary n'était plus en état de répondre. Pas avec les larmes qui lui coulaient sur le visage, sa respiration coupée et l'impression que tout son corps était sur le point d'exploser.

Enfouissant la tête dans ses mains, elle se sentit si submergée par l'émotion qu'elle ne put que rester assise là et pleurer.

Lorsque la petite reprit la parole, sa voix était tout près d'elle.

— Tu vas l'aimer, maman. Je te le promets.

Tout ce que Mary put faire fut d'ouvrir les bras et d'y attirer sa fille. Il n'y avait pas de mots, absolument pas de mots du tout pour décrire sa joie.

Attendez. Non, il y avait :

— Je sais que je vais l'aimer.

La première pensée de Rhage fut qu'il s'agissait d'un rêve. Il était finalement en train de rêver et, bien entendu, son inconscient lui présentait un monde fantasmé où tout se finissait bien. Oui, à tout instant, le réveil risquait de sonner et ils seraient de retour en enfer.

Sauf qu'aucune sonnerie électronique ne retentit.

Rhage tendit la main, bien conscient que Bitty et Mary s'étreignaient et parlaient, et que sa *shellane* pleurait.

Le guerrier en lui, la partie qui avait été affûtée par les innombrables désastres rencontrés au cours des innombrables affrontements auxquels il avait participé pendant la guerre n'était pas plus prête à croire à cette histoire que lui-même au Père Noël descendant par la cheminée.

Il se leva et fit un signe de tête à Ruhn.

— J'aimerais vous parler. Seul à seul.

L'oncle n'hésita pas une seconde et se redressa de toute sa hauteur.

— Où vous voulez.

Naturellement, personne ne le laisserait seul avec le mâle. Viszs, dont Rhage ne s'était même pas aperçu de la présence dans la pièce, les accompagna alors qu'ils débouchaient au fond du vestibule et refermaient les portes de la bibliothèque.

Mais Rhage n'était pas sur le point de… eh bien, s'enrager.

Il parla d'un ton égal, sans quitter le type des yeux.

— Je croyais que vous étiez venu l'emmener.

Celui-ci hocha la tête.

— C'est ce que je comptais faire.

— Alors qu'est-ce qui a changé ? Et réfléchissez attentivement avant de me répondre. Parce que ma *shellane* saigne à mort là-dedans. Encore. Et je commence à en avoir sacrément marre de la voir pleurer.

Ruhn s'écarta, mais ne se déroba pas. Il se mit à faire les cent pas, parce que son large corps semblait visiblement incapable de contenir ses émotions.

— Oui, je voulais la ramener avec moi en Caroline du Sud. Vraiment. Et je ne présenterai mes excuses ni à vous, ni à personne d'avoir voulu rendre justice à ma lignée. Mais ensuite je suis arrivé ici… et on m'a seulement dit qu'elle était dans une famille d'accueil. J'ignorais que vous aviez lancé une procédure d'adoption jusqu'à récemment. Vous m'avez plu tous les deux, sincèrement, et il était évident qu'on s'occupait bien de Bitty. Mais la nuit dernière… quand vous avez franchi cette porte après vous être fait tirer dessus… (Il désigna l'entrée de la demeure.) Vous avez, malgré cela, frénétiquement débarqué ici pour les aider. Et quand Bitty vous a aperçu elle était terrifiée et soulagée. Puis tous trois vous êtes retrouvés. Ici même.

Le mâle se dirigea vers l'endroit désigné et s'y arrêta.

— Je vous ai observés tous les trois ensemble, et je me suis dit : *C'est une famille. Ici même.* C'est… ce que j'espérais pour ma sœur, tout en sachant qu'elle ne l'aurait pas avec son mâle. C'était ce que j'avais espéré apporter à Bitty… mais elle l'avait déjà, vous voyez. Avec vous. Elle m'a raconté comment vous l'avez accueillie. Ce que vous lui avez appris au sujet des films, des voitures et de la vie. L'affection que Mary lui manifeste. Comment Mary a pris soin de ma sœur dans cet endroit destiné aux femelles battues. Comment vous êtes restés tous les deux avec elle pendant qu'on réparait ses os… et elle m'a aussi parlé de votre bête. Et au fait, waouh ! c'est tout ce que je peux en dire. (Ruhn secoua la tête.) Elle a parlé sans arrêt de vous deux. Elle vous aime comme son propre sang. Et mon lien de parenté avec elle ne suffit pas à justifier que je brise une famille. Tout simplement.

Rhage resta planté là à cligner des yeux comme un idiot.

— Alors…

— Je signerai ce que vous voulez. Vous savez, pour que votre adoption soit légale. (Le mâle leva les mains.) Et, franchement, je n'ai pas à m'installer chez vous ou quoi que ce soit de ce genre. Je ne veux pas m'imposer. C'est son idée à elle… mais j'aimerais… je ne sais pas, une fois que la procédure d'adoption sera achevée, que vous me laissiez la voir peut-être tous les deux, trois ans…

Rhage n'eut pas conscience de bouger. Mais tout à coup il se retrouva à serrer le mâle dans ses bras, si fort que les muscles de ses épaules et de ses bras saillirent.

— Vous allez venir vivre avec nous à la demeure. (Il s'écarta de Ruhn, mais dut ensuite le rattraper, car celui-ci titubait dans ses chaussures de sécurité.) Et on va vous trouver un boulot. Et vous allez rester avec nous. Et ça va se passer ainsi.

Ruhn parut perplexe.

— Euh…

Viszs prit la parole.

— Kolher doit d'abord donner son approbation. Les contrôles de sécurité ont été effectués, mais le roi devra y réfléchir.

— Ça ira. (Rhage remonta son pantalon en cuir.) Ce sera génial…

Ruhn se frotta le front comme s'il était douloureux.

— Attendez, je vous suis reconnaissant, et tout. Mais pourquoi faire cela ? Je ne suis rien pour vous. Je ne suis personne.

— Foutaises ! rétorqua Rhage. Tu es de la famille.

Chapitre 49

Eh bien, voilà qui était drôle, se dit Axe en descendant enfin du bus avec Novo, Boone, Paradis et Craeg. La réunion s'était éternisée. Au cours de cette dernière, on avait mis en place de nouvelles procédures à leur intention lorsqu'ils iraient sur le terrain en centre-ville, de nouvelles armes avaient été essayées et commandées, et, pour finir, on leur avait fait réviser les techniques de défense jusqu'à ce que leur tête explose et que lui-même ait envie de hurler.

Mais au moins les frères n'avaient pas renoncé à ce que les recrues affrontent l'ennemi. Pas du tout.

La bonne nouvelle ? Maintenant, il pouvait rentrer en vitesse chez lui auprès d'Elise.

Après un rapide « au revoir » jeté par-dessus son épaule, il se dématérialisa puis reprit forme dans son jardin. En sentant l'odeur du feu et celle de la femelle, il sourit.

C'était incroyable de découvrir le bien-être qu'une personne pouvait apporter dans votre vie. Comment sa présence remplissait votre vide intérieur et vous donnait le sentiment d'être plus fort et plus serein en même temps.

Il gravit le perron et toqua à la porte, en étant plus qu'impatient qu'elle lui ouvre…

Quand elle ne le fit pas, il fronça les sourcils. Toqua encore. Puis sortit un trousseau de clés qu'il n'aurait jamais cru avoir besoin d'utiliser un jour. Poussant le battant, il…

La première chose qu'il remarqua, ce fut qu'Elise n'était pas assise devant la cheminée, sur les couvertures où ils avaient fait l'amour.

Elle était sur le canapé, presque hors de portée de la chaleur du feu.

La seconde chose qui le fit tiquer fut que le manteau qu'il portait aux *Clés* était posé sur ses genoux.

Axe referma lentement la porte.

Quand elle se tourna vers lui, elle soutint calmement son regard. Mais son visage était fermé, sans émotion visible, comme si la vie avait soudain déserté ses prunelles et son expression.

— Qu'y a-t-il ? demanda-t-il d'un ton égal.

Il croisa les bras et s'adossa à la porte. Dans sa tête, une litanie d'« Elle te quitte, elle sait, elle te quitte, elle sait… que tu seras exactement comme ton père » démarra, chantée faux et à contretemps par un mauvais chœur, le genre de truc qui allait le rendre dingue.

— J'ai trouvé ceci, dit-elle en lissant des mains les plis noirs du manteau. Et j'ai découvert ce qu'il y avait dedans. Le masque… et la clé.

« Boum, boum, boum, boum… »

Il regarda par-dessus son épaule, croyant, l'espace d'une seconde, qu'un visiteur frappait à la porte de la cuisine pour entrer dans le cottage.

Non. C'était seulement son cœur qui tambourinait dans sa poitrine.

— Je… euh… cela fait plusieurs heures à présent que je réfléchis, assise ici. (Elle se gratta la base du nez.) Que je passe en revue dans ma tête tout ce que je pourrais te dire. Les questions que je pourrais te poser, du genre : comment as-tu pu te tenir devant moi chez Allishon et faire comme si tu ne savais pas ce que j'y avais découvert. Comment as-tu pu me mentir…

Elle s'arrêta quand sa voix monta dans les aigus et se fit plus pressante, et parut se reprendre.

— Alors je suis allée chez Peyton, juste après avoir trouvé ta clé… et j'ai découvert que tu m'avais menti.

— Génial, marmonna-t-il.

Il ne pouvait qu'imaginer à quel point le mâle avait du se délecter à le dénigrer devant Elise en lui racontant toutes sortes de…

— Il a refusé d'aborder le sujet avec moi. Il n'a pas vraiment dit grand-chose. Et je respecte sa volonté de rester en dehors de cette histoire. Je n'aurais jamais dû le placer dans cette situation pour commencer. Mais j'ignorais où aller et, parfois, quand les gens sont bouleversés, ils ne font pas les meilleurs choix.

Axe attendit, sachant que le couperet allait tomber, et ce fut le cas.

— Et je suppose que… c'est ma conclusion. (Elle désigna l'espace entre eux d'un geste de la main.) La nuit où je t'ai rencontré, j'avais décidé de sortir avec Troy. C'était une de ces décisions prises sur un coup de tête. Ce que je comprends à présent, c'est que la mort d'Allishon et le traumatisme psychique que cela a engendré dans ma famille ont érodé des pans de mon être dont je n'avais pas conscience qu'ils s'affaiblissaient. Je me débattais, à la recherche d'un exutoire… et c'est alors que je t'ai rencontré. Je me suis jetée dans cette histoire – quelle qu'elle ait été – entre nous tête baissée et de façon incontrôlée.

Et voilà, se dit-il. Elle avait parlé au passé.

Elle avait employé « ait été ». Pas « soit ».

— Et au bout du compte tu ne me dois rien, conclut-elle. Nous ne sommes pas en couple. Le fait que tu aies couché avec Novo dans ce club et qu'ensuite tu sois revenu ici pour coucher avec moi…

— Attends, qu'as-tu dit ? s'écria-t-il. Quand est-ce censé être arrivé ? Si tu dois réécrire l'histoire, donne-moi au moins une chronologie, que je puisse suivre.

Elise lui lança un regard ennuyé.

— Tu l'as emmenée au club. Il y a deux nuits. Et ne prétends pas le contraire. J'étais là quand elle t'a appelée et que tu as voulu t'assurer qu'elle était bien rentrée. Sur le coup, je n'ai pas additionné deux et deux, parce que je ne me rappelais pas du nom de la femelle qui était avec toi le soir de notre rencontre.

— Je n'ai pas couché avec elle. Ni cette nuit-là, ni une autre.

— C'est peut-être vrai. Mais je ne peux plus te croire. Je ne peux plus rien croire de ce que tu me dis. Tu ne m'as même pas corrigée quand j'ai parlé d'elle au masculin. Tu m'as menti en disant que tu ignorais ce qu'était cette clé chez Allishon. Comment puis-je être sûre que tu dis la vérité ?

Axe éclata d'un rire dur.

— Je t'ai confié des choses que je n'ai jamais dites à personne.

— Vraiment ? ou n'était-ce qu'une comédie destinée à t'attirer ma sympathie, afin de gagner déloyalement ma confiance ?

— Tu te fous de moi ?

Elle haussa les épaules.

— C'est le problème quand on ment, Axe. On le fait une fois, et l'autre n'est plus en mesure de distinguer les mensonges des vérités. Je viens d'une famille où le mensonge et le non-dit règnent en maîtres. Je refuse de plonger dans ce monde de ténèbres avec le mâle dont je partage l'intimité. Surtout, je ne le ferai pas. Je te l'ai dit dès le départ, l'honnêteté est la chose qui compte le plus à…

— L'honnêteté ? Tu veux parler d'honnêteté ? Depuis combien de temps tu t'esquivais dans le dos de ton père ? Et tu n'as été franche avec lui au sujet de tes escapades qu'après t'être fait surprendre. Tu as échangé ton téléphone avec celui de ton meilleur pote Peyton pour que personne ne sache où tu te trouvais quand tu étais avec moi. Tu es entrée par effraction dans l'appartement de ta cousine. (Il la pointa du doigt dans l'atmosphère tendue.) Tu veux faire de moi un enfoiré, très bien, vas-y. Mais ne prétends pas une seconde être un parangon de vertu et de moralité. Parce que ce sont des conneries, mon cœur. La seule différence entre nous, c'est que moi je ne te juge pas et que je ne tire pas de conclusions hâtives sur toi.

Elise regarda le feu mourant. Au bout d'un moment, elle hocha la tête.

— Tu as parfaitement raison.

— Merci de ton approbation. C'est très important pour moi. (Elle se leva en laissant le manteau de côté et en déposant la foutue clé dessus.) Mais cela ne change rien. En réalité, je ne t'en veux pas d'avoir couché avec Novo, d'être allé au club ou de jouer les idiots…

— Tu en es sûre ?

— Oui. (Elle lui fit face, et, vu la façon dont elle le dévisagea, il sut sans hésiter que c'était la dernière fois qu'ils se retrouvaient dans un espace clos ensemble.) Je suis en colère contre moi-même. Je m'en veux de ne pas m'être rendu compte que je compensais mes névroses familiales en me lançant dans une relation physique irréfléchie.

— Ouais, on dirait que tu as tout compris. Tu l'as même formulé dans un joli petit discours de psy. Tant mieux pour toi.

Oui, il parlait comme un fils de pute amer, mais qu'était-il censé faire d'autre, bordel ! Elle l'avait jugé et condamné ; tout était fini, emballé. Et il allait atterrir dans le couloir de la mort.

Parce que c'était ce que serait la vie sans elle.

Une mort lente.

Elise secoua lentement la tête et enfila son manteau.

— Je n'aurais pas dû plonger dans quoi que ce soit avec quelqu'un. Et, comme je te l'ai dit, je ne t'en veux pas. Tu ne me devais rien. Ce n'est pas comme si nous avions eu une grande discussion sur la monogamie avant que tu ailles coucher avec d'autres personnes. Je ne te connais que depuis une semaine, donc... voilà, j'ai appris la leçon.

Axe étrécit les yeux.

— Et qu'est-ce que tu as appris, exactement ?

— Que la seule personne à laquelle on peut vraiment se fier, c'est soi-même. Et tant qu'on se souvient de ça on se porte bien. Peu importe ce qui arrive.

Quand Elise eut terminé son discours, elle regarda Axe à l'autre bout de la pièce, et eut l'impression de se trouver face à un étranger.

Ce qui était en réalité plus juste que l'illusion de proximité et d'intimité induite par les géniales relations sexuelles qu'ils avaient eues ensemble. Mais allons, la Vierge scribe, lorsqu'elle avait créé l'espèce, avait correctement fait les choses. Vu que la grossesse pouvait être une conséquence du sexe durant une période de chaleur, que porter un enfant était mortellement dangereux et l'élever difficile, le mâle et la femelle devaient vraiment avoir envie de conclure pour que l'espèce survive.

Autrement, personne ne prendrait ce risque. Jamais.

La tension et l'expression sexuelles constituaient donc des motivations puissantes, mais potentiellement destructrices quand ce qui rendait la procréation possible au sein de l'espèce était mis en œuvre dans une liaison banale entre deux personnes qui, en dehors de cela, n'avaient rien à faire ensemble.

Elise en était la preuve vivante.

Et, oui, elle aurait préféré laisser éclater devant Axe les sentiments de douleur, de rejet et de trahison qui la dévoraient intérieurement. Elle aurait préféré lui hurler et lui crier après, voire lui jeter quelque chose au visage, ou le frapper, peut-être. Mais elle savait fort bien qu'en agissant ainsi ce ne serait de sa part qu'une manœuvre de persuasion, une forme de négociation, ajoutée à la volonté de le punir. En lui révélant ses sentiments, elle chercherait seulement à lui faire faire volte-face et à redevenir celui qu'elle avait cru qu'il était.

Mais qu'est-ce qu'elle racontait ? Quand quelqu'un vous montrait qui il était, il fallait le croire tout de suite.

La véritable nature d'Axe avait fini par se révéler. Mais seulement parce qu'il avait commis une erreur et s'était fait prendre par un hasard de faits et de circonstances.

Elise avait enterré Allishon ce soir. Et, à présent, elle faisait de même avec cette… histoire… entre Axe et elle, au côté de sa cousine.

— Voilà donc tout ce que j'ai, reprit-elle. Je vais y aller, maintenant. Je te souhaite le meilleur, et je ne parlerai plus jamais de ceci à quiconque. Mais fais comme tu le sens. Je n'ai pas besoin que tu me protèges. Je suis une grande fille, et, s'il y a des répercussions, je les affronterai.

Parce qu'en réalité son histoire avec lui n'était pas la seule chose qu'elle avait ruminée tandis qu'elle était assise ici, seule, à attendre son retour.

Elle était parvenue à d'autres conclusions.

— Au revoir, Axe.

Elle tremblait un peu lorsqu'elle l'approcha, mais pas parce qu'elle avait peur qu'il lui fasse du mal ou lui débite une horreur : la proximité était simplement difficile, car, même si son esprit avait changé d'avis sur lui, sa forme corporelle désirait toujours la sienne.

Mais cela n'arriverait plus jamais.

— Je crois que tu as vraiment choisi le bon champ d'étude, dit-il en s'écartant de la porte pour la laisser passer.

— Je te demande pardon ?

Il tourna les yeux vers elle.

— Tu feras un excellent professeur. Tu es douée pour les discussions à sens unique, et tu as toutes les réponses. Tu m'as collé un zéro, exclu du cours, et tu es prête à accueillir le prochain élève. Et tu te trouves géniale.

— Non, répondit-elle doucement. Pas géniale. Mais la pire idée fausse dont les gens se persuadent eux-mêmes, c'est qu'ils devraient toujours être heureux.

— Je n'y ai jamais cru. Et tu viens de prouver mon point de vue là-dessus.

Il se pencha de côté et ouvrit la porte, puis il s'éloigna sans un regard en arrière.

Ce qui n'était pas plus mal.

Elle ferait de même.

Une fois dehors, Elise se dématérialisa jusque chez elle et, après être entrée par la porte principale, se dirigea tout droit vers le bureau de son père. Toquant au battant fermé, elle attendit un instant, puis entra sans avoir de réponse.

Il était, comme toujours, à sa table de travail. Vêtu impeccablement. Brassant du papier. Travaillant à des investissements.

— Eh bien, bonsoir, ma fille. Comment te portes-tu ?

Elise coupa court au préambule et s'assit sans y avoir été invitée.

— Je déménagerai dès que j'aurai trouvé un endroit convenable où vivre. J'ai de l'argent que *mahmen* m'a laissé, et je vais également faire davantage d'heures à l'université pour augmenter mon salaire. J'aimerais rester ici pendant que j'effectue ma recherche d'appartement, mais, si cela vous met mal à l'aise, je trouverai un logement transitoire.

Comme son père lâchait son stylo, bouche bée, elle hocha la tête.

— Et, oui, ma décision est prise. Je suis désolée si cela vous cause du chagrin ou de l'embarras, et j'aimerais vraiment continuer à entretenir une relation avec vous. Bien entendu, c'est votre choix, et si vous devez prendre temporairement ou même définitivement vos distances avec moi cela me brisera le cœur, mais je comprendrai.

Puis elle se leva.

— Je dois vivre ma vie, selon mes conditions, et ce n'est pas une chose pour laquelle vous, ou qui que ce soit d'autre, puissiez m'accorder ou me refuser la permission. Cela dépend de moi, et de moi seule. Et en réalité… cela me convient parfaitement.

Chapitre 50

Le soir suivant, vers minuit, Mary se tenait en retrait et observait Bitty guider Ruhn dans le hall d'entrée et le grand vestibule colorée de la demeure de la Confrérie de la dague noire.

L'oncle de la petite avait de nouveau été reçu par Kolher la nuit précédente, mais, cette fois-ci, tous les mâles de la maison avaient également assisté au rendez-vous, et il apprit ce qu'était un interrogatoire serré. Le pauvre faisait une tête de moins une fois les entretiens finis, et Mary et Bitty avaient pratiquement dû le glisser dans un des lits du sous-sol d'Audaszs.

Puis il y avait eu le voyage vers le sud, juste après le coucher du soleil. Ruhn, Rhage et V. étaient descendu là où le mâle vivait pour discuter avec son employeur, qui n'avait pas exigé de préavis. L'oncle de Bitty possédait si peu d'affaires personnelles que tous trois avaient pu remplir quelques sacs, et dématérialiser le tout jusqu'à Caldwell en se déplaçant par bonds successifs de cinquante à cent kilomètres.

— N'est-ce pas magnifique ! s'écria la fillette en lâchant la main du mâle pour se mettre à sautiller devant lui. Et ne t'inquiète pas, tu vas t'habituer à tout ce luxe. C'est promis !

Ruhn avait l'air d'avoir le vertige tandis que son regard virevoltait des dorures aux colonnes en passant par les cristaux.

— C'est… Eh bien, j'ai travaillé dans une grande demeure. Mais rien de comparable à celle-ci.

Bitty lui reprit la main et l'entraîna dans la salle de billard.

— Viens voir les tables !

Pendant que tous deux s'éloignaient, Rhage passa un bras autour des épaules de Mary et chuchota :

— Son logement était propre comme un sou neuf, ma Mary, mais il n'y avait rien. Rien qu'un lit et une table avec une seule chaise. À te briser le cœur, putain… mais il était prêt à faire en sorte que cela fonctionne avec Bitty. Son employeur m'a appris que Ruhn comptait augmenter ses heures pour scolariser la petite sur le domaine. Il était prêt à faire de son mieux.

À cet instant, le carillon retentit à la porte d'entrée, et l'humaine jeta un coup d'œil sur l'écran de surveillance.

— Oh ! c'est Saxton. (Elle alla ouvrir au juriste du roi.) Tu viens te joindre aux festivités ?

L'avocat blond était parfaitement vêtu, comme toujours, d'un costume sombre souligné par une chemise corail et une pochette, sans oublier sa cravate, soigneusement nouée autour du cou. Et oh ! doux Jésus, il sentait bon.

Et aussi, oh, doux Jésus ! c'était formidable d'avoir le cœur assez léger pour remarquer ce genre de chose.

Depuis que Ruhn et Bitty avaient proposé « le Projet », comme Mary l'appelait, elle avait l'impression qu'on lui avait rendu la vie. C'était incroyable. Tout était revenu à la normale, presque comme si la douleur, la peur et l'incertitude n'avaient jamais existé.

Et c'était drôle, même si Mary n'avait personnellement pas connu l'expérience de mettre un enfant au monde, elle décida qu'elle venait de vivre l'équivalent sur le plan émotionnel : elle avait été hors de contrôle, dans la souffrance qui l'avait broyée des jours durant lorsqu'elle s'était retrouvée coincée et terrifiée dans ce cauchemar qui semblait sans fin. Puis il y avait eu des larmes, et une cruelle séparation, pour, au bout du compte, serrer sa fille dans ses bras, à l'abri, dans cet univers nouvellement rétabli, avec l'impression que sa vie était plus complète que jamais parce que la transition était achevée et que tout le monde allait bien de ce côté-là de l'existence.

C'était un miracle, et la souffrance, au lieu de les éloigner l'une de l'autre, Bitty et elle, n'avait fait que renforcer leur lien.

— En fait, j'ai apporté les papiers réclamés par Ruhn, répondit Saxton.

Quand l'avocat sortit des feuilles pliées de la poche intérieure de sa veste, Mary eut parfaitement conscience que Rhage et elle se figèrent aussitôt.

— Il n'a plus qu'à les signer, expliqua gentiment l'avoué.

— Signer quoi ? demanda le mâle, qui revenait dans le vestibule avec Bitty. Oh ! Oui, Avec plaisir.

Quand il parla, Saxton se retourna et marqua un temps d'arrêt.

— Vous vous êtes déjà rencontrés, mais n'avez pas encore été présentés l'un à l'autre, n'est-ce pas ? dit Mary. Saxton, voici l'oncle de Bitty, Ruhn. Ruhn, voici Saxton, le gardien de nos lois, mais aussi un fin stratège et une personne formidable à tous égards.

Saxton dévisagea le mâle, qui s'inclina très bas.

— Messire.

Il y eut un silence. Puis l'avocat tendit la main.

— Je vous en prie. Saxton, c'est tout.

Ruhn observa ce qu'on lui offrait d'un air désorienté.

— Mes… euh… mes mains sont calleuses.

— Mais bien entendu, murmura Saxton en laissant retomber son bras. Souhaiteriez-vous relire ces documents et y apposer votre signature ?

Un ange passa, et l'humaine reprit la parole.

— Es-tu certain de vouloir…

— Oui, répondit Ruhn. Il faut que les choses soient clairement établies, au cas où il faudrait prendre des décisions, ou si Bitty est incapable de communiquer pour cause de maladie.

Bizarrement, Mary sentit de nouveau les larmes lui monter aux yeux. Puis elle se souvint des restrictions légales que ces papiers entraîneraient sur les droits du mâle.

— Mais tu dois savoir ce que ça dit.

— Ça dit que vous êtes ses parents, non ?

— En effet, chuchota-t-elle.

— Alors je vais signer.

— C'est très avisé, intervint Saxton. Allons dans la bibliothèque, et venez aussi tous les deux.

— Par ici, indiqua Mary à Ruhn, tout en marchant sur la représentation d'un pommier en fleur. Rhage ?

— Je suis juste derrière. Bitty, laisse deux secondes aux adultes, OK ? Va trouver Lassiter et donne-lui un coup de pied aux fesses pour moi, veux-tu ?

— C'est parti ! s'écria la fillette, qui s'élança comme une flèche à la recherche de l'ange.

Une fois dans la bibliothèque, Mary referma les battants et remarqua que Ruhn observait le sapin décoré.

— Oh ! c'est notre installation de Noël. Je suis humaine, ou plutôt je l'étais, tu sais. Euh… c'est une longue histoire.

Ce qui lui fit penser à quelque chose…

— Peux-tu me lire les papiers ? lui demanda Ruhn. S'il te plaît ?

— Oh… oui. Oui, bien entendu. (Elle prit le document à Saxton, et tous s'installèrent devant le feu.) C'est… (Elle dut s'éclaircir la voix tandis qu'elle montrait les pages au mâle.) C'est un abandon de tous tes droits parentaux sur Bitty. (Elle désigna plusieurs endroits.) Tu vois, là, c'est ton nom. Et là celui de Bitty. Ce passage ici indique que tu renonces pour toujours à exercer la moindre tutelle sur elle, physique ou administrative, ou à réclamer le moindre bénéfice qui pourrait lui revenir, ou à être consulté dans les décisions affectant sa vie. Sais-tu… Je veux dire, une fois que ce sera signé, ce sera définitif. Tu ne pourras pas le contester.

Ruhn contempla le papier, puis désigna son nom.

— C'est mon nom, juste là.

— Oui.

— Le sien… est là.

— Oui, tout à fait. (Il fixa encore un long moment le regard sur les mots.) C'est bizarre, c'est la seule fois que nos deux noms seront associés.

Mary ravala un nœud dans sa gorge.

— Ruhn, tu n'es pas obligé de…

— Quelqu'un a-t-il un stylo ? demanda ce dernier.

Saxton, qui semblait un peu ému, même s'il essayait de ne pas le montrer, en présenta un en or.

— Tenez, prenez le mien.

Ruhn prit le stylo et parut stupéfié par l'objet. Puis l'inquiétude prit le relais en lui.

— Je ne peux pas… Je n'ai pas vraiment de signature. Je ne sais même pas comment écrire mon nom.

— Une marque suffira, reprit Saxton d'une voix douce. Et j'attesterai que c'est vous qui l'avez faite en signant juste en dessous. Posez-la ici.

Ruhn hocha la tête quand l'avocat lui désigna une ligne aux trois quarts de la seconde page. Puis l'oncle de Bitty se pencha sur le document.

Cela dura un bon moment. Bien plus que les deux secondes nécessaires à la plupart des gens pour griffonner leur nom.

Quand il se redressa, Mary se couvrit la bouche de sa paume.

— C'est moi, expliqua Ruhn en désignant la petite esquisse qu'il avait faite de son visage. Voici ma marque.

C'était une représentation absolument magnifique de ses traits. Et tout le monde se tut.

— C'est tout ce que je sais faire, poursuivit le mâle.

Saxton se pinça la base du nez.

— Non, non… c'est tout à fait ravissant. Et tout à fait suffisant. (L'avocat authentifia le dessin comme étant celui du mâle par sa signature, puis se leva.) Je vais aller déposer ceci à la maison d'audience.

— Mais reviens après, l'enjoignit Mary. S'il te plaît… Nous allons organiser une petite fête de bienvenue pour Ruhn à la fin de la nuit, et tu devrais te joindre à nous si tu es disponible.

L'avoué jeta un bref coup d'œil à l'oncle de Bitty.

— Très bien. Merci, je viendrai.

Lorsqu'il monta dans le bus qui les emmenait au centre d'entraînement, Axe s'assit dans le fond, loin des autres. Peyton, de son côté, préféra s'installer à l'avant, juste derrière la cloison qui les séparait du majordome conducteur.

Le cousin d'Elise n'avait pas jeté un regard à Axe quand il était monté dans le véhicule. Et il ne le fit pas non plus durant le trajet.

Mais il ne descendit pas non plus lorsqu'ils s'arrêtèrent sur le parking et que tout le monde sortit pour aller en cours.

— Tu m'attends ? demanda Axe quand ils furent seuls.

Le mâle tourna la tête vers lui.

— Oui.

— Je n'ai pas besoin de t'attaquer par-derrière, tu sais. Je peux le faire en face.

— Je sais. (Peyton fit pivoter ses jambes vers l'allée centrale et posa ses coudes sur ses genoux. Avec son regard perdu dans le vague, il était d'une humeur indéchiffrable.) Je suppose que tu as appris qu'Elise était venue me voir hier soir.

— Oh ! elle m'a mis au courant, tout à fait.

— Je n'ai rien dit sur Novo et toi.

— Eh bien, tant mieux pour toi. Elise m'a dit à quel point elle avait horreur des menteurs et, vu que je n'ai jamais baisé Novo, au moins tu es irréprochable sur ce point-là.

— C'est ton problème, pas le mien.

— C'est clair. Et je n'ai pas couché avec Novo.

Le long silence qui suivit fut assez surprenant, mais Axe se fichait un peu que le mâle se taise ou non.

— On en a fini ? Pour info, je ne vais pas te découper en morceaux. Je ne veux strictement rien avoir à faire avec toi, mais ça n'a pas changé depuis la sélection.

— Son père m'a appelé. Elle déménage. Il m'a demandé de garder un œil sur elle et j'ai accepté de le faire.

Elise partait de chez elle ? Nom de Dieu !

Sauf qu'Axe se rappela que ce n'était plus vraiment ses affaires, pas vrai ?

— Donc tu as obtenu ce que tu voulais. (Il se leva.) Félicitations. Mais bon, ça va toujours dans votre sens pour les gens comme vous, hein…

Novo gravit les petites marches et passa la tête dans le bus.

— Vous êtes en train de vous entre-tuer ou quoi ?

Axe secoua la tête.

— Non. Ça va… Oh ! mais il croit que je t'ai baisée il y a trois nuits… ou le soir où on est allés au club.

— Quoi ?

— Tu m'as bien entendu.

Novo regarda fixement Peyton.

— Axe a parrainé ma candidature. C'est pour cela qu'il m'a emmenée là-bas. Et c'est parce que je le lui avais demandé… Oh ! et Axe m'a rembarrée quand je lui ai proposé de coucher avec moi. D'une façon claire et nette. Seigneur ! Peyton, est-il possible que tu puisses te montrer encore un pire enfoiré que tu ne l'es déjà ?

Axe avança dans l'allée centrale en branlant du chef.

— Ça n'a pas d'importance. C'est bon. En route.

Dépassant Novo, il descendit du bus, gagna la porte qu'on avait laissée ouverte, et pénétra dans le centre d'entraînement.

Pendant qu'il se dirigeait vers le gymnase où ils allaient s'exercer au corps à corps, il avait conscience de plein de choses. Il était épuisé, pour commencer, mais il avait l'impression qu'il allait devoir s'y habituer. Il souffrait aussi, mais c'était à classer dans la catégorie précédente.

Et il était terrifié.

Dans sa tête, il examinait chacune de ses pensées à la loupe, à la recherche de signes éventuels indiquant qu'il allait s'écrouler comme son père. C'était comme s'il cherchait des fissures dans ses fondations, parce qu'il s'attendait à ce que sa superstructure s'effondre, et qu'il anticipait l'apathie qui avait frappé son père et dont il avait été le témoin impuissant pendant des années.

Il était déjà estropié à l'intérieur. Il allait certainement bientôt l'être aussi à l'extérieur.

Parce que, la chose vraiment pathétique ? Il s'était lié à Elise.

Oui, comme elle l'avait soulignée, leur relation n'avait duré que quelques nuits, mais – ainsi qu'il l'avait si souvent entendu dire sans jamais vraiment y croire – quand il était question de mâles et de leur âme sœur, cela ne prenait guère de temps ; il fallait juste rencontrer la bonne femelle.

Et Elise était la bonne pour lui, même si lui n'était pas le bon mâle pour elle.

Donc, oui, il était estropié et le demeurerait toute sa vie.

Mais merde !

Il avait déjà été estropié dans le passé. Il y était habitué.

Tout comme certaines personnes étaient destinées à être heureuses…

D'autres ne décrochaient tout simplement jamais le gros lot.

Chapitre 51

À la fin de la soirée, alors que tout le monde à la demeure se réunissait et s'installait dans la salle à manger, Rhage attendait que Mary lui donne le signal.

Et quand elle le fit, juste au moment où l'on servait le festin du Premier Repas, il se tourna vers Bitty, assise juste à côté de lui.

— Dis, peux-tu sortir d'ici un instant avec ta mère et moi ? Ce n'est rien de grave, on doit juste te parler de quelque chose.

— Bien sûr !

La fillette se leva, prête à y aller.

— Oncle Ruhn, je reviens tout de suite. Tu restes avec les GOAL !

Le mâle cligna des yeux.

— Pardon ?

Lassiter se pencha vers lui.

— Les Gogols. Elle a un défaut d'élocution. C'est vraiment triste…

Bitty pinça l'ange au bras.

— Les grands oncles agressifs et lunatiques. Et arrête un peu !

— Jamais ! caqueta l'ange.

Avant de tirer les cheveux de la fillette.

Alors que Bitty partait en courant, Rhage attira sa *shellane* contre lui en s'écriant :

— Dans la bibliothèque, d'accord ? Bibi, on va dans la bibliothèque.

— Compris, répondit-elle.

— Tu es prête ? chuchota-t-il à sa compagne.

Quand elle hocha la tête, il murmura :

— Tout ira bien.

Quand ils furent réunis dans la pièce, il ferma les battants. Mince ! c'était comme s'il était de retour dans sa propre peau, sa propre vie, son propre océan, nageant librement dans le sens du courant et non contre lui. Et Mary était dans la même situation. Douce Vierge scribe, c'était bon de revoir la lumière dans les yeux de sa *shellane* et le sourire sur son visage.

Quant à Ruhn ? Ce type était une perle. Calme et digne, sans être une mauviette. Il avait insisté pour porter ses affaires jusqu'à la chambre d'amis qu'on lui avait attribuée au bout du couloir aux statues. Et il cherchait déjà des choses à réparer, nettoyer ou améliorer.

Fritz allait apprendre à détester cet enfoiré.

— Qu'y a-t-il ? s'enquit Bitty, avant d'être distraite par le sapin de Noël.

— Oh, mince… il faut qu'on célèbre ta fête, maman. Mais pas tout de suite. Il faut des cadeaux pour Ruhn. Il faut… il faut qu'on découvre ce qu'il aime, et j'ai de l'argent de poche. Je peux lui en acheter certains moi-même… mais vous aussi vous devez lui en offrir.

Mary éclata de rire et attira la fillette sur le canapé.

— Absolument, nous allons le faire.

— Super ! Alors, qu'y a-t-il ? Père, il faut qu'on regarde *Deadpool* avec lui. Il n'a jamais vu le moindre film. Genre, jamais. Pas même *Les Dents de la mer*. J'ai esquissé une liste, et j'aimerais la passer en revue avec toi. Nous établirons ensuite un planning de visionnage, exactement comme pour moi.

Rhage hocha la tête.

— Tout à fait. Ce genre de lacune est plus grave que l'illettrisme.

Mary se prit la tête à deux mains.

— Vous êtes dingues, tous les deux.

Rhage leva la paume et Bibi tapa dedans.

— Dans le mille, dit le mâle. Maintenant, il faut qu'on soit sérieux. Ta mère a quelque chose à te dire.

Bitty se tourna vers Mary.

— Vas-y, maman.

Mince ! c'était agréable de retrouver ce mot dans leur vocabulaire.

Dans le bref silence qui suivit, Rhage sourcilla et regarda autour de lui.

Bizarrement, il avait l'impression qu'ils n'étaient pas seuls, et pourtant personne d'autre ne semblait se trouver dans la bibliothèque avec eux.

Mary prit la main de la petite et en caressa le dos.

— Tu te rappelles la fois où je t'ai raconté que j'avais été malade ?

— Le cancer n'est pas revenu ? demanda-t-elle, apeurée. Tu n'es pas…

— Non, non. Pas du tout. Mais cela fait partie de ce que je dois te dire.

— Quoi ?… Je ne comprends pas.

Dans un flot continu de mots parfaitement choisis, Mary raconta son histoire du début à la fin. Le cancer. L'arrivée de Rhage dans sa vie. L'intervention de la Vierge scribe et ce que celle-ci signifiait.

— Tu veux dire que… tu es immortelle ? souffla Bitty. Tu es comme une déesse ?

— Oh ! non. Non, non, pas une divinité. Jamais. C'est un travail dont je ne voudrais pas. Mais cela signifie que… eh bien, envisage-le ainsi : j'ai le droit de choisir le moment où je rejoindrai l'Estompe. Tu sais que les gens vieillissent de façon linéaire. Ils deviennent plus âgés chaque année qui passe. Et parfois il leur arrive quelque chose de mauvais et ils tombent malades, se blessent ou autre.

— Oui. Comme lorsque père s'est fait tirer dessus. Avant ses gilets pare-balles. Ou… comme ce qui est arrivé à ma *mahmen*.

Quand Mary caressa le visage de la fillette, Rhage se dit : *Oh, mes deux femelles. Mes deux parfaites femelles au coin du feu…*

— Eh bien, ce n'est pas comme ça pour moi, reprit sa *shellane*.

— Donc tu peux vivre aussi longtemps que moi ?

— Oui.

Les larmes montèrent aux yeux de Bitty. Puis elle se jeta au cou de Mary.

— Alors tu ne me quitteras jamais. Je ne perdrai jamais ma mère.

Bien, il fut temps pour l'humaine de se racler un peu la gorge.

— Jamais. Jamais. (Mary serra l'enfant et sourit à travers ses larmes de joie.) Jamais. Et je ne voulais pas te cacher cette réalité, mais je ne voulais pas non plus que cela influence ta décision de rester avec nous.

— Je me sens juste chanceuse. Je me sens si chanceuse. (Bitty s'écarta d'elle et se tourna vers Rhage.) Mais, et toi ?

— Les gilets pare-balles, mon enfant.

Il renifla comme s'il avait une allergie. Parce qu'il n'était pas du tout en train de pleurer. Absolument pas.

— L'entraînement et l'équipement sont essentiels. C'est ce que je t'ai déjà expliqué, je pars faire mon travail avec la ferme intention de rentrer auprès de mes femelles chaque nuit.

Bitty demeura silencieuse un moment. Mais ensuite elle opina du chef.

— D'accord, mais tu devras faire attention…

Rhage sourcilla quand quelque chose attira son attention.

Une tache de soleil. Sur le tapis. Près du sapin de Noël.

— Lassiter, s'écria-t-il. Vraiment ?

L'ange apparut d'un seul coup, avec ses cheveux blond et noir, ses anneaux, ses colliers et ses boucles d'oreilles en or qui créaient cette aura autour de lui. À moins que, mince ! cette lueur émane simplement de son corps.

— Qu'est-ce que je vous avais dit ? demanda l'ange en imitant les hôtesses de jeu télévisé. (Dans ses leggings à imprimé zèbre, visiblement piqués dans la garde-robe de Steven Tyler.) Ayez la foi. Croyez. Et tout ira bien. Voilà ce que je vous avais dit.

Rhage ne put s'empêcher de rire.

— Fantastique. Une raison supplémentaire pour toi de te gonfler de ta propre importance.

— La grandeur se révèle dans l'action. (L'ange tournoya sur lui-même puis imita Michael Jackson en reculant en *moonwalk* jusqu'à se hisser sur la pointe des chaussures.) Et je suis génial !

Mary et Bitty rirent à leur tour, et Rhage s'installa plus confortablement sur le canapé, en souriant.

Puis il se mit à réfléchir. Bien, donc si Ruhn n'avait même pas vu *Les Dents de la mer*, par quel film allaient-ils commencer ?

Probablement pas avec celui-ci. Ni avec *Jason. Michael. Freddy*. Le mâle n'était certainement pas un trouillard, mais, pour l'amour du ciel ! on n'avait pas non plus envie de lui faire faire dans son froc.

— Que se passe-t-il ? interrogea Mary.

Il se frotta le visage et se tourna vers sa fille.

— Tu sais, pour ton oncle ? On devrait peut-être commencer doucement avec les films. Je ne veux pas lui fou… euh… lui flanquer la trouille.

— *Piège de cristal* ? suggéra l'enfant.

— C'est trop.

— Vraiment, à ce point ?

— Vraiment.

Il y eut un silence. Puis tous deux déclarèrent en même temps, à l'unisson :

— *Les Goonies*.

Vous voulez parler de fierté paternelle ? songea Rhage en tendant de nouveau la paume pour que Bitty lui tape dedans.

Voilà.

Chapitre 52

Il y avait quelque chose avec la nouvelle année qui donnait envie de prendre un nouveau départ.

Plusieurs nuits plus tard, assis au pied de son lit dans ses fringues de soirée « prêt-à-baiser », Peyton se surprit à passer en revue ses messages. Il croulait sous les invitations : celles émanant de ses potes de la *glymera*, mais aussi celles d'humains qui croyaient le connaître parce qu'ils fréquentaient les mêmes clubs de noctambules de Caldwell que lui, et pour finir celles de multiples femelles.

Et les « bip » de réception ne cessaient de retentir sur son téléphone.

Paradis et Craeg allaient passer une soirée détendue chez elle, et elle l'avait invité à se joindre à eux, tout en ajoutant qu'elle savait qu'il préférerait peut-être faire la bringue ailleurs. Boone y allait, lui aussi. Personne ne savait où se rendait Novo.

Axe n'avait assurément pas donné la moindre nouvelle.

Peyton reposa son téléphone et contempla sa chambre. Il était actuellement d'une sobriété inconfortable, et bien déterminé à remédier à ce problème.

Oui.

D'un instant à l'autre, il prendrait une bouteille ou une de ses pipes à crack et aurait enfin l'impression de flotter dans son propre crâne, histoire simplement de laisser derrière lui ce bordel qui bouillonnait dans sa tête depuis un moment.

Il repensa à lui, à Axe et aux autres recrues en train de patrouiller dans les rues la nuit précédente en compagnie des frères. Tous leurs instincts en éveil, ils avaient fouillé des blocs de bâtiments abandonnés, avec leurs armes levées et prêtes à servir.

C'était une nouvelle phase qu'ils avaient entamée là.

Ils n'étaient désormais plus vraiment des recrues. Mais plutôt des soldats en cours de formation. Si cela avait un sens.

Et Axe se faisait toujours aussi discret, sans jamais trahir la moindre émotion sur quoi que ce soit, mais il était aussi tendu qu'une corde de piano autour du cou de quelqu'un. Et, mince ! on pouvait voir qu'il souffrait. Il avait perdu du poids. Les poches sous ses yeux étaient si grandes qu'on aurait pu les remplir. Et son humeur lugubre était un poids tangible qu'il traînait avec lui dans chaque pièce, chaque ruelle, chaque trajet en bus.

Il n'y avait pas besoin d'être un génie pour se rendre compte qu'Elise n'était pas en meilleur état. Peyton avait vu à quoi elle ressemblait quand elle était passée le saluer.

Le temps et la rupture n'allaient certainement pas améliorer cela.

Merde ! se dit-il en se frottant le visage. *Juste… merde !*

Son portable sonna. Pour la cinquantième fois. Encore un appel pour le pousser à sortir.

Quand il prit enfin l'appareil, il chercha dans ses contacts et composa un numéro qu'il n'avait appelé qu'une seule fois.

Une sonnerie. Deux sonneries. Trois…

—Allô ?

Il se racla la gorge.

— Novo ? Écoute… ne raccroche pas, d'accord ? (Un silence.) Allô ?

— Quoi ?

— Écoute, j'aurais besoin que tu me rendes un service.

— À moins que ça implique de te frapper quelque part avec une poêle à frire, je ne suis pas certaine d'être intéressée.

— Qu'est-ce que tu fais ce soir ?

— Rien avec toi.

Il regarda fixement ses mocassins Louis Vuitton.

— J'ai besoin de ton aide.

— Si tu cherches une personnalité de remplacement, essaie eBay. Il ne faudra pas être trop difficile. Mais à part « tueur en série » tout sera une amélioration.

Peyton contempla l'écran noir de sa télé.

— Allô ? reprit-elle.

— J'ai besoin que tu m'aides à réparer un tort. Et je ne déconne pas, j'ai vraiment… Je ne peux pas le faire seul.

Quelque chose dans son ton, ou il ne savait quoi, avait dû la toucher.

— Est-ce que t'es bourré ?

— Non, et je ne suis pas non plus défoncé. (Il se passa une main dans les cheveux.) Putain ! c'est peut-être une partie de mon problème. Mais je dois d'abord réparer ça et ensuite… Ouais, on s'en fout.

— Où es-tu ?

— Chez moi.

— Descends et ouvre la porte principale. (Elle semblait agacée.) Je serai là dans une minute.

Peyton laissa son portable derrière lui. Franchement, il en avait maladivement assez des gens à l'intérieur. Juste avant de quitter sa suite, il passa devant un miroir. Jetant un coup d'œil à son reflet, il distingua les mêmes traits, les mêmes cheveux, le même air séduisant que toutes les autres nuits de sa vie.

Et pourtant il ne se reconnaissait pas.

Cette balle lui avait peut-être causé des dégâts cérébraux, se dit-il en ouvrant la porte pour sortir.

Car il ne se sentait pas bien depuis qu'on lui avait tiré dans la tête.

Elise était assise devant son ordinateur, à passer en revue la section « Appartements à louer » de l'édition numérique du *Caldwell Courier Journal*, quand le téléphone intérieur se mit à sonner à côté de sa petite lampe Tiffany.

Décrochant le combiné, elle entendit le majordome lui annoncer qu'elle avait des visiteurs, qui l'attendaient dans son petit salon.

— Merci. Je descends tout de suite.

Au moment de raccrocher, elle se rendit compte qu'elle n'avait même pas demandé de qui il s'agissait. Mais cela ne l'intéressait pas vraiment. Ce pouvaient être des cousins. Ou, mince ! une tentative d'intimidation organisée par son père pour lui faire peur.

Mais elle ne craignait même pas cela. Si elle pouvait surmonter la perte d'Axe, alors elle pouvait tout affronter.

Sortant de sa chambre, elle descendit le couloir en passant devant l'ancienne suite d'Allishon. Rien n'avait changé. Son oncle errait toujours dans la demeure, tentant de garder pied, tandis que sa *shellane* s'autodétruisait dans leur chambre. Son père ne comprenait toujours pas pourquoi Elise devait s'en aller, ni ce qu'elle comptait faire d'un doctorat, ni pourquoi elle persistait à se comporter de façon aussi iconoclaste.

Tout irait mieux, avait-il affirmé, si elle se calmait et cessait d'essayer de discuter de choses dont on n'avait tout simplement pas besoin de discuter.

À son crédit, il ne lui avait pas dit qu'il ne la reverrait jamais.

Mais il était triste qu'elle rompe les amarres.

Et elle aussi. La famille au sein de laquelle elle avait été élevée lui manquerait, même si celle-ci était si brisée que sa seule chance de vivre une vie authentique et un peu à l'écoute de soi était de la quitter. Mais on ne pouvait pas changer les autres. Seulement soi-même.

À ce propos, elle n'avait plus eu de nouvelles d'Axe.

Elle n'avait pas non plus espéré en avoir.

Elle était toutefois surprise qu'il lui manque autant. Ce phénomène la contrariait même beaucoup, en fait. Le problème, c'était que les points positifs de leur… quel que soit son nom… avaient atteint de si hauts sommets que, dans les calmes moments de réflexion, il était impossible de ne pas s'en souvenir et de les pleurer.

Mais c'était un processus qui prenait du temps.

Ou du moins était-ce ce que tous ses jolis cours lui avaient enseigné.

Et ce qui allait l'aider en partie à surmonter son chagrin serait ce séminaire que Troy et elle allaient commencer d'ici quelques jours.

Elle allait y arriver.

Parce qu'il était hors de question qu'il en aille autrement.

En bas, Elise traversa les carreaux de marbre du vestibule et se dirigea vers le petit salon, mais, avant d'entrer dans l'élégante pièce, elle s'immobilisa.

— Peyton ? Et…

OK, c'était difficile de prononcer le nom de la femelle. Difficile de voir son corps incroyable qui semblait exsuder le sex-appeal.

— Tu as une minute ? demanda son cousin. Il faut qu'on te parle.

Elle hocha la tête et se força à avancer. Peyton présentait bien, comme toujours : son costume décontracté, à l'évidence taillé sur mesure pour lui, son col ouvert et son ajustement parfait lui donnaient l'air d'être prêt pour une nuit de réveillon spectaculaire. Novo, dans son cuir noir, paraissait davantage prête à se battre.

Ou à s'envoyer en l'air de façon brutale.

Elise secoua la tête et referma derrière elle.

— Que… euh… que puis-je faire pour vous ?

Seigneur ! elle avait beau s'intimer de rester calme, son cœur cognait dans sa poitrine.

Novo regarda Peyton. Celui-ci jeta un coup d'œil à la femelle, puis se tourna vers Elise.

— Tu dois savoir certaines choses. C'est à propos d'Axe, dit-il.

Elise leva les deux mains comme pour repousser une attaque.

— Non, je n'ai pas besoin de savoir quoi que ce soit sur lui.

— Si.

— Non, vraiment pas. Et à moins que tu sois venu pour d'autres raisons…

— Je n'ai jamais couché avec lui. (La voix de Novo était claire, naturelle et calme.) Il m'a emmenée au club, oui. Pour que j'en devienne membre. Je lui ai demandé de me rendre ce service. Je n'ai jamais couché une seule fois avec ce mâle, et, d'après ce que lui… (elle désigna Peyton) et moi nous en savons, Axe n'a couché avec personne depuis la nuit de votre rencontre.

Son cousin enchaîna en parlant à toute vitesse, comme s'il craignait qu'elle quitte la pièce en courant et qu'il rate l'occasion de lui dire ce qu'il devait.

— Je sais que ce ne sont pas mes affaires, techniquement, mais tu en as un peu fait les miennes quand tu es venue me voir.

— Et je sais que tu as découvert sa clé. (Novo désigna le mâle d'un signe de tête.) Il m'a expliqué qu'Axe avait fait comme s'il ne la reconnaissait pas. Je ne veux pas parler à sa place, mais, quand on rejoint ce club, on n'est pas censé en parler. On n'est pas censé révéler à qui que ce soit la nature de cette clé, où on s'en sert, de quoi il retourne. C'est un truc réservé aux membres, et si on parle on se fait virer. Je ne dis pas que c'est la raison pour laquelle il n'a rien dit de la clé d'Allishon. Mais c'est une chose à laquelle tu devrais réfléchir. Avant de lui tirer une balle dans le pied pour t'avoir, en apparence, menti.

Le cerveau d'Elise se mit à assimiler ces informations. Même si elle n'avait pas envie de rouvrir la porte.

Cela avait été trop dur de la fermer, pour commencer.

Peyton s'approcha, pour s'arrêter juste devant elle.

— C'est le réveillon. Je veux que tu commences cette nouvelle année du bon pied. Voilà pourquoi j'ai entrepris cette démarche auprès de toi. Vois-tu, certaines personnes estiment que je suis un enfoiré…

À cet instant, Novo marmonna un truc dans sa barbe, comme :

— On se demande bien pourquoi.

— … et je suppose… que je pense plus ou moins que c'est vrai. (Il haussa les épaules.) Donc, oui Axe traverse une très mauvaise passe. Il a l'air à moitié mort. Et, écoute, je ne suis pas en train de te dire quoi faire à ce sujet. Mais tu ferais bien de connaître la vérité. Ce que tu choisis de faire après, ou pas… dépend de toi. Il n'est pas parfait… mais il n'est pas comme moi, d'accord ? Ce n'est pas un bon à rien.

Chapitre 53

Axe n'avait jamais encaissé le chèque envoyé par le père d'Elise.

Non. Il l'avait simplement posé sur le manteau de la cheminée, au-dessus du feu, en sachant qu'à un moment donné il allait le jeter dans les flammes. Mais pas ce soir. Et pas la nuit dernière non plus. Ni celle d'avant.

Il avait un peu l'impression qu'il s'agissait de son dernier lien avec la femelle et, oui, c'était pathétique, mais c'était l'un des avantages à vivre seul : personne d'autre ne connaissait la faiblesse de vos pensées, de votre cœur, de vos petits rituels. C'était comme chanter faux sous la douche ; rien qu'on ait à partager avec quelqu'un d'autre.

Assis, nu, devant le foyer, il avait froid au dos, mais s'en moquait. Il ne s'était plus préoccupé de grand-chose depuis qu'Elise avait abaissé le couperet…

Le coup frappé à la porte d'entrée détourna son attention des flammes.

— C'est ouvert, cria-t-il, se foutant de savoir de qui il s'agissait, et sachant qu'il pourrait attraper son flingue si…

Axe bondit sur ses pieds. Puis se souvint qu'il était nu et attrapa un coussin sur le vieux canapé.

— Elise ? dit-il à la porte fermée. Qu'est-ce que tu fiches ici ?

La voix de la femelle lui parvint un peu étouffée.

— Est-ce que… euh… est-ce que ça t'ennuie si j'entre ?

Il haussa les épaules. Parce que son cerveau était embouteillé, ce qui le rendait trop stupide pour parler.

Puis il se souvint qu'elle ne pouvait pas le voir.

— Ouais. Je veux dire, bien sûr.

Juste après, elle entra, referma la porte et s'avança lentement, comme si elle croyait qu'il risquait de changer d'avis à tout moment.

Seigneur ! elle était belle. Mais bon, elle était toujours belle. Même quand elle le haïssait.

— Écoute, je ne sais pas… (Elle se racla la gorge.) Je ne sais pas comment le dire, alors…

— Vas-y. Quoi que ce soit, ça ne me dérange pas.

Elle avait déjà largué une bombe au centre de sa poitrine. Alors elle pouvait bien lui arracher également les bras et les jambes. Et, oui, il avait bien conscience qu'il devrait lui hurler après et s'indigner vertement du fait qu'elle s'était trompée sur son compte. Mais pour être honnête il n'en avait pas l'énergie.

— Je suis désolée.

Axe eut un mouvement de recul.

— Quoi ?

— Je… écoute, je suis vraiment désolée. Je crois qu'il est possible que je t'aie mal jugé…

— Attends, quoi ?

Elle commença à s'expliquer, mais il ne suivit pas vraiment ce qu'elle disait. Elle parla d'une visite de Peyton et Novo chez son père. De l'histoire de la clé. De l'adhésion au club de Novo. De son silence. Du fait que lui et Novo n'avaient pas couché ensemble.

— Quoi ? répéta-t-il.

— Comme je te l'ai dit, ils sont venus me voir parce que Peyton se sentait mal à ce sujet. Il estimait que je t'avais injustement accusé de mensonge.

Axe cligna des yeux. Puis haussa les épaules.

— Donc… ?

— Donc… euh… oui… (Elle secoua la tête.) Peux-tu seulement me dire pourquoi… tu ne m'as pas expliqué pour la clé ?

— Et tu vas me croire, maintenant ?

— Oui, je pense que oui.

Il se passa une main dans les cheveux et se revit au milieu du dressing de cette femelle décédée qu'il ne connaissait pas, avec Elise qui lui tendait le morceau de métal.

— J'ai pensé… Je me suis dit que tu ne comprendrais pas. Tu sais, que tu me considérerais comme irrécupérable ou un truc du genre. Je ne sais pas. J'ai renoncé à la drogue, mais j'ai continué mon automédication avec le sexe, tu vois ? J'essayais juste de sortir de ma tête.

— As-tu déjà blessé quelqu'un ? Au… euh… au club ?

— Comme Anslam, tu veux dire ? Non. Jamais. Et je n'ai jamais couché avec Allishon. Je ne la connaissais même pas, pour être honnête. Beaucoup de gens fréquentent l'endroit. (Il leva les mains.) Bref, je voulais seulement que tu croies en moi, d'accord ? Je voulais être le mâle que je pensais que tu voyais en moi. Et un drogué au sexe ne collait pas à ce tableau.

— Éprouves-tu parfois le besoin de… d'y retourner ?

— Pas depuis que je t'ai rencontrée. Quand j'ai emmené Novo aux *Clés*, plus rien ne m'intéressait là-bas. Ça ne m'excitait tout simplement plus comme avant. Je voulais être avec toi, rien que toi.

— Est-ce toujours vrai ? murmura-t-elle.

Il croisa les bras sur sa poitrine.

— Que veux-tu de moi, Elise ? Pourquoi es-tu venue ici ?

— C'est juste que… je suis vraiment désolée. J'ai tiré des conclusions hâtives et t'ai balancé beaucoup de choses.

Et je suis sincèrement désolée. Mes émotions ont pris le dessus, je suppose.

— C'est bon, marmonna-t-il. Enfin, c'est OK.

— Vraiment pas. (Elle semblait si triste.) Je suppose que la vérité, c'est que… eh bien, comme tu l'as dit, je suis meilleure professeur qu'élève. J'ai décidé de tout et, tu as raison, je ne t'ai même pas laissé te défendre.

Alors que le silence se prolongeait, Axe eut envie de faire les cent pas, mais il s'abstint à cause de son cul nu.

— Je te le redemande, dit-il. Pourquoi es-tu là ?

— Parce que… je t'aime. Voilà pourquoi.

Il fallut un moment avant qu'il enregistre les mots. Et, ça alors ! il se retrouva sans voix pour de bon. Dans ses fantasmes les plus pathétiques, il avait désiré… mince ! prié pour ce retournement d'Elise. Il avait espéré en dépit de tout que ce serait l'unique miracle auquel il aurait droit. Était-ce seulement réel ?

Complètement bouleversé, tout ce qu'il réussit à faire fut de se pencher sur le côté pour prendre quelque chose sur le canapé.

Elise s'avança quand il lui tendit ce qu'il avait ramassé.

— Qu'est-ce que…

En lui donnant l'objet, il marmonna :

— C'était censé être un oiseau. Je ne sais pas trop ce que c'est devenu. Bref, je t'aime aussi.

Elle redressa brusquement la tête, les yeux écarquillés.

Axe se contenta de hausser les épaules. Puis il sourit.

— Quoi ? Tu veux que je continue à faire ton procès parce que tu m'as causé du tort ? Tu le fais déjà clairement toute seule… et, vu que je suis capable de beaucoup d'autoflagellation moi-même, nous serons toujours plus durs envers nous-même qu'envers l'autre. Et, allons, je me suis lié à toi. Donc tu pourrais aussi bien me rouler dessus avec une voiture, m'incendier et me balancer du haut d'un pont que je te reprendrais quand même. Non que je recommande cette approche pour se réconcilier...

Elise se jeta sur lui et referma si étroitement les bras autour de son cou qu'il n'arrivait plus à respirer. Mais cela lui allait très bien. Le simple fait de l'avoir contre lui, de sentir l'odeur de ses cheveux et de sa peau, de la sentir si proche de lui, pas seulement physiquement, mais également dans son cœur...

Qui diable avait besoin d'oxygène, hein ?

— Je t'aime, répéta-t-il en se mettant à trembler. Seigneur ! je t'aime...

Ce n'était pas du tout la façon dont Elise avait envisagé que les choses se passeraient entre eux. Loin de là.

Elle s'était préparée à entendre toutes sortes de récriminations de sa part. Était quasi sûre qu'elle se ferait jeter du cottage à coups de pied aux fesses, et comment aurait-elle pu lui en vouloir d'une telle réaction ? Elle avait tiré plein de conclusions hâtives à son sujet parce qu'elle souffrait et que le sentiment d'avoir été trahie avait réveillé sa paranoïa. Flûte ! elle l'avait frappé là où c'était douloureux, et avait réduit leur histoire à une stratégie pour surmonter son chagrin après la mort de sa cousine.

Et, oui, c'était peut-être pour cette raison qu'elle avait été attirée par le mâle au début, mais cela avait certainement évolué en bien davantage, car si Axe n'avait été qu'une béquille psychologique il ne lui aurait jamais autant manqué. Elle avait souffert de son absence chaque instant de sa vie depuis leur séparation

— Je t'aime, dit-elle. Je t'aime tellement, et j'ai failli tout gâcher, et...

— Chut... on n'est pas obligés de penser comme ça.

— Mais je dois m'amender, et retrouver ta confiance et il faut que…

Il la reposa sur ses deux pieds… Hem, OK, waouh ! il était très nu et, oui, il réagissait à sa présence. Et, oui, elle répondait à la sienne.

— Elise. (Il repoussa les cheveux de son visage.) Écoute, je ne vais pas te condamner parce que tu te protégeais. La vérité, c'est qu'on ne se connaît pas très bien tous les deux, et que la confiance s'acquiert avec le temps. Tu étais bouleversée. J'étais moi-même bouleversé. Et… ce genre de malentendu, ça arrive. Je ne sais pas pour toi, mais je préférerais largement me concentrer sur l'avenir plutôt que sur quelques mauvais ajustements qui font simplement partie du processus.

— Mais, et si Peyton n'avait rien dit ?

— Il l'a fait, cependant.

— Et si tu ne m'avais pas laissée entrer ?

— Je l'ai fait, également.

— Et si tu ne m'avais pas crue…

Il lui posa doucement l'index sur les lèvres, mettant un terme à ses divagations.

— Je suis en train de penser à un truc que Rhage m'a dit il y a un moment.

— C'est au sujet des professeurs qui deviennent idiots dès qu'il s'agit d'examiner leur propre cas ?

— Tu n'es pas idiote. Et non, c'était à propos de… Eh bien, tu te rappelles cette nuit où je l'ai sauvé dans la ruelle ? Juste après, je flippais comme toi en ce moment. Je songeais sans cesse : *Et si je n'étais pas arrivé à temps*, etc., et il m'a dit qu'il était inutile de se flageller au sujet de quelque chose que le destin avait choisi de faire arriver. Selon cette théorie, même si Peyton n'avait rien dit, nous aurions fini par nous remettre ensemble, parce que c'est ainsi que les événements devaient se passer.

— Mais… mais…

— Elise. Tu ne comprends pas ? Ma porte te sera toujours ouverte. Elle t'est toujours ouverte.

Puis il l'embrassa et l'allongea sur le matelas devant le feu.

Elise s'envola avec lui avant même d'être nue, le cœur léger, sa confusion intérieure entièrement disparue, et avec la conviction que son existence était enfin de retour sur le bon chemin après ces quelques semaines d'égarement.

Juste avant qu'ils s'unissent, elle recula un peu.

— Alors, ta porte m'est toujours ouverte, hein ?

— Toujours.

— Vraiment… (Elle lui sourit, se disant que, si elle devait être plus heureuse, son cœur exploserait.) Parce qu'il se trouve que je déménage.

Il haussa les sourcils.

— Ah bon ? Ça alors…

— Cela m'attriste, mais la demeure de mon père n'est pas le bon endroit pour moi.

— Tu sais… je pourrais apprécier de prendre un colocataire. En fait, je songeais justement que je cherchais une belle femelle intelligente, douée pour les come-back et le tir.

Elise opina du chef.

— Et moi je cherche un logement sûr, à l'abri, discret, chauffé par une cheminée… et qui me procure un feu d'artifice des sens chaque soir grâce à un mâle qui s'est fait tatouer la moitié du corps et n'est pas dérangé par les femelles qui tirent des conclusions hâtives.

— Je dirais qu'on fait la paire, alors.

Sur ce, il se cambra et l'emplit profondément. Et lorsqu'elle hoqueta de plaisir il lui offrit le sourire entendu du mâle bien conscient de l'effet qu'il avait sur sa femelle.

— Nous faisons la paire, gémit-elle. Mais il y a juste une chose.

— Quoi donc ?

— Je ne... (Elle jeta un coup d'œil au morceau de bois qu'il lui avait donné.) Je ne pense pas que tu aies la fibre artistique.

Axe se mit à rire.

— Je sais, hein ? Qu'est-ce que c'est que ce truc ? J'ai essayé d'imiter l'art de mon père, et je suis nul...

— Tu es certain que c'est un oiseau...

— Je ne sais pas...

Tandis qu'ils bavardaient joyeusement, minuit vint et passa, une nouvelle année vit le jour et un nouveau départ commença pour tous les deux.

Un nouveau départ qui allait durer une éternité.

Chapitre 54

— Attends, celui-là est pour Junior !

Assise dans la bibliothèque avec une tasse de chocolat chaud dans les mains et un sucre d'orge dans la bouche, Mary sourit pendant que Bitty se précipitait vers la Première famille, un cadeau emballé dans les mains. La fillette, qui portait une robe de taffetas rouge ornée d'une ceinture verte, était mignonne à croquer. Si l'on faisait abstraction de la casquette de base-ball de Lassiter qu'elle avait malheureusement coiffée. Le couvre-chef était orné de bois de cerf, ce qui aurait presque pu passer.

S'il n'avait pas en plus comporté l'inscription : « Le Grinch peut aller se mordre les boules. »

Au moins, décida Mary, il n'y avait pas de véritable gros mot dedans.

Toute la maisonnée était regroupée autour du sapin de Noël, enfin, à l'exception de l'ange, et Dieu seul savait où était Lassiter. Depuis une heure, on échangeait des cadeaux, célébrant la fête humaine à l'occasion de la Saint-Sylvestre plutôt qu'à la date correcte parce qu'il s'était passé beaucoup de choses.

Rhage se rapprocha de sa *shellane*.

— Alors… est-ce qu'on pourra jouer ensemble à « Embrasse-moi sous le gui » une fois que la petite sera couchée ?

Mary sentit son sang s'échauffer.

— Tout à fait.

Son *hellren* émit un ronronnement.

— Et je sais exactement où le placer.

Elle lui donna un coup de coude.

— Chut, arrête de penser comme ça. On doit encore attendre que la fête soit finie

— Il reste toujours les toilettes. Le cellier. Le jardin dehors…

— Il gèle !

— Je te réchaufferai, femelle.

Mary renversa la tête en arrière et éclata de rire juste au moment où Kolher demandait :

— Qu'est-ce que c'est ?

— Un camion jaune !

Beth sourit à la petite tout en déposant le jouet sur les genoux de son fils.

— Est-ce que tu l'as acheté avec ton argent de poche ?

— Oui. (L'enfant était très fière.) Tu as dit que tu pensais qu'il aimerait en avoir un.

George, le chien guide d'aveugle de Kolher, renifla l'objet et lui donna un coup de langue.

— Junior va adorer…

Beth s'esclaffa.

— Regarde, il le porte directement à sa bouche.

Pendant que le premier-né du roi se faisait les gencives sur les pneus, Bitty revint vers l'arbre en dansant et fouilla dessous.

— Le dernier cadeau est pour toi, mon oncle.

Ruhn était assis deux sièges plus loin, avec cet air réservé que Mary commençait à lui associer. Il n'était pas distant – au contraire, il se montrait toujours ouvert et chaleureux – mais paraissait seulement un peu submergé par tous ces gens, ces cris, ces rires et ces blagues interminables que les frères échangeaient.

— Merci, dit-il calmement.

Tout le monde se tut quand Bitty déposa une grande boîte plate sur ses genoux.

— C'est de notre part à tous ! s'écria la fillette. J'ai également participé avec mon argent de poche.

— Vous vous êtes déjà montrés plus que généreux. (Le mâle regarda la pile de vêtements à côté de son siège.) J'ignore comment vous remercier…

V. l'interrompit.

— Trêve de compliments. Ouvre-le, c'est tout, tu veux ?

— Viszs ! s'exclama Jane dans un coin. Sérieusement…

— Quoi ! Allez, j'ai passé, quoi ? des heures à essayer d'aider Rhage à trouver le bon…

Butch renchérit.

— C'est tout à fait vrai. Je veux dire, c'était intense comme recherche, ces deux-là…

Rhage haussa les épaules.

— Mais, eh ! vous savez que c'est un cadeau important… On voulait être sûr de trouver la bonne couleur.

— Il s'agit d'un autre pull ? demanda Ruhn. J'en ai déjà deux à présent.

— Tu devrais ouvrir la boîte, rétorqua Rhage. Allez, fiston.

C'était drôle, Rhage avait pris Ruhn sous son aile la nuit de son arrivée, et tous deux étaient adorables à regarder. Ruhn s'inspirait du frère en tout point, apprenait de lui, et ils passaient beaucoup de temps ensemble.

Il s'était avéré que le mâle avait passé la transition seulement une quinzaine d'années plus tôt.

Et même si Rhage refuserait sans doute de le reconnaître, du moins pas avant longtemps, Ruhn était rapidement devenu comme un fils pour lui.

Oui, Hollywood était fier du jeune mâle. Chaque fois que Ruhn tentait quelque chose de nouveau, comme s'entraîner à la salle de musculation avec les frères, s'inscrire dans un cours d'alphabétisation pour apprendre à lire, ou regarder un autre de ces affreux films avec lui et Bitty, une satisfaction toute paternelle se lisait sur le visage du frère.

L'univers leur avait fait profiter d'une opération « Deux pour le prix d'un » en quelque sorte…

Ruhn enleva le couvercle de la boîte et ôta le papier de soie. Puis il sourcilla.

— Attendez, qu'est-ce que c'est ?

Il souleva une clé électronique.

Rhage bondit de son siège.

— Viens, fiston, il faut que tu la voies !

Bitty poussa un cri et se mit à tirer son oncle par le bras.

— Elle est dans le fond… juste là !

— Tiens, appuie sur le bouton de la clé…

— Attendez que…

Quand Rhage ouvrit une porte-fenêtre, toute la maisonnée se rua dans l'encadrement…

Pour voir le plus beau 4 x 4 pick-up Ford avec un moteur fabuleux, une cabine double, huit milliards de chevaux sous le capot, etc., etc., etc., suspension, boîte de vitesses, peu importe…

Tout ça.

Mary resta en arrière et les laissa tous sortir dans la cour, où les lumières automatiques, qui s'étaient allumées, lui donnèrent une belle vue de l'expression totalement stupéfaite de Ruhn, avant qu'elle ne vire à un timide enthousiasme.

Puis le mâle se tourna vers Rhage, mais sans le regarder dans les yeux. Hollywood savait pourtant ce qu'il faisait, et il enveloppa Ruhn dans une grande étreinte, pendant que Bitty virevoltait autour d'eux comme un feu follet.

Oui, se dit Mary, c'était le meilleur Noël qu'elle ait jamais…

— Mary.

Elle tourna la tête en entendant son nom prononcé à voix basse, avant de pivoter sur elle-même en fronçant les sourcils.

— Lassiter ?

— Je suis là.

— Où cela ? (Elle examina la pièce devant elle.) Pourquoi ta voix résonne comme ça ?

— La cheminée.

— Quoi ?

— Je suis coincé dans cette foutue cheminée.

Elle se rua jusqu'au foyer et se mit à quatre pattes. Levant les yeux vers la conduite sombre, elle secoua la tête.

— Lass ? qu'est-ce que tu fabriques là-haut ?

Sa voix émanait de quelque part au-dessus d'elle.

— Ne le dis à personne, OK ?

— Qu'est-ce que tu…

Un bras apparut dans l'ouverture. Un bras noir de suie enveloppé d'une manche rouge à bordure blanche. Ou ce qui avait été une bordure blanche et était désormais taché de cendres.

— Tu es coincé ! s'écria-t-elle. Heureusement que personne n'a allumé ces bûches !

— Tu m'en diras tant, marmonna-t-il de sa voix désincarnée. J'ai dû souffler l'allumette de Fritz une bonne centaine de fois avant qu'il abandonne. Merde ! ça paraît obscène, dit comme ça. Bref, rappelle-moi simplement de ne plus jamais essayer de jouer au Père Noël pour ta fille, d'accord ? Je ne recommencerai pas, même pour elle.

Mary se tendit un peu plus vers la conduite, mais les bûches dans le foyer l'arrêtèrent.

— Lassiter, pourquoi ne peux-tu pas te libérer en te dématérialisant…

— Je me suis empalé sur un crochet en acier. Je ne peux pas me téléporter. Et est-ce que tu vas prendre ça ?

— Quoi ?

— Ça.

Il tourna la main vers elle, et elle vit qu'il lui tendait une boîte. Une petite boîte bleu marine.

— Ouvre-la. Et avant que tu ne poses la question, j'ai déjà mis les choses au clair avec ton entêté de *hellren*. Il n'est pas jaloux ni rien.

Mary se redressa et secoua la tête.

— Je m'inquiète pour toi…

— *Ouvre seulement cette foutue boîte.*

Soulevant le couvercle, elle découvrit un petit écrin à l'intérieur. En velours.

— De quoi s'agit-il ?

Quand elle l'ouvrit, elle eut un hoquet de stupeur.

C'était une paire de boucles d'oreilles en diamant. Des diamants parfaitement assortis et étincelants.

— Les larmes d'une mère, dit doucement la voix de Lassiter, avec un léger écho. Si dures, si belles. Je t'avais dit que tout finirait par s'arranger. Et je te les ai fait monter en boucles d'oreilles pour te rappeler ta force, la force de ton amour pour ta fille et la façon dont, même dans les pires épreuves, les événements trouvent souvent un moyen pour se dénouer comme il faut.

Refoulant ses larmes, elle repensa au moment où elle avait pleuré dans le vestibule devant l'ange, à cause de tout ce qu'elle avait perdu.

— Elles sont magnifiques, dit-elle d'une voix rauque.

Elle en sortit une de l'écrin, ôta la perle qui ornait son lobe et la remplaça par le diamant. Puis elle fit de même de l'autre côté.

— Mary ! s'écria Rhage depuis la porte-fenêtre. Viens voir... (Il s'arrêta et sourit.) Alors il te les a données, hein ?

— Oui. (Elle mit la boîte de côté.) Mais Rhage, on a un problème...

— Tu n'étais pas censée le lui dire ! aboya Lassiter.

Rhage sourcilla.

— Lassiter ?

— Va te faire foutre ! lui répondit une voix étouffée.

Mary désigna la cheminée.

— Lassiter est coincé dans la conduite, déguisé en Père Noël, et il s'est accroché à un truc, ce qui signifie qu'il ne peut pas se dématérialiser. Alors on a un problème.

Rhage cligna des yeux. Puis renversa la tête en arrière et éclata si fort de rire que les fenêtres en tremblèrent.

— C'est le meilleur putain de cadeau de Noël de ma vie !

— Va te faire foutre, Hollywood ! hurla Lassiter depuis l'intérieur de la cheminée. Va te faire foutre bien profond...

Les frères commencèrent à rentrer, et Rhage leur rapporta la situation, en mouillant presque son pantalon à force de rire.

Puis il s'approcha de la cheminée, se mit à quatre pattes, et s'écria :

— Alors, qu'est-ce que ça fait de jouer les proctologues, l'ange ! Tu aimes quand c'est serré ? Je te traiterais bien d'autres noms, mais ma fille est dans le coin. Mais ça commence par un « vi » et ça finit par « masseur » !

— Je vais te buter dès que je serai sorti de là !

— Tu veux ma poupée *La Petite Sirène* pour te tenir compagnie ? ou, attends, je vais t'envoyer le tarpon en peluche…

— Va te faire mettre !

Pendant que tous deux s'échangeaient de sympathiques compliments de Noël, que le reste de la maisonnée se rassemblait autour de la cheminée et riait à en avoir la gorge sèche, et que V. décidait qu'ils pourraient éventuellement accrocher une chaîne à l'arrière du nouveau pick-up de Ruhn, Mary se mit en retrait et observa sa famille.

— Maman ?

Concentrant son attention sur Bitty, elle sourit et caressa les longs cheveux noirs de la fillette.

— Qu'y a-t-il, mon amour ?

— Joyeux Noël, maman. (L'enfant vint se blottir contre elle.) C'était le meilleur Noël, tu ne crois pas ? Je veux dire, je sais que c'est mon premier, mais je ne pense pas que les suivants seront meilleurs que celui-ci.

Mary serra sa fille contre elle, observa les piles de cadeaux ouverts, les kilomètres de papier cadeau froissé en boule, le chaos total et absolu qui régnait dans la bibliothèque, et se retrouva emplie d'une telle joie que son corps et son âme devinrent un joyeux ballon, rebondissant dans les airs alors même qu'elle gardait les deux pieds par terre.

— Non, Bitty, aucun autre Noël ne sera meilleur que celui-ci.

L'enfant sourcilla.

— Est-ce qu'ils vont finir par le sortir de là ?

Mary s'esclaffa.

— Oui. Mais ils ne le laisseront jamais oublier cet épisode. Jamais. Oui, voilà une fête dont tout le monde se souviendra !

Remerciements

Avec mon immense gratitude aux lecteurs de la Confrérie de la dague Noire !

Merci infiniment à Steven Axelrod et Kara Welsh de votre soutien et de vos conseils. Toute mon affection à la Team Waud : vous savez de qui je parle. Cela n'aurait tout simplement pas pu arriver sans vous.

Rien de tout cela ne serait possible sans mon mari aimant, qui est mon conseiller, mon gardien et mon voyant, ma formidable mère qui m'a donné tellement d'amour que je ne pourrai jamais lui en rendre assez, ma famille (de sang comme d'adoption) et mes très chers amis.

Oh, et à mon chien-écrivain, Naamah !

Lexique des termes et des noms propres

Abhîme : enfer.
Abstrux nohtrum : garde personnel du roi ayant le droit de tuer, nommé à son poste par le roi.
Brhume : dissimulation d'un certain environnement physique, création d'un champ d'illusion.
Chaleurs : période de fertilité des vampires femelles, d'une durée moyenne de deux jours, accompagnée d'intenses pulsions sexuelles. En règle générale, les chaleurs surviennent environ cinq ans après la transition d'un vampire femelle, puis une fois tous les dix ans. Tous les vampires mâles sont réceptifs à des degrés différents s'ils se trouvent à proximité d'un vampire femelle pendant cette période qui peut s'avérer dangereuse, caractérisée par des conflits et des combats entre des mâles rivaux, surtout si le vampire femelle n'a pas de compagnon attitré.
Chaste : vierge.
Chrih : symbole d'une mort honorable dans la langue ancienne.
Cohmbat : conflit entre deux mâles revendiquant les faveurs d'une même femelle.
Confrérie de la dague noire : organisation de guerriers vampires très entraînés chargés de protéger leur espèce de la Société des éradiqueurs. Des unions sélectives au sein

de l'espèce ont conféré aux membres de la Confrérie une force physique et mentale hors du commun, ainsi que des capacités de guérison rapide. Pour la plupart, les membres n'ont aucun lien de parenté et sont admis dans la Confrérie par cooptation. Agressifs, indépendants et secrets par nature, ils vivent à l'écart des civils et n'entretiennent que peu de contacts avec les membres des autres castes, sauf quand ils doivent se nourrir. Ils font l'objet de nombreuses légendes et d'une vénération dans la société des vampires. Seules des blessures très graves – balle ou coup de pieu dans le cœur, par exemple – peuvent leur ôter la vie.

Courthisane : Élue formée dans le domaine des arts du plaisir et de la chair.

Doggen : dans le monde des vampires, membre de la caste des serviteurs. Les *doggen* obéissent à des pratiques anciennes et suivent un code d'habillement et de conduite extrêmement formel. Ils peuvent s'exposer à la lumière du jour, mais vieillissent relativement vite. Leur espérance de vie est d'environ cinq cents ans.

Élues : vampires femelles élevées au service de la Vierge scribe. Elles sont considérées comme des membres de l'aristocratie, mais leur orientation est cependant plus spirituelle que temporelle. Elles ont peu, si ce n'est aucune interaction avec les mâles, mais peuvent s'accoupler à des guerriers à la solde de la Vierge scribe pour assurer leur descendance. Elles possèdent des capacités de divination. Par le passé, elles avaient pour mission de satisfaire les besoins en sang des membres célibataires de la Confrérie, mais cette pratique est tombée en désuétude au sein de l'organisation.

Éradiqueur : être humain dépourvu d'âme, membre de la Société des éradiqueurs, dont la mission consiste à exterminer les vampires. Seul un coup de poignard en pleine poitrine permet de les tuer ; sinon, ils sont intemporels. Ils n'ont nul besoin de s'alimenter ni de boire et sont impuissants. Avec le temps, leurs cheveux, leur peau et leurs iris perdent leur pigmentation : ils blondissent, pâlissent et leurs yeux s'éclaircissent. Ils dégagent une odeur de talc pour bébé. Initiés au sein de la Société par l'Oméga, les éradiqueurs conservent dans une jarre de céramique leur cœur après que celui-ci leur a été ôté.

Esclave de sang : vampire mâle ou femelle assujetti à un autre vampire pour ses besoins en sang. Tombée en désuétude, cette pratique n'a cependant pas été proscrite.

L'Estompe : dimension intemporelle où les morts retrouvent leurs êtres chers et passent l'éternité.

Ghardien : tuteur d'un individu. Les *ghardiens* exercent différents degrés de tutelle, la plus puissante étant celle qui s'applique à une femme *rehcluse*.

Gharrant : protecteur d'une femelle *rehcluse*.

Glymera : noyau social de l'aristocratie, équivalant vaguement au beau monde de la Régence anglaise.

Hellren : vampire mâle en couple avec un vampire femelle. Les vampires mâles peuvent avoir plusieurs compagnes.

Honoris : rite accordé par un offenseur permettant à un offensé de laver son honneur. Lorsqu'il est accepté, l'offensé choisit l'arme et frappe l'offenseur, qui se présente à lui désarmé.

Hyslop (n. ou v.) : terme qui fait référence à une erreur de jugement, ayant normalement pour conséquence de compromettre le fonctionnement mécanique ou la possession d'un véhicule ou d'un engin motorisé quelconque. Par exemple, laisser ses clés dans sa voiture alors que celle-ci est garée devant la maison pour la nuit, oubli ayant pour conséquence une virée criminelle dans un véhicule volé par un tiers inconnu, est un *hyslop*.

Jumheau exhilé : le jumeau maléfique ou maudit, celui né en second.
Leelane : terme affectueux signifiant « tendre aimé(e) ».
Lewlhen : « cadeau » en langue ancienne.
Lhenihan : fauve mythique connu pour ses prouesses sexuelles. En argot actuel, fait référence à un mâle à la taille et à l'endurance sexuelle surnaturelles.
Lhige : marque de respect utilisée par une soumise sexuelle à l'égard de son maître.
Lys : instrument de torture utilisé pour énucléer.
Mahmen : « maman ». Terme utilisé aussi bien pour désigner une personne que comme marque d'affection.
Menheur : personnage puissant et influent.
Mharcheur : un individu qui est mort et est revenu de l'Estompe pour reprendre sa place parmi les vivants. Les *mharcheurs* inspirent le plus grand respect et sont révérés pour leur expérience.
Nalla* ou *nallum : être aimé.
Oméga : force mystique et malveillante cherchant à exterminer l'espèce des vampires par rancune contre la Vierge scribe. Existe dans une dimension intemporelle et jouit de pouvoirs extrêmement puissants, mais pas du pouvoir de création.
Première famille : roi et reine des vampires, ainsi que leur descendance éventuelle.
Prétrans : jeune vampire avant sa transition.
Princeps : rang le plus élevé de l'aristocratie vampire, après les membres de la Première famille ou les Élues de la Vierge scribe. Le titre est héréditaire et ne peut être conféré.
Pyrocante : point faible d'un individu ; son talon d'Achille. Il peut s'agir d'une faiblesse interne, une addiction par exemple, ou externe, comme un(e) amant(e).
Rahlman : sauveur.

Rehclusion : statut conféré par le roi à une femelle issue de l'aristocratie à la suite d'une demande formulée par la famille de cette dernière. La femelle est alors placée sous la seule responsabilité de son *ghardien*, généralement le mâle le plus âgé de la famille. Le *ghardien* est alors légalement en mesure de décider de tous les aspects de la vie de la *rehcluse*, pouvant notamment limiter comme bon lui semble ses interactions avec le monde extérieur.

Revhanche : acte de vengeance à mort, généralement assuré par un mâle amoureux.

Shellane : vampire femelle compagne d'un vampire mâle. En règle générale, les vampires femelles n'ont qu'un seul compagnon, en raison du caractère extrêmement possessif des vampires mâles.

Société des éradiqueurs : organisation de tueurs à la solde de l'Oméga, dont l'objectif est d'éradiquer les vampires en tant qu'espèce.

Symphathe : désigne certains individus appartenant à l'espèce des vampires, qui, entre autres, ont la capacité et le besoin de manipuler les émotions d'autrui (afin d'alimenter un échange énergétique). Ils ont de tout temps fait l'objet de discriminations et parfois même de véritables chasses à l'homme. Ils sont aujourd'hui en voie d'extinction.

Tahly : terme d'affection dont la traduction approximative serait « chérie ».

Le Tombeau : caveau sacré de la Confrérie de la dague noire. Utilisé comme lieu de cérémonie et comme lieu de stockage des jarres de céramique des éradiqueurs. Dans le Tombeau se déroulent diverses cérémonies, dont les initiations, les enterrements et les mesures disciplinaires prises à l'encontre des membres de la Confrérie. L'accès au Tombeau est réservé aux frères, à la Vierge scribe et aux futurs initiés.

Trahyner : terme d'affection et de respect utilisé entre mâles. « Ami cher ».

Transition : moment critique de la vie d'un vampire mâle ou femelle lorsqu'il devient adulte. Passé cet événement, le vampire doit boire le sang d'une personne du sexe opposé pour survivre et ne peut plus s'exposer à la lumière du jour. La transition survient généralement vers l'âge de vingt-cinq ans. Certains vampires n'y survivent pas, notamment les mâles. Avant leur transition, les vampires n'ont aucune force physique, n'ont pas atteint la maturité sexuelle et sont incapables de se dématérialiser.

Vampire : membre d'une espèce distincte de celle d'*Homo sapiens*. Pour vivre, les vampires doivent boire le sang du sexe opposé. Le sang humain leur permet de survivre, bien que la force ainsi conférée soit de courte durée. Après leur transition, qui survient vers l'âge de vingt-cinq ans, les vampires ne peuvent plus s'exposer à la lumière du jour et doivent s'abreuver de sang à intervalles réguliers. Ils ne sont pas capables de transformer les êtres humains en vampires après morsure ou transmission de sang, mais, dans certains cas rares, peuvent se reproduire avec des humains. Ils peuvent se dématérialiser à volonté, à condition toutefois de faire preuve de calme et de concentration ; ils ne peuvent pendant cette opération transporter avec eux d'objets lourds. Ils ont la faculté d'effacer les souvenirs récents des êtres humains. Certains vampires possèdent la faculté de lire dans les pensées. Leur espérance de vie est d'environ mille ans, ou plus dans certains cas.

Vierge scribe : force mystique œuvrant comme conseillère du roi, gardienne des archives vampires et pourvoyeuse de privilèges. Existe dans une dimension intemporelle. Ses pouvoirs sont immenses. Capable d'un unique acte de création, auquel elle recourut pour conférer aux vampires leur existence.

Vhigoureux : terme relatif à la puissance des organes génitaux masculins. Littéralement : « digne de pénétrer une femelle ».

Achevé d'imprimer en juillet 2017
Par CPI France
N° d'impression : 3023756
Dépôt légal : août 2017
Imprimé en France
81122813-1